ULLSTEIN

Das Buch

Schottland zur Zeit der Kreuzzüge: Sir Bayard de Villonne kehrt nach Jahren nach Montvieux zurück, dem Stammsitz seiner Familie. Gefahr ist im Anzug – König Richard will das Gut in seinen Besitz bringen, friedlich oder mit Gewalt. Doch Bayard muss heiraten, um Herr auf Montvieux zu werden – so hat es seine Großmutter bestimmt. Als er der Einladung Duncan MacLarens folgt, in einem Wettstreit dessen Stieftochter, die schöne und reiche Esmeraude von Ceinn-beithe, zu gewinnen, sieht er sich bereits am Ziel seiner ehrgeizigen Pläne. Doch Esmeraude hat anderes im Sinn: einen Mann, der sie liebt. Sie denkt gar nicht daran, sich an den nächsten Besten verkaufen zu lassen. Der Wettkampf ist bereits in vollem Gange, da verschwindet sie des Nachts heimlich aus der Burg – und hinterlässt nichts weiter als ein seltsames Rätsel für den, der tapfer genug ist, ihr zu folgen. Eine größere Herausforderung für Sir Bayard, als er sich je hätte träumen lassen ...

Die Autorin

Claire Delacroix begann 1992 mit dem Schreiben und hat mit ihren mehrfach ausgezeichneten Romanen die internationalen Bestsellerlisten erobert. Sie lebt mit ihrem Mann in Kanada.

Von Claire Delacroix sind in unserem Hause bereits erschienen:

Dame meines Herzens
Geliebte Gräfin
Die geraubte Schöne
Prinzessin meiner Liebe

Claire Delacroix

Die schöne Verführerin

Roman

Aus dem Englischen von
Ursula Walther

Ullstein

Besuchen Sie uns im Internet:
www.ullstein-taschenbuch.de

Für Kara Cesare
und
Liz Scheier
mit Dank.

Umwelthinweis:
Dieses Buch wurde auf chlor- und säurefreiem Papier gedruckt.

Ullstein Verlag
Ullstein ist ein Verlag des Verlagshauses
Ullstein Heyne List GmbH & Co. KG.
Deutsche Erstausgabe
1. Auflage Januar 2004

Titel der amerikanischen Originalausgabe: *The Temptress*
(Dell Publishing, an imprint of The Bantam Dell Publishing Group, New York)
Übersetzung: Ursula Walther
Redaktion: Lothar Strüh
Umschlaggestaltung: Thomas Jarzina, Köln
Titelabbildung: Heinz Wohner/Look, Hamburg; Mauritius Mittenwald;
Thomas Schlück GmbH, Garbsen (Schwert)
Gesetzt aus der Goudy
Satz: hanseatenSatz-bremen, Bremen
Druck und Bindearbeiten: Ebner & Spiegel, Ulm
Printed in Germany
ISBN 3-548-25798-4

Prolog

Château Montvieux
Februar 1194

Die alte Festung war in Nebel gehüllt, als Bayard vor den Toren ankam. In dem dichten Dunstschleier und dem feinen Nieselregen sah sie sogar noch prachtvoller und altehrwürdiger aus als sonst.

Montvieux stand schon seit Menschengedenken hier. Die dicken Steinmauern waren von erfahrenen Handwerkern geglättet, vom Regen poliert und vom Blut derer befleckt, die im Laufe der Jahrhunderte immer wieder versucht hatten, die Burg einzunehmen. Diese Mauern schienen eins mit der Erde und dem Boden zu sein, der seit vielen Generationen im Namen der Lords of Montvieux bestellt wurde.

Denn die Lords of Montvieux waren sogar schon die Herren an diesem Ort gewesen, bevor das Château errichtet wurde. Man erzählte sich, dass ihr Stammbaum weiter zurückreichte als der der Könige von Frankreich oder der Könige vor ihnen. Sie hatten zu den Heerscharen Charlemagnes gehört und sich schon zu diesen Zeiten als tapferer, stärker und heldenhafter als alle anderen Ritter erwiesen.

Und ihr edler Samen keimte hier auf, wurde hier genährt und schlug hier Wurzeln, auch wenn einige Vertreter des Geschlechtes Montvieux weit herumgekommen waren.

Bayard zügelte sein Streitross und erstarrte vor Ehrfurcht, ergriffen von der Heftigkeit der Gefühle, die das alte Gemäuer in ihm weckte.

Er war überzeugt gewesen, dass dessen Ursprünge keine Bedeutung mehr für ihn hatten. Er hatte gewusst, dass er ein Niemand war und dass nur noch die Summe seiner Taten zählte, die er nach seinem Aufbruch vollbracht hatte. Und er war der Ansicht gewesen, dass er nichts weiter brauchte als sein Schwert und sein Ross. Montvieux führte ihm jetzt vor Augen, dass er sich geirrt hatte. Diese Erkenntnis erschütterte ihn bis ins Mark.

Er liebte diesen Ort.

Er hatte ihn schmerzlich vermisst.

Und nicht nur die kalten Mauern an sich. Ihm hatte die Familie gefehlt, die ihre Kraft aus dieser Gegend schöpfte. Bayard gehörte hierher – nicht in all die anderen Orte, die er erobert oder verteidigt hatte. Das Blut der Montvieux floss in seinen Adern, und er trug die Bürde ihres Erbes. Allein der Anblick der Burg ließ sein Herz vor Stolz schneller schlagen.

Stolz. Heimweh. Zwei sentimentale Empfindungen, die Bayard längst überwunden geglaubt hatte.

Aber war es nicht in Wahrheit Sentimentalität, die ihn jetzt hierher geführt hatte?

»Es ist eine bemerkenswerte Festung, Sir«, sagte Michael, der ältere seiner beiden Knappen, mit der affektierten Überzeugung, die er seiner Stellung für angemessen hielt. Der Junge ritt schon seit fünf Jahren mit Bayard und würde sich bald seine eigenen Sporen verdienen. Erneut flammte Stolz in Bayards Brust auf, aber diesmal aus einem anderen Grund.

»Es ist unglaublich! So was hab ich noch nie gesehen!«, krähte Andrew, der, um der Wahrheit die Ehre zu geben, vieles auf dieser Welt erstaunlich fand. Sein Verhalten brachte einen Mann oft dazu, noch einmal genauer auf das zu schauen, was er ansonsten vielleicht übersehen hätte. Bayard war so aufgewühlt, dass er kein Wort herausbrachte. Er betrachtete die nassen Mauern, Tore und Türme, die durchweichten Fahnen, die Felder hinter dem Château, den Fluss und die Wälder. Erinnerungen durchfluteten ihn – glückliche Erinnerungen an eine erstaunlich fröhliche Kindheit, die er hier auf diesen Wiesen, in den Gärten und Hallen und am Flussufer verbracht hatte.

Die selbstbewusste Stimme seiner Großmutter, die er schon so lange nicht mehr gehört hatte, dass er sie vergessen zu haben schien, hatte er jetzt so klar und deutlich im Ohr, als säße die alte Dame direkt neben ihm.

Montvieux konnte noch nie eingenommen werden.

Wir werden von vielen beneidet und vertrauen wenigen.

Und natürlich ihr Lieblingsspruch:

Montvieux ist der Stammsitz der Ritterkönige.

Bayard war einer dieser Ritterkönige. Dies war eine Tatsache, die seine Großmutter stets betonte, wobei sie Bayards jüngeren Bruder entweder gar nicht wahrnahm oder ihm ihr Interesse verweigerte. Montvieux sollte eigentlich in Bayards Besitz übergehen, sowohl nach der Erbfolge als auch wegen seiner Verdienste im Kampf an der Seite des Königs – das zumindest war Margaux' Ansicht.

Auch wenn sie den Siegelring einem anderen überlassen hatte. Nach einem langen Streit um die Entscheidungen von Bayards eigenem Vater – einem Kampf, den Margaux verloren hatte – musste sie das Siegel an Bayards Onkel weiterreichen. Der unehelich geborene Rowan hatte keinen Tropfen Montvieux-Blut in sich; er war das Produkt einer Liaison von Margaux' Ehemann und einer Tänzerin, aber Margaux hatte ihn aufgezogen wie ihr eigen Fleisch und Blut. Nun war Nicholas, Rowans Sohn, als kommender Erbe von Montvieux vorgesehen.

Bayard hatte das nie viel gekümmert. Ihm genügte es, dass Montvieux in der Familie blieb, bewahrt und respektiert wurde. Aber mittlerweile hatten die Auseinandersetzungen zwischen den Königen seine Einstellung verändert.

Welche Zänkereien ihn und seine nächsten Verwandten auch entzweit hatten, sie waren immerhin seine Familie. Bayards Dienstherr König Richard von England sah Montvieux als wichtigen Posten im Konflikt mit dem König von Frankreich an. Richard hatte sich schon darauf vorbereitet, die Festung zu belagern.

Richard war natürlich hocherfreut über Bayards verwandtschaftliche Beziehung zu Montvieux, von der er lange Zeit nichts gewusst hatte, da Bayard sich nach dem Landsitz nannte, auf dem seine Mutter geboren und aufgewachsen war. Der blutdürstige Richard hatte sogar vorgeschlagen, Bayard an Stelle seines Onkels zum Lord of Montvieux zu machen, sobald die Festung eingenommen war.

Wäre Bayard ein ehrgeizigerer Mann oder so kalt und gefühllos, wie er gern erscheinen wollte, hätte er das Angebot des Königs ohne Bedenken angenommen. Doch er hatte sich entschieden, Einwände gegen das Vorhaben des Königs zu erheben, und damit seine Stellung als treuer Gefolgsmann aufs Spiel gesetzt.

Er hatte Richard empfohlen, diplomatisch vorzugehen, und sich angeboten, seinen Onkel Rowan zu überreden, Montvieux unter die Dienste des Königs von England zu stellen. Als Argument hatte er angeführt, dass eine solche Lösung keine Verluste unter den Kriegern kosten würde, und geleugnet, dass er seiner entfremdeten Familie gegenüber noch Zuneigung empfand.

Gefühle waren eine Schwäche. Sentimentalität war eine Schwäche. Und Schwäche konnte, wie Bayard oft beobachtet hatte, ausgenutzt werden und einen Mann teuer zu stehen kommen. Ein kluger Mann verbarg jegliche Empfindungen, wenn er überhaupt so närrisch war, sie zuzulassen, und verheimlichte sie jenen, die begehrlich auf das schauten, was ihm gehörte.

Bayard schnalzte energisch mit der Zunge, und sein Streitross stolzierte vorwärts und schüttelte seine Mähne, so dass die vielen silbernen Glöckchen am Zaumzeug bimmelten. Bayard blies einmal in sein Horn – der Ton hallte von den Steinmauern wider –, dann gleich noch einmal, als wäre er ungeduldig und könnte nicht warten.

»Wer kommt an die Tore von Montvieux?«, bellte ein unsichtbarer Wachmann. Bayard wusste, wo die verborgene Nische des Wächters war, weil er dort als Junge gespielt hatte. Er drehte sich zu der Öffnung, die von dieser Seite des Burggrabens aussah wie ein dunkler Schatten.

»Ich bin Bayard de Villonne«, verkündete er mit dröhnender Stimme, »Sohn von Burke de Villonne und Neffe Eures Lords Rowan de Montvieux.«

»Nennt den Grund für Euer Kommen.«

»Ich bin hier, um meinen Verwandten einen Besuch abzustatten.«

Lange tat sich gar nichts. Sehr lange. Bayard zweifelte nicht daran, dass sein Name bekannt war und dass der Lord höchstpersönlich konsultiert wurde. Die Knappen wechselten einen Blick. Der Regen fiel jetzt stetig, und sie waren bis auf die Haut durchnässt.

Bayard rührte keinen Muskel. Er starrte unverwandt auf den dunklen Schatten und forderte seinen Onkel mit reiner Willenskraft auf, ihm Einlass zu gewähren. Er zeigte lediglich Ungeduld und Erwartung und ließ keinen Zweifel an seiner festen Überzeugung, dass seiner Bitte Genüge getan würde.

Und seine Methode fruchtete – wie so oft. Andrew seufzte vor Erleichterung, als die Angeln der großen Tore ächzten. Sie öffneten sich langsam und gaben den Blick auf das mächtige Fallgitter frei.

Dahinter sah man die Silhouette von Rowan, der die Hände in die Hüften stemmte. Bayards Onkel war wie üblich nicht für eine Schlacht gekleidet. Er trug nur ein weißes Leinenhemd, dunkle Beinkleider und hohe Stiefel. Sein rötlich braunes Haar war mit silbernen Fäden durchsetzt, und in seinem gebräunten Gesicht waren Linien und Falten zu sehen, die vor all den Jahren noch nicht da gewesen waren. In seinen Augen blitzte Scharfsinn – auch das war neu, oder Bayard war seinerzeit zu jung gewesen, um zu erkennen, dass sein Onkel auch noch andere Seiten als die ausgelassene, fröhliche hatte.

Bayard trieb seinen Hengst vorwärts. Das Pferd warf verächtlich den Kopf nach hinten, während es über den Wall zu den Burgtoren trottete. Vor dem Fallgitter blieb Bayard stehen – näher als sich viele andere Männer trauen würden –, und der Atem seines Hengstes befeuchtete beinahe Rowans Hemd. »Seid gegrüßt, Onkel.«

»Du bist also zurückgekommen«, erwiderte Rowan in harschem Ton. »Weiß dein Vater davon?«

»Ich habe meinem Vater nichts zu sagen und bezweifle, dass er Nachrichten von mir willkommen heißen würde«, erklärte Bayard gleichmütig – dieser Teil seines Lebens lag weit hinter ihm. »Werdet Ihr mir Einlass gewähren oder nicht?«

Rowan musterte ihn wachsam. »Was hast du hier zu suchen?«

»Darf ein Mann nicht seine Familie besuchen, ohne gleich in Verdacht zu geraten?«

»Nein, das darf er nicht – nicht, wenn du dieser Mann bist. Was willst du von uns?«

»Ich möchte mit Euch sprechen«, sagte Bayard vorsichtig.

»Damit du mich gegen deinen Erzeuger einnehmen kannst? Das wird dir nicht gelingen, Bayard.«

Ärger flammte in Bayard auf, aber er ließ sich nichts anmerken. »Dann seid Ihr demnach seit neuestem sehr angetan von meinem Vater, ja? Es gab Zeiten, in denen Ihr Eurem eigenen Vater getrotzt habt, zumindest hat man sich das erzählt.«

»Mein Vater war ein blutrünstiger Schuft und entbehrte jeder Anständigkeit.« Rowan zog eine Augenbraue hoch. »Ich denke, daran erinnerst du dich noch sehr gut.«

»Und wenn ein Mann gütig und ehrenhaft ist, dann kann er sich nicht irren?«

»Wenn ein Sohn zur Verantwortungslosigkeit neigt, ist es unmöglich für einen Vater, diesen Eigensinn seines Sprösslings zu brechen.«

Bayard hatte nicht mit einer solchen Unbeugsamkeit gerechnet. Rowan war immer der Rebell und Spitzbube in der Familie gewesen – der Sohn, der nicht den Erwartungen entsprach. »Wie ich sehe, seid Ihr unzugänglich.«

Rowan zuckte mit den Schultern. »Du bist weggegangen. Das ist ein sicheres Zeichen dafür, dass du einen Fehler gemacht hast, bevor du gegangen bist, und es selbst wusstest.«

»Oder ein Zeichen dafür, dass eine Schlacht nicht mit ehrenhaften Mitteln gewonnen werden kann.«

Rowan winkte ab. »Du warst immer schon jemand, der es liebte zu gewinnen. In diesem Punkt brauchst du mir nichts vorzumachen, Bayard. Diesen einen Kampf hast du verloren. Du hattest Unrecht, dein Vater hatte Recht. Hab wenigstens den Anstand, ihm das zuzugestehen, auch wenn du ihm deinen Gehorsam verweigerst.«

Die Wut brodelte in Bayard, und er konnte sich nur mit Mühe beherrschen. Sie hatten keine Ahnung, womit sich ein Ritter in diesen Tagen herumschlagen musste, was er mitansah und wozu er gezwungen wurde. Sie waren unschuldig und unwissend, diese Lords, die in trügerischem Frieden lebten und die er gegen die Ungläubigen aus dem Osten verteidigt hatte, die Übergriffe auf das Christentum planten.

Noch schlimmer war, dass sie nichts von den Ambitionen eines fremden Königs ahnten. Bayard erkannte, dass Rowan ihn nicht anhören würde; mit dem Onkel konnte er weder über seinen Vater noch über König Richards Vorhaben sprechen.

Doch das änderte nichts daran, dass Bayard nicht tatenlos zusehen würde, wie Montvieux belagert und die Verteidiger dahingemetzelt wurden.

Nur eines änderte sich vielleicht – seine Taktik. Er würde sie vor der Bedrohung beschützen, aber so, dass sie nichts davon merkten. Sollten sie ihn doch für schlecht und verrucht halten, während er dafür sorgte, dass sie nichts zu befürchten hatten.

Sie wussten nichts von echter Angst, und Bayard war es lieber, wenn sie sie nicht kennen lernten.

»Warum bist du hier?«, erkundigte sich Rowan wieder.

»Ich bin gekommen, um meine Großmutter zu sehen«, antwortete Bayard seelenruhig und brachte sogar ein dünnes Lächeln zustande.

Rowan schnaubte. »Du suchst ausgerechnet Margaux auf? Dann trifft der Spruch ›Gleich und Gleich gesellt sich gern‹ also zu?«

»Sie war immer gut zu mir.«

»Du meinst, sie hat dich immer bevorzugt. Bildest du dir ein, du könntest sie für deine Sache gewinnen? Wenn ja, dann solltest du wissen, dass sie von niemandem unterstützt wird, auch wenn es der Respekt vor ihrem Alter erfordern würde.«

Bayard straffte die Schultern. »Ich weiß, dass Margaux betagt ist, und ich möchte sie sehen, solange ich noch Gelegenheit dazu habe. Wollt Ihr dagegen Einwände erheben?«

»Nur den einen, dass dein Besuch unerwartet kommt. Gefühlsregungen sind das Letzte, was ich von dir erwartet hätte.«

Bayard war nicht willens, mit Rowan über seine Meinung von ihm zu streiten. »Nun, Ihr wisst sehr wenig über mich, nicht?«

Rowan runzelte die Stirn. »Das war deine Entscheidung, Bayard.«

»Tatsächlich?«

»Du bist von hier weggegangen.«

»Ich dachte damals, dass ich keine andere Wahl hatte.«

»Und jetzt?«

Bayard lächelte beinahe. »Jetzt *weiß* ich, dass ich keine andere Wahl hatte.«

Rowans Gesicht versteinerte, und Bayard wusste, dass dies nicht die Antwort war, die sich sein Onkel erhofft hatte. Aber es war die Wahrheit, und die Wahrheit war nicht immer angenehm. Bayard bedauerte nichts und bezweifelte, dass er seinen Entschluss jemals bereuen würde.

Rowans Blick huschte über ihn, und Bayard war sich im Klaren, was sein Onkel sah. Er war ein Kreuzritter, Kämpe und Waffengefährte des Königs. Er war größer, kräftiger und stärker als bei seiner letzten Begegnung mit der Familie, und ganz bestimmt hatten seine Erfahrungen der letzten

Jahre Spuren hinterlassen. Er war ins Feld gezogen und siegreich gewesen; er konnte sich die edelsten Waffen und Pferde leisten und besaß sie auch.

Rowan sah ihn an, sagte aber lange nichts.

Mittlerweile regnete es in Strömen, und die drei vor den Toren wurden pudelnass. Das Streitross rührte keinen Muskel, aber die Ohren der Reitpferde von Bayards Knappen zuckten unablässig.

Plötzlich trat Rowan beiseite und gab dem Wachmann ein Zeichen. »Ich handle in gutem Glauben und vertraue auf dein Wort, deshalb gewähre ich dir Einlass – sorge dafür, dass du das nicht vergisst.«

»Was wollt Ihr damit sagen?«

»Ich hoffe, du besitzt so viel Anstand, Margaux nicht gegen mich aufzuhetzen«, sagte Rowan schroff und marschierte davon.

Er wartete nicht, bis Bayard die Tore passiert hatte, sondern verschwand durch einen Seiteneingang. Bayard wusste, dass man von dort in die Große Halle gelangte.

Die Wächter machten mit den Händen an den Waffen Platz, als die Pferde durch den Torbogen und den steinernen Tunnel dahinter trabten. Kein Knecht lief herbei, um die Zügel zu halten, nicht einmal ein Stallbursche kam, um die Tiere zu versorgen.

Bayard war bisher nur verärgert gewesen, jetzt war er fuchsteufelswild. Es war eine unbeschreibliche Ungezogenheit, dass man ihm weder einen Begrüßungstrunk noch etwas zu essen anbot und dass ihm sein Onkel allein die Schuld für seine Entfremdung von dem Vater gab.

Er hatte sich mehr von Rowan erhofft – sehr viel mehr. Immerhin war Rowan stets der Rebell gewesen, der sich den Erwartungen, die andere in ihn setzten, entzogen hatte. Bayard hatte zumindest damit gerechnet, dass sich sein Onkel anhören würde, was er zu sagen hatte. Offensichtlich war es zu viel erwartet, dass irgendein Familienmitglied die Wahrheit über seinen ehrenwerten Vater erfahren oder ihm zumindest die Gelegenheit einräumen würde, über diese Geschichte zu sprechen. Stattdessen schlossen sie die Reihen gegen ihn, so dass nicht einmal Rowan – *Rowan!* – ihm ein bisschen entgegenkam.

Und das, obwohl er ihnen zu Hilfe eilte. Im Grunde hatte er sich darauf vorbereitet, von Gefühlen bestürmt und milde zu werden, aber jetzt merkte er selbst, dass seine Entschlossenheit sich nur noch mehr verfestigte. Bayard rieb selbst sein Streitross trocken und striegelte es mit wütenden Strichen. Seine beiden Knappen spürten seine Stimmung und hielten sich im Hintergrund. Sie gaben kein Wort von sich, während sie ihre eigenen Pferde mit größter Umsicht versorgten.

Schön, der König forderte Montvieux von Bayard.

Der König sollte es haben.

Es gab nur einen Menschen, der es Bayard übergeben konnte, ohne dass ein einziger Tropfen Blut vergossen wurde. Bayard hatte demnach nicht gelogen – er wollte wirklich seine Großmutter sehen und niemanden sonst.

Vielleicht wandte sie sich letzten Endes gegen Rowan, aber dafür würde sich Bayard nicht entschuldigen. Sein Onkel hatte sich entschlossen, ihn zu verschmähen, und damit alle Chancen vertan, sich das Angebot anzuhören, das Bayard ihm unterbreiten wollte.

Jetzt blieb nur noch, Montvieux aus Margaux' Händen zu gewinnen. Sollten sie ihn doch für selbstsüchtig und arglistig halten – und mochten sie niemals erfahren, vor welchem Schicksal Bayard sie bewahrt hatte. Es war ihm gleichgültig, was sie von ihm dachten, und es würde ihm auch gleichgültig bleiben, denn Zuneigung und Fürsorge waren Schwächen, die leicht ausgebeutet werden konnten.

Und sobald Bayard de Villonne Montvieux in Händen hatte, würde er keine Verwundbarkeit mehr dulden.

Nicht mehr und nicht weniger war er seinen Vorfahren schuldig.

Bayards Großmutter forderte allerdings einen Preis von ihm, der hoch und gering zugleich war. Ihre Räume waren abgedunkelt, und es roch stark nach Salben und Heilkräutern.

»Mylady hat sich in ihr Bett zurückgezogen«, flüsterte die Zofe, als sie auf der Schwelle zu ihrem Gemach standen. »Sie ist verzagt und vom Alter geschwächt.« Die Zofe musterte Bayard abschätzend. »Vielleicht muntert sie Euer Besuch ein wenig auf.«

Es war unvorstellbar, dass sich seine Großmutter dem Alter beugte und gebrechlich war. Bayard versuchte, einen Sinn in dem zu erkennen, was ihm die Zofe zu verstehen gab. Er streifte die Lederhandschuhe ab, schlug sich damit auf die Handfläche und betrachtete die Vorhänge, die um das Himmelbett herum zugezogen waren. Sie waren aus schwerer saphirblauer, mit Gold durchwirkter Seide, und die Säume waren mit den Lilien der Montvieux bestickt.

»Wer lässt es zu, dass Zugluft in mein Gemach kommt?«, wollte Margaux in ihrem üblichen nörgelnden Tonfall wissen.

»Ich, *Grandmaman*, Bayard.« Er betrat den Raum, als die Vorhänge raschelten und Margaux den Stoff mit erstaunlicher Kraft zurückzog.

Sie taxierte ihn vom Kopf bis zu den Zehen: Ihre Augen funkelten herausfordernd, dann kräuselten sich ihre Lippen. »Wenn du zu meinem Begräbnis gekommen bist, muss ich dich enttäuschen – ich bin noch nicht tot.«

»Und dafür bin ich sehr dankbar.« Bayard verbeugte sich. »Ich bin gekommen, um Euch zu besuchen, und hoffe, Eure Konversation wird feinsinniger, wenn Ihr tief durchatmet.«

»Du hast dir Zeit gelassen«, gab sie schneidend zurück. Sie setzte sich auf, und die Zofe eilte herbei, um die Kissen im Rücken ihrer Herrin aufzuschütteln. Margaux ignorierte die jüngere Frau. Ihre Haltung war königlich und nicht im Mindesten verzagt oder hinfällig. Genau genommen machte sie den Eindruck, als wäre sie bereit, jede sich bietende Auseinandersetzung auszufechten.

»Es ist nicht so einfach, von jenseits des Meeres hierher zu gelangen.«

»Also warst du auf dem Kreuzzug, genau wie die Gerüchte besagen.«

»Mit Richard von England.«

»Ah.« Sie studierte ihn ausgiebig, und ihr Blick wanderte von seinem Schwert zu den Stiefeln, der Rüstung und all den Insignien des Wohlstandes. »Dies sind nicht die Waffen, die deinem Ritterstand entsprechen.«

Bayard lächelte. »Ich hielt es für angebracht, mir etwas Besseres zu gönnen.«

»Und du hast die Münzen, um dir das leisten zu können.« Sie sah ihm so unvermittelt in die Augen, dass er beinahe zusammengezuckt wäre. »Oder genügend Beute gemacht.«

»Die Menschen in Frankreich wissen wenig über die Menschen im Orient und ihre Lebensart«, sagte Bayard nachsichtig. Ihm war durchaus bewusst, dass die Zofe jedes einzelne Wort in sich aufsaugte. Er deutete auf einen Stuhl, und Margaux nickte knapp. »Ich habe voller Sorge vernommen, dass Ihr krank seid, *Grandmaman*, und dachte, es würde Euch ein wenig unterhalten, von meinen Abenteuern zu hören.«

Margaux lächelte gerissen, dann winkte sie die Zofe herbei. »Hol Wein für meinen Gast und mich. Ein Mann, der solche Erlebnisse hinter sich hat, sehnt sich bestimmt nach der Behaglichkeit von Herd und Heim, und ein siegreicher Ritter verdient, dass man seine Triumphe mit ihm feiert.«

Die Zofe nickte eifrig und huschte davon, während Margaux die Augen nicht von Bayards Gesicht wandte. Doch erst als das Mädchen außer Hörweite war, beugte sich die Greisin vor. »Du bist gekommen, um etwas einzufordern – etwas, was nur ich dir geben kann. Das weiß ich.«

Bayard lächelte schweigend.

Margaux schaute sich in ihrem Gemach um. »Dein Vater ist die einzige Frucht meines Leibes. Ich habe Montvieux nur an Rowan übergeben, weil dein Vater es nicht haben wollte. Wer konnte ahnen, dass deine Mutter einen ehrenwerten Sohn zur Welt bringen würde?«

Bayard wusste, dass das nicht ganz der Wahrheit entsprach; sein Vater hatte sich geweigert, auf Margaux' Geheiß seine große Liebe zu verstoßen, und sie hatte ihm die Aussicht auf Montvieux entzogen, um ihm ihren Willen aufzuzwingen. Als Burke – aus Stolz – seine geliebte Dame dennoch ehelichte, blieb Margaux keine andere Wahl, als an ihrer Drohung festzuhalten.

Bayards Hoffnungen basierten jetzt auf Margaux' Unzufriedenheit mit diesem Arrangement. Er wartete auf seine Gelegenheit, wie es alle Jäger tun.

Margaux sah ihn an und kniff die Augen leicht zusammen. »Und jetzt bittest du mich um das, was er verschmäht hat.«

»Ich bin der Älteste Eurer leiblichen Enkelsöhne.«

»Und du bist derjenige, der meinem Vater am ähnlichsten ist. Sein Blut rinnt durch deine Adern. Möglicherweise ist das ein Omen dafür, dass das Vermächtnis der Montvieux in deine Hände gehört.« Sie neigte den Kopf zur Seite. »Aber vielleicht sollte ich einen stichhaltigeren Beweis für dein Begehren fordern als einen edlen Harnisch.«

Bayard runzelte die Stirn, und seine Großmutter nahm eine Pergamentrolle aus ihrem Nachtkasten und warf sie ihm zu. Sie war mit Bändern und Siegeln versehen.

Zu Bayards Erstaunen war es eine Einladung.

Seid gegrüßt, Burke Lord of Villonne und seine Gemahlin Alys, geborene of Kiltorren, Luc of Llanvely und seine Gemahlin Brianna of Tullymullagh, Rowan Lord of Montvieux und seine Gemahlin Bronwyn of Ballyroyal. Mögen alle Brüder Fitzgavin und deren Kinder mit guter Gesundheit und Gottes Gunst gesegnet sein.

Eure Söhne sind herzlich eingeladen, an einem Wettbewerb um die Hand unserer Tochter Esmeraude teilzunehmen – einem Wettbewerb ganz in der Tradition der Brautsuche, die vor dreiundzwanzig Jahren im Tullymullagh Castle in Irland stattgefunden hat. Die Söhne, die wir für den Wettbewerb gewinnen möchten, sind: Bayard of Villonne, Amaury of Villonne, Connor of Tullymullagh und Nicholas of Montvieux.

Esmeraude ist zwanzig Jahre alt, unschuldig und bekannt für ihren Geist und ihre Schönheit. Der Preis ist die Hand der jungen Lady, die Mitgift der Titel von Ceinn-beithe – heute ein wohlhabendes Gut von großem traditionellem Wert. Esmeraude wird sowohl die Bedingungen bei diesem Wettbewerb diktieren als auch selbst entscheiden, wer ihr Herz erobert hat.

Wir bitten höflich, dass sich alle Teilnehmer hier in Ceinn-

beithe bis zum ersten Mai dieses Jahres versammeln, und heißen ihre Familien als unsere Gäste herzlich willkommen.
Möge Euch dieses Schreiben bei guter Gesundheit erreichen.
Duncan MacLaren, Chieftain des Clans MacQuarrie, Bewahrer von Ceinn-beithe nebst Gemahlin Lady Eglantine, geborene of Crevy-sur-Seine und Arnelaine.

20. Februar im Jahre des Herrn 1194

Margaux neigte sich vor und tippte mit einem knotigen Finger auf die Bettdecke. »Dein Vater hat meinen Rat bei seiner Brautwahl in den Wind geschlagen und sich meinem Willen, standesgemäß zu heiraten, widersetzt. Wem auch immer ich den Titel und das einzige Gut, das ich besitze, überlasse, er wird sich meinem Willen beugen müssen.«

Bayard blinzelte überrascht. »Ihr werdet mir Montvieux übergeben, wenn ich mich mit dieser Jungfrau vermähle?«

»Du musst sie für dich gewinnen. Dies ist sowohl ein Wettbewerb als auch eine Prüfung.«

»Aber warum ausgerechnet diese Maid?«

»Weil du deine Cousins und deinen Bruder besiegen musst, um mir deinen Gehorsam zu beweisen. Weil ihre Abstammung der unseren angemessen und ihr Herz möglicherweise nicht so leicht zu gewinnen ist, wenn so viele Freier um ihre Gunst buhlen.«

Bayard reichte ihr die Pergamentrolle zurück und begegnete unerschrocken Margaux' Blick. »Ihr seid schlecht beraten, wenn Ihr an meinem Erfolg zweifelt«, belehrte er sie. »Ich bin daran gewöhnt zu gewinnen.«

Margaux lächelte verschlagen. Sie war offensichtlich überzeugt, dass es ihr gelungen war, Bayard ihrem Willen zu unterwerfen. »Du wirst passende Waffen für diese Art von Abenteuer brauchen. In der Kapelle von Montvieux befindet sich hinter dem Altar eine geheime Treppe.«

»So geheim ist sie auch wieder nicht. Ich erinnere mich an sie.«

»Ja, und bist du jemals hinuntergestiegen?«

»Sie führt zur Gruft.«

Margaux rückte ein Stückchen näher zu ihm. »Sieben Vorfahren haben dort ihren ewigen Frieden gefunden, als Letzter mein eigener Vater. Geh dorthin – zum Vater seines Vaters, er liegt im dritten Sarkophag. Die Legende besagt, dass der Nachkomme, dem es gelingt, den Deckel seines Steinsarges zu heben und das Schwert an sich zu nehmen, mit dem er Montvieux gegen die Barbaren verteidigt hat, zum Herrscher über dieses Land bestimmt ist.«

»Und Ihr meint, das wird mir nicht glücken?«

»Nun, ich würde es gern in Erfahrung bringen.«

Bayard machte Anstalten, sich zu erheben, doch Margaux hob die Hand. »Niemand soll Zeuge dieser Tat werden. Es würde nur Verdacht erregen. Geh in dieser Nacht in die Kapelle und zeige mir am Morgen bei Tisch das Schwert – erzähle eine Geschichte, wie du es einem Sarazenen entwendet hast. Wenn du wahrhaftig das Schwert meines Urgroßvaters in den Händen hältst, dann werde ich es küssen und so unseren Handel besiegeln. Du wirst unverzüglich aufbrechen, und kein Mensch erfährt etwas von unserem Vorhaben.«

»Bis ich die Braut für mich gewonnen habe.«

Margaux lächelte. Die Zofe eilte mit zwei Kelchen und einer Weinkaraffe herein. Margaux nickte, und das Mädchen schenkte den Rotwein ein. Ihre Neugier war kaum zu übersehen. »Aber woher wusste der Sarazene von deinem Plan, dem König zu Hilfe zu kommen?«, fragte Margaux, als wären sie mitten in einer Geschichte unterbrochen worden.

»Oh, es gab einen Spion in unseren Reihen, das habt Ihr

sicherlich selbst schon erraten.« Bayard erhob seinen Kelch und prostete Margaux zu. »Auf Eure Gesundheit, *Grandmaman*. Möget Ihr noch viele Jahre leben, um all die Geschichten von Ritterlichkeit und Eroberungen zu hören.«

Margaux gackerte leise. »Oder zumindest so lange, dass ich das Ende dieser einen genießen kann.« Dann hob auch sie ihren Becher und nahm einen herzhaften Schluck.

1

Ceinn-beithe, Schottland
April 1194

»Meinem Dafürhalten nach ist dies ein grauenvolles Vorhaben«, beschwerte sich Esmeraude.

Die Frau, die schon Esmeraudes Kindermädchen gewesen und jetzt ihre Zofe war, verzog das Gesicht, sagte aber nichts weiter.

»Es ist schrecklich, auf diese Weise einen Gemahl für mich zu suchen, und das weißt du selbst sehr gut!«, wiederholte Esmeraude ihre Klage, die sie immer wieder vorbrachte, seit ihre Eltern die Einladung nach Frankreich abgeschickt hatten. »Warum, um Gottes Willen, sollte ich mir bei einer solchen Veranstaltung einen Mann auswählen?«

»Weil Euch ein solches Turnier sehr gefallen wird«, gab Célie scharf zurück.

Sie befanden sich in Esmeraudes Gemach und richteten das Bett für die Nacht her. »*Moi?*«

Célie lachte und schüttelte nachsichtig den Kopf. »In der Tat, ich kann mir kaum etwas vorstellen, was Euch mehr Vergnügen bereiten könnte als ein Wettbewerb, bei dem etliche Dutzend junger Männer um Eure Gunst kämpfen.« Sie wedelte mit dem Zeigefinger vor dem Gesicht ihres Schützlings. »Ihr werdet entzückt sein und vor Freude strahlen, sobald die ersten Freier eintreffen.«

»Männer haben sich schon vorher um meine Hand beworben, und es hat mir keineswegs gefallen.« Mit diesen Worten forderte Esmeraude, während sie ein Kissen ausschüttelte, ihre Zofe heraus, sie vom Gegenteil zu überzeugen.

»Sie haben Geschenke mitgebracht, die Euch durchaus erfreut haben.«

Esmeraude zuckte mit den Schultern. »Firlefanz, den sie jeder Frau mitbringen würden, der sie den Hof machen. Sie freien um mein Gesicht und um die Aussicht, dass ich ihnen Söhne gebäre – mehr nicht. Jetzt, da mir meine Eltern Ceinn-beithe als Mitgift versprochen haben, wird alles nur noch schlimmer.«

»Esmeraude! Es ist unfein, solche Dinge zu sagen.«

»Es ist wahr, und du weißt es.«

»Möglicherweise. Dennoch solltet Ihr es nicht aussprechen.« Die beiden Frauen tauschten ein Lächeln – nach Jahren, in denen viele solcher Wortwechsel stattgefunden hatten, verstanden sie einander genau.

»Wenn Ihr diesen Wettstreit hättet verhindern wollen, hättet Ihr Robert erhören müssen«, sagte Célie schließlich, aber ihr beiläufiger Ton täuschte Esmeraude nicht. »Er scheint anders zu sein als all die anderen, die Euch den Hof machen.«

»Ja, er tut all das, worum ich ihn bitte.«

Célie warf ihr einen raschen, sarkastischen Seitenblick zu. »Ich hätte gedacht, dass Ihr das mögt.«

»Du irrst dich gewaltig.« Esmeraude verdrehte die Augen. »Dieser Mann hat keinen Funken Verstand, Célie, und ich bin überzeugt, dass er vor keiner Eselei zurückschrecken würde, die ich von ihm verlangen könnte. Keine Frau sollte einen Mann heiraten, der so wenig Geist besitzt.«

»Und was ist mit Douglas?«

Esmeraude schnitt eine Grimasse. »Liebe Güte, er ist fest entschlossen, mir unablässig vorzuschreiben, was ich tun und sagen soll, obschon wir uns kaum kennen. Wieso hält er um meine Hand an, wenn er mich und meine Art derart missbilligt? Was wäre er mir für ein Gemahl, um Himmels willen?«

»Nein, der wäre nicht der Richtige für Euch, so viel steht wohl fest. Ihr wisst selbst sehr gut, was Ihr wollt und wie ihr über die Dinge denkt.«

Esmeraude reckte das Kinn. Sie war sich bewusst, dass sie in Célie eine starke Verbündete hatte. »Und ist das so verkehrt?«

Célie kicherte. »Nein, Kind, es ist nicht verkehrt. In der Tat ist es sinnvoll, sorgsam über eine Heirat nachzudenken. Ihr beweist Euren üblichen gesunden Menschenverstand, auch wenn er mit dem Bedürfnis einhergeht, dass sich die Augen aller auf Euch richten.« Célie strich das Laken glatt. »Was ist mit Seamus?«

»Zu groß. Es wäre mir unmöglich, ihn zu küssen, *selbst wenn* mir je danach zumute sein sollte.«

»Ah, aber dann müsste Euch Alasdair recht sein.«

»Der ist zu klein.«

»Aber Ihr lacht viel in seiner Gesellschaft.«

»Weil er amüsant ist.« Esmeraude stemmte eine Hand in die Hüfte. »Aber ehrlich, Célie, dieser Mann betrachtet das ganze Leben als Scherz. Er nimmt gar nichts ernst, und das würde zweifellos sehr bald langweilig werden.«

»Lars?«

»Zu mürrisch! Der Mann ist nicht imstande, auch nur ein einziges Mal zu lächeln.«

»Calum? Na, das ist doch ein gut aussehender Bursche, weder zu groß noch zu klein, nicht zu lustig und nicht zu ernst.«

»Er hat einen Namen, aber keinen Besitz.« Esmeraude klopfte auf ein Kissen. Sie hatte einen eigenen Plan und suchte nach einer Möglichkeit, ihn ihrer Zofe zu unterbreiten. »Ich habe keine Lust zu hungern, und man kann nicht allein vom Anblick eines hübschen Mannes leben.«

»Aber Ihr habt Ceinn-beithe. Bei einer Heirat würde es an Calum übergehen, das hat Duncan so verfügt.«

»Ja, und was für Erfahrung hat *Calum*, wie man Profit aus einem solchen Gut schlägt? Er hat nie Ländereien verwaltet, und ich bin sicher, dass er nichts anderes als sein eigenes Vergnügen im Kopf hat. Nein, ich schulde denen, die an Duncans Umsicht und Verlässlichkeit gewöhnt sind, etwas Besseres.«

Célie lächelte zufrieden, weil ihr Schützling Verantwortung für die Menschen auf Ceinn-beithe zeigte. »Aber dann könnt Ihr an Hamish nichts auszusetzen haben. Er ist wohlhabender als jeder andere, den ich kenne, und ausgesprochen pflichtbewusst.«

»Und er sorgt sich um nichts anderes als darum, seinen Reichtum zu bewahren.« Esmeraude sprang aufs Bett und machte damit alle Bemühungen, die Laken straff zu ziehen, zunichte. Ihre Zofe war verärgert. »Siehst du das denn nicht ein, Célie?«, rief Esmeraude. »Wenn ich einen Mann heirate, dann möchte ich ihn von ganzem Herzen lieben.«

»Und genau das wünschen sich Eure Eltern für Euch. Deshalb haben sie diese Männer herbeigerufen – sie sollen Euer Herz erobern.«

»Ja, aber ich fürchte, dass die Männer, die sich auf diesen Wettbewerb einlassen, nur auf den materiellen Lohn aus sind. Die Männer, die von so weit herkommen, haben eine Eigenschaft gemein, Célie – sie kennen keine Leidenschaft.«

»Leidenschaft?«

»Ja!« Esmeraude schloss die Augen und lehnte sich zurück. »Ich möchte einen Mann mit Herz, einen Mann, der mit Inbrunst das vertritt, woran er glaubt, und sich trotzdem die Meinung anderer anhört. Ich wünsche mir einen Mann, der einen scharfen Verstand hat, aber seinem Herzen vertraut, der weder zu groß noch zu klein, weder zu reich noch zu arm, weder zu amüsant noch zu sauertöpfisch ist.« Sie lächelte zuversichtlich. »Einen Mann, der für mich genau der Richtige ist.«

Célie schüttelte den Kopf und gluckste leise. Im nächsten Augenblick schüttelte sie sich vor Lachen und musste sich an einem Bettpfosten abstützen.

Esmeraude konnte ihre Belustigung nicht teilen. »Und was, bitte schön, bringt dich dazu, dich vor Lachen zu biegen?«

»Ich nehme an, Euer zukünftiger Gemahl muss auch noch hübsch und gut gebaut sein?«

»Selbstverständlich.«

»Und wo wollt Ihr einen solchen Mann finden? Ihr und all die anderen Demoiselles, die den vollkommenen Mann suchen?«

Esmeraude lächelte. »Ich beabsichtige, ihn selbst ausfindig zu machen.«

»Was für eine Tollheit habt Ihr Euch da in den Kopf gesetzt?«

Esmeraudes Lächeln wurde breiter, während ihre Zofe mit einem Mal ganz ernst wurde. »Ich werde den Mann finden, mit dem ich mich vermählen möchte. Das ist nur schicklich, besonders da du meinst, dass ich viel zu hohe Erwartungen hege.«

Die Zofe stemmte die Hände in die Hüften. »Schicklich – in welcher Hinsicht? Es *schickt* sich für einen Mann, auf Brautschau zu gehen – so wie die jungen Männer, die Eure

Eltern zusammengerufen haben –, nicht andersherum. Keine Braut macht sich auf die Suche nach einem geeigneten Gemahl, und kein Mann, der auch nur einen Funken Ehre im Leib hat, würde eine derartige Verwegenheit für geziemend erachten.«

Esmeraude rümpfte die Nase. »Und die meisten, wenn nicht alle, die an dem Wettbewerb teilnehmen, werden sich als ebenso unannehmbar erweisen wie die, die bereits nach Ceinn-beithe gekommen sind, um meine Gunst für sich zu gewinnen. Nein, Célie, ich bin überzeugt, dass der Mann, den ich begehre, nicht einmal weiß, dass er eine Braut braucht, und schon gar nicht, dass er *mich* zu seiner Gemahlin machen will.«

»Und woher wollt Ihr wissen, dass er der Richtige für Euch ist?«

»Ich werde ihn erkennen.« Esmeraude schloss die Augen. »Mein Herz wird es mir sagen.« Sie spähte verstohlen durch die Wimpern und sah, dass ihre Zofe skeptisch war.

»Und wo wollt Ihr diesen Mann finden, wenn er nicht die Absicht hat, sich eine Braut zu erwählen, oder sogar nicht einmal weiß, dass er sich eine wünscht?«

Esmeraude grinste. »Genau das ist ja das Aufregende, Célie! Ich muss selbst eine Prüfung ersinnen und auf Reisen gehen, um den Mann ausfindig zu machen, der imstande ist, mein Herz zu fesseln. Etwas anderes kommt nicht in Betracht.«

Célie reagierte, wie vorauszusehen war, mit Empörung. »Ihr werdet nichts dergleichen tun! Das verbiete ich.«

»Ich werde genau das tun«, entgegnete Esmeraude fest entschlossen, während ihre Zofe sie wachsam im Auge behielt. »Ich breche noch heute Nacht auf und bin auf und davon, bevor irgendjemand etwas merkt.«

»Ich werde Eure Tür verbarrikadieren!«, wütete Célie.

»Lieber Himmel, ich gehe augenblicklich zu Eurer Mutter und erzähle ihr von Eurem Plan.«

Esmeraude griff erschrocken nach den Händen ihrer Zofe und flehte: »Célie, das würdest du nie tun, das *könntest* du gar nicht. Ich dachte, wir sind Freundinnen.«

Die alte Frau kniff die Augen zusammen. »Gerade weil wir Freundinnen sind«, sagte sie behutsam, »darf ich nicht zulassen, dass Ihr eine solche Dummheit begeht – Freundinnen verhindern so was.«

»Aber, Célie, es geht um meine Zukunft und mein Leben, um meinen *Traum*. Du würdest mich doch nicht zu einer Ehe ohne Liebe verdammen, oder?«

Célie entzog Esmeraude ihre Hände und drohte ihr mit dem Finger. »Ist Euch bewusst, was Euch zustoßen könnte, wenn Ihr ohne Schutz unterwegs seid? Hinter diesen Mauern lauern Wölfe, skrupellose Männer und endlose Gefahren ...«

»Und Abenteuer!« Esmeraude breitete die Arme aus und drehte sich auf den Rücken. »Stell dir vor, Célie – all diese wundervollen Orte, die ich sehen werde! Oh, ein Leben ohne Fesseln wäre jedes Risiko wert, auch wenn es nicht für immer andauert.«

»Und wo, bitte schön, sind Eure Fesseln, Mädchen? Ihr seid vom Glück begünstigt, daran kann nicht der geringste Zweifel bestehen.«

»Aber warum muss ich einen langweiligen Mann ehelichen und von diesem Haus in sein Haus übersiedeln, nur um ihm Söhne zu gebären, einem Haushalt vorzustehen und dafür zu sorgen, dass seine Mutter glücklich ist? Diese Vorstellung ist zu schrecklich, als dass ich mich freiwillig einem solchen Schicksal ergebe.«

Die Zofe setzte sich auf die Bettkante und tätschelte Esmeraudes Hand. »Und wie kommt Ihr auf den Gedanken, dass ein Mann, der Leidenschaft für Euch empfindet, keine solchen Erwartungen in seine Gemahlin setzt?«, fragte sie sanft.

»Es wäre leichter, diese Pflichten zu erfüllen, wenn mein Herz von Liebe durchdrungen ist.« Esmeraude achtete nicht auf das verächtliche Schnauben ihrer Zofe. »Und selbst wenn ich zu einem solchen Schicksal verdammt sein sollte, warum kann ich dann vorher nicht wenigstens ein kleines Abenteuer erleben?«

»Weil Ihr Tochter aus einem respektablen Haus seid.«

Esmeraude schloss die Augen und lächelte, ihre Hände hatte sie im Schoß gefaltet. »Würde das nicht zu einer wunderbaren Geschichte werden? Die Geschichte von Esmeraude, die beherzt in die Welt hinauszog, um ihre wahre Liebe zu finden.«

»Ja, wenn sie nicht stattdessen einen unehrenhaften Tod findet.«

»So töricht werde ich nicht sein.« Esmeraude begegnete dem argwöhnischen Blick ihrer Zofe. »Ich habe einen Plan.«

Célies Augen wurden schmal. »Zweifellos eine Dummheit, in die ich über kurz oder lang, wie ich vermute, verwickelt sein werde.«

»Natürlich wäre es weitaus besser, wenn ich dieses Wagnis mit einer treuen Gefährtin an meiner Seite eingehen würde. All jene, von denen die Geschichten handeln, haben einen Gefährten.« Esmeraude rollte auf die Seite des Bettes und nahm die Hände ihrer Zofe in ihre. Sie sah das Glitzern in Célies Augen und wusste, dass die nächste Frage von größter Bedeutung sein würde. »Wirst du mich begleiten? Wir könnten heute Nacht fliehen, bevor *Maman* den Wettbewerb um meine Hand eröffnet, dann kann niemand behaupten, ich hätte unlauter gehandelt.«

»Ich lasse nicht zu, dass Ihr Eure Pflichten so ohne weiteres vernachlässigt, Mademoiselle, gleichgültig, wie Ihr über diese Angelegenheit denkt.« Célie schnaubte. »Ich bin seit zwanzig Jahren im Dienste Eurer Mutter; sie hat mir stets vertraut und gut für mich gesorgt, und ich werde sie jetzt nicht hintergehen, auch wenn Euch noch so sehr nach Abenteuern dürstet.« Das Wort »Abenteuer« spie sie aus, als wäre es eine Obszönität.

»Bitte, Célie. Möchtest du mich um meine letzte Aussicht – nein, meine *einzige* Aussicht bringen, mir einen Herzenswunsch zu erfüllen? Siehst du denn nicht, dass ich keinen hohen Preis für die Kühnheit bezahle, von der großen Liebe zu träumen?«

Die Zofe dachte lange nach. »Ich sollte Euch nicht nachgeben«, sagte sie schließlich. Célie schüttelte Esmeraudes Hände ab und stand auf. »Genau genommen solltet Ihr mich gar nicht darum bitten.«

Esmeraude lächelte schelmisch. »Aber wann habe ich mich jemals darum gekümmert, was ich tun sollte und was nicht?«

Célie kicherte. »Unartiges Kind. Ihr hattet immer schon einen eigenen Kopf und ward nie fügsam.« Sie lächelte, und Esmeraude erwiderte das Lächeln. Keine der beiden Frauen verbarg ihre Zuneigung.

»Du musst mit mir kommen, Célie, du musst einfach. Ich kann mir nicht vorstellen, wie ich ohne dich und deine bewundernswerte Vernunft auskommen sollte.«

Die Zofe musterte ihren Schützling. »Wohin wollt Ihr gehen?«

Esmeraude wedelte mit dem Zeigefinger hin und her. »Nein, nein, nein. Du musst dich in gutem Glauben bereit erklären, mich zu begleiten, bevor ich dir Näheres verrate.«

»Dann müsst Ihr mir versprechen, Euch die Freier, die

sich um Eure Hand bewerben, wenigstens anzusehen, bevor Ihr flieht.«

»Aber warum?«

Célies Gesicht nahm einen verschmitzten Ausdruck an. »Ihr habt selbst gesagt, dass Euer Herz den richtigen Mann erkennt.«

»Ich habe sie mir bereits angesehen«, rief Esmeraude ihrer Zofe ins Gedächtnis. »Der Richtige war nicht dabei.«

»Noch sind nicht alle eingetroffen, und sicherlich würde derjenige, der nicht unbedingt darauf aus ist, eine Braut zu finden, nicht als Erster ankommen wie ein eifriges Hündchen, oder?«

Esmeraude nagte an ihrer Lippe und dachte darüber nach.

Célie verschränkte die Arme vor der Brust. Sie war augenscheinlich bereit, ihr Anliegen durchzusetzen. »Und es wäre unhöflich, so plötzlich abzureisen und diese Männer gänzlich unbeachtet zu lassen. Duncan würde als schlechter Gastgeber dastehen, und das kann nicht in Eurem Interesse sein. Eure Eltern werden eine solche Ungezogenheit nicht so ohne weiteres verzeihen, auch nicht wenn Ihr sie begeht.«

»Aber ich kann nicht bleiben.«

»Selbst wenn der Mann, den Ihr sucht, möglicherweise noch eintrifft? Oder vielleicht sogar schon hier ist, ohne dass Ihr ihn bemerkt habt? Könnt Ihr tatsächlich einem Mann so leicht ins Herz schauen?« Célie beugte sich über das Bett. »Der Mann, von dem Ihr träumt, befindet sich womöglich schon hier in dieser Burg. Wollt Ihr es darauf ankommen lassen, ihn zu verlieren, obwohl er Euch schon so nahe ist?«

»Zwing mich nicht dazu, mich zwischen Abenteuer und Liebe zu entscheiden. Ich werde beides haben.«

»Ja, ich weiß.« Ein Funke blitzte in Célies Augen auf.

»Wie wär's, wenn Ihr einen Hinweis hinterlassen würdet, damit Euch ein kräftiger, kluger Mann folgen kann?«

Dieser Vorschlag vertrieb Esmeraudes Unmut. »Ein Rätsel!« Sie lachte erfreut. »Ich werde ein kniffliges Rätsel hinterlassen – das ist eine Prüfung, denn nur der Mann, der für mich bestimmt ist, wird es lösen und den Hinweisen folgen. Das ist ein wunderbarer Kompromiss, Célie.«

Die Zofe schüttelte den Kopf. »Nein, Ihr solltet ein einfaches Rätsel hinterlassen.«

»Wieso?«

»Was hat diese Jagd für einen Sinn, wenn es keine Konkurrenten gibt? Und Männer sind am mutigsten, wenn andere sie zu übertreffen drohen. Wenn Ihr wollt, dass sie Euch folgen, dann haltet dieses Rätsel ganz schlicht.« Célie nickte zuversichtlich. »Ihr werdet merken, dass Eure Freier ungeahnte Fähigkeiten zeigen, wenn sie sich einer solchen Herausforderung stellen müssen. Ihr würdet den Eifer der Männer oder ihre Entschlossenheit, Euch für sich zu gewinnen, auf die Probe stellen. Ich habe nichts für Eure Suche nach der großen Liebe übrig, und genauso wenig gefällt mir Euer Wunsch, dass man Lieder oder Geschichten über Eure Abenteuer verbreitet, aber es ist durchaus sinnvoll, den wahren Charakter eines Mannes zu ergründen, bevor man sich für immer an ihn bindet.«

Esmeraude tippte sich mit der Fingerspitze an die Lippe und nickte. »Das ist ein ausgezeichneter Plan. So werde ich es machen.«

»Dann verspreche ich, Euch zu begleiten und, so gut ich kann, vor Schaden zu bewahren. Ich hege keinen Zweifel, dass Ihr tut, was immer Ihr wollt – mit mir oder ohne mich.« Die ältere Frau lächelte. »Und mir scheint, die Wahrscheinlichkeit, dass Ihr unbeschadet dieses Abenteuer übersteht, ist größer, wenn ich bei Euch bin.«

»Danke, Célie!« Esmeraude sprang vom Bett und umarmte überschwänglich ihre Zofe.

»Ihr sollt wissen, dass ich mich nur zu dieser Tollheit überreden lasse, weil es um Euer Glück geht«, sagte Célie schroff und strich liebevoll über die Wange ihres Schützlings.

»Oh, und ich werde glücklich sein, das weiß ich ganz genau.« Esmeraude ließ sich wieder aufs Bett fallen und lehnte sich an die Kissen. »Der König der Inseln wird ganz bestimmt dafür sorgen.«

Die ältere Frau wurde blass. »Was ist das wieder für ein Unsinn?«

»Es wird ihm nicht recht sein, dass *Maman* fremde Ritter einlädt, damit sie um meine Hand wetteifern. Nein, das gefällt ihm sicher nicht. Er hat schon zu viel Land an den schottischen König verloren, seit sich die normannischen Ritter in den Festungen niedergelassen haben.«

»Aber ...«

»Nichts aber, Célie. Diese Festungen und die Ländereien darum herum liegen zwar auf dem Territorium des Königs der Inseln, aber die Fremden, die sich dort heimisch gemacht haben, sind dem schottischen König verpflichtet. Das ist dem König der Inseln ein Dorn im Auge, aber er hat keine Möglichkeit, die fremden Ritter von den Ländereien zu vertreiben, wenn sie sich dort einmal festgesetzt und ihren Haushalt mitgebracht haben.«

»Wie Eure *Maman* und ihr Haushalt.«

»Ja. Und jetzt, da der schottische König wieder in der Gunst des englischen Königs steht, muss der Herrscher über die Inseln um seine Gebiete bangen.«

»Woher wisst Ihr so viel über diese Männerangelegenheiten?«

Esmeraude bedachte die ältere Frau mit einem diabolischen Grinsen. »Ich habe zugehört, wenn ich es eigentlich nicht tun sollte.« Sie legte den Zeigefinger an ihr Kinn und runzelte leicht die Stirn, als sie fortfuhr: »Nein, der König der Inseln ist der Einzige, der mich vor den normannischen Rittern beschützen kann, die *Maman* hergerufen hat. Wir sollten zu ihm gehen und seine Hilfe erbitten.«

»Gott im Himmel.« Célie sank auf eine Truhe und bekreuzigte sich. »Niemand kann sagen, dass Ihr ein furchtsames Herz habt, Kind.«

»O Célie, du machst dir zu viele Sorgen. Der König *mag* mich.«

Die Zofe kniff die Augen zusammen. »Auf was für eine Weise mag er Euch?«

Esmeraude lachte spöttisch. »Er ist alt, Célie, du brauchst keine Angst zu haben, dass er amouröse Absichten hegt. Bei seinem letzten Besuch in Ceinn-beithe hatten wir eine angenehme Unterhaltung, das ist alles. Er hat mir oft Geschichten erzählt und Flitterkram mitgebracht. Vielleicht hat er sogar von einem passenden Bräutigam für mich gehört. Oh, schau mich nicht so finster an.« Esmeraude lächelte zuversichtlich. »Ich kann ihn gewiss dazu überreden, mich bei meiner Suche zu unterstützen.«

»Das glaube ich auch«, gab die Zofe düster zurück. »Ihr könntet mit Eurem Charme mühelos die Vögel dazu überreden, von den Bäumen zu kommen, Kind. Mich besorgt nur, was er als Gegenleistung fordern könnte, wenn er Eurem Wunsch nachkommt.«

Esmeraude winkte ab. »Das eine oder andere wertlose Schmuckstück. Eine Locke von meinem Haar. Vielleicht einen Kuss.«

Célie schien nicht überzeugt zu sein, aber Esmeraude ließ sich davon nicht beeindrucken.

Sie klopfte auf die dick gepolsterte Matratze und zeigte sich hoch erfreut, weil alles zu ihrer Zufriedenheit gelöst war. »Komm, Célie, und schlaf heute Nacht bei mir. Soviel ich weiß, erfordern Abenteuer eine umsichtige Planung und ein gewisses Maß an Vorausschau.«

Célie sah sie streng an. »Also seid Ihr fest entschlossen?«

»Ja. Ich kann es kaum erwarten loszuziehen. Es ist ja so aufregend!« Esmeraude hüpfte vor Vorfreude und brachte die Seile, die die Matratze hielten, zum Knarren. »Glaubst du, ein Minnesänger wird eine Ode von meinen Abenteuern komponieren? Ich wäre überglücklich, wenn man mich auf diese Weise ehren würde und wenn ich wüsste, dass ich kein gewöhnliches Leben geführt habe.«

Die Zofe schnaubte – sie konnte offenbar derlei Abenteuern und der Unsterblichkeit in Minnegesängen nicht viel abgewinnen.

»Geht auf die Knie, Kind«, sagte sie in einem Ton, der keine Widerrede duldete. »Wir werden alle Gebete brauchen, die wir aufsagen können. Abenteuer erfordern, soviel *ich* gehört habe, des Öfteren göttliches Eingreifen, damit sie glücklich enden.«

Esmeraude war furchtbar aufgeregt, auch als sie pflichtschuldig die Gebete sprach. Sie würde ein eigenes Abenteuer erleben. Genau wie die Menschen in Duncans Geschichten. Eine Reise, bei der sie nach einem Bräutigam Ausschau hielt.

Sie konnte sich nichts Schöneres vorstellen.

Bayard de Villonne war überzeugt, dass er den Sieg davontragen würde. Er hatte nach England übergesetzt, um von Richard die Rüstung der Krone zu empfangen und die guten Neuigkeiten kundzutun. Richard war nicht leicht von seinem Vorhaben, Montvieux zu erobern, abzubringen gewesen, aber letzten Endes hatte sich Bayard durchgesetzt.

Die Hand der ländlichen Jungfrau bei einem barbarischen Wettbewerb zu gewinnen erschien so einfach, dass Richard und Bayard herzlich darüber lachten. Bayard war immerhin ein schmucker Ritter und ein erfahrener Kämpe mit erstklassigen Manieren noch dazu. Keiner der anderen Männer, die sich an dem entlegenen Ort versammelten, konnte aus demselben Holz geschnitzt sein, und Richard scherzte, dass die Jungfrau unverzüglich in Bayards Bett springen würde. Letztendlich gab das den Ausschlag, dass Richard, was Montvieux betraf, sich still zu verhalten versprach.

Vorerst.

Bayard ging davon aus, dass es eine Seltenheit war, wenn sich ein Mann wie er auf so etwas einließ. Er war im Orient gewesen und zurückgekommen, hatte Korsika und Sizilien gesehen und an der rechten Seite des Königs von England gekämpft, bei Frauen jeder Hautfarbe gelegen, königliche Prinzessinnen kennen gelernt und mit Prinzen und Potentaten diniert. Er hatte Attentate auf seinen Kriegsherrn abgewehrt und sich in die Schlacht gegen die Sarazenen gestürzt und war mit diplomatischen Missionen betraut worden.

Vielleicht traf Richards Vermutung zu, dass diese Demoiselle aus dem Norden Bayard nicht widerstehen konnte.

Natürlich stand zu befürchten, dass sie einen anderen als Bräutigam auserkor, bevor er in Ceinn-beithe eintraf – das war die einzig denkbare Möglichkeit, wie Bayard diesen Wettstreit verlieren könnte. Die Gespräche mit dem König hatten viel Zeit gekostet, und er machte sich Sorgen, weil er so spät dran war. Bayard gab seinem Reitpferd die Sporen, da er eine Niederlage befürchtete, noch ehe er das Schlachtfeld betreten hatte.

Er musste um seiner Familie willen Esmeraude für sich gewinnen.

Deshalb ritt er heute Morgen in unheiliger Hast. Seine Knappen trieben ihre Zelter an, um mit Bayard Schritt zu halten. Sein Schlachtross galoppierte an seiner rechten Seite und schnaubte vor Unbehagen.

Endlich kamen sie auf eine Anhöhe, und Bayard machte die Palisadenwände von Ceinn-beithe aus. Die Häuser des Dorfes und die Zelte wurden von der Morgensonne in goldenes Licht getaucht. Dahinter lag das schimmernde Meer mit den in Dunst eingehüllten entfernten Inseln.

Bayard suchte die Szenerie nach Hinweisen ab, dass er noch zur rechten Zeit gekommen war. Die Wiesen und Felder waren ganz ruhig, nicht ein Schaf war zu sehen – ein wahrhaft schlechtes Omen. Sein Herz machte einen Satz, als er beobachtete, wie eine kleine Gruppe durch die Tore des Dorfes ritt.

Es war noch nicht zu spät.

Bayard glitt aus dem Sattel, setzte seinen Helm auf, dann warf er sich den mit Pelz gefütterten Umhang über die Schultern. Andrew strich Bayards Waffenrock glatt und rückte die Scheide des Schwertes zurecht. Die beiden Jungen hatten Bayards Rüstung und die Waffen auf Hochglanz poliert, und der Ritter dankte ihnen aufrichtig.

Michael hielt die Zügel des Streitrosses – eine Pflicht, die beträchtliche Verantwortung beinhaltete. Er strich dem Pferd über die Nase, während er die Schabracke, die unter dem Sattel hervorhing, richtete. Argent – so hieß das Ross – scharrte vor Ungeduld mit den Hufen. Bayard schwang sich in den Sattel wie an dem Tag, an dem er seinen Ritterschlag erhalten hatte, und die Jungen jubelten.

»Ich treffe euch dann am Tor zum Dorf. Sorgt dafür, dass das Pferd für eine Lady gesattelt ist.«

»Sehr wohl, Sir.«

»Möge Euch die Dame Fortuna zulächeln, Sir.«

»Ja, Michael.« Bayard grinste. »Möge sie nie damit aufhören.« Er zwinkerte den Knappen zu, pfiff leise und gab Argent die Sporen. Die Jungen feuerten ihn an, als Argent den Weg nach Ceinn-beithe hinuntergaloppierte.

Es war gut, wieder den großen Hengst zu reiten, seine Kraft und Vitalität zu spüren. Die blaue Satteldecke wehte, und die weißen Bordüren flatterten. Die silbernen Glöckchen am Zaumzeug bimmelten fröhlich und klangen wie tausend Feenglocken.

Argent hatte seinen Herrn seit Winchester nicht mehr getragen, und seine Schritte waren kraftvoller denn je. Die Hufe waren glänzend poliert, und die Knappen hatten sein Fell so gründlich gestriegelt, dass das eindrucksvolle Ross aussah wie aus blitzendem Silber gewirkt. Die Mähne und der Schweif, die ein etwas dunkleres Grau aufwiesen, wehten wie seidene Federn im Wind.

Der blaue Ledersattel war Argents ganzer Stolz, denn er war eitler, als Bayard ahnte. Als Bayard vor den Toren die Zügel straffte, tänzelte Argent, schnaubte und wehrte sich gegen das Gebissstück. Es war kaum zu übersehen, wie sehr er es genoss, so aufgeputzt zu sein. Zwei junge Männer lungerten am Tor herum, traten jedoch sofort beiseite, als sie Bayard und seinen Hengst erblicken.

Bayard trieb Argent an, ohne auf die Erlaubnis zu warten, eintreten zu dürfen. Die Männer gafften ihm erstaunt nach. Ja – genau das hatte Bayard erwartet: Hier hatte noch nie jemand einen Mann wie ihn und eine solche Pracht zu Gesicht bekommen. Die Braut würde ihm spätestens zur Mittagsstunde versprochen sein. Und er wäre hocherfreut, diese Angelegenheit erfolgreich hinter sich gebracht zu haben.

Er galoppierte durch die schmalen Gassen, und das Klappern der schweren Hufe kündigte seine Ankunft an. Im

Dorf war alles still – zweifellos waren die meisten Bewohner im Schloss, um bei den Festivitäten zuzusehen, doch diejenigen, die noch im Dorf weilten, hielten mitten bei der Arbeit inne, um Bayard anzustarren.

Bayard stieg schwungvoll ab und warf einem verblüfften Stallburschen die Zügel zu. Bayard fielen unter all den Pferden ein reich geschmücktes Streitross und drei andere edle Tiere auf, die weniger prachtvoll ausgestattet waren. Er machte sich auf den Weg zur Großen Halle, und sein Puls beschleunigte sich, als er an die bevorstehenden Wettbewerbe dachte.

Die Halle war nicht sehr hoch und quadratisch. Die Mauern zierten Wandbehänge, die dem weit gereisten und daher weltgewandten Bayard grob vorkamen. Hier drin drängten sich die Schaulustigen, hauptsächlich schlichte Bauern – nur in der vordersten Reihe standen ein paar Adlige. Ein Herr und eine Dame hatten auf dem Podium Aufstellung genommen; der Mann war nach Art der Schotten gekleidet. Seine Beine waren bloß, und er hatte sich ein langes Tuch über die Schulter seines gelben Hemdes drapiert. Die Frau trug ein Gewand ohne jeden Schmuck und sonstige Verzierung, und ihre Haut hatte einen goldenen Schimmer. Ihre aristokratischen Gesichtszüge und der heitere Ausdruck verrieten ihre edle Abstammung, selbst wenn die Kleidung kaum darauf hinwies.

Sie waren ohne Zweifel die Gastgeber dieses Hauses. Ein blondes Mädchen stand zwischen ihnen; es war zu jung und zu dünn, um als anziehend zu gelten, doch Bayard war bereit, jede Frau zu heiraten, die er musste, und mit ihr seine ehelichen Pflichten zu vollziehen.

Kein Preis war ihm zu hoch.

»Seid gegrüßt, Duncan MacLaren und Eglantine de Crevy«, rief er und unterbrach mit Bedacht die Vorgänge, die sich in der Halle abspielen mochten, um nicht in den Verdacht zu geraten, zu spät gekommen zu sein. Alle drehten sich zu ihm um, und er verbeugte sich tief. »Bayard de Villonne, Kreuzritter und Kämpe, zu Euren Diensten.«

Er trat vor, und die Menge teilte sich für ihn. Das Getuschel hatte er erwartet, aber er ignorierte die vielen Menschen und bedachte die Gastgeber mit seinem charmantesten Lächeln.

Sie erwiderten seine Freundlichkeit, und das beruhigte ihn.

Bayard war dazu ausgebildet, die bedeutsamen Einzelheiten einer Situation schon im ersten Moment zu erfassen: die Ausgänge und Fenster, die ungefähre Anzahl der Anwesenden und der Waffen, die sie sichtbar trugen. Dies war gewiss eine der sichersten Hallen, die er in den letzten Jahren betreten hatte, und obwohl Anspannung unter den Menschen herrschte, so war doch nichts von einer finsteren Bedrohung zu spüren, die er bereits viel zu gut kennen gelernt hatte. Die Leute freuten sich lediglich auf die Festivitäten und die Unterhaltung, die ihnen bevorstanden. Seine Eltern lokalisierte Bayard unverzüglich, auch wenn er ihnen keinen Blick zuwarf.

Und ganz gewiss sah er seinen Cousin nicht an, dessen Erbe er sich in Kürze aneignen würde, wenn auch aus einem noblen Grund.

Eglantine neigte den Kopf. »Seid gegrüßt, Bayard de Villonne. Euer Ruf ist Euch vorausgeeilt. Es ist viele Jahre her, seit wir uns einmal begegnet sind, und vielleicht entsinnt Ihr Euch gar nicht mehr daran. Ich hätte Euch nicht wiedererkannt, so sehr habt Ihr Euch verändert.«

»Wie könnte ich eine Anmut wie die Eure jemals vergessen, Lady Eglantine?« Bayard küsste ihr die Hand, und Duncan schnaubte leise. Bayard wandte sich mit einem Lächeln an den älteren Mann. »Es ist nicht zu übersehen, dass der Lady Eure Gesellschaft sehr gut bekommt; sie ist noch schöner und strahlender als damals.«

»Ich danke Euch«, erwiderte Duncan schroff und griff nach der Hand seiner Gemahlin. »Obwohl der Wert einer Frau nicht allein an der Schönheit ihrer Züge gemessen werden kann.«

»Das stimmt, aber man kann das Glück einer schönen Frau in ihren Augen lesen. Ich beglückwünsche Euch, Duncan MacLaren, denn es ist Euch das seltene Kunststück gelungen, eine Frau zu haben, die mit ihrem Gemahl hoch zufrieden ist.«

Das Paar wechselte einen liebevollen Blick, und die Lady errötete leicht, weil man ihr die Zufriedenheit so deutlich ansah. Bayard räusperte sich, dann deutete er auf das scheue blonde Mädchen, das einen Schritt zurückgewichen war. Er streifte seine Handschuhe ab. »Und dies ist die hübsche Esmeraude?«

»Nein! Das ist Mhairi, unsere Tochter.« Eglantine legte den Arm um die Schultern des Mädchens und schob sie nach vorn. »Sie ist erst vierzehn Jahre alt.«

»In der Tat?« Bayard gab sich höflich überrascht. »Und schon so reizend.« Er zwinkerte, als er sah, wie rot die Wangen des schüchternen Mädchens wurden. »Mademoiselle, Ihr werdet viele Verehrer haben, die sich um Eure Gunst bewerben.« Er hauchte einen Kuss auf ihren Handrücken, und Mhairi wurde scharlachrot.

Als sie sich wieder hinter ihrer Mutter versteckte, schlug sich Bayard mit den Handschuhen auf die Handfläche und sah sich in der Halle um. Er begegnete ungerührt dem anklagenden Blick seines Vaters, da er keine Neigung verspürte, erneut Wut mit Wut zu begegnen, dann wandte er sich wieder mit einem Lächeln seinen Gastgebern zu.

»Und wo ist Esmeraude? Ich würde gern die Bekanntschaft der jungen Lady machen, deren Hand ich zu gewinnen gedenke.«

»Ich bin derjenige, der sie für sich gewinnt«, behauptete ein anderer Mann.

Bayard drehte sich um und zuckte leicht zusammen, als er den Mann erkannte. Das Streitross, das ihm vorhin aufgefallen war, war ihm schon vage bekannt vorgekommen. »Simon. Wie seltsam, Euch so weit von zu Hause weg zu treffen.«

»Zu weit weg von zu Hause«, raunte Eglantine hitzig. Bayard bemerkte den düsteren Blick, mit dem Duncan seine Frau bedachte, und fragte sich, was sie über Simon de Leyrossire wusste.

Simon zeigte keinerlei Unbehagen, als er zu Bayard schlenderte und ihn von Kopf bis Fuß musterte. Bayard hatte große Mühe, sich seine Verärgerung nicht anmerken zu lassen. Es gab wenige Dinge, die Bayard de Villonne aufbrachten – Betrug bei Turnieren gehörte dazu. Simon hatte betrogen, des Öfteren und einmal sogar auf Bayards Kosten. Das vergaß Bayard nicht so leicht.

»Ich hatte nicht gedacht, dass Ihr Euch dazu herablasst, noch einmal diese Gefilde mit Eurer Anwesenheit zu beehren«, sagte Simon.

»Aber selbstverständlich.« Bayard lächelte breit. »Wo Richard hinreitet, da reite auch ich hin. Wer ist derzeit Euer Lehnsherr?«

»Philip, König von Frankreich, wie immer.«

»Eigenartig, dass Ihr nicht bei ihm wart, als ich ihm im Osten begegnete. Ich habe mich darüber gewundert, denn all seine bedeutenden Vasallen begleiteten ihn. Hattet Ihr eine andere Position in seiner Truppe als an der Seite des Königs?«

Simons Augen wurden zu schmalen Schlitzen. »Andere Pflichten hielten mich davon ab, mich dem Kreuzzug anzuschließen.«

»Ah, aber wenn sich der König von England für fünf Jahre von seinen neu erworbenen Gebieten entfernen kann, um der christlichen Kirche zu dienen, wie können dann wir schlichten Edelleute eine schwere Bürde als Entschuldigung angeben?«

Die Männer sahen sich eisig lächelnd an, dann zwang sich Simon zu einem Lachen. »Von einem Mann, der keine Ländereien besitzt, kann man wohl schlecht Verständnis für solch eine Entscheidung erwarten.« Simon schnappte in gespieltem Erstaunen nach Luft. »Aber nein, ich sehe, Ihr tragt die Farben von Montvieux. Sicherlich seid Ihr nicht der Suzerän dieses Gutes, oder?«

»Nein, der bin ich nicht.« Bayard trug das Blau und Weiß seiner Familie, aber seine Kleidung war nicht mit der Lilie des Hauses verziert. Es war eine Ehrenbezeugung an seine Ahnen, doch ein Mann wie Simon fand immer etwas, was er anderen ankreiden konnte, um sie in einem schlechten Licht erscheinen zu lassen.

»Auch nicht der Erbe?« Simon schaute auffallend zu Bayards Cousin und Onkel, die beide die Farben von Montvieux mit der Lilie trugen.

»Die Abstammung von Montvieux ist mein Vermächtnis, nicht der Besitz an sich. Ich trage die Farben der Familie als Tribut an ihre bemerkenswerte Geschichte und die Tapferkeit meiner Vorfahren.«

Das war eine angemessene Antwort, obwohl Bayard merkte, dass ihm niemand glaubte. Die Augen seines Vaters wurden schmal, und sein Cousin, Rowans Sohn Nicholas, verschränkte die Arme vor der Brust und funkelte ihn böse an.

Simon entblößte bei einem Lächeln seine Zähne. »Vielleicht ist das ganz gut so, denn Philip wäre sehr besorgt, wenn der Lord of Montvieux ein Mann wäre, der England die Waffentreue geschworen hat.«

»Ich bin Richard verpflichtet, und er ist nicht weniger Franzose als Ihr oder ich.«

»Wenn auch aus dem Süden.«

»Aquitaine ist ein alter Besitz und noch dazu ein großer und ertragreicher. Nur ein Narr würde einen König verhöhnen, dessen Gebiete mehr als zehnmal so groß und wertvoll sind wie die des Königs von Frankreich.«

»Noch weniger einen, der Steuern in ähnlich hohem Maße erhebt«, warf Duncan mit einem gestrengen Blick auf beide Ritter ein. »Vielleicht haben wir aus dem Sinn verloren, aus welchem Grund wir heute hier sind.«

»Ich bitte um Vergebung«, sagte Bayard und verbeugte sich wieder.

»Ja, leider vergessen sich gute Freunde manchmal, wenn sie sich wiedertreffen«, sagte Simon zu glatt für Bayards Geschmack. »Lasset den Wettbewerb beginnen!«

»Falls es ein Turnier gibt ...«, begann Bayard und legte eine deutliche Warnung in seinen Tonfall, doch Duncan schüttelte den Kopf.

»Das entscheidet Esmeraude, und sie hat zweifellos schon etwas ersonnen. Esmeraude!« Der Hausherr erhob die Stimme, und alle Anwesenden in der Halle spitzten die Ohren. »Esmeraude, komm und mach dich mit den Herren bekannt, die um deine Hand werben.«

Beifall brandete auf, und die Musikanten stimmten eine fröhliche Melodie an. Die Leute klatschten zur Musik und verrenkten sich die Hälse, um die Lady, um die es ging, zu sehen.

Aber es erschien keine Lady.

»Esmeraude!«, rief Duncan noch einmal.

Die Musikanten ließen sich von der Spannung, die unter den Ehrengästen herrschte, nicht stören und begannen ihr Lied von neuem. Eglantine und Duncan wechselten einen Blick. Eglantine trat vom Podium und verschwand, während Duncan sich so gab, als wäre alles in schönster Ordnung.

Bayard fragte sich, ob Simon irgendwelche finsteren Intrigen gesponnen hatte, um sicherzustellen, dass sich die Lady für ihn entscheiden würde. Er sah seinen Widersacher aus den Augenwinkeln an und ertappte ihn dabei, wie er dasselbe tat, aber er konnte nicht erkennen, ob Simon ein reines Gewissen oder etwas zu verbergen hatte.

Alle Anwesenden waren sichtlich überrascht, als Eglantine ohne Begleitung und nur mit einer Pergamentrolle in den Händen in die Halle zurückkam. Die Musik verstummte, während sich Eglantine mit offensichtlicher Bestürzung an Duncan wandte. »Sie ist weg. Ich habe nur dies hier gefunden.«

Duncans Miene verfinsterte sich. »Nein.«

»Doch.« Eglantine hielt ihm die Rolle hin. Duncan legte den Arm um die Taille seiner Frau und flüsterte ihr etwas ins Ohr. Sie nickte und presste die Lippen fest zusammen. Die Leute in der Halle hielten den Atem an, denn sie erwarteten eine freudige Überraschung.

Doch Bayard ahnte, dass es sich nicht um einen Scherz oder gar eine List handelte. Die Veranstaltung lief nicht nach Plan, denn man sah den Eltern die Verlegenheit und die Sorge um ihr Kind deutlich an.

Bayard sprang auf das Podium und nahm das Pergament aus der Hand der Lady. »Zweifellos ein Scherz«, sagte er laut und mit einem Lachen. Eglantine lächelte dankbar. Er entrollte das Schreiben und sah die Eltern fragend an.

»Sie kann schreiben?«

Eglantine nickte. »Sie spricht auch Französisch – sowohl *langue oil* als auch *langue d'oc.*«

»Sie kann sich auch in Gälisch verständigen, schreibt es aber nicht«, fügte Duncan hinzu. »Da man diese Sprache nicht leicht in Schrift fassen kann.«

Bayard war beeindruckt. Seine Auserkorene hatte augenscheinlich unerwartete Talente. Genau genommen hatte er sich bisher wenig Gedanken darüber gemacht, was für eine Frau Esmeraude sein könnte, umso mehr verblüfften ihn die Hinweise auf ihre Vorzüge. Es war keine Schande, eine gebildete Frau zu haben.

Er räusperte sich, um vorzulesen, was Esmeraude in einer klaren, sauberen Schrift geschrieben hatte:

Zu Lande und zu Wasser je einen Tag –
Für jeden, der mir folgen mag.
Der, den Ihr aufsuchen müsst,
Befürchtet den größten Verlust.

Bayard sah sich in dem Saal um. Die Männer waren ratlos und schauten ihn erwartungsvoll an.

»Was steht da noch? Gibt es weitere Hinweise?«, wollte Simon wissen.

»Sonst schreibt sie nichts.«

Ein Tumult brach los, und Bayard rollte das Pergament zusammen. Seine Gedanken rasten, und ihm ging all das durch den Kopf, was ihm sein Vater einmal über die Ländereien erzählt hatte, die Esmeraudes Mitgift darstellten.

»Wessen Anspruch auf Ceinn-beithe könnte verloren gehen, wenn Esmeraude sich einen Gemahl auserwählt, der aus der Fremde kommt?«, fragte er Duncan mit gedämpfter Stimme.

»Nur der des Königs der Inseln. Er glaubt, dass Ceinnbeithe seinem Hoheitsgebiet untersteht, und ihm bin ich verpflichtet.«

»Gibt es denn keine normannischen Ritter in dieser Region? Sind sie seine Verbündeten?«

»Nein. Die meisten schließen sich lieber dem König von Schottland an, der am Hof in Angevin aufgewachsen und demzufolge fast einer der ihren ist.«

Bayard betastete die Pergamentrolle. Er war sich durchaus bewusst, dass Simon ihn nicht aus den Augen ließ, deshalb raunte er leise: »Wo befindet sich der Wohnsitz des Königs der Inseln?«

»Er hält auf der Insel of Mull Hof.«

»Eine Reise von einem Tag zu Wasser und einem Tag zu Lande?«, hakte Bayard nach.

Duncan grinste. »Für einen Mann, der sich Zeit lässt.« Er zuckte mit den Schultern. »Eine Frau, die gegen die Strömung ankämpft, braucht vielleicht etwas länger.«

Bayard nickte und wollte beiseite treten, um seine nächsten Schritte zu planen, aber Eglantine hielt ihn am Arm zurück. »Sir, falls Ihr vorhabt, meiner Tochter zu folgen, dann versprecht mir, dafür zu sorgen, dass sie durch ihre tollkühne Tat keinen Schaden nimmt. Sie kann manchmal sehr –«, die Lady zögerte, – »hitzköpfig sein, aber sie hegt keine bösen Absichten. Ich fürchte, es könnte ihr bei dieser Dummheit etwas zustoßen.«

Sorge sprach aus den Augen der Lady, und Bayard ergriff ihre Hand. »Ich bin ein Ehrenmann, Lady Eglantine, und habe gelobt, all jene zu beschützen, die schwächer sind als ich. Zudem möchte ich selbst nicht, dass meine Auserkorene in irgendeiner Weise verletzt wird. Sollte ich sie finden, wird sie bei mir sicher sein. Falls nicht, kann ich nicht für ihr Schicksal garantieren, aber ich gebe Euch mein Wort, dass ich jede Anstrengung unternehmen werde, sie als Erster ausfindig zu machen.«

Eglantine war keineswegs so beruhigt, wie er gehofft hatte. »Ihr seht Eurem Vater sehr ähnlich – er war genauso, als er in Eurem Alter war –, deshalb erstaunt es mich, Euch auf diese Weise von Esmeraude sprechen zu hören.«

»Wie meint Ihr das?«

Eglantine neigte den Kopf zur Seite und betrachtete ihn eingehender. »Ihr nennt sie Eure Auserkorene, obschon Ihr sie noch nie zu Gesicht bekommen habt und nichts von ihr wisst.« Sie trat einen Schritt zurück, und ihre Augen blitzten auf. »Euer Vater hätte so etwas niemals geäußert.«

Bayard lächelte gezwungen. »Mein Vater und ich sind nicht aus demselben Holz geschnitzt, auch wenn wir nach dem gleichen Ehrenkodex handeln.«

»Ist das der Grund dafür, dass Ihr nicht die Farben der Villonnes tragt?«, fragte Eglantine leise. »Das Vermächtnis Eures Vaters ist nicht unbeträchtlich.«

Bayard hielt ihrem Blick stand, sagte aber nichts. Er gehörte nicht zu den Menschen, die jedem, der sich die Mühe machte, eine Frage zu stellen, ihr ganzes Herz ausschütteten. Eglantine sah ihn unverwandt an, dann presste sie die Lippen zusammen und drehte den Kopf zu ihrem Mann.

Duncan beugte sich näher zu Bayard und musterte ihn eindringlich. »Warum seid Ihr so entschlossen, Esmeraudes Hand für Euch zu gewinnen?«

»Möglicherweise liebe ich die Herausforderung, Sir.«

Der altere Mann lachte wehmütig. »Dann, Bayard de Villonne, seid Ihr und Esmeraude in der Tat füreinander bestimmt. Sie ist wahrlich eine große Herausforderung.« Er fuhr sich mit der Hand durchs Haar und schaute argwöhnisch auf die Pergamentrolle. »Diese Suche, die sie in Szene gesetzt hat, ist meiner Ansicht nach eine geeignete Prüfung für jeden Mann, der sie zu der Seinen machen möchte, obzwar ich wünschte, sie hätte sich nicht so impulsiv auf ein solches Abenteuer eingelassen.« Er schüttelte Bayards Hand. »Viel Glück für Euch, Bayard de Villonne.« Dann erhob er seine Stimme und sprach zu der Versammlung: »Glück für alle, die Esmeraudes Herausforderung annehmen. Reitet los und sorgt für eine sichere Heimkehr meiner Tochter.«

Jubelrufe wurden laut, aber Bayard machte sich bereits aus dem Staub. Er überlegte fieberhaft, was jetzt zu tun war und was er brauchte, um die Verfolgung aufnehmen zu können. Er merkte nicht einmal, dass ihm Simon auf den Fersen war, und wurde erst auf ihn aufmerksam, als er am Ärmel gezupft wurde.

Diesmal blitzte die Feindseligkeit deutlich in Simons Augen auf. »Ich habe immer schon gesagt, dass Ihr ein unverbesserlicher Narr seid, Bayard de Villonne. Ihr habt eine große Chance vertan, indem Ihr allen Anwesenden den Inhalt von Esmeraudes Schreiben mitgeteilt habt.«

Bayard blieb stehen und erwiderte entrüstet: »Wollt Ihr damit sagen, es wäre besser gewesen, wenn ich Lügen erfunden hätte?«

»Ein vernünftiger Mann hätte seinen Vorteil besser genutzt.«

»Ein ehrenhafter Mann verspürt nicht den Drang, andere zu betrügen.« Bayard schaute Simon direkt in die Augen. »Und im Gegensatz zu Euch weiß ich, dass ich es nicht nötig habe, zu Täuschungen Zuflucht zu nehmen, um zu gewinnen.«

Damit drehte sich Bayard auf dem Absatz seiner edlen Stiefel um und ließ Simon stehen. Er war ehrlich genug, um sich einzugestehen, dass sich seine Auserwählte mit diesem Spiel weitaus interessanter machte, als er zu hoffen gewagt hatte.

Das verstärkte noch seine Entschlossenheit, sie zu seiner Frau zu machen.

2

Esmeraudes Abenteuer verlief nicht ganz nach Plan.

Zwei Nächte waren seit ihrem Aufbruch von Ceinn-beithe vergangen. Der König der Inseln war keineswegs so erfreut über die Neuigkeiten, die sie mitbrachte, wie sie es erwartet hatte, und es gelang ihr nicht, ihn zu etwas zu überreden. Im Gegenteil – er schlug einen ganz anderen Kurs ein als den, den Esmeraude im Sinn gehabt hatte.

»Ein kluger Mann ergreift die Gelegenheiten, die sich ihm bieten, beim Schopfe«, hatte der König erklärt, nachdem ihm Esmeraude ihre Geschichte erzählt hatte. Für einen kurzen Augenblick triumphierte sie innerlich, seine folgenden Worte zerschmetterten jedoch all ihre Hoffnungen. »Dies ist eine wunderbare Möglichkeit, Ceinn-beithe für mich zu sichern.«

Und trotz Esmeraudes vehementer Proteste hatte man sie kurzerhand durch einen mit Handschlag besiegelten Heiratsvertrag mit dem loyalsten Gefolgsmann des Königs vermählt.

Und der König lachte – *lachte!* –, als sie schwor, dass sie nur aus Liebe heiraten würde. Ihre Einwilligung zu dieser Ehe schien nicht nötig zu sein, sie musste nicht einmal ein Gelübde sprechen. Der König erklärte, dass sie und Ceinn-beithe ihm gehören würden, sobald sein Getreuer sie entjungfert hatte.

Und wenn sein Samen aufging, dann sollte der formlose

Ehevertrag länger als das traditionelle Jahr und den einen Tag Bestand haben.

Esmeraude war außer sich vor Zorn. In ihrem ganzen Leben war sie noch nie als Mittel zum Zweck benutzt worden, und sie konnte sehr gut auch jetzt auf diese Erfahrung verzichten. Diese Männer gierten nur nach ihrer Mitgift, und das war noch viel schlimmer, als von ehrgeizigen Narren umworben zu werden. Sie begriff zu spat, dass der König der Inseln sie früher nur mit Nachsicht behandelt hatte, weil für ihn nichts auf dem Spiel gestanden hatte. Jetzt würde sie, wenn ihr die Zeit dazu blieb, mit Wehmut an das schöne Leben denken, das sie bei Eglantine und Duncan geführt hatte.

Aber zuallererst musste sie fliehen.

Ihr neuer Gatte war ein kräftiger Wikinger, der größte Mann, den Esmeraude jemals gesehen hatte. Seine Haut hatte durch die Sonne dieselbe Bronzefarbe wie sein Haar angenommen, das ihm gerade über die Schultern hing, und er besaß nur noch wenige Zähne. Er trug einen goldenen Reif am Handgelenk und ein Lederband mit einem kleinen Talisman um den Hals. Der Geruch, den er verbreitete, deutete auf nicht gerade gute Gewohnheiten hin.

Er ließ den Schnappriegel an der Tür herunterfallen, nachdem er Esmeraude in eine kleine Kammer gezerrt hatte, und grinste zufrieden. Es war kaum zu übersehen, dass er sich die Aufforderung des Königs zu Herzen genommen hatte und zur Tat schreiten wollte. Esmeraude war sich bewusst, dass der Riegel Störenfriede fern halten sollte, selbst wenn sie schrie. Célie wartete vermutlich draußen auf dem Flur, aber sie konnte ihrem Schützling nicht helfen. Der Lärm der Feier, die in der Großen Halle abgehalten wurde, drang schwach bis hierher, und Esmeraude wusste sehr gut, dass nur sie allein sich retten konnte.

Das flackernde Licht der Lampe ließ ihren Peiniger noch größer und muskulöser erscheinen, als er sich zu ihr umdrehte. Esmeraude nahm an, dass sein Grinsen als freundliche Einladung gedeutet werden könnte.

Sie hatte nicht die Absicht, diese Einladung anzunehmen. Ja, in seinen blassen Augen funkelte die Gier – er wusste sehr genau, welche Reichtümer er sich mit dieser schändlichen Tat verdienen konnte.

Falls sie ihm gelang.

Er streifte sein Hemd und die Beinkleider ab und näherte sich seiner Braut voller Erwartung. Esmeraude wich zurück, und sein Grinsen verblasste angesichts ihres Widerstandes.

Er stürzte sich auf sie, aber sie duckte sich gerade noch rechtzeitig weg. Der Wikinger prallte gegen die Wand, stieß skandinavische Flüche aus, die keiner Übersetzung bedurften, dann rappelte er sich auf und ging wieder zum Angriff über. Eine neue Flamme loderte in seinen Augen. Esmeraudes Mund war wie ausgedörrt vor Angst, aber es glückte ihr, ihm noch einmal im letzten Moment auszuweichen.

Der Mann brüllte so laut, dass die Wände bebten, dann bewegte er sich blitzartig, umfasste Esmeraudes Taille und warf sie sich über die Schulter. Esmeraude biss und trat um sich, aber der Hüne spürte kaum, wie ihre Absätze in seine Waden schlugen. Er war hart wie Stein und stark wie ein Bär.

Er warf sie derart heftig auf das Strohlager, dass ihr momentan die Luft wegblieb. Entsetzen erfasste Esmeraude, da ihr bewusst war, dass sie niemals ein Jahr und einen Tag mit diesem Mann überleben würde.

Jetzt kämpfte sie um mehr als nur um ihre Unschuld.

Sie rang, biss und kratzte und versuchte mit aller Macht, aus dem Bett zu entkommen. Der Wikinger fing sie jedoch jedes Mal mühelos ein und lachte über ihre fruchtlosen

Anstrengungen. Sie hasste diesen Kerl mehr, als sie jemals einen Menschen in ihrem Leben gehasst hatte.

Esmeraude fiel ein Spruch ein, den sie oft aus Duncans Mund gehört hatte. *Ein Feind, der größer ist als du, ist selten klüger als du.*

Gut, sie konnte diesen Einfaltspinsel überlisten, das wusste sie.

Esmeraude lächelte ihren Bräutigam an, als er sie wieder auf die Strohmatratze warf. Er stutzte verwirrt. Sie seufzte, als würde sie sich ihm mit Freuden ergeben, und berührte sein Gesicht mit den Fingerspitzen. Er fixierte sie aus schmalen Augen.

Sie lag auf dem Rücken, als wäre sie bereit, seine Berührungen zuzulassen. Er beobachtete sie wachsam, und sie lächelte einladend. Sie streckte die Arme über den Kopf und merkte, wie er sie mit Blicken verschlang. Sie strahlte und krümmte den Zeigefinger – das entlockte ihm endlich ein Grinsen und ein lüsternes Knurren. Er riss sich den Lendenschurz vom Leib, dann schob er ihr das Kleid bis zur Taille hinauf.

Esmeraude fiel es schwer, nicht zurückzuzucken. Seine Hand strich schwerfällig über ihre Beine, und er packte sie mit der Kraft eines Mannes, der daran gewöhnt war, seinen Willen mit Gewalt durchzusetzen. Esmeraude hielt den Atem an, entzog sich dem Grobian aber nicht, und das schien ihm sehr zu gefallen. Er robbte zu ihr, und Esmeraude wusste, dass sie ihn auf keinen Fall über sich lassen durfte. Wenn der schwere Klotz sie erst einmal unter sich begraben hatte, konnte sie ihn nicht mehr abschütteln.

Sie setzte sich abrupt auf, verschränkte die Hände hinter seinem Nacken und zog ihn neben sich aufs Bett. Seine Augen glitzerten lüstern, als er eine Hand besitzergreifend auf ihre Brust legte, als wollte er sich vergewissern, dass er auch in den Genuss all ihrer Vorzüge kommen würde. Er kniff sie nicht gerade zärtlich, und Esmeraude fragte sich, ob er sie melken wollte wie eine Ziege.

Sie zwang sich, ganz ruhig durchzuatmen, während er ihr mit tiefer, heiserer Stimme Ermutigungen zuraunte und seine Hände über ihren ganzen Körper wandern ließ. Offensichtlich hielt er sie für scheu. Er streckte sich behaglich neben ihr aus, da er davon ausgehen musste, dass sie sich ihm nicht länger widersetzen würde.

Aber als er sich wieder zu ihr beugte, um an ihrem Hals zu knabbern, bewegte sich Esmeraude mit erschreckender Geschwindigkeit. Sie stieß ihm die Finger in die Augen, rammte den Ellbogen in seine Rippen und das Knie in den Schritt.

Er heulte vor Schmerz und Wut auf und rollte zur Seite. Esmeraude verschwendete keine Zeit. Sie sprang auf und rannte zur Tür. Der Wikinger brüllte zornentbrannt, und Esmeraude hörte, wie sein Fuß auf den Boden stampfte. Ihr blieb nur ein kurzer Augenblick für die Flucht.

Und selbst wenn sie aus der Kammer kam, könnte er sie noch einholen. Esmeraude weigerte sich, daran zu denken, was ihr dann blühte.

Ihre verdammten Hände zitterten so sehr, dass ihr der Riegel aus den Fingern rutschte und sie wertvolle Zeit verlor. Sie spähte über die Schulter und sah, dass der Grobian Anstalten machte, sich auf sie zu stürzen.

Instinktiv nahm sie die Laterne an sich und wedelte ihm damit vor dem Gesicht herum. Er schrie und taumelte rückwärts, während er die Arme hochriss, um seine Augen vor der Flamme zu schützen, dabei stolperte er über seine Kleider, die auf dem Boden verstreut waren. Er jaulte auf und fiel langsam wie ein gefällter Baum auf den Rücken. Sein Kopf schlug auf dem Steinboden auf.

Er rührte sich nicht mehr.

Esmeraude stand wie erstarrt da; ihr Herz schlug bis in die Kehle, und ihre abgehackten Atemzüge hallten in der Kammer wider. War der Hüne tot? Sie konnte es nicht sagen. Vielleicht tat er nur so, um sie heranzulocken und sie diesmal endgültig zu packen. Esmeraude schluckte schwer, als sie daran dachte, was der König mit ihr machen würde, wenn sie seinen Gefolgsmann getötet hatte.

Der Riegel klapperte, und sie wäre vor Schreck beinahe aus der Haut gefahren. So schnell konnten die Männer des Königs doch nicht von ihrem Verbrechen erfahren haben, oder?

»Esmeraude!«, zischte Célie auf der anderen Seite der Tür, und Esmeraude sank erleichtert gegen die Wand. »Hierher haben sie Euch gebracht, Kind?«

»Ja, Célie, ich bin hier.« Esmeraude stellte die Laterne auf den Boden und öffnete die Tür.

Die Zofe warf einen Blick in Esmeraudes Gesicht und umarmte sie. »Hat er ...«, begann sie hitzig, aber dann sah sie an Esmeraude vorbei auf den bewusstlosen Mann und schnappte nach Luft. »Was habt Ihr getan, Kind?«, flüsterte sie.

»Er wollte mich mit Gewalt nehmen. Ich habe mich gewehrt, und da ist er gestürzt.«

Célie wagte sich ein wenig näher an ihn heran. »Ist er tot?«

»Ich weiß es nicht.«

»Dann sollten wir uns besser Gewissheit verschaffen.« Célie stapfte zu dem Riesen, musterte ihn gründlich, dann bückte sie sich und lauschte auf seine Atemzüge. »Er lebt noch«, stellte sie nahezu enttäuscht fest und stieß ihn mit der Zehenspitze an. Er bewegte sich, und Esmeraude atmete erleichtert auf. »Aber er wird nicht sehr glücklich sein, wenn er aufwacht.«

»Und der König wird auch nicht sehr erfreut sein über das, was ich getan habe.« Esmeraude schielte zur offenen Tür und lauschte auf die entfernten Geräusche aus der Großen Halle. »Wir könnten fliehen, Célie, und kein Mensch wird so bald erfahren, was hier geschehen ist.«

»Bis auf den hier. Er bewegt sich wieder.«

»Wir können dafür sorgen, dass er nicht weit kommt.« Esmeraude löste ihren Gürtel und band ihm damit die Handgelenke fest zusammen. Célie kramte in ihrem Beutel und inspizierte die wenigen Dinge, die sie bei sich hatte. Schließlich beförderte sie ein kurzes Seil zutage. Die beiden Frauen sahen sich lächelnd an, und Esmeraude fesselte ihrem Peiniger die Füße.

Er rührte sich, ächzte einmal und war wieder still.

»Das Schöne an diesen Handschlagverträgen«, meinte Esmeraude mit gelassener Entschiedenheit, während sie ihren Möchtegern-Gemahl ansah, »ist, dass jede Partei das Recht hat, die Ehe für null und nichtig zu erklären, wenn sie sich als unbefriedigend erweist. Ihr wart ein ausgesprochen unbefriedigender Bräutigam, und deshalb verlasse ich Euch.«

Célie schnalzte mit der Zunge. »Er könnte behaupten, dass er Euch die Unschuld genommen hat. Wenn Ihr nicht anwesend seid, um Euch zu verteidigen ... wer weiß, was dann über Euch gesagt wird? Seid Ihr noch Jungfrau?«

»Ja!«

»Aber er könnte lügen. Es steht sehr viel auf dem Spiel.«

Esmeraude musste einen Moment nachdenken. »Ich werde eine Nachricht hinterlassen – eine, in der die Wahrheit deutlich wird. Ja, ich verfasse ein Rätsel, damit die Männer, die mir folgen, gleich bei der Ankunft die ganze Wahrheit erkennen.«

Célie ließ sich schwer aufs Bett sinken und bekreuzigte

sich. »Esmeraude, Euch fehlt es sicher nicht an Kühnheit. Was, wenn sich der König der Inseln an Eure Fersen heftet?«

»Dann werde ich ihm vor allem klar machen, dass er mich sehr schlecht behandelt hat«, versetzte Esmeraude grimmig und suchte etwas in ihrem Beutel. »In jedem Fall werde ich darauf bestehen, dass der Freier, der mich letztendlich zur Frau nimmt, einem anderen Herrscher als dem König der Inseln die Treue schwört.«

»So etwas zu bestimmen ist nicht Eure Aufgabe.«

»Das ist mir gleichgültig! Hier hat man mich schändlich missbraucht, Célie; der König, an den ich mich in vollstem Vertrauen gewandt habe, hat mich als Mittel zum Zweck benutzt. Ich war sein *Gast*!«

»Euer Vertrauen wurde schlecht belohnt.«

»In der Tat. Ich habe nicht zugestimmt, mich an dieses Ungeheuer zu binden, und dennoch wurde ich dazu gezwungen. Wir wissen beide, dass eine solche Handlungsweise nicht üblich ist.« Sie deutete angewidert auf den Wikinger. Mittlerweile gewann die Wut Oberhand über ihre Furcht. »Er hätte mich ohne Bedenken verletzt. Der König möchte Ceinn-beithe ein für alle Mal in seinen Besitz bringen, gleichgültig, welchen Preis mich das kostet. Er wollte es durch mich gewinnen. Das ist nicht recht, und deshalb werde ich dafür sorgen, dass ihm Ceinn-beithe niemals gehören wird.«

»Gott im Himmel.« Die Zofe betrachtete Esmeraude erschrocken.

»Ich weiß, meine Worte sind ungewöhnlich verwegen, Célie. Aber ich bin sehr verärgert, und das mit vollem Recht. Ein *Mann* würde wegen einer solchen Demütigung Blut vergießen.«

»Ein Mann hat das Recht, Ungerechtigkeit zu ahnden.«

»Wenn ich meinem Bräutigam mit meiner Jungfernschaft auch Ceinn-beithe zu Füßen lege, sollte es mir zumindest gestattet sein, mitzubestimmen, was mit dem Land geschieht.« Esmeraude lächelte ihre entsetzte Zofe an. »Ich halte meine Antwort auf diese ungeheuerliche Schmach für ausgesprochen maßvoll, wenn man all die Umstände bedenkt.«

Célie blinzelte ein paarmal, erhob jedoch keine Einwände mehr. Esmeraude fand endlich ihre Schreibfeder und das kleine verkorkte Fläschchen mit der Tinte. Dann zog sie ein Stück benutztes und sorgfältig gereinigtes Pergament hervor und fing an zu schreiben.

»Was werden wir jetzt tun?«

»Wir tun das, was ich von Anfang an hätte machen sollen. Wir werden meiner Schwester Jacqueline einen Besuch abstatten, denn sie wird mein Recht, mir meinen zukünftigen Gemahl selbst auszusuchen, verteidigen. Eine *Frau* wird verstehen, was der König der Inseln nicht verstanden hat.«

Die Zofe schüttelte den Kopf. »Aber Airdfinnan ist so weit entfernt!«

»Dann bleibt mir umso mehr Zeit, das eine Hindernis, das mir meine Suche erschwert, loszuwerden«, entgegnete Esmeraude fest.

»Und was soll das für ein Hindernis sein?«, wollte Célie wissen.

Esmeraude antwortete lieber nicht, da ihr klar war, dass Célie ihren Plan nicht gutheißen würde. Sie blies die Tinte auf dem Pergament trocken, dann steckte sie das Schreiben in die Stiefellasche des Wikingers. Einer plötzlichen Eingebung folgend, löste sie das Lederband von seinem Hals und legt den Talisman neben ihn auf den Boden.

Sie nahm die Laterne an sich und winkte Célie zur Tür,

dann schlang sie die Lederschnur um den Schnappriegel, fädelte die Schnur durch eine Ritze in der Tür, und nachdem sie sie von außen zugemacht hatte, zog sie an einem Ende des Bandes, so dass der Riegel innen ins Schloss fiel. So konnte die Tür von außen nicht mehr geöffnet werden.

Sie grinste ihre Zofe triumphierend an. »Jetzt wird er lernen, was es heißt, dem Willen anderer schutzlos ausgeliefert zu sein.«

Ehe Célie sie ausschelten konnte, nahm Esmeraude ihren Beutel und eilte davon – immer weiter weg von dem Lärm in der Großen Halle. Die beiden Frauen huschten leise wie Schatten aus dem Gebäude und rannten, so schnell sie konnten, durch die Nacht.

Es war dunkel, nur der hoch am Himmel stehende Mond spendete etwas Licht, und Esmeraude wusste, dass sie vor Tagesanbruch eine möglichst weite Entfernung zwischen sich und das Schloss des Königs bringen musste. Sie liefen zu den Felsen an der Küste, wo sie ihr kleines Boot versteckt hatten.

»Habe ich Euch nicht gefragt, welches Hindernis Ihr loswerden wollt?«, sagte Célie, als sie ihre Schritte verlangsamten.

Esmeraude strahlte ihre Begleiterin an. »Meine Unschuld natürlich.«

»Was ist das schon wieder für ein Unsinn?«

Esmeraude hatte keine sofortige Zustimmung zu ihren Überlegungen erwartet, obwohl sie selbst sie durchaus vernünftig fand. Sie versuchte ihre Gründe sachlich darzulegen. »Allein meine Jungfernschaft ist verantwortlich für das, was mir heute Abend widerfahren ist. Ich halte es für sehr vernünftig, mich davon zu befreien.«

Célie schien es die Sprache verschlagen zu haben.

»Mir ist mittlerweile sonnenklar, dass eine Jungfrau gezwungen werden kann, sich jedem Mann, der stärker ist als sie, zu ergeben. Das ist ein unlauterer Vorteil, denn die meisten Männer sind stärker als die meisten Frauen.«

»Trotzdem ...«

»Wenn Männer so niederträchtig sind, mich als Pfand einzusetzen, um Ceinn-beithe für sich zu gewinnen, dann werde ich ihnen diesen Vorteil nicht mehr gewähren«, erklärte Esmeraude entschieden. »Nein, ich werde meine Unschuld dem ersten ansehnlichen Fremden schenken, dann kann mich kein Mann mehr zwingen, ihn zu heiraten, weil er mich entjungfert hat.«

»Esmeraude, das ist bei weitem zu kühn!«

»Es ist ein kleiner Preis für die Sicherheit, dass ich mir meinen Gemahl selbst erwählen darf.«

Célie schüttelte wieder den Kopf. »Aber, Esmeraude, Ihr unterschätzt in Eurer Unwissenheit die Besessenheit der Männer. Wenn Ihr diese Torheit wahr macht, könntet Ihr letzten Endes ganz *ohne* Gemahl bleiben. Was, wenn der Mann, den Ihr Euch wünscht, nur eine jungfräuliche Braut akzeptiert?«

Esmeraude lächelte und wehrte die gut gemeinte Besorgnis ihrer Zofe ab. »Der Mann, den ich heirate, wird mich so sehr lieben, dass er mir diesen kleinen Fehltritt verzeiht.«

»Das ist kein kleiner ...«, begann Célie, dann schüttelte sie erneut den Kopf. »Offensichtlich kann ich Euch heute Nacht nicht davon überzeugen, dass Ihr in die Irre geht. Aber eines sollt Ihr wissen – Eure Mutter wird mir und Euch das Fell über die Ohren ziehen, solltet Ihr diese Tollheit tatsächlich in die Tat umsetzen«, schloss Célie unwirsch. »Merkt Euch meine Worte, Esmeraude – dies ist ein unheilvolles Vorhaben.«

Esmeraude war in diesem Moment jedoch nicht geneigt, sich irgendwelche Ratschläge anzuhören, denn sie sah sich einer großen Schwierigkeit gegenüber. Sie ging denselben Weg, den sie gekommen waren, zurück, zählte die Felsen mehrmals ab und suchte, aber die Wahrheit war unausweichlich. »Célie, unser Boot ist weg.«

»Nein, das kann nicht sein!«

Aber es war so. Und ohne das Boot waren sie auf der Insel Mull gefangen. Beide drehten sich zum Schloss des Königs um; ihnen war bewusst, dass er Esmeraude ohne weiteres für die Verletzungen und die Erniedrigung, die sie seinem Gefolgsmann zugefügt hatte, zur Rechenschaft ziehen konnte, und ihre Zofe würde er sicherlich auch nicht verschonen. Sie wandten sich wieder dem trügerisch schmalen Streifen Wasser zu, der die Insel vom Festland trennte. Und Esmeraude entdeckte in der Ferne einen dunklen Schatten, der sorglos auf den Wellen tanzte.

Sie fluchte, weil sie wusste, dass sie das Boot nicht hoch genug auf den Strand gezogen hatte, um es vor der Flut zu schützen. »Oh, verdammte Hölle, es ist alles meine Schuld!«

»Esmeraude! Es geziemt sich nicht für eine Lady, so zu fluchen!«

»Aber unter diesen Umständen ist es passend«, sagte Esmeraude finster. »Ich werde nicht geduldig hier sitzen und auf die Rache des Königs warten.« Oder auf diesen barbarischen Wikinger. Sie trommelte mit den Fingern auf ihre verschränkten Arme und dachte fieberhaft nach. »Ich werde schwimmen, wenn es sein muss.«

»Wenn ihr eine solche Narretei überlebt, werde ich Euch persönlich erwürgen!«, brummte Célie ebenso erbost. Sie funkelten sich eine Weile an und mussten plötzlich lachen, weil sie beide so mürrisch waren. Es half ihnen bestimmt nicht weiter, wenn sie sich zankten. Sie setzten sich auf einen Felsen und betrachteten entmutigt die Wellen.

»Es muss irgendeine Möglichkeit geben«, erklärte Esmeraude.

»Vom Regen in die Traufe, würde meine Mutter sagen«, stellte die Zofe kopfschüttelnd fest. »Ich wette, Ihr habt nicht mit solchen Schwierigkeiten gerechnet.«

»Du hast Recht. Aber ist es nicht auch sehr aufregend, Célie? Wir müssen uns selbst aus dieser misslichen Lage befreien wie alle Glücksritter und Abenteurer.«

»Wenn das aufregend ist, dann kann ich sehr gut darauf verzichten.«

»Ich nicht!« Esmeraude ließ den Blick über die Küstenlinie schweifen. »Es muss einen Dorfbewohner geben, der ein Boot hat, oder einen Fischer, der uns von hier wegbringt.«

»Ich frage Euch, um welchen Preis Euch so ein Mann einen Gefallen tun würde?«

Esmeraude winkte ab. »Ein Fischer kann wahrlich wenig von mir verlangen.«

Die Zofe schnaubte geringschätzig, dennoch musterte Esmeraude den Strand eingehend. Nirgendwo war ein Haus zu sehen, kein Schimmer von einem Laternenlicht. Sie erinnerte sich an Duncans Behauptung, dass die Fischer auf der Ozeanseite der Insel wohnten. Sie betrachtete wehmütig ihr führerloses Boot, das allmählich außer Sichtweite verschwand. Aber nicht jeder besaß Talg für eine Kerze oder Öl für eine Lampe. Es könnte durchaus eine Behausung in der Nähe sein, und in der Dunkelheit sah sie aus wie ein Felsen. Der Dunst, der vom Meer aufstieg und auf die Insel kroch, reflektierte das Mondlicht wie gesponnenes Silber. Esmeraude dachte an die Elfen und Feen aus Duncans Geschichten, die sie so sehr liebte, und fragte sich, ob sie bei einer Wanderung durch diesen Nebel in ein anderes Land gelangen würden.

»Komm, Célie, lass uns die Küste entlanggehen – weg vom Schloss. Wenn wir Glück haben, dann finden wir eine Hütte oder einen Menschen, der uns helfen kann.«

»Zumindest werden die Männer des Königs länger brauchen, um uns aufzuspüren«, bemerkte die Zofe düster.

»Célie, es hilft uns nicht weiter, wenn wir tatenlos hier herumsitzen und darauf warten, dass die Katastrophe über uns hereinbricht. Wir müssen unseren Verstand einsetzen, um auch den kleinsten Vorteil zu nutzen, der sich uns bietet.«

Als sie loszogen, bedachte die Zofe ihren Schützling mit einem eindringlichen Blick. »Ihr genießt das«, sagte sie anklagend.

Esmeraude lächelte. Es wäre sinnlos, das abzustreiten, weil ihr die Begeisterung ins Gesicht geschrieben stand. Stattdessen erzählte sie Célie eine von Duncans Geschichten, ihre Lieblingslegende vom Ritter Tam Lin, den die Feenkönigin entführt hatte, damit er an ihrem Hof dienen konnte. Esmeraude bewunderte, wie entschlossen Tam Lins sterbliche Geliebte sich ans Werk gemacht hatte, um den Angebeteten zurückzugewinnen; diese Geschichte war ausgesprochen anregend. Sie sang das Lied, wie es Duncan immer tat, und die Melodie beflügelte ihre Schritte.

Der Dunst umwirbelte ihre Knöchel, die Brandung schlug gegen die Felsen, und der Mond zog über den Himmel, während sie sich stetig mehr vom Wohnsitz des Königs entfernten. Es war eine verzauberte Nacht ganz ähnlich der, in der Tam Lins Lady ihren Geliebten von dem Bann der Feenkönigin befreite.

Esmeraude spürte, dass sie geradezu lächerlich glücklich war. Sie hatte das Gefühl, ganz allein das eigene Schicksal bestimmen und ihr Glück finden zu können. Sie hatte die Last der Erwartung abgeschüttelt, auch wenn womöglich nicht für lange, und das verstärkte noch ihre Sehnsucht nach einem ungewöhnlichen Leben. Was sie vorher nur erahnt hatte, war ihr jetzt zur Gewissheit geworden: Sie würde ihre wahre Liebe finden, auch wenn sie vielleicht große Opfer bringen musste, um sie sich zu erhalten.

Esmeraude war bereit dazu.

Sie sang noch zwei weitere Balladen, dann gab ihre Zofe eine zum Besten, und Esmeraude erzählte auch noch eine Geschichte – alle handelten von Elfen und Kobolden, Feenschmieden, Behausungen aus Mondlicht und Spinnweben, von Zauberschwertern, Wunschsteinen und Umhängen, die einen Menschen ganz unsichtbar machten. In dieser Nacht hätte jede der Geschichten Wirklichkeit sein können.

Als der letzte Ton der Ballade vom Wind weggeweht wurde, umklammerte Célie plötzlich Esmeraudes Arm. »Seht!« Sie deutete auf ein Schiff, das ein wenig größer als ihr eigenes war und vor ihnen auf die Küste zusteuerte.

Esmeraude blieb stehen. Das Boot hob sich schemenhaft vom weißen Dunst ab, als wäre es dunkler als die Nacht, und es schien vom Licht der Sterne berührt zu sein wie etwas, was nicht von dieser Welt war. Ein Mann stand im Bug, sein Umhang flatterte im Wind. Er kam Esmeraude vor wie der Herrscher über alles, was er überblickte – wie ein siegreicher Kämpe, der zurückkehrte, um seine Ansprüche geltend zu machen.

Was für einen Schatz brachte er mit? Welche Länder hatte er gesehen? Welche Drachen hatte er besiegt? Sie zweifelte nicht daran, dass es zahllose gewesen sein mussten. Der Mondschein glitzerte auf etwas, was nur ein Kettenhemd sein konnte und ihn als Ritter auswies.

Aber er war kein gewöhnlicher Ritter, davon war Esmeraude überzeugt. Nein, er musste ein Gesandter der Feen sein wie der verzauberte Tam Lin. Sie beobachtete, wie das Boot näher kam, und eine eigenartige Empfindung erfüllte sie: Sie war sich mit einem Mal ganz sicher, dass dieser Ritter ihr Schicksal war. Ja, ihr Wunsch, die Jungfernschaft loszuwerden, hatte ihn ihr beschert – sie hätte ihn genauso gut bei seinem Namen herbeirufen können.

Dies, so beteuerte ihr Herz, war der Mann, der das Hindernis aus dem Weg räumen würde.

Die Küste hier war einsam und mit Felsen übersät, als hätte ein Riese Steine auf den elfenbeinfarbenen Sand geworfen. Im Meer spiegelten sich der Mond und die Sterne, der Wind war kühl und roch nach Salz und Tang.

Der Ritter kam näher. Esmeraudes Mund wurde trocken, und sie drängte die unschlüssige Célie zum Wasser. Eine große, dunkle Woge hob das Boot in die Höhe und trug es mühelos auf den Strand, als würde es von einer großen Hand gelenkt.

Ein Junge sprang ins seichte Wasser. Der Ritter rief ihm etwas mit melodischer Stimme zu – die Worte waren gefärbt von einem fremdländischen Akzent. Eine raue Welle riss den Jungen von den Füßen; der Ritter lachte, watete selbst durchs Wasser und hievte den Knappen mit Leichtigkeit heraus. Esmeraudes Herz setzte einen Schlag aus, als sich der Ritter umdrehte und der Mondschein auf seine männlichen Züge fiel.

Er war der hübscheste Mann, den sie jemals zu Gesicht bekommen hatte. Sein Kinn war kantig, das Profil aristokratisch. Sternenlicht funkelte in seinem dunkel gewellten Haar fast ebenso wie am Himmel, und Esmeraude fragte sich, was für eine Farbe seine Augen haben mochten. Er konnte kein Normalsterblicher sein, und wenn doch, dann hatte sie noch nie von einem Land gehört, das solche Männer hervorbrachte.

Das Meer hatte ihn ihr gebracht – ihr allein. Eine höhere Macht überreichte ihn ihr als Geschenk, und Esmeraude hatte zu oft auf Duncan MacLarens Schoß gesessen und seinen Geschichten gelauscht, um nicht zu wissen, welche Rolle sie in dem Abenteuer spielte, das sich hier entspann.

Ohne auf Célies Protest zu achten, sprang Esmeraude auf den Felsen und richtete sich zur vollen Größe auf, damit der Ritter sie sehen konnte, wenn er den Blick hob.

Aber er hielt den Kopf gesenkt. Er und der Junge zerrten das Boot auf den Sand. Der Ritter scherzte mit seinem Knappen und half ihm so unauffällig, dass der Junge überzeugt war, das Schiff ganz allein in Sicherheit gebracht zu haben. Der Ritter, der, wie Esmeraude schon jetzt überzeugt war, einen edlen Chrakter besaß, fuhr dem Jungen mit unverhohlener Zuneigung durchs Haar. Sie lachten und tobten über den Strand, und er sah so männlich aus, dass Esmeraude sich nach einem Blick von ihm verzehrte.

Wenn nicht nach mehr.

»O Célie«, flüsterte Esmeraude ehrfürchtig, als ihre Zofe sie keuchend einholte. »Meine Mutter wusste, wovon sie sprach, als sie sagte, dass Ritter unglaublich verführerisch sind.«

Die Zofe ächzte. »Esmeraude! Was für ein Wahnsinn hat Euch befallen?«

Esmeraude bedachte ihre Vertraute nur mit einem Lächeln.

»Nein!« Célies Augen wurden riesengroß vor Entsetzen, und sie senkte die Stimme zu einem Zischen. »Ihr werdet nicht tun, was Ihr angekündigt habt.«

Esmeraude kletterte vom Felsen, um dem Mann näher zu sein, der heute Nacht bei ihr liegen würde.

»Nicht ... *das!* Nicht mit einem Ritter und einem Fremden noch dazu ...«, sprudelte Célie hervor, aber Esmeraude war in Gedanken schon zu weit weg und hörte sie nicht mehr. Die Zofe schien das zu spüren und fuhr vehementer fort: »Nein, ich verbiete Euch diese Tat. Liebe Güte, ich werde Euch aufhalten und mich zwischen Euch und ihn werfen, wenn es sein muss.«

Doch Esmeraude wusste, was sie tun musste, und nichts konnte sie davon abbringen. Sie bewegte sich wie in einem Traum, aus dem sie nicht erwachen wollte. Sie würde ihre Unschuld an einen namenlosen Ritter im Mondschein verlieren, an einen Mann, der aus Mondstrahlen und Feenstaub gemacht schien und den sie nie wiedersehen würde.

Es war vollkommen. Ihr Herz klopfte wild, als ihr die eigene Kühnheit bewusst wurde.

»Er ist ein Fremder«, unterbrach sie Célies Tirade mit einer Ruhe, die sie ganz und gar nicht fühlte. »Ich weiß ohne jeden Zweifel, dass er nicht unter jenen war, die um meine Hand warben.«

»Ein Mann wie dieser kann keine guten Gründe haben, in so abgelegene Gefilde zu kommen!«

»Vielleicht muss er irgendwelche Angelegenheiten mit dem König der Inseln besprechen.«

»Er ist viel zu weit im Norden an Land gegangen, wenn der Hof sein Ziel wäre. Nein, er ist ein Halunke und meidet die Königshöfe, darauf könnt Ihr Euch verlassen. Er ist ein Dieb, vielleicht ein Meuchelmörder. Esmeraude, Ihr wisst nicht das Geringste über den Charakter dieses Mannes!«

»Das Meer ist launisch, wie du sehr wohl weißt. Sieht er aus wie jemand, der sich in diesen Gewässern und mit den Tücken der Strömungen auskennt?« Esmeraude schüttelte den Kopf. »Und ist dir aufgefallen, wie er mit seinem Knappen umgeht? Nein, er ist ein Ehrenmann oder ein Ritter aus dem Reich der Elfen – mir ist gleichgültig, was von beidem. Ich habe ihn auserwählt, mir bei meiner Suche zu helfen.«

»Esmeraude! Wir fliehen vor dem König, dem er, wie Ihr annehmt, einen Besuch abstatten möchte. Das habt Ihr doch nicht vergessen? Was, wenn er dem König von uns erzählt?«

»Warum sollte er? Er wird meinen Namen nie erfahren.«

»Aber ...«

»Wir brauchen ein Boot, Célie«, fiel ihr Esmeraude entschieden ins Wort, da sie wusste, dass praktische Gründe die ältere Frau am ehesten beruhigen und zum Schweigen bringen konnten. »Das, welches den Ritter hergebracht hat, kommt uns gut zupass.« Sie sah ihre Zofe zuversichtlich an, obwohl es ihr schwer fiel, den Blick von dem schmucken Ritter loszureißen, der vom silbernen Mondlicht umhüllt wurde. »Und wenn er dem König von uns erzählt, werden wir längst auf See sein.«

»Gott im Himmel!« Die Zofe rieb sich betrübt die Stirn. »Ihr meint, Ihr wollt einen Ritter bestehlen, nachdem Ihr so getan habt, als wäret Ihr eine Hure? Oh, Eure Mutter wird entsetzlich wütend auf mich sein. Wie es scheint, kann ich Euch trotz meiner allerbesten Absichten nicht vor Unheil bewahren.«

»Keine Hure, Célie, ich könnte ihm nie vormachen, so viel Erfahrung zu haben.« Esmeraude strich mit der Hand über ihr verknittertes, schmutziges Gewand. »Ich werde eine Dorfbewohnerin sein, ein einfaches Landmädchen, das zum ersten Mal einen leibhaftigen Ritter sieht.« Sie lächelte, und ihre Stimme wurde sanfter. »Wie in einer der uralten Geschichten, in der nichts so ist, wie es scheint.«

Es war wirklich nicht schwierig, ihm das vorzuspielen – allein bei dem Gedanken, sich ihm zu nähern, wurde Esmeraudes Kehle eng. Wie würden seine Küsse sein? Wie würde er sie berühren? Wie fühlte es sich an, wenn er sie nahm? Sie hatte Angst vor dem, was sie entdecken könnte, gleichzeitig bebte sie vor Vorfreude.

Sie konnte nicht weggehen, um ihre Seele zu retten. *Dies hier war* das Abenteuer!

Célie stöhnte, aber Esmeraude ging dennoch zielstrebig auf den Ritter zu. Sie reckte ihr Kinn in die Höhe, und ihr Herz schlug schmerzhaft. Und als der Fremde ihre Schritte hörte und aufschaute, sah sie, dass seine Augen blau waren wie der strahlende Himmel.

Dann lächelte er; ihr war zumute, als würde die Sonne aufgehen. Esmeraude wusste – sie *wusste* es einfach –, dass alles richtig und gut war.

Bayard hatte schon bessere Tage erlebt.

Die Strömung in dem schmalen Wasserstreifen zwischen Ceinn-beithe und der Insel Mull hatte jede Warnung übertroffen, die man ihm mit auf den Weg gegeben hatte. Bei Flut war sie mörderisch, und er und Andrew hatten sich mächtig anstrengen müssen, um einigermaßen den Kurs einzuhalten. Bayard hatte einmal ernsthaft befürchtet, dass sie abgetrieben und an einer namenlosen Küste landen würden, in einer der vielen Buchten und Lagunen, die er vom Schiff aus gesehen hatte.

Das hatte ihm doppelte Kraft verliehen. Bisher hatte er noch nie die Erfahrung gemacht, allein gegen die Elemente zu kämpfen, obwohl er schon öfter als einmal dem Tod ins Antlitz gesehen hatte. Normalerweise war er ein Mann, der sich unerschrocken seinem Feind stellte, doch erst jetzt wurde ihm bewusst, wie sehr er darauf angewiesen war, den einen zu kennen, der ihn zerstören könnte.

Das Meer war tückisch wie kaum ein menschliches Wesen. Und Bayard wusste nicht viel von seiner Kraft, obwohl er seine Übermacht respektierte. Es war doppelt ärgerlich, dass es nicht einmal Befriedigung empfinden würde, wenn es sie verschlang. Sie würden ihr Leben bei einem Unglück lassen.

Bayard weigerte sich rundweg, zufällig zu sterben. Diese Entschlossenheit verlieh seinen Ruderschlägen neue Stärke.

Er rief Andrew Ermutigungen zu, und sie wehrten sich wie ein Mann gegen die Kraft des Wassers. Bayards Muskeln spannten sich an, und Andrew war schon ganz bleich vor Anstrengung, aber sie bissen sich durch und waren fest entschlossen, letzten Endes den Sieg davonzutragen. Sie sahen kein Land mehr, nur noch die tintenschwarzen Wellen, die sich auf allen Seiten hoben und senkten.

»Rudere! Rudere!«, schrie Bayard. »Wir haben nichts zu verlieren, nur unser Leben!«

Er zog die Ruderblätter durchs Wasser und entdeckte eine ungeahnte Stärke in sich. Er fühlte sich lebendig und allmächtig, als würde ihn eine göttliche Macht durchdringen.

Und er wusste mit erschreckender Gewissheit, dass er diesen Kampf gewinnen würde. Diese Überzeugung gab ihm die Kraft, noch lange weiterzurudern, nachdem Andrew der Mut verlassen hatte.

Und irgendwann – genauso plötzlich, wie sie davon erfasst worden waren – hatten sie die schlimmste Strömung überwunden, und das Rudern wurde mit einem Mal zum Kinderspiel. Die Insel kam immer näher, auch wenn der Küstenabschnitt ziemlich weit entfernt von ihrem eigentlichen Ziel zu sein schien.

Andrew stieß ein Triumphgeheul aus, als sie sicher sein konnten, die große Gefahr überlebt zu haben. Sie lachten und jubelten, als sie gemeinsam das letzte Stück ruderten. Bayard hob den Jungen hoch und wirbelte ihn herum, und Andrew lachte herzlich, als sie auf Sand liefen.

»Wir brauchen einen ordentlichen Schluck Ale nach der vollbrachten Tat!«, rief Bayard. Die Felsen warfen die Worte zu ihm zurück, als würden sie sich mit ihnen freuen.

Andrew lachte wieder. »Ich habe nur Wein eingepackt, Sir.«

»Das genügt, das genügt. Ich würde mit allem auf unsere Gesundheit anstoßen, was mir in dieser Nacht aller Nächte in die Hände kommt.«

»Was meint Ihr, Sir, wie weit sind wir vom Schloss des Königs weg?«, erkundigte sich Andrew ernster. »Die Wärme eines Feuers, ein bisschen Gesellschaft und ein Lied wären mir nach der Überfahrt sehr willkommen.«

»Ja, das wäre schön, aber ich fürchte, wir sind nicht so nah, wie wir gehofft hatten.« Bayard sah sich um und suchte nach einem Hinweis, nach dem er sich orientieren konnte – da sah er sie.

Und er vergaß alles andere.

Eine taufrische Jungfrau kam über die Steine und Felsen auf sie zu. Ihr Kleid war schmutzig und zerrissen, ihre Haut golden gebräunt, und sie bewegte sich mit der Sicherheit und Anmut einer Aristokratin. Ihr Gesicht war herzförmig und von einer Flut kastanienbrauner Locken umrahmt, und sie hatte große Augen mit dichten, langen Wimpern. Sie war schlank trotz ihrer voll erblühten Kurven und strahlte so viel Zauber und Verführung aus, dass sich Bayards Puls beschleunigte.

Sie löste ihren Zopf und schüttelte ihre Haarflut, noch während sie auf ihn zukam. Dabei sah sie ihren Ritter unverwandt an, und ihre Lippen teilten sich zu einem einladenden Lächeln. Bayards Mund wurde trocken. Andrew flüsterte ihm etwas zu, doch Bayard ging, vollkommen gebannt vom Anblick dieser Frau, wortlos an seinem Knappen vorbei.

Zu seiner Überraschung kam eine untersetzte ältere Frau in Sicht. Sie kletterte mit sichtlicher Mühe über die Felsen und trottete hinter dem Mädchen her. Sie keuchte vor Anstrengung, und der Schreck stand ihr ins Gesicht geschrieben.

Mit einem Mal wusste Bayard mit absoluter Sicherheit, wer diese Maid war. Es war kaum vorstellbar, dass zwei edle Schönheiten in diesem Alter mit einer älteren Zofe im Schlepptau über diese Insel streifte. Bayards Lächeln wurde breiter – er hatte wahrlich nicht erwartet, das Objekt seiner Begierde so schnell zu finden.

Und er hatte auch niemals damit gerechnet, dass seine Auserkorene so liebreizend war.

»Seid gegrüßt, Sir«, sagte sie mit kokettem Augenaufschlag, als sie vor ihm stehen blieb. »Und willkommen auf der Insel Mull.«

»Ich danke Euch für Eure Begrüßung.« Bayard kam einen Schritt auf sie zu, dann warf er einen kurzen Blick zum Himmel und zum Mond und überlegte, was das Mädchen wohl vorhatte. »Was ist dies für ein Ort, an dem ein holdes Mädchen mitten in der Nacht allein durch die Gegend streift?« Er beschenkte sie mit dem Lächeln, das schon viele in sein Bett gelockt hatte, und war hoch erfreut, als sie sich näher heranwagte.

Sie tippte mit dem Finger auf seinen Arm. »Dies ist eine Insel mit Magie und Mythen«, sagte sie mit einem schelmischen Blitzen in den Augen. »Eine Insel, auf der der erste Mann, der die Vollmond-Flut überwindet und sicher an Land kommt, von einer willigen Jungfrau willkommen geheißen wird.«

Diese Erklärung machte Bayard noch neugieriger. »Eine willige Jungfrau?«

Sie legte die kleine Hand an seine Brust – eine verwegene Geste, die ihr die Röte in die Wangen trieb. Bayard war bezaubert von den verlockenden und zugleich unschuldigen Zeichen, die sie ihm gab. Esmeraude schluckte schwer, und ihm war klar, dass sie in der Kunst der Verführung längst nicht so erfahren war, wie sie ihn glauben machen wollte.

Was wollte sie von ihm?

»Ja, eine Jungfrau, die bereit ist, sich dem Kämpen, der übers Meer kommt, vollkommen zu unterwerfen«, flüsterte sie.

Er hob eine Hand und spürte, wie sie zitterte, als er ihren Hals berührte. »Gewiss ist ein Kuss alles, was eine so mutige Jungfrau gewährt«, murmelte er.

Ihre Augen weiteten sich, aber sie wich nicht zurück. »Nein«, sagte sie, ohne den Blick von seinen Augen zu wenden. Der Puls an ihrer Kehle klopfte gegen seine Hand. »Sie mag mit einem Kuss beginnen, aber sie würde ihm alles gewähren.«

»Warum?«

Sie lächelte mutwillig. »Weil sie es so will. Weil sie die *Wahl* getroffen hat.«

Obwohl er sich sehr von ihr angezogen fühlte, zögerte Bayard, ihr eigenartiges Ansinnen wörtlich zu nehmen. Von einer derartigen Tradition hatte er noch nie gehört, obwohl er in der Welt weit herumgekommen war, und etwas an ihrem Auftreten verriet ihm, dass sie dieses Märchen gerade erst erfunden hatte.

»Eine Wahl?«

»Ja, eine Wahl.«

Und mehr brauchte er nicht zu wissen. Bayard nahm ihr Gesicht zwischen die Hände. Er bezweifelte, dass sie den Mut hatte, ihm tatsächlich den Preis zu gewähren, den sie ihm jetzt anbot – nicht in dieser Nacht –, aber er sah nichts

Schlimmes darin, seiner Auserkorenen einen Kuss zu geben.

Sie hatte ihn erwählt. Sie wollte ihn heiraten, und nach der Vermählung würde Montvieux ihm gehören und seiner Familie drohte keine Gefahr mehr. Es war wunderbar und musste gefeiert werden.

Bayard beugte sich zu ihr und nahm ihre Lippen mit zarter Galanterie in Besitz. Er schluckte ihren kleinen Freudenschrei und fühlte, wie sein Herz raste, während ihre Lippen mit den seinen verschmolzen. Er zog Esmeraude unwillkürlich näher an sich, spürte, wie sich ihre Brüste an ihn schmiegten, und vertiefte den Kuss.

3

Zu Bayards Erstaunen war dies kein Kuss, der lediglich ihr Bündnis besiegelte.

Zwar bewiesen die Zärtlichkeiten der Lady ihre Unschuld, aber ihre Leidenschaft machte jeden Mangel an Erfahrung wett. Bayard stockte der Atem, und sein Herz setzte einen Schlag aus, dann raste es wie wild. Sie war süß und in der Tat willig; ihre Offenheit und der Eifer entflammten seine Sinne.

Ehe sich's Bayard versah, legte er seine Hand in ihren Nacken und schlang den anderen Arm um ihre Taille. Er drückte sie an sich, obwohl er ahnte, dass sie vor der Flamme, die sie entfacht hatte, zurückschrecken würde. Aber sie blieb standhaft und reagierte so bereitwillig auf jede seiner Berührungen, dass die Begierde seinen gesunden Menschenverstand vernebelte.

»Gott im Himmel«, flüsterte die Zofe entsetzt, als die Lady Bayard mit neu erwachter Leidenschaft küsste.

Aber es war falsch. Bayard musste all seine Selbstbeherrschung aufbringen, um sich nicht gleich hier und jetzt mit ihr auf dem Boden zu wälzen. Er begehrte sie wie schon lange keine Frau mehr, und ihm war, als hätte sie ihn mit ihrer verführerischen Annäherung verhext.

Er riss sich widerwillig von ihr los und trat ein paar Schritte zurück. Sie sahen sich an, und beide atmeten schwer. Esmeraudes Lippen waren geschwollen, und ihre Augen schimmerten. Sie lächelte und Bayard war drauf und dran, jegliches Ehrgefühl zu verlieren.

Er konnte sie nicht an einem steinigen Strand in Besitz nehmen. Er durfte nicht über sie herfallen wie ein wildes Tier – nicht vor den Augen seines Knappen und ihrer Zofe. Es lag nicht in seiner Natur, irgendeine Frau zu entehren, und schon gar nicht die Frau, die er zu seiner Gemahlin machen wollte.

Bayard atmete ruhig durch und musterte das Mädchen aufmerksam. Ihr Lächeln wurde breiter, und sie kam einen Schritt näher; die Hand hatte sie an das Band gelegt, das ihr Hemd zusammenhielt. Ihre Kühnheit machte sie verlegen, aber sie wankte nicht.

Sie hatte ihn auserwählt, obwohl sie nichts von ihm wusste. Diese Erkenntnis ließ sein Herz überströmen.

Eine Vermählung barg offenbar größere Verheißungen in sich, als er jemals gehofft hatte.

»Der Zoll, den ich verlange, ist mehr als nur ein Kuss«, neckte sie ihn und funkelte ihn herausfordernd an, »wie kunstvoll dieser Kuss auch gewesen sein mochte.«

»Das wäre unschicklich«, wandte er ein, hörte aber selbst den begehrlichen Unterton in seinen Worten.

»Es wäre sogar sehr schicklich. Ich habe Euch ausgesucht und möchte diese Wahl feiern. Hier und jetzt.«

Ihr Lächeln konnte einen Mann schwindlig vor Verlangen machen.

Bayard wusste, dass sich viele Paare schon vor der Hochzeit zusammentaten, und so mancher Ritter erprobte die Jungfrau, die er heiraten wollte. Und es gab in der Tat viele, die wie Mann und Frau zusammenlebten, ohne den Segen der Kirche empfangen zu haben. Was sie vorschlug, war also nicht so unziemlich, aber er konnte es kaum fassen, dass ihm der Sieg so leicht in den Schoß fallen sollte.

Allerdings war er immer schon ein Glückskind gewesen. Sogar bei dieser Unternehmung schien ihn das Schicksal zu begünstigen, und er war kein Mann, der ein Mädchen schändlich behandeln würde – nein, sie würden vor einen Priester treten, damit er seiner Gamahlin alles, was ihm gehörte, zu Füßen legen konnte.

»Seid Ihr dessen ganz sicher?«, fragte er mit heiserer Stimme.

»Mehr als jemals zuvor in meinem Leben!«, hauchte sie, und ihre Augen leuchteten noch mehr. »Was könnte angemessener sein?« Sie legte schüchtern die Arme um seinen Hals und sah ihn erwartungsvoll und erfreut an.

Bayard hatte die Frauen noch nie richtig verstanden, und diese war ihm wahrhaft ein Rätsel. Aber er wusste einen strategischen Vorteil zu schätzen und würde ein Angebot, das ihm so bereitwillig unterbreitet wurde, nicht so ohne weiteres ausschlagen. Immerhin kannte er die Frauen gut genug, um zu wissen, dass das Mädchen in seinen Armen unschuldig wie der junge Tag und seine jungfräuliche Esmeraude war.

Tatsache war, dass kein anderer mehr ihre Hand für sich beanspruchen konnte, wenn er ihr die Jungfräulichkeit nahm. Sie würde seine Braut sein, und das nach ihrem eigenen Willen. Er konnte jegliche Gefahren von seiner Familie abwenden und die Ängste von Esmeraudes Mutter beschwichtigen, dass der Tochter etwas zustieß.

Die Gelegenheit war zu gut, um sie ungenutzt verstreichen zu lassen.

Bayard wandte sich an seinen Knappen – seine Entscheidung war gefallen. »Andrew, sorg dafür, dass unser Boot hoch genug am Strand liegt und nicht von der Flut erfasst werden kann. Schlaf in der Nähe, für den Fall, dass sich Diebe in der Gegend herumtreiben.« Andrew nickte pflichtbewusst und trollte sich.

Bayard sah die Zofe an und lächelte freundlich. »Madame, ich bezweifle ernsthaft, dass Ihr Augenzeuge dieser Tat werden solltet.«

Die ältere Frau erbleichte und flehte ihren Schützling an: »Ich denke, wir sollten uns auch auf den Weg machen, Kind ...«, begann sie und durchbohrte dabei Esmeraude mit einem strengen Blick.

Das Mädchen lehnte sich an Bayards Brust; ihre Wange war seinem Herzen ganz nahe. »Ich werde bleiben, wo ich bin, liebste Freundin, und du brauchst dich nicht um mich zu ängstigen.«

Die Zofe bewegte wortlos die Lippen.

»Die Demoiselle spricht die Wahrheit. Ihr braucht nicht um sie zu fürchten«, sagte Bayard leise. »Ich gebe Euch mein Ehrenwort, dass ihr kein Leid geschieht.«

»Das Kind weiß nicht, was es tut!« Die Zofe konnte ihr Entsetzen nicht verbergen.

»Vielleicht nicht«, warf Bayard entschlossen ein, als die Jungfrau das Wort ergreifen wollte. »Aber ich weiß es.« Er hielt dem Blick der älteren Frau stand und sah, dass Verständnis in ihren Augen aufglomm.

»Ihr werdet sie mit Achtung behandeln, Sir?«

Bayard lächelte und erklärte im Brustton der Überzeugung: »Ich begegne ihr mit all dem Respekt, den ein Ehrenmann seiner Auserwählten angedeihen lässt.« Er zog eine Augenbraue hoch und drängte die ältere Frau im Geiste dazu, ihn zu verstehen. Das beruhigte Célie in gewisser Weise. »Darauf habt Ihr mein Wort.«

»Célie, *bitte*!«, schaltete sich die Demoiselle ein, und Bayard fiel der französische Name der Zofe auf. Das war eine weitere Bestätigung für das, was er bereits wusste, denn Esmeraudes Mutter Eglantine entstammte der adeligen Familie Crevy-sur-Seine, die im Südosten von Paris Ländereien besaß.

Die Zofe war sichtlich hin- und hergerissen, fügte sich missmutig in das Unvermeidliche und machte sich davon, drehte sich jedoch noch etliche Male um und warf ihrem Schützling anklagende und besorgte Blicke zu. Die junge Dame achtete nicht auf ihre Vertraute und wandte sich an Bayard. Bayards Arm schloss sich beschützerisch um sie, als sie ihn mit mehr Zuversicht als zuvor küsste.

Und er ergab sich dem Augenblick, kostete ihre Lippen und erkundete ihren Mund und stellte sicher, dass auch sie Gefallen an den Zärtlichkeiten fand.

Ja, sie hatte ihn auserwählt, und er würde Wort halten und sie nicht nur mit Achtung behandeln, sondern auch dafür sorgen, dass die Lady von ihrer ersten intimen Begegnung mit einem Mann nicht enttäuscht sein würde.

Dies war schließlich keine einzelne Nacht, die keine Folgen haben würde – mit der Vereinigung schlossen sie einen Bund fürs Leben, und heute würden sie den Grundstein für zukünftige Vergnügungen legen.

Das war das Mindeste, was er für die Frau tun konnte, deren Wahl so viele Schwierigkeiten auf einmal löste.

Er war kein Feenritter – so viel wurde Esmeraude vage bewusst. Dennoch hatte sie das köstliche Gefühl, dass diese Liebesnacht mehr war als eine schlichte Vereinigung zwischen zwei Sterblichen ohne kirchlichen Segen. Ja, es war eine mythische, wundervolle Begegnung wie die aus den Geschichten, die sie so sehr liebte.

Möglicherweise war sie tatsächlich in eine dieser Geschichten eingedrungen. Es konnte keine schönere Erklärung dafür geben.

Dieser Ritter könnte wahrlich von den Unsterblichen gesandt worden sein, denn er kam sicherlich nicht aus einem Land, das sie kannte. Jede seiner Gesten war selbstbewusst, seine Kleidung war prächtiger als alles, was sie bisher gesehen hatte, und seine Art war ihr fremd.

Und er war ein *Mann* wie keiner, der ihr bisher den Hof gemacht hatte. Im Vergleich zu ihm wirkten alle anderen unreif, und Esmeraude war mit Leib und Seele davon überzeugt, dass sie niemals mit einem von jenen, die zu dem Wettstreit gekommen waren, hätte glücklich werden können.

Dies war ein Mann, wie sie ihn wollte.

Die Küsse ihres Ritters verzauberten sie, jeder wühlte sie mehr auf als der letzte. Seine Berührungen erreichten ihre Seele, und ihr Herz verlangte nach mehr. Sein Kuss war besitzergreifend und gebieterisch, feurig und zart zugleich – ganz anders, als sie sich die nassen Küsse von Hamish und Seamus vorstellte. Sie hatte wahrlich die richtige Wahl getroffen, daran konnte kein Zweifel bestehen.

Er hob sie auf die Arme und trug sie von den Felsen weg in das saftige grüne Gras. Er hielt sie im Arm und küsste sie wieder. Die Felsen um sie herum ragten hoch auf und schirmten sie von allem außer den Sternen am Firmament und dem Geräusch der Brandung ab.

Als sie benommen von seinen Zärtlichkeiten die Augen öffnete, lag sein Umhang auf der Erde. Der seidige, sinnliche Pelz schimmerte silbern im Mondlicht. Er hob ihr Gesicht zu seinem an, und sie glaubte, er würde ihr noch einen erregenden Kuss, schenken, doch stattdessen sah er ihr tief in die Augen.

»Wie ist dein Name?«

»Der ist nicht wichtig.«

Seine Mundwinkel zuckten. »Und es ist dir gleichgültig, wie ich heiße?«

Esmeraude schlang die Arme um seinen Hals. »Es gibt nur eines, was ich von Euch begehre, Sir, und das ist nicht Euer Name.«

Er lachte tief und jagte ihr damit Wonneschauer über den Rücken. Seine Hand fuhr von ihrer Hüfte zu den Brüsten, und er beobachtete ihr Gesicht, während er mit dem Daumen über ihre Brustwarze strich. Sie spürte sogar durch den dicken Wollstoff ihres Gewandes die Liebkosung und fing an zu beben. Mit zittrigen Fingern fasste sie nach den Bändern ihres Hemdes.

»Bist du oft so kühn?, erkundigte er sich amüsiert.

»Nein.« Esmeraude lächelte. »Aber ich dachte, ich könnte heute Nacht ein wenig Beherztheit zeigen.«

»Es ist keine Schande, wenn eine Jungfrau scheu ist«, sagte er und machte kurzen Prozess mit dem Band an ihrem Hemd. Er schob den Stoff mit den Fingerspitzen auseinander und entblößte ihre Brüste seinem Blick und dem kühlenden Wind. Esmeraude merkte selbst, wie ihre Augen groß wurden, als sie spürte, wie die kühle Luft sinnlich über ihre Haut strich. »Und es ist auch keine Schande, wenn eine Lady ihr Verlangen offenbart, solange ihr Gefährte es in ihr zu wecken vermag.«

»Und Ihr meint, Ihr könntet meinem Verlangen genüge tun?«

»Ja.« Seine Augen blitzten schelmisch auf, während er mit seiner warmen Hand ihre Brust bedeckte. »Aber Ihr, meine holde Maid, werdet mir später sagen, ob ich meine Sache gut gemacht habe.« Er neigte den Kopf zu ihr.

Esmeraude hielt den Atem an, als sich sein feuchter, heißer Mund um ihre Brustwarze schloss und seine Zunge um die harte Spitze kreiste. Ein Ächzen drang aus ihrer Kehle, und sie lehnte sich zurück.

Sie wusste nicht, wie er die Schnüre an den Seiten ihres Gewandes hatte lösen können, ohne dass es ihr aufgefallen war, aber sie vermutete, dass seine vorwitzige Zunge sie von allem anderen abgelenkt hatte. Er behandelte jede Brust mit derselben Aufmerksamkeit, dann schob er ihr Gewand mitsamt dem Hemd über ihre Hüften, befreite sie von den Kleidern und legte sie auf das Fellfutter seines Umhangs.

Es fühlte sich sündig und heidnisch an, bis auf Schuhe und Strümpfe nackt unter dem freien Nachthimmel zu liegen. Esmeraude wusste, dass Célie entrüstet wäre, aber ihr Ritter betrachtete sie mit höchster Anerkennung. Sie streifte die Schuhe ab und streckte sich auf dem kühlen, weichen Pelz aus.

Sie sah zu, wie ihr Ritter den Gürtel öffnete und sorgfältig beiseite legte. Er zog seinen dunklen Waffenrock aus, faltete ihn zusammen und hob sein Kettenhemd bis zur Taille.

»Ich bitte dich, mir zu helfen, sonst muss ich Andrew rufen.«

Esmeraude kroch auf ihn zu, wusste aber nicht, was sie tun sollte. Er beugte ich vor und wies sie an, ihm das Kettenhemd über den Kopf zu ziehen. Es war ein enges, aus Myriaden von kleinen miteinander verbundenen Metallringen bestehendes Hemd, das man nicht allein ablegen konnte. Esmeraude tat, worum ihr Ritter sie bat, und das Hemd fiel klirrend auf ihren Schoß. Das Metall war so kalt, dass ihre Brustwarzen wieder steif wurden.

Bayard kicherte und zog sein Hemd aus. Esmeraude sah auf und war fasziniert von den Unterschieden zwischen ihrem und seinem Körper. Die Haare auf seiner Brust waren dunkel und gelockt, seine Brustwarzen flach, und seine Haut hatte einen satten Bronzeton. Er hatte mehr Muskeln als jeder Mann, der in Ceinn-beithe im Sommer auf den

Feldern mit bloßem Oberkörper arbeitete. Als Esmeraude das Kettenhemd von ihrem Schoß hob, konnte sie sich gut vorstellen, woher diese Muskeln kamen. Er zog die Stiefel aus und legte sich nur noch in den Beinkleidern zu Esmeraude auf das Fell.

»Du wirst dies noch loswerden müssen, bevor du zur Tat schreiten kannst«, sagte sie und hoffte, dass sie damit den Eindruck erweckte, mehr über solche Vertraulichkeiten zu wissen, als es tatsächlich der Fall war.

Er legte sich auf den Rücken, verschränkte die Hände hinter dem Kopf und sah sie mit funkelnden Augen an. »Ja, aber es besteht kein Grund zur Eile. Hast du schon einmal einen Mann gesehen?«

»Keinen wie dich.« Sie war stolz, dass ihre Antwort der Wahrheit entsprach und doch ihre Unwissenheit nicht ganz enthüllte, andererseits bezweifelte sie, dass er sich täuschen ließ.

»Dann berühre mich, wie und wo du möchtest. Wir haben alle Zeit der Ewigkeit.«

Esmeraude fand, dass eine Nacht weit weniger als die Ewigkeit war, hielt es jedoch für unpassend, ihn darauf hinzuweisen. Stattdessen rückte sie näher zu ihm und legte eine Hand auf seinen Arm. Sein Fleisch fühlte sich anders an als ihres – rauer, fester, wärmer. Sie spürte seine harten Muskelstränge, als sie ihm über den Arm strich.

Er betrachtete sie mit unergründlicher Miene, und seine Reglosigkeit machte sie mutiger. Sie fuhr mit der Hand über seine Schulter und die Brust. Sein Bauch war fest, und die Haare wuchsen zum Nabel hin wie ein dunkler Fluss.

Esmeraude legte die flachen Hände auf seinen Oberkörper und ließ sie hinauf zu den Brustwarzen gleiten, dann spielte sie mit dem lockigen Haar auf seiner Brust. Als sie wieder seine Schultern umfasste, sah sie ihm ins Gesicht. Seine Augen, die dunkler schimmerten als zuvor, waren unverwandt auf sie gerichtet.

»Und jetzt ich«, raunte er. Er ahmte jede ihrer Gesten nach und begann mit einer Fingerspitze auf ihrem Arm. Er berührte sie mit einer Bedächtigkeit, die ihre Haut zum Prickeln brachte. Sein Finger fuhr über ihre Schulter zum Kinn und den Hals hinunter, während die andere Hand ihre Brust liebkoste und auf der Stelle liegen blieb, an der er ihren Herzschlag spürte, dann zog er mit den Fingerknöcheln eine heiße Spur bis zu ihrer Taille.

Esmeraude hatte das Gefühl, als stünde sie in Flammen.

Er legte die Hände um ihre Taille und zog sie näher an sich. Seine Lippen umschlossen ihre mit sanfter Eindringlichkeit, und seine Hände glitten höher. Esmeraude schnappte nach Luft, als seine Handflächen über ihre Brustwarzen fuhren und er mit den Daumen kleine Kreise malte, die ihre Sehnsucht nach etwas weckte, was sie nicht benennen konnte.

Sie sanken zurück, und Bayard küsste sie immer und immer wieder. Esmeraude tastete nach dem Band an seinen Beinkleidern, aber er hielt sie zurück und gluckste leise.

»Es besteht kein Grund zur Eile«, flüsterte er und spielte mit der Zunge an ihrem Ohr. Er küsste und kitzelte sie, bis sie Wonneschauer durchliefen.

»Aber …« Esmeraude versuchte noch einmal das Band zu lösen.

»Nichts aber.« Er hielt ihre Hand fest und verschränkte seine Finger mit ihren, dann drückte er sanft ihren Arm über den Kopf. Er sah sie mit solcher Bewunderung an, dass sie sich nicht wehrte. »Du sollst alles von mir bekommen, was du begehrst, meine Schöne. Ich bitte dich nur, uns Zeit zu geben, damit wir das Ereignis genießen können.«

Seine freie Hand liebkoste wieder ihre Brust. Esmeraude stieß einen kleinen Freudenschrei aus, als er die Brustwarze zwischen Daumen und Zeigefinger rieb.

»Einverstanden?«, fragte er und zog einen Augenbraue hoch, was ihn beinahe diabolisch aussehen ließ.

»Ja«, hauchte sie atemlos. Sie sah noch sein Lächeln aufblitzen, bevor er sich über sie beugte und zärtlich an ihrem Fleisch knabberte, bis sie am ganzen Körper bebte. Sie ertappte sich dabei, wie sie sich ihm entgegenwölbte und sich auf dem weichen Fell wand. Er liebkoste die Unterseite ihrer Brüste, ihren Hals und die Kurve unter ihrem Ohr. Er küsste sie auf die Schläfe, auf die Stirn, die Augenlider, die Nasenspitze und endlich – gerade als sie dachte, es nicht länger ertragen zu können – auf den Mund.

Und während seine Zunge mit der ihren spielte, ließ er seine Hand zwischen ihre Schenkel gleiten. Esmeraude stockte der Atem, aber er flüsterte ihr beruhigende Worte ins Ohr und hielt sie fest, als sich seine Finger noch weiter vortasteten und sie in einer Weise berührten, die sie bisher noch nie erlebt hatte.

Hitze strömte von dem empfindlichen Punkt aus, von dessen Existenz sie nie etwas gewusst hatte. Sie spreizte die Beine, um ihm dem Zugang zu erleichtern, und erwiderte seinen Kuss mit noch mehr Glut.

Sie klammerte sich an seine Schultern, als sie eine Woge der Leidenschaft erfasste; ihre Fingerspitzen bohrten sich in sein Fleisch, aber sie achtete nicht darauf. Er lächelte und trieb sie stolz, einen solchen Sturm in ihr entfachen zu können, dem Höhepunkt entgegen.

»Ich will«, stieß sie hervor.

»Ja? Was willst du?«

»Ich weiß es nicht.«

Er grinste und ließ seine Fingerspitzen noch kühner tanzen. »Aber du bekommst es trotzdem, meine Schöne.« Er saugte zart an ihrem Ohrläppchen und brachte sie damit an den Rand des Wahnsinns. »Ich schenke es dir«, raunte er, und sie vertraute ihm blind wie nie jemandem zuvor.

Sie hielt sich an ihm fest, sog tief seinen wunderbaren Duft ein und genoss die Wärme seines Körpers. Sie verzehrte sich nach dem, was er ihr schenken wollte. Das Haar auf seiner Brust kitzelte sie, seine Hand schürte das Feuer in ihr immer mehr, bis die Spannung schier unerträglich wurde.

Die Explosion kam plötzlich wie eine Sternschnuppe, die über den Himmel schießt. Sie bäumte sich auf, und er küsste sie, verschlang den Schrei, der sich aus ihrer Kehle löste. Sie sank zitternd gegen ihn, und er legte sich auf den Rücken und drückte sie an seine Brust. Jetzt fühlte Esmeraude seine eigene Erregung.

»Es ist noch nicht vollbracht«, sagte sie und schob sich mit bebender Hand eine Haarsträhne aus dem Gesicht.

Er lachte und steckte die Strähne fürsorglich hinter ihr Ohr. Das Blitzen in seinen Augen brachte sie zum Lächeln. Er war so selbstbewusst, so groß, so wunderbar, dass sie für einen Moment bedauerte, ihm nie mehr zu begegnen.

Sie wünschte sich einen Mann wie diesen. Nicht diesen speziellen – denn ein wichtiger Bestandteil ihres Plans war, dass sie sich nach dieser Nacht nie wiedersehen würden –, aber einer wie er wäre genau der Richtige für sie. Sie wollte einen Mann, der sich um sie sorgte, als wäre sie ein Juwel, der sie liebte, als ob er die Liebe erfunden hätte, der bereits aus dem Becher des Lebens getrunken hatte und ihr zeigen konnte, was am schönsten war.

So ein Mann hatte Verständnis für Abenteuer – er suchte sie sogar.

Esmeraude beschloss, dass sie nach ihrem Aufenthalt in Airdfinnan nach Frankreich reisen würde. Schließlich schwärmte ihre Mutter oft von den Rittern aus diesem Land, und wenn sie aus demselben Holz geschnitzt waren wie dieser, dann verstand sie, warum. Er sprach mit demselben Akzent wie ihre Mutter. Ja, sie wollte nach Frankreich, dort konnte sie einen Mann wie diesen finden, der sie liebte.

Jacqueline würde ihr bestimmt behilflich sein. Sie hatte wiederholt davon gesprochen, Crevy noch einmal einen Besuch abzustatten, seit ihr Gemahl Angus sie vor ein paar Jahren einmal mit dorthin genommen hatte. All das ging Esmeraude durch den Kopf, als dieser geheimnisvolle, prachtvolle Mann sie mit ungewöhnlicher Eindringlichkeit ansah. Sie fragte sich, ob er ihre Gedanken lesen konnte.

Aber dann ergriff er das Wort, und sie atmete erleichtert auf, weil er von etwas ganz anderem sprach. »Nein, meine Schöne«, murmelte er mit verführerisch tiefer Stimme ganz nahe an ihrer Brust. »Es hat gerade erst angefangen.«

Und Esmeraude küsste ihn; sie war mehr als bereit, alles zu lernen.

Bayard bereitete ihr zweimal den höchsten Genuss, bevor er sie nahm, denn er wollte sichergehen, dass ihr erstes Erlebnis unvergesslich blieb. Sie hatte eine seltene Leidenschaft für die körperliche Liebe und hungerte so sehr nach seinen Berührungen, dass sein Blut Feuer fing wie seit langem nicht mehr. Er fragte sich sogar flüchtig, ob sie tatsächlich noch Jungfrau war, aber dieser Gedanke zerstreute sich, als er in sie drang. Sie war eng und heiß, und er wusste, dass er sich nicht mehr lange zurückhalten konnte.

Vielleicht hatte sie viele Männer geküsst, aber sie hatte nie solche Berührungen zugelassen wie heute. Bayard sah das Staunen in ihrem Gesicht und erkannte die Wahrheit. Er empfand primitiven Stolz, weil er der Erste war, der ihr die Freuden der Liebe zeigen durfte, und weil er ihr einziger Liebhaber sein würde.

Bis in alle Ewigkeit. Er gestand sich ein, dass er bei weitem kein so großes Opfer bringen musste, wie er nach Margaux' Bitte befürchtet hatte.

Das brachte ihm ins Gedächtnis zurück, wie viel er zu verlieren hatte. Bayard schnappte sich das nächst beste weiße Kleidungsstück und schob es unter sie. Er bezweifelte zwar, dass er einen Beweis für die Ereignisse dieser Nacht brauchte, aber er wollte in dieser wichtigen Angelegenheit nichts dem Zufall überlassen.

Sie schrie auf, als er ganz tief in sie drang. Er küsste sie und raunte ihr beruhigende Worte ins Ohr, bis sie seine Küsse mit demselben Verlangen wie vorher erwiderte. Er besänftigte sie und bewegte sich so langsam, dass er schon glaubte, sterben zu müssen.

Sie schauderte und sah ihn aus großen, leuchtenden Augen an. Ihr Haar war wie ein schimmernder Fächer auf dem Fell ausgebreitet, ihre Lippen waren geschwollen von seinen Küssen, und er fühlte sich sehr vom Glück begünstigt, weil dies die Frau war, die er heiraten würde. Sein Herz krampfte sich zusammen, wenn er sie ansah, so schön und vertrauensselig war sie.

»Ist das alles?«, fragte sie leise.

Bayard schwieg, um nicht laut loszulachen und sie so zu verärgern.

Stattdessen legte er die Arme unter ihre Schultern und drückte sie fest an sich, um sie glühend zu küssen. Sie seufzte und kam ihm entgegen, und als er sich ganz leicht bewegte, spreizte sie die Beine noch ein wenig weiter. Als er schneller wurde, sog sie scharf die Luft ein, klammerte sich an ihn und schlang die Beine um seine Hüften. Sein Blut geriet noch mehr in Wallung.

Bayard war überzeugt, dass es keinen schöneren Tod geben konnte als den, bei diesem süßen Akt sein Leben zu lassen.

Als Esmeraude ihm fordernd ihre Hüften entgegenhob, stieß er kraftvoller zu. Sie hielt sich bebend an ihm fest und küsste ihn, und er spürte, wie ihr Verlangen erneut wuchs. Sie krallte die Hände in seinen Rücken, gab abgehackte Laute von sich und biss ihn in die Schulter, als er die Hand zwischen ihre Körper schob und sie zum Höhepunkt trieb.

Und als sie vor Wonne schrie, genügte ihm ihr Anblick, um sich in ihr zu verströmen. Er hörte sich selbst brüllen, und seine Stimme hallte von den Felsen wider, aber ihm war nichts wichtig außer dem liebreizenden Lächeln der durch und durch zufriedenen Frau in seinen Armen. Er legte sich schwer atmend neben sie und drückte sie an sich. Sie hatte die Augen geschlossen, und er zog den pelzgefütterten Umhang um sie, damit sie es warm hatte. Er strich ihr über die Wange und lauschte seinem eigenen donnernden Herzschlag und dem tiefen Rhythmus ihrer Atemzüge.

Bayard empfand eine neue Begeisterung für den Gedanken an seine Hochzeit. Er hatte sich immer vorgestellt, allein zu bleiben, in den Krieg zu ziehen oder die Früchte seiner Mühen zu genießen. Selbst als er sich auf Margaux' Bedingung eingelassen hatte, hatte er kaum einen Gedanken an die Lady verschwendet, die er zur Frau nehmen sollte. Er hatte an Männer, Schlachten und Rüstungen gedacht, an die Historie und Vermächtnisse, an die Familie und seine Pflichten.

Jetzt war es unmöglich, nicht mehr an seine Auserwählte zu denken. Ihr Lächeln und ihr Enthusiasmus nahmen ihn gefangen, ihr Begehren und ihre Entschlossenheit machten ihn neugierig.

Wie immer hatte ihm Fortuna gute Dienste geleistet.

Als sich Bayard erholt hatte, nahm er das blutbefleckte Leinenhemd an sich. Esmeraude murmelte etwas und drehte sich zur Seite, so dass er ihren Rücken und ihr vollkommenes Hinterteil sehen konnte. Bayard erhob sich widerstrebend und steckte sein Pfand in das geheime Fach seiner Satteltasche, so dass ihm kein Widersacher den Beweis für diese Liebesnacht stehlen konnte. Seine Erfahrungen mit dem heimtückischen Simon hatten ihn gelehrt, vorsichtig zu sein.

Esmeraude schmiegte sich an ihn, als er sich wieder zu ihr legte, und er lächelte zufrieden; seine Auserwählte war nicht nur schön, sondern auch leidenschaftlich und begehrenswert. Diese Ehe war ein Gewinn für ihn, und vielleicht hatte er in einem Jahr schon einen Sohn.

Das wäre mehr, als ein Mann erwarten konnte.

Bayard legte den Arm um Esmeraude und betrachtete die Sterne am Himmel. Er konnte sein Glück kaum fassen, und das Wunder hielt ihn lange wach. Doch irgendwann übermannte ihn die Müdigkeit, und er schlief so fest, wie es nur ein Mann vermochte, der mit seinem Schicksal durch und durch zufrieden war.

Esmeraude fand ihr verdammtes Hemd nicht.

Es konnte nicht weit sein, oder? Aber sie hatte die ganze Umgebung um den schlafenden Ritter abgesucht und die

Kleidungsstücke durchwühlt, die überall herumlagen. Ihre Strümpfe und beide Schuhe waren da – obwohl der zweite ziemlich weit weg im tiefen Gras gelegen hatte, weil sie ihn sich offensichtlich im Eifer des Gefechts über die Schulter geworfen hatte.

Aber das Hemd? Wo war dieses verfluchte Stück gelandet? Sie hätte gedacht, dass sie es auch bei Dunkelheit sofort entdecken würde, denn das weiße Leinen müsste im Mondschein hell leuchten.

Doch es war nirgendwo. Eine ärgerliche Sache – nicht nur weil es höchste Zeit war, sich aus dem Staub zu machen, und der Wollstoff ihres Gewandes ohne Hemd auf ihrer zarten Haut kratzen würde, sondern weil gerade dieses Hemd mit einer seltenen Stickerei verziert war, die sie selbst gemacht hatte. Esmeraude hatte lange an dieser Handarbeit gesessen und das Hemd eigenhändig genäht und – unter Protest – bestickt. Es war für sie wie ein Talisman.

Es gefiel ihr gar nicht, es hier zurücklassen zu müssen, aber es hatte augenscheinlich Beine bekommen und war weggelaufen! Ein abergläubisches Mädchen hätte das als Omen angesehen, dass sie dem Ritter nicht von der Seite weichen sollte.

Der Himmel wurde langsam hell, der Mond verblasste, und Esmeraude war wieder einigermaßen bei Sinnen. Ihr Geliebter war ein Normalsterblicher, das verrieten ihr die dunklen Bartstoppeln, die auf seinen Wangen zu sehen waren, und sie wagte nicht, länger in seiner Nähe zu bleiben, da er wie der Wikinger geneigt sein könnte, sie als die Seine zu beanspruchen. Das wollte sie auf keinen Fall riskieren.

Ein noch größeres Ärgernis wäre, wenn er ihr am Morgen klar machen würde, dass er nicht mehr als diese eine Nacht von ihr gewollt hatte. Nein, Esmeraude würde ebenso unvermittelt verschwinden, wie der Ritter in der Nacht aufgetaucht war, und ihre Wege würden sich nie wieder kreuzen.

Ja, ihr erstes Liebesabenteuer war so wundervoll und magisch gewesen, wie sie es sich immer erhofft hatte, und Esmeraude hatte nicht vor, die Erinnerung daran, die sie immer wie einen Schatz hüten würde, im harschen Licht der Sonne zu betrachten. Diese Nacht war wie ein Traum, den sie, wie sie jetzt schon wusste, immer und immer wieder durchleben würde. Sie sah nicht einmal einen Tropfen Blut auf dem Pelzfutter des Umhangs, aber sie hatte gehört, dass manche Jungfrauen beim ersten Mal nicht bluteten.

Dass sie den Verlust ihrer Jungfernschaft nicht beweisen konnte, war ein Problem, doch damit wollte sie sich erst befassen, wenn es nötig wurde. Célie könnte sich als verlässliche Zeugin in dieser Sache erweisen.

In bester Stimmung suchte Esmeraude weiter und sah den Mann an, der ihr solche Wonnen bereitet hatte. Es war verflucht schwer, ihn zu verlassen, aber sie tat ihren Widerwillen als sentimentale, unvernünftige Regung ab. Möglicherweise war er sogar froh, wenn sie weg war.

Sein Körper war so warm gewesen, und ihr Herz war übervoll, allerdings konnte es nur zu Komplikationen kommen, wenn sie bei ihm blieb. Und Komplikationen konnte sie nicht gebrauchen. Sie musste ihn verlassen und würde das auch mit Freuden tun, wenn sie nur ihr Hemd finden könnte!

Sie fluchte leise und zuckte heftig zusammen, als sich ihr Ritter zur Seite drehte. Er zog die Stirn kraus, weil seine Hand ins Leere griff. Esmeraude wich einen Schritt zurück und wagte nicht zu atmen. Er murmelte etwas und streckte den Arm aus, als suchte er sie.

Esmeraude fürchtete, dass er aufwachte, ehe sie sich davonmachen konnte. Möglicherweise verhinderte er dann ihre Flucht. Seine Augenlider flatterten, und sie wusste, dass sie schnell etwas unternehmen musste. Sie schlich sich näher heran, rollte seinen Umhang auf der einen Seite auf, flüsterte ihm etwas zu und drückte ihm ein Kleiderbündel in den Arm. Dann trat sie zurück und beobachtete ängstlich, ob er ihre List durchschaute.

Aber er brummte nur und drückte die Kleider an sich – anscheinend dachte er, er hätte sie im Arm.

Esmeraude konnte sich kaum vorstellen, dass er sich lange täuschen ließ. Sie musste fort! Sie überblickte den Platz noch einmal, entdeckte aber ihr Hemd auch diesmal nicht. Die Satteltasche des Ritters lag ein Stück weit weg, aber dort konnte es bestimmt nicht liegen.

Bayard drehte sich wieder auf die andere Seite, flüsterte etwas im Schlaf und runzelte erneut die Stirn. Esmeraude wagte nicht, noch länger herumzutrödeln.

Sie schnappte sich sein Hemd und zog es sich über den Kopf, da sie sicher war, die raue Wolle nicht auf der Haut ertragen zu können. Das Hemd roch beunruhigend nach ihrem Geliebten, und die Ärmel waren viel zu lang, aber sie durfte keine Zeit mehr verschwenden. Sie streifte das Gewand über, knotete den Gürtel zu und stopfte hastig die Strümpfe unter die Kordel. Zum Schluss hob sie ihr kleines Messer auf und ergriff mit den Schuhen in der Hand und wirrem Haar die Flucht.

Wenigstens musste sie nicht nach Célie suchen – auch wenn das im Grunde kein gutes Zeichen war.

Die Zofe stand am Strand seitlich des Grasflecks, auf dem ihr Ritter noch tief schlief, hatte die Hände in die Seiten gestemmt und funkelte ihren Schützling böse an.

Esmeraude legte den Finger an die Lippen – ohne Erfolg.

Célie schnaubte. »Ich werde Euch nicht fragen, wie es war oder ob die Tat Euren Erwartungen entsprochen hat«, keuchte sie zornig. »Selbst der König von Jerusalem konnte hören, dass Ihr geschrien habt wie eine rollige Katze.«

Esmeraude wurde rot und war dankbar für die Dunkelheit. »Ich musste ihm doch vormachen, dass er mir Vergnügen bereitet«, log sie, »sonst hätte er geahnt, dass ich noch Jungfrau bin. Wenn er Verdacht geschöpft hätte, könnten wir ihm jetzt nicht sein Boot stehlen.«

»Ha!« Célie bedachte Esmeraude mit einem Blick, der verriet, dass sie sich nicht hinters Licht führen ließ. »Ich bin überrascht, dass Ihr Euch überhaupt daran *erinnert*, dass wir sein Boot brauchen.«

Esmeraude ging an ihrer Zofe vorbei und machte damit klar, dass sie nicht gewillt war, weiter über diese Angelegenheit zu sprechen. Was geschehen war, war geschehen, und sie bereute nichts. »Wir müssen uns beeilen, sonst wacht er auf, bevor wir weg sind.«

»Ihr habt nicht geklungen wie eine Frau, die vorhat, ihren Liebhaber zu verlassen«, brummte Célie.

Esmeraude wirbelte zu ihr herum und stützte die Hände auf die Hüften. »Wäre es dir lieber, wenn die Nacht schrecklich für mich gewesen wäre?«

»Mir wäre es lieber, Ihr hättet sie in einem Ehebett verbracht«, gab die Zofe zurück. »Dann wäre es keine Schande, dass Ihr Euch mit einem Mann vergnügt habt.«

»Nun, ich schäme mich nicht.«

»Vielleicht solltet Ihr das.« Célie blieb an Esmeraudes Seite, als sie auf das Boot zugingen. »Möglicherweise empfindet Ihr eines Tages tiefe Scham, wenn Ihr an diese Nacht zurückdenkt.« Sie warf einen Seitenblick auf Esmeraude. »Es wäre vermutlich besser, wenn wir blieben, dann würdet Ihr erleben, wie die Männer mit den Huren umgehen. Wahrscheinlich würde er Euch mit einer Backpfeife davonjagen.«

Esmeraude fühlte sich grässlich, weil sie ihren Ritter ohne Abschied verließ, ohne mehr über ihn in Erfahrung gebracht zu haben. Es kam ihr eigenartig vor, seinen Körper und seinen Geruch so gut zu kennen, aber nicht einmal seinen Namen zu wissen.

Aber es wäre gefährlich gewesen, wenn sie sich einander förmlich vorgestellt hätten. Sie zwang sich, ihr Ziel im Auge zu behalten und nicht zurückzuschauen. Das war nicht so leicht, wie sie gehofft hatte. Es wäre wundervoll, ihn noch einmal zu lieben, wenn die Morgendämmerung aufzog, zu sehen, wie sich seine Lippen zu einem Lächeln kräuselten und seine Augen dunkel vor Leidenschaft wurden.

Und er würde sie wieder ausgiebig küssen, als hätte er alle Zeit der Welt. Esmeraude schauderte vor Wonne, und ihr wurde heiß.

Natürlich könnte es ebenso gut sein, dass er sie mit einem Fluch und einem Hieb von ihrem gemeinsamen Lager stoßen und seiner eigenen Wege gehen würde.

Es war besser, viel besser, nie zu erfahren, wie er sich am Morgen ihr gegenüber verhielte.

Célie erriet offenbar ihre Gedanken genauer, als es Esmeraude lieb sein konnte. »Warum fliehen wir vor diesem Mann?«, wollte die Zofe wissen. »Er scheint wohlhabend zu sein, und Ihr habt offensichtlich Gefallen an ihm gefunden.«

»Nein. Célie, wir müssen fort.«

»Er könnte Euch heiraten. Vielleicht ist er der Mann, den Ihr sucht.«

»Was für ein Unsinn!«, versetzte Esmeraude scharf, aber ihr eigenes Herz schalt sie eine Lügnerin. »Er war nur ein Werkzeug für mich. Ich musste meine Unschuld verlieren!«

»Ihr hättet ihm nicht erlaubt, sich zwischen Eure Schenkel zu legen, wenn Ihr ihn für so gering erachtet hättet.«

»Für ihn bin ich nichts anderes als ein schlichtes Landmädchen. Er würde mich nicht mit Respekt behandeln, gleichgültig, was wir getan haben. Erzählst du mir nicht immer wieder, wie lüstern die Männer sind?«

»Ihr könntet ihn fragen«, konterte die Zofe. »Ihr könntet Euch vergewissern, ob Ihr richtig gewählt habt.« Célie sah ihren Schützling verschlagen an. »Ihr könntet ihm sagen, wer Ihr seid.«

»Nach allem, was wir nach unserer Abreise von Ceinnbeithe erlebt haben?« Esmeraude schüttelte den Kopf. »Dann würde er mich nur wegen meiner Mitgift heiraten. Genau genommen könnte ihn niemand mehr davon abhalten, sobald er öffentlich erklärt, dass er mich entjungfert hat. Und mir würde, selbst wenn ich das abstritte, kein Mensch glauben. Nein, Célie, er muss ein Fremder für mich bleiben, und es ist das Beste, wenn wir uns heute Morgen für immer trennen.«

»Auch wenn er der Freier ist, nach dem Ihr Ausschau gehalten habt?«

Esmeraude knirschte mit den Zähnen. »Ich möchte einen Mann, der mich um meiner selbst willen heiratet. Eine gemeinsame Nacht ist keine Garantie dafür.«

»Ihr vermutet viel, obwohl Ihr diesen Mann kaum kennt.«

Esmeraude presste eigensinnig die Lippen zusammen. »Wir *verlassen* diese Insel, Célie, denn meine Suche und mein Abenteuer gehen weiter – ohne diesen Mann.«

Die Zofe hätte noch mehr zu sagen gehabt, doch Esmeraude marschierte entschlossen auf das kleine Schiff zu, das jetzt hoch über der Wasserlinie lag.

Hatte ihre Mutter nicht immer gesagt, dass Liebe das Erlebnis mit einem Mann umso schöner mache? Wenn sie den Mann heiratete, dem sie ihr Herz geschenkt hatte, dann erlebte sie noch mehr Freuden als heute Nacht, davon war Esmeraude überzeugt. Diese Aussicht gab ihr Auftrieb; sie war sicher, dass ihre Entscheidung richtig war. Sie würde sich nicht von der ersten Kostprobe täuschen lassen, denn sicher war noch mehr in dem Becher, den sie irgendwann leer trinken konnte.

Der moschusartige Geruch, der dem Hemd des Ritters entströmte, schien sie zu verhöhnen und schwächte ihre Überzeugung, aber sie ließ sich nicht beirren. Sie und Célie blieben abrupt stehen, als sie das Boot erreichten, und wechselten einen entsetzten Blick. Der Knappe hatte die Anweisung des Ritters leider sehr ernst genommen und lag schlafend in dem Boot, das sie zu stehlen gedachten.

»Was machen wir jetzt?«, flüsterte Célie.

Esmeraude schaukelte das Boot mit einer Hand hin und her. Der Junge rührte sich nicht. Sie ruckte heftiger, aber er schnarchte zufrieden weiter. Die Frauen sahen sich an, dann entfernte sich Esmeraude ein paar Schritte, und Célie folgte ihr auf dem Fuße. Sie warf Kieselsteine auf den schlafenden Jungen, doch der bekam nichts von ihren Angriffen mit. Als sie ihn mit mehreren Steinen traktierte, drehte er sich um, vergrub den Kopf unter seinem Umhang und schnarchte nur noch lauter.

Esmeraude näherte sich vorsichtig dem Boot und versuchte, den schlafenden Knappen hochzuheben. Er wog mehr, als sie gedacht hatte. Sie nickte ihrer Zofe zu, die seine Füße packte, aber auch zu zweit konnten sie ihn nicht von der Stelle bewegen.

Er bewegte sich und war nahe daran, aufzuwachen und den Ritter zu alarmieren. Esmeraude spähte über die Schulter, denn sie hatte ein Rascheln gehört und bildete sich ein, dass der Ritter wach wurde.

»Der Junge hat einen festen Schlaf, was man von seinem Herrn nicht behaupten kann«, flüsterte sie verdrossen.

»Dann müssen wir wohl bleiben«, erklärte Célie mit unverhohlener Genugtuung. »Gefangen zwischen dem Teufel und dem Meer. Das soll Euch eine Lehre sein und Euch die Kühnheit austreiben.«

Esmeraude sah, dass das Gras, auf dem das Boot lag, fast bis zum Rand des Wassers wuchs. Und es war feucht vom Tau. Die Ebbe hatte eingesetzt, und der Zeitpunkt, in See zu stechen, war günstig. Die Gelegenheit war zu gut, um sie ungenutzt verstreichen zu lassen.

»Unsinn«, entgegnete Esmeraude entschieden. »Wir nehmen ihn einfach mit.«

Und bevor die Zofe Protest erheben konnte, nahm Esmeraude die Ruder und versetzte dem Boot einen kräftigen Stoß. Es rutschte über das feuchte Gras, und der Junge schlief selig weiter, während das Boot schaukelte. Die Zofe schimpfte wie ein Rohrspatz, trottete aber hinter Esmeraude her und half ihr, das Boot zu Wasser zu bringen.

»Wir kehren nach Ceinn-beithe zurück«, entschied die ältere Frau.

Esmeraude bedachte sie mit einem strahlenden Lächeln. »Ja, natürlich. Aber nur, um Pferde zu besorgen und den Jungen loszuwerden. Nach Airdfinnan ist es zu weit, um zu Fuß zu gehen.«

»Esmeraude!«

»Sei nicht töricht, Célie. Wir brauchen ein Pferd, um Airdfinnan zu erreichen, bevor meine Freier dort ankommen.«

»Gott im Himmel, ich glaube fast, Euch macht das alles Spaß«, murrte Célie missmutig.

Esmeraude gab dem Boot einen letzten Schubs, dann hielt sie es fest, während ihre Zofe einstieg. Der Knappe schnarchte, ohne zu bemerken, was um ihn herum geschah. Esmeraude stellte sich das Gesicht des Ritters vor, wenn er beim Aufwachen begriff, dass sie längst über alle Berge war, und grinste breit. »Ja, Célie, das stimmt. Abenteuer sind so großartig, wie ich es mir erhofft habe.«

»Aber die Gefahren ...«

»Die gehören dazu, Célie.« Esmeraude nahm die Ruder und lenkte das Boot in die Strömung. »Es wäre in der Tat eine törichte Unternehmung, wenn ich glaubte, dass es die Sache nicht wert wäre. Ich kann es kaum erwarten, nach Airdfinnan zu kommen.«

»Ich schon«, brummte die Zofe, aber sie ruderte auch.

4

Esmeraudes Vorstellung von Bayards Reaktion war nicht weit von der Wirklichkeit entfernt. Er war außer sich, als er merkte, dass er allein war. Er stand auf und starrte düster aufs Meer, das hell in der Morgensonne funkelte, als wollte es ihn verspotten. Er entdeckte ein kleines Boot, das sich von der Insel entfernte.

Er konnte drei Gestalten in dem Schiff ausmachen. In dieser entlegenen Gegend konnten das nur seine Auserwählte, ihre Zofe und sein Knappe sein.

Er war wirklich erbost. Was war nur in das Mädchen gefahren, als er schlief? Welche Schwächen und Fehler hatte sie an ihm festgestellt? Und warum, um Gottes Willen, verließ sie ihn, nachdem sie sich ihm so bereitwillig hingegeben und ihn selbst zu ihrem Bräutigam *auserkoren* hatte?

Vielleicht spielte sie ihm einen Streich und ihre Flucht war nur ein Scherz, aber Bayard konnte nicht darüber lachen.

Und er fürchtete, dass sie teuer für ihren Übermut bezahlen musste. Es hatte seine guten Gründe, dass Frauen sich fügen sollten, insbesondere solche wie diese, die geneigt waren, die falschen Entscheidungen zu treffen, wenn sie auf sich allein gestellt waren. Bayard erinnerte sich an seinen eigenen Kampf gegen die Strömung und fürchtete um Esmeraudes Leben. Was würde dann aus seiner Mission?

Hatte er seine Braut gefunden, nur um sie an das Meer zu verlieren? Hatte ihre törichte Laune seine Familie in Gefahr gebracht? Er ging auf und ab, schimpfte vor sich hin und überlegte fieberhaft.

Auch wenn er sich noch so sehr sorgte, er konnte nichts tun. Eines war jedoch offensichtlich – das Schicksal hatte sich gegen ihn gewandt, während er selig geschlafen hatte. Vielleicht war er zu siegesgewiss gewesen. Nicht nur Esmeraude war weg, sie hatte auch noch sein Boot gestohlen und auf diese Weise dafür gesorgt, dass er ihr nicht folgen konnte. War Andrew bei ihr geblieben, damit er seinen Herrn und Meister später informieren konnte, was sie vorhatte?

Bayard hoffte es, denn er selbst würde noch eine Weile brauchen, bis er die Möglichkeit bekam, diese Insel zu verlassen. Er zog sich an und merkte, dass sein Hemd verschwunden war. Vielleicht hatte es Andrew an sich genommen. Bayard kümmerte sich nicht sonderlich darum – er hatte ganz andere Sorgen. Er holte ein frisches Hemd aus seiner Satteltasche und machte sich auf den Weg in Richtung Süden, wo er das Schloss des Königs wähnte. Es blieb ihm gar nichts anderes übrig, als bei Hofe um ein Boot zu betteln, sich eines zu borgen, zu kaufen oder zu stehlen, wenn es nötig wurde. Bayard schürte seinen Unmut nicht weiter mit Spekulationen darüber, welche Ziele seine Braut verfolgte.

Darüber wollte er sich jetzt noch keine Gedanken machen.

Er musste zu Fuß gehen, da er die Pferde auf dem Festland in Michaels Obhut gelassen hatte. Es war ein für die Jahreszeit ungewöhnlich sonniger und warmer Tag, und sein Kettenhemd und die Rüstung waren schwer. Bayard war es nicht gewöhnt, in voller Rüstung Fußmärsche zu machen, dennoch schritt er entschlossen aus.

Er dachte daran, wie er seiner Braut beibringen würde, ihm zu gehorchen, und zwar zu ihrem eigenen Besten.

Falls sie die Überfahrt überlebte. Sein Puls beschleunigte sich, und er schaute über die Schulter aufs Meer. Im Grunde erwartete er, sie um Hilfe winkend im Bug stehen zu sehen.

Aber das Wasser glitzerte und funkelte, und weit und breit war kein Boot zu sehen. Waren sie bereits untergegangen? Sein Herz krampfte sich zusammen. Er überlegte, wer Esmeraude auf die Insel gebracht haben mochte, und der Gedanke, dass ihr ein anderer Mann behilflich gewesen war, machte ihm Mut und verärgerte ihn gleichzeitig.

Aber wer könnte dieser Mann sein?

Trotz aller Umstände verbesserte sich Bayards Stimmung beträchtlich, als er den Hof des Königs der Inseln erreichte. Dort herrschte ein heilloses Durcheinander. Simon war da, aber Bayard ärgerte sich nicht darüber, denn sein Widersacher machte einen ausgezehrten, entmutigten Eindruck. Bayard schenkte ihm ein selbstbewusstes Lächeln, da er wusste, dass er die schönere Nacht hinter sich hatte.

Und er erfuhr auch, dass sich seine Cousins Nicholas und Connor genau wie eine ganze Menge anderer Männer, die er in Ceinn-beithe gesehen hatte, dazu entschlossen hatten, die Jungfrau zu suchen. Nicholas sah gut aus, sein kastanienbraunes Haar bildete einen schönen Kontrast zu seinem dunkelblauen Waffenrock. Connor war noch so blond, wie Bayard ihn in Erinnerung hatte. Die beiden groß gewachsenen Männer machten einen eleganten Eindruck, und sie scherzten leise miteinander.

Sie nahmen keine Notiz von Bayard, und er konnte ihnen das kaum übel nehmen, aber er empfand Bedauern, dass er sich vor Jahren entschieden hatte, seine Familie zu verlassen. Er bezahlte einen hohen Preis und musste zulassen, dass sie das Schlimmste von ihm dachten, aber sie würden die Wahrheit erst glauben, wenn man sie ihnen deutlich vor Augen hielt. Doch sie würden ihm erst zuhören, wenn er zuvor in Ordnung brachte, was mit seinem eigenen Vater schief gelaufen war. Dafür müsste er allerdings einräumen, geirrt zu haben – ein Geständnis, das ihm niemals über die Lippen käme.

Deshalb hielt Bayard den Mund und bereute nichts.

Die Freier versammelten sich um den schlichten Thron des Königs, obwohl nur zwei der älteren Ritter sich direkt an den Herrscher wandten.

Simon war fast doppelt so alt wie Bayard, und sein goldenes Haar war mit grauen Fäden durchsetzt. Er war groß und stark – ein imposanter Gegner bei Turnieren. Er war überzeugt, dass bestehende Regeln nicht für ihn galten und nichts ihn zurückhalten konnte; diese Einstellung war wohl das Resultat seiner Erziehung als Alleinerbe seines Vaters und bevorzugtes Kind. Seinen Mund zeichneten harsche Linien, und die Kälte in seinen Augen hatte Bayards Misstrauen geweckt, noch ehe er am eigenen Leib erfahren hatte, dass seine Abneigung berechtigt war.

Bayard lächelte breiter, nur weil er wusste, dass er Simon damit auf die Palme brachte. »Guten Morgen allerseits.«

Simon funkelte ihn an. »An diesem Morgen ist gar nichts gut und auch nichts amüsant«, fauchte er, statt Bayard zu begrüßen. »Mir ist schleierhaft, wieso Ihr Euch so sehr über die Kapriolen dieses Mädchens freut.«

Bayard biss sich auf die Zunge, um seinen Vorteil nicht zu verraten. »Was für Kapriolen?«, erkundigte er sich unschuldig.

Simon hätte beinahe ausgespuckt. »Sie ist dem König der Inseln fortgelaufen.«

»Ah, also *ist* sie hier?«

»Sie war hier, aber jetzt ist sie es nicht mehr.«

»Oh? Dann ist sie demach ganz rasch wieder aufgebrochen?«

»Bei Nacht und Nebel geflohen, das kleine Biest.« Simon zog finster die Augenbrauen zusammen und deutete auf einen großen Wikinger, der noch missmutiger als Simon zu sein schien. Ein Mann – vielleicht der König persönlich, nach seiner Kleidung zu schließen – schalt den Wikinger aus, und der ließ die Tirade mürrisch über sich ergehen. »Der König hatte sie in einer heidnischen Zeremonie diesem Manne übergeben, aber als er sich mit ihr zurückzog, um den Bund zu besiegeln, schlug sie ihn nieder und ließ ihn bewusstlos und gefesselt in seiner Kammer liegen, die noch dazu von *innen* verriegelt war.«

»Tatsächlich?« Bayard brauchte die Überraschung nicht zu spielen. Er war beeindruckt von ihrer Heldentat und meinte, sich glücklich schätzen zu können, dass die Lady ihn nur schlafend zurückgelassen hatte.

Er fragte sich, womit sich der Wikinger eine solch unwürdige Behandlung verdient haben mochte. Wut loderte in ihm auf. Hatte dieser Kerl seine Auserwählte misshandelt? War ihre Flucht ein Akt des Mutes oder der Verzweiflung gewesen? Er durchbohrte den Wikinger mit einem Blick, und der zuckte tatsächlich zusammen.

Simon bemerkte nichts von alledem. »Tatsächlich. Sie ist eine widerspenstige Person, Bayard, und gewiss nicht die richtige Frau für Euch.«

Dieser offenkundige Versuch, ihm sein Interesse auszureden, belustigte Bayard. »Aber Ihr glaubt, sie ist die richtige Frau für Euch, hab ich Recht?«

»Ich werde sie zähmen«, sagte Simon und schleuderte sein helles Haar über die Schulter. Er lächelte eisig. »Ich habe so meine Methoden, mit deren Hilfe ich das unnatürliche Feuer in einer solchen Frau zu löschen vermag.«

»Ach, wirklich?«, fragte Bayard. »Ein schreckliches Los für die entsprechende Lady.«

»Was soll das heißen?«

»Mir erscheint sie sehr interessant, solange noch dieses Feuer in ihr brennt.« Bayard wurde von Augenblick zu Augenblick neugieriger auf die Frau, die er zum Altar führen würde. Leidenschaftlich in der Liebe und einfallsreich in heiklen Situationen – Esmeraude würde ausgezeichnet zu ihm passen.

Als Simon nichts darauf erwiderte, lächelte Bayard gelassen und trat zur Seite, um sich vor dem König zu verbeugen. Sie tauschten einige Höflichkeiten aus; der König war sichtlich aufgebracht über Esmeraudes schändliches Verhalten dem Manne gegenüber, den er für sie ausgesucht hatte, denn er sprach nach der Begrüßung von nichts anderem. Bayard musterte den Wikinger von Kopf bis Fuß und war aufs Neue sehr beeindruckt von dem Erfindungsreichtum seiner Lady, die es mit einem solchen Gegner aufgenommen hatte.

»Ich nehme nicht an«, sagte er, »dass sie ein Schreiben jedweder Art hinterlassen hat, oder sollte ich mich irren?«

Der König bedachte ihn mit einem argwöhnischen Blick. »Wie kommt Ihr darauf?«

Bayard lächelte; er freute sich, dass er seine Auserwählte allmählich durchschaute. »Es war nur eine Vermutung.«

Der König schnippte mit den Fingern, und ein kleiner Mann eilte zu ihm – er war so unauffällig wie viele devote Hofschreiber. Seine Finger waren nicht mit Tinte befleckt, wie es Bayard von anderen Schreiberlingen kannte, aber an diesem schlichten, barbarischen Hof gab es möglicherweise nur wenige wertvolle Bücher, die es zu kopieren galt. Der kleine Mann beförderte ein zusammengerolltes Pergament zutage und verbeugte sich tief vor dem König.

Simon, der Bayard gefolgt war, neigte sich vor, um das Schreiben an sich zu nehmen. Der König, empört über diese Dreistigkeit, schlug ihm ins Gesicht. Die rohe Geste des Herrschers erschreckte beide Ritter.

»Das Schreiben ist an mich gerichtet«, erklärte der König durch zusammengebissene Zähne. »Ich habe noch nicht entschieden, ob ich Euch den Inhalt zu Gehör bringe.« Simon trat zurück. Sein hübsches Gesicht war von einem roten Mal gezeichnet, und sein Blick verriet Besorgnis. Der Schreiber hielt das Pergament fest und blinzelte nervös.

Bayard war geschockt, sagte jedoch nichts. Er überlegte, wie er diesen Barbaren ein Boot abschwatzen konnte, denn er wollte sich an diesem Ort keinen Augenblick länger als nötig aufhalten.

Der Schreiber räusperte sich, als ihm der König ein Zeichen gab, und begann zu lesen.

Eine Furt im Fluss lockt mich, sie anzusehen –
Der Quell entspringt im Reich der Feen.
Ein Händedruck band mich an einen Mann,
Doch noch bin ich rein wie der junge Tag,
und nichts mich davon abzubringen vermag,
die Liebe zu finden, die ein Leben überdauern kann.

Die versammelten Ritter und Männer sahen sich ratlos an. Bayard gewann die Überzeugung, dass seine Auserkorene tief erschüttert gewesen war, als sie diese Verse geschrieben hatte.

Aber was für ein Ziel hatte sie sich gesetzt?

»Welcher Fluss entspringt im Reich der Feen?«, wollte Simon wissen. Esmeraudes Spiel bereitete ihm sichtlich Unbehagen.

Der König lächelte freudlos. »Sie alle entspringen im Reich der Feen, wenn man den Legenden Glauben schenken kann.«

»Gibt es auf dieser Insel Flüsse?«

»Selbstverständlich.«

»Dann werde ich sie alle bis zur Mündung absuchen«, verkündete Simon. Er sah Bayard herausfordernd an. »Und niemand wird mir zuvorkommen.«

Bayard allein wusste, dass die holde Maid nicht mehr auf der Insel war. Welchen Fluss sie auch zu besuchen gedachte, er war auf dem Festland, sonst hätte sie ihm sein Boot nicht gestohlen.

Er war überzeugt, dass sie ihn verlassen hatte, um ihr namenloses Ziel zu erreichen. Vielleicht hatte sie ihn doch nicht als Sieger in diesem Spiel ausersehen? Aber warum hatte sie dann seine Berührungen geduldet? Wäre sie nicht so klug, würde er sie jetzt für verrückt halten.

Nein, Esmeraude war nicht verrückt. Sie hatte einen triftigen Grund für ihr Verhalten, darauf würde er jede Wette eingehen. Statt Wut empfand er nur noch mehr Bewunderung für die Frau.

Und das bestärkte ihn in seiner Entschlossenheit, ihre Hand für sich zu gewinnen.

Aber zuerst musste Bayard die Anzahl und die Stärke seiner Gegner richtig einschätzen. »Hat eine Frau das Recht, einen mit Händedruck besiegelten Bund aufzulösen?«, fragte er den König, statt sich mit Simon auf einen Wortwechsel einzulassen. Er beäugte vorsichtig den niedergeschlagenen Wikinger.

»Ja, jede Partei hat das Recht, sich jederzeit zurückzuziehen.«

»Und wenn der Bund gelöst ist, kann Euer Mann dann die Entscheidung der Lady anfechten?«

»Nein.« Die Lippen des Königs wurden schmal. »Er wurde einmal abgewiesen, und damit ist die Angelegenheit beendet.«

»Was ist das für ein eigenartiger Vertrag?«, wollte Simon wissen.

Der König straffte die Schultern. »Ein Ehebund, der beide Parteien ohne den Segen und die Forderungen Roms glücklich machen kann. Dieses Abkommen gilt für ein Jahr und einen Tag – sozusagen eine Verbindung auf Probe –, bevor die eigentlichen Gelübde abgelegt werden.«

»Dennoch habt Ihr Euch auf ein so schwaches Versprechen verlassen, um sie zu halten?«, fragte Simon ungläubig. Der König schnaubte zornig nach dieser unverschämten Zurechtweisung, und beide Männer richteten sich zur vollen Größe auf.

»Er wollte nicht das Mädchen an sich binden, sondern ihre Mitgift«, erklärte Bayard, der mittlerweile die Wahrheit erkannte. »Ein Samen in ihrem Bauch hätte dieses Problem schnell geregelt.«

Simon machte den Mund auf, um etwas zu sagen, besann sich aber eines Besseren. Bayard fragte sich, ob Simon nicht auch nur Interesse für Ceinn-beithe hatte und an Esmeraude selbst kaum einen Gedanken verschwendete.

Der König zuckte mit den Schultern. »Ceinn-beithe ist ein alter Besitz und von großer Bedeutung für das Volk im Westen und auf den Inseln. Es erschien mir das Einfachste, es zu meinem Eigentum zu machen.« Er beäugte die Ritter wachsam. »Ich würde es sehr begrüßen, wenn mir, wer immer die Braut für sich gewinnt, die Treue schwört.«

»Diese Angelegenheit müsst Ihr mit dem besprechen, der die Braut letztendlich heimführt«, gab Simon zurück; es war kaum zu überhören, dass er sich auf einen solchen Handel nicht einlassen würde.

Der König trat vor. »Diese Insel untersteht meiner Hoheitsgewalt, und niemand reist ohne meine Erlaubnis von hier ab. Esmeraude ist mein, solange sie sich auf Mull befindet, und ich allein bestimme, wann sie mein Territorium verlassen darf. Sie hat einen Mann meines Hofes abgewiesen. Sie kam aus freien Stücken zu mir, und ich werde Ceinn-beithe um jeden Preis für mich beanspruchen. Ihr sollt Eure Chance haben, ihr beide, aber alle Männer meines Hofes machen sich ebenfalls auf die Suche nach ihr.«

»Dazu habt Ihr kein Recht«, platzte Simon heraus. »Ihr wurdet nicht zu dem Wettbewerb nach Ceinn-beithe eingeladen. Ich bin von weit her gekommen! Ich habe in dieses irrsinnige Unternehmen mehr, weit mehr investiert, als Ihr jemals besitzen werdet. Ihr habt nicht das Recht, mich um den Erfolg zu bringen.«

Bayard erkannte, dass Simon dem König zu sehr zusetzte. Der König wurde hochrot vor Zorn, und Bayard zog sich vorsichtshalber ein wenig zurück, um nicht in den üblen Verdacht zu geraten, mit Simon gemeinsame Sache zu machen.

»Ich habe jedes Recht dazu!«, brüllte der König. »Und wenn Esmeraude jemals wieder mein Schloss betritt, werde ich dafür sorgen, dass sie sich mir ein für alle Mal verpflichtet!« Er schlug sich mit der Faust auf die Handfläche. »Sie wird sich in aller Öffentlichkeit an mich und einen meiner Männer binden, so dass kein Zweifel mehr bestehen kann!«

»Meine Hochachtung vor der Lady steigt mit jedem Moment«, erwiderte Simon mit einem höhnischen Grinsen. »Sie hat großen Verstand bewiesen, als sie von diesem barbarischen Ort geflohen ist.«

»Ergreift ihn!«, bellte der König.

Im nächsten Augenblick wurde Simon von zwei kräftigen Männern gefasst. Er wehrte sich – ohne Erfolg. »Das könnt Ihr nicht tun. Ihr könnt mich nicht festnehmen. Ich bin ein Ritter. Ich bin auf Brautsuche.«

»Ihr schuldet mir Ehrerbietung. Vielleicht seid Ihr morgen früh eher geneigt, mir mit dem gebührenden Respekt zu begegnen.« Die Augen des Königs blitzten vor Zorn, und Bayard wusste, dass er sich rasch etwas einfallen lassen musste.

Der König wirbelte zu ihm herum. »Und was ist Euer Begehr?«

Bayard gab sich alle Mühe, eine betrübte Miene aufzusetzen. »Ich fürchte, ich muss Euch um die Erlaubnis bitten, Eurer Gastfreundschaft und den Annehmlichkeiten dieser Insel den Rücken zu kehren«, sagte er bedächtig und legte seine Stirn in Falten.

»Wieso das? Zieht Ihr Euch aus dem Wettbewerb um die Hand der holden Maid zurück?«, meldete sich Simon wieder zu Wort. Er wehrte sich gegen den Griff seiner Bewacher, um nur kein Wort zu verpassen, und es gelang ihm nicht, seine Freude über Bayards Entschluss zu verbergen.

Der König kniff die Augen zusammen.

Bayard schüttelte bedauernd den Kopf und log, so gut er konnte. »Ich fürchte, ich muss. Ich habe meinen Knappen auf See verloren, und es ist meine Pflicht, nach Ceinnbeithe zurückzukehren und eine Nachricht an die Mutter des Jungen zu senden. Zudem mache ich mir Sorgen um das Wohlergehen meines zweiten Knappen.«

»Wo ist er?«

»Er versorgt meine Pferde in Ceinn-beithe.« Bayard sah den König mit einem bekümmerten Lächeln an. »Ich fürchte, die Last meiner Verantwortung treibt mich viel zu schnell von Eurer prachtvollen Insel weg, ganz zu schweigen von den verheißungsvollen Freuden, die Esmeraude zu versprechen scheint.«

»Ich weiß, wie es ist, von Pflichten erdrückt zu werden«, erwiderte der König, der sichtlich aufatmete, weil sich ein weiterer Ritter aus dem Kampf zurückzog.

»Ihr habt Euer Schlachtross einem unreifen Jungen überlassen?«, rief Simon fassungslos. »Ihr seid in der Tat viel zu vertrauensselig.« Er grinste. »Aber vielleicht kann ich in dieser Angelegenheit Hilfe leisten, Bayard. Nehmt *mein* Schiff zum Festland, tut Eure Pflichten und kommt auf diese Insel zurück. Wenn ihr das nächste Mal diese Küste erreicht, werde ich zweifellos mein Schiff brauchen, um meine Braut nach Haue zu bringen.«

Der König fixierte Simon mit einem vernichtenden Blick. »Ihr erhebt Euch abermals über Euren Stand, mein Herr«, sagte er eisig, dann wandte er sich an die Wachmänner. »Er wird für zwei Nächte unser Gast sein, in dieser Zeit möchte ich sein Gesicht nicht sehen.«

Simon heulte vor Verzweiflung auf, als man ihn wegzerrte, aber seine Proteste nützten ihm nichts. Die Wächter ließen sich nicht beeindrucken und machten kurzen Prozess mit ihm.

»Vielleicht wird ihn das bessere Manieren lehren«, murrte der König. Dann drehte er sich Bayard mit einem Lächeln zu und heftete den Blick auf sein Schwert. »Ein Jammer, dass es Euch nicht vergönnt ist, auf unserer Insel zu verweilen. Ich werde Euch eine Eskorte bereitstellen, die Euch zum Schiff bringt, und ich wäre überglücklich, Euch Hilfe bei der Überfahrt zur Verfügung zu stellen.«

»Ich danke Euch, Sir.« Bayard verbeugte sich tief. Ihm war klar, dass die Eskorte nicht zu seiner Sicherheit diente; die Männer sollten sicherstellen, dass er tatsächlich zum Festland abreiste, und Simons Boot so schnell wie möglich zur Insel zurückbringen.

Als er das große, schnittige Schiff sah, bestätigte sich seine Annahme.

Er empfand sogar einen Anflug von Mitleid für Simon, als sie mühelos über das glitzernde Wasser glitten. Eine seltsame Regung, denn sicherlich hatte nie ein Mann weniger Mitgefühl verdient als Simon. Bayard war überzeugt, dass er diesem Widersacher bei der Suche nach Esmeraude noch nicht zum letzten Mal begegnet war.

Bayard musste die zwei Tage Vorsprung nutzen und sich die Hand seiner Auserwählten sichern, solange Simon anderweitig beschäftigt war.

Doch zuallererst musste er Esmeraude finden. Bayard ließ den Blick über die zerklüftete Küste schweifen und empfand eine Mutlosigkeit, die ihn nur sehr selten befiel. Sie könnte spurlos verschwunden, könnte von den Wellen fortgespült und für immer verloren sein.

Und seine Mission wäre gescheitert, wenn auch nicht durch seine Schuld.

Aber er konnte nicht tatenlos zusehen, wie ihm jemand seine Braut vor der Nase wegschnappte. Bayard nahm die Ruder und unterstützte die Männer des Königs der Inseln.

Als sie sich dem Festland näherten, entdeckte er in der Ferne etwas Dunkles auf den blitzenden Wellen. Er sah noch einmal genauer hin, und ein Lächeln breitete sich auf seinem Gesicht aus.

Die Dame Fortuna hatte ihn doch nicht verlassen.

Célie ließ sich nicht so leicht von ihrem Thema abbringen, was bedeutete, dass sie Esmeraude gehörig die Leviten las, während sie ruderten. Die ältere Frau strengte sich beim Rudern nicht allzu sehr an, da sie im Grunde den Wunsch verspürte, ihren Schützling zu dem Ritter zurückzubringen. Sie tat so wenig wie möglich, um die Entfernung zwischen den beiden zu vergrößern.

Der Junge verschlief den Wortwechsel, obwohl sich Esmeraude beim besten Willen nicht vorstellen konnte, wie er das fertig brachte. Sein Haar hatte den hellsten Rotton, den sie jemals gesehen hatte, und unzählige Sommersprossen zierten seine Nase.

»Kein Mann wird Euch noch haben wollen«, knurrte Célie griesgrämig. »Und schon gar nicht der, den Ihr eben verlassen habt.«

»Es gibt keinerlei Beweis für das, was ich heute Nacht getan habe.«

»Ha! Ich bin auch noch da, und ich versichere Euch, ich werde jedem erzählen, wie liederlich Ihr Euch benommen habt.«

Esmeraude wandte sich ab, um sich nicht anmerken zu lassen, wie erfreut sie darüber war, dass sich Célie so ohne weiteres bereit erklärte, ihre Entjungferung zu bezeugen.

»Und Ihr seid närrisch, wenn Ihr nach Airdfinnan geht«, fuhr die Zofe fort.

»Warum kommst du dann mit?«

»Jemand muss sich ja um Euer Wohlergehen kümmern, wenn Ihr schon nicht selbst dafür sorgt, dass Euch nichts zustößt. Ihr seid Eurem Vater ähnlicher, als ich vermutet hätte«, schnaubte die Zofe.

»Mein Vater war wunderbar«, erwiderte Esmeraude – ihre Loyalität ihrem Erzeuger gegenüber war unerschütterlich, obwohl Theobald starb, als sie zwei Jahre alt gewesen war. Duncan wurde kurz nach Theobalds Tod ihr Stiefvater, aber Esmeraude erkannte an Célies Tonfall, dass sie nicht von Duncan sprach. Célie hielt große Stücke auf Duncan MacLaren und ließ sich selten dazu überreden, auch nur ein Wort über Theobald zu verlieren, aber ihre Missbilligung dem Verstorbenen gegenüber war kaum zu übersehen.

»Er war ein Halunke«, sagte sie jetzt missmutig, »und hat immer getan, was er wollte, ohne sich einen Deut um die Folgen zu scheren.«

»Theobald?«

»Wer sonst?«

Esmeraude hielt überrascht beim Rudern inne. Trotz ihrer ständigen Bitten hatte Célie nie viel von Theobald gesprochen, aber jetzt schien sie geneigt zu sein, ihr Schweigen zu brechen. Esmeraude wusste wenig von dem Mann, der sie gezeugt hatte, abgesehen davon, dass er jung gestorben war und sie ihn als kleines Mädchen vergöttert hatte.

Und dass ihre Mutter sich weigerte, seinen Namen auszusprechen. Esmeraude hatte sich immer gefragt, wie Theobald wirklich gewesen war – war er so, wie sie selbst ihn in Erinnerung hatte, oder doch ein Unhold, der eine solche Bitterkeit in ihrer Mutter hervorgerufen hatte, dass noch heute kein Mensch etwas von ihm zu erzählen wagte?

Bis jetzt.

»Mein Vater hat mich mehr geliebt als sonst irgendein Mensch auf dieser Welt«, sagte sie mit Bedacht.

»Ja, er hat Euch wirklich geliebt, da Ihr sein Kind und jung genug ward, dass er annehmen konnte, Ihr würdet genau wie er werden.« Célie schüttelte den Kopf. »Ich hatte immer angenommen, dass er in diesem Punkt irrte und dass ihr lediglich das fröhliche Gemüt von ihm geerbt habt.«

»Aber?«, drängte Esmeraude.

»Ich habe lange Zeit geglaubt, dass Theobald enttäuscht wäre, wenn er Euch hätte aufwachsen sehen«, fuhr Célie fort, »Denn ich dachte, Ihr hättet nichts von seiner Selbstsucht. Aber in letzter Zeit habt Ihr Euch als ebenso eigennützig und närrisch erwiesen, wie er es immer war.«

»Es liegt nicht in meiner Absicht, irgendjemanden zu verletzen.«

»Das hat Theobald auch nie im Sinn gehabt.« Célie drohte ihrem Schützling mit dem Finger. »Aber er hat es dennoch getan. Glaubt Ihr, Eure Mutter hat sich danach gesehnt, alles, was sie kannte, und die Menschen, die ihr lieb und teuer waren, hinter sich zu lassen, um hier noch einmal von vorn anzufangen? Nein! Meint Ihr vielleicht, sie hat ihre Töchter gern von ihrer Heimat weggebracht? Nein! Aber sie hatte keine andere Wahl – dank Theobald.« Die Zofe schnaubte verächtlich. »Seine Taten haben Schande über sie gebracht, und er hat sie ohne einen einzigen *Denier* zurückgelassen. Eure Mutter hat große Opfer gebracht, um ihre Töchter nicht an einen Mann verkaufen zu müssen, denn sie hat sich immer gewünscht, dass Ihr und Jacqueline einmal aus Liebe heiratet. Mit diesem unsinnigen Spiel, das ihr treibt, verhöhnt ihr ihre guten Absichten.«

»Du warst nicht abgeneigt, bevor …«

»Ja, bevor Ihr Eure Unschuld aus einer Laune heraus und für das Vergnügen einer Nacht verschenkt habt. Ihr habt eine Gelegenheit vertan, einen Gemahl zu finden, den Ihr lieben könntet. Ihr habt eine Möglichkeit ausgeschlagen, die jedes andere Mädchen mit Freuden ergriffen hätte. Und wofür? Für ein Abenteuer. Pah!« Die ältere Frau sah Esmeraude streng und unnachgiebig an. »Ich bin wirklich sehr enttäuscht von Euch, Esmeraude, denn Ihr habt Euren Eifer für nichts und wieder nichts eingesetzt. Ihr könnt Euch wahrhaft glücklich schätzen, wenn Ihr mit diesen Torheiten kein Unheil heraufbeschwört.«

»Mir ist gleichgültig, ob mein zukünftiger Mann arm ist. Ich werde nur aus Liebe heiraten.«

»Schön, wenn Euch überhaupt noch eine Wahl bleibt«, gab die Zofe säuerlich zurück. »Es würde mich überraschen, wenn dem so wäre, und noch mehr in Erstaunen würde mich versetzten, wenn nicht andere für Eure Narreteien bezahlen müssten.«

»Was soll ich deiner Ansicht nach tun?«

»Dieses Boot wenden und Euch den Ritter zum Mann nehmen.«

»Aber er hält mich für ein einfaches Mädchen vom Lande! Du hast gerade selbst gesagt, dass er mich nie heiraten würde.«

Célie verdrehte die Augen. »Welche Möglichkeit habt Ihr sonst? Ihr habt ein schreckliches Durcheinander angerichtet, Esmeraude, und nur Ihr allein könnt den Wirrwarr lösen.«

Esmeraude wurde nachdenklich, obwohl sie ihre Vorgehensweise nach wie vor für angemessen hielt. Célie sah immer nur die Schatten und nie das Licht, aber Esmeraude war sicher, dass sie eines Tages die große Liebe finden würde, von der sie träumte.

Bevor sie sich verteidigen konnte, wurde der Junge wach.

»Liebe Güte!«, kreischte er und sprang so hastig auf die Füße, dass das Boot gefährlich ins Schwanken geriet. »Wir werden alle zugrunde gehen!«

»Sei still«, herrschte Esmeraude ihn an. Sie hatte für einen Morgen genug schlechte Prophezeiungen gehört.

»Natürlich gehen wir zugrunde, wenn du unser Boot umkippst«, fügte Célie erbost hinzu.

Er setzte sich sofort hin; ihm war sichtlich unwohl. »Wo ist mein Ritter?«

»Er schläft.«

Der Junge schielte zu den beiden Frauen mit den grimmigen Gesichtern. »Ihr müsst mir ein Ruder geben, damit ich helfen kann«, forderte er. »Wenn ich schon sterben muss, dann nur im Kampf – als Tribut für den Ritter, dem ich diene.«

»Es gibt kein Ruder mehr«, machte Esmeraude ihm klar, obwohl er das längst selbst gesehen haben musste.

Er leckte sich über die Lippen, und sein Blick huschte zu den tanzenden Wellen. »Dann gebt mir Eures, denn ich kann dem Meer besser trotzen als ein Mädchen.«

Esmeraude lachte und ruderte weiter. Sie hatte von Kindesbeinen an mit Duncan gerudert und besaß genügend Kraft und Kenntnisse, um nicht in Gefahr zu geraten. »Ist das so?«

Sie tat das Richtige, wenn sie die große Liebe suchte, und sie würde sich von Célies Warnungen nicht ins Bockshorn jagen lassen. In Augenblicken wie diesem fühlte sie sich lebendig und hatte keine Lust, am Kamin zu sitzen, zu sticken und pflichtschuldig auf die Befehle eines Gemahls zu warten.

Dies war das Abenteuer, nach dem sie sich sehnte. Es stimmte, die Reise war bisher für ihre Zofe keineswegs angenehm verlaufen, aber Célie beklagte sich immer. Und die Männer, die sich in Ceinn-beithe versammelt hatten, um Esmeraudes Hand zu werben, erwarteten eine Herausforderung. Dies war für sie weit weniger strapaziös als das Schlachtgetümmel.

Nein, Esmeraude konnte nicht erkennen, dass irgendjemand durch ihre Handlungsweise verletzt wurde.

Sie lenkte das Boot in die Strömung, wie Duncan es ihr beigebracht hatte, und ließ es treiben, statt gegen die Wassermassen anzukämpfen. Sie hatte die Stelle, an der sie in den stärksten Strom eintauchen würden, mit Bedacht gewählt und verließ sich darauf, dass die Flut sie mehr oder weniger genau dorthin bringen würde, wo sie anlegen wollte.

Der Junge jaulte auf, als die Strömung das Boot erfasste und es sich drehte wie ein Kreisel. Die beiden Frauen hoben die Ruder aus dem Wasser und warteten. Wie gewöhnlich wurden sie in die Mitte des Stroms getrieben, wo das Wasser am schnellsten floss, ohne dass sie auch nur einen Ruderschlag tun mussten.

»Wir werden auf dem Meer sterben! Wir werden ins Wasser gespült, und kein Christenmensch wird uns jemals wiedersehen!«, jammerte der Junge, doch die beiden Frauen achteten gar nicht auf ihn.

Esmeraude beobachtete aufmerksam die Oberfläche des Wassers und spähte hin und wieder zur fernen Küste. Als sie den richtigen Moment für gekommen hielt, nickte sie Célie zu.

Die zwei Frauen ruderten mit aller Kraft, um sich aus der Strömung zu befreien. Sie riefen sich gegenseitig Ermutigungen zu, während der Junge sie aus weit aufgerissenen Augen beobachtete, dann lachten sie triumphierend, als sie in die langsameren Gewässer vor der Küste glitten. In diesen Momenten war ihr Streit vergessen. Es war eine anstrengende Überfahrt, aber die ganze Strecke gegen die Strömung anzukämpfen wäre weitaus anstrengender gewesen.

»Was hast du gesagt, bevor wir den Strom durchquerten?«, fragte Esmeraude den Jungen verschmitzt.

Er verneigte sich vor ihr. »Ich bitte um Vergebung. Ihr habt bewiesen, dass Ihr in der Tat besser rudern könnt als ich.« Er seufzte. »Mein Ritter und ich wären in der letzten Nacht beinahe über Bord gegangen, und obwohl wir wie wahnsinnig ruderten, fürchtete ich, dass wir die Fahrt nicht überleben. Jetzt verstehe ich, dass es eine Kunst ist, die Meeresströmungen für sich zu nutzen.«

»Das stimmt. Ihr müsst gestern die direkte Linie zur Insel gewählt haben.«

»Ja, und es ist uns sogar gelungen, Kurs zu halten, aber es war mörderisch.« Er senkte die Stimme und schauderte. »Ich hatte Angst, dass uns das Meer mit Haut und Haaren verschlingt.«

Esmeraude hatte Mitleid mit dem Jungen, denn er musste einen Riesenschrecken bekommen haben, als er aufgewacht war und feststellen musste, dass er sich wieder auf See befand. Vielleicht hatte er gedacht, in einem Alptraum gefangen zu sein. »Als ihr übergesetzt seid, herrschte Flut und ihr hattet großes Glück, dass ihr nicht an der Insel vorbeigetrieben wurdet.«

Der Junge lächelte. »Mein Ritter ist stärker als jeder andere. Und er sagt, dass ihm die Dame Fortuna holder ist als jedem anderen. Ich habe nie daran geglaubt, bevor ich mit ihm geritten bin, aber jetzt muss ich sagen, dass es wirklich so ist. Er hat unvergleichlich viel Glück.«

Célie murmelte etwas von undankbaren Mädchen, die Fortunas Gaben ausschlagen, aber Esmeraude tat so, als hätte sie nichts gehört. Allerdings machte ihr Herz einen Satz, als der Knappe von seinem Ritter schwärmte.

Sie durfte nicht vergessen, dass sie für den Jungen nichts anderes als ein schlichtes Mädchen aus der Gegend war, und musste, um ihre Tarnung aufrechtzuerhalten, die richtigen Fragen stellen.

»Wenn ihr mit den Gewässern nicht vertraut seid, hättet ihr einen Küstenbewohner als Führer mitnehmen sollen«, sagte sie.

Der Junge stieß verächtlich die Luft aus. »Mein Ritter hat keine Angst, weil ...«

»... er mehr Glück hat als jeder andere«, ergänzte Esmeraude, während sie das Boot näher an die Küste unterhalb von Ceinn-beithe lenkte. »Das sagtest du bereits.«

»Hat dein vom Glück begünstigier Herr und Meister auch einen Namen?«, fragte Célie, und Esmeraude hielt die Luft an.

»Sein Name ist Bayard, und er hat an der Seite von Richard, dem König von England, am Kreuzzug teilgenommen und gegen die Sarazenen und Korsen gekämpft.«

Bayard. Esmeraudes Puls beschleunigte sich. Und er hatte einen Kreuzzug in den Orient begleitet! Er musste zahllose Abenteuer erlebt und viele Geschichten zu erzählen haben. Zweifellos war dieser Bayard in einer Mission des englischen Königs nach Mull gereist, in einer geheimen, schrecklich gefährlichen Mision.

Aber sie würde ihn nie wiedersehen. Esmeraude schüttelte den Kopf und zwang sich, vernünftig zu bleiben.

Um ihren Plan erfolgreich in die Tat umzusetzen, musste sie als Erstes den Knappen loswerden. Aber sie war verantwortungsbewusst genug, um ihn nicht einfach irgendwo auszusetzen und sich selbst zu überlassen. Sie wollte sich nicht Gedanken darüber machen müssen, ob er in der Wildnis überlebte.

Sie ruderte auf die Silhouette des Dorfes Ceinn-beithe zu und nahm sich vor, den Jungen dort zu lassen. »Warst du vor der Überfahrt in Ceinn-beithe?«

»Ja, wir haben dort Rast gemacht; es herrschte große Ausgelassenheit im Ort.«

»Tatsächlich?«, fragte Esmeraude, als wäre sie vollkommen ahnungslos. Ein gewöhnliches Mädchen wäre sicherlich erpicht auf den neuesten Klatsch, oder?

»Ja. Ritter von weit her wurden zusammengerufen, um um die Hand einer Jungfrau zu werben, aber sie hat ein Rätsel verfasst und ist geflohen.«

»Ach, ja? Und die Männer haben sich alle auf die Jagd nach ihr gemacht?«

»Nein!«

Esmeraude wirbelte zu dem Jungen herum. »Hatten sie kein Interesse an ihrem Schabernack?«

»Sie hatten keine Möglichkeit, ihr zu folgen.« Er beugte sich vor und sah sie mit leuchtenden Augen an. »Es standen nur zwei Boote zur Verfügung, und mein Herr hat dieses kleinere gekauft. Es gab große Wortgefechte, denn die anderen wollten sich das größere Schiff nicht teilen, und wir sind in See gestochen, noch während sich die Männer stritten.«

Esmeraudes Ruder standen still. Dann lungerten also noch etliche Freier in Ceinn-beithe herum! Und wenn sie die Absicht hegten, zur Insel überzusetzen, dann würden sie zweifellos an der Küste auf das ankommende Boot warten, um es für sich zu beanspruchen. Es würde nicht lange dauern, bis sie jemand erkannte.

Sie ließ das Boot treiben und dachte nach. Célie machte kaum den Eindruck, als würde sie ihr helfen, deshalb richtete Esmeraude ihre nächsten Worte wieder an den Jungen. »Aber dein Ritter hat dieses Boot für sich ergattert?«

»Ja, und er war nicht geneigt, noch jemanden mitzunehmen.«

»Das ist nicht sehr mildtätig.«

»Es ist kein großes Boot«, stellte der Knappe klar. »Und

er war in einer wichtigen Mission unterwegs, nicht als Wohltäter.«

Die Frauen wechselten einen Blick, aber Esmeraude fragte nicht, welche wichtige Angelegenheit der Ritter mit dem König der Inseln zu regeln hatte.

Es war besser, wenn sie wenig über ihn wusste. »Hat dein Ritter Vorkehrungen getroffen und einen Treffpunkt mit dir ausgemacht, falls ihr durch irgendwelche Umstände getrennt werdet?«

»Nein.« Der Knappe runzelte die Stirn, dann hellte sich seine Miene auf. »Aber er wird sicher zu Michael zurückkommen, denn Michael hält sich mit unseren Pferden versteckt.«

»Ach? Und wo ist dieser Michael zu finden?!«

»Ich sagte, er hält sich *versteckt*.« Der Junge verdrehte die Augen und konnte es kaum fassen, dass ein Mädchen so begriffsstutzig sein konnte. »Ich darf Euch nicht zu ihm führen.«

»Aber ich kann dich nicht an dieser wilden Küste absetzen und dich dem Hungertod überlassen.«

»Ihr könntet mich nach Ceinn-beithe bringen.«

»Damit die Männer, die Jagd auf die Demoiselle machen, mein Boot stehlen?« Esmeraude überging die Tatsache, dass dies nicht *ihr* Boot war und dass sie es selbst gestohlen hatte. »Wohl kaum.« Sie bremste das Boot mit ihren Ruderblättern ab, während sie der Junge eigensinnig ansah. »Von hier aus ist es nicht weit bis zum Strand. Spring über Bord und schwimm den Rest.«

»Ich kann nicht schwimmen!«

»Aber ich nehme dich nicht weiter mit.« Sie wagte es nicht. Die Sonne stand bereits hoch am Himmel, und Esmeraude wusste, dass sie sich beeilen musste. Es war gefährlich, sich in der Nähe aufzuhalten, solange die Freier noch in Ceinn-beithe waren. »Sag mir, wo wir diesen Michael finden, oder ich lasse dich schwimmen.«

»Das würdet Ihr nicht tun.« Der Junge funkelte sie herausfordernd an.

Da war er bei Esmeraude an die Richtige geraten. Sie bewegte sich blitzschnell, packte ihn und hielt ihn über das Wasser. Er trat um sich und wehrte sich, aber sie hatte ihn fest im Griff, auch als das Boot heftig schaukelte.

Célie beobachtete die Szene mit finsterer Miene. »Ja, ertränkt nur den Knappen des Ritters«, brummte sie. »Das wird sicherstellen, dass am Ende alles gut wird.«

»Sag mir, wo dieser Michael ist«, beharrte Esmeraude und sah dem Jungen direkt in die Augen. Sie hatte nicht die Absicht, ihn ins Wasser zu werfen, aber davon brauchte er nichts zu wissen.

»Ihr seid gar kein gewöhnliches Bauernmädchen!«, warf er ihr vor.

Esmeraude würdigte ihn keiner Antort. »Dies ist ein raues Land, und jene, die hier überleben wollen, müssen viele schwierige Entscheidungen treffen.« Sie lächelte. »So wie du gerade in diesem Moment. Glaubst du, das Wasser ist kalt?«

Er blitzte sie an. »Ich habe meinem Ritter geschworen, das Geheimnis für mich zu behalten. Kein Mädchen bringt mich dazu, mein Wort zu brechen.«

»Nun gut.« Esmeraude seufzte und ließ ihn ein wenig tiefer sinken. Er zappelte und riss die Augen vor Angst weit auf. »Seltsam, dass Männer und Jungen bereit sind, für ihre Schwüre zu sterben.«

Der Knappe spähte zum Wasser und schluckte schwer. Esmeraude spürte, dass seine Entschlossenheit bröckelte.

»Wenn du nicht schwimmen kannst«, erklärte sie liebenswürdig, »musst du dich auf dem Wasser treiben lassen.«

»Ich kann mich auch nicht treiben lassen«, fauchte er böse.

»Doch, das kannst du, wenn du dich nicht gegen das Wasser wehrst. Die Strömung trägt dich ungefähr ein Dutzend Meilen von Ceinn-beithe weg, bevor du an Land kommst.« Sie zuckte mit den Schultern. »Vielleicht wirst du auch aufs Meer hinausgetrieben und verschwindest für immer. Man kann nie ganz sicher sein.«

Der Junge verengte die Augen zu Schlitzen und bedachte sie mit einem bitterbösen Blick. »Er ist da drüben«, stieß er durch zusammengebissene Zähne hervor. Als Esmeraude ihn wieder ins Boot setzte, war er so niedergeschlagen, dass sie sich richtig gemein vorkam, ihn zu diesem Wortbruch gezwungen zu haben.

Aber ihr Bedauern währte nicht lange.

Wie es schien, konnte sich der Junge, dessen Name Andrew war, nicht genau erinnern, wo sich sein Freund aufhielt. Anfangs nahm ihm Esmeraude seine Verwirrung ab, da sie wusste, dass selbst vertrautes Land vom Meer aus ganz anders aussah. Und der andere Junge hielt sich immerhin versteckt, damit ihn niemand fand und keiner die Pferde stehlen konnte. Sie hatte gehört, dass manch einer ein Vermögen für ein edles Pferd oder ein Streitross ausgab, und konnte es dem Ritter nicht verübeln, dass er sein Hab und Gut schützte, so gut es ging.

Aber als die Sonne den Zenit erreicht hatte und sie immer noch hin und her ruderten, argwöhnte Esmeraude, dass Andrew sie überlisten wollte.

»Ein anderes Schiff setzt von der Insel über«, bemerkte Célie.

»Vielleicht ein Fischer«, murmelte Esmeraude, dann drohte sie Andrew mit dem Finger. »Du hast keineswegs dein Wort gebrochen«, beschuldigte sie ihn. »Du hast gelogen und mich getäuscht.« Célie schnaubte, aber Esmeraude ignorierte sie. »Ich sollte dich hier und jetzt über Bord werfen ...«

»Himmel, da ist er ja!«, rief Andrew und deutete zum Strand. »Ich erinnere mich an diesen Baum.«

Seit Ewigkeiten hörte Esmeraude, dass er sich an diesen Baum oder jenen Felsen erinnerte, und jetzt glaubte sie ihm nicht mehr. Aber sie schaute in die Richtung, in die er zeigte, und entdeckte tatsächlich einen anderen, etwas größeren Jungen an der Küste. Er winkte und rief eine Begrüßung, und Andrew schrie zurück.

Endlich! Esmeraude ruderte an Land und war fest entschlossen, in aller Hast nach Airdfinnan aufzubrechen. Ihre Arme schmerzten von der Anstrengung.

Sie würde Andrew absetzen, das Boot in der Nähe von Ceinn-beithe an Land bringen und sicherstellen, dass Andrew wusste, wo es lag, damit sich dieser Bayard sein Eigentum zurückholen konnte. Dann würde sie sich ein Pferd borgen und über alle Berge sein, ehe jemand erfuhr, dass sie nach Hause gekommen war. Die Pferde standen nachmittags auf der Weide, und der Stallknecht lag wahrscheinlich wieder im Gras und schlief. Duncan war oft wütend, weil der Bursche nicht gut genug auf die Pferde aufpasste, aber heute leistete ihr die Gewohnheit des Jungen gute Dienste.

Célie konnte nach Ceinn-beithe gehen, wenn sie nicht weiter an dem Abenteuer teilnehmen wollte, sich dort an den Kamin setzen und über ihren Schützling klagen. Ja, das wäre die beste Lösung, befand Esmeraude.

Sie war keineswegs unachtsam und blind für die Bedürfnisse anderer!

»So!«, sagte Esmeraude, als das Boot der Küste ziemlich nahe war. »Jetzt kannst du springen.«

»Oh, ich kann nicht über das Wasser springen – das ist zu weit«, behauptete Andrew.

»Selbstverständlich kannst du.« Allmählich verlor Esmeraude die Geduld. »Es ist nicht weit.«

»Zu weit für mich.« Andrew sah sie traurig an. »Aber Ihr könnt mich an Land tragen.«

»Du bist zu alt, um getragen zu werden wie ein Säugling«, insistierte Esmeraude. »Und ich bin noch viel weiter gesprungen, als ich halb so alt war wie du. Bist du nicht mutiger als ein kleines Mädchen?«

»Andrew hat Angst, Andrew hat Angst«, spottete der andere Junge.

»Ich habe keine Angst«, schrie Andrew, obwohl er sich nach wie vor weigerte, das Boot zu verlassen.

Esmeraude fluchte und hob ihn hoch, um der leidigen Angelegenheit rasch ein Ende zu bereiten. Sie sprang an Land und stellte den Jungen nicht gerade sanft auf die Füße. Sie wollte sofort zum Boot zurück, aber Andrew hielt sie am Ärmel fest.

»Oh, ich danke Euch«, sagte er überschwänglich.

Esmeraude versuchte, ihn abzuschütteln. »Nicht der Rede wert. Aber jetzt lass mich gehen.«

»Nein, nein, zwischen uns besteht jetzt ein festes Band, da Ihr mir das Leben gerettet habt.«

»Das habe ich nicht.«

»Ihr seid ja so bescheiden, das ist bezaubernd bei einem jungen Mädchen«, sagte er. Esmeraude war erstaunt über seinen Charme. »Vielleicht könntet Ihr mir noch einen kleinen Gefallen tun.«

»Ich habe dir bereits einen Gefallen getan.«

»Aber Ihr müsst Euch mein Pferd ansehen«, beharrte er. »Die Stute ist der schönste Fuchs von ganz Frankreich, das sagt mein Herr immer wieder, und sie ist sanftmütig und geschwind und ...«, er seufzte, »... und sie braucht einen Namen. Es wäre mir eine große Ehre, wenn Ihr einen passenden Namen für sie auswählt.«

Esmeraude knirschte mit den Zähnen. Sie liebte Pferde und war neugierig auf das von Andrew, aber sie war sich auch bewusst, dass ihr die Zeit zwischen den Fingern zerrann. Célie verschränkte die Arme vor der Brust und beobachtete selbstgefällig die Szene.

»Nenn sie Lightning, wenn sie so schnell ist«, empfahl Esmeraude. Sie versuchte, zum Boot zu kommen, doch Michael verstellte ihr den Weg.

»Das ist kein Name für eine edle Stute!«, jammerte Andrew. »Ihr müsst sie Euch zuerst ansehen, um Euch einen geeigneten Namen auszudenken, dann finden wir heraus, ob er ihr gefällt. Bitte! Ihr müsst mit mir kommen, ich flehe Euch an.«

Esmeraude war wirklich neugierig. Ihre Schwester Jacqueline hatte ihr erzählt, welch prachtvolle Pferde es in Frankreich gab. Jacquelines Mann Angus hatte einen Hengst und eine Stute aus Persien, die so anmutig und elegant waren wie kaum ein anderes Tier, das sie jemals zu Gesicht bekommen hatte.«

Esmeraude fragte sich, was für Pferde ihr Ritter besaß.

Es konnte ja nicht lange dauern.

»Nur für einen Augenblick«, sagte sie und ergriff die Hand des Jungen. Sie ging so schnell in den Schatten des Waldes, dass er Mühe hatte, mit ihr Schritt zu halten.

Andrews Reitpferd war in der Tat ein hübsches Tier und weit edler als die Pferde, die in den Stallungen ihrer Eltern standen. Das Fell der Stute hatte eine dunkle rotbraune Färbung, der Schweif und die Mähne waren pechschwarz. Sie hatte eine Blesse auf der Stirn, die den Namen Lightning rechtfertigen würde, und einen weißen Huf. Das Tier knabberte an Esmeraudes Hals und interessierte sich sehr für ihr Haar, und Esmeraude war so bezaubert, dass sie ganz vergaß, wie sehr sie in Eile war.

Das silbrig und weiß gescheckte Streitross des Ritters war wundervoll und bemerkenswert groß. Angus' Hengst war schwärzer als die Nacht, aber Esmeraude gefiel der Silberschimmel noch besser. Das große Ross stampfte, weil sie den drei Reitpferden mehr Aufmerksamkeit schenkte, als sie seiner Meinung nach verdienten. Es streckte ihr so fordernd die Nase entgegen, dass Esmeraude ihm auch die Ohren kraulen musste.

»Sein Name ist Argent«, erklärte Andrew.

»Das passt wunderbar zu ihm.«

»Michael striegelt ihn. Ich darf nur die Waffen polieren.« Andrew stieß einen tiefen Seufzer aus. »Mein Ritter besitzt für meinen Geschmack viel zu viele Schwerter und Rüstungen. Sein Kettenhemd ist so schwer zum Glänzen zu bringen, aber er meint, ich mache meine Sache sehr gut.«

Esmeraude lächelte, als der große Hengst fordernd mit der Nase in ihre Hand stieß. »Ja, du leistest gute Arbeit«, murmelte sie und erinnerte sich daran, wie sehr das Kettenhemd ihres Ritters im Mondschein geglitzert hatte.

Die vier Pferde waren wundervolle Tiere, sehr sanftmütig und so neugierig, dass Esmeraude sie alle nacheinander begrüßen musste. Sie waren gepflegt und gut genährt – auch ein Hinweis auf den Charakter des Ritters.

»Warum sind es vier Pferde? Trägt eines die Verpflegung?« Esmeraude war beeindruckt vom Wohlstand des Ritters, denn so edle Pferde waren teuer und kosteten auch im Unterhalt einiges.

»Sie tragen alle etwas von der Ausrüstung und der Verpflegung«, erklärte der Junge stolz, weil er offensichtlich mehr über diese Dinge wusste als sie.

»Aber reitet euer Ritter nicht immer seinen Argent?«

Andrew schnalzte mit der Zunge. »Ein Streitross wird nur in der Schlacht geritten, zumindest von den Rittern, die es sich leisten können, anständig zu leben. Der Ritter führt das Streitross mit der rechten Hand, während er auf einem anderen Pferd reitet.«

»Oh.« Das war Esmeraude neu.

»Diese Pferde sind schwer und nur für die Schlacht geeignet, lange Ritte würden sie zu sehr ermüden. Argent ist besser für seine Pflichten vorbereitet, wenn er nur einen Sattel tragen muss.«

Es war interessant, diese Einzelheiten zu erfahren, und diesmal brauchte Esmeraude das unwissende Mädchen vom Lande nicht zu spielen. Die Pferde waren prächtig. Sie knabberten an ihrem Haar, bissen sie leicht und stubsten sie an, aber Esmeraude liebte ihre Aufmerksamkeit. Sie hielt sich viel länger bei den Tieren auf, als sie beabsichtigt hatte.

Ein lautes Platschen erinnerte sie an ihr Vorhaben.

»Oh, jetzt muss ich aber gehen.« Sie rannte zurück zu Célie und dem Boot.

»Wartet!«, rief Andrew und lief ihr nach. »Ihr habt noch keinen Namen für mein Pferd gefunden!«

»Ich muss mich beeilen. Ich bin spät dran. Such du den richtigen Namen aus.« Esmeraude zwängte sich durch die letzte Baumreihe und blieb plötzlich wie angewurzelt stehen.

Es war bereits zu spät.

Ein Ritter, *ihr* Ritter hatte das kleine Boot auf den Strand gezogen und umgedreht, damit es in der Sonne trocknen konnte. Die Ruder lagen hoch oben außer Reichweite. Célie stand da und beobachtete mit unverhohlener Zufriedenheit, wie Esmeraude die Szene betrachtete.

Der Ritter drehte sich langsam zu ihr um und lächelte strahlend, als er sie entdeckte. Seine blauen Augen nahmen sofort eine dunklere Färbung an.

»Mylady«, flüsterte er und blies ihr einen Kuss zu. »Schön, Euch zu sehen.«

5

Esmeraudes Herz hämmerte, und sie war nicht imstande, sich von der Stelle zu rühren. Sie hörte, wie die Ruder ins Wasser platschten, als das zweite Boot von der Küste weggerudert wurde, aber sie hatte nur Augen für ihren Ritter.

Vielleicht war es doch nicht so falsch, dass Bayard ein Normalsterblicher war. Er sprühte vor Leben und war so voller Energie wie eine lodernde Flamme. Er war größer und breiter, als sie ihn im Gedächtnis hatte, und bei Tageslicht genauso atemberaubend wie bei Mondschein.

»Ich hab's geschafft!«, jubelte Andrew. »Ich wusste, Ihr würdet kommen, Mylord.«

Ein Lächeln huschte über Bayards Gesicht, aber er wandte den Blick nicht von Esmeraude. Seine Stimme klang sanft und dunkel, als er sagte: »Ja, Andrew, das hast du sehr gut gemacht.«

Im tiefsten Innern musste sich Esmeraude eingestehen, dass sie keineswegs enttäuscht war, diesen Ritter wiederzusehen. Bayard, Kreuzritter und Mitstreiter von Königen, war ihr gefolgt.

Bayard. Sie hauchte unhörbar seinen Namen, kostete den Geschmack auf ihrer Zunge. Bayard hatte ihr nachgesetzt wie ein Held in den alten Geschichten.

Sein Haar war feucht und das Gesicht gerötet, und Esmeraude ahnte, dass er hart gerudert hatte, um das Festland so schnell wie möglich zu erreichen. Sie sah den Schweißfilm auf seiner Stirn. Es war aufregend und schmeichelhaft, dass er die Verfolgung so schnell aufgenommen hatte und es für so wichtig erachtete, sie wiederzusehen. Die dunklen Bartstoppeln an seinem Kinn verliehen ihm ein wildes, unberechenbares Aussehen – ein Draufgänger, der gekommen war, um sich das zu holen, was bereits ihm gehörte.

Er lächelte, als könnte er ihre Gedanken lesen, dann kam er mit großen Schritten auf sie zu. Sein Blick wanderte vom Kopf bis zu ihren Füßen und hinterließ sengende Hitze, und als er ihr eine Hand entgegenstreckte, stockte Esmeraude der Atem. Ja, sie erinnerte sich an die Berührungen dieser Hand, und sie bebte vor Erwartung.

Seine Fingerspitze fuhr den Ausschnitt ihres Gewandes entlang, und seine Zärtlichkeit bereitete ihr keine Enttäuschung. Esmeraude sog scharf die Luft ein, um die Glut in ihrem Inneren zu lindern, und Bayard zwinkerte ihr zu. Ihm entging keineswegs, welchen Eindruck er auf sie machte.

Seine Hand strich über ihren Hals und hinterließ eine lodernde Feuerspur, und Esmeraude stand wie gebannt da. Seine Finger ruhten kurz auf der Stelle, an der er ihren wilden Herzschlag ertasten konnte, dann streichelte er ihren Nacken und umfasste zu guter Letzt ihr Kinn – eine besitzergreifende Geste, aber sie fühlte sich richtig und gut an.

Seine Augen waren tiefblau, sein Lächeln brachte ihr Herz bei Sonnenschein ebenso wie in der dunklen Nacht zum Rasen. Seine dunklen Wimpern waren so dicht und lang, dass ihn viele Frauen darum beneiden konnten, aber das schiefe Lächeln und die Selbstzufriedenheit in seinem Blick waren durch und durch männlich.

Er schob mit der freien Hand zärtlich eine Locke hinter ihr Ohr, dann legte er die Finger auf ihren Hinterkopf. Esmeraude durchlief ein Schauer, und sie staunte selbst, dass ihr nichts zu sagen einfiel.

»Warum hast du mich so überstürzt verlassen?«

»Ich hielt es für besser, fort zu sein, bevor Ihr aufwacht.« Esmeraudes Stimme klang heiser, und ihr stieg die Hitze ins Gesicht.

Bayard schüttelte lächelnd den Kopf. »Bedeckt Euer Haar, meine Schöne«, flüsterte er, und seine Augen glitzerten, »denn Ihr seid keine Jungfrau mehr, auf die noch kein Mann Anspruch hat.«

Esmeraude ahnte, was er vorhatte, bevor er es tat, und sie konnte sich nichts Natürlicheres bei diesem Wiedersehen vorstellen.

Bayard beugte sich zu ihr, küsste sie, als wollte er sie erneut in Besitz nehmen, und löschte damit jeden vernünftigen Gedanken in ihrem Kopf. Célie hatte die Lösung aller Verwicklungen genannt, wenn auch aus den falschen Gründen. Ja, Esmeraude und Bayard waren füreinander bestimmt – sie waren zwei Menschen, die sich eines Tages begegnen mussten, um sich für alle Zeiten zu lieben. Esmeraude wusste, dass sie das gefunden hatte, was sie sich mehr als alles andere wünschte, und gab sich voll und ganz dieser Umarmung hin.

Es war genauso gekommen, wie sie es vorausgesagt hatte – ihr Herz hatte ihn schon im ersten Augenblick erkannt.

Bayard gehörte ihr, ihr allein.

Esmeraudes Kuss verbannte alle Zweifel. Bayard hatte ihre Unsicherheit bei diesem Wiedersehen bemerkt, aber er gehörte nicht zu den Männern, die eine Frau im Stich ließen, nachdem sie sie verführt hatten. Er war erleichtert, dass sie die Überfahrt heil überstanden hatte und nicht böse auf ihn war. Ihr Kuss erschütterte ihn bis in die Seele, der Geschmack nach Salz auf ihren Lippen und ihre Hingabe weckten die Lust in ihm, ihr noch einmal Wonne zu bereiten.

Aber sie hatten noch Jahre mit solchen Freuden vor sich, und an diesem Tag war Zeit von allergrößter Bedeutung. Er löste sich widerwillig von ihr, lächelte, dann winkte er seine Knappen herbei. Er wies sie an, die Pferde zu satteln und ihre Sachen zusammenzupacken. Esmeraude lehnte noch benommen an ihm.

»Wohin gehen wir?«, fragte sie.

»Nach Ceinn-beithe natürlich«, erwiderte Bayard knapp, wie es seine Gewohnheit war. »Die Hochzeitszeremonie muss so rasch wie möglich vorbereitet werden – mir wäre es lieb, wenn die Trauung noch heute Nachmittag stattfinden würde, falls es Eurer Mutter recht ist. Danach reiten wir in den Süden.« Er seufzte und runzelte die Stirn – der Gedanke, dass es zu Verzögerungen kommen könnte, obwohl er den König möglichst bald sprechen musste, gefiel ihm gar nicht. »Ich nehme an, wir können frühestens morgen aufbrechen …«

Esmeraude zuckte erschrocken zurück. »Aber woher kennt Ihr meine Mutter?«

Bayard lächelte und streichelte beschwichtigend ihre Wange. »Ich wurde ihr selbstverständlich vorgestellt.« Ihre Augen wurden kugelrund, und Bayard beeilte sich, sie zu beruhigen, weil er annahm, dass sie ihn falsch verstanden hatte. Er tätschelte ihre Schulter. »Ihr braucht Euch nicht den Kopf darüber zu zerbrechen, dass irgendetwas unschicklich wäre. Alles war durch und durch ehrenhaft.«

Aber die Lady ließ sich nicht so leicht besänftigen. Sie wich vor ihm zurück. »Aber das heißt, Ihr wisst, wer ich bin!«

»Natürlich weiß ich, wer Ihr seid.« Bayard lachte leise. »Ihr seid Esmeraude of Ceinn-beithe, die Braut, um deren Hand ein Wettbewerb stattfindet, zu dem ich eingeladen wurde. Und ich habe sie gewonnen, denn Ihr habt mich auserwählt, deshalb werden wir heiraten. So einfach ist das alles.«

Er wandte sich ab, um die Dinge voranzutreiben. Ja, er musste sich rasieren und umziehen, bevor sie nach Ceinnbeithe ritten und die Ehegelübde tauschten. Seine Lady konnte sich gleich nach der Ankunft in ihrem Vaterhaus für die Feier herrichten.

Aber für Esmeraude war die Unterhaltung noch nicht beendet. Sie zupfte an seinem Ärmel. »Ihr wusstet schon letzte Nacht, wer ich bin«, sagte sie anklagend.

Bayard starrte sie verständnislos an. Ihm war schleierhaft, womit er ihren Unmut hervorgerufen haben könnte. »Selbstverständlich«, bestätigte er wachsam.

»Aber woher? Wie konntet Ihr das wissen? Ich habe meinen Namen nicht genannt und trug ein schmutziges, verknittertes Kleid.«

Bayard tippte liebevoll mit der Fingerspitze an ihr Kinn. Ihre Naivität störte ihn nicht. »Aber Euer Gang ist wie der einer Königin, meine Schöne, und Ihr seid Euch bewusst, dass die Männer Euch Blicke zuwerfen. Kein Bauernmädchen würde so etwas erwarten. Zudem war es unwahrscheinlich, dass in dieser Nacht zwei junge Damen in Begleitung einer Zofe auf dieser Insel umherstreifen.«

Bayard war der Ansicht, alles ausreichend erklärt zu haben, und legte seinen Gürtel ab. Er überlegte, ob er sie bitten sollte, sich umzudrehen, während er sich umzog, aber dann kam er sich albern vor – sie hatte schon genug von ihm gesehen.

Sein Zögern bot der Lady Gelegenheit, ihn fest gegen die Brust zu stoßen. »Ihr *wusstet* es! Ihr kanntet meinen Namen und habt mich mit voller Absicht auf Euer Lager gelockt!«

Bayard betrachtete ihre blitzenden Augen und überlegte fieberhaft, was sie derart wütend gemacht haben könnte. »Ja, ich wusste es.« Er zog eine Augenbraue hoch. »Doch Ihr seid aus freien Stücken zu mir gekommen, wenn ich mich recht erinnere.«

»Aber ich dachte, Ihr seid mein vorherbestimmter Geliebter.«

Bayard lachte leise. »Und das bin ich auch. Jetzt lasst mir ein wenig Zeit zum Rasieren, dann werden wir Euren Eltern die glückliche Nachricht mitteilen.«

Esmeraude stellte sich ihm in den Weg und stemmte die Hände in die Hüften. »Warum?«, wollte sie wissen.

»Warum?«, wiederholte Bayard verwirrt. Allmählich wurde ihm klar, dass seine Braut keine stille, duldsame Frau war, die sich mit Nadelarbeiten beschäftigen und warten würde, bis ihr Mann sie rief.

Er nahm an, dass er sich mehr Sorgen deswegen machen müsste, als er es tat. Um ehrlich zu sein, diese Esmeraude war weitaus interessanter als die meisten Schönen, mit denen er Bekanntschaft gemacht hatte.

Er mochte ihre Leidenschaft und Unberechenbarkeit und war selbst überrascht über diese Vorliebe. Esmeraudes Eigenschaften verliehen ihren Begegnungen ein gewisses Feuer, und das war ihm keineswegs unangenehm.

»Warum habt Ihr mit mir geschlafen? Wieso würdet Ihr so bereitwillig eine Fremde heiraten? Wünscht Ihr Euch so sehr Ländereien und einen großen Besitz?«

Diese Vorstellung schien sie derart zu verärgern, dass Bayard beinahe versucht war zu lügen. Aber er wollte keine Unwahrheiten zwischen sich und seine Braut bringen, noch ehe sie verheiratet waren.

»Ja«, bestätigte er behutsam. »Der Besitz ist von besonderer Bedeutung für mich.« Er hatte nicht damit gerechnet, dass sie diese Antwort erfreute, aber ihr Ausbruch kam dennoch unerwartet.

»Dann werdet Ihr mich nicht heiraten.«

»Selbstverständlich werde ich das.« Bayard dachte nicht mehr an die Rasur und lief seiner Lady nach. »Ich habe bei Euch gelegen und werde Euch zu meiner Frau machen. Wir werden auf dem Gut leben, und Ihr werdet es dort so behaglich und schön haben, wie es sich eine Frau nur wünschen kann.«

»Niemals!«

Ihr Trotz entfachte seinen Zorn, und obschon er ein selbstbeherrschter Mensch war, erhob er die Stimme. »Nicht niemals, meine Schöne, sondern noch heute. An diesem *Nachmittag* werdet Ihr mit mir vor dem Priester stehen und wie ich die Ehegelübde aussprechen.«

»Nein, ich heirate keinen Mann, der durch mich an Besitz kommen möchte.«

»Ihr werdet Euch mit mir vermählen!«, brüllte er.

»Nein, das werde ich nicht!«, schrie die Lady und schleuderte ihr Haar zurück wie ein launisches Fohlen. »Ich will keinen Mann, der sich durch mich die Schatztruhen füllen möchte.«

»Aber Euer Vater bietet Ceinn-beithe als Mitgift an. Aus welchem anderen Grund sollte ein Mann Euch zur Frau nehmen?«

»Oh!« Für einen Moment glaubte Bayard, Esmeraude würde ihm eine Ohrfeige versetzen. Ihre Augen funkelten gefährlich, dann wirbelte sie herum und rannte los, aber Bayard holte sie rasch ein.

Er packte ihre Schultern und drehte sie zu sich um. »Warum wollt Ihr sonst geheiratet werden?« Er holte tief Luft und hielt sie fest, obwohl sie versuchte, sich von ihm loszureißen.

»Aus Liebe! Nur aus Liebe.«

Bayard blinzelte – ihre Antwort versetzte ihn in Erstaunen, und das konnte er nicht verbergen. Er hatte Jahre unter jenen gelebt, die nur um ihres eigenen Vorteils willen heirateten, ihre Ehe später annullieren ließen, um eine andere, noch profitablere einzugehen.

Sie konnte doch nicht im Ernst so viel auf derart flüchtige Launen wie Liebe geben, oder?

»Dieser Irrsinn ist nicht …«, begann er so vernünftig, wie es ihm unter diesen Umständen möglich war.

»Liebe ist kein Irrsinn«, entgegnete Esmeraude hitzig. »Ihr habt um meine Hand gebeten, und ich habe Euch abgewiesen. Lasst mich gehen! Ich bin nicht an dem interessiert, was Ihr zu sagen habt, um mich umzustimmen.«

»Aber *ich* bin daran interessiert, Euch umzustimmen.«

»Dann gibt es nur ein Geständnis, das Ihr mir machen könntet«, rief sie und reckte herausfordernd ihr Kinn.

Bayard sah sie verblüfft an. »Ihr erwartet doch nicht, dass ich Euch meine Liebe erkläre? Wir kennen uns kaum …«, hob er an, dann schnappte er nach Luft, als sie ihm mit der Faust gegen die Nase stieß. Sein Griff lockerte sich nur für einen kurzen Augenblick, aber sie nutzte die Gelegenheit, um sich ihm zu entziehen.

»Und dennoch würdet Ihr mich heiraten. Euer Geständnis, Sir, ist nicht gerade überzeugend.« Esmeraude raffte ihre Röcke und lief los.

»Was ist das für ein Unsinn?«, schrie Bayard ihr nach. »Halt!«, brüllte er, aber Esmeraude achtete gar nicht auf ihn.

Bayard fluchte, als er ihr nachrannte. Er hatte nie eine nervenaufreibendere Frau kennen gelernt. Er sah, wie sie sich in den Sattel eines seiner Reitpferde schwang, und rief seinen Knappen zu, sie aufzuhalten.

Aber sie hatten keine Chance. Für einen grauenvollen Moment dachte Bayard, Esmeraude wäre wahnsinnig geworden oder unerfahren mit Pferden, und er fürchtete, sie wieder zu verlieren. Doch in Wahrheit saß sie so elegant auf dem Rücken des Pferdes, dass man meinen könnte, sie wäre im Sattel geboren.

»Was ist jetzt mit Fortunas Gunst, Bayard?«, jubilierte sie triumphierend. Sie sah umwerfend aus – ihr Haar hatte sich aus dem Band gelöst, ihre Augen leuchteten, und sie beherrschte das tänzelnde Pferd mit Leichtigkeit. Bayards Verlangen nach ihr wuchs genau wie sein Zorn, weil sie sich seinem Willen widersetzte.

Die Lady scherte sich nicht um seine Stimmung.

Esmeraude wendete das Pferd, umrundete Bayard in leichtem Galopp und forderte ihn heraus, sie aus dem Sattel zu ziehen. Bayard versuchte es, aber sie erahnte im Voraus seine Absichten und brachte das Pferd geschickt im letzten Augenblick aus seiner Reichweite.

Er war wütender denn je zuvor in seinem Leben. Sein Blut brodelte, und sie – sie *genoss* dieses grausame Spiel.

»Es scheint, Fortunas Lächeln verblasst, zumindest für Euch«, verkündete Esmeraude vergnügt. »Ich wäre die Erste, die der Dame Fortuna empfehlen würde, ihren Blick auf andere zu richten, denn Ihr habt ihre Nachsicht zu sehr strapaziert.«

»Beim Saint Martin de Tours«, donnerte Bayard, »ich werde Euch zu meiner Frau machen.«

»Oh, Ihr seid verärgert, Sir«, spottete sie, dann schnalzte sie mit der Zunge. »Deshalb, weil sich bisher noch nie jemand Eurem Willen widersetzt hat?«

Diese Dreistigkeit! Leidenschaft war eine Sache, aber Eigensinn und Hohn eine ganz andere und bei einer Frau etwas ausgesprochen Verabscheuungswürdiges.

»Ich bin verärgert, weil Ihr mir trotzt!«, schrie er. »Eine Frau sollte gefügig und folgsam sein und sich dem Willen ihres Herrn und Gemahls *unterwerfen.*«

Esmeraude lachte schallend, dann blies sie ihm einen Kuss zu. »Seht Ihr? Ich habe Recht, und Ihr irrt. Wir passen nicht zueinander. Lebt wohl, Sir.«

Damit nahm sie die Zügel auf und trieb sein Pferd, um so schnell wie der Wind zu fliehen. Sie sah noch einmal über die Schulter und grinste schalkhaft, als das Pferd angaloppierte.

»Ich irre mich *nicht!*«, donnerte Bayard, aber die Lady würdigte diese Behauptung keiner Antwort.

Bayard war außer sich, und er war sich durchaus bewusst, dass seine Knappen Zeugen des missglückten Verlöbnisses geworden waren. Er stürmte zu dem Pferd, das Michael an den Zügeln hielt, und sprang in den Sattel.

Ohne ein weiteres Wort setzte er der Wahnsinnigen nach, die er als Gemahlin auserkoren hatte. Er ritt hart, und seine Gedanken rasten, während er überlegte, was zu tun war, um diese aufsässige Frau zu zähmen, sobald er sie eingefangen hatte.

Er würde sie tausendmal verführen, sie bis zur Raserei bringen und sich dann zurückziehen, ihr die Erfüllung so lange versprechen, bis sie ihn um Erlösung anflehte und nie wieder Verlangen für einen Mann außer ihm empfinden konnte.

Allein bei der Aussicht darauf klopfte sein Herz wie wild. Er war hart und heiß, und er ging beim Reiten Risiken ein, die er unter normalen Umständen niemals gutheißen würde. Er galoppierte, als wären sämtliche Höllenhunde hinter ihm her.

Und trotzdem holte er sie nicht ein.

Die Pferde waren spritzig wie Quecksilber und huschten

mit sicheren Schritten durch den Wald. Esmeraude hatte einen Vorsprung und kannte sich zudem in diesen Wäldern gut aus. Bayard rief immer wieder ihren Namen, dann riet er ihr lautstark, wenigstens die Gesundheit des Pferdes nicht zu gefährden.

Sie ignorierte ihn. Er glaubte sogar, ihr Lachen zu hören, als hielte sie diese Jagd für ein großartiges Spiel.

Bayard kochte vor Wut. War ihm jemals eine derart unmögliche Person unter die Augen gekommen? Was war aus seinem Glück und der Überzeugung geworden, dass er dazu ausersehen war, die Hand dieser Schönen für sich zu gewinnen? Oh, er würde sie einfangen und heiraten, und er würde einen ganzen Monat mit ihr im Bett verbringen, um ihr hitziges Gemüt zu kühlen. Er würde sie davon überzeugen, dass das, was er zu bieten hatte, weit mehr wert und dauerhafter war als vergängliche Liebe.

Aber an diesem Tag sollte ihm das nicht gelingen. Zu seinem Verdruss hörte er, wie die Hufschläge ihrer Stute leiser wurden, obzwar er wie der Teufel hinter ihr herritt.

Es dauerte nicht lange, und er war ganz allein im Wald und wusste nicht mehr, in welche Richtung seine Lady galoppiert war. All das war nur geschehen, weil er nicht lügen und ihr eine Liebe gestehen wollte, die er nicht empfand und niemals empfinden würde.

Der einzige Segen war, dass er keine Gelegenheit gehabt hatte, ihr klar zu machen, dass es ihm darauf ankam, mit dieser Heirat Montvieux in seinen Besitz zu bringen und nicht Ceinn-beithe. Hätte er ihr das offenbart, wäre ihre Reaktion vermutlich noch heftiger ausgefallen, denn Frauen waren selten bereit, ihre Familien zu verlassen und sich so weit weg von allem Gewohnten sesshaft zu machen.

Esmeraude wusste nichts von diesem speziellen Detail.

Noch nicht.

Diesen Kampf musste Bayard erst noch mit ihr ausfechten. Und er ahnte, dass die Lady ihn nicht im Zweifel lassen würde, wie sie darüber dachte.

Er atmete tief durch, hielt sein Pferd an und spähte über die Schulter. Es gab jemanden, der die Lady besser kannte als er.

Er ritt zurück zur Küste und beschloss, den Rat der Zofe einzuholen. Und wenn er Esmeraude das nächste Mal gegenüberstand, hatte sie keine Chance mehr, ihn zu überrumpeln.

Zumindest nicht vor der offiziellen Vermählung.

Der Gedanke an die Hochzeitsnacht zauberte ein Lächeln auf Bayards Gesicht.

Die Dame Fortuna wurde hellhörig, als ihr Name genannt wurde. Sie schaute von ihrem luftigen Thron hinab und schauderte leicht, als sie den ihr ungewohnten schottischen Nebel sah. Warum hatte die Menschheit jemals die helle Sonne der griechischen Inseln verlassen? Das würde sie niemals verstehen. Goldene Strände und azurblaues Meer, Wein und strahlender Himmel waren Geschenke der Götter – doch die Menschen hatten die Schätze verlassen für … diese Trübnis.

Fortuna schauderte angewidert. Aber als sie einen der vielen Ritter entdeckte, denen sie ihr Lächeln geschenkt hatte, verstand sie, warum sie angerufen worden war.

Fortuna fühlte sich in Wahrheit ein wenig überanstrengt. Wäre sie eine Sterbliche gewesen, müsste sie zu dem Schluss kommen, dass ihre Gereiztheit und die Erschöpfung auf eine körperliche Veränderung zurückzuführen war, aber Fortuna war unsterblich und besaß daher keinen Körper. Oh, sie hüllte sich manchmal in eine menschliche Gestalt, aber lediglich aus Höflichkeit und um der alten Abmachung Genüge zu tun. Eigentlich gab es keine Gründe dafür, denn sie begegnete im

Himmel nur selten Sterblichen, und das machte es umso schwieriger, sie dort zu überraschen.

Sie vermisste es, die Sterblichen gelegentlich heimzusuchen. Es hellte die Monotonie einer zeitlosen Existenz auf. Fortuna hatte es noch nie für eine gute Idee gehalten, sich in den Himmel zurückzuziehen, aber man widersprach Zeus nicht – zumindest nicht zu diesen Zeiten –, denn mit Widerworten handelte man sich großen Ärger ein.

Sie schaute hinab und musste sich eingestehen, dass der Ritter, dem sie so oft ihre Gunst bezeugt hatte, einige Ähnlichkeiten mit dem unnachgiebigen Zeus aufwies. Auch er war stets felsenfest überzeugt davon, dass er Recht hatte.

Fortuna empfand eine gewisse Sympathie für die Forderung des Mädchens, denn die Männer waren heutzutage entschlossener denn je, das Schicksal einer Frau zu beherrschen. Sie seufzte. Sie erinnerte sich nur allzu gut an ihre eigene Glanzzeit und bedauerte, dass sie vorüber war.

Sehr vieles hatte sich in den letzten tausend Jahren verändert. Zu vieles nach Fortunas Ansicht. Sie hielt eine Hand hoch und betrachtete mit finsterem Blick die substanzlose Form. Fortuna war altmodisch, das wusste sie selbst, denn sie fühlte sich gezwungen, zumindest einen verstohlenen Blick zu riskieren, wann immer und wo immer man sie rief. Aber sie war nie zuvor so müde von der selbst auferlegten Pflichterfüllung gewesen.

Es stimmte, dass sie in diesen Zeiten außergewöhnlich beliebt war. Fortuna dies, Fortuna das – die Appelle hörten niemals auf. Fortuna verdrehte die Augen. Sterbliche!

Und dann wurde heute auch noch ihr Rad des Schicksals von jenen beansprucht, die die Zukunft voraussagen wollten, von Alchimisten und Zigeunern und vorwitzigen Menschen, die nicht wussten, wovon sie am besten die Finger lassen sollten.

Dabei hatte sie selbst die Hand im Spiel gehabt. Oh, sie hätte *sich Boethius niemals anvertrauen dürfen. Sie hätte wissen müssen – nach all den Jahrtausenden –, dass die Menschen alles weitergeben mussten, was sie wussten.*

Aber was geschehen war, war geschehen.

Ihre Verantwortung überforderte sie, aber das Schlimmste war, dass sie kaum Dank für ihre Arbeit erntete. Die Menschen glaubten mittlerweile, dass sie allein ihre Geschicke lenkten. Fortuna schnaubte verächtlich – was für eine Dummheit! Dieser Ritter war nicht der Einzige, den sie mit ihrem Lächeln bedacht hatte und der behauptete, dass Dinge, die er nicht mit Händen greifen konnte, nicht existierten.

Es war ausgesprochen ärgerlich. Das Schlimme an dieser Skepsis war, dass sich Fortuna nicht entsinnen konnte, wann es das letzte Mal ein Blutopfer ihr zu Ehren gegeben hatte – ein Ritual mit Weihrauch, Liedern, geröstetem Fleisch, gutem Essen und Wein.

Solche Schmeicheleien waren immer ermutigend, aber wie es schien, waren die Römer die Letzten gewesen, die die Bedeutung solcher Feiern gekannt hatten. Oh, sie erinnerte sich sehr gut, dass die Cäsaren von Rom goldene Statuen von ihr aufgestellt und sie über alle anderen erhoben hatten.

Sie seufzte erneut. Die guten alten Zeiten! Sie war überall abgebildet gewesen – auf Vasen und Krügen, und die Menschen hatten sie in anmutigen Statuen von exquisiter Schönheit dargestellt. Die Macht des Glaubens hatte so aus ihr gestrahlt, dass sie es mit der Sonne hätte aufnehmen können.

Sie betrachtete ihre Hand, die nur noch schwach schimmerte – mehr wie ein weit entfernter Stern, nicht wie die mächtige Sonne.

Frauen, die sterblichen wie die unsterblichen, verabscheuten das Gefühl, als selbstverständlich angesehen zu werden. Und gegenwärtig überwältigte Fortuna dieses Gefühl.

Vielleicht war diesem Ritter zu vieles zu mühelos gelungen, und er brauchte eine Lektion, die ihn lehrte, sein Glück zu schätzen. Vielleicht war das Mädchen genau die Richtige, um ihm diese Lektion zu erteilen. Fortuna kannte einige Schliche, mit der sie der jungen Frau auf die Sprünge helfen konnte. Die Aussicht auf diesen Spaß erheiterte sie beträchtlich.

Erst als sich Fortuna auf ihrer Wolke zurücklehnte, merkte sie, dass sie nicht allein war. Saint Martin de Tours – oder seine unirdische Erscheinung – kam durch die Wolken auf sie zu.

Fortuna erkannte ihn nicht nur an seinem halben Mantel. Sie hatte diesem ehemaligen Krieger zu seinen Lebzeiten ein paarmal ihr Lächeln geschenkt und war sehr enttäuscht gewesen, als er zum Christentum konvertierte, nachdem er seinen Mantel mit einem Bettler geteilt hatte. Er hatte die Statur eines Kriegers behalten, auch noch, als er ein einflussreicher Bischof wurde, und war nach Fortunas Ansicht männlicher als all diese blassen Pfaffen, die heute die Macht der Kirche, die sie von Herzen verabscheute, in den Händen hielten. Martin kam aus einer vergangenen Epoche, war zwar lange nicht so alt wie sie selbst, aber Fortuna fühlte sich dennoch mit ihm verbunden.

Fortuna hätte Martin sogar herzlich willkommen geheißen, hätte sein Glorienschein nicht viel heller gestrahlt als irgendetwas an ihr selbst. Sie brauchte nicht auf diese Weise daran erinnert zu werden, wie sehr sich die Zeiten und die Menschheit verändert hatten.

Martin war ein gebildeter, wohl erzogener Mann, und er nickte Fortuna zur Begrüßung zu, als er näher kam. »Wieder eine Anrufung?«, fragte er mit einem müden Lächeln und bedurfte augenscheinlich nicht einer Antwort. Sie beide würden sich andernfalls nicht in unmittelbarer Nachbarschaft befinden. Fortuna bewunderte ihn, weil er dieselbe Arbeitsmoral hatte wie sie. Martin ließ sich auf der Wolke ihr gegenüber nieder und seufzte, als er sich mit der Hand durchs Haar fuhr. »Es ist ein Fluch, so populär zu sein.«

Fortuna ging nicht darauf ein, dass diese Bemerkung eher auf ihn als auf sie zutraf. Sie könnte ihn dafür hassen.

Aber sie lächelte ihn an. »Ich werde mich eines Tages dafür rächen.«

»Wie?« Martin war wachsam, wie es ein guter Kirchenmann bei einer charmanten Unsterblichen sein sollte.

Seine Reaktion war äußerst befriedigend. Fortuna zupfte sorgsam die Falten ihres griechischen Gewandes aus glänzendem Gold zurecht und lächelte selbstbewusst. Martin zwinkerte, als würde er in die Sonne schauen, und sie wusste, dass sie doch noch nicht so blass und unscheinbar geworden war. »Mit einem kleinen Streich natürlich.«

»Das würdet Ihr nicht tun.«

»O doch, ganz gewiss. In meinem Pantheon gibt es niemanden, der mir vorschreibt, was ich darf und was nicht.« Fortuna hob ihr Kinn – die Tatsache, dass Zeus durch seine Unbeliebtheit zu einem bloßen Rauchfähnchen vergangen war, machte sie mutig. »Wir hier hatten immer Sinn für Humor. Ihr Christen scheint nicht imstande zu sein, laut zu lachen.«

Martin sah sie niedergeschlagen an. »Vielleicht war es klug, den Opfern zu Euren Ehren ein Ende zu bereiten. Möglicherweise ist es ein Segen für die Menschen, dass Eure Macht schwindet.«

»Pah!« Fortuna winkte ab und spähte wieder durch die Wolken. Ihre Entscheidung belebte sie. »Wenn dem so wäre, würden sie nicht so oft nach mir rufen. Ihr und Euresgleichen habt mehr Durcheinander auf der Welt angerichtet, als wir es jemals vermocht hätten.«

Martin schwieg. Er war kein Narr, aber Fortuna glaubte, dass er noch einiges zu sagen hätte, nachdem er gründlich über diese Sache nachgedacht hatte. Sie mochte besonnene Männer – ihr Schweigen gab einem genügend Zeit, ungehindert das zu tun, was man tun musste.

Fortuna legte einen Finger an die Lippen und fällte eine Entscheidung. Sie schickte ein kleines Unheil auf die Erde und wartete ab, was passierte.

Und in diesem Augenblick lächelte Fortuna nicht – sehr zum Leidwesen von Bayard de Villonne.

Célie hatte keine Gelegenheit, die Flucht zu ergreifen. Die beiden Knappen schienen zu ahnen, was ihr Ritter plante, auch wenn er keine Worte darüber verloren hatte. Sie lungerten ständig in ihrer Nähe herum, so dass sie keinen Schritt tun konnte, ohne gegen den einen oder den anderen zu prallen. Ihr Herz pochte vor Angst um sich selbst und um Esmeraude.

Der Ritter kehrte für ihren Geschmack viel zu früh zurück. Seine Miene war finster, was nach Esmeraudes Verhalten keine große Überraschung war. Er zügelte sein Pferd, ritt im Schritt auf Célie zu und sprach sie an. Zweifellos blieb er nur im Sattel, um sie einzuschüchtern, und Célie hatte Mühe, ihm nicht zu zeigen, wie viel Erfolg er mit dieser Taktik hatte.

»Ihr wisst, wohin sie reitet«, sagte er ruhig. Sein Tonfall verriet nicht, wie groß die Wut war, die in ihm brodelte.

»Vielleicht.«

»Dann sagt es mir.«

Célie zuckte mit den Achseln. »Zuerst sagt Ihr mir, welche Absichten Ihr hegt.«

Er lächelte, und es wirkte beruhigend auf die Zofe, dass seine Züge weicher wurden. »Ihr habt sie gern, stimmt's?«

»Ich sorge seit ihrem zweiten Lebensjahr für sie.« Célie hob den Kopf. »Ich liebe sie mit all ihren Schwächen und Vorzügen, als wäre sie mein eigenes Kind.«

Bayards Lächeln wurde breiter, und seine Augen glitzerten. »Wir alle würden uns glücklich preisen, wenn uns ein so ergebener Freund zur Seite stünde«, sagte er. »Ich fürchte nur, meine Lady ist zu sehr an Eure Zuneigung gewöhnt; es kommt ihr gar nicht in den Sinn, dass es Menschen geben könnte, die ihr nicht wohlgesinnt sind.«

Célie stutzte, denn dieser Gedanke war ihr selbst schon oft durch den Kopf gegangen. »Sie ist kein schlechtes Mädchen, Sir. Sie hat ein sehr gutes Herz …«

»Dennoch flüchtet sie vor mir und setzt ihr Leben dabei aufs Spiel. Bin ich so furchteinflößend?«

»Sie weiß nicht, was Ihr von ihr wollt. Und ehrlich gesagt, ich weiß es auch nicht.«

Bayard stieg vom Pferd und stellte sich vor Célie. Sein Gesicht wirkte ernst, und sein Blick war so klar, dass sie ihm Glauben schenkte, bevor er auch nur ein Wort von sich gab.

»Ich bin hergekommen, um eine Braut heimzuführen – das ist meine einzige Absicht. Ich werde Esmeraude heiraten.« Wieder erstrahlte sein Lächeln, und Célie war überzeugt, dass dieser Ritter der attraktivste Mann auf Erden war. »Ich werde dafür sorgen, dass sie niemals lernt, wie es ist, unter Menschen zu leben, die ihr nicht treu ergeben sind.«

Diese Aussage ließ Célies Vorbehalte dahinschmelzen.

»Ihr wisst, was zwischen Esmeraude und mir vorgefallen ist, Madame, und ich möchte Euch versichern, dass ich nur das zu tun gedenke, was anständig und schicklich ist. In meinen Augen haben die Ereignisse der letzten Nacht Esmeraude zu meiner Frau gemacht. Genau genommen ist es nur so weit gekommen, weil ich glaubte, sie hätte mich als Sieger bei dem Wettbewerb auserkoren. Aber Ihr habt selbst gesehen, dass sie meinen Antrag abgelehnt hat. Ich bitte Euch, mir zu helfen, sie für mich zu gewinnen.«

»Und Ihr werdet sie wirklich zur Frau nehmen?«

Er neigte den Kopf. »Ich gebe Euch mein Wort darauf.«

Célie beobachtete, wie der Ritter sein Schwert aus der Scheide zog. Er hielt den Schaft so, dass er einen Schatten auf die Erde warf – einen Schatten in Form eines Kruzifixes. Er sah ihr tief in die Augen, als er feierlich gelobte: »Ich schwöre bei allem, was mir heilig ist, dass ich Esmeraude of Ceinn beithe heiraten und beschützen, ihre Ehre verteidigen, für ihr Wohlergehen sorgen und, so es mir gegeben ist, Söhne mit ihr zeugen werde. Das alles gelobe ich Euch ...« Er zog fragend eine Augenbraue hoch.

»Célie.«

»Ich gelobe es Euch, Célie, als einer Vertrauten, die meine Auserkorene ins Herz geschlossen hat. Gott sei mein Zeuge.« Er schloss die Faust um die Reliquie, die in den Schwertschaft eingelassen war, dann küsste er sie und steckte das Schwert zurück in die Scheide.

Célie war tief beeindruckt. Dies war genau der Mann, den Esmeraude brauchte! Er war fest entschlossen, eine ehrbare Lady aus ihr zu machen und die Verantwortung für seine Taten zu übernehmen.

»Sie hat ein Rätsel hinterlassen«, sagte der Ritter und sagte die Verse aus dem Gedächtnis auf. »Was meint sie damit?«

»Airdfinnan«, verriet Célie.

Er runzelte die Stirn. »Ich kenne diesen Ort nicht.«

»Airdfinnan ist der Wohnsitz ihrer Schwester Jacqueline und deren Gemahl Angus MacGillivray. Es ist nicht allzu weit von hier.«

Er schnitt eine Grimasse, dann lächelte er, und seine folgenden Worte bewiesen, dass er Esmeraude schon recht gut kannte. »Dann dauert der Ritt vielleicht auch nicht lange genug, dass sie auf dem Weg in Schwierigkeiten geraten könnte.«

Célie lachte befreit. »O Mylord, Esmeraude gerät schon nach zwei Schritten in Schwierigkeiten, wenn es sein muss.«

»Dann sollten wir uns lieber beeilen. Wäret Ihr so freundlich, mir den Weg zu zeigen?«

»Mit Freuden.«

Der Ritter lächelte, dann reichte er ihr galant die Hand und half ihr in den Sattel eines der Reitpferde. Die Knappen stiegen zu zweit auf das dritte Pferd, dem Ritter blieb noch sein Schlachtross.

Er ließ Célies Hand nicht sofort los, und sie sah ihn an. »Madame, ich wüsste es sehr zu schätzen, wenn Ihr mir einen Rat geben könntet, wie ich Esmeraudes Vorbehalte gegen eine Ehe mit mir beseitigen kann.«

Er wirkte so besorgt, dass ihm das Herz der Zofe zuflog. Es war Célie nicht gegeben zu schweigen, wenn sie eine Meinung hatte. »Sie würde nur aus Liebe heiraten.«

Der Ritter zog die Augenbrauen zusammen. »Und was sonst?«

»Sie liebt die alten Geschichten, Mylord – mehr als alles andere.« Célie seufzte. »Und sie sehnt sich danach, Abenteuer zu erleben, bevor sie heiratet, da sie fürchtet, dass das Leben in der Ehe eintönig und nur von Pflichten bestimmt ist.«

Verstehen leuchtete in Bayards Augen auf, und er wandte sich ab. »Tatsächlich?«, murmelte er.

»Ich möchte Euch sagen, Sir, dass ich Euer Anliegen unterstütze.« Célie holte tief Luft. »Ich wünsche Euch Erfolg bei Euren Bemühungen, denn ich würde es sehr begrüßen, wenn diese Ehe zustande käme.«

Er strahlte sie derart erfreut an, dass die Zofe blinzeln musste. Sie fragte sich, ob sie jemals zuvor einem so selbstbewussten Mann begegnet war.

»Ich danke Euch«, sagte er und drückte ihre Hand. »Es liegt nicht in meiner Natur, zu verlieren, Madame.«

Er ließ ihre Hand los und entfernte sich, um sein Kettenhemd und den Umhang anzulegen. Dann bestieg er sein Streitross. Er bot einen so prachtvollen Anblick, dass Célies Herz hüpfte. Célie konnte sich nicht vorstellen, dass Esmeraude einem so edlen Mann widerstehen konnte, noch dazu einem, der fest entschlossen war, sie für sich zu gewinnen.

Allerdings kannte Célie Esmeraude gut genug, um vorauszusehen, dass der Ritter mehr Abenteuer bei seiner Werbung um das Mädchen überstehen musste, als er in seinen kühnsten Träumen ahnte. Sie lächelte und freute sich darauf, das mitzuerleben.

Célie würde jenen, die in Ceinn-beithe warteten, viele Geschichten zu erzählen haben, wenn sie abends mit ihnen am Feuer saß.

War ihr Vater so selbstsüchtig gewesen, wie Célie behauptet hatte?

War Esmeraude ihm wirklich so ähnlich?

Diese beiden Fragen quälten Esmeraude, während sie durch den Wald ritt. Die Hufschläge von Bayards Pferd hinter ihr waren verstummt. Sie erreichte die Straße, ritt im Schritt weiter und spähte unschlüssig über die Schulter.

Es war in der Tat selbstsüchtig, ihre Zofe in der Obhut eines Ritters zurückzulassen, dessen Absichten sie nicht kannte.

Esmeraude betete, dass sich Bayard Célie gegenüber wie ein Kavalier benahm, doch im Grunde hatte sie keine Ahnung, was von ihm zu erwarten war. Mit ihr war er äußerst umsichtig umgegangen, aber schließlich hatte er sich auch etwas von ihr erhofft.

Célie verfügt nicht über diesen Vorteil.

Allerdings könnte Esmeraude nur wenig tun, wenn sie jetzt zurückreiten würde und feststellen müsste, dass Bayard ihre Zofe misshandelt hatte. Er war nicht nur größer und stärker als sie, sondern hatte auch noch zwei gesunde, kräftige Jungen an seiner Seite. Ihn zur Rede zu stellen würde ihm nur die Gelegenheit geben, sie zur Heirat zu zwingen.

Aber sie konnte in anderer Weise für Célies Sicherheit sorgen. Bayard würde entweder nach Ceinn-beithe zurückkehren oder die Verfolgung aufnehmen. Esmeraude hatte ein Rätsel hinterlassen, und vielleicht löste er es. Bestimmt würde er ihr ohne Mühe bis zu dieser Straße folgen können, denn ihr Pferd hatte Spuren in Form von abgebrochenen Zweigen und Hufabdrücken in dem weichen Waldboden hinterlassen.

Sie würde auf ihn warten.

In einem Versteck natürlich. Ja, das war die einzige Möglichkeit, um sicherzugehen, dass Célie kein Leid geschah. Falls Bayard und Célie nicht in Kürze auftauchten, dann wollte sie zurückreiten. Esmeraude trieb ihr Pferd ein Stück weiter, dann stieg sie ab und führte es unter die Bäume seitlich der Straße. Anschließend beseitigte sie alle verräterischen Spuren und wartete neben ihrem Pferd.

Falls Bayard hier vorbeiritt, würde sie ihm folgen. Vielleicht konnte sie dann eingreifen, wenn er Célie etwas antat. Esmeraude war in dieser Gegend aufgewachsen und hegte keinen Zweifel, dass sie sich bei der Verfolgung tarnen konnte und nicht entdeckt wurde.

Sie hielt die Zügel fest und stand reglos da. Das Pferd war so gut ausgebildet, dass es ihr Verhalten übernahm. Nur seine Ohren zuckten hin und wieder. Esmeraudes einzige Angst war, dass es sich bemerkbar machte, sobald die anderen Pferde in die Nähe kamen.

Der Name des Ritters war Bayard. War er Bayard de Villonne, der Sohn von Burke de Villonne? Esmeraudes Mutter Eglantine hielt große Stücke auf Burke – vielleicht hatte der Sohn den edlen Charakter vom Vater geerbt. Diese Überlegung hellte ihre Stimmung auf.

Kurze Zeit später hörte Esmeraude Hufschläge. Reiter brachen durchs Unterholz und kamen auf die Straße. Sie legte ihrem Pferd die Hand auf die Nase, streichelte es sanft und betete im Stillen, dass es ruhig blieb.

»In welche Richtung?«, fragte Bayard. Seine Stimme trug weit.

Esmeraudes Pferd spitzte die Ohren und reckte den Hals in Richtung Straße. Auch Esmeraude beugte sich vor, um etwas sehen zu können, und ihr Herz machte einen Satz, als Bayard in ihr Blickfeld kam. Er trug sein Kettenhemd und den Umhang, und sein Schlachtross tänzelte unter seinem Gewicht. Die beiden Knappen saßen auf einem Pferd und Célie auf dem dritten. Die Zofe machte einen gesunden, munteren Eindruck, und Esmeraude erfuhr schnell, warum.

»Airdfinnan liegt in dieser Richtung«, sagte Célie mit fester Stimme. »Es ist ein Zwei-Tages-Ritt, Sir.«

Also hatte Célie selbst dafür gesorgt, dass ihr nichts zustieß, indem sie sich als Führerin bei der Verfolgung angeboten hatte. Keine schlechte Entscheidung, fand Esmeraude, obschon sie nicht beabsichtigte, sich von ihnen aufspüren zu lassen.

Nein, sie würde ihnen auf den Fersen bleiben und abwarten. Sicherlich schlugen sie am Abend ein Lager auf, dann konnte sie ihre Zofe entführen und den Ritter mit seinen Knappen allein im Wald zurücklassen.

Er musste ja irgendwann dorthin zurückkehren, woher er gekommen war – das war zumindest Esmeraudes Hoffnung. Sie wartete, bis die Gruppe weit genug weg war, dann führte sie ihr Pferd aus dem Dickicht und nahm die Verfolgung auf.

Bayard blieb wie erwartet auf der Straße, und Esmeraude war froh, dass sie sich mit vielen Kurven den Hügel im Osten von Ceinn-beithe hinaufwand. Es war ihr ein Leichtes, außer Sichtweite zu bleiben, und das würde auch bis zum Mittag des folgenden Tages so bleiben. Danach führte die Straße schnurgerade zu den Toren von Airdfinnan.

Esmeraude entschied, sich erst Gedanken darüber zu machen, wie sie nach ihrer Ankunft vorgehen sollte, wenn es so weit war. Sie warf einen letzten Blick zurück und lächelte, als sie sah, dass das Dorf Ceinn-beithe von der Sonne geküsst wurde. Es sah so friedlich aus, und ihr Herz quoll über vor Zuneigung zu all ihren Lieben, die dort lebten.

Ihr Lächeln verblasste, als sie einen Reitertrupp durch die Tore des Dorfes kommen sah. Es waren viele Reiter, und sie war überzeugt, dass sich mindestens ein Freier unter ihnen befand. Ritten sie auch nach Airdfinnan, oder hatten sie die Jagd aufgegeben?

Aus dieser Entfernung konnte Esmeraude das nicht erkennen, und sie war nicht geneigt zu warten. Sie würde Näheres in Erfahrung bringen, wenn sie sicher in Airdfinnan angekommen war und womöglich die ersten Freier eintrudelten.

Sie sollte ein weiteres Rätsel ersinnen, während sie ritt, und sich überlegen, wo ihr nächstes Ziel sein würde. Sie folgte Bayards Spuren und durchdachte ihre Möglichkeiten.

6

Bayard merkte sofort, dass ihnen jemand folgte.

In den vergangenen Jahren hatte er gelernt, auf jedes noch so kleine Geräusch zu achten und seine Umgebung genau im Auge zu behalten. Und er kannte den Rhythmus der Hufschläge seiner eigenen Pferde so gut, dass er auf Anhieb die seiner fehlenden Stute identifizierte. Das Pferd blieb hin und wieder stehen und lief dann weiter, was bedeutete, dass es einen Reiter trug, dessen Befehlen es folgte.

Bayard wusste, wer dieser Reiter, oder besser die Reiterin, war. Verdruss machte sich in ihm breit. Wieso floh sie vor ihm, nur um sich dann an seine Fersen zu heften? Man könnte wirklich meinen, dass sie ihn foppen wollte, um sich interessant zu machen.

Seine Esmeraude hatte eine solche List nicht nötig. Bayard gab das Tempo vor und achtete sorgsam darauf, dass das Pferd, mit dem Esmeraude unterwegs war, gut mitkam. Währenddessen dachte er über die Kompliziertheit der Frauen nach.

Oder, um genau zu sein, über die einer ganz bestimmten Frau.

Sobald Bayards Zorn nachließ, musste er sich eingestehen, dass er von ihrer Vorgehensweise beeindruckt war. Seine drei Begleiter wussten nichts von der Anwesenheit seiner Lady, denn sie hielt gebührenden Abstand zu ihnen. Bayard sah hin und wieder zurück, aber sie blieb immer hinter einer Kurve verborgen. Und er hörte die Hufschläge nur dann, wenn er unvermittelt stehen blieb.

Sie war klug, seine Esmeraude. Stolz vertrieb die letzten Spuren des Zorns. Eine Frau mit solchen Eigenschaften würde gut zu ihm passen. Er lauschte auf die Geräusche, die sie machte, und war froh, dass er so leicht für ihre Sicherheit sorgen konnte. Gleichzeitig erlaubte er der Lady sogar ein gewisses Maß an der Art Abenteuer, nach der sie sich so sehr zu sehnen schien. Es konnte nicht schaden, sie für eine Weile gewähren zu lassen, denn soweit er feststellen konnte, war sonst niemand auf dieser Straße unterwegs.

Vielleicht wollte sie nur umworben werden wie so viele Frauen. Dagegen hatte Bayard nichts einzuwenden. Er wusste, dass die wertvollsten Schätze jene waren, die man nicht so leicht eroberte.

Er erhaschte einen Blick auf Esmeraude, als sie zu Mittag Rast machten, aber Bayard ließ sich nichts anmerken. Er »vergaß« einen Beutel mit Proviant und einen Weinschlauch, als sie ihre Sachen zusammenpackten und weiterritten, denn seine Lady brauchte Nahrung, und er wusste, dass sie nichts dabeihatte.

Ja, er beschützte jene, die zu ihm gehörten, und er hatte nicht gelogen, als er der Zofe geschworen hatte, dass er Esmeraude bereits als seine ihm Angetraute betrachtete.

Als die Dämmerung hereinbrach, schlugen sie auf einer Lichtung in der Nähe der Straße ein Lager auf. Die Knappen sammelten Holz und zündeten ein Feuer an, dann rieben sie die Pferde trocken und striegelten sie. Sie kochten aus Trockenfleisch einen einfachen Eintopf und aßen dazu Brot, Käse und Äpfel und tranken Wein. Der Geruch des gekochten Fleisches wehte durch den Wald, und Bayard beobachtete, wie ein schmaler Schatten immer näher kam.

Es gefiel ihm, dass Esmeraude so vernünftig war, sich nicht allzu weit entfernt vom Feuer aufzuhalten. Ihm war zu Ohren gekommen, dass es Wölfe in diesen Wäldern gab, und er wollte weder sein Pferd noch seine Verlobte verlieren.

Noch lieber wäre ihm, wenn Esmeraude auch auf der Lichtung kampieren würde, dann könnte er besser auf sie aufpassen. Während er im Eintopf rührte, fiel Bayard ein, wie er sie dazu ermutigen konnte.

Er erinnerte sich an eine lange Ballade, die er vor kurzem in Frankreich gehört hatte – an ein Lied, das eine Geschichte von Liebe und Verlust erzählte. Üblicherweise blieb ihm so etwas nicht im Gedächtnis, aber diese spezielle Legende hatte ihn irgendwie berührt. Jetzt war es zweifellos von Vorteil, dass er sich alles gemerkt hatte – schließlich wusste er, dass Esmeraude Geschichten liebte, und damit würde er sie für sich einnehmen.

Er konnte gar nicht fehlgehen.

Esmeraude ließ sich im Wald so nahe an Bayards Feuer nieder, wie sie es wagte, da sie wusste, dass hier überall Raubtiere umherschweiften. Das Pferd blieb auch ohne Befehl dicht an ihrer Seite; es verhielt sich ruhig, nur die Ohren zuckten.

Esmeraude erlebte einen Moment des Schreckens, als ihre Stute leise wieherte, weil sie ihre Gefährten auf der anderen Seite der Lichtung erspähte. Zu Esmeraudes Entsetzen erwiderte eines der anderen Pferde den Gruß. Sie fürchtete, entdeckt zu werden, und sprang auf, um die Hand auf die Nüstern ihrer Stute zu legen.

Aber in dem Lager schien niemand etwas gemerkt zu haben. Sie waren alle mit irgendwelchen Aufgaben beschäftigt – die Knappen sammelten Holz, Célie half bei der Zubereitung des Essens, und Bayard band die Pferde fest und striegelte sein Ross.

Der Essensduft brachte Esmeraudes Magen zum Knurren, aber sie dachte nicht daran, sich zu erkennen zu geben. Sie lehnte sich an einen Baum und gähnte herzhaft. Sie verfluchte die Tatsache, dass sie nicht darauf vorbereitet war, im Wald zu übernachten.

Esmeraude nahm sich vor, wach zu bleiben, aber sie war erschöpfter, als ihr bewusst gewesen war. Der Gedanke daran, was sie in der letzten Nacht vom Schlaf abgehalten hatte, trieb ihr sogar hier im Dunklen die Röte ins Gesicht. Sie hörte das leise Gemurmel der Stimmen und nickte ein; unwillkürlich glitt sie ins Reich der Träume.

Einige Zeit später schreckte sie hoch und blinzelte verwirrt und verschlafen in der Dunkelheit. Ihr Herz pochte heftig, und sie lauschte aufmerksam. Was könnte sie geweckt haben? Das Pferd neben ihr döste friedlich.

Mittlerweile war es tiefe Nacht, aber Esmeraude bemerkte keinerlei Anzeichen, dass sich ein lebendes Wesen in ihrer Nähe aufhielt. Sie hörte weder Schritte noch das Brechen von Ästen oder das Knurren von Wölfen. Und in den Schatten um sie herum sah sie keine glühenden Augen. Sie betrachtete den Sternenhimmel, der durch das Blätterdach über ihr schimmerte, und horchte.

Nichts.

Esmeraude spähte hinüber zu Bayards Lager. Das Feuer war zur Glut heruntergebrannt, aber sie konnte immer noch die Umrisse der Pferde ausmachen. Célie lag zusammengerollt neben der Feuerstelle und schlief offensichtlich tief und fest. Bayards Knappen hatten sich in der Nähe der Pferde dicht beieinander niedergelassen, auch sie rührten sich nicht.

Esmeraude stockte der Atem, als sie die Silhouette des

Ritters entdeckte. Er lehnte, mit dem Rücken zu ihr, an einem Baum auf ihrer Seite der Lichtung. Sie konnte nicht erkennen, ob er schlief, döste oder hellwach war.

Bis er sich räusperte. Esmeraude fuhr zusammen. Zu ihrem Erstaunen begann Bayard, in melodischem Ton eine Geschichte zu erzählen:

Es war einmal ein Ritter namens Tristran, landauf, landab bei allen wohl bekannt für seine Tapferkeit und seinen Mut. Er vollbrachte Heldentaten, bald schon wagte in ganz Gallien niemand mehr, sich ihm entgegenzustellen.
Auf der Suche nach Liebe, Ruhm und Glück kam er in Begleitung seines Dieners Governal zum König von Cornwall.
»Nehmt mich auf in Euer Haus, König Mark. Ihr werdet keinen getreueren Untertanen haben als mich.«
König Mark betrachtete den noblen Ritter. »Wir preisen uns glücklich, dass Ihr gerade jetzt gekommen seid, denn wir werden von einem fürchterlichen, hungrigen Ungeheuer heimgesucht. Es fordert für seine Mahlzeit junge Menschen, und wenn wir sie ihm verweigern, wird es uns alle töten. Mich schaudert, wenn ich an diese Kreatur denke – Morholt ist der gefürchtetste Name weit und breit.«

Esmeraude überlief ein Wonneschauer. Sie kam sich vor, als würde sie etwas Verbotenes tun, weil sie Bayard beim Erzählen zuhörte, auch wenn er von ihrer Anwesenheit nichts wusste. Er sprach so leise, dass sie sicher war, er tat es nur zu seinem eigenen Vergnügen.

Er hatte eine wohltönende, tiefe Stimme, und Esmeraude erinnerte sich nur zu gut daran, wie er ihr letzte Nacht süße Worte zugeflüstert hatte. Sie schlang die Arme um ihre angezogenen Knie und spitzte die Ohren. Sie fröstelte – ihr war, als wäre es beträchtlich kühler geworden.

Tristran machte sich mit Pfeil und Bogen auf den Weg, um zu beweisen, wie ernst er sein feierliches Gelübde nahm. Die Jungfrauen weinten, die alten Männer seufzten betrübt, als der tapfere Ritter davonritt. Nie zuvor hatte es einen Mann wie ihn in Cornwall gegeben. Seine Rüstung glänzte, sein Schwert blitzte, und er saß stolz auf seinem edlen Ross. »Ein kühner Held«, weinten die Frauen. »Wie traurig, dass er den Tod finden wird.« Niemand glaubte an seine Rückkehr, da Morholt unermesslich stark und wild war.

Esmeraude umrundete den Baumstamm, in der Hoffnung, auf der anderen Seite besser zu hören. Kein Kind, das so oft auf Duncan MacLarens Schoß gesessen hatte, konnte der Verlockung einer schönen Geschichte widerstehen. Für Esmeraude bestanden die Geschichten aus den Abenteuern, die sie so eifrig suchte.

Sie schlich sich näher heran, dann kauerte sie sich vor einen dicken Baum, wo die Schatten noch schwärzer waren. Sie schloss die Augen und horchte.

Der mutige Tristran ritt furchtlos am frühen Morgen durch die Tore der Stadt, und schon bald begegnete er seinem Schicksal.

Das Ungeheuer, ein Riese, schlief am Strand und schnarchte derart laut, dass die Erde bebte. Er war so groß wie fünf Männer und konnte ein Pferd zwischen den Händen zermalmen. Er hatte ein drittes Auge auf der Stirn, das, auch während er schlief, offen war. Er sah Tristran und stieß einen Schrei aus, bei dem die meisten Männer Reißaus genommen hätten.

Aber Tristran hielt dem Blick des Ungeheuers stand, ohne mit der Wimper zu zucken. Er zog sein schimmerndes Schwert und rief: »Greif mich an, Morholt, und du wirst sterben.«

Morholt brüllte: »Ich werde dich das Fürchten lehren! Ich bin Herrscher über dieses Land, und alles, was es hervorbringt, gehört mir, auch die jungen Menschen aus der schönen Stadt. Ich werde sie alle fressen. Deine Dreistigkeit weckt nur meinen Zorn. Sei gewiss, Tristran von der anderen Seite des Meeres, du wirst der Erste sein, mit dem ich mir den Bauch fülle.«

Esmeraude schlang die Arme um sich; sie wusste natürlich, dass die Geschichte gut ausgehen würde, aber sie hatte trotzdem Angst um Tristran, der es mit einem so mächtigen Gegner aufnehmen musste. Es war eine Heldengeschichte, zudem eine, die sie noch nie gehört hatte.

Das musste der Grund dafür sein, dass ihr Herz so schnell klopfte.

Es war seltsam. Obschon sie sich so nahe herangewagt hatte, erschien ihr Bayards Stimme schwächer als zuvor. Er wollte bestimmt die anderen nicht wecken, aber Esmeraude hätte es nicht ertragen, wenn sie auch nur eine Silbe von der Geschichte verpasst hätte.

Sie kroch noch ein Stück weiter. Das Pferd, das sie gestohlen hatte, schnaubte, und Esmeraude erstarrte vor Schreck. Sie war sicher, dass Bayard etwas gehört hatte, aber er fing erneut an zu singen, und merkte nicht einmal, dass das Pferd Esmeraude mit schweren Schritten folgte.

Die Drohungen des Riesen waren fürchterlich, doch Tristran zögerte keinen Augenblick. Entschlossen gab er seinem Pferd die Sporen und sprengte mit gezücktem Schwert voran. Der Riese schrie, als er den Angriff hinnahm. Die beiden kämpften erbittert und waren sich fast ebenbürtig. Auf jede Wunde, die Tristran schlug, antwortete der Riese mit einem wuchtigen Hieb.

Die Bewohner der Gegend, die das Kampfgetöse hörten, versteckten sich vor Angst.

Als die Dunkelheit hereinbrach, beugte sich Morholt zu seinem Widersacher herunter und drohte: »Du bist ein tapferer Ritter, Tristran. Und wenn ich dein Herz verzehre, werde ich mächtiger und stärker sein als König Mark, und all die saftigen Kinderchen gehören mir. Das wird ein Festmahl werden!«

Noch während das Ungeheuer sprach, visierte Tristran sein Ziel an und stieß mit dem Schwert zu, noch ehe dem Riesen die letzten Prahlereien über die schwarzen Lippen gekommen waren. Morholt brach brüllend vor Schmerz zusammen, denn die Klinge hatte sich tief in sein drittes Auge gebohrt. Der donnernde Schrei drang bis ins Schloss des Königs, in dem sich die Stadtleute zusammengerottet hatten. Die Menschen kletterten auf die Burgmauern und sahen, wie Morholt ins Meer taumelte.

Esmeraude atmete erleichtert auf, dass Tristran den Dämon unschädlich gemacht hatte. Gleich darauf zuckte sie erschrocken zusammen, weil ihr Pferd an ihrem Haar und ihrem Nacken knabberte. Die Lippen des Tieres kitzelten sie, aber sie wagte nicht zu lachen. Esmeraude schob die Stute sanft von sich, die prompt so laut schnaubte, dass sie Tote hätte aufwecken können.

Es war verdammt kalt geworden, und Esmeraude rieb sich die Arme und warf einen Blick gen Himmel. Es waren kaum noch Sterne zu sehen, Wolken zogen heran, und ein kräftiger Wind kam auf.

Bevor Esmeraude einen Gedanken an den Wetterumschwung verschwenden konnte, nahm Bayard seine Erzählung wieder auf.

Ja, der Riese floh die Küsten von Cornwall und verfluchte Tristran und den König. Das Volk feierte auf den Straßen, weil Tristran sie von dem Ungeheuer befreit hatte. Und als der tapfere Ritter durch die Tore ritt, brachen die Menschen in Jubelschreie aus. Ihre Dankbarkeit war grenzenlos.
König Mark umarmte den mutigen Ritter und überhäufte ihn mit Juwelen und Schätzen.
»Tristran ist der edelste Kämpe an meinem Hof – nur ein Ritter, der so mutig ist wie ein Löwe, konnte Morholt aus unserem Land vertreiben.«
Die Menschen tanzten, aßen und tranken und lobpreisten Tristran über alle Maßen.

Bayard hielt inne, um einen Schluck Wein zu trinken. Esmeraude sah, wie er den Arm hob und sich die Lippen leckte. Sie wünschte sich nichts sehnlicher als die Fortsetzung der Geschichte, denn Tristran hatte bestimmt noch mehrere Abenteuer erlebt.

Sie behielt Recht.

Aber schon brauten sich andere dunkle Mächte zusammen. Drei Barone, deren Herzen schwarz vor Neid waren, taten sich zusammen und sannen auf Ränke, um den tapferen Tristran vom Hofe zu vertreiben. Sie hatten sich dem König angedient, genossen jedoch nicht seine Gunst wie der mutige Ritter.
Morholt war übers Meer geflohen, um seine Wunden von seiner Nichte pflegen zu lassen. Die schöne, tugendhafte Iseut, eine reine, holde Jungfrau, fand die Spitze von Tristrans Schwert in der Wunde ihres Onkels und schwor, Rache an jenem zu üben, zu dessen Schwert die Spitze passte.

Oh! Eine schöne Heldin, die dem noblen Helden unbedacht Rache schwor! Dies war der Stoff, aus dem eine wunderbare Geschichte gewoben wurde. Derlei Verwicklungen konnten nur zu unglaublichen Großtaten führen! Esmeraude presste die Hände fest zusammen und wartete gespannt, aber Bayard schwieg.

Sie war überzeugt, dass er nur eine Atempause machte, aber ihre Ungeduld wuchs mit jedem Augenblick. Sie wartete und wartete, doch er erzählte nicht weiter. Auf der Lichtung herrschte vollkommene Stille.

Sie hörte nicht einmal Bayards Atemzüge, und er schien sich auch nicht zu bewegen.

Er war doch nicht mitten in der Ballade eingeschlafen, oder? Hatte er die Lust verloren, obwohl es noch so viel zu erzählen gab?

Esmeraude wartete. Sprach er noch leiser als vorher – so leise, dass sie ihn an ihrem Platz nicht mehr hören konnte?

Sie kroch näher und verharrte. Sie spitzte die Ohren, vernahm jedoch keinen Laut.

War er tot umgefallen? Er regte sich nicht, und mit einem Mal sorgte sich Esmeraude um ihn. Sie konnte sich nicht vorstellen, warum er seinen Vortrag so plötzlich abgebrochen hatte.

Sie sollte nachsehen, ob ihm nichts fehlte. Auch wenn sie ihn als Freier abgewiesen hatte, musste sie ihm helfen, wenn kein anderer zur Verfügung stand. Jacquelines Vater war an einem Hühnerknochen erstickt, weil ihm niemand rechtzeitig zu Hilfe gekommen war.

Aber Bayard sah nicht so aus, als könnte ihm so etwas zustoßen. Sicherlich war er nur eingeschlafen, aber Esmeraude musste sich vergewissern. Sie robbte so lautlos wie möglich weiter, um ihn nicht zu wecken, falls er nur döste, aber ihr Herz klopfte so laut, dass sie überzeugt war, er würde es selbst noch im Reich der Träume hören. Sie machte hinter dem Baum Halt, an dem er lehnte, lauschte, dann holte sie tief Luft und umrundete auf allen vieren den Stamm.

Der Schreck raubte ihr den Atem.

Bayard grinste sie an; seine Augen blitzten vergnügt. Er hatte die ganze Zeit gewusst, dass sie da war, und nur darauf gewartet, dass sie sich blicken ließ. Er hatte seine Rüstung abgelegt, trug dunkle Beinkleider und einen dunklen Waffenrock über einem weißen Hemd, das in der Dunkelheit leuchtete.

»Dann stimmt es also, dass Ihr einer guten Geschichte nicht widerstehen könnt«, sagte er.

Esmeraude schämte sich, weil sie ihm auf den Leim gegangen war, und war wütend, weil er sich an ihrer Dummheit weidete. »Ihr habt mich überlistet!«

»Nein, ich fürchtete nur, dass ich Euch in den Schlaf lulle.« Das Funkeln in seinen Augen schürte ihre Zweifel.

»Ihr habt mich mit Absicht in eine Falle gelockt«, empörte sich Esmeraude. »Ihr verhöhnt meine Vorliebe für Heldengeschichten.«

»Nein, ich wollte nur nicht meine Mühen vergeuden.« Bayard hüstelte, aber es war kaum zu übersehen, dass ihm der Schalk im Nacken saß. »Eine Stimme muss wie ein edles Instrument mit Sorgfalt behandelt werden.«

»Ihr wollt mich nur necken.«

Blitzschnell legte er die Hände auf ihre Schultern. Ihre Augen waren fast auf gleicher Höhe, und Esmeraude hielt die Luft an, als er sein Gesicht ganz nah zu ihrem neigte. Sein Griff war fest, aber nicht schmerzhaft. Im Mondlicht sah er umwerfend und verrucht aus, und Esmeraude wurde die Kehle eng.

Wenn er kein so hübscher Mann gewesen wäre, fiele es ihr viel leichter, ihn in seine Schranken zu weisen.

Nein, es wäre leichter, wenn er nicht *wüsste*, dass er so stattlich und gut aussehend war. Esmeraude ärgerte vor allem, dass sie in so vorhersehbarer Weise empfänglich für ihn war, und sie hoffte, ihre Regungen gut verbergen zu können.

Aber diese blauen Augen leuchteten, als könnten sie jedes Geheimnis ergründen.

»Es hat Euch gut gefallen, als ich Euch letzte Nacht neckte«, raunte Bayard.

Die Hitze stieg Esmeraude ins Gesicht, aber sie hielt seinem Blick trotzig stand. »Ja, aber da ist es Euch auch im Gegensatz zu heute gelungen, mich zufrieden zu stellen.

Er kicherte und hob eine Hand, um sich eine ihrer losen Haarsträhnen um den Finger zu wickeln. »Und was bringt Euch auf den Gedanken, dass mir das heute nicht wieder glückt?«

Esmeraude spielte unter größten Mühen die Gleichgültige. »Ihr werdet mich nicht wieder anrühren«, verkündete sie. »Ich habe Euer Werben verschmäht, und Ihr bewirkt nichts, wenn Ihr mir weiterhin den Hof macht.« Sie zog sich zurück, als wollte sie wieder im Wald verschwinden, aber er hielt sie an ihrem Haar zurück.

Bayard musterte sie aufmerksam und sagte nachdenklich: »Die meisten Frauen, die einem Mann ihre Gunst erweisen, wären entrüstet, wenn er ihnen danach nicht die Ehe verspräche.«

»Ich bin nicht wie die meisten Frauen.«

Er lächelte wehmütig. »Ja, das ist mir bereits aufgefallen.« Er zupfte an der Strähne, und sie neigte sich dichter zu ihm. »Vielleicht sollte ich Euch einen Rat geben«, flüsterte er und sah sie belustigt an. »Wenn Ihr wollt, dass Euch ein Mann vergisst, dann dürft Ihr nicht so faszinierend undurchschaubare Entscheidungen fällen. Ich bin nicht der Einzige, der die Herausforderung liebt und gerne Rätsel löst.«

Dagegen konnte sie kaum Einwände erheben. Hatte sie ihren Freiern nicht gerade aus diesem Grunde ein Rätsel gestellt? »Aber ich wünsche nicht, dass *Ihr* die Herausforderung annehmt«, gab sie zurück.

Seine Heiterkeit verflog. »Weshalb nicht?«, wollte er wissen, und Esmeraude hörte seiner Stimme an, dass er verletzt war. Er sah sie düster an. »Welchen der anderen zieht Ihr mir vor?«

»Keinen«, gestand sie viel zu hastig. Bayards Lächeln blitzte auf, und sie beeilte sich, ihr Geständnis abzumildern. »Ich habe bisher noch mit keinem der anderen ein Wort gewechselt. Ihr dürft versichert sein, dass ich den richtigen Mann für mich finden werde.«

Sein Lächeln wurde nur noch breiter. »Vielleicht habt Ihr ihn bereits gefunden.«

»Das denke ich nicht.«

»Warum?«

Es konnte bestimmt nicht schaden, wenn sie es ihm verriet, oder? Es war ein Vorwand, und Esmeraude war sich dessen sehr wohl bewusst. Auf dem einsamen Ritt durch den Wald hatte sie sich vieles eingeredet, was in einer Unterhaltung mit Bayard nicht standhielte. Nicht in einer dunklen Nacht, wenn sie ganz allein waren.

Esmeraude schauderte, da sie bemerkte, dass ihr eine verbotene, abenteuerliche Tat weitaus lieber wäre als gesunder Schlaf.

Hatte sie in der letzten Nacht nicht dieselbe Wahl getroffen?

Aber jetzt musste sie vernünftig bleiben. Vielleicht konnte sie ihm erklären, warum er nicht der Richtige für sie war. Bisher hatten sie wenig Zeit mit Gesprächen vergeudet, und bloße Lust war kein guter Ehestifter.

Aber er war so wundervoll warm. Sie überlief ein Schauer, und ehe sie sich's versah, schmiegte sie sich an ihn.

Gleichzeitig erläuterte sie ihm, welche Absichten sie verfolgte. »Ich werde Euch nicht heiraten, weil Ihr mich nur wegen Ceinn-beithe zur Frau haben wollt«, offenbarte sie ihm. »Es ist demütigend, nur wegen einer Mitgift begehrt zu werden, und ich verlange mehr von dem Mann, dem ich mein Ja-Wort gebe. Eine Mitgift soll eine Ehe, die von beiden gewünscht wird, bereichern, aber nicht der einzige Grund für eine Heirat sein.«

Bayard runzelte die Stirn. »Aber ich habe gar kein Verlangen nach Ceinn-beithe.«

»Aber Ihr sagtet doch ...«

Er schnitt ihr mit einer abwehrenden Geste das Wort ab. »Es ist gewiss ein schöner Besitz, und falls ich durch eine Heirat mit Euch dafür Verantwortung tragen sollte, werde ich mein Möglichstes tun, ihn gut zu verwalten, aber Ceinn-beithe ist *nicht* der Grund für meinen Heiratsantrag«, sagte er mit solchem Nachdruck, dass sie ihm glaubte.

Dennoch widersprach das seiner früheren Aussage. »Aber Ihr erwähntet Ländereien ...«

Für einen Moment blitzten seine Augen auf, dann wirkte er wieder so entschlossen und vertrauenswürdig wie zuvor. Und er antwortete äußerst überzeugend: »Ja, von *meinen* Ländereien, die ich mit einer Gemahlin an meiner Seite verwalten möchte.« Er lächelte und legte den Arm um ihre Schultern. »Ist es nicht natürlich, dass sich ein Mann eine Frau und Söhne wünscht, wenn er sein ererbtes Land in Besitz nimmt? Auch ich wünsche mir eine schöne Braut, die mein Glück mit mir teilt.«

Esmeraude starrte ihn verblüfft an. Wie hatte sie ihn nur so missverstehen können? Ihr Herz pochte so heftig, dass sie kaum noch Luft bekam. Wenn Bayard nicht auf Ceinnbeithe aus war, dann waren ihre Befürchtungen ganz umsonst gewesen.

»Wie ist Euer voller Name?«, fragte sie.

Er lächelte. »Bayard de Villonne – Ritter, Kreuzritter und Kämpe – zu Euren Diensten, meine schöne Lady.«

Er küsste ihren Hals, und Esmeraude schloss die Augen und seufzte vor Freude. Bayard war Burkes Sohn und wie sein Vater entschlossen, nur die Frau zur Gemahlin zu nehmen, die er selbst auserwählt hatte.

Sie musste wohl doch noch einmal über Célies Drängen, seinen Antrag anzunehmen, nachdenken. Bayard behandelte sie zuvorkommend, er erzählte Geschichten, um ihr Vergnügen zu bereiten, und sorgte sich beschützerisch um ihr Wohlergehen. Er war verführerisch und charmant. Genau genommen besaß er all die Eigenschaften, die sie sich von ihrem Auserwählten erhofft hatte. Nur das eine passte nicht – er war auf der Suche nach einer Braut.

Da sich Esmeraude einen Mann wie diesen Ritter als Gemahl wünschte, nahm sie an, dass sie diese Kleinigkeit übersehen konnte.

Ja, es wäre nicht schwer für sie, ihr Herz an diesen Mann zu verlieren.

Vielleicht war sie schon dabei. Und sicherlich machte er ihr mit solcher Umsicht den Hof, weil er von ihr betört war. Möglicherweise hatte ihm nur sein männlicher Stolz verboten, ihr im Beisein seiner Knappen seine Liebe zu gestehen.

»Und Ihr wollt, dass ich diese Braut bin?«, fragte Esmeraude.

Bayard lachte leise, und Esmeraude strömte die Wärme bis in die Zehenspitzen. »Ja, Esmeraude. Ihr seid meine Verlobte und werdet meine Frau.« Er drückte einen Kuss auf ihre Nase, dann stand er auf, um die Stute zu den anderen Pferden zu führen.

Er ging sanft und freundlich mit seinen Pferden um. Das gefiel Esmeraude. Sie sah seinen geschmeidigen Gang, und ihr Puls beschleunigte sich. Selbst wenn er nicht an die wahre Liebe glaubte, konnte sie ihn vielleicht eines Besseren belehren.

Er war ihr immerhin gefolgt, und es schien ihm tatsächlich so wichtig zu sein, sie für sich zu gewinnen, wie er behauptet hatte. Und er war nicht auf ihre Mitgift aus – welchen anderen Grund konnte er dann haben? Es war eine kleine Ermutigung, aber Esmeraude musste sich selbst davon überzeugen, dass sie allein den Schlüssel zu Bayards Herzen in Händen hielt.

Bayard kraulte der Stute die Ohren und redete leise mit ihr, gab ihr etwas zu fressen, dann wischte er sich die Hände ab. Er nahm den Umhang und kehrte mit glänzenden Augen zu Esmeraude zurück.

»Ich dachte, der passende Mann für mich wäre einer, der gar nicht nach einer Braut Ausschau hält«, sagte sie.

Bayard sah sie verständnislos an, während er seinen pelzgefütterten Umhang ausschüttelte. »Dann seid Ihr auf der Suche nach einem Mann, der bereits verheiratet ist?«

Esmeraude lachte. »Nein, aber ich wünsche mir einen, der nicht nach einer Braut sucht, um sie als seinen Besitz heimzuführen.«

Sein Lächeln zauberte Schmetterlinge in ihren Bauch. »Und was ist mit einem Mann, der eine Braut um der Tradition willen gesucht hat, und weil es ihm ein Bedürfnis ist, der aber stattdessen einen Schatz findet?« Bayard warf sich schwungvoll den Umhang um die Schultern und ging vor Esmeraude in die Hocke.

»Einen Schatz?«

»Eine Lady mit mehr Geist und Leidenschaft, als er jemals hoffen durfte, und eine Schönheit noch dazu.« Er nahm ihre Hand und küsste die Handfläche. Allein bei der Berührung schwanden Esmeraude die Sinne. »Einen sehr seltenen Schatz, den man mehr als alles andere in Ehren halten muss. Es begegnen einem keine Wunder, wenn man danach sucht. Ich habe gehört, dass alles Schöne im Leben einfach so geschieht – man kann es nicht heraufbeschwören.«

»Ihr scheint entschlossen zu sein und ernsthaft um meine Hand zu werben«, sagte Esmeraude verschämt und hoffte insgeheim, ihm damit ein Geständnis zu entlocken, das den Augenblick vollkommen machen würde.

Bayard rückte noch näher; sein Haar schimmerte im Mondschein. Er strich mit dem Daumen so zärtlich über Esmeraudes Fingerknöchel, dass ihr Mund trocken wurde. »Sehr viel ist zwischen uns geschehen, Esmeraude, und ein Ehrenmann muss tun, was sich für seine Lady schickt. Als Ihr mich verlassen habt, wusste ich, dass Ihr mich missverstanden hattet.«

»Ihr wusstet, dass ich Euch folge«, mutmaßte Esmeraude.

Bayard lächelte breit. »Ein weniger gut ausgebildeter Mann hätte es nicht bemerkt.« Er küsste ihre Hand. »Ihr seid sehr klug, meine Schöne.«

Esmeraudes Herz schlug bis in die Kehle. Oh, sie hatte eine gute Wahl getroffen!

»Es stimmt, ich habe Euch in meine Nähe gelockt.« Bayard sah sie eindringlich an. »Ich hörte, dass Ihr eine gute Geschichte liebt, und ich nutzte Eure Vorliebe, um Eure Sicherheit in dieser Nacht zu gewährleisten. Es ist nicht gut, wenn eine Lady, auch wenn sie nach Abenteuern sucht, allein und ohne Schutz in der Wildnis eine Nacht verbringt. Ihr seid meine Verlobte, und ich bin für Euch verantwortlich, und ich werde Euch von jetzt an in unseren gemeinsamen Tagen und Nächten beschützen.«

Esmeraude wusste nicht, was sie darauf erwidern sollte. Ihr gefiel seine Fürsorge.

Bayard drückte ihre Hand. »Komm her, meine Esmeraude«, murmelte er leidenschaftlich, »und belohne deinen getreuen Diener mit einem Kuss.«

Es gab für Esmeraude keine schönere Art, ihr Bündnis zu besiegeln. Sie sank in seine Arme und berührte seine Lippen mit den ihren, und er ergriff sofort Besitz von ihr. Er zog sie auf die Füße, ohne den Kuss zu unterbrechen, und wickelte sie in seinen Umhang.

Als er sich schließlich von ihr löste, war Esmeraude atemlos. »Ich danke dir, dass du so ritterlich zu Célie warst.« Es war ihr ein Bedürfnis, ihm Anerkennung für seine Freundlichkeit zu zollen. »Ich hatte gehofft, dass du dich ihrer annimmst.«

»Und dein Vertrauen wurde nicht enttäuscht.« Bayard schien sich zu freuen, dass sie diese Umsicht von ihm erwartet hatte. »Sie hat mir verraten, dass du die Abenteuergeschichten so liebst, und mir gestanden, dass sie meine Werbung um dich unterstützt.«

Das erfreute Esmeraude, denn Célie kannte sie gut und wusste, was sie sich wünschte. Dass die Zofe Bayard auch jetzt, nachdem sie in etwas besser kennen gelernt hatte, billigte, bestärkte Esmeraude in ihrer Wahl. »Deshalb hast du mir eine Geschichte erzählt?«, neckte sie ihn und hoffte auf ein Liebesgeständnis.

»Ein Mann muss eine Lady auf sich aufmerksam machen.«

Bayard fing wieder an zu erzählen. Esmeraude seufzte glücklich und schmiegte die Wange an seine Brust. Sie schloss die Augen und lauschte der Geschichte und seinem Herzschlag.

An diesem Mann gab es vieles, das man lieben konnte.

König Mark brauchte eine Königin an seiner Seite; er wünschte sich eine Braut mit grünen Augen, blond gelocktem Haar und edlen Zügen. Seine Gemahlin sollte ein reines Herz besitzen, treu und beherzt sein und ihm viele Söhne gebären. Allerdings wusste der König nicht, wo er eine so holde Maid finden konnte. Er beschloss, den Ritter loszuschicken, dem er voll und ganz vertraute und der ihm schon so gute Dienste geleistet hatte.

»Tristran«, hob der König an, »hört mich an: Nur Ihr könnt meine Sehnsucht heilen. Ihr seid mir wie ein Bruder. Zieht los und sucht mir eine Maid, mit der ich meine Krone teilen kann. Wenn es sein muss, reist in ferne Länder, trotzt jedem Feind – es ist mir einerlei, wie weit Ihr reiten müsst, aber findet mir eine Braut, die mein Herz gewinnen kann. Ich werde Eure Mühen fürstlich belohnen und dafür sorgen, dass es Euch nie an etwas mangelt.«

Sie konnte sich vorstellen, dass sein Vater Bayard auf Brautschau geschickt hatte wie König Mark seinen getreuen Ritter in dieser Geschichte. Und Bayards Vater Burke, so erzählte man sich, hatte hartnäckig um seine Herzensdame geworben und allen Widerständen getrotzt, bis er sie zu seiner Frau machen konnte. Esmeraude hatte seine Geschichte unzählige Male gehört.

Wie der Vater, so der Sohn. Dieser Gedanke brachte sie zum Lächeln.

Bayard unterbrach von Zeit zu Zeit seine Erzählung, um

sie zu küssen, und mit einem Mal war sie ganz sicher, dass er der Mann war, von dem sie immer geträumt hatte. Ja, er würde ihr bis ans Ende der Welt folgen, um sie zu der Seinen zu machen, genau wie ein Held in einer Ballade.

Aber anders als die Liebenden in den Geschichten hatten *sie* ihr kleines Missverständnis beigelegt, statt einem ungewissen Schicksal entgegenzugehen. Solche Torheiten machten sich in einer Geschichte besser als im wirklichen Leben. Ja, es war ein Grundstein für eine gute Ehe, solche Verwirrungen aufzulösen.

Esmeraude hielt es für sehr bedeutend, dass Bayard nicht eigensinnig eine Sache auf sich beruhen ließ und entschlossen war, seine Pflicht zu erfüllen.

Er lächelte sie an und erzählte weiter.

Tristran eilte davon und stach in See, da er davon ausging, dass er die Richtige nur an einem fremden Ort antreffen würde. Die Wogen brachten ihn an Irlands Gestade, wo ein furchteinflößender Drache sein Unwesen trieb. Was für eine entsetzliche Kreatur das war! Seine Schuppen leuchteten hell wie rotes Glas, seine Klauen waren spitz, die Zähne scharf. Er spie Feuer und schlug wild um sich. Schon bei Tristrans Landung hauchte er ihm seinen brennenden Atem entgegen und versengte Tristrans blondes Haar. Doch der tapfere Ritter zeigte keine Angst und kämpfte vor den Stadtmauern mit der Bestie. Alle Bewohner der Stadt waren da, um den Kampf des Retters, den das Meer ihnen gebracht hatte, mit anzusehen. Er tötete den Drachen vor ihren Augen, aber das sterbende Ungeheuer forderte ein Opfer. Mit seinem letzten Atemzug biss es den Ritter, und sein Gift streckte Tristran noch in derselben Nacht nieder.

Esmeraude klammerte sich an Bayard aus Angst vor dem Ausgang der Geschichte. Der Wind tanzte durch den Wald, wirbelte Laub auf und rauschte in den Baumwipfeln. Bayard lächelte Esmeraude beruhigend an.

Die Menschen weinten und rauften sich die Haare, weil Tristran in tiefem Schlaf gefangen war. Sie trugen ihn in die Stadt und riefen alle bekannten Heiler herbei.
Und da sah Iseut Tristran zum ersten Mal, und obwohl es schien, als würde ihn das Schicksal ereilen, pflegte sie ihn besser als alle anderen, denn sie kannte alle Heilkräuter und war sehr geschickt. Während seiner Genesung merkte Iseut, dass er ein Mann von edlem Charakter war. Sie entdeckte, dass seine Schwertspitze abgebrochen war, war jedoch nicht imstande, ihren Schwur zu erfüllen. Sie konnte keine Rache an einem Mann üben, der keine Sünde kannte und nur für jene die Schlachten ausfocht, die sich nicht selbst verteidigen konnten.
Iseut umsorgte den Ritter aufmerksam und heilte ihn, so dass er nach vierzehn Tagen aufwachte. Als er die Augen aufschlug, wusste er sofort, dass sie die Braut war, die König Mark suchte. Und deshalb bemühte er sich um ihre Hand für den König aus dem fernen Cornwall.

»Sie hat ihn gesund gepflegt«, flüsterte Esmeraude.

»Ja, vielleicht sogar mit einem Kuss, der so machtvoll war wie deiner.« Bayard stahl sich einen Kuss, und Esmeraude war nur allzu bereit, ihn gewähren zu lassen. Es war wundervoll, so umworben und eingehüllt in seinen Umhang unter freiem Himmel geküsst zu werden.

»Nein, ihre Liebe hat das vermocht«, behauptete sie, als Bayard von ihr ließ. »Sicher waren sie füreinander bestimmt.«

Bayard antwortete nicht darauf, sondern erzählte weiter und sah ihr dabei in die Augen.

Iseuts Eltern fühlten sich geehrt durch den Antrag des Königs, und Iseut hatte nichts gegen eine Hochzeit einzuwenden. Also machte Tristran Pläne für ihre Abreise, um die Braut seines Königs heimzuführen.
Iseuts Mutter hegte nur die Angst, dass ihre Tochter für den zukünftigen Gemahl keine Zuneigung empfinden könnte.
»Nimm diese Phiole, mein Kind. Behüte sie gut und trinke den Inhalt, sobald du mit deinem Verlobten allein bist, dann wird dir sein Herz gehören und deines ihm. Denn dies ist ein starker Zaubertrank.«
Sie gab Iseut eine getreue Zofe namens Brangain mit. Ein Bote wurde mit der guten Nachricht nach Cornwall vorausgeschickt, und die Stadtbewohner winkten dem Schiff nach, das Tristran und Iseut fortbrachte. Vier Seelen reisten mit dem Schiff – Tristran mit seinem Diener Governal und Iseut mit ihrer Zofe.
Auf hoher See unterlief Brangain ein verhängnisvoller Irrtum: Sie schenkte den Liebestrank, den Iseut in ihre Obhut gegeben hatte, bei einer Mahlzeit für Tristran und Iseut in ihre Kelche. Die beiden verliebten sich unsterblich ineinander, und Iseut vergaß die bevorstehende Hochzeit mit dem König und nahm Tristran mit in ihr Bett.

Bayard verstummte und zog erwartungsvoll eine Augenbraue hoch.

»Wohin könnten wir gehen?«, hauchte Esmeraude und spähte zu Célie und den Knappen, die auf der Lichtung schliefen.

Bayard grinste unbekümmert. »Was ist so verkehrt an diesem Platz?«, flüsterte er, dann nahm er sie in die Arme.

Sein weiter Umhang umhüllte sie beide, und Esmeraude schmiegte sich eng an ihren Geliebten. Das Echo seines Herzschlags an ihrer Brust und seine Wärme ließen sie das unfreundliche Wetter vergessen.

Seine Nähe verdrängte jeden Gedanken.

Bayard legte den Mund an ihr Ohr und wisperte: »Deine Zofe wird kaum erschrecken, wenn sie uns am Morgen hier zusammen sieht.«

Damit hatte er Recht.

Seine Hand glitt unter ihre Röcke, und seine Finger bereiteten ihr solche Wonne, dass sie scharf die Luft einsog. »Küss mich, meine Esmeraude. Ich möchte dich schmecken, wenn du die höchste Freude empfindest.«

Mit einem Mal wurde Esmeraude verlegen, obwohl der Umhang seine Hand verdeckte. »Hier?«, fragte sie mit viel zu hohem Stimmchen. Sie schielte in Célies Richtung. Als Kind war sie überzeugt gewesen, dass ihr wachsames Kindermädchen selbst im Schlaf sah, was ihr Schützling trieb, und selbst heute noch war sich Esmeraude in diesem Punkt nicht so sicher.

Bayard sah sie mit schelmisch blitzenden Augen an. »Ich gestehe, dass mich dein Schamgefühl überrascht.« Er spielte den Erstaunten. »Ist es möglich, dass ich versuche, ein prüdes Mädchen und nicht meine abenteuerlustige Esmeraude zu verführen?«

Esmeraude lachte. »Aber was sollen wir ihnen am Morgen sagen?«

Er kicherte. »Die Wahrheit, die sie ohnehin schon kennen. Komm, meine Schöne, heiße mich willkommen.«

Seine Finger glitten erneut zwischen ihre Schenkel, und Esmeraude tastete nach dem Band seiner Beinkleider.

»Nicht so – nicht heute Nacht und nicht hier«, flüsterte er.

»Oh«, gab Esmeraude lachend zurück, »Ihr wollt mir doch nicht weismachen, Sir, dass Ihr weniger abenteuerlustig seid als ich selbst?« Sie löste den Knoten und legte die Hände um seine Männlichkeit. Die Berührung erstickte seinen Protest im Keim.

Bayards tiefblaue Augen leuchteten. Er schnappte nach Luft, als sich Esmeraude rittlings auf ihn setzte, dann umfasste er ihr Hinterteil und zog sie näher zu sich heran. »Eines sollst du wissen, Esmeraude – heute Nacht wirst du nichts brauchen, nur mich«, raunte er und küsste sie.

Esmeraude wusste sogar, dass sie sich für den Rest ihrer Tage und Nächte nichts anderes wünschte als ihren Ritter.

7

An diesem Abend gab es in Ceinn-beithe Menschen, die weit weniger zufrieden mit ihrem Los waren als Esmeraude und Bayard. Eglantine fand keine Ruhe, nahm jedoch an, dass Duncan in tiefen Schlaf gesunken war. Sie warf sich im Bett hin und her und konnte an nichts anderes denken als an ihre Tochter, die sich allein in der Wildnis durchschlug.

Es tröstete sie keineswegs, als sie erfuhr, dass sich Esmeraude an den König der Inseln gewandt hatte. Ihre Tochter hatte immer auf die Gutherzigkeit dieses Mannes vertraut, doch Eglantine wusste, dass er nur auf seinen eigenen Vorteil bedacht war, und befürchtete das Schlimmste.

Sie seufzte und drehte sich auf die andere Seite. Sie versuchte leise zu sein, schaffte es aber nicht, sich still zu halten.

»Es führt zu nichts, wenn wir uns aufreiben vor Sorge«, sagte Duncan. An seiner klaren Stimme erkannte sie, dass er auch noch nicht geschlafen hatte.

Eglantine stützte sich auf die Ellbogen und schaute ihn an. Obwohl es dunkel in ihrem Gemach war, sah sie seine glänzenden Augen. »Wir hätten sie drängen sollen, jemanden zu heiraten, irgendjemanden! Wir hätten dafür sorgen müssen, dass sie beschützt wird.«

»Das hätte ihren Willen gebrochen und ihr den Lebensmut genommen, und Esmeraudes Elan und ihr Geist sind ein seltenes Juwel.«

»Du kannst nicht mit dem einverstanden sein, was sie getan hat.«

»Nein, das bin ich auch nicht.« Duncan setzte sich auf und zog sich mit fahrigen Bewegungen ein Hemd an. »Aber ich weiß, dass ich in diese Sache nicht eingreifen kann.«

»Kannst du nicht oder willst du nicht? Wir hätten ihr einige Männer nachschicken können. Du hättest ihr folgen können.«

»Zu welchem Nutzen?« Seit Jahren fochten sie zum ersten Mal so etwas wie eine Auseinandersetzung aus. Eglantines Vorwurf stand zwischen ihnen, und Duncan seufzte betrübt. »Eglantine, sechs Freier, die meisten erfahrene Ritter, haben sich auf die Suche nach ihr gemacht. Sie werden sie finden und sicherstellen, dass ihr kein Leid geschieht.«

Jetzt stieß Eglantine einen Seufzer aus und stand auf. »Wenn ihr der König der Inseln nicht vorher das Leben schwer macht.«

»Beruhigt es dich nicht, dass Célie sie begleitet?«

»Ein wenig. Machst du dir denn gar keine Sorgen?«

Duncan lächelte matt. »Ich bin nahezu krank vor Sorge, meine Liebe. Und ich habe zwei Männer zum Hof des Königs gesandt; sie sollen sich vergewissern, ob Esmeraude sicher dort angekommen ist. Aber abgesehen davon kann ich nicht viel tun. Wir haben viele Gäste, die uns daran hindern, selbst aufzubrechen.«

Eglantine ächzte und ging auf und ab. Sie spürte, dass der wachsame Blick ihres Mannes auf ihr ruhte.

»Ich glaube, die Kunst bei der Erziehung von Kindern ist, zu wissen, wann man einen Sturz verhindern und wann man es stolpern lassen und hoffen muss, dass es etwas fürs Leben lernt.«

Das überzeugte Eglantine keineswegs.

»Esmeraude ist eigensinnig, wie wir beide wissen«, fuhr Duncan sanft fort. »Ich glaube kaum, dass wir ein Gefängnis bauen könnten, das sicher genug wäre, um sie von ihrem Kurs abzuhalten.«

»Das ist keine Entschuldigung dafür, gar nichts zu unternehmen.«

»Wir haben etwas unternommen. Wir haben sie dazu erzogen, Vernunft und Disziplin zu zeigen; wir haben ihr das Jagen, Rudern und Reiten beigebracht und sie gelehrt, Hilfe zu suchen, wenn sie welche braucht. Wir haben sie bestärkt, ihre guten Seiten weiterzuentwickeln ...«

»Ich gebe mich nicht damit zufrieden, auf das Beste zu hoffen«, fauchte Eglantine und wirbelte zu ihrem Mann herum. »Du vertraust zu sehr auf das Glück und das Wohlwollen der Menschen! Lieber Gott, Esmeraude ist so ungestüm, dass sie sogar in ihrer eigenen Kammer in Schwierigkeiten geraten könnte!« Sie wandte sich von Duncans nachdenklichem Blick ab und spürte, wie ihr die Tränen in die Augen traten.

»Du kannst sie nicht bis in alle Ewigkeiten beschützen, Eglantine«, sagte er leise.

»Aber ich möchte es«, flüsterte sie, als die Tränen flossen. Sie hielt den Atem an, um nicht laut zu schluchzen und ihre Schwäche nicht zu offenbaren, aber Duncan kannte sie zu gut.

Er durchquerte das Zimmer und nahm sie in die Arme. »Ihr wird nichts geschehen – sie ist ein kluges Mädchen. Célie ist bei ihr, und auf Célies gesunden Menschenverstand kann man sich felsenfest verlassen. Und ein halbes Dutzend fest entschlossene Freier sind Esmeraude dicht auf den Fersen – jeder Einzelne von ihnen verfolgt noble Ziele.«

»Das genügt nicht!«

»Es ist alles, was wir haben. Im Augenblick gibt es nichts, was wir sonst tun könnten.«

»Du könntest dich selbst auf den Weg machen!«

»Möglicherweise hält sie sich schon nicht mehr am Hof des Königs auf. Und wenn ich sie doch noch dort anträfe, dann würde sie nicht auf mich hören, das wissen wir beide sehr gut.« Eglantine sah auf, und Duncan lächelte kläglich. »Unsere Esmeraude ist auf Abenteuer aus, und im Beisein des Stiefvaters erlebt man keine Abenteuer.« Er schüttelte Eglantine behutsam, da er ihren nächsten Einwand vorausahnte. »Und noch weniger in Gegenwart der eigenen Mutter. Erinnerst du dich nicht mehr, wie es ist, jung und überzeugt zu sein, dass man unsterblich ist?«

»Ich weiß zu gut, dass das eine Lüge ist.«

»Sie wird dir das nicht glauben, bis sie die Wahrheit selbst erkennt.« Duncan drückte einen Kuss auf Eglantines Stirn. »Wir wussten immer, dass es nicht leicht sein würde mit Esmeraude, und wir haben genügend Erfahrung, um davon ausgehen zu können, dass sie nicht eher ruht, bis sie ihren Willen durchgesetzt hat. Sollten wir sie jetzt, wenn es irgend möglich wäre, zurückholen, würde sie wieder durchbrennen und vielleicht ohne Célie und einen Haufen edler Ritter durch die Gegend streifen. Wir haben getan, was wir konnten, und jetzt müssen wir beten, dass alles ein gutes Ende findet.«

Eglantine seufzte schwer und trocknete ihre Tränen. »Wir hätten uns besser auf eine solche Möglichkeit vorbereiten müssen.«

»Ja, im Nachhinein ist man immer klüger.«

Duncans Stimme hatte einen wehmütigen Unterton, und Eglantine sah die Besorgnis in seinem Gesicht. »Du bist nicht so zuversichtlich, wie du vorgibst.«

Er zuckte mit den Schultern und brachte ein Lächeln zustande. »Ist es nicht meine Aufgabe, die Zweifel meiner Gemahlin zu zerstreuen?«

»Auch wenn du sie teilst?«

Sie lächelten sich an, dann umarmten sie sich innig. Eglantine vergrub ihr Gesicht an Duncans Schulter und fand Trost in seiner Standfestigkeit und Verlässlichkeit. Dann sah sie erschrocken auf. »Meinst du, diese Tollheit könnte Mhairi auf den Gedanken bringen, dasselbe zu tun?«

Duncan runzelte die Stirn und schwieg.

»Sie hat Esmeraude und ihre Kühnheit immer bewundert.« Ein Kloß bildete sich in Eglantines Kehle. »Noch heute Nachmittag hat sie davon geschwärmt, wie wunderbar es ist, so viele Ritter in Ceinn-beithe willkommen zu heißen. Gott im Himmel, wir dürfen nicht beide Mädchen bei solchen Tollheiten verlieren!«

Duncan fluchte leise, aber dann glomm ein Schimmer in seinen Augen auf. »Ich fürchte, dein Instinkt trügt dich nicht. Aber in diesem Fall können wir Vorkehrungen treffen.«

»Wie?«

Duncan nahm ihre Hände in seine. »Indem wir die Ritter, die hier geblieben sind, auffordern, um Mhairis Hand zu werben. Sie haben sich beklagt, weil sie hergekommen sind, um sich bei einem wichtigen Turnier zu messen, und nicht, um einem Mädchen durch die Wildnis nachzuhetzen.«

»Aber ich möchte, dass Mhairi aus Liebe heiratet!«

»Mhairi ist so betört von unseren Besuchern, dass gewiss einer von ihnen ihr Herz ganz und gar erobern wird. Denk darüber nach, Eglantine. Ein Turnier und ein Fest wird alle erheitern, und vielleicht lindert es auch deine Sorgen. Und wir geben den Rittern das Gefühl, dass sie nicht vergebens den weiten Weg hierher gekommen sind – es wäre ein sehr kluger und diplomatischer Schachzug.«

»Und Mhairi würde einen tapferen Kämpen zum Gemahl bekommen. Duncan, das ist ein großartiger Einfall!«

Sie herzten sich, dann zog sich Eglantine ein wenig zurück und betrachtete ihren Angetrauten liebevoll. Du bist der klügste Mann der Welt und der beste Vater, den es gibt. Ich habe großes Glück, dich gefunden zu haben.« Duncan zog eine Augenbraue hoch, und seine Mundwinkel zuckten. »Ich finde, diese Idee muss gefeiert werden.«

»Ach, ja? Und weißt du vielleicht auch schon, wie diese Feier vonstatten gehen soll?«

Eglantine schlang die Arme um Duncans Hals und war entschlossen, die Diskussion sofort zu beenden. Sie ängstigte sich nach wie vor um Esmeraude, aber wie immer hatte Duncan sie mit vernünftigen Argumenten beschwichtigt. Sie konnte gegenwärtig nicht mehr tun als beten.

Und dafür sorgen, dass eine solche Dummheit nicht noch einmal vorkam. Ja, Eglantine war mehr als bereit, auch ihre jüngste Tochter unter die Haube zu bringen.

Es gab noch eine unglückliche Seele in Ceinn-beithe, jemanden, von dem kein Mensch erwartet hätte, dass ausgerechnet er so aufgewühlt sein würde. Der Junge war mehr als aufgebracht, als Eglantine und Duncan am Morgen nach Esmeraudes Flucht die Ritter in der Großen Halle versammelten und ein Turnier ankündigten. Dass die Ritter jubelten und Mhairi vor Freude errötete, besserte seine Laune kein bisschen.

An diesem Vormittag sah Finlay MacCormac seiner Mutter bei der Arbeit in der Küche zu und brütete dumpf vor sich hin. Normalerweise war er ein fröhlicher junger Mann, und er hatte immer geglaubt, dass ihn nichts aus der

Fassung bringen konnte. Er wäre überrascht, wenn er wüsste, dass im Dorf darüber getuschelt wurde, wie sehr er sich in letzter Zeit verändert hatte.

Aber vielleicht hätte er sich auch nicht darum geschert, denn seine Unzufriedenheit nahm ihn vollkommen gefangen. Finlay lümmelte auf dem Stuhl am Tisch herum, weil er instinktiv ahnte, dass seine Mutter Alienor wusste, was zu tun war.

Wenn ihm nur einfallen würde, wie er sie um Rat fragen könnte, ohne zu viel von seinen geheimsten Gedanken preiszugeben. Das war nicht leicht bei seiner Mutter, denn ihr Scharfblick schien jedes Geheimnis zu ergründen Er spielte mit einem Becher, fuhr damit über den Tisch und merkte sehr wohl, dass Alienor immer wieder interessiert in seine Richtung sah.

Alienor war sechsunddreißig Jahre alt und immer noch eine bemerkenswert attraktive Frau, obwohl ihr Sohn ihren Charme nicht erkannte. Sie war nicht mehr das taufrische Mädchen mit den rosigen Wangen, das sie bei ihrer Ankunft in Ceinn-beithe gewesen war, denn das Leben, das sie hier führte, hatte sie härter und zäher gemacht. Heute war sie sehnig und drahtig, ihre Haut war gebräunt, und ihr dunkles Haar durchzogen silberne Fäden.

Dennoch war Alienors Wesen durch die Ehe, durch das Glück und die Verluste, durch Ausgelassenheit und Auseinandersetzungen sanfter geworden. Sie war längst nicht mehr so schnell verärgert wie früher, und ihr Lächeln konnte das kälteste Herz erwärmen. Sie sah weit mehr, als ihren Kindern lieb sein konnte.

Finlay hegte den starken Verdacht, dass seine Mutter das zweite Gesicht hatte, denn ihr blieb so gut wie gar nichts verborgen. Dennoch lungerte er heute in ihrer Nähe herum, da er insgeheim hoffte, dass sie ihn durchschaute und ihm eine Lösung für seine Probleme anbot.

Er starrte düster in seinen Becher. Sein Vater arbeitete in der Schmiede hinter dem Haus und pfiff ein fröhliches Lied. Sie führten ein gutes Leben, und Iain hatte sich als Silberschmied einen guten Ruf im ganzen Land erworben. Oft legten Schiffe im Hafen von Ceinn-beithe an, und die Reisenden kamen zu Iain, um seine Waren zu kaufen. Finlays Vater konnte Wunderwerke vollbringen, die so fein und hübsch gearbeitet waren, dass sie aus dem Reich der Feen kommen könnten.

Finlay war sich bewusst, dass er Tag und Nacht Holz hacken könnte, weil in diesem Haushalt so viel Brennholz gebraucht wurde.

Ihr Haus war das erste in Ceinn-beithe, das aus Flechtwerk und Lehm erbaut worden war, und Finlay wusste, dass seine Mutter ungeheuer stolz darauf war, ebenso wie auf ihre Lieblingspfanne, die ihr die Halbschwester Jacqueline aus Crevy-sur-Seine im fernen Frankreich mitgebracht hatte. Sie stellte die Pfanne aufs Feuer, gab einen Klumpen Fett hinein und sah anscheinend gespannt zu, wie es zu sieden begann.

»Du solltest mir ihren Namen verraten«, sagte sie entschieden, während sie noch halb mit dem Rücken zu Finlay stand. »Ich werde ohnehin bald genug alles erfahren.«

Finlay fuhr erschrocken zusammen. »Wessen Namen?«

Seine Mutter lachte. »Von dem Mädchen, dessentwegen du hier hockst und betrübt seufzt, statt Holz zu hacken.« Sie nickte zufrieden, als das Fett heiß war und sie mit einer Kelle etliche Portionen Teig in die Pfanne schöpfte. Der Geruch breitete sich im ganzen Haus aus, und Finlay bekam wieder Hunger.

Alienor drohte ihm mit dem Finger, da sie seinen Gesichtsausdruck richtig deutete. »Du wirst erst Holz hacken, bevor du etwas zu essen bekommst, junger Mann. Ich werde dafür sorgen, dass du arbeitest, ehe du jeden Krümel, den wir im Haus haben, in dich hineinschlingst.«

»Mhairi sagt, dass es ganz normal und gesund ist, wenn ein Mann in meinem Alter oft hungrig ist.«

»Mhairi, ja?« Seine Mutter zog die dunklen Augenbrauen hoch. »Und was weiß die junge Dame von heranwachsenden Männern?«

Finlay spürte, wie ihm die Röte von den Zehen bis in den Kopf stieg, denn zweifellos wusste seine Mutter, dass er damit auch ihre erste Frage beantwortet hatte. »Sie hat Cousins.«

»Zum Beispiel dich.« Alienor warf ihm einen raschen wissenden Blick zu. Das Gesicht ihres Sohnes glühte, denn Mhairi war, wenn auch keine Blutsverwandte, so doch durch Heirat seine Cousine. »Dann hat dir also Mhairi das Herz gestohlen, ja?«

Jetzt wurde Finlay puterrot. »Mutter!«

Sie lachte. »Oh, ich bringe dich in Verlegenheit, ja? Nun, dann solltest du dich besser an die Arbeit machen.«

Aber er blieb, und Alienor rechnete auch nicht wirklich damit, dass er ihrer Aufforderung Folge leistete – das wusste er. Sie spähte nicht einmal über die Schulter, als sie erneut das Wort ergriff.

»Ich denke, dafür brauchst du dich nicht zu schämen«, sagte sie. »Obwohl du in einer Familie mit Mhairi aufgewachsen bist, seid ihr nicht blutsverwandt. Sie ist drei Jahre jünger als du. Also, was ist mit Mhairi?«

Finlay war versucht, dem Verhör der Mutter auszuweichen, aber noch wichtiger war ihm, ihren Rat zu hören. »Es ist nicht richtig. Es ist unrecht, dass sie gezwungen wird, eine Wahl unter denen zu treffen, die Esmeraude zurückgelassen hat! Mhairi ist Eglantines und Duncans leibliche Tochter, und deshalb sollte *sie* die Erbin von Ceinn-beithe sein! Es ist ungerecht, dass Duncan sein einziges leibliches Kind übergeht und die Tochter eines anderen Mannes bevorzugt.«

»Und es stört dich, dass das Erbe nicht an sie übergeht – ist das alles?«, fragte Alienor milde und drehte die Pfannkuchen vorsichtig um, damit sie auch von der anderen Seite anbraten konnten.

»Ja«, begann Finlay; er versuchte, seine wahren Gefühle zu verbergen, aber dann schlug er unvermittelt mit der Faust auf den Tisch. »Nein! Es ist mehr als das. Es ist nicht anständig *mir* gegenüber! Ich habe gewartet, ich habe mich ehrenhaft verhalten; ich hielt sie für zu jung und habe ihr deshalb nicht den Hof gemacht ... und jetzt – *jetzt* kommen all diese Männer mit ihren feinen Manieren und Reichtümern aus fernen Ländern her und betören sie mit den Geschichten über ihre Heldentaten, um sie für sich zu gewinnen. Das ist ungerecht!«

Er verschränkte die Arme auf dem Tisch und legte niedergeschlagen das Kinn auf die Fäuste. Seine Stimme klang dünn, als er fortfuhr: »Und selbst wenn ich jetzt um sie werben würde, würde sie mich unter all den feinen Herren gar nicht bemerken. In den letzten beiden Tagen hat sie mich kaum zur Kenntnis genommen.«

Alienor nahm schweigend die Kuchen aus der Pfanne und legte sie auf den Teller, der auf dem Tisch stand. Der heiße Duft stieg Finlay direkt in die Nase. Sie nahm die Pfanne vom Feuer, obwohl sie noch Teig hatte, goss sich einen Becher Ale ein und setzte sich gegenüber von Finlay an den Tisch.

Sie streckte lächelnd die Hand aus und strich ihrem Sohn über die Wange. »Sieh dich an«, flüsterte sie. »Du bist ein Mann von siebzehn Jahren mit goldenen Locken und himmelblauen Augen.«

»Mutter!«

Unbeeindruckt berührte sie das Grübchen an seinem Kinn, und ihr Lächeln wurde breiter. »Du bist das Ebenbild deines Vaters – er sah aus wie du, als wir uns zum ersten Mal begegneten, und ich kann dir sagen, er hat sofort mein Herz ganz und gar für sich eingenommen.«

Finlay richtete sich auf. »Wie?«

Das Lächeln seiner Mutter wurde geheimnisvoll. »Er hat mir gezeigt, wie sehr er mich begehrt. Er stahl mir einen Kuss und machte mir klar, dass wir füreinander bestimmt waren. Nichts ist verführerischer für eine Frau als die Liebe eines Mannes, der sie in Ehren hält.«

»Das glaube ich nicht. Hast du dir die Männer, die sich hier versammelt haben, angesehen?«

»Ja, das habe ich, und es ist nicht einer unter ihnen, der Mhairi in irgendeiner Weise kennt. Keiner ist um ihrer selbst willen von ihr angetan, und keiner liebt sie so wie du. Das ist ein kostbarer Vorteil, Finlay, und du wärst ein Narr, wenn du ihn nicht nutzen würdest.«

»Aber ich weiß nicht, was ich tun soll!«

Alienor verdrehte die Augen. »Dann denk darüber nach. Es ist noch keinem Mann gelungen, seine Sehnsüchte zu erfüllen, wenn er am Küchentisch seiner Mutter herumlungert und sich selbst bemitleidet.« Sie sah ihn streng an, dann stand sie auf und machte sich wieder an ihre Arbeit. »Es gibt genügend Menschen auf Gottes Erde, denen es weit schlechter geht als dir.«

»Ja, ja, es gibt Menchen, die hungern und kein Dach über dem Kopf haben«, wiederholte Finlay die altbekannte Litanei. »Solche, deren Eltern nicht hart arbeiten oder trotz aller Mühen keinen Erfolg haben, solche, die in Ländern leben, die nicht so fruchtbar und gesegnet sind wie dieses.«

»Und solche, die auf dem Kirchhof liegen«, ergänzte seine Mutter. »Nicht jedes Kind erlebt seinen siebzehnten Sommer und ist so gesund und kräftig wie du.«

Finlay begegnete ihrem Blick; er wusste, dass sie von ihrem dritten Kind, seiner jüngsten Schwester, sprach. Er war sechs Jahre alt gewesen, als das Mädchen geboren wurde, und hatte gewusst, dass etwas nicht stimmte, als die Schreie seiner Mutter verstummten und kein Laut von dem Säugling zu hören war. Seine Mutter hatte danach nie wieder ein Kind empfangen und behauptete oft, dass zwei Kinder – er und seine jüngere Schwester Margaret – mehr als genug Ärger machten.

»Das ist ja alles schön und gut«, sagte Finlay, getröstet durch ihre Zurechtweisung. Allerdings wusste er immer noch nicht, wie er vorgehen sollte. »Aber jetzt wird drei Tage lang ein Turnier stattfinden, bei dem diese Männer um Mhairis Hand kämpfen. Ich kann bei einem solchen Wettbewerb nicht mithalten und besitze nicht einmal eine Rüstung.«

Seine Mutter beobachtete konzentriert das Fett in der Pfanne, doch Finlay ahnte, dass sie sich genau überlegte, was sie zu ihm sagen sollte. »Als wir nach Ceinn-beithe kamen«, sagte sie leise, »wohnte hier noch ein alter Freund von Duncan, der für jede Situation ein Sprichwort parat hatte. Gillemore ist vor langer Zeit gestorben, aber ich habe immer noch seine brummige Stimme im Ohr. Er sagte oft: ›Wenn dir ein Auge fehlt, dann schau mit dem Auge, das dir noch gebieben ist.‹«

»Und was soll das heißen?«

»Du besitzt vielleicht keine schimmernde Rüstung, aber du hast deinen Kopf, Finlay.« Seine Mutter lächelte spitzbübisch. »Und von mütterlicher Seite hast du mehr Verstand geerbt als die meisten anderen. Du musst ihn genauso benutzen wie die Beharrlichkeit, die du von deinem Vater kennst.«

»Verstand ist keine Verteidigung gegen die Waffen eines Ritters.«

»Nein, er ist mächtiger.« Sie gab den Teig in das siedende Fett. »Ich wage zu behaupten, dass du den mächtigsten Gegner besiegen könntest, wenn du gründlich nachdenkst und überlegt vorgehst.« Sie zwinkerte ihm zu. »Aber vielleicht bin ich auch ein kleines bisschen voreingenommen.«

Finlay lächelte. Inzwischen hatte er so viel von seinem Mut zurückgewonnen, dass er den Zorn seiner Mutter riskierte und zwei von den Kuchen stibitzte. Als seine Mutter in gespielter Entrüstung aufschrie, grinste er noch breiter. »Ich muss mich stärken, sonst kann ich kein Holz hacken.«

»Oh, die Kühnheit deines Vaters und mein Verstand. Du bist ein furchterregender Gegner, Finlay MacCormac«, neckte Alienor ihren Sohn. »Und jetzt ab mit dir und erledige deine Arbeit, bevor du ganz und gar vergisst, dass du genügend zu tun hast.«

Finlay winkte, als er hinaushuschte. Während er sorgfältig seine Axt schärfte, rasten seine Gedanken.

Seine Mutter hatte Recht. Er musste seine Rivalen irgendwie überlisten, sonst würde er Mhairi für immer verlieren. Sein Herz krampfte sich zusammen, wenn er daran dachte, dass sie einen anderen heiraten könnte.

Nein, er musste sein Bestes tun, um sie davon abzuhalten, sich einen anderen zum Mann zu nehmen. Möglicherweise gewann er nicht ihre Hand, aber er durfte zumindest nichts unversucht lassen.

Er machte kurzen Prozess mit dem Holzhaufen, und nicht nur der köstliche Kuchen seiner Mutter verlieh ihm die Kraft, seine Arbeit in ungewöhnlicher Geschwindigkeit zu erledigen. Mit jedem Axthieb wuchs Finlays Entschlossenheit.

Er konnte Mhairi für sich gewinnen.

Hieß es nicht, dass der Wille Berge versetzen konnte?

8

Unter anderen Umständen wäre Bayard versucht gewesen, anzunehmen, dass alles gut war. Aber seine Auserwählte hatte ihn schon öfter als einmal überrascht, und er ging nicht davon aus, dass sie es nie wieder tun würde.

Sie war sprunghaft und nicht gut einzuschätzen, seine Esmeraude.

Bayard lag neben ihr. Er hatte sich fest vorgenommen, wach zu bleiben, obwohl er todmüde war. Er musste sich eingestehen, dass diese Impulsivität die anziehendste Eigenschaft von Esmeraude war. Er hatte die Ehe immer nur als Pflicht angesehen – eine Pflicht, die ein gewisses Vergnügen in sich barg, die ihn jedoch nie über Gebühr beschäftigen würde. Er brauchte eine Ehefrau, weil er Söhne brauchte. Es wäre ein ganz simples Arrangement.

Und jetzt brauchte er *diese* Frau, weil er in den Besitz von Montvieux kommen musste, um es Richard zu unterstellen und so die Sicherheit der Familie zu gewährleisten. Auch das war simpel.

Aber bei Esmeraude war nichts so einfach. Bayard hätte im Leben nicht damit gerechnet, dass eine einzelne Frau ihn so in Atem halten würde wie Esmeraude, und gewiss hätte er nie erwartet, dass irgendeine Frau mit ihren Eskapaden sein Leben bestimmte. Er hätte verstanden, dass sein Vorhaben, nicht aus Liebe zu heiraten – wie seine Eltern es getan hatten –, die Leidenschaft im Ehebett dämpfte würde, und sich ebendiese Leidenschaft woanders gesucht. Bayard warf einen Blick auf seine schlafende Verlobte und lächelte.

Esmeraude weckte immer wieder seine Aufmerksamkeit, und Bayard nahm an, dass sich das wohl nie ändern würde. Er mochte ihr Temperament und ihr Feuer. Und die Flausen von der wahren Liebe hatte er ihr mit vernünftigen Argumenten ausgetrieben, davon war er überzeugt. Jetzt lag sie an ihn gekuschelt da; ihr Haar war zerzaust und das Gesicht gerötet.

Es war ganz still auf der Lichtung, und Bayard verspürte einen inneren Frieden wie schon lange nicht mehr. Sein Vorhaben entwickelte sich prächtig. Er lehnte sich zufrieden zurück und gähnte ausgiebig, während er die vorbeiziehenden Wolken am Himmel beobachtete.

Trotz allem plagten ihn Schuldgefühle. Er konnte nicht abstreiten, dass er seiner Lady nicht die Wahrheit gesagt hatte. Eigentlich dürfte ihn diese eine Lüge nicht belasten, weil er damit Montvieux retten und hehren Zielen dienen konnte.

Dennoch.

Er besaß keine Ländereien, noch nicht – nicht, bis Esmeraude ihm ihr Ja-Wort gab und Margaux von der Vermählung erfuhr. Und im eigentlichen Sinne war Montvieux nicht sein ererbtes Gut, auch wenn man anführen könnte, dass es im Grunde so sein müsste. Schlimmer noch, er *würde* Esmeraude wegen eines Besitzes heiraten, wenn auch nicht wegen des bescheidenen Ceinn-beithe.

Er kannte seine Auserwählte mittlerweile gut genug, um zu wissen, dass dieser feine Unterschied keine Bedeutung für sie hatte.

Esmeraude durfte die Wahrheit niemals erfahren. Sie würden gemeinsam nach Frankreich reisen, Esmeraude würde miterleben, wie er das Siegel von Montvieux in Empfang nahm, und nie die ganze Geschichte hören.

Solange keins seiner Familienmitglieder ihr die Geschichte erzählte. Sein Herz krampfte sich zusammen, obwohl er wusste, dass sie ihn schlimmstenfalls abweisen konnte, doch das allein war schon beunruhigend. Er schielte zu ihr, aber auch ihr Anblick beschwichtigte ihn nicht.

Dann kam ihm ein angenehmer Gedanke. Wenn die Familie die Gelegenheit bekam, ihr die Wahrheit zu offenbaren, war sie vielleicht bereits schwanger. Möglicherweise hatte er schon gestern oder heute ein Kind gezeugt. Die Enthüllungen würden sicherlich Esmeraudes Zorn wecken, aber keine Frau verließ ihren Mann, wenn sie ein Kind erwartete.

Oder wäre sie dazu imstande?

Würde überhaupt eine Frau einen solchen Wohlstand und die Bequemlichkeit, die er ihr in Montvieux bieten konnte, aufgeben, um ihr Leben außerhalb der Burgmauern zu fristen? Selbst wenn sie dazu bereit wäre, würde sie ihrem Kind doch nicht ein so armseliges Schicksal zumuten, oder?

Bayard musterte seine unberechenbare Verlobte und war sich keineswegs sicher. Aber was für eine andere Wahl hatte er? Esmeraude hatte keinen Hehl daraus gemacht, wie erbost sie darüber war, dass die Männer nur wegen eines Besitzes um sie freiten – ob es sich dabei um Ceinn-beithe oder Montvieux handelte, spielte keine Rolle, so viel hatte er verstanden. Und er wusste, dass sie ansonsten nichts gegen sein Werben einzuwenden hatte, denn sie hatte ihn mit Freuden auf ihrem Lager willkommen geheißen. Er durfte sie nicht wegen einer solchen Lappalie verlieren.

Er zog seine Esmeraude näher an sich und lächelte, als sie sich an ihn schmiegte. Ja, seine Lüge war eine unbedeutende Lappalie, aber leider notwendig.

Oder nicht?

Esmeraudes Kopf lag so vertrauensselig an seiner Brust, und Bayard kam sich vor wie ein Schweinehund, aber ihm war klar, dass er einen weisen Entschluss gefasst hatte. Sie würden heiraten, und zwar bald, und glücklich und zufrieden in Montvieux leben.

Hoffentlich. Bayard sollte sich besser Mühe geben, seine Braut bald zu schwängern, auch wenn die Leute die Monate an den Fingern abzählen und tuscheln würden, weil ihr Kind zu früh nach der Hochzeit zur Welt kam. Seine Lady schien erfreulicherweise mit seinen Absichten vollkommen einverstanden zu sein.

»Was geschah dann?«, murmelte Esmeraude. Bayard zuckte zusammen, als er ihre Stimme hörte.

Er schaute auf sie herunter und sah, dass sie die Augen kaum geöffnet hatte – nur ein silberner Schimmer war zwischen den üppigen Wimpern zu erkennen. Sie sah aus wie eine satte Katze, und er war stolz darauf, dass er derjenige war, der ihr diese Zufriedenheit verschafft hatte. Er zog eine Augenbraue hoch – er verstand ihre Frage nicht, und als sie lächelte, hatte er gute Lust, sie noch einmal vor Wonne aufschreien zu lassen.

Sie stützte sich auf die Ellbogen und merkte augenscheinlich gar nicht, dass ihr Hemd vorn weit offen stand. *Sein* Hemd. Der plötzlich aufkommende Besitzerstolz erstaunte Bayard. Ihr Haar umflutete ihre Schultern, ihre Lippen waren rot und leicht geschwollen von seinen Küssen. Die Sirenen konnten nicht verführerischer gewesen sein, davon war Bayard überzeugt.

»Erzähl mir, was aus Tristran und Iseut geworden ist«, forderte Esmeraude ihn auf und tippte ihn spielerisch mit einer Fingerspitze an. »Du hast gesagt, dass sie ihn in ihrem Bett willkommen geheißen hat.«

Bayard lächelte. »Ich nehme an, dass genau das geschah, was auch hier geschehen ist. Ich könnte es dir ja noch einmal zeigen, wenn du möchtest.«

Esmeraude legte sich zurück und lachte leise, als er sich mit funkelnden Augen über sie beugte. »Aber ich will lieber den Rest der Geschichte hören. Was geschah danach?«

Bayard raubte ihr einen Kuss, der rasch eine eigene Hitze entwickelte. »Vielleicht haben sie die Tat wiederholt«, murmelte er.

Esmeraude kicherte und spähte wachsam zu den anderen, die nach wie vor schliefen. »Was taten sie, nachdem sie sich geliebt haben?« Sie gab seiner Schulter einen Schubs. »Du musst es mir erzählen.«

»Vielleicht solltest du mich dazu *überreden*.«

Sie stürzte sich auf ihn, aber zu seiner Verblüffung fing sie an, ihn zu kitzeln, um ihre Forderung durchzusetzen. Sie wälzten sich wie Kinder auf dem Umhang und bemühten sich, ihr Gelächter zurückzuhalten. Bayard war schon Ewigkeiten nicht mehr gekitzelt worden. Esmeraudes Lachen war das schönste Geräusch, das er seit Jahren gehört hatte. Er grinste, als er herausfand, dass sie an den Füßen besonders empfindlich war.

Er folterte sie, bis sie ihn um Gnade anflehte, doch als er seinen Siegerkuss forderte, wich sie ihm aus. Sie schlüpfte in Windeseile hinter ihn und kitzelte ihn unter den Armen. Er konnte sich kaum halten vor Lachen.

»Ergib dich, Bayard«, flüsterte sie ihm ins Ohr.

»Ich ergebe mich!« Er schnappte nach Luft und wand sich hilflos.

»Oooh, ein Ritter ergibt sich einem schwachen Mädchen.« Esmeraude lachte. »Ich muss einen Zeugen haben, denn das wird mir niemand glauben. Vielleicht sollten wir die anderen wecken.«

»Ich habe dir gesagt ...« Bayard beendete den Satz nie, weil sie rittlings auf ihn sprang. Sie umfasste seine Handgelenke und drückte sie auf den Boden. Sie war so siegessicher, dass Bayard nicht den geringsten Wunsch verspürte, sich zu befreien.

»Ja, du hast gesagt, dass ich heute Nacht nichts brauche, nur dich«, wisperte sie. Sie beugte sich über ihn und bot ihm einen verlockenden Ausblick auf ihre Brüste. »Aber die Wahrheit ist, dass ich jetzt das Bedürfnis habe, die Geschichte zu Ende zu hören, die nur du mir erzählen kannst. Wirst du meinen Wunsch erfüllen oder nicht?« Sie untermalte ihre Bitte mit einem Kuss, der seine Seele anrührte.

»Vielleicht bist du doch nicht so unschuldig, wie ich dachte«, neckte er sie, als er seine Sprache wiedergefunden hatte.

Bayard gluckste leise, als sie ihn erneut küsste.

»War das Überredung genug?«, erkundigte sie sich keck.

Er schüttelte den Kopf und war neugierig, was ihr als Nächstes einfallen würde. »Ich kann sehr entschlossen sein.«

Esmeraude verdrehte die Augen. »Bei uns hier nennt man das Sturheit«, schalt sie ihn, dann ließ sie sich auf ihn fallen. Sie küsste seinen Hals, dann hauchte sie ihm so leise ins Ohr, dass ihn ihr Atem zum Schaudern brachte: »Aber ich wette, ich bin noch starrköpfiger als du, mein edler Ritter.«

Gegen diese Art von Eigensinn hatte Bayard wenig einzuwenden. Sie liebten sich noch einmal mit süßer Zartheit und nahmen die Kälte, die sie umgab, gar nicht wahr. Dann kuschelten sie sich ineinander verschlungen in Bayards Umhang. Nebel stieg vom Waldboden auf und verhüllte den Untergrund. Das kam Bayard gut zupass, denn der Nebel brachte eine klamme Kälte mit sich, die seine Lady dazu veranlasste, sich dicht an ihn zu drücken.

Bayard begegnete Esmeraudes erwartungsvollem Blick, dann seufzte er in gespielter Ergebung, strich mit der Fingerspitze über ihre Wange und lächelte über die Vorfreude, die aus ihren Augen blitzte. »Ich denke, ich könnte die Geschichte noch ein wenig weitererzählen.«

»Ich will sie bis zum Ende hören!«

»Sie ist verdammt lang. Es könnte ein ganzes Leben dauern, bis ich damit fertig bin.«

Das schien sie nicht abzuschrecken. »Dann erzähl mir jetzt einen Teil.«

Und das tat er.

Die beiden liebten sich während der Seereise, bis der schicksalhafte Tag der Ankunft anbrach. Ihr Schiff landete an der Küste von Cornwall. König Marks Braut wurde vom Volk willkommen geheißen, und der König war hocherfreut, da Tristran ihm seinen Wunsch so ergeben erfüllt hatte, Iseut wurde in königliches Rot gekleidet, und eine Krone hing über dem ehelichen Bett …

»Warte!«, hauchte Esmeraude entsetzt und rückte von Bayard ab. »Iseut hat den König doch nicht geheiratet, oder?«

Bayard verstand ihre Empörung nicht. »Natürlich hat sie ihn geheiratet.«

»Aber sie liebte Tristran!«

»Das spielt keine Rolle. Sie selbst hatte zugesagt, sich mit dem König zu vermählen, und war ihm demzufolge versprochen.«

Esmeraude setzte sich auf. Sie war regelrecht aufgewühlt, und Bayard konnte sich nicht erklären, warum sie die Sache so wichtig nahm. Es war kaum zu übersehen, dass sie in diesem Punkt unterschiedlicher Ansicht waren – und da es um Verlobungen und das Einhalten von Versprechen ging, hielt es Bayard für nötig, sich mit ihr zu einigen.

»Aber sie hat dieser Ehe zugestimmt, *bevor* sie sich in Tristran verliebte«, beharrte Esmeraude. »Ihr Herz hat sich anders entschieden, und sie hätte sich von der Vereinbarung zurückziehen können.«

Bayard ahnte, dass sie sich auf gefährlichem Terrain bewegten, und er hielt es für nötig, Esmeraude die sentimentalen Flausen auszutreiben. Lieber Himmel, mit dieser Einstellung könnte sie ihm jederzeit durchbrennen, wenn sie ihre »wahre Liebe« gefunden hatte. Was wurde dann aus seiner Familie und seinen Zielen?

»Die Regungen ihres Herzens waren unbedeutend«, erklärte er entschiedener als beabsichtigt. »Sie hatte ihr Wort gegeben, und ihre Eltern waren mit dieser Eheschließung einverstanden, deshalb hatte sie gar keine andere Wahl, als König Mark zu heiraten.«

Esmeraude rückte noch weiter von ihm ab. »Unsinn – sie *hatte* die Wahl. Sie hätte ihrem Herzen folgen und Tristran heiraten müssen. Sie hätte alles Menschenmögliche tun müssen, um letzten Endes mit ihrer wahren Liebe zusammenzukommen.«

Jetzt setzte sich Bayard ebenfalls auf, denn es war offensichtlich, dass die intime Atmosphäre zwischen ihnen verflogen war. »Statt zu ihrem Schwur zu stehen?«, fragte er nach – er fand diesen Gedanken ungeheuerlich, zudem war er so erschöpft, dass er für solche Torheiten kaum Geduld aufbringen konnte. »Willst du damit sagen, dass man ein Wort nur halten muss, wenn es einem in den Kram passt?«

»Sie hat die falsche Wahl getroffen.«

»Sie hat sich nur ehrenhaft verhalten.«

Sie funkelten sich an – der eine war so von der Richtigkeit seines Standpunktes überzeugt wie die andere. Esmeraude stand auf und band mit hastigen Bewegungen die Bänder ihres Gewandes zu, während sie Bayard den Rücken kehrte.

Mittlerweile war es noch kälter auf der Lichtung geworden, obwohl das erste graue Licht des Tages den östlichen Himmel erhellte. Bayard erhob sich ebenfalls und richtete seine Kleidung. Er verspürte nicht den geringsten Drang, die Unterhaltung fortzusetzen.

Er war äußerst verärgert darüber, dass Esmeraude seine Argumentation nicht verstand und ihm nicht Recht gab.

Zudem beunruhigte ihn, dass sie in einem so wichtigen Punkt nicht übereinstimmten.

Esmeraude drehte sich unvermittelt zu ihm um und sah ihn flehentlich an. »Glaubst du nicht an die Liebe? Misst du der Liebe, die Iseut und Tristran gefunden haben, keinen Wert bei?«

»Sie *fanden* diese Liebe – ganz recht. Sie war ein Ergebnis des Zaubertranks, mehr nicht.« Bayard war überzeugt, dass Esmeraude dieser Logik nichts entgegenzusetzen hatte, und er fuhr enthusiastischer fort: »Der Trank hatte eine Wirkung von drei Jahren, mehr nicht. Man kann sein Wort nicht wegen einer vorübergehendem Tollheit brechen.«

Esmeraude lächelte. »Und weil die Empfindung von einem Zauber hervorgerufen wurde, weigerst du dich, ihr zu trauen? Wenn es echte Liebe gewesen wäre, würdest du dann immer noch sagen, dass ihre Entscheidung richtig war?«

Es war offensichtlich, welche Antwort sie von ihm erwartete, aber Bayard schüttelte den Kopf. Es stand bereits eine Lüge zwischen ihnen, und das war genug. »Ein Schwur ist etwas Heiliges. Iseut hat ein feierliches Versprechen gegeben, und es war ihre Pflicht, es einzuhalten.«

Man sah Esmeraude an, wie enttäuscht sie von ihm war. »Selbst wenn sie dabei unglücklich wird?«

Bayard berührte ihre Schulter und hoffte, sie besänftigen zu können. »Sie könnte mit der Zeit auch mit dem König glücklich werden. Die Zuneigung zwischen ihnen könnte mit den Jahren wachsen.«

Esmeraude war immer noch nicht beruhigt. »Aber sie hat ihn nicht geliebt.«

»Trotzdem.«

Esmeraude rollte aufgebracht mit den Augen. »Sie konnte sich nicht in Mark verlieben, da ihr Herz schon an Tristran vergeben war, Bayard. Die Liebe geht nicht solche Wege.«

»Zumindest nicht in den Geschichten«, erwiderte er.

»Auch nicht im wahren Leben. Jedem Menschen begegnet nur einmal die wirkliche Liebe. Iseut hat ihre in Tristran gefunden, und sie hat einen schrecklichen Fehler gemacht, als sie König Mark heiratete.«

»Nein, wenn sie es nicht getan hätte, dann hätte sie wegen einer Verrücktheit ihr Wort gebrochen.«

Esmeraude riss die Augen auf. »Wegen einer Verrücktheit?«

»Ja, Liebe ist so etwas wie Fieber, mehr nicht.«

Esmeraude wich entsetzt zurück.

Bayard war der sicheren Überzeugung, dass er sie in gemäßigtem Ton über ihren Irrglauben aufklären musste, auch wenn er noch so verärgert war. »Esmeraude, Liebe ist eine Laune, die Bauern und Narren vorbehalten ist. Kein vernunftbegabter Mensch würde sich zu ihnen zählen wollen.«

Esmeraude stieg die Röte ins Gesicht »Aber ich habe gehört, dass dein Vater deine Mutter so sehr verehrt hat, dass er keine andere Frau an seiner Seite dulden wollte. Alle

Welt weiß, dass er hartnäckig um sie geworben und so ihr Herz gewonnen hat.«

»Es ist wahr, mein Vater ist unglaublich vernarrt in meine Mutter.«

»Du sagst das so, als wäre es eine Schwäche.«

»Das ist es auch.«

Esmeraudes Augen wurden kugelrund, und sie trat ein paar Schritte zurück.

Bayard folgte ihr; er war fest entschlossen, sie zur Vernunft zu bringen. »Versteh mich nicht falsch, meine Mutter ist eine wunderbare Frau – eine liebevolle Mutter und eine großartige Gutsherrin. Aber mein Vater hat viel geopfert, um sie zu seiner Gemahlin machen zu können – meiner Ansicht nach zu viel.«

»Du sprichst von ihr, als wäre sie ein Möbelstück.«

Bayard runzelte die Stirn und fuhr ihr durchs Haar. Er war niedergeschlagen, weil er Esmeraude nicht von seiner Sichtweise überzeugen konnte. »Es ist einfach unvernünftig, Esmeraude. Seine Liebe zu ihr war eine Schwäche, die von seinen Widersachern ausgenutzt wurde.«

»Wie?«

Bayard widerstrebte es, diese Diskussion fortzusetzen, aber er wusste, dass sich seine Auserkorene nur mit der ganzen Wahrheit zufrieden geben würde. »Vor sieben Jahren zeigte ein Nachbar Ambitionen, Villonne an sich zu reißen. Er wusste, wie sehr mein Vater meine Mutter liebte, und nahm sie gefangen. Er schwor, sie zu töten, wenn ihm mein Vater Villonne nicht freiwillig übergab.«

Esmeraude sah in erschrocken an. »Und ist er auf die Bedingungen eingegangen?«

»Ja«, antwortete Bayard bitter. »Genau wie er Jahre zuvor Montvieux abgetreten hat, als meine Großmutter gegen seine Heirat war.«

»Aber …«

»Aber der Nachbar war zum Glück für meinen Vater nicht sehr geschickt und umsichtig. Mein Vater hat Erfahrung in Kriegführung, und es gelang ihm, sowohl meine Mutter als auch Villonne zurückzuerobern.« Bayard schüttelte den Kopf, als er sich daran erinnerte, wie wenig Interesse sein Vater daran gehabt hatte, der Familie die Ländereien zu erhalten. »Die Sache hätte auch anders ausgehen können.«

Esmeraude stemmte die Hände in die Hüften. »Und du bist ungehalten, weil dich sein beherztes Eintreten für seine Angebetete dein Erbe hätte kosten können?«

Bayard knirschte mit den Zähnen. »Es war töricht, ein solches Risiko einzugehen! Ein Landbesitzer hat die Pflicht, sein Gut zu halten und zu verteidigen, und alle Bewohner und Pächter sind davon abhängig, dass der Lord Entscheidungen zu ihrem Besten trifft. Und zudem hätte meine Mutter bei der Rückeroberung ums Leben kommen können. Es war ausgesprochen unvernünftig.«

»Also sollten wir alle um der Vernunft willen jemanden heiraten, den wir verabscheuen«, versetzte sie schneidend. »Dadurch können wir unsren Besitz besser schützen.«

»Es besteht kein Grund zu übertreiben«, schalt Bayard. »Eine andere Frau – eine, die meinen Vater keinen so hohen Preis gekostet hätte – wäre ihm vielleicht eine ebenso gute Gemahlin gewesen. Die Liebe hat ihn blind gemacht, und so etwas ist nicht nur einmal vorgekommen.«

Esmeraude schnappte aufgebracht nach Luft, aber Bayard hielt eine Hand hoch, damit er zu Ende sprechen konnte. »Ich habe vor langer Zeit geschworen, auf keinen Fall zuzulassen, dass eine solche Schwäche meine Ambitionen behindert. Du siehst doch sicher ein, dass das sinnvoll ist, oder? Du musst erkennen, dass alle Beteiligten sicherer sind, wenn diese Tollheit namens Liebe nicht im Spiel ist.«

»Es wäre für deine Mutter nicht sicherer gewesen, wenn dieser Nachbar sie getötet hätte.«

»Wenn nicht überall bekannt gewesen wäre, dass er eine so unvernünftige Liebe zu meiner Mutter empfindet, wäre sie niemals entführt und als Unterpfand benutzt worden. Der Nachbar hätte Villonne angegriffen, und es wäre zu einer Schlacht zwischen Männern gekommen, wie es sein sollte. Das verstehst du doch?«

Esmeraude starrte ihn ausdruckslos an. »Dann wirst du deine Frau nicht lieben?«

»Es ist eine Frage des Prinzips. Ein Mann mit Verstand kann nur an das glauben, was er mit Händen greifen kann.«

»Also würdest du mich heiraten, um das zu bekommen, was du mit Händen greifen kannst? Oder in dein Bett legen?«

Es war offensichtlich, dass dieses Gespräch nicht günstig verlief. Esmeraude reckte das Kinn vor, und in ihren Augen loderte ein Feuer, aber es war nicht dieselbe Flamme, die zuvor dort gebrannt hatte.

Bayard ging einen Schritt auf sie zu und senkte die Stimme. »Ich habe nichts dagegen, dass die Zuneigung zwischen Mann und Frau mit der Zeit erblüht, aber ich würde nie allein aufgrund einer Vernarrtheit heiraten. Liebe ist ein schlechter Lehrmeister und einer, der schon viele Menschen ins Verderben gestürzt hat.«

»Wenn du das sagst, dann muss es ja stimmen«, versetzte Esmeraude spitz.

Bayard kniff die Augen zusammen – dieser plötzliche Sinneswandel weckte seinen Argwohn –, aber Esmeraude bedachte ihn mit einem strahlenden Lächeln.

Lernte seine Auserwählte, fügsam zu sein? Das wäre eine angenehme Überraschung.

Esmeraude neigte leicht den Kopf. »Ich würde jetzt gern mit Célie sprechen, wenn du mich entschuldigst.«

Bayard musterte seine Verlobte skeptisch. »Ist etwas nicht in Ordnung?«

Aber die Lady tätschelte nur beschwichtigend seinen Arm; ihre Launen wechselten so schnell wie der Sommerhimmel. »Was soll nicht in Ordnung sein?« Sie lächelte kess. Von allen Frauen, die Bayard kannte, war Esmeraude das größte Rätsel. »Ich möchte meiner Zofe sagen, dass ich das gestrige Abenteuer heil und gesund überstanden habe, das ist alles. Wenn du mich jetzt bitte entschuldigst.«

Esmeraude wandte sich ab und ließ Bayard stehen. Er fragte sich, was in ihrem hübschen Köpfchen vor sich ging. Sie wirkte so heiter, dass er halb überzeugt war, er hätte aus einer Mücke einen Elefanten gemacht ... und trotzdem ...

Er rieb sich die Nase. Er war nach den Liebesnächten und wegen Schlafmangels viel zu müde, um dieses Rätsel zu lösen.

Zumindest schien Esmeraude, was immer sie auch so aufgebracht hatte, überwunden zu haben. Und er war froh, dass er seinen Standpunkt deutlich gemacht hatte. Vielleicht kam sie ja zur Einsicht. Möglicherweise hatte sie sich aber auch dazu entschlossen, kein Wort mehr darüber zu verlieren.

Bayard beobachtete, wie vergnügt Esmeraude ihre Zofe begrüßte, und war beruhigt. Es kam ihm sehr entgegen, dass sie die Diskussion beendet hatte, denn sie konnten noch jahrelang über diese Angelegenheit streiten.

Nach ihrer Hochzeit.

Die Knappen wachten auf, tausend Fragen wurden gestellt, und Bayard verteilte die Aufgaben. Es gab vor dem

Aufbruch so viel zu tun, dass Bayard keine Zeit blieb, sich über die Launen seiner Verlobten den Kopf zu zerbrechen.

Ja, sie konnten zum abendlichen Mahl in Ceinn-beithe sein und vielleicht gleich danach ihre Ehegelübde sprechen. Bayard dachte noch weiter voraus und freute sich darauf, gleich bei Tagesanbruch loszureiten, um den König zu treffen. Er spähte zum Himmel und hoffte, seine Lady sicher nach Hause bringen zu können, bevor der Regen kam, der sich zusammenbraute.

Also: zuerst nach Ceinn-beithe und dann die Hochzeit. Bayard konnte es gar nicht schnell genug gehen.

Es war gut, dass Esmeraude die Herausforderung liebte. Das größte Abenteuer ihres Lebens bestand darin, das Herz dieses Ritters zu gewinnen. Er würde sich sicherlich nicht kampflos ergeben.

Aber ein Mann, der Balladen sang und Geschichten erzählte, um sie anzulocken, ein Mann, der sie neckte, ihr Freude bereitete und der so viel Fürsorge für alle bewies, die in seiner Obhut standen, war nicht herzlos. Esmeraude fand, dass sich Bayard verräterisch heftig gegen die Liebe ausgesprochen hatte – bestimmt hegte er insgeheim ganz andere Gefühle und wollte sich mit so flammenden Reden nur selbst überzeugen.

Ja, er hatte sein Herz verschlossen. Vielleicht war es einmal so schlimm verwundet worden, dass er versuchte, in Zukunft solchen Schmerz zu vermeiden. Sie sah verstohlen zu ihm; sie konnte sich gut vorstellen, dass es eine Menge Frauen gab, die um seine Gunst buhlten.

Offensichtlich war er noch nie jemandem begegnet, der so zielstrebig und entschlossen war wie sie. Das war ein weiteres Zeichen, dass sie füreinander bestimmt waren, dass sie die richtige Frau für ihn war. Esmeraude würde nicht nur sein Herz entblößen, sondern ihn auch noch dazu bringen, zuzugeben, dass er Gefühle hatte und wie mächtig sie waren. Immerhin stand nicht weniger als ihr Lebensglück auf dem Spiel.

Esmeraude hatte gehofft, mit Célie, die in ihren Tagen in Frankreich viele Ritter gesehen hatte, über ihre Eindrücke sprechen zu können, aber diese Hoffnung zerschlug sich rasch. Ihre Zofe umarmte sie freudig, dann zählte sie all die wunderbaren Eigenschaften von Bayard auf.

Esmeraude steckte in einer Zwickmühle. Sie war entschlossen, Bayards Herz zu erobern, und zwar noch vor der Hochzeit. Die Schwierigkeit war nur, dass ihr nicht einfiel, wie sie das anstellen sollte. Sie beobachtete ihn unter halb geschlossenen Lidern und musste sich eingestehen, dass sie noch nie einen Mann wie ihn kennen gelernt hatte.

Bayard würde ihr bei der selbst gestellten Aufgabe bestimmt keine Hilfe sein.

Plötzlich fiel Esmeraude etwas ein. Der einzige Mann, der Bayard ähnlich war, war mit ihrer Stiefschwester Jacqueline verheiratet. Jacqueline, die zehn Jahre älter als Esmeraude war, hatte ihre wahre Liebe gefunden. Angus war nicht nur ein Ritter und Krieger wie Bayard, sondern ebenso skeptisch, was die Liebe anging.

Es gab keinen anderen Weg, Esmeraude musste Jacqueline um Rat fragen und nach Airdfinnan reiten.

Zu Hause waren nur ihre Eltern. Duncan, Esmeraudes Stiefvater, der ihre Mutter für sich gewonnen hatte, war nach eigener Aussage ein Poet, demnach hatte ihre Mutter keine Erfahrung mit widerspenstigen Rittern und konnte ihr bei dieser schwierigen Aufgabe nicht weiterhelfen. Esmeraude konnte sich vorstellen, dass Duncan bereitwillig von Liebe und ihrem Zauber sprach und dass er sehr wohl wusste, wann er von Empfindungen durchdrungen war. Er schämte sich nie, seine Zuneigung zu zeigen, während sich ihr Schwager Angus immer äußerst zurückhaltend gab.

Es war kaum vorstellbar, dass der resolute Angus überhaupt zärtliche Geständnisse machte, gleichgültig, was er fühlte. Vielleicht hatten alle Männer des Krieges eine ähnliche Einstellung wie Bayard. Jacqueline wusste ganz bestimmt mehr – und vielleicht hatte sie den Schlüssel zum Herzen eines Ritters.

»Bayard ist ein so edler Mann, Esmeraude«, schwärmte Célie. »Ein wohlhabender Ehrenmann mit ritterlichen Absichten. Ich weiß, dass er Euch für den Rest Eurer Tage glücklich machen wird.«

Esmeraude brachte ein Lächeln zustande, sagte aber nichts. Tausend Gedanken wirbelten ihr durch den Kopf. Würde Bayard freiwillig mit ihr nach Airdfinnan reiten?

»Liebe Güte, Ihr werdet bald ein Kind haben. Und Ihr könnt sicher sein, dass ein Mann, der sich so um die Seinen sorgt, wie dieser Ritter, ein guter Vater sein wird.« Célie seufzte verzückt. »Kinder. Oh, wie ich die Kleinen liebe. Ich muss gestehen, dass ich immer gehofft habe, Eure Mutter würde einem Sohn das Leben schenken. Mädchen sind schön und gut, und Ihr ward ein bezauberndes kleines Ding, aber ein Junge ist etwas Besonderes.« Die Zofe warf Esmeraude einen schlauen Blick zu. »Vielleicht bekommt Ihr einen Sohn.«

»Möglich.« Esmeraude musste über Wichtigeres nachdenken als darüber, was für Kinder sie und Bayard haben würden.

Célie brach den Brotlaib mit mehr Gewalt auseinander, als nötig gewesen wäre. Damit weckte sie Esmeraudes Aufmerksamkeit. Die Zofe zerzupfte das Brot regelrecht, obwohl die Stücke schon klein genug waren.

Célie senkte die Stimme zu einem Flüstern, während sie

eines der Stücke vollkommen zerkrümelte. »Vielleicht braucht Ihr ein altes Mädchen, das sich ein bisschen mit der Pflege von kleinen Kindern auskennt«, murmelte sie und sah zu Esmeraude auf. »Esmeraude, möglicherweise habt Ihr Verwendung für *mich* in Eurem neuen Haushalt.«

In Célies Augen glomm ein Hoffnungsschimmer. Als Esmeraude nicht sofort antwortete, fuhr sie hastig fort: »Ich bin noch nicht zu alt, um Euch zu Diensten zu sein, Esmeraude, und ich würde so gern Frankreichs Küsten wiedersehen. Ich nehme wenigstens an, dass die Ländereien Eures Ritters an Frankreichs Küste liegen. Und falls Ihr einen Sohn zur Welt bringt, kann ich Euch helfen und ...«

»Célie!« Esmeraude legte eine Hand auf die Schulter der Zofe; sie war gerührt, dass die ältere Frau sich so sehr wünschte, bei ihr zu bleiben. »Selbstverständlich wirst du mich begleiten, wenn du es willst. Ich hatte gehofft, dass du mit mir kommst, aber ich dachte, es wäre dir lieber, hier zu bleiben.«

Célie schloss die Augen und biss sich auf die Lippe, dann schüttelte sie den Kopf. »Nein, Esmeraude. Ich würde viel lieber bei Euch sein.«

»Aber du lebst jetzt schon fast achtzehn Jahre hier.«

»Nein, ich war fast achtzehn Jahre *bei Euch*.« Die Zofe schlug die Augen auf und lächelte. Tränen hingen an ihren Wimpern. »Es ist kein Scherz, dass ich Euch wie mein eigenes Kind ins Herz geschlossen habe, Esmeraude, obwohl ich erst zu Euch kam, als Ihr zwei Jahre alt ward. Ich würde mich sehr geehrt fühlen, wenn ich Eure Kinder auf dem Schoß wiegen dürfte. Ich bin noch nicht zu alt, um mir meinen Lebensunterhalt zu verdienen – darum braucht Ihr Euch keine Gedanken zu machen.«

»Du brauchst niemals Angst um deinen Lebensunterhalt

zu haben«, schalt Esmeraude sie sanft. »Du bist für mich auch wie eine nahe Verwandte, und ich würde mich sehr freuen, ein vertrautes Gesicht in meinem Haushalt zu haben, wo immer er auch sein mag.«

Sie schaute zu Bayard und überlegte, wo sich seine Ländereien befinden mochten. Dieser Mann hatte die seltene Gabe, sie von den Angelegenheiten abzulenken, die ihr wichtig sein sollten.

Die Zofe nickte und beschäftigte sich wieder mit dem Brot. »Es wird anders sein in Frankreich, darauf könnt Ihr Euch verlassen. Die Menschen dort sind förmlicher, und sie haben viel prachtvollere Häuser, als wir sie hier kennen.«

»Hat er dir erzählt, dass sein Besitz in Frankreich ist?«

Célie blinzelte. »Ist er das nicht? Ich hatte es angenommen.«

Es war eine vage Vermutung, aber Esmeraude musste sich Gewissheit verschaffen. »Dann sollst du meine Tutorin sein«, schlug sie lächelnd vor. »Du weißt sicher noch, was sich schickt und was nicht, und kannst mich davor bewahren, schlimme Fauxpas zu begehen.« Esmeraude wischte eine Träne von der Wange ihrer Zofe. »Keine Angst, Célie«, sagte sie sanft. »Ich werde dich immer brauchen.«

»Ich danke Euch, Esmeraude!« Célie schniefte. Die beiden umarmten sich, dann betrachteten sie das zerzupfte Brot. Es war nur noch ein kläglicher Haufen Krümel, und die zwei Frauen fingen an zu lachen. Diese Brocken konnten sie den Männern nicht mehr zum Frühstück anbieten.

»Stimmt etwas nicht?«, fragte Bayard.

Esmeraude drehte sich zu ihm um. Sein fragender Blick huschte von einer zur anderen.

»Nein. Ich habe Célie nur versichert, dass sie immer meine Begleiterin sein wird, wohin es mich auch verschlägt.« Esmeraude hob den Kopf und überlegte, ob er Einwände gegen ihre Entscheidung erheben würde. Schließlich hatte sie, ohne sich vorher mit ihm abzusprechen, seinen Haushalt um eine Person vergrößert, und sie konnte nicht ahnen, was er von ihr erwartete.

»Gut«, erwiderte Bayard knapp. Er schien keine Zeit zu haben, sich um solche Kleinigkeiten zu kümmern. »Zweifellos wird es ein Trost für Euch sein, eine Vertraute in meinem Haus zu haben.«

Er warf einen Blick auf das zerkrümelte Brot und runzelte die Stirn. »Vielleicht sollten wir warten und zu Mittag richtig essen.« Er nickte, nachdem er diesen Entschluss gefasst hatte. »Ja, wenn wir schnell reiten, könnten wir es bis mittags nach Ceinn-beithe schaffen. Kommt, wir wollen sofort aufbrechen.«

»Ceinn-beithe?«, wiederholte sie, als wäre sie überrascht. In Wahrheit wunderte sie sich kein bisschen. Bayard schien ein Mann zu sein, der keine Zeit vertändelte, wenn er sich einmal zu etwas entschlossen hatte.

Es sah sie durchdringend an. »Natürlich. Wohin sonst sollten wir reiten?«

»Ich finde, wir sollten erst nach Airdfinnan.«

»Wozu?«

»Das Rätsel hat meine Freier dorthin geführt«, rief ihm Esmeraude ins Gedächtnis und lächelte. Vielleicht konnte sie ihr Ziel mit Charme erreichen.

Bayard verzog nur die Lippen. »Aber Ihr habt Euch entschieden, mich zum Gemahl zu nehmen, demzufolge besteht keine Notwendigkeit mehr, nach Airdfinnan zu gehen. Wir sollten in Ceinn-beithe heiraten, dann erleben Eure Eltern die Zeremonie mit. Das wäre nur höflich, Esmeraude.«

Esmeraude straffte die Schultern bei dem Hinweis, dass ihre Manieren ein wenig zu wünschen übrig ließen. »Ist es nicht höflich, jene zu begrüßen, die ich nach Airdfinnan eingeladen habe?«, fragte sie frostig. »Oder meiner Schwester zu erklären, warum diese Männer an ihren Toren erscheinen?«

Bayards Gesicht entspannte sich. »Ah, ich verstehe Eure Beweggründe«, sagte er. »Es ist sehr umsichtig, dass Ihr Euch Gedanken darum macht. Ich werde Michael mit einer Nachricht und der Versicherung Eures Bedauerns nach Airdfinnan schicken.«

»Aber ...«

Bayard trommelte mit den Fingern gegen seinen Schenkel, während er nachdachte, dann schüttelte er den Kopf. »Nein, das wird nicht gehen. Wir schicken von Ceinnbeithe aus einen Boten los, denn sonst wären wir gezwungen, auf Michaels Rückkehr zu warten, ehe wir zu einer Zusammenkunft mit dem König aufbrechen können.«

Ohne Esmeraudes Antwort abzuwarten, gab er den Knappen ein Zeichen, sich zu sputen, und eilte davon. Es war offensichtlich, dass Bayard nicht nur von Esmeraudes Einverständnis ausging, sondern ebenso fest damit rechnete, dass sie ihm pflichtschuldig folgte. Célie erhob sich und wischte die Krümel von ihrem Rock, aber Esmeraude rührte sich nicht von der Stelle.

Sie war kein Hund, der treu hinter seinem Herrn hertrottete. Diese Angelegenheit musste unverzüglich bereinigt werde. Hier ging es ums Prinzip.

»Und wenn ich mich von meiner Schwester in Airdfinnan verabschieden möchte, was dann?«, erkundigte sie sich.

Bayard verbarg seinen Unmut kaum, als er sich wieder zu ihr wandte. »Ich wäre hocherfreut, Eure Schwester und ihre Familie zu einem Besuch bei uns in Frankreich einladen zu können, aber jetzt ist Ceinn-beithe unser Ziel.«

»Ich möchte Jacqueline sofort sehen.« Esmeraude wappnete sich innerlich für eine Auseinandersetzung und verschränkte die Arme vor der Brust. »Um genau zu sein, ich werde Euch nicht heiraten, ohne vorher meine Schwester gesehen zu haben.«

Bayards Augen blitzten, aber sein Ton war maßvoll. Zu maßvoll, und Esmeraude wusste, dass die Wut in ihm hochkochte. Das kümmerte sie nicht. Sie wollte darüber sprechen und zu einer gemeinsamen Entscheidung kommen, nicht Anweisungen entgegennehmen, was sie tun sollte und was nicht. Sie hatte nicht vor, jetzt einen Präzedenzfall zu schaffen, der dann den Rest ihres Lebens bestimmen würde.

Dieser Mann sollte sich lieber gleich damit abfinden, dass sie eigenes Urteilsvermögen besaß und sich auch durchsetzen konnte.

»Die Zeit drängt, meine Esmeraude. Wir müssen König Richard treffen, ehe er nach Frankreich segelt, denn ich sollte ihn begleiten. Mit etwas Glück kommen wir noch rechtzeitig an.«

»Mir war nicht bekannt, dass Ihr solche Verpflichtungen habt.«

»Ich habe auch noch viele andere, und zweifellos werdet Ihr im Laufe der Zeit von allen erfahren«, sagte er in einem Tonfall, der deutlich machte, dass er Esmeraude keine weiteren Erklärungen zu schulden glaubte. »Lasst uns ohne weitere Verzögerung aufbrechen, Mylady. Unsere Pferde stehen bereit.«

»Es ist ein wahres Glück für Euch und Eure Verpflichtungen, dass Ihr so rasch mein Einverständnis zu dieser Heirat erlangt habt«, bemerkte Esmeraude bissig.

Bayard lächelte nur und bot ihr die Hand, um ihr in den Sattel zu helfen. »Man sagt, Fortuna sei mir hold«, erwiderte er, dann zwinkerte er, als würde ein kleiner Scherz seinem autoritären Auftreten die Spitze nehmen.

Er irrte sich. Esmeraude war noch nie besonders fügsam gewesen, und sie nahm Bayards Vermutung, sie würde selbstverständlich tun, was er von ihr verlangte, nicht so ohne weiteres hin.

»Tragisch für Euch, dass Ihr heute lernen müsst, wie wankelmütig Fortuna sein kann«, gab Esmeraude zurück. Sie schwang sich in den Sattel und sah auf ihren aufgebrachten Ritter herab.

»Was soll das heißen?«, fragte er scharf.

»Dass ich keine Leibeigene bin und nicht unter Eurem Befehl stehe. Ich werde meine Schwester besuchen, ehe wir dieses Land verlassen, selbst wenn das bedeutet, dass Ihr hinterher wie der Teufel reiten müsst, um Euren Verpflichtungen nachzukommen.« Sie lächelte honigsüß. »Wenn Ihr mit mir über Eure Aufgaben gesprochen hättet, wäre es einfacher gewesen, unsere nächsten Schritte im Voraus zu planen.«

»Es ist nicht meine Pflicht, mich mit Euch zu beraten. Meine Entscheidungen gelten für alle, die mit mir sind.«

»Und ich habe nicht die Pflicht, Euren Anweisungen Folge zu leisten.«

Das machte Bayard hellhörig. »Eine Frau hat sich den Wünschen ihres Gemahls zu unterwerfen!«, brüllte Bayard. »Es ist ihre Aufgabe, das zu tun, worum er sie bittet.«

Esmeraude lachte. »Und da wundern sich die Männer, warum mich der Gedanke an eine Ehe so wenig lockt. Ich möchte mit meinem Angetrauten nicht nur Abenteuer erleben, sondern von ihm auch respektvoll behandelt werden. Vielleicht braucht Ihr eine Lektion, bevor wir vor den Priester treten.«

»Ihr habt meinen Respekt!«

»Ausgezeichnet. Dann werdet Ihr mich nach Airdfinnan zu meiner Schwester begleiten und mir so meinen Wunsch erfüllen, wie es ein guter, liebevoller Ehemann tut.«

Bayard schien es für einen Moment die Sprache verschlagen zu haben.

Esmeraude nutzte den Augenblick, drückte dem Pferd die Fersen in die Seite und ließ es zur Straße trotten. »Ich reite nach Airdfinnan«, rief sie über die Schulter – sie war sich bewusst, dass sie Bayard damit bis aufs Blut reizte. »Werde ich Euch später dort treffen, oder begleitet Ihr mich?« Sie lenkte ihr Pferd in die Richtung, in der Airdfinnan lag, und wusste sehr wohl, dass Bayard ihr ohne zu zögern nachjagen würde.

Esmeraude lächelte, als sie seinen Fluch hörte. Er würde ihr gehörig die Leviten lesen, wenn er sie eingeholt hatte, davon war sie überzeugt.

Sie wurde nicht enttäuscht.

9

Es war schon schlimm genug, dass Esmeraude auf diesem Unsinn bestand und ihm die Stirn bot – in Gegenwart seiner Knappen! –, aber jetzt stieß auch noch ein anderer Reitertrupp zu ihnen.

Bayard war keineswegs erfreut, als er seinen Bruder und die Cousins in der Begleitung ihrer Knappen ausmachte. Andere Bewerber um Esmeraudes Hand waren ihm nicht gerade willkommen – nicht bevor die Lady geschworen hatte, bis ans Ende ihrer Tage an seiner Seite zu bleiben.

Dass sie nicht geneigt war, dies so schnell wie möglich zu tun, machte Bayard zornig. Er hetzte Esmeraude nach und ergriff die Zügel ihres Pferdes. Ihm entging nicht, wie sie die Haare über die Schulter schleuderte – ein sicheres Zeichen dafür, dass sie Schwierigkeiten machen würde.

Die drei sich nähernden Ritter waren einst Bayards engste Freunde gewesen, und es versetzte Bayard einen Stich, sie jetzt zu sehen. Früher hatte er zu ihnen gehört und war oft der Anstifter ihrer vielen Streiche gewesen. Die letzten fünf Jahre hatten einen Keil zwischen ihn und sie getrieben, doch die drei anderen waren offenbar nach wie vor Gefährten.

Das störte ihn nicht. Nein, er hatte jetzt wichtigere Dinge im Kopf.

Bayard musterte die drei Ritter mit abschätzenden Blicken, in der Hoffnung, sich auf diese Weise selbst davon überzeugen zu können, dass keiner Esmeraudes Aufmerksamkeit lange auf sich ziehen konnte. Ja, es war ein Vorteil, wenn ein Mann seine Rivalen kannte, insbesondere, wenn noch nicht feststand, ob er als Sieger aus der Schlacht hervorgehen würde.

Der Erste war sein Bruder Amaury. Er war achtzehn Jahre alt und beträchtlich gewachsen, seit Bayard ihn das letzte Mal gesehen hatte. Er hatte dunkles Haar wie Bayard und das strahlende Lächeln ihres Vaters. Er trug stolz die Farben von Villonne, und Bayard nahm an, dass sein Vater Amaury als Erben ausersehen hatte, nachdem er selbst sein Zuhause verlassen hatte.

Amaury ritt mit seinem eigenen Knappen, und seine Rüstung glänzte wegen der guten Pflege. Er war immer schon still gewesen, aber stets freundlich und hilfsbereit, wenn man sich an ihn wandte. Nach Bayards Ansicht war er Esmeraude nicht gewachsen, denn sie würde ihn mit Leichtigkeit dominieren.

Aber Villonne war keine geringe Prämie. Wenn Esmeraude auf Behaglichkeit und Reichtum aus war, konnten Villonne und Amaury ihre Bedürfnisse durchaus befriedigen, zumal sie bisher nur Ceinn-beithe und die bescheidenen Einkünfte dort kannte.

Hmm. Bayard richtete den Blick auf seinen Cousin Connor, der ein Jahr jünger als Amaury war. Wer das nicht wusste, würde allerdings den Altersunterschied zwischen den beiden größer einschätzen. Amaury war groß gewachsen wie Bayard und ihr Vater – und auch ihre Mutter –, Connor hingegen war ziemlich klein. Er reichte Amaury nur bis zum Kinn, hatte jedoch relativ breite Schultern. Er sprach nie viel, verfolgte aber die Unterhaltungen aufmerksam und machte zum rechten Augenblick die passende Bemerkung. Wie sein Vater dachte er gründlich nach, bevor er sich äußerte. Als Kind war Connor der größte Spaßvogel gewesen, den Bayard sich vorstellen konnte, und er konnte so überzeugend den Unschuldigen spielen, dass er bei den meisten Streichen ungeschoren davonkam.

Aus seinen lebhaften grünen Augen blitzte der Schalk, und nur ein ganz aufmerksamer Beobachter durchschaute ihn. Esmeraude mit ihrer Liebe für abenteuerliche Geschichten und ihrem spitzbübischen Verhalten könnte Connor in der Tat anziehend finden.

Diese Gedanken beschwichtigten Bayards Bedenken bei weitem nicht so, wie er es sich erhofft hatte.

Er hatte sich Nicholas bis zuletzt aufgehoben – Nicholas, der glaubte, der Erbe von Montvieux zu sein, und dessen Vater dasselbe annahm. Bayard würde ihm dieses Erbe nehmen, indem er Esmeraude zu seiner Frau machte. Bayard beobachtete seinen Cousin und wurde sich bewusst, dass er ihn um vieles brachte, wenn er selbst seine Ziele verwirklichte.

Sein Erfolg wäre Nicholas' Verlust.

Obwohl Bayard Nicholas damit höchstwahrscheinlich das Leben rettete, bezweifelte er, dass sein Cousin die Sache genauso beurteilen würde. Nicholas war nicht fähig, den Familienbesitz vor einer königlichen Armee zu schützen, und Bayard wusste, dass er allein den Verlust von Montvieux abwenden konnte. Er und nur er konnte sicherstellen, dass der Familienbesitz erhalten blieb.

Es war sogar seine *Pflicht*, Anspruch auf Montvieux zu erheben, bevor es zu spät war, und so dafür zu sorgen, dass das Erbe nicht in fremde Hände überging.

Nicholas war ein Jahr älter als Bayard und wirkte wesentlich reifer als die anderen beiden Ritter. Er war groß und schlank, hatte dasselbe rotbraune Haar wie sein Vater und ein gewinnendes Wesen. Offenbar erzählte er beim Reiten eine Geschichte, seine Gesten waren lebhaft, und sein Lachen hallte ihm voraus.

Esmeraude war augenscheinlich bezaubert. Als sie Nicholas ansah, funkelten ihre Augen, und ihre Lippen kräuselten sich zu einem Lächeln.

Bayards Eingeweide krampften sich zusammen.

Wenn es einen Mann gab, der über die verlorene Unschuld seiner Braut hinwegsah, dann Rowans Sohn. Nicholas' Familie war ausgesprochen unkonventionell mit ihren Beziehungen zu Venedig und der außergewöhnlichen Lebensfreude. Eine sprunghafte, temperamentvolle Frau könnte eine solche Umgebung und das ausgelassene Leben bevorzugen.

Wie es schien, wetteiferte Bayard mit Nicholas um mehr als um den Familienbesitz. Bayard warf noch einen Blick auf die Lady, dann auf den Ritter und überlegte, was er tun sollte. Er hatte nicht die Absicht zu verlieren und musste rasch eine Entscheidung treffen.

»Ich möchte Euch um einen Gefallen bitten«, sagte Bayard leise. Er fing Esmeraudes fragenden Blick auf und fuhr fort: »Ich möchte Euch bitten, meinen Cousins und meinem Bruder Eure Identität nicht preiszugeben.«

Esmeraude lächelte. »Traut Ihr ihnen nicht, Sir? Oder bin ich es, der Ihr nicht traut?«

Bayards Augen wurden schmal – so förmlich hatte sie ihn schon lange nicht mehr angeredet. Sie war ein Bild der Unschuld, aber er hatte bereits gelernt, dass dieser Anblick trügen konnte. Doch statt wütend zu werden, empfand er den Drang, Esmeraudes Temperament zu zähmen, und sein Blut geriet in Wallung, als er sich ausmalte, wie er das anstellen würde.

Doch das musste warten. »Nein, ich traue weder meinen

Cousins noch meinem Bruder, solange es um einen so hohen Preis wie Eure Hand geht.«

»Wer soll ich sein, wenn ich nicht ich selbst sein darf?«

»Warum behaltet Ihr nicht Eure Lüge bei, ein schlichtes Bauernmädchen zu sein?«

»Die Tarnung, mit der ich Euch nicht hinters Licht führen konnte?«

Bayard knirschte mit den Zähnen. »Es wird schon gehen.«

»Tatsächlich? Werden sie so leicht hinnehmen, dass Ihr Euch so ein Mädchen gesucht habt, um Eure niedrigen Bedürfnisse zu befriedigen? Gehört so etwas zu Euren Gewohnheiten?«

Bayard hatte das sichere Gefühl, dass ihn seine Auserwählte provozieren wollte. Er sah sie an, bis ihr die Röte ins Gesicht stieg, aber sie wandte sich nicht ab.

»Ich weiß nicht, was sie von mir denken, denn wir haben uns fünf Jahre nicht gesehen«, erwiderte er mit einer Ruhe, die er nicht in sich spürte. »Und ich vermag nicht zu erraten, welche Gewohnheiten sie mir zutrauen, obschon es nichts Ungewöhnliches für viele Männer ist, ein Mädchen an ihrer Seite zu haben.«

»Und was ist mit Euch?«

»Ich habe die Gesellschaft von Frauen stets genossen.«

Ihre Augen loderten, aber ihre Miene wurde sofort wieder gleichmütig. »Soll ich eine Hure oder die Unschuld vom Lande sein?«

»Esmeraude!«

»Ich muss wissen, wie ich mich verhalten soll«, sagte sie sachlich, aber ihre Augen leuchteten übermütig. »Und natürlich muss man mir sagen, was ich zu tun habe – so ist nun mal meine *Stellung*. Wurde ich vergewaltigt oder verführt? Oder habe ich Euch verführt? Wo sind wir uns zum ersten Mal begegnet und wann? Im Grunde gibt es tausend Möglichkeiten, und alle …«

»Es …«, begann Bayard – er schrie fast, hielt sich aber gerade noch rechtzeitig zurück. Die Reiter waren fast in Hörweite. Er atmete tief ein und langsam wieder aus. »Mylady«, stieß er zwischen den Zähnen hervor. »Ich bitte Euch lediglich darum, Euren Namen nicht zu nennen. Es ist ein schlichter Wunsch, und wenn Ihr nicht wisst, was Ihr sagen sollt, dann schweigt einfach.«

»Oh, ich gewinne allmählich den Eindruck, als wäre es Euch des Öfteren lieber, wenn ich nichts sagen würde«, entgegnete Esmeraude. »Besonders nichts, was das, was Ihr sagt, in Frage stellt.« Sie lächelte süß trotz ihrer scharfen Worte, als wollte sie ihn herausfordern, mit ihr zu streiten.

Das reichte aus.

»Was ist mit Euch?«, wollte Bayard wissen. »Ich bitte Euch nur, Euren Namen für Euch zu behalten!« Er spähte zu dem schnell näher kommenden Reitertrupp. Sein Ausbruch kam im ungünstigsten Moment. »Wir können uns später ausführlich darüber unterhalten, aber habe ich vorerst Euer Einverständnis?«

Esmeraude verbeugte sich lächelnd – sie war das Musterbeispiel einer gehorsamen Frau. »Euer Wille ist mir Befehl, mein Herr und Meister.«

Sie würde Unheil stiften, dessen war sich Bayard sicher.

Es war ein kleiner Trost, dass er so etwas wie ein Übereinkommen mit dieser launischen Verführerin geschlossen hatte. Dennoch wünschte er, er könnte voraussehen, was sie zu seinen Cousins und seinem Bruder sagen wollte.

Es war beunruhigend, dass er so wenig über das Mädchen wusste, das er zu seiner Frau machen wollte, und bisher hatte sie ihn immer wieder überrascht.

Für einen Mann wie Bayard, der es bevorzugte, Herr der

Lage zu sein, war Unberechenbarkeit die schlimmste Eigenschaft, die seine Zukünftige haben konnte.

Bayard betete inbrünstig, dass die Dame Fortuna ihm bei der Begegnung mit seinen Verwandten zulächeln möge, und zuckte regelrecht zusammen, als er glaubte, von weit entfernt das Lachen einer Frau zu hören. Er sah die anderen an, aber sie schienen nichts wahrgenommen zu haben.

Er brauchte wirklich Schlaf. Er träumte schon mit offenen Augen. Das Werben um die Hand der Schönen und der Zeitdruck kosteten ihn viel Kraft. Alles würde gut sein, wenn er und Esmeraude noch heute die Trauungszeremonie vollzogen und er die Nacht im Ehebett verbracht hatte.

Diesmal bildete sich Bayard das schallende Gelächter nicht ein. Er spähte über die Schulter, entdeckte aber nichts. Esmeraude lächelte kühl, als wüsste sie etwas, was er nicht wusste.

Ein paar Stunden Schlaf würden Wunder wirken. Schlaf und die rasche Lösung seiner Probleme.

Aber zuerst musste er seine Cousins und Amaury loswerden. Bayard schloss kurz die Augen und hoffte auf das Beste – aber seine Befürchtungen besänftigte er damit nicht.

»Bayard! Du reitest sicher nicht in die falsche Richtung, oder?«, scherzte sein Bruder Amaury strahlend. Da sie auf der Straße standen, dachte er offensichtlich, sie wären auf dem Weg nach Ceinn-beithe.

»Tue ich das etwa?«

»Vielleicht hat er nicht die richtige Lösung für das Rätsel gefunden«, mutmaßte Connor.

»Möglicherweise habt ihr es nicht verstanden«, erwiderte Bayard, und Nicholas lachte.

»Dann wäre der Lord of Airdfinnan wirklich zu bedauern, denn er wäre ohne jeden Grund dazu verdammt, uns zu bewirten.« Die drei kicherten, und Bayard spürte den Blick seines Bruders.

Bayard ignorierte ihn. »Ich möchte euch nicht aufhalten«, sagte er freundlich. »Zweifellos seid ihr in Eile.«

»Wer ist die hübsche Maid?«, wollte Nicholas wissen und zwinkerte Esmeraude zu. Die Lady lächelte, dann senkte sie kokett den Blick.

Es war unglaublich, aber sie hielt tatsächlich den Mund.

»Ein Mädchen von hier«, antwortete Bayard mit erzwungener Fröhlichkeit. »Sie versteht kein Französisch.«

»Ah!« Nicholas sprach Esmeraude ungerührt in einer fremden Sprache an. Sie lachte zu Bayards Entsetzen und antwortete vergnügt.

Es ärgerte ihn über alle Maßen, dass er nicht verstand, was die beiden sagten. Es stand seiner Braut nicht zu, mit seinem Cousin zu scherzen – nicht wenn sie noch am Morgen Bayard ihre Gunst gezeigt hatte. Nach allem, was sie zusammen erlebt hatten, konnte sie ihn nicht auf diese Weise foppen.

Das passte nicht zusammen. Zudem war es unhöflich, dass sie sich in einer Sprache unterhielten, die keiner der Anwesenden verstand.

»Vielleicht dürfen wir an diesem Scherz teilhaben«, sagte er kühl.

»Man kann ihn nicht gut übersetzen«, entgegnete Nicholas achselzuckend.

Bayard umklammerte die Zügel fester. »Ich würde trotzdem gern wissen, worüber ihr gesprochen habt.«

Nicholas' Augen glitzerten. »Hast du Angst, dass ich dir das Frauenzimmer ausspanne, das dir dein Bett wärmt, Bayard?«

»Selbstverständlich nicht.«

»Oho! Er hat wirklich Angst!« Amaury lachte. »Bayard,

du bist hergekommen, um um eine Braut zu werben, nicht um dich mit einer Dirne zu vergnügen.«

»Allerdings ist sie sehr hübsch«, warf Connor ein.

»Und wenn Bayard so erpicht darauf ist, sie zu behalten, muss sie auch noch andere Reize haben.«

Die drei strahlten Esmeraude an, und sie, verflucht sollte sie sein, schenkte jedem Einzelnen ein Lächeln. Sie funkelte Bayard an, tätschelte den Hals ihres Pferdes und schnalzte mit der Zunge. Die Stute machte einen Satz von der Gruppe weg in die falsche Richtung – in Richtung Airdfinnan.

Esmeraude drehte sich um und blies Bayard einen Kuss zu. »Airdfinnan«, raunte sie neckisch.

»Ah. Sie hat sich für uns entschieden!«, schrie Nicholas mit einer Begeisterung, die Bayard äußerst unpassend fand.

Esmeraude zog einen entzückenden Schmollmund – sie wusste ganz genau, dass die Ritter sie beobachteten. Sie wendete das Pferd und kam zurück an Bayards Seite, und er sah ihrem verschmitzten Gesicht an, dass ihr durchaus bewusst war, wie sehr sie ihn gereizt hatte.

Im nächsten Moment presste sie entschlossen die Lippen zusammen, und ihm war klar, dass sie Pläne schmiedete, mit oder ohne ihn nach Airdfinnan zu reiten, wie sie es die ganze Zeit vorgehabt hatte. Dass er nichts tun konnte, außer sie an seine Rivalen zu übergeben oder sich ihrem Willen zu beugen, verbesserte seine Laune kein bisschen.

Nie zuvor hatte eine Frau Bayard derart in die Enge getrieben, und er könnte sehr gut auf diese Erfahrung verzichten.

Esmeraudes Lachen klang wie helle Feenglöckchen, und sie schüttelte ausgelassen ihre Haarmähne. Der Blick, den sie den anderen Rittern schenkte, konnte zumindest als ermutigend gedeutet werden.

Wenn nicht als wollüstig. Dann wandte sie sich an Bayard und leckte sich provozierend die Lippen. »Airdfinnan?«, flüsterte sie.

Bayard kochte vor Wut, denn er war überzeugt, dass sie die Hure spielte, nur um ihn zu ärgern. Er hätte sich Gedanken darüber machen müssen, wie leicht es ihr fiel, ihn in Rage zu versetzen, aber dazu kam er gar nicht.

»Ich glaube, sie lädt uns ein, sie an deiner Stelle zu begleiten«, vermutete Nicholas.

»Das ist nur eines ihrer Spielchen«, erwiderte Bayard streng. »Sie ist am Morgen oft so hungrig nach Liebe – ihr braucht nicht zu fürchten, dass ich sie nicht zufrieden stellen kann.«

Esmeraude spielte mit dem Band ihres Hemdes – *seines* Hemdes – und zog eine hübsche Schnute. Plötzlich löste sich der Knoten, und sie sah die Ritter flehend an, als könnte sie das Band nicht allein zubinden. Bayards Miene verdüsterte sich, weil sie zweifellos mit Absicht ihr zartes Dekolleté zeigte.

Nicholas pfiff durch die Zähne.

»Wenn du sie befriedigen könntest, wäre sie am frühen Morgen sicher nicht so lüstern«, bemerkte Connor.

»Ja.« Nicholas grinste seinen Cousin siegesgewiss an. »Wir könnten dir in dieser Angelegenheit behilflich sein.«

»Danke, aber ich habe keine Unterstützung nötig. Wenn ihr uns jetzt entschuldigen würdet ...«

»Oh, er ist sehr besitzergreifend«, witzelte Amaury. »Sie muss wirklich ein Juwel im Bett sein. Ich erinnere mich, dass Bayard seine Gunst niemals nur einem Mädchen geschenkt hat. Er sagte oft, dass eine einzige Frau ihn nicht befriedigen kann.«

»Ich denke, wir sollten sie selbst wählen lassen, wen sie heute Morgen bei sich haben will«, schlug Nicholas vor, dann sprach er Esmeraude wieder in dieser verfluchten Sprache an.

Die Lady lachte und bedachte ihn mit einem Augenaufschlag.

»Vergebt mir«, mischte sich Bayard vehement ein, »aber es wird Zeit, dass wir uns *alle* auf den Weg machen.« Nach einem knappen Nicken umfasste er Esmeraudes Taille und hob sie aus dem Sattel.

Er setzte sie vor sich quer auf den Rücken seines Streitrosses, und als sie sich mit einem behaglichen Schnurren an ihn lehnte, machte sein Zorn dem Verlangen Platz. Oh, sie würde nicht mehr so triumphieren, wenn er mit ihr fertig war. Sie wäre nicht nur gesättigt, sondern auch gezähmt; sie wäre fügsam und würde seinen Ring am Finger tragen.

Und er wäre froh darüber. Er würde sie lehren, ihn nicht bis aufs Blut zu reizen. Er gab Argent die Sporen und hielt die Lady fest, während er die Richtung nach Airdfinnan einschlug. Er würde dafür sorgen, dass ein gehöriger Abstand zwischen ihnen und den anderen Rittern blieb.

Bayard würde die Angelegenheit noch in dieser Nacht regeln.

Nein, das machte er lieber gleich jetzt, in diesem Moment.

Esmeraude hatte beobachtet, wie der Zorn in Bayard brodelte, und musste zugeben, dass sie es ein wenig zu weit getrieben hatte. Seine Augen sprühten Funken, und sein Gesicht war finster. Er hielt sie gnadenlos an sich gedrückt und machte keinerlei Anstalten, sein Ross zu zügeln. Der Hengst galoppierte ungehindert die Straße entlang. Esmeraude war in Hochstimmung, weil es ihr so mühelos gelungen war, eine solche Leidenschaft in Bayard zu entfachen. Das verhieß eine viel versprechende Zukunft.

Sie drehte sich zu ihm um und erkannte, dass er nur noch eines im Sinn hatte. Ihr Herz machte einen Satz.

»Verführerin!«, schimpfte er, dann küsste er sie mit erschreckender Glut. Mit der behandschuhten Hand hielt er seine Gefangene in der Umarmung, die andere war um ihre Taille geschlungen. Sein Kuss war besitzergreifend, und Esmeraude staunte selbst, wie aufregend sie diese gebieterische Art der Annäherung fand.

Aber es ärgerte sie, dass er annahm, sie beherrschen zu können. Mit einem Kuss konnte er sie nicht so ohne weiteres einschüchtern, auch wenn er noch so glühend war.

Sie würde ihm zeigen, was eine echte Verführerin war.

Esmeraude schlang die Arme um seinen Hals und erwiderte den Kuss mit ganzer Inbrunst. Sie rieb ihre Brüste an seinem Oberkörper und vergrub die Finger in seinem Haar, während sie ihn küsste, als wollte sie ihm das Mark aus den Knochen saugen.

Bayard fluchte. Esmeraude triumphierte innerlich, als er leise grollte, und noch mehr, als seine Berührungen drängender wurden. Sie nahm vage wahr, dass die anderen Ritter grölten und lachten, aber sie konnte an nichts anderes mehr denken als an Bayards Kuss. Ihr Unmut wich einer anderen Leidenschaft.

Bayard löste die Lippen von ihren, und seine blauen Augen leuchteten. »Hexe«, schimpfte er; er war fast so atemlos wie sie, und Esmeraude lachte laut.

Sie fühlte sich genauso wie an den Tagen, an denen sie das Meer besiegt hatte: aufgeregt und vor Leben sprühend, als ob sie alles, was sich ihr in den Weg stellte, besiegen könnte. Und als könnte sie einen Mann mit einem Kuss erobern und ihn alles andere vergessen lassen.

Esmeraude sah ihm in die Augen und wusste, dass sie beide vor Verlangen brannten. Dies war kein Augenblick für scharfe Worte.

»Ihr habt die Wahrheit gesagt, Mylord«, gestand Esmeraude. »Ich bin heute Morgen tatsächlich hungrig nach Liebe und werde nicht leicht zufrieden zu stellen sein.« Sie spielte mit der Zunge an seinem Ohr, dann flüsterte sie: »Wagt Ihr einen Versuch?«

Bayard lief ein Schauer über den Rücken, und er sog scharf den Atem ein. Sein Blick huschte zu seinen Knappen, die ihm zusammen mit Célie nachritten, dann sah er Esmeraude mit loderndem Blick an. »Ihr habt Euren Willen durchgesetzt, Mylady – wir reiten nach Airdfinnan. Vergesst nicht, dass dies ein Entgegenkommen meinerseits ist und dass ich einen solchen Trotz in Zukunft nicht dulden werde.«

Esmeraude erhob das Haupt. »Ich werde keinen Mann heiraten, der glaubt, mich zu besitzen.«

Er lächelte träge, und ihr Blut kochte. »Ich werde dafür sorgen, dass sich Eure Einstellung ändert«, raunte er und legte die Hand auf ihren Busen. »Ich werde Euch zeigen, was Ihr gewinnen könnt, meine Esmeraude, und Ihr werdet machtlos sein und keinen Widerstand mehr leisten.«

»Ich lade Euch zu einem Versuch ein«, erwiderte sie atemlos, obschon sie sich Mühe gab, ihm keck zu begegnen.

»Oh, ich nehme diese Einladung an«, hauchte Bayard. Er liebkoste ihr Ohrläppchen so geschickt, dass Esmeraude schwindlig wurde. »Noch heute Nacht.«

Esmeraude küsste ihn. Auch wenn er im Sinn hatte, sie mit Zärtlichkeiten zu besiegen, hielt sie fest an ihrem Vorhaben, sein Herz zu erobern. Am folgenden Tag würden sie Airdfinnan erreichen, und sie konnte Jacquelines Rat einholen.

Bis dahin sah sie keinen Grund, sich die Wonnen, die er ihr bieten konnte, zu versagen. Ja, sie konnte diesen Mann nach ihren Erwartungen formen, das wusste Esmeraude genau.

In Wahrheit freute sie sich auf diese Aufgabe.

Das Wetter verschlechterte sich, aber die Gewitterwolken, die sich schon in der Frühe zusammengebraut hatten, blieben hinter ihnen. Es war, als würde das Unwetter mit ihnen Schritt halten – ein ungewöhnliches Naturereignis. Der Wind war schneidend und kräftig, aber obwohl gelegentlich dicke Regentropfen fielen, blieb das Gewitter aus. Bayard rechnete jeden Augenblick mit einem Wolkenbruch, aber dazu kam es nicht.

Er wickelte seinen Umhang um Esmeraude, und sie vergaß rasch ihre Verwegenheit und schmiegte sich Schutz suchend an ihren Ritter. Ein Gutes hatte das schlechte Wetter – es verhinderte seichtes Geplauder, und Bayards Bruder und seine Cousins stellten nicht zu viele Fragen. Bayard schaute ein paarmal zu ihnen zurück, und der bitterkalte Wind, der sie vorantrieb, schlug ihm ins Gesicht.

Vielleicht hatte er kein allzu großes Opfer gebracht, als er seiner Lady nachgegeben hatte. Er zweifelte daran, dass sie gegen diesen Sturm hätten anreiten und Ceinn-beithe noch heute erreichen können. Sie schlugen für die Nacht ein dürftiges Lager auf und konnten wegen des Windes nicht einmal ein Feuer entfachen. Sie kuschelten sich aneinander, um sich zu wärmen, und aßen schweigend Brot und Käse.

Am Morgen war der Sturm noch vehementer, und tiefschwarze Wolken verdunkelten den Himmel. Sie sattelten die Pferde und brachen früh auf – nur im Osten war ein schwacher Lichtstreifen am Horizont zu sehen. Jeder Einzelne der großen Gesellschaft freute sich auf die Ankunft in Airdfinnan.

Es wurde früh dunkel, und bald schimmerte nur noch ein orangeroter Sonnenstrahl im Westen durch die dichten Wolken. Der Wald auf beiden Seiten der Straße war finster, und das Heulen der Wölfe begleitete sie. Nebel kroch zwischen die Bäume und säumte die Straße wie eine silbrige Mauer. Die Hufschläge hallten unheimlich in der Stille, und Bayard atmete erleichtert auf, als er die Silhouette von Airdfinnan in der Ferne ausmachen konnte. Andrew stieß einen Jubelschrei aus, und die anderen fielen mit ein.

»Airdfinnan«, sagte Esmeraude mit unverhohlener Zufriedenheit. Sie legte die Arme um Bayards Hals und vermittelte das Bild einer Dirne, die er bei einer Schlacht erbeutet hatte. Ihre Pose störte Bayard sehr, weil sie sich benahm wie eine Wirtshaushure.

Er zog sie näher an sich und raubte ihr den Atem mit einer besitzergreifenden Umarmung. »Vielleicht wird es heute Nacht leichter als in der letzten, Euch zu überzeugen«, raunte er ihr ins Ohr und grinste, als sie schauderte.

Bayard legte seinen Helm ab und drapierte sein in der Scheide steckendes Schwert so, dass jeder es sehen konnte. Seine Cousins und Amaury beobachteten ihn und taten es ihm gleich. Er fragte sich, was sie gemacht hätten, wenn er nicht dagewesen wäre.

Er sah sich Airdfinnan genauer an.

Die Burg befand sich auf einer Insel vor der Gabelung des Flusses Finnan und einem breiten Tal. Es war eine Art Kreuzung – das Tal führte nach Skye im Osten, der Fluss wand sich nach Südwesten in Richtung Mull.

Airdfinnan war die eindrucksvollste Festung, die er in diesem Land gesehen hatte, allerdings war sie etwas kleiner und nicht so alt wie Montvieux. Die Mauern ragten aus dem Fluss auf und bestanden bis über die Wasseroberfläche aus schweren Felsbrocken, weiter oben aus Holz und Lehm. Die Burg nahm die gesamte Insel ein.

Es gab nur ein Tor und eine Brücke, die zur Burg führte, das Dorf befand sich am Flussufer außerhalb der Festung und war von Palisadenmauern umgeben wie Ceinn-beithe. Doch die Bewohner konnten sich sicherlich in der Festung verschanzen, falls es nötig sein sollte.

Das Fort lag strategisch äußerst günstig und war leicht zu verteidigen – beides rang Bayard Anerkennung ab.

Die Wachmänner begrüßten die Ankömmlinge in normannischem Französisch; offenbar schlossen sie aus der Kleidung auf ihre Herkunft.

Sie tauschten Höflichkeiten aus, und Bayard nannte ihre Namen und ihr Begehr, während seine Begleiter schwiegen. Es war wie vor Jahren, und sie erwarteten wie in ihrer Jugend, dass er für sie alle sprach. Es dauerte eine kleine Weile, bis man sie weiterwinkte.

Bayard hörte, dass die Wachmänner pfiffen, während sie weiterritten, und ein Schrei vom Tor antwortete ihnen. Er war nicht im Mindesten erstaunt, als sie hinter dem Fallgitter von einem großen Trupp erwartet wurden.

Eine sehr kluge Taktik, dachte er.

Hinter den hohen Mauern befand sich ein einstöckiger Bau – offensichtlich die Große Halle mit einer Kapelle auf der einen und einem Söller auf der anderen Seite. Das Küchenhaus mit Reetdach stand zwischen Halle und Mauer, wo kein allzu großer Schaden entstehen konnte, falls ein Feuer ausbrach; die Ställe, Schmieden und Rüstkammern waren ebenfalls gesonderte Gebäude, die an die Außenmauer grenzten.

Bayard sah sich nur flüchtig um, bevor er sich den Männern zuwandte, die sich im Hof versammelt hatten. Der Besitzer von Airdfinnan stand in ihrer Mitte und hatte die Arme vor der Brust verschränkt. Die reiche Stickerei an seinem Waffenrock und die Ehrerbietung der anderen Männer wiesen ihn als Herrn von hohem Stand aus.

Er war bewaffnet wie Bayard und trug ein Kettenhemd, das bis zu den Knien reichte. Seine Kettenhaube hatte er nach hinten geschoben, so dass sie sich um seinen Nacken legte. Er trug Sporen an den Stiefeln, was auf seinen ritterlichen Status hindeutete. Sein Haar war schwarz wie die Nacht, und er trug eine Augenklappe, die nur zum Teil die Narbe in seinem Gesicht verdeckte.

Bayard merkte auf den ersten Blick, dass er einem Mann gegenüberstand, der mindestens so kampferprobt war wie er selbst. Im Blick des Hausherrn lag Wachsamkeit und ein Wissen, das man nur in Kriegen ansammeln konnte. Und der Lord hatte sich mit seinen Wachen umgeben, als wollte er darauf hinweisen, dass er Bayards Absichten nicht durchschaute.

Bayard fragte sich, welche Bedrohung der Lord um diese Stunde erwartete oder ob er stets bereit war, unliebsame Eindringlinge abzuwehren. Vielleicht rief das drohende Unwetter eine solche Vorsicht hervor – die düsteren Wolken erschienen wie ein schlechtes Omen, das einen Mann veranlasste, öfter als nötig über die Schulter zu spähen.

Bayard stieg von seinem Pferd und streifte seine Handschuhe ab, um dem Mann friedlich die Hand zu reichen. »Ich bin Bayard de Villonne, Ritter und Kreuzritter. Dies sind Amaury de Villonne, Connor of Tullymullagh und Nicholas of Montvieux.« Sein Blick wanderte zu Esmeraude, die ihn kühn ansah. »Falls dies Airdfinnan ist, kommen wir, um Esmeraude of Ceinn-beithe zu suchen.«

»Warum?« Der Lord machte keine Anstalten, Bayards Hand zu ergreifen. Auch er schaute zu Esmeraude, gab jedoch keinen Kommentar zu ihrer Anwesenheit ab und verriet ihre Identität nicht.

»Ich werde sie zu meiner Gemahlin machen.«

»Ich werde sie für mich gewinnen«, rief Nicholas, und die beiden anderen beteuerten ebenfalls ihre Absichten.

Die Miene des Lords drückte Skepsis aus. »Vielleicht irrt Ihr Euch. Ceinn-beithe liegt im Westen und ist, soweit ich weiß, der Ort, an dem sich die Freier um ihre Gunst bewerben.«

»Ich weiß. Und wir waren auch dort. Doch die Lady hat ihren Freiern ein Rätsel aufgegeben, und die Lösung ist Airdfinnan.« Bayard rezitierte die Verse, und der Lord verzog unmutig das Gesicht.

»Zweifellos werdet Ihr dann nicht die Letzten sein, die sich hier einfinden.« Er bedachte Esmeraude mit einem Blick, der weniger mutige Frauen eingeschüchtert hätte. Esmeraude lächelte.

Bayard fühlte sich gezwungen, die Scharade wegen ihrer Reisebegleiter fortzusetzen. »Hat Esmeraude schon Euer Tor erreicht? Ich kann es kaum erwarten, die Lady zu sehen und ihr zu versichern, dass ich mit Freuden für ihr Wohlergehen sorgen werde.«

Der Lord musterte Bayard eingehend. »Mir scheint, eine Frau würde nicht die Flucht vor einem Mann ergreifen, dessen Werben sie Gehör schenken möchte. Falls Sie Euren Antrag ernsthaft mit Wohlwollen begegnet, wäre sie dann nicht in Eurer Begleitung?«

Bayard konnte ein Lächeln nicht ganz unterdrücken, und er sah das Flackern im Auge des Lords. Wie es schien, verstanden sie sich ganz und gar.

»Mir ist klar geworden, dass meine Lady Esmeraude hohe Erwartungen hegt.« Bayard schüttelte den Kopf, als würde ihn die Frau auf eine harte Probe stellen. »Sie war meinem Antrag nicht abgeneigt, bis ich ihr die Bitte abschlug, vor unserer Hochzeit ihrer Schwester einen Besuch abzustatten.«

»Das kann nicht sein!«, meldete sich Nicholas zu Wort, der nun ebenfalls vom Pferd stieg und seinem Knappen die Zügel zuwarf. »Davon hast du uns nichts erzählt.«

»Es schien mir nicht von Bedeutung zu sein.« Bayard biss die Zähne nach dieser Lüge zusammen, dann fuhr er fort: »Ich hatte gehofft, dass sie aus eigenem Entschluss hierher gekommen ist. Ist sie da?«

Die Mundwinkel des Lords zuckten, aber er war sofort wieder ernst. »Ich bin nicht bereit, jedem Ritter, der vor meinen Toren steht, Zugang zu dieser Festung zu gewähren. Nennt mir einen Grund, warum ich Euch willkommen heißen sollte.«

»Ich denke, Esmeraude stellte die Männer, die um sie werben, auf die Probe, indem sie ihnen Rätsel aufgab. Ich habe sie gelöst und dachte, sie damit zufrieden gestellt zu haben, aber offensichtlich zweifelt sie nach wie vor an mir. Mich überrascht ihre Haltung nicht, denn eine Lady muss überzeugt von ihrer Wahl sein, da sie sie nicht rückgängig machen kann, wenn sie einmal getroffen ist.«

Der Lord bestätigte mit einer leichten Verbeugung die Richtigkeit dieser Aussage und kämpfte gegen ein Lächeln an.

»Ich beabsichtige, Esmeraudes Hand fest in meine zu nehmen, und werde jedes Hindernis beseitigen, das sich mir in den Weg stellt.«

»Genau wie ich«, warf Nicholas ein.

»Und ich!« Amaury stieg ab und gesellte sich zu ihnen.

»Ich auch.« Connor tat es seinem Vetter gleich.

Den Lord schienen diese Erklärungen zu amüsieren. Er betrachtete die Ritter, schwieg jedoch.

»Falls sie sich hier aufhält«, sagte Bayard mit Bedacht, »möchte ich Euch um die Erlaubnis bitten, ihr den Hof zu machen.«

Der Lord sah ihn forschend an. »Airdfinnan liegt zwischen zwei Königreichen und zwei Königen. Ich kann unter diesen Umständen keinem Fremden trauen, der sich bewaffnet innerhalb meiner Mauern aufhält. Ihr alle werdet Eure Waffen ablegen und meinen Männern Eure Pferde übergeben, oder ich muss Euch abweisen und bitten, Airdfinnan für immer zu verlassen.«

»Aber ich bin gekommen, um um eine Braut zu freien!«, protestierte Nicholas.

»Es ist ein schlechtes Omen, wenn Ihr uns misstraut«, gab Connor zu bedenken.

Amaury hielt den Mund und beobachtete Bayard aufmerksam.

»Ich verstehe Eure Besorgnis«, sagte Bayard. »Aber ich kann nicht sicher sein, ob Ihr Euch nicht gegen uns wendet, sobald wir entwaffnet sind.«

Der Lord nickte. »Schwört Ihr, dass Ihr Euer Schwert nicht gegen mich richten werdet?«

»Nein, das kann ich nicht – nicht, ohne vorher in Erfahrung zu bringen, welche Absichten Ihr hegt.«

Der Blick des Lords war klar, sein Tonfall entschieden. »Ich kann Euch versichern, dass meine Männer keine Waffen gegen Euch verwenden, wenn Ihr wahrhaft nur um eine Braut freit und in meiner Festung keinen Zank anzettelt. Darauf gebe ich Euch mein Ehrenwort.« Er machte eine Pause und durchbohrte Bayard mit einem starren Blick. »Falls Ihr mich hintergeht – irgendeiner von Euch –, werdet Ihr es bereuen.« Er lächelte schwach. »In diesem Fall würde ich großes Vergnügen daran haben, Euch mit Eurem eigenen Schwert das schwarze Herz aus dem Leib zu schneiden.«

Das war das Wort eines ehrenhaften Mannes, und Bayard fühlte sich nicht gekränkt. »Ich nehme Euer Wort an und gebe Euch meines.«

Der Lord nickte. »Ihr alle – trefft Eure Wahl. Es ist höchste Zeit, die Tore gegen die Nacht zu verschließen.«

Bayard zögerte nicht. Er löste die Schwertscheide vom Gürtel und überreichte sie dem Lord. »Ich schwöre, in Eurer Festung keinen Kampf anzuzetteln, in allen Ehren um Esmeraudes Hand zu freien und lediglich mit ihr und dem, was mein ist, Euer Haus zu verlassen, sobald ich die Braut für mich gewonnen habe.«

Der Lord nickte. »Und ich schwöre, Euch kein Leid anzutun, solange Ihr Euer Wort nicht brecht.«

Einer der Männer trat vor, um Argents Zügel zu übernehmen. Das Tier folgte ihm willig, nachdem der Mann Bayard versichert hatte, gut für sein Streitross zu sorgen. Bayard hob Esmeraude vom Pferderücken und gab ihr einen Schubs, als wäre sie eine Wirtshausdirne.

»Vielleicht findest du Obdach und eine Mahlzeit in der Küche«, sagte er und zwinkerte ihr zu, als sie ihn böse anfunkelte.

Esmeraude schleuderte die Haarmähne über die Schulter und stolzierte mit Célie im Schlepptau davon.

Bayard glaubte zu hören, dass der Lord ein Kichern unterdrückte, doch dann bot ihm der Hausherr die Hand. »Ich bin Angus MacGillivray, Lord of Airdfinnan. Willkommen Bayard de Villonne.« Die beiden Männer tauschten einen Händedruck, dann trat Nicholas vor, um Bayards Schwur zu wiederholen.

Bald hatten alle Ritter beteuert, in friedlicher Absicht gekommen zu sein, und wurden willkommen geheißen. Die anderen Ritter folgten ihren Pferden und den Knappen zu den Stallungen, um sich zu vergewissern, dass für alles Nötige gesorgt wurde. Bayard blieb beim Hausherrn stehen. Es war gut, sich in der Gesellschaft eines Mannes zu finden, der über ähnliche Erfahrungen wie er selbst verfügte. Er zweifelte nicht daran, dass sie vieles gemeinsam hatten.

Angus' Auge glitzerte vor Belustigung, als er sagte: »Ich bin nicht sicher, ob ich Euch ermutigen oder davon abraten sollte, Euer Werben fortzusetzen. Meine Schwägerin ist eine ausgesprochen ungewöhnliche Frau.«

Bayard schüttelte den Kopf. »Das ist mir bereits aufgefallen.«

»Eigenartig, dass Ihr mit einer Dirne reitet, um um eine Braut zu freien.« Die beiden Männer machten sich auf den Weg in die Burg.

Bayard grinste. »So eigenartig ist es nicht, wenn man bedenkt, dass die Dirne die verkleidete Braut ist.«

»Ich habe vermutete, dass Ihr die Wahrheit kennt. Ich ahne, dass hinter dieser Sache eine Geschichte steckt, die Esmeraude gerecht wird.« Er hob eine Hand. »Erzählt sie mir besser nicht. Es ist mir lieber, möglichst wenig von dem zu erfahren, was meine Schwägerin im Schilde führt.«

»Ja, das kann ich durchaus verstehen.«

Angus lachte und schlug Bayard auf den Rücken. »Ihr seht aus wie ein Mann, der einen Schluck Ale gebrauchen kann. Kommt mit mir in die Große Halle.«

10

Esmeraude seufzte zufrieden, als sie in das heiße Badewasser eintauchte. Nach dem langen Ritt schmerzte ihr ganzer Körper. Seit vier Tagen – seit ihrem Aufbruch zum König der Inseln – hatte sie kein Bad mehr genossen. Sie hatte die Ritter angelogen und behauptet, ihre Schwester stünde in Diensten des Herren von Airdfinnan, um ihre wahre Identität nicht zu verraten.

Dass Bayard sie eifersüchtig bewacht hatte, als sie in der vergangenen Nacht ihr Lager aufgeschlagen hatten, machte ihr Mut.

Es hatte einen kritischen Moment gegeben, als sich die Tore von Airdfinnan öffneten und der strenge Blick ihres Schwagers die Ankömmlinge musterte. Esmeraude wusste, dass Angus sie auf Anhieb erkannt hatte, doch er hatte sie nicht verraten.

Angus war ein guter Gastgeber und sorgte dafür, dass die Pferde trocken gerieben, gestriegelt, gut untergebracht und mit Futter versorgt wurden. Ale wurde bereitgestellt und eine Mahlzeit gekocht. Bäder wurden für die Ritter hergerichtet, und Esmeraude wusste, dass sie glaubten, sie selbst und Célie würden sich mit dem schmutzigen Wasser waschen, das sie hinterließen. Bayard und sie waren getrennt, und sie überlegte, wie er sein Werben jetzt fortsetzen würde.

Sie konnte es kaum erwarten, das herauszufinden.

Esmeraude lag in dem duftenden, warmen Wasser, in

das auf Geheiß ihrer Schwester Rosenblätter gestreut worden waren. Célie hatte sich schnell gewaschen und war in die Küche gelaufen, um, wie sie erklärte, dort ihre Hilfe anzubieten. Esmeraude wusste jedoch, dass ihre Zofe hauptsächlich auf Klatsch aus war und zweifellos unter den Dienstboten die Neuigkeiten aus Ceinn-beithe verbreiten würde.

Neuigkeiten von Esmeraude. Aber das war nicht schlimm, denn Esmeraude hatte vor, ihre Identität zu enthüllen, wenn sie heute Abend an der Mahlzeit in der Großen Halle teilnahm. Für den Moment schwelgte sie im Luxus ihres heißen Bades. Sie döste und hätte vermutlich gar nicht gemerkt, dass sich die Tür öffnete, wenn nicht plötzlich ein kalter Luftzug ihre Schultern umweht hätte.

»Ich stehe also in den Diensten des Lords, ja?«, erkundigte sich Jacqueline vergnügt. »Umschreibt man heutzutage eine Ehe auf diese Weise?«

»Mach die Tür zu! Es ist kalt«, rief Esmeraude, und ihre Schwester kam der Aufforderung lachend nach.

»Hast du ihnen erzählt, dass ich mir den Rücken krumm schufte, um die Gunst meines Herrn zu erlangen?«

Esmeraude kicherte und tauchte tiefer ins Wasser. »Ich habe keine näheren Erklärungen abgegeben.«

»Ich gehe dem lieber nicht weiter nach.« Jacqueline kam näher. »Esmeraude, ich kann mir nicht vorstellen, was dich an unser Tor führt. Ich war überzeugt, dass sich der Kastellan irrt, denn du solltest doch mit den Männern beschäftigt sein, die *Maman* nach Ceinn-beithe gerufen hat, damit sie um deine Hand werben.«

»Ich wollte mit dir sprechen, Jacqueline.«

»Weil du dich verheiraten oder ins Kloster gehen musst? Bist du gekommen, um mehr über das Klosterleben zu erfahren?«

Esmeraude schnitt eine Grimasse. Jacqueline hatte beabsichtigt, ins Kloster der barmherzigen Schwestern von Inveresbeinn zu gehen, bevor Angus ihr Herz für sich gewonnen hatte. »Ich werde mich für einen Mann entscheiden, da kannst du ganz sicher sein. Und genau deshalb bin ich hergekommen ...« Sie sah ihre Schwester bittend an, dann stutzte sie erstaunt. »Du bist schwanger!«

Jacqueline legte die Hand auf ihren Bauch, als bemerkte sie zum ersten Mal seinen Umfang. »Tatsächlich?« Sie zwinkerte schalkhaft. »Und ich dachte, der Apfelkern, den ich letzten Sommer verschluckt habe, wäre schuld daran.«

»Du hast einen Samen in dir, aber bestimmt nicht den eines Apfels«, neckte Esmeraude.

Jacqueline lachte und ließ sich schwerfällig auf einen Stuhl nieder. »Die siehst, welche Aufgaben ich in den Diensten meines Herrn und Meisters zu erfüllen habe.«

Diese scherzhafte Bemerkung ließ Esmeraude an Bayard und das denken, was er von seiner zukünftigen Gemahlin erwartete, doch sie war noch nicht bereit, über diese Sache zu reden. »Hast du nicht schon genügend Kinder?«, fragte sie stattdessen.

»Bisher sind es nur vier.« Jacqueline strahlte, als sie an ihre Sprösslinge dachte. »Fergus ist gerade mal neun.«

»Und das Ebenbild von Angus.«

»Nur die Narbe fehlt ihm.« Wie immer sprach sie gelassen von Angus' Entstellung, als würde sie sich kein bisschen daran stören. Esmeraude wusste, dass sie die Gabe hatte, den wahren Charakter eines Menschen zu erkennen, und vermutete, dass eine solche Banalität für Jacqueline überhaupt keine Rolle spielte. »Aber er ist ein umsichtiger Junge, und ich kann mir nicht vorstellen, dass er jemals im Leben Schwierigkeiten haben wird.«

»Aber er macht auch genügend Unsinn, wenn ihm danach ist.« Esmeraude erinnerte sich nur zu gut, dass sie einen Frosch in ihrem Bett gefunden hatte, als ihre Schwester mitsamt Familie zum letzten Mal in Ceinn-beithe zu Besuch war. Der Junge hatte sich halb totgelacht, als sie erschrak.

Jacqueline kicherte. »Ja, und dann spielt er den Unschuldigen. An Fergus ist mehr, als man auf den ersten Blick erkennt, das ist mal sicher.«

»Und man würde im Leben nicht ahnen, dass Annelise dieselben Eltern hat wie er.« Esmeraude gab sich große Mühe, selbst als Unschuld zu erscheinen. »Zumindest nehme ich an, dass sie denselben Vater hat.«

»Esmeraude!« Jacqueline lachte und drohte der Schwester mit dem Finger. »Niemandem außer dir würde eine so gemeine Vermutung in den Sinn kommen.« Sie lächelte voller Liebe. »Du solltest lieber dafür sorgen, dass niemand glaubt, Annelise wäre *dein* Kind. Unser kleiner Sonnenschein sprüht vor Leben und Charme. Und sie ist ständig beschäftigt. Manchmal sind wir regelrecht erschöpft, wenn wir ihr nur zusehen.«

»Wächst sie immer noch so schnell?«

»Ja, sie ist schon fast so groß wie Fergus, obwohl er zwei Jahre älter ist.«

»Du solltest sie nicht so gut füttern«, scherzte Esmeraude, und Jacqueline warf ein Stück Seife ins Badewasser. Esmeraude quietschte, als ihr Wasser ins Gesicht spritzte, und sie lachten.

»Und du wirst überrascht sein, wie groß Ysembel in diesem Winter geworden ist«, fuhr Jacqueline fort.

»Sie ist das hübscheste Kind, das ich jemals gesehen habe«, behauptete Esmeraude im Brustton der Überzeugung. Sie war ihren Nichten und dem Neffen sehr zugetan und hätte selbst gern ein Dutzend solcher Kinder. Jacquelines und Angus' Haus war so voller Liebe und Fröhlichkeit, wie sie es sich auch für sich wünschte. Esmeraude planschte mit dem Wasser und nahm sich noch fester vor, Bayard zu überzeugen.

»Ich unterweise sie im Sticken, und sie geht bemerkenswert geschickt mit der Nadel um.«

»Die arme Seele«, brummte Esmeraude.

»Du musst dir ihre Arbeit ansehen – die Stiche sind ganz fein, und sie ist sehr stolz darauf.«

»Du weißt, dass ich für so was nicht viel übrig habe.«

Jacqueline gluckste. »Ja, ich entsinne mich, wie sehr du die Handarbeit gehasst hast. Die arme Célie sollte heilig gesprochen werden, weil sie sich so angestrengt hat, dir das Sticken beizubringen ... Und meine Alina, oh, sie hat eine Stimme wie ein Engel.«

»Spricht sie schon?«

»Ein wenig. Aber viel lieber singt sie unsinniges Zeug, und das tut sie den lieben langen Tag.« Jacqueline schüttelte verwundert den Kopf. »Es ist, als hätte ich ein Singvögelchen, kein Menschenkind zur Welt gebracht.«

»Und was trägst du jetzt unter dem Herzen?«

»Einen Apfel natürlich«, gab Jacqueline mit blitzenden Augen zurück. »Wenn auch einen ungewöhnlich großen.« Ihr Lächeln verblasste und sie beugte sich näher zu Esmeraude. »Ehrlich gesagt, es ist mir gleichgültig, welches Geschlecht mein Kind hat. Es soll nur gesund sein.«

Esmeraude entdeckte die Furcht im Blick ihrer Schwester und streckte die Hand nach ihr aus. Wasser tropfte von ihrem Arm. »Und ich möchte, dass *du* gesund bleibst«, sagte sie leise und drückte Jacquelines Finger. »Im Ernst, Jacqueline, du bringst dich in Gefahr, wenn du so viele Kinder bekommst.«

»Du klingst schon wie Angus«, sagte Jacqueline mit einem kläglichen Lächeln. »Schwangerschaften sind das Opfer, das ich bringen muss, wenn ich meinen Mann in meinem Bett willkommen heißen will.«

»Es ist keine Sünde, von Zeit zu Zeit allein zu schlafen, Jacqueline.«

Jacqueline wurde rot und wandte das Gesicht ab. »Nein, aber es ist so kalt.«

Esmeraude wusste mittlerweile sehr genau, welche Art Wärme Jacqueline bei ihrem Mann suchte. Esmeraude spürte, wie ihr selbst das Blut ins Gesicht schoss. Sie wusste besser, als ihre Schwester ahnte, welche Freuden man in den Armen eines Mannes finden konnte.

Was, wenn sie schon Bayards Kind unter dem Herzen trug? Esmeraude richtete sich erschrocken auf. Das könnte durchaus sein, und wenn es so war, dann würde es Bayard nur in der Absicht bestärken, sie zu heiraten, ob er nun Liebe für sie empfinden konnte oder nicht. Aber sie wollte nicht, dass er sie heiratete, nur weil er es für seine Pflicht hielt!

Sie erhob sich rasch aus dem Wasser, um diese beunruhigenden Gedanken abzuschütteln, und rieb sich energisch mit einem Leinentuch trocken.

»Du hast gefragt, warum ich nach Airdfinnan gekommen bin«, sagte sie. »Ich brauche deinen Rat.«

»Ach ja? Hast du das Gefühl, etwas angestellt zu haben, was schlimme Folgen nach sich ziehen könnte?«

Esmeraude merkte, dass sie rot wurde. »Mir schien zu der Zeit, dass ich das Richtige tat.«

»Die ärgsten Dummheiten kommen dir richtig vor, während du sie begehst.« Jacqueline schüttelte den Kopf, dann richtete sie den Oberkörper auf, als würde sie zu Gericht sitzen. So hatte sie eine bemerkenswerte Ähnlichkeit mit ihrer Mutter. »Sag mir, was du getan hast.«

Esmeraude wickelte das Leintuch um sich und verschränkte die Arme vor der Brust. »Die Geschichte wird dir nicht gefallen.«

»Das riskiere ich.«

Esmeraude zählte ihre Untaten an den Fingern ab. »Ich habe meinen Freiern eine Prüfung auferlegt, um herauszufinden, welcher der Richtige ist …«

»Aber *Maman* hat zu einem Wettbewerb um deine Hand eingeladen!«

»Ich heirate keinen Mann, der es nur auf meine Mitgift abgesehen hat«, erklärte Esmeraude mit Nachdruck. »Ich möchte um meiner selbst Willen geheiratet werden, meine Mitgift soll, wie es beabsichtigt ist, nur so etwas wie der Segen für diese Ehe sein. Ich werde aus Liebe heiraten, so wie du es getan hast und wie es *Maman* sich für mich wünscht.«

»Vielleicht kannst du einen der Männer lieben, den sie nach Ceinn-beithe gerufen hat. *Maman* hat das sicher so geplant.«

»Bestimmt, aber dieser Plan ist fehlgeschlagen.«

»Und deshalb hast du …?«

Esmeraude streckte den zweiten Finger aus. »Ich wurde per Handschlag mit einem Wikinger vermählt. Noch bevor er Hand an mich legen konnte, bin ich ihm entflohen, habe ihn bewusstlos und gefesselt zurückgelassen und dafür gesorgt, dass die Kammer von innen verriegelt war.« Sie schürzte die Lippen. »Ich habe meine Unschuld verloren. Ich habe ein Boot gestohlen und den Knappen eines Ritters entführt. Ich habe ein Pferd gestohlen, vorgegeben, eine Hure zu sein, und einen Ritter verführt, dem ich dann, als er schlief, entwischt bin. Und ich habe meine Identität verleugnet.« Esmeraude kniff die Augen zusammen, als sie über ihre Missetaten nachdachte. »Ich glaube, das ist alles.«

Doch Jacqueline konzentrierte sich auf einen Punkt. »Du hast deine Unschuld verloren?«, wiederholte sie.

»Sie war die Ursache meines Kummers, Jacqueline, und der Grund, warum mich der König der Inseln einem viehischen Kerl übergeben hatte. Ich bin keine Jungfrau mehr, also kann sich kein Mann einen Vorteil erschleichen.«

Ein Mann hatte diesen Vorteil, aber Esmeraude war noch nicht willens, über ihn zu sprechen.

Jacqueline teilte ihre Ansicht keineswegs. »Aber ... aber an wen hast du sie verloren?«

Esmeraude runzelte die Stirn; sie ahnte, dass ihre Schwester Bayards Pflichtbewusstsein und seinen Wunsch, das Mädchen, das er als Erster besessen hatte, zu seiner Frau zu machen, gutheißen würde. Aber sie selbst war nicht bereit, ihm diesen Vorteil einzuräumen. Nicht bevor sie wusste, ob sie sein Herz gewinnen konnte. »Das ist nicht wichtig.«

»Das ist sogar sehr wichtig.«

»Dann sag ich, dass ich sie einem Mann aus meinen Träumen geschenkt habe, einem Mann, der aus dem Nebel über dem Meer kam und aus Feenstaub gemacht ist – ein Mann, der in Wahrheit gar nicht existiert. Es ist geschehen, Jacqueline, und ich möchte nicht mehr darüber reden.«

»Und du hast den Knappen dieses Mannes entführt?«, mutmaßte Jacqueline.

»Es war nicht so schlimm, wie es sich anhört«, gab Esmeraude zu, bevor ihr das Leuchten in Jacquelines Augen verriet, dass sie mehr preisgegeben hatte, als sie wollte. »Der Junge schlief in dem Boot, und ich hatte keine andere Wahl, als ihn mitzunehmen. Ich habe ihn seinem Gefährten übergeben.«

»Demnach hast du demselben Mann das Boot gestohlen.«

»Geborgt – das wäre vielleicht der bessere Ausdruck.«

»Geborgt!« Jacqueline schüttelte den Kopf, dann musterte sie Esmeraude nachdenklich. »Und das Pferd auch?«

Esmeraude gab keine Antwort, obwohl ihre Schwester sie durchdringend ansah.

»Ich nehme nicht an, dass du ebendiesen Ritter verführt hast, oder doch?«

Esmeraude lief hochrot an, und das war Antwort genug. Jacqueline lehnte sich zurück und verschränkte die Arme. »Du hast deine Unschuld an einen Ritter verloren und bist ihm durchgebrannt. Will er dich nicht heiraten?«

»Das spielt keine Rolle.«

»Ich finde schon.« Jacqueline senkte die Stimme, als würden sie wie früher abends im Bett Geheimnisse austauschen. »Wie ist sein Name?«

Esmeraude wandte sich ab. »Das verrate ich nicht.«

»Unsinn!«

»Ich wollte mich von der Last der Jungfernschaft befreien, und ich habe mir zu diesem Zweck einen Fremden ausgesucht. Sein Name ist nicht von Belang.«

»Warum bist du dann so verärgert, wenn ich danach frage? Wieso hast du ihn verführt, und warum bist du ihm weggelaufen und hast dich als eine andere ausgegeben?« Jacqueline grinste. »Sag es mir, Esmeraude. Ich schwöre dir, dass ich diese erstaunliche Geschichte niemandem weitererzähle.«

»Und wenn ich dir nicht mehr darüber sagen möchte?«

»Du weißt, dass ich die Wahrheit auch ohne deine Hilfe aufdecken kann.«

Esmeraude war sich im Klaren, dass Célie Jacqueline liebend gern alles haarklein berichten würde. Die Zofe liebte es, Neuigkeiten weiterzugeben. Möglicherweise berichtete Célie gerade jetzt dem Küchenpersonal, was sie gesehen hatte. Jacqueline würde das eine oder andere vermutlich ausgeschmückte Detail schon bald zu Ohren kommen.

Der einzige Vorteil, der Esmeraude blieb, war, dass sie der Schwester die ganze Geschichte als Erste offenbarte und dafür sorgte, dass sie die reine Wahrheit erfuhr. Sie gab sich geschlagen und verzog, als sie sich auf einen Stuhl neben ihre Schwester setzte, das Gesicht. »Wenn ich mich dir anvertraue, musst du schwören, niemandem ein Wort von alldem zu sagen, Jacqueline.«

»Ich schwöre es.«

»Jacqueline, ich fürchte, ich habe einen Fehler begangen.« Esmeraude hob abwehrend die Hand, als Jacqueline den Mund öffnete, um eine Bemerkung zu machen. »Nicht als ich mich entschloss, meine Unschuld zu opfern, denn ich denke nach wie vor, dass dies klug war.« Sie seufzte. »Jedes Mal, wenn wir uns lieben, ist es schöner als zuvor. Ich bereue keinen Augenblick, diese Erfahrung gemacht zu haben.«

»Esmeraude! Du hast öfter als einmal bei ihm gelegen? Du tust es immer noch?« Jacqueline riss die Augen auf und beugte sich so weit zu ihr, dass Esmeraude fürchtete, sie würde vom Stuhl fallen.

»Ja.« Esmeraude nickte, ohne Reue zu zeigen, dann hob sie den Zeigefinger. Aber ich fürchte, es war ein Fehler, gerade diesen Mann auszuwählen. Er war ein Fremder für mich, aber er kannte meinen Namen. Genau genommen war er sogar auf der Suche nach mir.«

»Er war auf Einladung von *Maman* gekommen«, hauchte Jacqueline.

»Ja. Und er würde mich heiraten, aber er hält Liebe für eine Schwäche, der nur Narren und Bauern nachgeben.«

»Oh.« Jacqueline lehnte sich wieder zurück. Sie schien diese Tatsache nicht so sehr abzuschrecken wie Esmeraude.

»Aber Angus hat genau dasselbe behauptet und musste letzten Endes zugeben, dass er im Irrtum war.«

»Außerdem sucht er eine fügsame Frau.«

Jacqueline schnitt eine Grimasse. »Für diese Rolle eignest du dich kaum. Glaubst du, er wird dir hierher folgen?«

Esmeraude spürte, wie ihr die Hitze ins Gesicht stieg. »Er *ist* hier.«

»Welcher ist es?« Jacqueline strahlte.

»Das verrate ich dir nicht.«

»Dann lass mich raten. Es ist der Dunkelhaarige, der dich nicht aus den Augen lässt.«

»Woher weißt du das?«

Jacqueline lachte. »Wie könnte mir das entgehen? Er beobachtet dich wie ein Habicht seine Beute. Ich denke, er ist nicht so gleichgültig, wie du glaubst.« Sie klatschte in die Hände. »Hast du vor, sein Herz zu erobern?«

»Ich hoffe, dass es mir gelingt, aber ich weiß nicht, wie ich das anfangen soll. Du musst mir helfen, Jacqueline!«

»Du liebst ihn.«

Esmeraude seufzte und schloss die Augen. »Ich habe nie jemanden wie ihn gesehen. Er ist groß, hat breite Schultern und sieht gut aus. Seine Augen sind klar und tiefblau. Er ist ritterlich und elegant und sagt die wunderbarsten Dinge.«

»Und er hat Talent im Bett.«

Esmeraude wurde scharlachrot; ihr war zu spät aufgefallen, dass ihre Schwester sie aufzog. »Ein Mann mit diesem Selbstbewusstsein und Charme würde mir gut gefallen. Du musst verstehen, Jacqueline, ich habe nie jemanden gekannt, der ihm auch nur im Entferntesten ähnlich ist. *Maman* hatte Recht, als sie sagte, dass ein Ritter einen besonderen Reiz hat.«

»Ja, das stimmt.« Die Schwestern tauschten ein Lächeln. »Und ich war diesem Reiz auch erlegen.«

»Glaubst du, ich könnte Erfolg haben?«

»Das ist nicht ausgeschlossen. Angus und ich haben auch trotz aller Gegensätze zusammengefunden«, sagte Jacqueline vergnügt. »Die Liebe kommt, wenn man sie am wenigsten erwartet. Aber man muss sorgsam danach suchen. Ein solcher Mann könnte vorgeben, nichts zu empfinden, obwohl er im Grunde längst weiß, dass es sich anders verhält.«

»Ich bin sicher, dass ich mit deiner Hilfe alle Probleme lösen kann«, behauptete Esmeraude lächelnd, obwohl sie nicht im Mindesten überzeugt davon war. »Das Allerwichtigste ist, dass dein Kind gesund zur Welt kommt und dass es dir nach der Geburt gut geht.«

»Für meinen Geschmack kann dieses Kind nicht früh genug kommen«, murmelte Jacqueline und erhob sich schwerfällig. »Ich bitte ein Dienstmädchen, dir ein Hemd und ein Kleid von mir zu bringen. Dann können deine Sachen gewaschen werden – sie stehen fast vor Dreck.«

»Danke.«

Jacqueline hob das Hemd auf und rümpfte die Nase, dann hielt sie einen Ärmel hoch. Dies war eindeutig nicht Esmeraudes Hemd. Jacquelines Augen wurden riesengroß, als ihr klar wurde, wessen Hemd sie da in der Hand hielt. Ihre Blicke trafen sich, und Esmeraudes Wangen erröteten wieder.

»Gehört das ihm?«, zischte Jacqueline.

Esmeraude nickte schuldbewusst, dann kicherten sie wie junge Mädchen.

»*Maman* wäre schockiert!«

»Ja.« Sie lachten schallend bei der Vorstellung.

Als das Gelächter verebbt war, nickte Jacqueline knapp und erinnerte sie abermals stark an ihre Mutter. »Es ist unausweichlich, du musst diesen Ritter für dich gewinnen, und ich werde dir helfen. Ich werde behaupten, dass dieses Hemd Angus gehört, damit in der Burg nicht geklatscht wird. Du nimmst stattdessen eines von mir.«

»Danke.« Esmeraude nickte, und ihre Schwester ging zur Tür. Obwohl alles besprochen zu sein schien, nagte noch eine Frage an Esmeraude. Sie strich nervös das Leinentuch glatt. Gerade als ihre Schwester über die Schwelle trat, wagte sie die Frage zu stellen, deren Antwort sie am meisten fürchtete.

»Jacqueline, glaubst du, dass ich wie mein Papa bin?« Esmeraudes Stimme war ungewöhnlich leise, aber Jacqueline hatte sie verstanden.

Ihre Schwester drehte sich mit besorgter Miene zu ihr um. »Warum?« Sie runzelte die Stirn. »Wer hat so etwas behauptet?«

»Célie. Sie sagte, ich sei eine selbstsüchtige, ungestüme Närrin und wie mein Vater und ich würde meine Mitmenschen verletzen, auch wenn ich ihnen kein Leid zufügen wollte.« Esmeraude konnte dem Blick der Schwester nicht standhalten. »Du musst dich besser an ihn erinnern können als ich. Bin ich wie Theobald? Wie war er?«

Jacqueline lehnte sich an den Türrahmen und schüttelte den Kopf. »Oh ... Theobald. Er war redegewandt und schlagfertig, das weiß ich noch. Und daran, dass er nach seiner Hochzeit mit *Maman* nur selten in Arnelaine war. Du musst eines wissen – sie hat dafür gesorgt, dass er in den Besitz des Gutes kam, denn er hatte kein *Denier* zu seinem Namen. Onkel Guillaume hat es ihm überschrieben, und ich nehme an, er erwartete, dass wir uns dort heimisch machen.«

»Das klingt, als hätten wir das nicht getan.«

»Theobald zog die schillernde Gesellschaft bei Hofe den ruhigen Vergnügungen auf dem Lande vor.«

»*Maman* muss ihn vermisst haben.«

Jacqueline lächelte traurig. »*Maman* hätte ihn womöglich umgebracht, wenn er nicht am Fieber gestorben wäre. Sie war wütend auf ihn und enttäuscht, dass er keinerlei Neigung zeigte, sich um das zu kümmern, was ihm ihre Familie auf ihre Bitten hin geschenkt hatte.«

Esmeraude sah überrascht auf. »Davon hat mir nie jemand etwas erzählt!«

»Du hast ihn vergöttert. Er war dein leiblicher Vater, aber er ist tot.« Jacqueline zuckte mit den Schultern. »Was für einen Sinn hätte es gehabt, dir deine Erinnerungen an ihn zu verderben? Dir hat Theobald die beste Seite seines Charakters gezeigt.«

»Und wie sah die schlimmste aus?«

Jacqueline zog die Brauen zusammen.

Esmeraude war für die Wahrheit gewappnet. »Jacqueline, warum sind wir nach Ceinn-beithe gekommen?«

»Das ist jetzt nicht mehr von Bedeutung.«

»Für mich schon. Ich dachte, wir sind übersiedelt, weil du für deinen Verlobten nichts übrig hattest.«

Jacqueline sah Esmeraude an. »Ja, das war einer der Gründe. Aber die eigentliche Ursache war, dass Theobald alles, was wir besaßen, und noch mehr verspielt hatte. Er hat sogar das Siegel von Arnelaine verloren, obwohl es ihm überhaupt nicht zustand, es einzusetzen. Und nachdem mich *Maman* von dem Eheversprechen loskaufen musste, waren wir mittellos.«

Jacqueline seufzte. »Es war ihr wahrscheinlich peinlich, ihrem Bruder nach all dem unter die Augen zu treten, so wie ihr Mann Guillaume seine Freundlichkeiten gedankt hatte. Vermutlich wusste sie gar nicht, wie entlegen Ceinn-beithe wirklich ist. Sein Titel war das Einzige, was Theobald nicht verspielt hatte, und er gestand ein, dass er ihn nur nicht verpfändet hatte, weil er nichts wert war.«

Esmeraude schaute auf ihre rastlosen Hände. Von dieser Seite ihres Vaters hatte sie nichts gewusst. Es war in der Tat grausam von ihm, sich beim Glücksspiel zu vergnügen und seine Pflichten der Familie gegenüber vollkommen zu vergessen.

»Bin ich wie er?«, fragte sie geschockt.

Jacqueline kam mit schnellen Schritten auf sie zu und umfasste ihre Schultern. »Du hast seinen Charme und seine Lebensfreude. Du bist impulsiv wie er, das stimmt.« Esmeraude sah auf, und ihre Schwester lächelte. »Aber ich glaube nicht, dass du etwas tätest, von dem du wüsstest, dass es jemanden verletzt.«

»Aber ich könnte versehentlich in eine solche Lage geraten. Das ist kein beruhigender Gedanke.«

Jacqueline drückte ihre Schultern. »Wenn jemand eine Schwäche überwinden kann, Esmeraude, dann du. Du hast das Glück, die Entschlossenheit von unserer Mutter geerbt zu haben, und die reicht aus, um jede Schwäche auszumerzen, die du von Theobald haben könntest.« Sie zwinkerte, als Esmeraude sie hoffnungsvoll ansah. »Du wirst sehen.«

»Warum hat *Maman* so einen Mann geheiratet?«

Jacqueline lächelte betrübt. »Natürlich weil sie glaubte, ihn zu lieben.«

»Aber wenn sie ihn geliebt hat, wie konnten dann die Dinge so furchtbar enden?«, rief Esmeraude verzweifelt. »Ich dachte, Liebe vermag alles.«

»Nur wenn sie erwidert wird. Ich glaube, Theobald liebte niemanden außer sich selbst. Du hast Recht, wenn du dich vor einer Heirat vergewissern willst, ob deine Liebe Widerhall findet, so wie es bei *Maman* und Duncan und bei mir und Angus der Fall ist – solche Verbindungen sind mit unaussprechlichem Glück gesegnet.« Jacqueline lächelte.

»Vertrau mir, Esmeraude, es ist das Beste, diesen Ritter abzuweisen, bis du sein Herz gründlich erforscht hast. Und auch wenn du ihn liebst, bist du besser ohne ihn und seinen Charme dran, wenn er dich nicht wiederlieben kann.«

Esmeraude ergriff Esmeraudes Hand. »Ich danke dir, dass du mir die Wahrheit gesagt hast und mir vertraust. Und ich danke dir für deine Hilfe und Gastfreundschaft.«

»Du bist meine Schwester. Was sollte ich anderes tun?« Sie sahen sich liebevoll an, dann ging Jacqueline wieder zur Tür. Sie blieb noch einmal stehen und stützte die Hand ins Kreuz. Plötzlich wirkte sie sehr müde. »Würdest du mir auch einen Gefallen tun?«

»Jeden!«

»Sprich mit diesen Freiern, denn sie haben Hartnäckigkeit bewiesen, als sie dir folgten.« Jacqueline hob Einhalt gebietend die Hand, als Esmeraude protestieren wollte. »Ich habe nicht viel von meinem Angus gehalten, als wir uns kennen lernten, aber mit der Zeit musste ich lernen, dass meine Einschätzung falsch war. Du kannst nicht im Voraus wissen, welcher Mann dich in seinen Bann zieht, wenn du nur einen Blick auf ihn wirfst – auch wenn so etwas in den alten Geschichten erzählt wird. Wenn ich Angus so schnell abgewiesen hätte, hätte ich das Glück, das ich jetzt mit ihm erlebe, nie erfahren. Esmeraude, bitte, sieh dir die Männer, die bis hierher gekommen sind, genau an. Für den Fall, dass dich dein Herz in die Irre führt, könntest du die Liebe finden, wo du sie am wenigsten erwartest.«

»Wenn du mir das rätst.«

»Das tue ich.« Jacqueline strahlte – ihr Glück vertrieb alle Anzeichen der Erschöpfung. »Das, was du entdeckst, könnte dich überraschen.«

Esmeraude neigte den Kopf – sie bezweifelte es, aber sie

war willens, es zu versuchen. »Ich spreche mit jedem Einzelnen, bevor ich eine Wahl treffe. Wäre es möglich, eine Nachricht an *Maman* zu schicken, damit sie sich keine Sorgen um mich macht?«

»Natürlich.« Jacqueline war erfreut. »Siehst du? Theobald hätte ihr nie ein Wort zukommen lassen, um ihre Ängste zu zerstreuen. Er hat sich nur um seine eigenen Belange gekümmert. Du bist keineswegs selbstsüchtig wie er, Esmeraude.«

Dieser Hinweis beruhigte Esmeraude, aber sie würde mehr tun, als nur ihr Versprechen einlösen. Sie dachte an Jacquelines Zustand und beschloss, hier zu bleiben und ihrer Schwester im Haushalt zu helfen. Esmeraude hatte aus einem Impuls heraus Gäste nach Airdfinnan eingeladen, aber sie würde tun, was sie konnte, um Jacqueline die nötige Ruhe zu verschaffen so kurz vor der Geburt.

Sie zweifelte nicht, dass Angus diesen Plan gutheißen würde.

Bayard erfasste rasch die Eigenheiten der Großen Halle von Airdfinnan. Es gab keine Fenster, und schwere Wandbehänge zierten die Wände. Leuchter, Kerzen und Kohlebecken spendeten Wärme und goldenes Licht. Man hatte etliche Tische aufgestellt, an denen Männer saßen, Ale tranken und Geschichten erzählten. Funkelnde silberne Becher und irdene Krüge standen auf dem Tisch, und der Duft nach gebratenem Fleisch wehte aus dem Küchenhaus.

Bisher waren noch keine Frauen anwesend. In die der Eingangstür gegenüberliegende Wand war eine zusätzliche Pforte eingelassen. Diese Wand bestand aus anderen Steinen als die restlichen Mauern und war vermutlich nachträglich eingezogen worden. Bayard nahm an, dass der Hausherr separate Räume zum Schlafen geschaffen hatte.

»Airdfinnan ist stark bemannt«, bemerkte Bayard, als er die vielen Männer am Tisch zählte. Er rechnete die dazu, die sie durchs Tor begleitet hatten, und jene, die noch auf den Mauern Wache hielten, und war beeindruckt.

Der Lord warf ihm einen Blick zu. »Ein Mann muss seine Schätze verteidigen, wenn er sie behalten will.«

Das war eine Einstellung, die Bayard ganz und gar unterstreichen konnte, aber er bekam keine Gelegenheit, näher darauf einzugehen. Seine Cousins und sein Bruder kamen aus dem Burghof herein und rieben sich die Hände. Sie setzten sich lachend und scherzend ans Tischende. Der Lord entschuldigte sich bei Bayard, um die Neuankömmlinge willkommen zu heißen und sich zu vergewissern, ob das Tor verschlossen war.

Bayard genoss das Ale und die Wärme nach dem eisigen Ritt. Er überlegte, ob Esmeraude die Absicht hegte, noch heute Abend ihre Identität zu enthüllen, und lächelte unwillkürlich, als er sich ausmalte, wie überrascht seine Verwandten sein würden.

Hinter ihm räusperte sich jemand unsicher. »Sir?«

Bayard drehte sich um und entdeckte Michael, dahinter Andrew. »Ja?«

»Erlaubt mir die Kühnheit, eine Bemerkung zu machen«, begann Michael. »Mir scheint, die Lady ist keine gute Wahl für Euch, Sir.«

Bayard musterte den Jungen eingehend. »Tatsächlich?«

»Ja.« Michael nickte. »Wenn Sie sich so vehement dagegen wehrt, Euch ihre Hand zu reichen, dann mag es Gründe dafür geben, die nur sie allein kennt.«

»Oder sie spielt ein Spiel, um den Freier zu erkennen, der den stärksten Willen hat.«

Michael runzelte nachdenklich die Stirn. »Das wäre möglich, Sir, aber ich frage mich, ob eine Frau, die sich

Euch derart widersetzt, letzten Endes die passende Braut für Euch ist. Vielleicht sollten wir die Angelegenheit auf sich beruhen lassen und stattdessen zum König reiten. Dies hier mag uns nicht den Sieg bringen, der wünschenswert wäre, oder es wird ein Sieg, für den Ihr einen hohen Preis bezahlt.«

Bayard lächelte. Er freute sich, dass Michael strategisches Denken entwickelte, allerdings kannte der Junge nicht alle Einzelheiten. »Hast du jemals erlebt, dass ich mich aus einer Schlacht zurückziehe, weil sie nicht leicht zu gewinnen war?«

»Nein, Sir.« Michael schüttelte den Kopf, während Andrew mit großen Augen von einem zum anderen schaute.

»Und hast du jemals erlebt, dass ich einen Vorteil wie die Gunst des Königs ungenutzt lasse um eines Preises willen, der es nicht wert wäre?«

»Nein, Sir.«

»Dann sollst du wissen, dass ich auch diesmal nicht dazu bereit bin.«

»Aber, Sir, ich habe auch nie erlebt, dass Ihr eine Sache wider alle Vernunft verfolgt.« Michael hielt Bayards strengem Blick stand. »Vielleicht ist eine so launische, temperamentvolle Frau nicht die Richtige für Euch. Möglicherweise ist es nicht *logisch*, ihr weiterhin den Hof zu machen.«

Bayard war betroffen von der Argumentation des Jungen. Er hatte ihn offenbar zu gut unterwiesen. »Du bist nicht vertraut mit den Einzelheiten dieser Angelegenheit, Michael«, entgegnete er fest. »Du musst wissen, dass eine leicht erlangte Eroberung bei weitem keine so große Befriedigung verschafft wie eine Prüfung, die den ganzen Verstand und die ganze Entschlusskraft erfordert.«

»Ja. Sir.«

Bayard bedachte seine Knappen mit einem Lächeln und

erklärte mit seiner charakteristischen Zuversicht: »Ich verliere nicht. Ich werde *nie* verlieren. Und diese Lady wird lernen, dass mein Wille stärker ist als ihrer. Das und das allein wird sie letzten Endes zu einer geeigneten Braut und Gemahlin für mich machen. Jetzt holt Euch einen Krug Ale und setzt euch ans Feuer.«

»Sehr wohl, Sir.« Die Jungen verbeugten sich und liefen los, um sich etwas zu trinken zu holen. Bayard blieb nachdenklich zurück.

Es stimmte, dass Esmeraude nicht die Frau war, die er sich vorgestellt oder in diesen Bergen gesucht hatte. Seine Esmeraude war klüger, vielschichtiger und eigensinniger, als er ursprünglich angenommen hatte. Es mochte ein schweres Stück Arbeit sein, sie seinem Willen zu unterwerfen, aber er war erpicht darauf, es zu versuchen.

Ja, er war aufrichtig zu seinen Knappen gewesen. Er freute sich darauf, Esmeraude of Ceinn-beithe zu erobern. Um ehrlich zu sein, er war noch nie so mit dem Herzen bei einem Kampf gewesen wie bei diesem. Das war sicherlich ein gutes Omen für ihre Ehe.

Er pfiff durch die Zähne und gab einem der Bediensteten ein Zeichen, ihm noch einen Krug Ale zu bringen. Er war bereit, seinen Verstand mit dem der Lady zu messen, und überzeugt, dass er der geeignetste Freier für sie war; zudem hatte sie ihm ihre Jungfernschaft geschenkt, und das verschaffte ihm einen entscheidenden Vorteil. Natürlich stimmten sie nicht in allem überein, aber wenn sie es täten, müsste er sich ernsthaft Gedanken machen. Seiner Ansicht nach war es unnatürlich, wenn zwei Seelen in allen Dingen gleicher Meinung waren.

Sie stellte ihn lediglich auf die Probe. Und er war an Prüfungen gewöhnt.

Dennoch störte es ihn, dass er nicht genau wusste, was er

von seiner Esmeraude zu erwarten hatte. Er vermutete, dass das seinem Werben die Würze verlieh.

Michael hatte in gewissem Sinne Recht. Bayard hätte an diesem Punkt aufgegeben, wenn es um irgendeine andere Frau gegangen wäre – schließlich hatte er alles Menschenmögliche getan, um sie darauf hinzuweisen, dass ihre Gedanken in die Irre gingen. Wahrscheinlich wäre er zu seiner Großmutter zurückgekehrt und hätte sie überredet, von dieser schrulligen Erprobung seiner Entschlossenheit abzulassen.

Aber Esmeraude konnte er nicht aufgeben. Das war undenkbar. Bayard ahnte, dass der Drang, Esmeraude für sich zu gewinnen, auf mehr gründete als nur auf der Bedingung seiner Großmutter, doch er weigerte sich, diese Regung genauer zu ergründen.

Er brauchte ein paar Stunden Schlaf und ein herzhaftes Mahl, dann gingen ihm diese törichten Ideen schon aus dem Sinn. Er wollte nichts anderes, als Margaux' Bitte erfüllen und sich Montvieux sichern.

Als die Schatten lang wurden, öffnete sich die Pforte in der Wand, und Kinder stürmten in die Große Halle – erst ein dunkelhaariger Junge, dann ein blondes Mädchen. Ein kleineres Mädchen folgte, als der Junge auf den Hausherrn zulief. Die Züge des Lords wurden weich, und er lächelte; offensichtlich waren dies seine Kinder. Er trat vor, um sie zu begrüßen, und vergaß für einen Moment ganz, dass er Gäste hatte.

Bayard hielt sich absichtlich im Hintergrund, wartete auf seine Lady und wollte ihr Erscheinen allein genießen. Als Nächstes betrat die Burgherrin die Halle. Ihr Gang wirkte schwerfällig, da sie schwanger war. Ein dunkelhaariges Kleinkind hing an ihren Röcken – ein Mädchen, dem der Lärm der Männer Angst zu machen schien.

Der Lord ging auf seine Gemahlin zu, stellte den Jungen auf die Füße, hob das jüngste Kind hoch und bot der Lady seinen Arm. Sie lehnte sich schwer und sichtlich müde gegen ihn, aber sie lächelte strahlend.

Dann erschien Esmeraude, und Bayard kam es so vor, als würden sich die Köpfe aller zu ihr drehen. Er starrte sie ebenfalls an und war dankbar, dass er sich ein dunkles Plätzchen ausgesucht hatte. Er betrachtete sie eingehend und verspürte den Wunsch, sich jede Einzelheit ins Gedächtnis einzuprägen.

Sie war noch schöner, als er bisher erahnt hatte.

11

Esmeraude war wie eine Edelfrau gekleidet. Ihr kastanienbraunes Haar war geflochten und mit Bändern und Perlen geschmückt. Sie trug ein Kleid aus dunkelblauem Damast, dessen Saum und Ärmel mit reicher Goldstickerei verziert waren.

Die Farben verliehen ihrem Haar einen goldenen Schimmer und ließen ihre Augen zweifellos noch blauer erscheinen. Die leuchtend rote Stickerei ihres Hemdes lugte am Ausschnitt und unter dem Saum hervor. Wenn sie ging, sah man die dunkelgrünen Lederschuhe und die gelben Strümpfe.

Die lebhaften Farben standen ihr gut. Bayard stellte sie sich in Pflaumenblau und Rosa, in Zinnober und Grün, in Gold und Bordeaux vor. In den farbenprächtigen Kleidern funkelte sie wie ein Juwel, und Bayard verspürte den Wunsch, sie immer so prachtvoll gekleidet zu sehen. Sie zog die Blicke aller auf sich, und es gefiel ihr, im Mittelpunkt der Aufmerksamkeit zu stehen.

Ihre Wangen waren rosig, und ihr Lächeln wirkte schelmisch. Obwohl sie wie eine Adelige aussah, hatte sie nicht die gesetzte Art angenommen.

Und das machte Bayard nicht das Geringste aus. Er freute sich sogar, dass die elegante Aufmachung dem Wesen seiner Esmeraude nichts anhaben konnte. Sie blieb auf der Schwelle stehen, richtete den Blick auf die Ritter am Tisch und schien auf den Füßen zu wippen wie ein

Spaßvogel, der die Pointe seines Witzes kaum erwarten konnte.

Bayard grinste, weil er wusste, dass sie auf den Moment lauerte, in dem die Ritter sie erkannten. Jetzt gestand er sich ein, dass nicht nur die Aussicht auf Montvieux sein Interesse an dieser Lady am Leben erhielt.

Esmeraude fesselte ihn wie keine andere Frau zuvor.

Bayard mochte ihre Leidenschaft und ihre Abenteuerlust. Ihm gefiel ihr wacher Verstand und ihre Entschlossenheit, Einfluss auf ihr eigenes Leben zu nehmen. Mit einem Mal störte es ihn weit weniger, dass sie auch nicht im Entferntesten gehorsam und einsichtig war.

In Wahrheit war die Eroberung weitaus süßer, weil er wusste, dass er sie nicht so einfach haben konnte. Esmeraude hatte ein bemerkenswertes Geschick, ihm ihren Willen aufzuzwingen, ihn zur Weißglut zu bringen und ihn zu Äußerungen zu bewegen, die er gar nicht über die Lippen bringen wollte. Und Esmeraude wünschte sich nichts mehr als ein Liebesgeständnis. Und es würde nicht leicht werden, ihr dies zu versagen.

Aber er wollte sie nicht belügen, nicht noch einmal. Eine Unwahrheit lastete bereits zwischen ihnen, und schon dabei fühlte er sich unwohl.

Es war gut, dass Bayard ausgebildet war, einer Herausforderung zu begegnen, und absolut gewillt, bei jeder Auseinandersetzung den Sieg davonzutragen. Es wäre ihm angemessen, eine solche Frau an seiner Seite zu haben. Er suchte sich einen Platz im hinteren Teil der Halle.

Im Augenblick würde er das Schauspiel beobachten, ohne selbst gesehen zu werden. Esmeraude sah sich rasch um – zweifellos suchte sie ihn, und ihre Miene wurde ernster, als sie ihn nirgendwo entdeckte. Bayard lächelte in seinen Krug.

Sie war schon halb besiegt.

Der Lord of Airdfinnan machte seine Gemahlin und die Kinder mit den noblen Gästen bekannt, dann drehte er sich um und bot Esmeraude die Hand. »Und Ihr müsst natürlich auch die Schwester meiner Frau kennen lernen – Esmeraude of Ceinn-beithe.«

Esmeraude lächelte und schwebte triumphierend zum Tisch. Amaury verschluckte sich am Ale, Connor zog unmutig die Augenbrauen zusammen, und Nicholas bekam kugelrunde Augen.

»*Ihr* seid Esmeraude?«, wollte Nicholas wissen.

Esmeraude nahm in so eleganter Pose Platz, dass Bayard fast vor Stolz platzte. »Selbstverständlich.« Sie strahlte Nicholas an. »Ich hatte versprochen, in Airdfinnan zu sein, und hier bin ich. Ich danke Euch für Eure Begleitung. Man hört so allerlei über Banditen und Räuber, die sich auf den Straßen herumtreiben.« Sie lächelte über die verdutzten Männer und suchte wieder nach Bayard, dann legte sie sich die Serviette auf den Schoß.

»Aber Ihr seid mit uns geritten und habt nichts gesagt«, warf ihr Connor vor. »Genau genommen habt Ihr uns getäuscht und vorgegeben, ein einfaches Mädchen zu sein.«

»Ich hätte nicht gedacht, dass Ihr Euch so leicht hinters Licht führen lasst«, entgegnete Esmeraude verschmitzt und nickte dem Diener, der ihren Kelch füllte, zum Dank zu. »Bayard hat meine List sofort durchschaut. Ist er der einzige kluge Kopf in der Familie?«

Bayards Herz hüpfte, als er seinen Namen aus ihrem Munde hörte. Er freute sich, dass die Lady ihn wohlwollend erwähnte. Der Lord sah auf. Offenbar besann er sich auf den Gast, bei dem er sich seiner Kinder und Gemahlin zuliebe entschuldigt hatte. Er begegnete Bayards Blick, doch

Bayard schüttelte den Kopf – er wollte noch eine Weile unbemerkt bleiben.

»Ja, Ihr seid mit Bayard *geritten*«, murrte Connor und kippte sich sein Ale in die Kehle. »Er hatte immer schon den Drang, stets der Erste zu sein.«

Nicholas sah bei dieser Anspielung alarmiert auf und schaute von Esmeraude zu Connor und wieder zurück.

»Soll das heißen, Ihr habt meinen Bruder abgewiesen?«, erkundigte sich Amaury.

Esmeraude lächelte. »Ein Mann, der nicht an die Liebe glaubt, ist nicht der Richtige für mich.«

Connor sog scharf die Luft ein und machte keinen Hehl aus seiner Missbilligung. »Vielleicht hättet Ihr das bedenken sollen, bevor Ihr ihn im Wald umgarnt habt.«

Die Stille, die sich über die Halle senkte, wurde nur unterbrochen, als Connor mit den Fingern schnippte, um sich den Krug voll schenken zu lassen.

»Was wollt Ihr damit sagen?«, fragte der Lord eisig. »Erhebt Ihr Beschuldigung und zieht den guten Ruf einer meiner Gäste in Zweifel?«

»Bayard muss immer der Erste sein«, wiederholte Connor ungerührt. »Und ich bin überzeugt, dass er auch bei dieser Tat der Erste war.«

Esmeraude wurde rot, und ihre Zofe Célie stemmte aufgebracht die Hände in die Seiten.

»Meine Begleiter mögen für sich selbst entscheiden, aber ich freie nicht um das, was ein andere Mann mir übrig lässt.« Célie bedachte Esmeraude mit einem kalten Blick. »Ich dachte immer, eine wohl erzogene, anständige Lady würde jungfräulich in ihr Ehebett kommen.«

»Die Kinder!«, rief die Lady of Airdfinnan und wurde blass. Sie legte die Hände über die Ohren ihrer kleinsten Tochter und sah ihren Mann flehend an. Angus of Airdfinnan erhob sich. Auch Bayard kam näher, um seine Lady zu verteidigen.

Aber Esmeraude brauchte keine Hilfe. Sie stand auf und drängte ihren Schwager beiseite, als sie auf Connor zuging. »Und Ihr bleibt natürlich tugendhaft und keusch bis zu Eurer Hochzeitsnacht?«

Connor grinste. »Was ich tue und was nicht, soll nicht Eure Sorge sein.«

»Aber Ihr urteilt über das, was ich tue?«

»Bei einer Braut ist das etwas anderes.«

»Ach, ja? Es mag anders bei der Braut sein, die Ihr Euch erwählt, aber ich würde niemals einen Mann heiraten, der Frauen nach einer solchen Banalität beurteilt.«

»Das ist wohl kaum eine Banalität.«

»Nein? Aber am Morgen nach der Hochzeit ist es einerlei, oder nicht? Danach muss sich das Paar auf ein gemeinsames Leben einrichten. Und dann kommt es auf den Charakter und die Stärken an, nicht auf ein paar Tropfen Blut auf dem Leintuch.«

Connors Lippen wurden schmal. »Kein Ehrenmann nimmt sich eine Hure zur Frau.«

»Also muss eine Frau, die nicht keusch ist, eine Hure sein? Sir, es gibt doch sicherlich noch andere Kategorien zwischen diesen beiden.«

»Keine, die von Bedeutung wäre.«

Esmeraude neigte sich zu Connor, kniff die Augen gefährlich zusammen und raunte mit gesenkter Stimme: »Es gibt Frauen, Connor of Tullymullagh, die jungfräulich in die Ehe gehen und kein Blut in der Hochzeitsnacht vergießen. Würdet Ihr eine Braut verstoßen wegen ein paar Blutstropfen?«

Connor starrte sie ungerührt an. »Ihr lügt. Und ja, das würde ich.«

»Dennoch heiraten Männer auch Witwen. Meine Mutter ist zum dritten Mal verheiratet. Sie hat in jeder Ehe Kinder geboren, deshalb konnte sie nach ihrer ersten Hochzeit nicht mehr jungfräulich sein.« Esmeraude hob herausfordernd das Kinn und stemmte die Arme in die Hüften. Bayard hatte das Gefühl, dass sie diese Auseinandersetzung genoss.

Und sie argumentierte sehr gut, das konnte er nicht leugnen.

Connor wischte ihren Einwand mit einer Handbewegung beiseite. »Witwen werden oft wieder verheiratet, aber meistens wegen ihres Besitzes und nicht aus persönlichen Gründen.«

»Das ist nicht wahr!«, protestierte Esmeraude hitzig. »Duncan hat meine Mutter aus Liebe zu ihr zu seiner Frau gemacht!«

»Oder um des Titels von Ceinn-beithe willen?« Connor schüttelte den Kopf. »Niemand kennt das Herz eines Mannes, nur das eigene. Wenn ich sehe, dass sich ein Mann vermählt und dadurch zu Besitz kommt, traue ich seinen Liebesschwüren nicht.«

Esmeraudes Züge wurden eisig. »Wollt Ihr mir damit nahe legen, ich solle davon ausgehen, dass alle Männer, die um meine Hand werben, *lügen*, wenn sie beteuern, dass sie mich um meiner selbst willen begehren?«

Connor zuckte mit den Schultern. »Das solltet Ihr einen anderen fragen. Ich mache Euch nicht länger den Hof.«

»Nur aufgrund eines Verdachtes?«, hakte sie nach.

»Ich weiß, was ich gesehen habe.«

»Ihr habt gar nichts gesehen.«

»Ich habe genügend beobachtet. Gebt Ihr zu, dass Ihr Eure Unschuld verloren habt?«, forderte Connor sie heraus.

»Sagt uns die Wahrheit und bringt Gründe zu Eurer Verteidigung an.«

Die Lady of Airdfinnan hielt den Atem an, aber Esmeraude wurde nur noch hitziger. »Jenen, die entschlossen sind, schlecht von mir zu denken, gestehe ich überhaupt nichts. Woher sollte ich wissen, ob Ihr mir auch nur ein Wort glaubt?«

Connor schnaubte und trank von seinem Ale. »Ihr wisst selbst, dass Euch die Wahrheit in einem ungünstigen Licht zeigt. Euer Widerstreben ist mir Beweis genug.«

»Ihr wisst nichts!«, rief Esmeraude.

»Ich weiß, was ich gesehen habe«, beharrte Connor.

»Und was hast du gesehen, Connor?«, fragte Bayard, während er aus dem Schatten trat. »Sag es uns allen.«

Alle auf dem Podest und in der Halle drehten sich zu Bayard um, aber er hielt seinen Blick unverwandt auf den Cousin gerichtet. Er zog eine Augenbraue hoch, um Connor herauszufordern, seine Anschuldigungen offen auszusprechen. Connor wurde knallrot und steckte die Nase in seinen Krug.

Bayard schaute zu seiner Lady, und sein Herz machte einen Satz, weil ihr ins Gesicht geschrieben stand, wie sehr sie sich freute, ihn zu sehen. Er lächelte ihr zu und wusste, dass sie wirklich bald heiraten würden.

Er durchquerte selbstbewusst die Halle, und jeder, der im Weg stand, machte ihm Platz. »Was du beobachtet hast, Connor, war ein Kuss, den eine Lady dem Freier geschenkt hat, der ihr am besten gefällt.«

Er blieb vor Esmeraude stehen und verbeugte sich tief, dann nahm er ihre Hand und führte sie an die Lippen. Unter den wachsamen Blicken der Anwesenden drehte er ihre Hand um und küsste die Handfläche. Ihr lief ein Schauer über den Rücken, als er ihre Finger um die liebkoste Stelle schloss.

»Mylady«, sagte er leise, aber nicht so leise, dass ihn die anderen am Tisch nicht hören konnten, »Eure Schönheit stellt die Pracht des Himmels dieser Nacht in Frage, und Euer Lächeln ist strahlender als die Sonne.«

Esmeraude lächelte und entzog ihm ihre Hand. »Das sagt Ihr vermutlich zu allen Demoiselles, denen Ihr den Hof macht.« Ihr Ton war leichtfertig und scherzhaft, so dass Bayard keinen Anstoß an der Bemerkung nehmen konnte.

»Nein, Esmeraude, nur der einen, die ich für mich gewinnen möchte.« Er zwinkerte ihr zu, und als ihr Lächeln breiter wurde, atmete er erleichtert auf.

Er wandte sich der Gesellschaft zu. »Seid gegrüßt, Cousins und Amaury. Deine Anschuldigung, Connor, ruft mir eine Geschichte ins Gedächtnis, die von einem Ritter handelt, der die Hand einer Lady gegen alle Widerstände zu gewinnen suchte.«

»Erzählt sie!«, rief die älteste Tochter des Lords. Sie sprang aufgeregt von der Bank, während die anderen Kinder Bayard neugierig ansahen. »Wir lieben Geschichten, stimmt's nicht, Tante Esmeraude?«

»Ja, mir ist zu Ohren gekommen, dass sich die Lady für eine Geschichte begeistern kann«, sagte Bayard. »Alle hier versammelten Freier sollten dem Lord of Airdfinnan als Dank für seine Gastfreundschaft anbieten, seine Familie zu unterhalten.«

»Ich habe die Geschichte schon gehört, die Ihr erzählen wollt, und habe nicht sehr viel für sie übrig«, erklärte Esmeraude mit stolz erhobenem Kopf. Mit einem Mal änderte sich ihre Stimmung ihm gegenüber.

Bayard lächelte. »Ihr habt bisher nur den Anfang gehört und so gut wie gar nichts von den Abenteuern, die noch folgen. Ich möchte wetten, dass die Fortsetzung der Geschichte mehr nach Eurem Geschmack ist, als ihr im Augenblick denkt.« Er erkannte, dass sie unschlüssig war und neugierig wurde.

»Wir könnten alle eine Geschichte erzählen«, schlug Nicholas vor. »Und Esmeraude kann entscheiden, welche ihr am besten gefallen hat.«

Es war nicht zu übersehen, dass er mehr im Sinn hatte als nur die Geschichten an sich. Esmeraude sah die anderen Ritter an, dann wandte sie sich an Bayard. »Verlieben sich Tristran und Iseut wahrhaftig ineinander?«, erkundigte sie sich scharf. »Wenn nicht, möchte ich Eure Geschichte nicht zu Ende hören.«

Bayard lachte leise. »Ich kann die Geschichte erzählen, oder es bleiben lassen. Ihr habt die Wahl. Mylady.«

Esmeraude betrachtete ihre hochschwangere Schwester und nickte knapp. »Es ist ein guter Abend, um an der Tafel zu sitzen und ein wenig auszuruhen«, sagte sie und legte Jacqueline den Arm um die Schultern. »Ich bitte Euch und alle, die es Euch gleichtun, nur darum, Geschichten zu erzählen, die meine Schwester zum Lächeln bringen.« Esmeraude sah Bayard wieder an. »Und Eure sollte besser werden, Sir, falls Ihr vorhabt, mich zu erfreuen.«

»Ihr wisst, dass es mein einziger Wunsch ist, Euch Freude zu bereiten«, murmelte Bayard und spielte damit auf weit mehr als auf seine Ballade an.

Esmeraude errötete und lachte leichtfertig; ihre Augen blitzten. Bayard fühlte sich, als hätte er einen Sieg errungen, als hätte er einen größeren Schatz gewonnen als jemals zuvor. Ja, diese Eroberung würde ihm gelingen. Immerhin stand Montvieux auf dem Spiel.

Aber während er Esmeraude betrachtete, wurde ihm klar, dass Montvieux nicht der einzige Preis war, nach dem er sich sehnte.

Die Kinder waren fast so gespannt wie Esmeraude, wenn auch aus anderen Gründen. Für sie war es ein besonderes Erlebnis, einen ganzen Abend lang neue Geschichten zu hören. Esmeraude ertappte sich dabei, dass sie die Geschichten der anderen Männer nur hinter sich haben wollte – sie musste endlich erfahren, wie Bayards Sage weiterging.

Sie hielt es für ein gutes Zeichen, dass er so eifrig darauf bedacht war, ihre Gunst zu erlangen. Ein Mann ohne Herz, der er zu sein vorgab, würde sich doch nicht so viel Mühe geben, sie zu bezaubern, oder? Sie beobachtete Bayard verstohlen unter halb geschlossenen Lidern; sie wollte nicht, dass er ihr ins Herz schaute. Es schien ihr, als wäre ein Faden zwischen sie beide gespannt, und sie war halb überzeugt, dass alle Anwesenden bemerkten, was sie verband.

Es war sehr ritterlich von Bayard gewesen, zu behaupten, sie hätten nichts weiter als einen Kuss getauscht, aber es hatte sie überrascht. Die Wahrheit würde seinen Anspruch auf ihre Hand stärken. Es faszinierte sie, dass er ihre Erwartungen nicht erfüllt und ihre Ehre verteidigt hatte.

Was wusste sie sonst noch über diesen Mann?

Annelise drängte sich zwischen Esmeraude und Jacqueline auf die Bank und strahlte vor Vorfreude. Ysembel setzte sich neben Jacqueline, Alina neben Esmeraude. Fergus blieb bei seinem Vater, der Esmeraude anerkennend zunickte. Ja, Jacqueline würde an diesem Abend geschäftig hin und her laufen, um ihre Gäste zu bewirten, aber es war viel besser für sie, ruhig sitzen zu bleiben.

Amaury fing an, und während er seine Geschichte erzählte, wanderte Esmeraudes Blick zwischen den beiden Brüdern hin und her. Sie verglich sie unwillkürlich miteinander, denn sie waren sich äußerlich recht ähnlich. Jeder Narr hätte auf den ersten Blick erkannt, dass sie Brüder waren.

Aber es gab einen Unterschied – Bayard machte den Eindruck, dass er einen großen Schluck aus dem Becher der Lebenserfahrungen genommen hatte. Amaury hingegen wirkte jung und sanftmütig; er war noch kein ganzer Mann, obwohl Esmeraude ihn vermutlich sehr anziehend fände, hätte sie nicht zuerst seinen älteren Bruder kennen gelernt.

Amaury gab die hübsche Legende von Melusine zum Besten. Die Kinder waren entzückt von der Geschichte über gute und böse Feen. Esmeraude kannte sie bereits, aber Amaury erzählte sie sehr gut.

Connor ließ sich eine schwache Geschichte von einem Gespenst in der uralten Burg Tullymullagh einfallen – es war offensichtlich, dass er an dem Wettbewerb keinerlei Interesse hatte und nicht mehr um Esmeraudes Hand buhlte, aber vielleicht hatte er das Gefühl, Jacqueline zu kränken, wenn er nicht teilnahm.

Nicholas bot ihnen eine Geschichte, die er, wie er sagte, von seinem venezianischen Großvater gehört hatte, Esmeraude war hingerissen von der exotischen Legende eines Unsterblichen, der dazu verdammt war, seine Geliebte zu suchen, weil nur sie ihm Erlösung und die ewige Ruhe geben konnte. Das war eine Geschichte von wahren Liebenden! Bestimmt führte diese Legende Bayard vor Augen, dass ihre Einstellung doch die richtige war.

Oder auch nicht. Sein Gesichtsausdruck verriet nicht, was in seinem Kopf vorging.

Dann war Bayard an der Reihe. Esmeraudes Herz klopfte schneller, als er sich erhob. Er trat auf wie ein Mann, der keinen Zweifel daran hegte, dass er als Sieger aus dem Wettbewerb hervorgehen würde. Er räusperte sich etliche Male, dann verbeugte er sich vor der Burgherrin.

»Ich bitte um Vergebung, aber meine Geschichte handelt auch von Liebenden, deren Pfade von Enttäuschungen und Hindernissen gesäumt sind. Dennoch ist es eine schöne Sage, und obwohl ich sie kürzlich in Frankreich zum ersten Mal gehört habe, sagt man, sie hätte ihre Wurzeln hier in dieser Gegend. Es ist die Geschichte von Tristran und Iseut.« Er sah zu Esmeraude, und ihr Herz pochte noch wilder. »Möchtet Ihr sie hören, oder soll ich mir eine andere ausdenken?«

Jacqueline lächelte und sprach, ehe Esmeraude das Wort ergreifen konnte: »Ich würde mir liebend gern diese Geschichte anhören, denn mir sind diese Namen vollkommen fremd. Wir alle in diesem Haus lieben Sagen aus unserer Region.«

»Der Wille meiner großzügigen Gastgeberin sei mir Befehl.« Bayard verneigte sich tief, dann richtete er sich auf und begann in seinem Vortrag.

Er erzählte den ersten Teil, den Esmeraude bereits kannte, und mied dabei ihren Blick. Aber als er zu dem Abschnitt kam, den er ihr bisher vorenthalten hatte, wandte er sich ihr zu und sah sie unverwandt an, als wäre das Folgende nur für ihre Ohren bestimmt.

Esmeraude war bezaubert.

Das Paar liebte sich während der Seereise, bis der unheilvolle Tag nahte. Ihr Schiff lief in Cornwall ein. König Marks Braut wurde von allen willkommen geheißen, und der König war entzückt, als Tristran ihm, wie er es geschworen hatte, seine zukünftige Gemahlin brachte.

Iseut wurde in königliches Rot gekleidet, und eine Krone hing über dem Hochzeitsbett. Aber nicht die Braut, nicht die unvergleichlich schöne Iseut, empfing den König des Nachts, sondern ihre getreue Zofe, die jungfräuliche Bran-

gain. Iseut verbrachte die Nacht mit ihrem Geliebten Tristran.

In dieser berauschenden Liebesnacht ahnte König Mark nichts von der Täuschung.

Esmeraude war entsetzt, dass Iseut ihrer Zofe ein solches Opfer abverlangte und dass sich der König so leicht überlisten ließ. Aber was würde sie selbst in ihrer Hochzeitsnacht tun? Würde sie bei einem Mann liegen, den sie liebte? Oder würde sie ihn täuschen? Wie es schien, legten die Männer mehr Wert auf Jungfräulichkeit ihrer Braut, als sie gehofft hatte. Zu spät erkannte Esmeraude, wie Recht Célie gehabt hatte, als sie sie von der Tat hatte abhalten wollen.

Dennoch bedauerte sie nicht, dass sie mit Bayard diese Wonnen erlebt hatte.

Bayard senkte die Stimme, und alle neigten sich in seine Richtung, um ihn besser verstehen zu können.

Der Zwerg Frocin, ein heimlicher Verbündeter der Barone Denoalen, Godoine und Ganelon, sah mit eigenen Augen, wie sich die Liebenden im Verborgenen trafen an dem Tag, an dem König Mark sein Land bereiste. Auf Tristran, der in der Gunst des Königs stand, waren die Barone nicht gut zu sprechen, sie neideten ihm seine Stellung bei Hofe.

Sie gingen zum König, um ihm von Frocins Beobachtung zu berichten, doch der König schenkte ihnen keinen Glauben. Deshalb schmiedeten die vier einen Komplott, um dem König zu zeigen, dass ihn Iseut und Tristran an der Nase herumführten. Sie verrieten ihm, dass sich die Liebenden häufig im Park in einem ruhigen, unbewachten Winkel neben einem kleinen Springbrunnen einfanden. Sie hatten jeden Abend ein Stelldichein und liebten sich des Nachts in der Gewissheit, dass der König ihr Spiel nicht durchschaute.

Bayard hustete. Esmeraude beugte sich bestürzt vor. Es war zwar nicht schön, dass sich das Liebespaar weiterhin traf, aber sie konnten doch nicht entdeckt werden, oder? Bayard räusperte sich angestrengt, dann zwang er sich zu einem Lächeln und fuhr fort:

König Mark war überzeugt, eine gemeine Intrige der Barone zu entlarven, als er sich hinter einem Baum im Park versteckte, um sich selbst zu vergewissern.
Und dort saß er, als die Nacht hereinbrach, obwohl er sich nicht denken konnte, dass seine junge Gemahlin ihn betrog. Er hörte ein Geräusch und spitzte die Ohren, dann sah er seine Lady mit offenem Haar zum Springbrunnen gehen. Sie setzte sich auf den Rand und wartete. Ihre Augen leuchteten so strahlend, dass er befürchten musste, die Barone könnten die Wahrheit gesagt haben. Er zog sich weiter in die Büsche zurück, um zu beobachten, was weiter geschah.

Jetzt hustete Bayard noch heftiger. Er bat einen der Männer, ihm auf den Rücken zu schlagen, nahm einen frischen Krug Ale entgegen und hustete erneut. Alle Anwesenden beobachteten ihn mit Spannung, auch Esmeraude.

Was hatte der König gesehen? Esmeraude wusste, dass sie keinen Schlaf finden würde, wenn sie es nicht erfuhr. Schließlich straffte Bayard die Schultern, hielt lächelnd eine Hand hoch, als hätte er sich von dem Anfall erholt, und öffnete den Mund, um in seiner Erzählung fortzufahren.

Aber er brachte keinen Laut über die Lippen. Die Gesellschaft hielt den Atem an.

Bayard schüttelte den Kopf, als ob er erschüttert wäre, und probierte es noch einmal.

Diesmal brachte er nur ein heiseres Flüstern zu Stande.

Die Leute stöhnten bestürzt, und Bayard schien schockiert zu sein. Esmeraude erhob sich – sie hatte Angst, dass er bei dem Versuch, ihr zu Gefallen zu sein, gesundheitlichen Schaden genommen hatte. Es war ihre Schuld! Bayard unternahm einen letzten Versuch, dann verbeugte er sich mit offensichtlichem Bedauern vor der Gastgeberin.

Er zog hilflos die Schultern hoch, als er nicht einmal eine Entschuldigung herausbrachte.

»Aber wir müssen das Ende der Geschichte hören!«, jammerte Annelise.

Bayard hustete stark, dann deutete er auf die anderen Ritter, als würde er sie einladen, die Geschichte für die Ladys zu beenden.

Blicke wurden getauscht und Proteste erhoben, denn niemand kannte diese Mär von Tristran und Iseut.

Jacqueline lächelte freundlich. »Können wir Euch irgendwie dazu bewegen, mit Eurer Erzählung fortzufahren? Vielleicht nach einem Krug Ale?«

Bayard räusperte sich mit größter Mühe – anscheinend wollte er der Bitte der Lady unbedingt nachkommen, dann schüttelte er betrübt den Kopf. »Morgen?«, flüsterte er angestrengt.

»Morgen!«, echote Annelise. »Dann müssen wir einen ganzen Tag warten, bis wir erfahren, was der König gesehen hat? Ihr könntet uns einen Hinweis geben!«

Bayard hustete, dann machte er den Mund auf, aber seine Stimme versagte ganz und gar.

Esmeraude setzte sich wieder auf die Bank. Ihr Mitgefühl war geschwunden. Dass Bayards Stimme einmal da war, dann wieder nicht, weckte ihren Verdacht. Sie funkelte ihn an, und er grinste flüchtig. Der Schimmer in seinen Augen verriet ihn.

Sie durchschaute ihn.

Dies war eine List, um ein Gespräch unter vier Augen zu erreichen. Ein Trick, um sie dazu zu bewegen, zu ihm zu eilen und ihn mit Heilmitteln zu pflegen. Oh, er würde wahrscheinlich behaupten, dass ihn nur ein Kuss von ihr heilen könnte, oder sonst irgendeinen Unsinn von sich geben.

Esmeraude hegte nicht die Absicht, ihm so leicht auf den Leim zu gehen. Es wurde Zeit, dass er sie richtig kennen lernte.

Sie stand erneut auf und schenkte ihm ein strahlendes Lächeln. »Ein Jammer, dass Ihr nicht zu Ende erzählen könnt, obwohl eine Geschichte von so schändlicher Untreue vielleicht nicht für die Ohren meiner Nichten geeignet sind.«

Esmeraude war äußerst zufrieden, als Bayard die Augen aufriss und nichts darauf erwidern konnte, wenn er seine List nicht offenkundig machen wollte.

»Ja«, sagte sie und sah ihre Nichten liebevoll an. »Ihr sollt wissen, dass Iseut eine äußerst selbstsüchtige Frau war.«

»Wieso?«, wollte Annelise wissen.

»Sie liebte Tristran, heiratete jedoch einen anderen. Bayard hat mir erklärt, dass sie ihre Pflicht erfüllen und ihr Heiratsversprechen einlösen musste, aber in Wahrheit hat sie das gar nicht getan. Sie hinterging ihren Gemahl nicht nur in der Hochzeitsnacht, sondern auch danach, als sie sich immer wieder mit ihrer wahren Liebe Tristran traf. Sie genoss die Sicherheit einer Ehe und den Luxus als Königin, gab aber nie die Zuneigung zu ihrem Geliebten auf. Sie wurde beiden Männern nicht gerecht und hat nur darauf geachtet, dass ihre eigenen Wünsche Erfüllung finden.«

Bayard wollte Einwände erheben, aber Esmeraude ließ ihn gar nicht zu Wort kommen. Wenn er den Stummen spielte, dann sollte er auch stumm bleiben.

»Nein, nein, strengt Eure Stimme nicht an«, schalt sie ihn. Sein wütender Blick entging ihr keineswegs. »Iseut hat gefehlt. Sie hätte entweder aus Liebe heiraten und jedes Opfer, das von ihr verlangt wurde, bringen müssen oder der Liebe abschwören und ihre Pflichten erfüllen. Wenn sie ihren Verlobten schon heiratete, dann hätte sie ihm auch treu sein müssen.«

Bayard trat einen Schritt vor und hob die Hand, um ihr zu widersprechen. »Aber gerade Ihr habt angeführt, dass die Liebe die stärkere Macht ist!«, krächzte er.

»Schsch. Ich bitte Euch, setzt Eure Gesundheit meinetwegen nicht noch mehr aufs Spiel. Es stimmt, ich glaube, dass ein Mann und eine Frau sich lieben sollten, bevor sie heiraten. Und es ist nicht richtig, dass sich eine Frau vermählt, wenn sie weiß, dass ihr Herz einem anderen gehört. Ich würde den Mann, den ich einmal heirate, niemals auf diese Weise hintergehen und wäre ihm niemals untreu.«

Die Männer waren sprachlos nach dieser kleinen Ansprache, doch Esmeraude war noch nicht fertig. Sie strahlte in die Runde und war fest entschlossen, Bayards verfluchter Siegesgewissheit einen Dämpfer zu versetzen.

»Aus diesem Grund werde ich keinen Mann heiraten, den ich nicht liebe. Es wäre schrecklich, wenn mir die wahre Liebe begegnet, nachdem ich die Ehegelübde abgelegt habe.« Sie neigte den Kopf wie eine Königin, und Bayard sah sie erstaunt an. »Ich danke Euch, dass Ihr mir das in Erinnerung gerufen habt, Bayard, denn Eure Geschichte hat mich in meinem Entschluss bestärkt, nach dem Mann zu suchen, der mein Herz erobern kann.«

Man hätte meinen können, dass Bayards Ohren schon rauchten, aber Esmeraude hatte noch mehr zu sagen.

»Möglicherweise ist es gut, dass Eure Stimme versagt hat«, tröstete sie ihn wie einen Invaliden. »Meiner Ansicht nach ist eine Geschichte von Untreue unpassend für Angus' Töchter, und man sollte, wie Ihr sehr wohl wisst, dem Gastgeber Höflichkeit erweisen ... Und jetzt muss ich, wie Bayard selbst vorgeschlagen hat, den Gewinner dieses Wettbewerbs küren. Nicholas, Eurer Geschichte konnte keine andere das Wasser reichen.«

Nicholas strahlte und sprang auf. »Und was ist mein Preis?«

»Nicht weniger als ein Kuss«, erklärte Esmeraude.

Bayard schäumte vor Wut, aber sie kümmerte sich nicht darum. Er sollte nur sehen, dass seine Küsse nicht die einzigen waren, die ihre Leidenschaft entfachen konnten.

Doch Esmeraude musste erfahren, dass sie sich geirrt hatte.

Obwohl sich Nicholas mächtig anstrengte, dachte sie bei seinem Kuss an die kalten Lippen eines Fisches. Esmeraude küsste ihn sogar zweimal, nur um ganz sicherzugehen. Die Männer im Saal johlten. Aber das einzige Vergnügen für Esmeraude waren Bayards wütend blitzende Augen.

Nicht Nicholas' hitzige Umarmung, sondern dieser Anblick brachte ihr Blut in Wallung.

Ja, ihr Herz hatte Bayard vom ersten Moment an erkannt. Sie beobachtete ihn verstohlen und fragte sich, was in ihm vorgehen mochte. Ihrer Meinung nach wäre ein Mann, der tatsächlich alles im kalten Licht der Logik sah, bei weitem nicht so wütend über einen harmlosen Kuss.

Sie zog sich mit einem Lächeln zurück. Sie war zuversichtlich, dass sie Bayard dazu zwingen konnte, ihr seine Zuneigung zu gestehen. Schon bald würde ihr Herzenswunsch erfüllt sein und sie durfte die Hochzeit erleben, von der sie so lange geträumt hatte.

Während die Gesellschaft Bayards Geschichte gelauscht hatte, hatten sich die Gewitterwolken über und um Airdfinnans Mauern zusammengeballt. Es war, als triebe die befestigte Insel in den Wolken, isoliert von allem Irdischen, widerhallend in der Stille der Jahrhunderte.

Die Männer, die die Wache übernahmen, waren verängstigt, denn der Nebel war schier undurchdringlich. Die Sicht vom Tor über den Burghof war klar, aber ein Mann, der seinen Arm durch das Fallgitter strecken würde, hätte seine Hand nicht mehr gesehen.

Einige der Wachen schauderten und bekreuzigten sich. Auch wenn der Lord keinen entsprechenden Befehl ausgegeben hatte, verbarrikadierte der Torwächter das große hölzerne Tor an diesem Abend noch zusätzlich mit Balken, da er dem Schutz des heruntergelassenen Fallgitters allein nicht vertraute.

Niemand bemerkte, dass eine kleine Pflanze, die lange im Garten geschlummert hatte, plötzlich zu wachsen begann. Die Pflanze, ein Geschenk aus dem fernen Süden, hatte den Klimawechsel schlecht vertragen, und man dachte schon seit fünfzig Jahren, dass sie so gut wie abgestorben war. Doch in dieser Nacht spross sie mit unglaublicher Macht und wuchs, als müsste sie all die ungenutzten Jahre nachholen.

Sie kletterte mit erstaunlicher Geschwindigkeit die Mauer hinauf und auf der anderen Seite wieder hinunter. Die Äste waren mit unzähligen Dornen bewehrt, die sich tief in die Hand eines Mannes bohren würden, sollte einer versuchen, die Mauer zu erklimmen. Als ein Zweig noch vor Sonnenaufgang in den Fluss Finnan tauchte, schien die ganze Pflanze vor Freude zu seufzen. Das Laub schimmerte silbrig – die Wachleute trauten ihren Augen kaum, als sie das Strahlen sahen –, und die Ranken wuchsen noch schneller.

Die Atmosphäre von Airdfinnan änderte sich im Laufe dieser Nacht unmerklich. Es war, als würde der Nebel, der die Burgmauern fest umschloss, das Licht der Sonne und des Mondes beeinflussen und allem schmeicheln, was er berührte.

An diesem Abend wurde in der Großen Halle viel gelächelt, und begehrliche Blicke wurden getauscht. Männer fanden den Mut, den Mädchen, die in der Küche arbeiteten und das Ale brachten, Komplimente zu machen, und waren erstaunt, dass ihnen die richtigen Worte über die Lippen kamen. Frauen erröteten, viele sahen jünger, sanfter und begehrenswerter aus als seit Jahren. Die Luft schien mit einem exotischen Parfüm durchsetzt zu sein, das sowohl Männer als auch Frauen an die Freuden denken ließ, die sie im Bett finden konnten.

Und viele frönten diesen Freuden, während unbemerkt von den Feiernden die Ranken der mysteriösen Pflanze wuchsen und wuchsen.

Beim Wachwechsel im perlschimmernden Morgenlicht war die hintere Mauer im Garten so dicht mit Laub und Ästen bedeckt, dass die Männer nicht mehr die gesamte Festung abschreiten konnten. Am Morgen hörte die Pflanze auf zu wachsen, aber die Dornen glitzerten im fahlen Nebel.

Der Lord wurde herbeigerufen, und er betrachtete das Gewächs sehr ausgiebig. Er versuchte, die Äste mit seinem Schwert zu zerschlagen, aber das Holz trotzte dem Stahl. Seine Männer wichen erschrocken zurück; die meisten waren überzeugt, dass die Ranken Zauberwerk waren.

»Die uralte Legende sagt, dass der Finnan im Land der Feen entspringt«, flüsterte einer, und die anderen nickten weise.

»Nein, dies hat die Mutter des Lords bewirkt«, murmelte

ein anderer. »Man erzählt sich, dass sie einen Zauber ausgesprochen hat, der einen Mann zu Stein erstarren ließ. Ihr Geist ist zurückgekehrt, um uns heimzusuchen.« Sie stritten mit gedämpften Stimmen, und die Truppe teilte sich in zwei Lager – jeder war so überzeugt von seiner Meinung wie der andere.

Angus of Airdfinnan betrachtete nur den Nebel und die Ranken, als würde er von dem Disput nichts hören. Er verlangte nach einem Stück kalter Kohle und markierte das Ende der längsten Ranke mit einem schwarzen Strich auf der Mauer.

Dann reichte er die Kohle einem seiner Männer. »Zeichnet überall die Spitzen der Zweige an und beobachtet die Pflanze. Kommt sofort zu mir, wenn sie wieder wächst.«

»Sind es die Feen oder Eure Mutter?«, wollte ein Mann wissen, der mutiger als all die anderen war.

Der Lord brachte sie alle mit einem scharfen Blick zum Schweigen, und die Männer schauten betreten zu Boden. »Wenn ihr auch nur einen Funken Verstand hättet, wüsstet ihr, dass es keines von beidem ist.« Damit zog er sich in die Gesellschaft seiner Gemahlin zurück und ließ mehr als eine Frage offen.

12

Ceinn-beithe blieb zwar von dornigen Ranken, Zauberei und Nebel verschont, war jedoch von ungewöhnlicher Aktivität beherrscht.

Und Mhairi MacLaren stand im Auge des Sturms. Sie war an eine solche Stellung nicht gewöhnt und erkannte sowohl die Vor- als auch die Nachteile.

Natürlich war sie begeistert, weil ihr Vater sich entschieden hatte, nicht nur Esmeraudes Hand, sondern auch ihre anzubieten. Es war aufregend, im Mittelpunkt der Aufmerksamkeit zu stehen, und schmeichelhaft, dass die Freier so eifrig um ihre Gunst buhlten. Sie fühlte sich wie eine Frau, die die Verantwortung trägt, die richtige Wahl zu treffen, und sie war sich durchaus bewusst, dass ihre Wahl den Rest ihres Lebens beeinflussen würde.

Sie hatte nie viel über eine Heirat nachgedacht, und wenn doch, dann war sie davon ausgegangen, dass ihre Eltern eine Ehe mit einem gut beleumundeten Mann aus der Gegend befürworten würden, dem es gelang, sie auf sich aufmerksam zu machen. Mhairi verstand, dass Esmeraude, die strahlender war als jedes andere Mädchen, das sie kannte, keinen geeigneten Ehemann in Ceinn-beithe und Umgebung finden konnte. Doch sie selbst hatte erwartet, sich in einen Mann zu verlieben, der ganz in der Nähe lebte und ihr den Hof machte.

Obwohl es nicht in Mhairis Natur lag, die Blicke aller auf sich zu ziehen, genoss sie diese wenigen Tage, in denen sie umworben wurde. Sie gab sich nicht der Illusion hin, dass dieser Zustand von Dauer sein würde. Aber sie bemühte sich, die Freier näher kennen zu lernen, um sich ein Bild von ihrem eigenen zukünftigen Leben machen zu können.

Da war Douglas, ein großer Mann, der sehr viel älter war als sie und offenbar entschlossen, anderen seine Ansichten aufzuzwingen. Esmeraude war ziemlich verärgert über seine starre Einstellung zu den Dingen gewesen, und Mhairi konnte ihre Halbschwester gut verstehen. Ein Leben mit Douglas wäre angefüllt mit Vorwürfen, Missbilligung und eisigem Schweigen. Zwar war er durchaus wohlhabend, besaß ein Heim und ein paar Ziegen, aber jeder Moment schien ihm eine neue Enttäuschung zu bringen.

Mhairi vermutete, dass es irgendwo eine Frau gab, die Douglas ein Lächeln abringen konnte, aber weder sie noch Esmeraude waren dazu imstande. Sie nahm an, dass sein Haus unbehaglich und kalt war und er seinen Gästen trotz seines Reichtums nur ein karges Mahl anbot.

Nein, sie brauchte keine Reichtümer und wollte alle Freuden, die sich ihr boten, genießen. Das Leben war kurz, und es wäre eine Sünde, sich jeden Tag zur Qual zu machen.

Alasdair, den Esmeraude für zu klein befunden hatte, war lebhaft, jovial und brachte Mhairi oft zum Lachen, aber er schien nichts anderes im Kopf zu haben als seine Scherze. Mhairi ahnte, dass er im Grunde auch praktisch veranlagt war wie ihr Vater, doch bisher kannte sie nur seinen Frohsinn. Sie fragte sich, ob er stets so unterhaltsam war oder nur, wenn er sich einen Vorteil davon erhoffte.

Wenn sie Alasdair lieben könnte, wäre er ihr vielleicht ein angenehmer Gefährte. Wenn nicht, würde sie sein Benehmen wahrscheinlich sehr bald langweilen.

Der sauertöpfische Lars zog sich immer in einen stillen

Winkel zurück, und seine schlechte Laune hüllte ihn ein wie eine Wolke. Er hatte eine Vorliebe für Ale, die Mhairi nicht gefiel, und er unternahm nichts, um Mhairi für sich zu gewinnen; er beobachtete sie, und sein düsterer Blick verursachte ihr eine Gänsehaut.

Nein, Lars war kein Mann für sie.

Die Ritter aus fernen Landen waren vielversprechender, auch wenn Mhairi wusste, dass die bloße Fremdartigkeit einen Teil des Reizes ausmachte. Ihr Puls beschleunigte sich, wenn einer von ihnen in die Große Halle schritt, und sie malte sich aus, die Hausherrin eines prächtigen Schlosses zu sein, von denen sie in den alten Geschichten gehört hatte. Ja, es gab zwei stattliche Ritter, die ihr Interesse weckten und die sich nicht aufgemacht hatten, um nach Esmeraude zu suchen.

Gabriel war einer, und er erlaubte ihr, sein Schlachtross zu reiten, obwohl er die Zügel dabei fest in der Hand hielt. Mhairi gefielen seine dunklen Augen, aus denen der Schalk blitzen konnte oder die so trübsinnig wurden wie die eines Hundes, wenn sie ihn allein ließ, um sich mit einem anderen Freier zu unterhalten. Er war nicht sehr groß, aber kräftig, und hatte dunkles, lockiges Haar.

Es machte Mhairi nichts aus, dass er nicht der älteste Sohn in seiner Familie war und dass er nichts außer seiner Rüstung und dem Streitross besaß. Das allein überstieg schon ihre wildesten Träume. Und es beeindruckte sie sehr, wie er sie ermutigte, etwas zu wagen – wie zum Beispiel sein Pferd zu reiten oder sein Schwert zu halten –, und gleichzeitig darauf bedacht war, dass ihr kein Leid geschah. Er erzählte von Turnieren und seinen Siegen auf den Kampfplätzen, und Mhairi fand das alles schrecklich aufregend.

Gabriel könnte sie ihre Liebe schenken, dessen war sich

Mhairi sicher. Welches Mädchen würde einen solchen Mann nicht bewundern?

Kay war ganz anders als Gabriel und dennoch faszinierend. Er war blond und still, hatte ausgezeichnete Manieren, und seine blauen Augen waren so hell, dass sie wie Silber leuchteten. Er sprach wenig, lächelte jedoch, wenn sie das Wort an ihn richtete, als wäre sie ungeheuer geistreich. Und er küsste ihre Hand mit solcher Eleganz, dass ihr schwindlig wurde. Sein Pferd war nicht so edel wie das von Gabriel, aber hübscher als die Reitpferde von Mhairis Mutter.

Kay brachte Mhairi jeden Morgen kleine Geschenke, wenn er in die Große Halle kam – eine Muschel, eine Blume, einen Stein mit einer glänzenden Quarzader. Er wies sie mit wenigen Worten und einem warmherzigen Lächeln auf den Zauber der Geschenke hin, und seine Augen leuchteten, wenn sie ihm für seine Aufmerksamkeiten dankte.

Kay war viel zu feinsinnig, um ein Normalsterblicher zu sein, und Mhairi war überzeugt, einen Feenprinzen vor sich zu haben, der ihre Hand für sich gewinnen wollte. Er sah die Schönheit in kleinen Dingen und nannte sich selbst einen Glückspilz. Ja, Kay kam als zukünftiger Gemahl für sie in Betracht.

Doch in Wahrheit konnte sich Mhairi nach so wenigen Hinweisen nicht entscheiden.

In diesen turbulenten Tagen musste Mhairi auf ihre Freiheit verzichten. Sie war daran gewöhnt, zu tun, was sie wollte, ohne sich den Kopf darüber zu zerbrechen, was andere Menschen davon hielten. Es störte sie, dass diese unbeschwerten Tage vorbei sein sollten.

Mhairis Zofe bestand darauf, dass ihr Haar ordentlich geflochten wurde, bevor sie am Morgen die Große Halle betrat. Selbstverständlich wollte Mhairi möglichst hübsch aussehen. Insbesondere wenn Kay sie erwartete, aber das Frisieren dauerte immer so lange, und sie war erpicht darauf, den Tag zu beginnen. Die Zofe verbot ihr sogar, barfuß durchs Gras zu rennen oder überhaupt zu rennen.

So etwas taten Ladys nicht, behauptete die Zofe.

Mhairi bemühte sich sehr, eine Lady zu sein, da sie davon ausging, dass sowohl Kay als auch Gabriel erwarteten, dass ihre Braut sich wie eine Dame benahm. Sie trug einen Reif im Haar, zog jeden Tag Strümpfe und Strumpfbänder an, was anfangs eine willkommene Abwechslung gewesen, mittlerweile jedoch ziemlich lästig war.

Es gab Momente, in denen sie sich die Zeit zurücksehnte, in der sie sich noch keine Gedanken über einen künftigen Ehemann hatte machen müssen. Jetzt verstand sie auch, warum Esmeraude noch ein Abenteuer erleben wollte, bevor sie in den Stand der Ehe trat, und in solchen Momenten fragte sie sich unwillkürlich, was Finlay gerade tat.

Erst seit sie nicht mehr mit ihm zusammen sein konnte, merkte sie, wie viel ihr die kleinen gemeinsamen Unternehmungen bedeuteten. Er war, seit sie denken konnte, ein Teil ihres Lebens, und obwohl sie bis vor kurzem seine Gesellschaft als selbstverständlich hingenommen hatte, vermisste sie ihn jetzt schmerzlich. Finlay war es gleichgültig, ob sie einen Haarreif und Strümpfe trug.

Mhairi lächelte, als sie sich an ihre Ausflüge zum Fischen erinnerte, bei denen sie die Röcke raffte, um ins Meer zu waten und Finlay sie wegen ihrer dürren Beine neckte. Sie liebte es, mit ihm um die Wette zum Felsen zu laufen oder ihm beim Melken der Ziegen zu helfen. Sie konnte schneller melken als Finlay und rieb ihm das auch ständig unter die Nase – ein Scherz, der oft in einem Milchkrieg endete.

Finlay akzeptierte sie, wie sie war, und wollte gar nicht,

dass sie sich verstellte. Aber sie wurde allmählich eine Frau und sollte die Spiele der Kindheit hinter sich lassen.

Sie war begeistert, dass ihr Vater ein Turnier veranstalten wollte, und ihr Herz hüpfte, wenn sie daran dachte, dass Kay und Gabriel um ihre Gunst kämpfen würden. Sie tanzte vor Freude, als ihre Mutter sie am Morgen des Festes in ihr Gemach rufen ließ.

»Ja, *Maman*?« Mhairi hüpfte von einem Fuß auf den anderen, weil sie es kaum erwarten konnte, zum Turnierplatz zu kommen und die Ritter zu sehen. Sie hatte ihr bestes Kleid angelegt und sich das Haar zu einer komplizierten Frisur auftürmen lassen.

Eglantine nahm ein Kleid aus der alten Truhe und hielt es vor sich. Sie lächelte Mhairi an. »Was hältst du davon?«

»Es ist wunderschön!« Mhairi hatte noch nie ein so prächtiges Kleid gesehen, und sie durchquerte das Zimmer, um sich die üppige Stickerei am Saum und an den Ärmeln genauer anzusehen. »Das habt Ihr noch nie getragen«, sagte sie.

Eglantine lächelte wieder. »Mir schien immer, dass es zu prächtig und unpassend für mich ist.«

»Aber heute werdet Ihr es anziehen?«

Eglantine zwinkerte. »Nein, ich habe drei Töchter auf die Welt gebracht, und meine Taille ist nicht mehr so schlank, dass ich es tragen könnte.«

Mhairi gab sich nicht so leicht geschlagen. »Oh, *Maman*, da sind Bänder an den Seiten, die man ein wenig lockern kann. Es wird gar nicht auffallen, weil das Hemd so wunderbar dazu passt, und das Grün wird Euch wunderbar stehen ...«

Ihre Mutter drückte ihr unvermittelt einen Kuss auf die Wange und brachte sie damit zum Schweigen. »Das ist nicht der einzige Grund dafür, dass ich es nicht tragen werde. Es war ein Geschenk von deinem Onkel Guillaume; er hat es mir geschickt, nachdem er von deiner Geburt gehört hatte. Er meinte, eine frisch gebackene Mutter sollte sich mit ein wenig Luxus umgeben, und obwohl ich ihm zustimmte, beschloss ich, dieses Kleid für dich aufzuheben.« Sie legte den Kopf zur Seite und sah Mhairi an. »Ich habe auf einen besonderen Tag gewartet. Meinst du, dies ist ein besonderer Tag?«

»Oh, *Maman*!« Mhairi staunte über den weichen Stoff, das strahlende Smaragdgrün und die goldene Stickerei, die mit Perlen und Edelsteinen durchsetzt war, und wusste, dass sie nie etwas Kostbareres gesehen hatte. »Kleidet man sich so in Frankreich?«

»Manchmal.« Eglantine tippte mit dem Finger auf Mhairis Nasenspitze. »Bei Hofe ... an wichtigen Tagen.«

»An Tagen wie diesem?«

»Ja. Du wirst dir in den kommenden Tagen einen Mann auswählen, mit dem du dein zukünftiges Leben verbringst, falls es einem dieser Freier gelingen sollte, dein Herz zu erobern.«

»Ich bin sicher, dass es einem von ihnen glückt«, erwiderte Mhairi und dachte dabei an die beiden französischen Ritter.

Ihre Mutter musterte sie. »Ich möchte dich nicht zu einer Entscheidung drängen, wenn du lieber noch warten möchtest.«

»Das möchte ich nicht, *Maman*«, erklärte sie so energisch, dass ihre Mutter die Augenbrauen hochzog.

»Hast du schon einen Freier auserkoren?«

»Es kommen zwei in Betracht, *Maman*, und ich bin überzeugt, ich könnte sie von ganzem Herzen lieben. Es ist nur schwierig, zwischen diesen beiden zu wählen.«

Eglantine lächelte. »Dann werde ich zunächst einmal dafür sorgen, dass du heute ganz besonders hübsch aussiehst, und in diesem edlen Kleid kannst du dich von deiner besten Seite zeigen.« Ihre Mutter legte das zarte Hemd, ein Paar Spitzenstrümpfe, grün gefärbte Schuhe und einen goldenen Gürtel bereit. Als sie fertig war, setzte sie sich aufs Bett und klopfte auf den Platz neben sich. Mhairi nahm Platz und betrachtete die feinen Sachen.

Ihre Mutter legte einen Finger unter ihr Kinn und zwang sie, ihr in die Augen zu sehen. »Du weißt, dass ich in dieses Land gekommen bin, um meinen Töchtern die Möglichkeit zu bieten, sich ihre Ehemänner mit Bedacht auszuwählen, wie ich es bei meiner ersten Hochzeit nicht konnte. Ich möchte, dass du aus Liebe heiratest, wie ich es beim zweiten Mal nicht tat.«

»Aber Ihr habt Duncan aus Liebe auserwählt.«

»Ja, das stimmt, und diese Ehe ist unvergleichlich. Dein Vater macht mich glücklicher, als ich es mir jemals vorstellen konnte.« Sie strich Mhairi über die Wange. »Und du bist das Ergebnis einer sehr glücklichen Verbindung.«

Mhairi wurde rot.

Eglantine lächelte nachdenklich, dann tätschelte sie Mhairis Hand. »Es war eigenartig, aber ich wusste vom ersten Moment an, dass Duncan anders ist. Mein Herz schien ihn zu erkennen, obwohl ich mich in den Wochen und Monaten nach unserer ersten Begegnung heftig dagegen wehrte.«

Mhairi lief ein angenehmer Schauer über den Rücken. »Ihr wusstet, dass Ihr füreinander bestimmt seid – so drückt es Esmeraude immer aus.«

Eglantine nickte. »Aber, Mhairi, es gibt keine Garantie, dass eine Ehe glücklich wird, gleichgültig, welche Beachtung du erntest oder ob du meinst, dass sie aus Liebe zustande gekommen ist. Doch ich denke, es ist besser, wenn Zuneigung im Spiel ist. Du solltest nur auf dein Herz hören.«

»Und was ist mit dem Turnier?«

»Das ist eine Möglichkeit, herauszufinden, aus welchem Holz die Männer geschnitzt sind, die um dich buhlen, mehr nicht. Männer und Barden legen großen Wert auf die Ergebnisse solcher Mutproben.« Ihre Mutter neigte sich zu ihr und senkte die Stimme: »Aber du sollst eines wissen, Mhairi: Wenn der Sieger dein Herz nicht zum Klingen bringt, dann werde ich jede Entscheidung, die du triffst, gutheißen. Ich werde dir auch zur Seite stehen, wenn du keinem dieser Männer dein Jawort gibst, und das wird bis zu meinem letzten Atemzug so bleiben.«

Mhairis Herz quoll über vor Liebe zu ihrer Mutter. »Danke, *Maman.*« Sie umarmten sich, dann berührte Eglantine das kostbare Kleid mit einer Fingerspitze.

»Sollen wir sehen, ob es passt?«

Das ganze Dorf schien voller Aufregung. Duncan begleitete seine Tochter zum Turnierplatz, und die Dorfbewohner sahen ihnen nach und tuschelten. Mhairi kam sich in dem Kleid größer vor – so, als ob sie über dem Boden schwebte –, und sie war sich bewusst, dass sie nie hübscher gewesen war als heute.

Am Rand des Feldes war ein Zelt aufgebaut, in dem die Familie und ihre Gäste sitzen und die Wettbewerbe beobachten würden. Es war ein altes, gestreiftes Zelt aus Seidenstoff, das schon bessere Tage gesehen hatte; Eglantine hatte es seinerzeit aus Frankreich mitgebracht. Dennoch fand es Mhairi sehr beeindruckend, insbesondere die Fransen, die vom Dach herunterhingen. Zwei kleinere, ganz ähnliche Zelte standen an den Seiten des Platzes.

Duncan hatte seinen großen Stuhl aus der Halle bringen

lassen und führte Mhairi dorthin. Diejenigen, die sich bereits im Zelt versammelt hatten, erhoben sich, um sie zu begrüßen wie eine Königin.

»Du bist die Königin des Tages«, neckte Duncan sie, bevor sie Platz nahm, und seine Augen blitzen, als sie lachte.

Duncan und Eglantine setzten sich rechts und links neben sie. Ihre Stiefschwester Alienor und deren Mann Iain hatten ihre Plätze neben Eglantine. Ein Clan-Oberhaupt, Alasdairs Vater, saß neben Duncan, und andere einflussreiche Dorfbewohner und Männer aus der Gegend hatten sich hinter ihnen versammelt. Am Rand des Feldes standen unzählige Schaulustige, alle trugen ihre besten Kleider und konnten es kaum erwarten, dass die Festivitäten begannen.

»Du musst das Zeichen geben«, flüsterte Duncan.

Mhairi stand auf, und sofort wurden alle still. Sie klatschte in die Hände und deutete auf die Pferde und Männer, die sich an der Stirnseite des Platzes bereithielten. »Lasset das Turnier beginnen!«, rief sie, und die Menge jubelte.

Der Koch aus der Burg, der eine donnernde Stimme hatte, trat mit stolzgeschwellter Brust vor. »Mylady«, sagte er zu Mhairi und verbeugte sich tief. »Gestattet, dass ich Euch die Teilnehmer des Turniers vorstelle.«

Mhairi neigte den Kopf und tauschte ein Lächeln mit ihrer Mutter, bevor sie den Blick wieder auf das Feld richtete. Zwei Jungen in bunten Kleidern hatten sich dem Koch angeschlossen, und jonglierten zum Vergnügen aller mit Äpfeln.

»Der Erste auf dem Feld ist Douglas MacBain of Moray!«, brüllte der Koch.

Douglas überquerte zu Fuß das Feld und schwang dabei sein Schwert. Er trug ein gelbes Hemd, das ihm bis zu den

Knien reichte. Um seine Taille war ein gemustertes Wolltuch geschlungen. Sein Lederwams war vorne zugeschnürt, das Haar umflutete seine Schultern. In der linken Hand trug er ein rundes Schild.

Die Zuschauer johlten, als sie ihn sahen.

»Der tapfere Ritter Douglas kämpfte vor zwei Jahren an der Seite von Angus MacSorley, als die beiden Söhne von Somerled in einer Schlacht um die Vorherrschaft stritten. Douglas ist nicht nur kampferprobt, er bietet seiner Braut auch ein Cottage in der Nähe seines Vaterhauses in Inverness, zwei Ziegen und genügend Wohlstand, um ein bequemes Leben zu führen.

Die Menge applaudierte, als Douglas auf Mhairi zuging.

»Inverness«, flüsterte Eglantine entsetzt. »Das ist so weit weg.«

»Er ist Söldner und in der näheren Umgebung nicht willkommen«, erwiderte Duncan leise. Die Eltern sahen sich über Mhairis Kopf hinweg an, und Mhairi wünschte, sie wären in ihrer Gegenwart nicht so offen.

»Aber unsere Ansicht soll deine Wahl nicht beeinflussen«, beteuerte Eglantine rasch.

Mhairi lächelte. »Ich mag ihn ohnehin nicht.«

Douglas, der von dieser Unterhaltung nichts mitbekam, verbeugte sich vor Mhairi. Sie lächelte, bot ihm aber kein Pfand an. Als er davonging, war ihm der Missmut deutlich anzusehen.

»Der Nächste ist Alasdair MacInnes ...« Mehr konnte der Koch nicht sagen, da die Zuschauer so laut schrien.

Alasdair war eindeutig der Liebling der Massen. Sein Vater warf sich stolz in die Brust, als Alasdair über das Feld kam. Er ritt ein Pferd, war aber im Sattel weniger geschickt als Mhairi selbst. Im Großen und Ganzen war er so gekleidet wie Douglas.

Alasdair machte heute einen ernsteren Eindruck als sonst, und Mhairis Herzschlag beschleunigte sich, als er vor ihr stehen blieb, sich verbeugte und ihr zuzwinkerte. Vielleicht hatte er doch nicht nur Humor, sondern war zudem pflichtbewusst wie Duncan, der ebenfalls gern scherzte und lachte.

»Der Sohn des Clan-Oberhauptes der MacInnes, Alasdair, ist Erbe eines alten Familienbesitzes, wie wir alle wissen; in seinen Adern fließt das Blut der keltischen Könige. Seine Braut wird nicht von der eigenen Hände Arbeit leben müssen, da er ihr Pracht und Luxus bieten kann.«

»Die Pracht und den Luxus seines Vaters«, stellte jemand klar, der im hinteren Teil des Zeltes stand. »Er selbst hat bisher nichts geleistet, um Reichtum anzuhäufen.«

Alasdairs Vater wirbelte herum, um das Lästermaul ausfindig zu machen. »Wer spricht so von meinem Fleisch und Blut? Es ist eine gute Sache, seinem eigenen Sohn ein Vermächtnis zu hinterlassen!«

»Nicht, wenn daraufhin niemand von ihm erwartet, ein echter Mann zu werden!« Duncans Freund, ein kampferfahrener Mann, brachte diese Anwürfe vor. »Douglas ist der bessere Kandidat, da er sich im Krieg bewährt hat.«

»Ach, ja?«, erwiderte der Vater. »Wir werden sehen, wer heute der Bessere ist, denn allein das zählt.«

Duncan schritt ein und beruhigte die beiden Männer mit ein paar Worten. Mhairi sah, dass sich Alasdair zurückzog, um sich neben Douglas aufzustellen.

Mhairi klatschte erfreut in die Hände, als ein tänzelnder Hengst erschien.

»Gabriel de Mornay aus der Normandie. Seine Verdienste sind imposant«, verkündete der Koch. »Die anderen Teilnehmer an diesem Turnier sollten gewarnt sein – Gabriel war Sieger bei Turnieren in der Champagne und im

Languedoc, und er hat geschworen, die Preise, die er im letzten Jahr und heuer gewinnt, für ein Heim aufzuwenden, das sich seine Braut erwählen darf.«

»Das heißt, er zieht von einem Turnier zum anderen«, bemerkte Eglantine trocken. Mhairi achtete nicht auf ihre Mutter, so entrückt war sie vom Anblick des prachtvollen Ritters.

Gabriel trug die Farben Rot und Weiß, und die gleichfarbige Satteldecke wehte, als sein Pferd über den Platz trabte. Seine Kettenhemd glitzerte in der Sonne, genau wie das Schwert, das er vor sich hielt. Er nahm schwungvoll seinen Helm ab, sprang aus dem Sattel und ging nieder auf ein Knie, um Mhairi zu grüßen.

Auch wenn der Anblick großartig war und sie lächelte, sprach ihr Herz kaum auf den Ritter an.

»Schöne Lady, alles, was ich heute tue, soll Euch zur Ehre gereichen.«

Die Zuschauer seufzten auf und verrenkten die Hälse, als sich Mhairi erhob. Eine derart romantische Geste erforderte eine Antwort. Sie hatte kein Tuch, das sie Gabriel als Pfand geben konnte, doch ihre Zofe hatte ihr einen Blumenkranz auf den Kopf gesetzt, der den silbernen Haarreif schmückte. Sie nahm eine Blume aus dem Kranz und reichte sie Gabriel.

Diese Gunstbezeugung zauberte ein Lächeln auf Gabriels Gesicht, und die Leute johlten und applaudierten sogar noch, als er sein Pferd bestieg und zu den anderen Wettbewerbern ritt.

»Und Kay de Pencel ist ebenfalls von weit hergekommen, denn er besitzt ein kleines Gut in Aquitanien.«

Eglantine ächzte leise, aber diesmal entsagte sie sich einen Hinweis auf die große Entfernung zu Ceinn-beithe. Kay trug Grün und Gold und sah ebenso großartig aus wie

Gabriel. Die Menge klatschte begeistert, als sein Ross über den Platz trabte.

»Kay stand lange in den Diensten der Plantagenets und schützte die Damen aus dieser Familie während ihrer Reisen durch gefährliche Länder. Zum Dank dafür hat er ein Gut erhalten. Auch er bietet seiner Braut ein angenehmes Leben und steht in der Gunst der Könige.«

Kay stieg ebenfalls vor Mhairi vom Pferd. Er nahm den Helm ab und steckte ihn unter den linken Arm, dann streifte er seinen rechten Handschuh ab. Er trat vor, ergriff ihre Hand und drückte einen Kuss auf ihre Finger. »Wenn es Euer Wille ist, Mylady, werde ich Euch an diesem Tag für mich gewinnen.«

Mhairi konnte seinem Charme nicht widerstehen, obwohl ihr Herz auch bei ihm schwieg. Sie war bereit, sich für ihre Entscheidung Zeit zu lassen.

Sie übergab Kay ebenfalls eine Blume. Er lächelte warmherzig, roch an der Blume, dann steckte er sie vorsichtig in sein Wams, um sie direkt am Herzen zu tragen.

Er verneigte sich noch einmal und ritt davon.

Erst jetzt wurde Mhairi bewusst, dass er ihr gestern genau so eine Blume geschenkt hatte, wie er sie heute als Pfand von ihr trug. Das war der Grund für sein strahlendes Lächeln. Sie setzte sich wieder und war selbst ganz durcheinander, weil sie zwei Kontrahenten ihre Gunst bezeugt hatte und nicht wusste, welche Wahl sie treffen sollte.

Es machte sie unsicher, dass ihr Herz stumm blieb, im Gegensatz zu dem, was ihre Mutter vorhergesagt hatte.

»Ihr seht vier Wettbewerber vor Euch …«, begann der Koch, aber er wurde von einem Zuruf unterbrochen.

»Fünf!«, schrie ein Mann am anderen Ende des Platzes. »An diesem Turnier werden *fünf* Männer teilnehmen!«

Alle drehten sich um, während Finlay die Fersen in die

Flanken eines von Eglantines Reitpferden drückte. Sein blondes Haar war wirr, sein Gesicht gerötet vor Verlegenheit, weil alle ihn ansahen. Er sprengte mit halsbrecherischer Geschwindigkeit aufs Feld, aber Mhairi sah, dass er das Pferd mühelos beherrschte. Sie sprang auf die Füße, ehe sie selbst so recht begriff, was sie tat. Ihr Herz hämmerte heftig, als sie feststellte, dass Finlay nur ein ledernes Wams trug und nichts als ein kleines Messer bei sich hatte.

»Narr! Du wirst umkommen!«, rief sie.

Er funkelte sie böse an, als er vor ihr aus dem Sattel sprang und die Zügel fallen ließ. »Hast du kein Zutrauen zu meinen Fähigkeiten? Meinst du nicht auch, dass der Wille genügt, um sich durchzusetzen?«

Mhairi starrte ihn an – nur ganz allmählich dämmerte ihr, warum er mitten auf dem Turnierplatz stand. »Du hast vor, um mich zu werben?«

»Ja, das habe ich. Ich habe nur darauf gewartet, bis du alt genug bist, und dies hier ist jetzt mein Lohn – aber das macht nichts. Ich werde Eure Hand gewinnen, Mhairi MacLaren, oder bei dem Versuch sterben.« Er sah sie mit stählernem Blick an. »So oder so, ich werde nichts bereuen.«

Mhairis Herz krampfte sich zusammen, da sie fürchtete, dass Finlay einen hohen Preis für seinen Entschluss bezahlen würde. Sie sah ihn unverwandt an und wusste, dass er einen Protest ihrerseits nicht gut aufnehmen würde.

»Aber du weißt nichts von Kämpfen dieser Art«, begann sie. Die Angst um ihn fraß sie förmlich auf.

Finlays Augen blitzten, und er ging noch ein paar Schritte auf sie zu. »Glaubst du so wenig an mich?«

Mhairi wusste nicht, was sie darauf erwidern sollte, denn die Wahrheit würde ihn fuchsteufelswild machen. Ihr Herz pochte so kräftig, dass sie keinen klaren Gedanken fassen konnte.

»Überreichst du mir kein Zeichen deiner Gunst?«, fragte er hitzig. »Steht es wirklich so? Ziehst du Ritter aus fernen Landen und Fremde dem Mann vor, der dich aus tiefstem Herzen um deiner selbst willen liebt?«

Der Gedanke, dass sie ihn abweisen könnte und nicht an seinen Sieg glaubte, machte ihn wütend. Doch ihr Herz schrie laut, und sie wusste mit jeder Faser ihres Seins, welchen Mann sie auserwählen musste.

Sie nahm ihren Blumenkranz ab und reichte ihn ihm, brachte aber kein Wort über die Lippen. Die Zuschauer grölten und schrien, und Mhairi hörte wie durch einen Nebel Tante Alienors Lachen.

Sie war vollkommen gefangen von dem Feuer in Finlays Augen.

Entsetzen machte sich in ihr breit, als ihr klar wurde, was er vorhatte. Er riskierte sein Leben! Sie könnte ihn verlieren, und das gerade jetzt, wo ihr bewusst geworden war, wie viel er ihr bedeutete! Wie war es nur so weit gekommen?

Warum hatte ihr Herz so lange geschwiegen?

Finlay zeigte keine Angst. Er trat schwungvoll vor sie und neigte den Kopf, damit sie ihm den Blumenkranz um den Hals legen konnte.

»Wenn du bei dieser Torheit versagst«, flüsterte sie ihm heiser zu, »dann solltest du besser auf dem Feld sterben. Denn wenn du verwundet überlebst, Finlay MacCormac, dann werde ich dich eigenhändig erwürgen.«

Er kicherte, und sie schenkte ihm ein Lächeln. Dann drückte er ihr die Hände und fragte überraschend ängstlich: »Dann gehört mir also deine Gunst?«

Mhairi beugte sich vor und küsste seine Wange. »Mein Herz gehörte dir, Finlay, heute und für alle Zeiten.«

»Dann werde ich gewinnen«, erklärte er im Brustton der

Überzeugung. »Deine Wahl ist mein Schild.« Er sah ihr tief in die Augen, und Mhairi spürte, wie ihr Mund trocken wurde. »Darauf kannst du dich verlassen, meine Mhairi.«

Als er sich wegdrehte, war sich Mhairi jedoch nicht so sicher wie er. Im Gegenteil – sie befürchtete das Schlimmste und faltete fest die Hände auf ihrem Schoß. Sie hatte schreckliche Angst, den Schatz zu verlieren, den sie, ohne es zu wissen, schon längst in den Händen gehalten hatte.

»Du könntest das Turnier absagen«, schlug ihre Mutter vor, die Mhairis Gedanken zu erraten schien. Sie legte eine Hand auf Mhairis.

Mhairi schüttelte den Kopf. »Das würde er mir nicht verzeihen. Er würde mich hassen für eine solche Schwäche.«

Duncan lachte leise. »Ja, das denke ich auch.« Auch er griff nach ihren Händen und der ihrer Mutter und drückte sie sanft. »Wir müssen beten, dass die wahre Liebe alles besiegt.«

Mhairi musterte Finlays Konkurrenten und hegte Zweifel. »Wie lange wird das Turnier dauern?«, flüsterte sie.

»Drei Tage«, antwortete Duncan. »Drei Tage oder bis nur noch ein Mann auf dem Feld steht.«

Mhairi schloss die Augen und schluckte schwer. Wie sollte sie das überstehen. Verflucht sei Finlay! Er hätte ihr seine Liebe früher gestehen müssen!

Aber Mhairi wusste, dass sie bis heute ihre eigenen Gefühle nicht gekannt hatte. Es war Finlays eigener Wille, sich in Gefahr zu begeben, um ihr zu zeigen, was für ein Mann er war.

Sie hoffte nur, dass sie die Gelegenheit haben würde, ihre neu entdeckte Liebe auszukosten.

13

Vier Tage nach ihrer Ankunft in Airdfinnan war Esmeraude am Ende ihrer Weisheit. Connor war sehr bald aufgebrochen, doch sie konnte sich nicht vorwerfen, keine Zeit mit Amaury oder Nicholas verbracht zu haben. Keiner von beiden hatte sie so geküsst, dass ihr die Zehen kribbelten; wenn sie sie sah, setzte ihr Herz keinen Schlag aus; und weder der eine noch der andere schlich sich in ihre Träume.

Im Gegensatz zu Bayard, der ihre Gedanken geradezu beherrschte. Zu ihrem Leidwesen schien er ganz vergessen zu haben, dass er nach Airdfinnan gekommen war, um ihre Hand für sich zu gewinnen. Nach dem ersten Abend schenkte er ihren Versuchen, seine Eifersucht anzustacheln, keinerlei Beachtung mehr.

Das gefiel ihr nicht. Esmeraude widmete sich nur noch intensiver den anderen beiden Rittern.

Ohne jeden Erfolg. Bayard striegelte sein Ross, scherzte mit Angus und flirtete mit den Mädchen.

Esmeraude knirschte mit den Zähnen; nur ein gelegentliches Zwinkern ihres geliebten Ritters überzeugte sie, dass er Notiz von ihren Maßnahmen nahm. Wollte er sie ärgern oder necken? Das sähe ihm so gar nicht ähnlich – vorher hatte er die Sache doch so ernst genommen! Aber was wusste sie schon von seinem Charakter?

Das war noch beunruhigender.

Nicholas war sehr charmant, aber für sein Alter noch

ziemlich kindlich und leichtfertig. Er liebte lustige Geschichten und lachte gern, aber er gab zu, dass ihn die Pflichten bei Hofe und Verwaltungsarbeiten zu Tode langweilten. Er schwärmte begeistert von dem florierenden Familiengut Montvieux, das er einmal erben würde, und Esmeraude, die mittlerweile ein wenig mehr über Besitz und Verantwortung erfahren hatte, fragte sich, wie die Ländereien weiterhin Gewinn abwerfen sollten, wenn der Lord nur seinem Vergnügen frönte und seine Aufgaben schleifen ließ.

Genau das hatte Theobald getan, oder nicht?

Wenn sie eine entsprechende Frage stellte, winkte Nicholas nur ab und behauptete, er und seine Gemahlin würden diese niedrigen Arbeiten dem Kastellan überlassen und das Leben in vollen Zügen genießen.

Hmm. Esmeraude konnte sich nicht zurückhalten und fragte ihn auch nach Bayard, was Nicholas einigermaßen missmutig stimmte. Sie erfuhr, dass Bayard in seiner Kindheit und Jugend stets der Anführer seiner Cousins und seines Bruders gewesen war, dass er sich als Erster die Sporen verdient hatte, obwohl er ein Jahr jünger war als Nicholas. Er hatte vor allen anderen jede Hürde genommen und besaß mehr Kampfgeist. Vor fünf Jahren hatte er sein Heim verlassen – Nicholas behauptete allerdings, den Grund dafür nicht zu kennen – und sich König Richards Kreuzzug angeschlossen, um Jerusalem zurückzuerobern.

Bemühte sich Bayard nur, Esmeraude zu seiner Gemahlin zu machen, um wieder einmal besser als seine Cousins und sein Bruder zu dazustehen? Das war keine angenehme Vorstellung, zumal dies seinen Widerwillen, von Liebe zu sprechen, erklären konnte.

Als sich Nicholas nicht weiter über seinen Cousin auslassen wollte, schwand Esmeraudes Interesse an ihm. Obschon ihr bewusst war, dass sie damit der Bitte ihrer Schwester nicht strikt Folge leistete, machte sich Esmeraude an Amaury heran, um mehr über seinen Bruder herauszufinden. Amaury war charmant und umsichtig und gab lediglich preis, dass sein Vater und Bayard eine Meinungsverschiedenheit gehabt hatten und Bayard daraufhin von zu Hause weggegangen war.

Weshalb sie sich gestritten hatten, wollte Amaury nicht sagen. Er wusste nicht, welches Gut Bayard besaß, woher er seinen Wohlstand bezog oder wie groß sein Reichtum war. Es war nicht zu übersehen, dass das Verhältnis zwischen den Brüdern angespannt war, aber auch darüber wollte Amaury kein Wort verlieren. Seiner Vermutung nach, so sagte er, hatte König Richard, dem Bayard seit fünf Jahren diente, ihm Ländereien geschenkt, da Villonne inzwischen in Amaurys Besitz übergegangen war.

Was Amaury selbst betraf, so war er Bayard nach Esmeraudes Ansicht zu ähnlich, als dass sie seine Vorzüge schätzen konnte. Es wäre gefährlich, seinem beträchtlichen Charme zu erliegen. Wenn sich Esmeraude für Amaury entschiede, würde sie nur Bayard in ihm sehen und Amaury damit ein großes Unrecht antun. Sie wagte nicht, sich auszumalen, wie peinlich Familienzusammenkünfte ablaufen würden, wenn der Schwager den Körper ebenso genau kannte wie der eigene Gemahl.

Esmeraudes Lage war äußerst verzwickt, zumal Célie ihr genau diese Schwierigkeiten prophezeit hatte. Esmeraude wusste, dass ihr Plan bestens aufgegangen wäre, wenn Bayard ein Fremder geblieben wäre oder wenn er ihr sein Herz zu Füßen gelegt hätte. Aber er war eigensinnig und nicht geneigt, Esmeraude in dieser oder jeder anderen Angelegenheit entgegenzukommen. Selbst seine eigene Familie wusste nicht mehr über ihn als sie!

Es kam ihr vor, als würde er sie indirekt herausfordern, sich persönlich an ihn zu wenden, wenn sie mehr erfahren wollte. Er lauerte immer in der Nähe und schien ihre Bemühungen mit einem belustigten Lächeln zu beobachten.

Aber Esmeraude weigerte sich, ihm diese Genugtuung zu verschaffen. Sie hasste das Gefühl, so leicht durchschaubar zu sein und in den Ruf zu geraten, Bayards Charme zum Opfer gefallen zu sein wie unzählige andere Frauen vor ihr, die ihn laut Aussage seiner Verwandten nicht hatten zufrieden stellen können.

Würde Bayards Interesse verblassen, sobald sie sich ihm ganz und gar unterworfen hatte? Ging es ihm allein um den Wettbewerb und ums Gewinnen? Das war keineswegs ausgeschlossen, und diese Vorstellung behagte Esmeraude ganz und gar nicht.

Da der Mann nicht an die Liebe glaubte und nicht auf den Besitz von Ceinn-beithe aus war, blieb als letzte Erklärung für seinen Eifer nur noch sein übermächtiger Drang, aus jeder Konkurrenz als Sieger hervorzugehen.

In den ersten Tagen der Woche hatte Esmeraude eine diebische Freude daran gefunden, Bayard bis aufs Blut zu reizen. Sie wusste, dass er den Verlust seiner Stimme nur vorgetäuscht und gehofft hatte, sie so in seine Nähe zu locken wie in der Nacht auf der Lichtung, als er die Geschichte in der Schwebe und unvollendet gelassen hatte. Sie hatte ihm zeigen wollen, dass er sie nicht so leicht gefügig machen konnte!

Etliche Male am Tag stellte sie ihren Freiern ein Rätsel und bot für die Lösung einen Kuss zur Belohnung an, aber jedes Mal, wenn Bayard den Mund aufmachte, um die Antwort zu geben, bestand sie darauf, dass er seine Stimme schonte. Sie ahnte, dass es ihn fuchsteufelswild machte, wenn einer der beiden anderen Ritter ihren Kuss empfing, aber sie selbst war auch sehr aufgebracht, weil er ihren ausgezeichneten Plan durchkreuzt hatte.

Ihr blieb nichts anderes übrig, als ihn zu ignorieren, und tat ihr Bestes. Sie spielte mit ihren Nichten und dem Neffen und beobachtete wie alle anderen die Pflanze, die so plötzlich über die Mauer gewachsen war. Aber die Ablenkung nützte nichts. Sie lag nachts wach, lauschte auf die Geräusche, die aus den anderen Schlafzimmern drangen, und verzehrte sich nach Bayards Berührung.

Sie verdrängte vehement die Frage, wie viele Dienstmädchen den Weg in sein Bett fanden.

Wenn sie wahrhaft beabsichtigte, diesen Mann zu vergessen, dann musste sie weg von Airdfinnan und ihre Schwäche überwinden, dessen war sich Esmeraude bewusst. Aber sie konnte ihre hochschwangere Schwester nicht verlassen, wenn sie so viele Gäste hatte – Gäste, die nur wegen Esmeraude nach Airdfinnan gekommen waren. Sie war hier gefangen, so sicher wie die mysteriöse Pflanze ihre dornigen Ranken um das Tor geschlungen hatte.

An diesem vierten Abend war Esmeraude entschlossen, den beiden anderen Rittern erneut ihre Aufmerksamkeit zu schenken, aber nach der Mahlzeit, als alle nach einer Geschichte verlangten, drehte sich Bayard zu Annelise um und bedeutete ihr mit dem gekrümmten Zeigefinger, zu ihm zu kommen. Das Mädchen rutschte von der Bank und hüpfte durch die Große Halle.

Neben Bayard blieb sie stehen und sah ihn erwartungsvoll an. »Werdet Ihr uns heute Abend die Geschichte zu Ende erzählen?«, erkundigte sie sich wie jeden Tag mindestens zwanzigmal. »Sagt Ihr uns, was der König gesehen hat?«

Bayard hustete und fasste sich an den Hals. »Ich brauche

einen Zauber«, flüsterte er heiser und schaute Annelise fragend an.

»Von mir?« Das Mädchen riss die Augen auf.

Bayard nickte.

»Aber ich verstehe nichts von Zauberei.«

Bayard zog eine Augenbraue hoch und stand auf. Dann ging er neben dem Kind auf die Knie, und Esmeraude hielt den Atem an, als sie das helle Blau seiner Augen sah. Er führte etwas im Schilde, aber Esmeraude konnte nicht eingreifen, solange ihre Nichte so begeistert bei der Sache war.

»Du brauchst nichts über Zauberei zu wissen«, sagte Jacqueline, als sich ihre Tochter an sie wandte. »Du musst nur ganz fest daran glauben, dass du ein Wunder bewirken kannst. Man sagt, dass der glühendste Wunsch einer Jungfrau wahr werden kann, wenn der Mond voll ist.«

»Ist der Mond voll?« Annelise musterte den Ritter. »Der Nebel verdeckt ihn.«

Bayard nickte mit Nachdruck. »Er ist voll«, wisperte er. »Das weiß ich.«

Ohne noch einen Augenblick zu zögern, legte Annelise die Fingerspitzen an Bayards Hals. Sie machte die Augen fest zu, und der Ritter blieb die ganze Zeit ernst.

Jacqueline sah Esmeraude mit einem Lächeln an, und Esmeraude wusste, dass Bayard das Herz ihrer Schwester gewonnen hatte, weil er sich so rührend um ihr Kind bemühte. Esmeraude musste auch lächeln, wenn sie sah, wie stolz ihre Nichte darauf war, dass man ihr so viel zutraute.

»Dann wünsche ich mir von ganzem Herzen und ganzer Seele, mit all meinen Fingern und Zehen und jedem anderen Teil von mir, der wünschen kann, dass Eure Stimme zurückkommt und Euer Hals geheilt ist, damit Ihr uns jetzt gleich den Rest der Geschichte erzählen könnt.« Annelise holte tief Luft und trat zurück.

Bayard räusperte sich kräftiger als vorher. Er runzelte die Stirn und hüstelte, dann ließ er seine Stimme tief in der Kehle grollen. Er sah Annelise an, als wäre er überrascht, einen Laut zu hören. Annelise presste die Hände zusammen und hielt die Luft an, während sie wartete. Ihre Augen waren groß und strahlend. Esmeraude verbiss sich ein Lachen.

Der Ritter veranstaltete ein großes Spektakel, als er so tat, als würde seine Stimme allmählich wiederkommen, und alle Kinder beobachteten ihn gespannt. Esmeraude hätte nicht erwartet, dass er so verspielt sein konnte, und sie sah ihm mit Vergnügen zu.

»Liebe Güte, es hat gewirkt!«, erklärte Bayard schließlich. »Ich bin geheilt, und Annelise hat das Wunder vollbracht. Meine schöne Lady, ich danke Euch.«

Annelise stieß einen Freudenschrei aus, als sich der Ritter tief vor ihr verbeugte. Die Versammelten jubelten, und Esmeraude applaudierte mit allen anderen.

Doch Annelise kam sofort auf das Wichtigste zu sprechen. »Werdet Ihr jetzt die Geschichte erzählen?«

»Natürlich!« Bayard drückte dem kleinen Mädchen schwungvoll die Hand. »Der Wunsch der Jungfrau, die mich geheilt hat, sei mir Befehl.«

Annelise heulte triumphierend auf – eine nicht gerade würdevolle, aber aufrichtige Reaktion. Sie sprang zurück zu ihrem Platz am Tisch, faltete die Hände und wartete ungeduldig, dass Bayard anfing. Sie war nicht die Einzige, die bezaubert von dem Ritter war. Auch Esmeraude war von Bayards Schauspiel hingerissen.

Er wäre bestimmt ein guter Vater.

Bayard zwinkerte ihr unvermittelt zu, als hätte er ihre Gedanken gehört und wäre ganz ihrer Ansicht. Esmeraude schnappte erstaunt nach Luft, weil ein Blick von ihm genügte, um ihr Herz hüpfen zu lassen. Aber es war mehr als das – mehr als die bloße Anziehungskraft, die zwischen ihnen herrschte.

Sie liebte Bayard, sie liebte ihn ganz und gar.

Ja, sie liebte seine Schalkhaftigkeit genauso wie die Entschlossenheit, mit der er sein Recht verteidigte. Sie liebte sein Ehrgefühl, seine Integrität und seine Art, mit der er ihr das Gefühl gab, eine Königin zu sein, ohne sie zurechtstutzen zu wollen. Er war zärtlich und stark, ernst und humorvoll, klug und ein geschickter Krieger. Zudem war er galant und konnte Geschichten mit viel Gefühl erzählen.

Bayard war genau der Mann, von dem Esmeraude immer geträumt hatte. Er war ihre Bestimmung und vermutlich der Einzige, der sie jemals glücklich machen konnte.

Abgesehen von der Tatsache, dass er nicht an die Liebe glaubte. Esmeraude war nicht die Frau, die vor einer Herausforderung zurückschreckte, und ganz bestimmt nicht, wenn ihr Lebensglück davon abhing. Jetzt, da sie sich ihrer tiefen Liebe voll bewusst war, war sie umso entschlossener, ihn zu einem Sinneswandel zu bewegen.

Es könnte sich erweisen, dass die Eroberung von Bayards Herz das größte aller Abenteuer war.

Bayard wandte sich zum Tisch und begann mit seiner Geschichte.

Esmeraude dachte fieberhaft nach. Ein Mann, der mit Zauberei argumentierte, konnte sicherlich vom Wert der wahren Liebe überzeugt werden. Sie lauschte seiner Geschichte und suchte nach einem Hinweis, wie er über das, was mit Tristran und Iseut geschah, dachte.

Bayard beschrieb das Stelldichein der unglücklichen Liebenden im Park, das der König aufmerksam beobachtete. König Mark wurde, wie sich herausstellte, nicht Zeuge irgendeiner Unschicklichkeit, denn Iseut hatte sein Spiegelbild im Teich des Springbrunnens entdeckt. In dieser Nacht plauderte sie nur mit Tristran und ließ ihren Gemahl so in dem Glauben, dass die Liebenden nichts Verbotenes taten.

Die Zuhörer atmeten befreit auf, aber die Erleichterung währte nicht lange, denn der Zwerg Frocin wollte unbedingt die Wahrheit zutage fördern, und die Barone waren entschlossen, Tristran in Misskredit zu bringen. Sie überredeten den König, Tristran bei Tagesanbruch mit einer Nachricht zu König Arthur zu schicken, und behaupteten, Tristran läge vor seinem Aufbruch sicherlich ein letztes Mal bei seiner Geliebten.

Esmeraude biss sich auf die Lippe – sie ahnte, dass es so kommen und das Liebespaar diesmal ertappt werden würde. Vielleicht mochte Bayard diese Geschichte, gerade weil die Liebenden zum Elend verdammt waren. Möglicherweise sollte die Legende eine Warnung vor Untreue sein, oder Bayard wollte ihr zeigen, dass der Preis der Liebe zu hoch war.

Oh, wie sie es hasste, im Dunkeln zu tappen!

Ein Wachmann kam in die Große Halle und flüsterte Angus etwas ins Ohr. Angus zog die Augenbrauen zusammen, dann entschuldigte er sich leise bei Jacqueline, stand auf und ging hinaus. Esmeraude achtete nicht darauf, da Angus oft die Tafel verließ, um sich zu vergewissern, dass seine Burg ausreichend bewacht wurde. Esmeraude hatte nur noch Interesse für Bayards Geschichte.

Am Abend vor Tristrans Aufbruch stand König Mark aus seinem Bett auf und ließ seine Frau allein. Seine treuesten Höflinge – Tristran eingeschlossen – lagen auf ihren Pritschen vor dem Gemach. Der boshafte Zwerg streute Mehl um das eheliche Bett, damit Tristrans Fußabdrücke sichtbar wurden. Doch Tristran hatte ihn bei dieser List beobachtet und sprang über das Mehl, um bei seiner Geliebten zu sein.

Allerdings war der Ritter wenige Tage zuvor am Schenkel verletzt worden und bemerkte nicht, dass die Wunde in der Nacht, während sie sich liebten, erneut zu bluten begann. Als die Schritte des Königs auf der Treppe vor dem Gemach zu hören waren, sprang Tristran wieder über das Mehl und legte sich auf seine Pritsche. Das Blut aus seiner Wunde war auf das Bettlaken und das Mehl getropft, und alle konnten sehen, was er getan hatte.

Das Liebespaar wurde zum Tode verurteilt.

Die Zuhörer schrien auf vor Entsetzen – Esmeraude am lautesten. Sie stand auf, weil sie wusste, dass dies ihre Gelegenheit war, herauszufinden, was Bayard mit dieser Geschichte zum Ausdruck bringen wollte. Ihre Wangen wurden heiß, als er sich zu ihr umdrehte.

»Dies ist eine grausame Geschichte«, sagte sie. »Auch wenn das Paar Betrug begangen hat, so verdient ihr Verbrechen doch keine so harte Bestrafung.«

»Aber ich erzähle die Geschichte nur, ich habe sie nicht erfunden.« Bayard zuckte mit den Achseln. »So etwas überlasse ich besser den Barden.«

»Ihr hättet sie ändern können!«

»Das wäre nicht richtig.«

»Ihr könntet eine andere Geschichte wählen.«

Annelise protestierte, und Bayards Lächeln wurde breiter. Er hielt Esmeraudes Blick unverwandt stand und senkte die Stimme. »Würdet Ihr es wirklich vorziehen, dass ich jetzt abbreche?«

Esmeraude wurde rot. Sie verabscheute es, dass er sie so leicht durchschaute. »Ich möchte nicht, dass die Kinder von Alpträumen geplagt werden, wenn sie von dem schlimmen Schicksal hören«, sagte sie.

»Erzählt weiter!«, forderte Annelise.

Bayard blies Esmeraude einen Kuss zu. »Auf Befehl meiner Lady fahre ich morgen fort. Eine Stimme ist wie ein kostbares Instrument und muss sorgsam behandelt werden.« Er zwinkerte und wusste ganz genau, dass er Esmeraudes Neugier geweckt hatte.

Er ging zu ihr, nahm ihre Hand und küsste sie. »Träumt von mir, meine Esmeraude«, flüsterte er, und in seinen saphirblauen Augen tanzte ein Licht, das sie an ihre Vertrautheit erinnerte. »Ich weiß zumindest, dass ich von Euch träumen werde.«

»Weil Ihr mich liebt?«, wagte sie einen Vorstoß.

Bayard lachte und wandte sich ab. »Nein, das niemals«, sagte er so vergnügt, dass sie keinen Anstoß daran nehmen konnte. »Aber ich erkenne, wie wünschenswert und sinnvoll eine Ehe zwischen uns wäre.«

Esmeraude sah ihm nach. Oh, dieser Mann war nervenaufreibend und unwiderstehlich!

Der Abdruck seiner Lippen auf ihrer Hand brannte die ganze Nacht, und Esmeraude warf sich in ihrem kalten Bett von einer Seite auf die andere und dachte an Bayards Berührung.

Oh, sie musste sein Herz erobern oder bei dem Versuch sterben!

Célie stand früh am Morgen auf. Sie liebte es, sich in der Küche aufzuhalten, wenn das Brot gebacken wurde, und die Geschäftigkeit zu beobachten, mit der die Menschen den neuen Tag begrüßten.

In den letzten Tagen bewegte sie sich mit leichten, federnden Schritten. Sie war sehr zufrieden mit ihrem Schützling, denn sie hätte sich nie träumen lassen, dass Esmeraude so reibungslos einen Haushalt führen konnte. Genau genommen hatte das Kind niemals die Neigung gezeigt, derlei Dinge zu lernen, und oft ungeduldig mit den Füßen gescharrt, wenn Eglantine versucht hatte, ihrer Tochter Ratschläge für die Zukunft zu geben und ihr etwas beizubringen.

Offensichtlich hatte Esmeraude lediglich ein Ansporn gefehlt. Sie liebte Jacqueline von ganzem Herzen, und Jacqueline war in den letzten Wochen ihrer Schwangerschaft sehr schwerfällig. Um ihrer Schwester zu helfen, besprach Esmeraude mit dem Koch den Speiseplan, überprüfte mit dem Kastellan den Bestand der Vorräte und bestimmte, was mit den Hennen zu tun war, die keine Eier legten.

Célie hätte nie vermutet, dass sich Esmeraude so viel von den Unterweisungen gemerkt hatte. Die Zofe war stolz auf das Mädchen, das sie fast als eigene Tochter betrachtete, und bemerkte die anerkennenden Blicke der Freier, wenn Esmeraude ihr Organisationstalent und guten Menschenverstand unter Beweis stellte.

Célie zweifelte keinen Augenblick, dass Esmeraude wütend wäre, wenn sie wüsste, dass sich Bayard de Villonne am meisten über ihre Talente freute. Die Zofe schlürfte genüsslich ihr Ale in der Küche. Sie war überzeugt, dass Bayard gut für Esmeraude war und eigensinnig genug, um ihr Herz und ihre Hand zu gewinnen.

Er war genau der richtige Mann für sie.

Esmeraude ignorierte den Ritter so hartnäckig, dass der Wettbewerb nach Célies Ansicht beinahe beendet war. Sie goss noch einmal Ale in ihren Becher und war sehr zufrieden mit dem Lauf der Dinge, denn sie war der festen Überzeugung, dass sie dem Schicksal von Bayard und Esmeraude auf die Sprünge geholfen hatte.

Ihre Stimmung wurde getrübt, als sich Rodney, der kahlköpfige Söldner, zu ihr an den Tisch setzte. Der Lord of

Airdfinnan schenkte diesem Mann aus Gründen, die Célie nicht verstand, sein Vertrauen. Er rümpfte die Nase, als er sah, dass der Ale-Krug halb leer war, dann schenkte er sich einen Becher ein, als hätte er es sich redlich verdient.

»Es ist noch genügend da für eine maßvolle Seele«, bemerkte Célie und machte sich auf ein Streitgespräch gefasst. Bei jeder Begegnung war Rodney auf einen Zank aus, und Célie fand das ausgesprochen ungezogen.

»Und warum sollte man einer maßlosen Seele Zugang zu diesem Krug bieten?«

Célie straffte die Schultern. »Wollt Ihr damit andeuten, dass ich zu viel trinke?«

»Es gibt nichts anzudeuten.« Rodney zuckte aufreizend, wie es seine Art war, mit den Schultern. »Der Krug ist immer voll, wenn er auf den Tisch gestellt wird, jetzt ist er fast leer, und Ihr sitzt ganz allein hier.« Er warf einen auffälligen Blick auf ihren Bauch, dann sah er ihr herausfordernd ins Gesicht. »Und es scheint auch nichts verschüttet worden zu sein.«

»Andere waren vor mir hier.«

Er nickte, als müsste er Nachsicht mit einem Kind oder einer alten Frau üben, deren Gedächtnis nicht mehr das Beste war. »Natürlich.« Er trank einen Schluck und leckte sich die Lippen ab, bevor er wieder in ihre Richtung schielte. »Seid Ihr es, die die Hexerei in unsere Burg gebracht hat, oder Eure Herrin?«

Célie verschluckte sich. »Was für Hexerei?«

»Seht Euch um, Frau! Ist Euch die Pflanze mit den dornigen Ranken nicht aufgefallen, die vom Garten herüberwächst?«

»Pflanzen haben die Angewohnheit, in Gärten zu wachsen«, erinnerte sie ihn kühl.

»Ja, aber keine, die schon fast ein halbes Jahrhundert

dürr und tot waren. Das ist Hexerei, nichts anderes, sonst wären die Ranken nicht in einer einzigen Nacht so hoch gewachsen, dass von der Mauer kaum noch was zu sehen ist.«

Célie spürte, wie sich ihre Augen weiteten, obwohl sie sich diesem Mann liebend gern unbeeindruckt gezeigt hätte. »Wirklich?«

Er schnaubte. »Tut nicht so, als wüsstet Ihr nichts davon. Ich kenne die Frauen. Ihr habt Kenntnisse über finstere Dinge, von denen kein Mensch etwas wissen sollte. Ihr habt lauter Geheimnisse, ihr Frauen, und pfuscht der Natur ins Handwerk. Nur Hexerei hat diese Pflanze zum Wachsen gebracht, und das genau an dem Abend, als Ihr und Esmeraude hier ankamt. Wenigstens habe ich genügend Verstand, um die Wahrheit zu erkennen.« Er stellte seinen Becher ab und verlangte nach einem frisch gefüllten Krug.

Célie ließ nachdenklich das Ale in ihrem Becher kreisen. Ihr war klar, dass sie Rodney niemals von dieser Ansicht abbringen konnte. »Sie wächst in der Nacht?«

»Ja, während wir an der Tafel sitzen und Eure Herrin für ihre Freier Hof hält. Es ist ganz offensichtlich.«

»Wann *genau* wächst sie?«

»Wenn dieser Ritter Esmeraude seine Geschichte erzählt. Sie will ihn mit ihrer Hexerei hier festhalten. Oder vielleicht habt Ihr einen Zauber ausgesprochen, damit er sie auch wirklich heiratet.«

»Oder er ist derjenige, der für diesen Zauber verantwortlich ist.«

Rodney lachte herzlich; seine Augenwinkel lagen noch immer in Falten, als er schließlich verstummte und Célie betrachtete. Sie erschrak, als sie merkte, dass ihr altes Herz einen Schlag aussetzte. Rodney mochte zwar eine raue

Sprache führen, aber Célie hatte nie erlebt, dass er etwas Unrechtes oder gar Grausames tat.

»Ein Mann des Krieges?«, höhnte er. »Ein Kreuzritter und Kämpe? Wie es scheint, habt Ihr mehr von dem Ale getrunken, als ich dachte.« Er beugte sich näher zu ihr und senkte die Stimme. »War das der erste Krug oder schon der zweite?«

Célie erschrak – sowohl, weil sie die Nähe dieses unverschämten Kerls so deutlich spürte, als auch wegen seiner Anschuldigung. »So eine Gemeinheit! Selbst wenn es mein *siebter* wäre, würde ein anständiger Mann keine Bemerkung darüber machen.«

»Ah, die Wahrheit ist kein Freund der Frauen, das ist mal sicher.«

Rodney trank zufrieden einen großen Schluck und bedachte sie mit einem wissenden Blick. »Aber über dieser Burg liegt ein Liebeszauber, und nur jemand, der seinen Verstand nicht ganz beisammen hat, würde das nicht erkennen.«

»Ich hätte nicht erwartet, dass Ihr an Liebeszauber glaubt.«

»Ich glaube an das, was ich sehe und höre. Und ich sehe, wie eine Pflanze in Windeseile wächst, und höre, dass jedermann in diesem Haus des Abends brünstig wird.« Er kam Célie wieder näher und raunte: »Das ist nicht natürlich, Célie. Es ist nicht richtig.«

Er zog eine Augenbraue hoch, und die Funken sprühten zwischen ihnen. In seinen Augen glomm ein Licht auf, und Célie wusste, dass er die Veränderung ebenfalls gespürt hatte.

Was war in diesem Ale? Célie stellte den Becher auf den Tisch und schob ihn von sich.

Rodney schüttelte den Kopf und stand auf. »Ich glaube,

Ihr versteht genau, was ich meine.« Er trank seinen Becher leer und stellte ihn unsanft auf den Tisch, dann stützte er sich mit den Händen auf und sah Célie unverwandt in die Augen. Zu ihrer Verblüffung konnte sie den Blick nicht von ihm wenden, und ein eigenartiger Schauer überlief sie.

Rodneys Stimme war sanfter als sonst. »Falls Ihr diesen Wahnsinn angezettelt habt, Célie, dann solltet Ihr ihm unverzüglich ein Ende setzen. Der Lord hat nicht nur die Absicht, dieses Rätsel zu lösen, sondern auch, den Verursacher zur Verantwortung zu ziehen.« Er berührte ihre Wange mit einer rauen Fingerspitze. Die Geste war so flüchtig, dass sie nichts davon mitbekommen hätte, wäre sie ihm gegenüber nicht so empfindsam gewesen. Ihr war, als würde ihr ganzer Körper prickeln. »Ich möchte nicht, dass Ihr einen zu hohen Preis für diesen Streich bezahlt.«

Und dann war er weg, marschierte durch die Küche, als hätte er bereits vergessen, dass Célie überhaupt existierte. Célie holte tief Luft. Sie hatte den Eindruck, als wollte Rodney sie vor etwas beschützen, und war selbst erstaunt darüber.

Sie irrte sich sicher, oder?

Sie sah sich um und entdeckte, dass der Koch einem Spülmädchen verliebte Blicke zuwarf. Ein Knappe kniff einem Mädchen ins Hinterteil, und sie flirteten eine Weile, dann verschwanden sie in der Wäschekammer.

Ein Wachmann umarmte ein anderes Mädchen und schien ganz zu vergessen, dass sie nicht allein waren.

Célie fühlte sich plötzlich alt und unscheinbar. Um sie herum waren lauter Pärchen, die sich miteinander vergnügten. Küsse, Lächeln und verstohlene Blicke wurden getauscht, und sie ertappte sogar den Lord dabei, wie er Jacqueline innig küsste.

Célie schlenderte ins Freie in das silbrige Morgenlicht und verfluchte den Nebel, der Airdfinnan für immer und ewig einzuschließen schien. Einer der Wachmänner half ihr, auf die Brustwehr der Mauer hinaufzusteigen. Sie fröstelte in dem kalten Nebel.

Sie war nicht die Einzige, die gekommen war, um sich die Pflanze anzusehen, aber sie wusste nicht, ob sie die Einzige war, die bei dem Anblick schauderte.

Sobald sie die Dornen und Ranken sah, wusste sie, dass Rodney Recht hatte. Dies war ein Zauber oder Hexerei, denn die Pflanze strahlte in einem unnatürlichen silbernen Licht.

Célie zitterte, wandte sich ab und erschrak, als sie gegen jemanden prallte. Der Mann umfasste ihren Ellbogen, und Célie sog scharf und bebend seinen Geruch ein, dann schaute sie auf und merkte, dass Rodney sie abschätzend ansah.

»Ist das Euer Werk?«, fragte er so leise, dass nur sie ihn hören konnte.

»Nein. Ich weiß nichts davon.« Célie spähte über die Schulter, schauderte und rückte unwillkürlich näher an Rodney. »Gott im Himmel, an dieser Sache ist etwas Unheiliges.« Sie sah zu ihm auf und lächelte; ihr gefiel, wie sich seine Augen weiteten. »Wie sonst könnte es dazu kommen, dass wir beide einer Meinung sind?«

Er lachte laut und sah dabei jünger und lebendiger aus denn je. »Vielleicht möchtet Ihr Euch heute Mittag beim Essen zu mir setzen«, sagte er mit mehr Galanterie, als Célie ihm zugetraut hätte.

»Würde Euch die Anwesenheit einer Frau nicht den Appetit verderben?«, zog sie ihn auf, denn es war allseits bekannt, dass Rodney den Frauen misstraute.

Er grinste. »Heute vielleicht nicht.«

Célie schnaubte und legte die Hand auf seinen Arm. »Dann werde ich den Moment Eurer Schwäche ausnützen. Gott weiß, dass selbst dieser starke Zauber nicht lange Macht über Euch haben wird.«

Rodney lachte noch lauter und gab Célie das Gefühl, zum ersten Mal seit vielen Jahren jung, geistreich und verführerisch zu sein. Warum sollten alle anderen ihr Vergnügen haben, nur sie nicht?

Sie schielte verstohlen zu Rodney und kam zu dem Schluss, dass sie ihn falsch beurteilt hatte. Er war kein unattraktiver Mann, und seine schroffe Galanterie wärmte ihr Herz.

Vielleicht brachte ihr die kommende Nacht interessante Überraschungen.

Bayards Laune war schlechter denn je.

Zum ersten Mal in seinem Leben hatte er Schwierigkeiten, sich das zu verschaffen, was er sich wünschte. Es machte ihn wütend, dass ihn sein Glück ausgerechnet in dieser kritischen Lage verließ, und er wusste tatsächlich nicht, wie er vorgehen sollte. Er war ungehalten, weil er keine Fortschritte machte, aber was er auch tat, Esmeraude schien nichts milde zu stimmen.

Dabei waren die anderen Freier nicht einmal eine Überlegung wert. Obzwar er anerkannte, dass es eine enorm folgenreiche Entscheidung war, einen Gemahl auszuwählen, fand er, dass Esmeraude die Aufgabe mit zu viel Eifer anpackte. Es war offensichtlich, welcher ihrer Freier die beste Wahl war.

Aber sie richtete kaum noch ein Wort an ihn.

Bayard saß nach einer erneuten schlaflosen Nacht in der Großen Halle von Airdfinnan und starrte düster in seinen Ale-Krug. Er hätte den einfachsten Weg beschreiten und die Wahrheit sagen sollen, als Connor Esmeraudes Unschuld angezweifelt hatte. Er hätte mit der ältesten Begründung, die ein Mann vorbringen konnte, Anspruch auf sie erheben und sie zur Heirat zwingen müssen. Sie könnten schon auf halbem Wege zu König Richard sein.

Andererseits hätte die unberechenbare Esmeraude womöglich sogar nach einer solchen Enthüllung keinen Grund gesehen, ihn zu heiraten. Bayard hätte wie ein Schurke dagestanden und vielleicht jede Chance verwirkt, sie jemals für sich zu gewinnen.

Aber die Tage verstrichen schnell. Der König fragte sich bestimmt schon, was Bayard zugestoßen sein mochte. Vielleicht machte er mit seinen Männern Witze über Bayard und sein zweifellos sehr gefügiges Mädchen vom Lande.

Ha. Bayard trank noch einen Krug Ale, um sein Gemüt zu kühlen. Esmeraude war weit davon entfernt, eine einfältige, zimperliche Jungfrau zu sein, wie sie alle angenommen hatten, und genau darin lag das Problem. Sie war viel interessanter und begehrenswerter als erwartet.

Ja, Bayard wollte sie zur Frau haben.

In dieser Angelegenheit sehnte er sich verzweifelter nach einem Sieg als bei allen bisherigen Schlachten. Er konnte sogar einen plausiblen Grund für seinen drängenden Wunsch anführen. Esmeraude war eine ungewöhnliche Frau. Leidenschaftlich und verspielt im Bett, aber auch verantwortungsbewusst – das sah man daran, wie sie die Pflichten ihrer schwangeren Schwester übernahm. Sie hatte einen wachen Verstand und war charmant, sensibel und geschickt im Umgang mit Kindern. Man konnte nicht behaupten, dass sie sich ehrerbietig unterwarf, aber er fand ihren spritzigen Geist und ihren eigenen Willen reizvoller, als er es für möglich gehalten hätte.

Eine demütige Braut hätte sein Blut längst nicht so in

Wallung gebracht wie Esmeraude. Obwohl Bayard fest daran glaubte, dass diese Brautwerbung nur auf der Laune seiner Großmutter basierte, war ihm mittlerweile klar, dass Esmeraude eine wunderbare Gemahlin und anmutige Herrin in Montvieux sein würde. Deshalb sehnte er sich danach, ihre Hand zu gewinnen, egal um welchen Preis. Auch wenn er niemals eine Frau lieben würde, würde es ihm gut zupass kommen, wenn sich Esmeraude so leidenschaftlich in ihn verliebte, dass sie ihn nicht abweisen konnte.

Nur ausgesprochen ungern gestand er sich ein, dass es nicht zwangsläufig dazu kommen musste. Die einzige Frau, die er aus ganz bestimmten Gründen verführen musste, weigerte sich, sich von ihm verführen zu lassen. Aber sein legendärer Charme hatte ihn doch nicht gerade jetzt verlassen, oder?

Er konnte nicht leugnen, dass Esmeraude die anderen Freier mit umziemlicher Glut küsste und ihn überhaupt nicht mehr. Genau genommen ignorierte sie ihn ganz und gar und hatte nicht einmal ein Lächeln für ihn übrig.

Bayard stürzte sein Ale hinunter – er war mit der Situation alles andere als zufrieden.

Und es war ihm auch kein Trost, dass alle Bewohner dieser Burg im Liebesrausch zu sein schienen. Man konnte nachts kaum ein Auge zutun, weil in jedem Zimmer Pärchen stöhnten und schrien. Bayard war dahinter gekommen, dass Andrew hier sein erstes Liebesabenteuer erlebte, und Michaels Grinsen am Morgen sprach Bände. Nur Bayard schlief jede Nacht allein.

Es war eine ganz neue Erfahrung und bestimmt keine angenehme. Bayard starrte düster auf die Pforte und hoffte, dass Esmeraude des Nachts von Alpträumen heimgesucht wurde. Sie war leidenschaftlich, und seine Eingeweide krampften sich zusammen bei der Vorstellung, dass ihr ein anderer Wonnen bereiten könnte, während er bei ihr auf Granit biss.

Und das Schlimmste von allem war diese verfluchte Geschichte, die er zu erzählen begonnen hatte. Wie war er nur auf die absurde Idee gekommen, dass dies eine passende Mär war, um einer Lady den Hof zu machen? Um die Wahrheit zu sagen, er hatte nicht genauer darüber nachgedacht; ihm war lediglich wichtig gewesen, dass die Geschichte lang war, da er wusste, dass Esmeraude die alten Legenden liebte. Er hatte ja nicht geahnt, dass Esmeraude in der Geschichte nach Hinweisen auf seine eigenen Absichten suchte und die Handlungsweise der Liebenden so scharf kritisierte.

Dieses Paar betrog, log und beging Ehebruch und suchte nur nach dem eigenen Vergnügen. Da Bayard Esmeraudes Einstellung zur wahren Liebe kannte, bezweifelte er ernsthaft, dass sie mit dem Ende der Geschichte zufrieden sein würde: Tristran und Iseut entkamen dem Todesurteil und lebten fortan getrennt bis zum Ende ihrer Tage.

Aber er konnte die Geschichte nicht jetzt abbrechen und damit das Risiko eingehen, die kleine Tochter des Gastgebers vor den Kopf zu stoßen und so den Lord zu verärgern. Bayard kippte noch einen Becher Ale hinunter und stand auf – er war zu unruhig, um tatenlos herumzusitzen. Er lief in den Burghof und rief nach seinen Knappen, um sie beide zu einem Schwertspiel zu bewegen. Die Übung wäre gut für sie alle.

Aber niemand reagierte auf seinen Ruf.

»Andrew!«, brüllte Bayard aufgebracht. »Michael!«

Er wirbelte herum, um sich nach den Jungs umzusehen, aber er entdeckte nur seinen Bruder, der ihn eingehend musterte.

»Ist es nicht auffallend«, sagte Amaury leise, »dass Esmeraude deine Gesellschaft so entschlossen meidet wie du meine?«

»Ich meide deine Gesellschaft nicht.« Bayards Blick suchte immer noch nach seinen Knappen, da er keinerlei Lust verspürte, jetzt mit seinem Bruder über Familienangelegenheiten zu sprechen. Andrew und Michael hatten offensichtlich mehr über die Vorzüge von Küchenmädchen gelernt, als es Bayard lieb sein konnte.

»Doch, das tust du, und du weißt auch, warum.« Amaury sah seinen Bruder unverwandt an, auch als er näher trat. »Ich hätte gedacht, dass wir beide uns hier näher kommen – schließlich bin ich unter den Anwesenden dein nächster Verwandter, und wir haben uns etliche Jahre nicht gesehen. Fünf lange Jahre, Bayard.«

»Dennoch ist die Entfernung zwischen uns jetzt nicht geringer als damals, während ich in Palästina war.« Bayard bedachte seinen Bruder mit einem schmalen Lächeln. »Versteh mich nicht falsch, ich habe schöne Erinnerungen an unsere gemeinsame Kindheit, aber es sind zu viele Worte gefallen, die man nicht so leicht vergessen kann.«

»Nicht zwischen dir und mir.«

»Nein, aber unser Vater und ich hatten eine erbitterte Auseinandersetzung, und die Tatsache, dass du immer noch an seiner Seite reitest, zeigt, dass die Dinge auch zwischen dir und mir niemals wieder so sein können, wie sie einmal waren.«

»Dennoch können wir herzlich miteinander umgehen.«

»Wir sind freundlich zueinander. Das ändert jedoch nichts daran, dass wir beide uns um die Hand ein und derselben Demoiselle bewerben.« Bayard runzelte die Stirn. »Wo stecken diese verfluchten Knappen?«

Er rechnete nicht mit Amaurys leiser Frage.

»Vermisst du uns nicht, Bayard?«

Bayard sah seinen Bruder erstaunt an und überlegte, wie viel er preisgeben konnte. Schuldgefühle nagten an ihm, denn er war seinem Bruder nach wie vor zugetan. Aber er musste davon ausgehen, dass Amaury alles, was er sagte, seinem Vater berichtete.

Deshalb wurde er jetzt all das los, was er seinem Vater gern gesagt hätte.

»Ja, mir fehlt das, was einmal war«, gestand Bayard. »Aber das ist vorbei. Harsche Worte bleiben im Gedächtnis, selbst wenn sie mit Freundlichkeit übertüncht werden. Keiner von uns kann etwas ungeschehen machen, und, um ehrlich zu sein, ich würde das im Grunde auch nicht wollen. Ich habe viel gesehen und bin weit herumgekommen und bereue keine der Erfahrungen, die ich in den letzten fünf Jahren gemacht habe.«

Amaury lächelte. »Du warst immer schon kühn und unerschrocken. Ich wünschte, du würdest mir von deinen Abenteuern erzählen.«

»Zu welchem Zweck?« Bayard zuckte mit den Schultern. »Auch sie liegen hinter mir und sind daher nicht mehr von Bedeutung. Es wäre nur eine weitere fantastische Geschichte, die zu deiner Unterhaltung dienen würde. Wichtig ist nur, dass diese Jahre den Mann aus mir gemacht haben, der ich heute bin. Du brauchst mich nur anzusehen, dann weißt du alles, was du wissen musst. Das ist das Vermächtnis dieser Abenteuer.«

Bayard drehte sich um und suchte nach seinen Knappen. Er spürte Amaurys Blick auf sich ruhen und hoffte, dass seinem Bruder dieses nutzlose Unterfangen langweilig werden würde.

Doch Amaury blieb ruhig. »Ich sehe einen Mann, der

spricht, als ob er wesentlich älter wäre als seine Jahre. Du bist gemäßigter und entschlossener als früher.«

Bayard lächelte ein wenig – die Zuneigung zu seinem Bruder war in all der Zeit nicht verblasst. Er boxte Amaury leicht gegen die Schulter. »Und du bist zum Mann herangewachsen, obwohl ich nicht da war und mit dir raufen konnte«, sagte er schroff. »Ich wette, du bist nicht mehr so leicht zu besiegen.«

»Und ich wette, du hast noch ein paar Kniffe dazugelernt. Das musst du auch, wenn du besser sein willst als ich. Schließlich wächst du jetzt nicht mehr schneller.« Sie lächelten, dann wurde Amaury wieder ernst. »Warum hast du in Ceinn-beithe nicht mit Vater gesprochen?«

Bayard wandte sich ab. »Es wäre nicht richtig gewesen.«

»Nicht richtig, deinen Vater nach fünf Jahren der Trennung zu begrüßen?«

Bayard musterte seinen Bruder. Amaury erschien ihm so jung, so unschuldig, so unerfahren. Er hatte unter den Fittichen des Vaters ein behütetes Leben geführt. Das war gar nicht so schlecht, denn Amaury strahlte die Zuversicht eines Mannes aus, der seine Vorteile kannte.

Andererseits war das trügerisch, denn Amaury war noch nie ernsthaft auf die Probe gestellt worden, und Bayard würde um seinen Bruder fürchten, wenn er das durchmachen müsste, was er selbst erlebt hatte. Bayard hatte, seit er Villonne verlassen hatte, dem Tod schon mehrmals von Angesicht zu Angesicht gegenübergestanden. Er hatte immer Glück gehabt ... aber Amaury war weniger begünstigt als er selbst. Schon als Kind war Amaury immer derjenige gewesen, der sich mit einem Messer geschnitten hatte, vom Regen überrascht worden war oder auf eine Stufe getreten hatte, die schon jahrelang lose gewesen war, und gestürzt war.

Bayard hatte den Jüngeren immer beschützt, wie es ein älterer Bruder tun sollte. Vielleicht brachte die Erinnerung daran Bayard dazu, mehr zu sagen, als er eigentlich beabsichtigte.

14

Es hätte sich nicht geziemt, einen ungelösten Streit vor Freunden und Familienmitgliedern fortzusetzen«, sagte Bayard spröde. »Und wir können keinen Neubeginn wagen, solange so vieles zwischen uns noch ungeklärt ist. Bestimmt haben wir mittlerweile beide mehr Argumente gefunden, um unseren jeweiligen Standpunkt noch entschlossener zu vertreten. Doch das war nicht der Grund, weshalb wir zusammengekommen sind, und ein Disput hätte die Gastfreundschaft der Hausherren verletzt.«

Schweigen dehnte sich zwischen ihnen aus. Aus einem Impuls heraus zog Bayard sein Schwert und hielt es aufrecht in der Hand. Er sah seinen Bruder lächelnd an. »Komm, Amaury, zeig mir, was du in den fünf Jahren gelernt hast. Zeig mir, um wie vieles schwerer es ist, dich zu besiegen.«

»Amaurys Augen blitzten auf, und er zog ebenfalls mit einer schwungvollen Geste sein Schwert. »En garde«, murmelte er, und die Klingen schlugen aufeinander.

Amaury war in der Tat stärker und schneller, stellte Bayard erfreut fest, aber nicht so schnell wie er selbst. Er vermutete, dass sein Bruder mit einem geduldigen Lehrer geübt hatte, und führte mit Absicht einen unvorhergesehenen Hieb aus.

Seine Klinge sauste durch die Luft und schlitzte Amaurys Waffenrock auf. Sein Bruder sprang erschrocken zurück, nahm jedoch sofort wieder eine Angriffspose ein. Das Klirren der Schwerter hatte Schaulustige angelockt, auch Bayards Knappen.

Aus ihrer unordentlichen Kleidung und den geröteten Gesichtern erriet Bayard, womit sie sich die Zeit vertrieben hatten. Bayard war zornig, weil er der Einzige in der ganzen Burg zu sein schien, der enthaltsam lebte.

Und das aus eigenem Willen. Um die Wahrheit zu sagen, es gab weit und breit nicht ein Madchen, das ihn reizte, obwohl es einige versucht hatten. Hatten Esmeraude und ihre glutvolle Art ihn für jede andere Frau verdorben?

Kein Wunder, dass er sie auf Biegen und Brechen erobern wollte. Er parierte Amaurys Angriff und führte einen noch härteren Schlag aus.

»Deine Entscheidung hat Vater verletzt, das weiß ich«, behauptete Amaury keuchend. »Du fehlst ihm, obwohl er deinen Namen in Villonne nicht hören will.«

»Wenn es ihm so wichtig wäre, hätte er mich selbst angesprochen.« Bayard verteidigte sich gegen einen kraftvollen Stoß und grinste, als er Amaurys Klinge abwehrte.

Sein Bruder zeigte eindeutig gute Ansätze.

»Du bist der Sohn! Es ist deine Pflicht, dem Vater Respekt zu erweisen. Du hättest als Erster das Wort an ihn richten müssen, zumal du dein und sein Heim verlassen hast.«

Bayard schüttelte den Kopf. »Es stimmt, dass ich das Haus meines Vaters verließ, mit kaum mehr als dem, was ich am Leibe hatte, meinem Schwert und meinem Ross. Hat er dir nie gesagt, aus welchem Grund ich gegangen bin?« Seine Schwertspitze verfing sich bei einer plötzlichen Attacke, die seinen Bruder überrumpelte, in Amaurys Hemd und hinterließ einen langen Schnitt im weißen Leinen und einen roten auf Amaurys Haut. Die Schaulustigen schnappten erschrocken nach Luft, und die Brüder sahen sich in die Augen.

Amaury war sich bewusst, dass Bayard ihn ernsthaft hätte verletzen können.

»Er sagte, dass du seinen Ermahnungen keine Beachtung geschenkt hast«, erwiderte Amaury.

Bayard schnaubte, als er diese geschönte Wahrheit hörte. »Das ist wahr, aber nur ein kleiner Teil der ganzen Geschichte. Ich habe ihm nicht gehorcht, weil er mich ebenso beschützen wollte, wie er dich beschützt hat.«

»Ich ...«

Bayard machte einen Ausfallschritt und schlitzte diesmal den Ärmel von Amaurys Waffenrock auf. Amaury wich zurück, betrachtete kurz den Riss und ging zur Attacke über. Ihre Schwerter klirrten, während sie mit noch mehr Nachdruck kämpften.

»Wenn sich ein Mann die Sporen verdient hat, dann erwartet man von ihm, dass er Verantwortung als Ritter übernimmt. Er kann diesen Status nur erreichen, indem er sich dessen würdig erweist. Er muss geschickt mit seinen Waffen umgehen können, aber auch entschlossen sein, dass zu tun, was richtig ist, und etwas, was er angefangen hat, auch zu beenden.«

»Das weiß ich«, fiel ihm Amaury ungehalten ins Wort und unterstrich diese Aussage mit einem schnellen Streich. »Ich bin selbst Ritter.«

Bayard wich blitzschnell aus, und die Klinge seines Bruders prallte von seiner Hand ab. »Ja, aber dein Vater, *mein* Vater ignoriert es. Er behandelt dich immer noch wie ein Kind, genau wie er auch mich wie ein Kind behandelt hätte.«

»Er möchte seine Lieben beschützen.«

»Er ist ein Narr.« Bayard ließ das Schwert sinken und

sah seinen Bruder an. »Ich weiß, dass er viel zu jung war, als er in den Krieg musste, aber er kann seine eigenen Erfahrungen nicht als Maßstab für uns ansetzen.«

»Was soll das heißen?«

»Unser Vater wird älter, und die Familie könnte bei seinem Tod alles verlieren, nur weil er nicht zulässt, dass sein Sohn ein Mann wird. Was weißt du von der Kriegskunst? Was weißt du davon, wie man sich selbst und das, was einem gehört, verteidigt? Was weißt du von Verrat, Intrigen und Habgier? Was hast du übers Fechten gelernt, wenn dein Gegner nicht dein eigener Lehrer ist, der den Sohn seines Dienstherrn gewinnen lassen möchte?«

Amaury machte einen Ausfallschritt nach vorn und nutzte Bayards momentane Unaufmerksamkeit. Bayard lachte und parierte den Angriff. »Schon besser!«, rief er, und sein Bruder strahlte. »Wenn Vater stirbt – und ich wünsche mir das beileibe nicht –, dann wirst du in Villonne das Zepter in die Hand nehmen. Falls wieder ein Nachbar unsere Mutter unter seine Gewalt bringt wie vor sieben Jahren, wie willst du sie dann retten?«

Ihre Schwerter prallten aufeinander, und Bayard kam näher, während er Amaurys Schwert blockierte und ihm dabei tief in die Augen sah. »Wenn ich mit einem Heer anrücken würde, um dir Villonne aus den Händen zu reißen, wie würdest du mich dann aufhalten?«

Amaury senkte das Schwert und wich zurück – dieser Gedanke erschütterte ihn sichtlich. Furcht flackerte in seinen Augen. »Würdest du das tun?«

»Nein, ich habe kein Verlangen nach Villonne.« Amaury atmete erleichtert auf, und Bayard fuhr fort: »Aber andere könnten danach gieren, Amaury – andere, die weniger Ehrgefühl besitzen als ich. Es wird dir Lohn und Last zugleich sein, deinen Besitz zu verteidigen.«

»Ich bin sicher, Vater hat das bedacht und wird mir die Erfahrung bieten, wenn ich sie nötig habe.«

»Kein Mensch weiß, wann ihn der Tod ereilt, Amaury.« Bayard schüttelte den Kopf. »Was, wenn Villonne angegriffen wird und Vater bei dem Kampf ums Leben kommt? Dann müsstest du sofort entscheiden, was zu tun ist. Du müsstest eine Strategie parat haben und hättest keine Zeit, lang darüber nachzudenken, während du gleichzeitig voll der Trauer bist.«

Amaury öffnete den Mund, machte ihn aber schnell wieder zu.

»Könntest du das?«, fragte Bayard.

»Ich bete, dass es nie so weit kommt.«

Bayard schüttelte wieder den Kopf, dann hob er seine Klinge erneut. Sie kreuzten mit noch mehr Kraft die Schwerter, und Bayard spürte die kalte Luft auf der Haut und wusste, dass sein Hemd mit Schweiß durchtränkt war. »Gebete sind wichtig, aber Erfahrung ist im Krieg der bessere Gefährte. Du bist jetzt ein Mann und stehst davor, eine große Verantwortung aufgebürdet zu bekommen, hast aber nicht das Wissen und die Fähigkeit, sie zu übernehmen. Ich weiß zu schätzen, dass Vater uns vor dem Kriegsgeschehen bewahren wollte, das er selbst als Junge erlebt hatte, aber ich fürchte, er war ein wenig übereifrig.«

»Es ist undankbar, so etwas zu sagen.« Amaury zielte auf Bayards Knie.

»Tatsächlich?« Bayard sprang zur Seite, dann setzte er einen Stoß an, ehe sein Bruder die Kontrolle über seine Klinge zurückerlangte. Ein weiterer Schnitt im Waffenrock seines Bruders war die Folge, aber er achtete darauf, dass kein Blut floss.

Amaury starrte auf den zerschlitzten Stoff und schluckte.

»Ich habe nicht den Wunsch, dich zu töten«, brummte Bayard. »Sagst du immer das, was Vater auch sagen würde? Glaubst du immer an das, was er dir vorschreibt? Seine Absichten sind keineswegs böse, aber dennoch zerstörerisch. Wünschst du dir nichts, Amaury, was sich Vater nicht für dich wünscht?«

»Ich wünsche mir Villonne und eine Frau – eine glückliche Familie.«

»Und deshalb bist du auf Vaters Geheiß hergekommen, um die Braut zu umwerben, die er für dich ausgesucht hat.«

Das ging Amaury zu weit. »Er hat lediglich vorgeschlagen, ihr den Hof zu machen. Er sagt mir nicht, was ich tun muss.«

Darauf erwiderte Bayard nichts, denn er wusste, dass sein Vater das Talent hatte, so vernünftig zu argumentieren, dass man ihm unmöglich widersprechen konnte, wenn man nicht als Trottel dastehen wollte. Die Brüder nahmen den Kampf wieder auf, und beide atmeten schwer, als sie sich umkreisten und ihre Klingen kreuzten.

Bayard schlug seinem Bruder mit einem mächtigen Hieb das Schwert aus der Hand. Es fiel zu Boden, und Amaury fasste nach seinem Messer.

Aber Bayard legte die Klinge an den Hals seines Bruders. Amaury erstarrte. Er sah voller Angst zu Bayard auf, und Bayard merkte, dass seine Worte auf fruchtbaren Boden gefallen waren. Die Zuschauer wurden ganz still und warteten gespannt darauf, was Bayard als Nächstes tat.

»Vergiss nicht, Amaury, dass unser Vater von seinem Vater zu einem ebensolchen Brautwerben geschickt wurde, aber er weigerte sich, daran teilzunehmen.« Bayard holte tief Luft. »Vater hat alles, was ihm sein Vater übergeben wollte, in den Wind geschlagen, um das Herz unserer Mutter erobern zu können. Das, was er besitzt und was er dir übergeben wird, hat er durch sein Geschick für sich gewonnen. Er verlangte nicht nach dem, was ihm einfach in den Schoß gefallen wäre.«

»Falls du damit sagen willst, dass sich Vater irrt ...«

»Ich will damit sagen, das du nicht darauf warten sollst, dass dir jemand sagt, was du dir wünschst – du musst es dir selbst suchen. Obwohl unsere Familie entzweit ist, möchte ich nicht, dass du wegen mangelnder Voraussicht Schaden nimmst, Amaury. Falls Vater dir die Erfahrungen, die du brauchst, versagt, wie mir seinerzeit, dann musst du ihn verlassen und selbst danach suchen. Du würdest damit seinem eigenen Beispiel folgen und vielleicht einen ebensolchen Wohlstand erlangen.«

»Ich könnte ihm nie die Stirn bieten wie du.«

Bayard schüttelte den Kopf und trat zurück. »Dann warte darauf, bis er dir *sagt*, dass du ein Mann werden sollst. Vielleicht tut er das eines Tages.« Er steckte sein Schwert in die Scheide. Sein Bruder rührte sich nicht von der Stelle. »Und richte Vater aus, dass ich bereit bin, mich mit ihm zu versöhnen, wenn er dir erlaubt, zu Turnieren und in die Schlacht zu reiten.«

Damit ging Bayard kochend vor Wut davon. Er war selbst überrascht, dass er zitterte. Der alte Zorn über den Beschützerinstinkt seines Vaters brodelte immer noch in ihm, und er wollte seinen jüngeren Bruder davor bewahren.

Es brachte ihn auf, dass sein Vater in den letzten Jahren nichts dazugelernt hatte, denn er hatte gehofft, dass sein Weggang Burke zumindest zum Nachdenken gebracht hätte. Bayard hatte seinem Vater immer getrotzt, während Amaury alles, was man ihm sagte, hinnahm.

Einer der Gründe, warum Bayard sich seinerzeit dem Vater so vehement widersetzt hatte, war der Wunsch, dass sein jüngerer Bruder besser auf das Leben vorbereitet wurde. Damals hatte er geglaubt, er würde seinem Vater eine zweite Chance geben, einen Erben zu erziehen, denn Bayard hatte nie daran gezweifelt, dass er sich durch seine Heldentaten eines Tages selbst ein Gut mit Ländereien verschaffen würde. Villonne war seiner Meinung nach immer für Amaury bestimmt gewesen – für den guten, aufrichtigen Amaury, der mit dem, was er hatte, zufrieden war und sich nicht wie sein älterer Bruder nach mehr sehnte.

Amaury hatte Recht – sie hatten sich immer nahe gestanden. Vielleicht hatte es ihre unterschiedliche Art nicht erlaubt, sich anzuerkennen, ohne sich ständig miteinander zu messen. Bayard hatte seinen Bruder von vielen Irrtümern und Fehltritten bewahrt.

Es war ärgerlich, dass er seine Familie verlassen hatte, um seinem Vater eine Lektion zu erteilen, ohne dass sein Vater auch nur das Geringste aus den Vorkommnissen gelernt hatte. Bayard hätte am liebsten laut gebrüllt, weil sein Vater nicht erkannte, welche Gefahren Amaury in Zukunft drohten.

Vielleicht würde Bayard doch noch einmal das Gespräch mit seinem Vater suchen.

Bayard staunte selbst, dass der Zorn auf seinen Vater noch vorhanden und so stark war. Er war überzeugt gewesen, seine Vergangenheit längst hinter sich gelassen zu haben.

Es war unsinnig, sich mit Dingen zu beschäftigen, die so weit zurücklagen.

Möglicherweise hatte er in Ceinn-beithe nicht mit seinem Vater gesprochen, weil er gefürchtet hatte, sich nicht beherrschen zu können. Womöglich hätte er gewütet oder gar geweint, aber ganz sicher wäre es ihm nicht gelungen, höfliche Worte mit einer Verbeugung an seinen Erzeuger zu richten.

Auch jetzt wütete er.

»Andrew! Michael! Sputet euch«, schrie er; er musste weg von hier. »Wir reiten noch heute!«

Aber Bayard fehlte auch diesmal das Glück, denn Esmeraude kam gerade auf den Burghof, als er auf das Tor zuritt. Sie stellte sich ihm in den Weg und wollte offensichtlich gerade dann mit ihr reden, wenn er nicht in der Stimmung war, ihr zu schmeicheln.

Verflucht seien Fortuna und ihresgleichen!

»Eure Augen sind zu blau«, sagte Esmeraude mit einem bezaubernden Lächeln. »Ich kann Euch doch nicht schon so früh am Morgen so sehr aufgebracht haben, oder?« Sie sah taufrisch aus, als hätte sie gut geschlafen – oder der Lust gefrönt. Bayard wurde noch wütender.

Es war niederträchtig, dass sie ihn quälte und immun war gegen seinen Charme.

Sie selbst setzte ihren Liebreiz augenscheinlich nur ein, um ihm eine Bemerkung zu entlocken. Bayard musste sich zu einem Lächeln zwingen. »Nur durch Eure Abwesenheit.«

Sie musterte ihn spöttisch, und ihr Blick huschte über sein durchgeschwitztes Hemd. Er bot einen jämmerlichen Anblick für einen Mann, der um ihre Gunst buhlte.

Ihre Augen leuchteten dennoch auf, und ihre Wangen erröteten – Bayard war sicher, dass er sich das nicht nur einbildete. Er erinnerte sich nur zu gut, wie sie errötete, wenn er bei ihr lag, und er sehnte sich schmerzlich danach, sie seinen Namen flüstern zu hören, während sie vor Wonne erschauerte.

Und wieder und wieder und wieder. Allein der Gedanke

erregte ihn, und er hatte es noch eiliger, die Burg zu verlassen. Er konnte nicht klar denken, wenn sie das Verlangen in ihm schürte.

»Nein, es gibt einen anderen Grund«, beharrte Esmeraude. »Ihr seid entweder verärgert oder aufgewühlt.«

Offenkundig fehlte ihm an diesem Morgen jeglicher Charme, wenn er nicht einmal ein Kompliment hätte hinnehmen können. »Ich war ärgerlich, aber der Grund dafür ist nicht von Bedeutung. Würdet Ihr mich jetzt bitte entschuldigen?« Bayard nahm die Zügel auf und nickte ihr knapp zu.

Esmeraude legte eine Hand auf das Zaumzeug, und Argent – dieses verdammte treulose Tier – rührte sich nicht von der Stelle. »Wenn etwas Euren Unmut geweckt hat, dann muss es von Bedeutung sein. Gerade ich sollte wissen, wie schwierig es ist, Euch aus der Ruhe zu bringen.«

»Macht Euch darum keine Gedanken.«

Sie stützte eine Hand in die Hüfte, ließ jedoch das Zaumzeug nicht los. »Dann haltet Ihr mich für zu einfältig, um Männerangelegenheiten zu verstehen?«

Ah, jetzt hatte er seine Schöne auch noch gekränkt! Der Tag entwickelte sich ja immer besser. Bayard bemühte sich hastig, seinen Fauxpas wieder gutzumachen. »Nein, ich halte Euch für außergewöhnlich klug und für äußerst begabt, wenn es um Rätsel geht.« Ihre Haltung entspannte sich ein wenig, aber Bayard wusste, dass er ihr mehr erzählen musste.

Bayard deutete Esmeraudes Neugier als gutes Zeichen und war darüber so erleichtert, dass er ihr ein Lächeln schenken konnte.

Esmeraude erwiderte es, und das ermutigte ihn ungeheuer.

»Wenn Ihr es denn wissen müsst«, begann er leise, »ich

war schlichtweg wütend, weil ich erfuhr, dass mein Vater sein Verhalten um keinen Deut geändert hat, seit ich von zu Hause weggegangen bin.«

Esmeraude lehnte sich an sein Bein. Jetzt konnte sie ihre Wissbegier nicht mehr verbergen. Sie ließ die Fingerspitze geistesabwesend über seinen Schenkel gleiten, als wüsste sie gar nicht, was sie tat oder wie sehr sie seine Sehnsucht nach mehr entfachte. »Habt Ihr seinetwegen Villonne verlassen?«

Bayard schürzte die Lippen. Er kam zu dem Schluss, dass er nichts zu verlieren hatte, wenn er ihr die Wahrheit enthüllte. »Wir haben gestritten, da er mir untersagte, zu den Turnieren und in die Schlacht zu reiten.«

»Das würde sicherlich jeder Vater tun.«

»Nein, Esmeraude. Ich hatte mir meine Sporen verdient und war in den Ritterstand erhoben worden. Es war falsch, mir zu verwehren, dass ich mein Können auf dem Feld verbesserte.«

»Aber Ihr hättet ums Leben kommen können!«

Diese Vorstellung schien sie zu erschrecken, und Bayard frohlockte insgeheim. Er nahm ihre Hand in seine und fuhr mit dem Daumen über ihre Knöchel. Die Lady sog scharf die Luft ein und sah in einer Art zu ihm auf, die seinen Herzschlag beschleunigte. »Aber ohne ein solches Training hätte ich viel mehr verlieren können.«

»Wieso?«

»Ich war der Erbe. Stellt Euch vor, mein Vater wäre gestorben und ich hätte seinen Platz einnehmen müssen, ohne zu wissen, wie ich meinen Besitz verteidigen soll.« Bayard merkte, dass er mehr preisgab, als er ursprünglich wollte. Er konnte viel zu gut mit Esmeraude reden, weil sie einen wachen Verstand hatte und ihn zu verstehen schien. »Viele hätten ihr Leben gelassen, wenn die Burg angegriffen und von Fremden eingenommen worden wäre.«

»Besteht eine solche Gefahr?« Esmeraude ließ ihn nicht aus den Augen. »Was geschieht im Ausland? Herrscht dort Frieden?«

»Ich fürchte, in Frankreich braut sich ein Krieg zusammen zwischen dem König von Frankreich und dem König von England. Jeder hat Gebiete, die an die des anderen grenzen, und beide wollen die fruchtbaren Ländereien des anderen erobern.«

»Wie Villonne?«

»Es ist ein ausgesprochen blühendes Land und liegt in der Normandie ganz in der Nähe der Gebiete, um die sich die Könige streiten.«

»Und Euer Vater hat Euren Bruder nicht gut ausgebildet, nachdem Ihr die Familie verlassen habt?«

»Nein, das hat er nicht.« Bayard schüttelte den Kopf und presste die Lippen aufeinander. Er wandte das Gesicht ab, damit Esmeraude nicht sehen konnte, wie schwer ihm das zu schaffen machte.

Aber Esmeraude drückte seine Hand. »Ihr macht Euch Sorgen um Amaury.«

»Das muss ich doch, oder?«

Sie lächelte strahlend – seiner Ansicht nach eine merkwürdige Reaktion. »Ja, das müsst Ihr, da Ihr ihn so sehr liebt.«

Bayard zuckte zusammen. »Er ist mein Bruder, Esmeraude, zwischen uns ist nichts Unschickliches.«

»In Euren Adern fließt dasselbe Blut wie in seinen, und Ihr habt Angst um ihn, weil Ihr ihn liebt.« Esmeraude drohte ihm scherzhaft mit dem Finger. »Ich kann an solchen Gefühlsregungen nichts unschicklich finden. Es ist äußerst ehrenhaft, wenn ein Mann diejenigen beschützt, die er liebt.«

Bayard musterte sie wachsam. Unterschiedliche Regungen bestürmten ihn – sein alter Instinkt, jedes Gefühl vor anderen Menschen zu verbergen, kämpfte mit dem Drang, die Gunst seiner Auserkorenen zu erlangen.

»Beabsichtigt Ihr, mit Eurem Vater über diese Sache zu sprechen?«, fragte Esmeraude ungerührt. »Vielleicht solltet Ihr ihn überreden, noch einmal gründlich über alles nachzudenken.«

»Das gelingt mir bestimmt nicht«, erwiderte Bayard mit unverhohlener Verärgerung. »Er hat all das ignoriert, was ich ihm vor fünf Jahren gesagt habe.«

»Ihr seid gegangen, um Euren Vater zu zwingen, seine Sache mit Amaury besser zu machen«, flüsterte sie verzückt. »Bayard, das war eine ungewöhnlich noble Tat, denn Ihr wart sein Erbe. Ihr habt Eurem Bruder zuliebe auf Wohlstand und Besitz verzichtet und seid losgezogen, um Euch selbst Ländereien zu verdienen.« Sie schüttelte den Kopf. »Wie könnt Ihr behaupten, dass Ihr nicht an die Liebe glaubt?«

»Es war reine Vernunft«, behauptete Bayard. »Kein Mann darf den Tod und den Verlust seines Besitzes riskieren, nur weil er nicht genügend vorbereitet ist. Mein Vater will all die Fehler wettmachen, die sein Vater begangen hat, und er ist dabei ziemlich übereifrig. Das habe ich versucht, ihm klar zu machen.«

»Warum seid Ihr dann immer noch so wütend auf ihn?«

»Jeder Mensch ärgert sich, wenn all seine Bemühungen umsonst waren.«

»Und warum habt Ihr dann Villonne um Amaurys willen verlasen?«

»Er ist nicht so kämpferisch und ehrgeizig wie ich. Ich wusste, dass ich zu Wohlstand kommen kann, und Amaury ist viel sanftmütiger als ich.«

Esmeraude strahlte. »Ihr liebt Amaury, ich weiß es.«

»Hier geht es nur um die Vernunft!«

»Um Liebe.«

Bayard konnte die Sache nicht auf sich beruhen lassen. Diese Unterhaltung führte in eine ganz falsche Richtung! »Esmeraude, ich möchte nicht, dass Ihr mich missversteht. »Ich teile nicht Euren Glauben an den Wert der Liebe …«

Sie lachte. »Nennt es, wie Ihr wollt.« Sie neigte sich näher zu ihm und funkelte ihn mit einem betörenden Blick an. »Aber ich würde einen Mann, der seinen Bruder so sehr liebt wie Ihr Euren, mit einem Kuss belohnen.«

Ehe Bayard entscheiden konnte, ob er die Angelegenheit klären oder sich den Kuss holen sollte, nach dem er sich so sehr verzehrte, stieß jemand am Tor einen Schrei aus.

»Ein Gast! Ein Gast trifft ein!«, brüllte der Herold, dann trat er zurück, um die Reiter unter dem Fallgitter durchzulassen.

Der einzige Mann, der Bayard den Tag noch mehr verderben konnte, ritt durch die Tore von Airdfinnan. Sein blondes Haar wehte, und sein Schlachtross tänzelte stolz.

»Simon de Leyrossire«, brummte Bayard missmutig. Jetzt wusste er, dass ihn sein Glück ganz und gar verlassen hatte.

»Oh, noch ein Ritter aus Frankreich«, raunte Esmeraude. Sie wirkte aufgeregter, als es Bayard lieb sein konnte.

»Er ist ein niederträchtiger Schurke und Halunke«, sagte Bayard finster. »Er betrügt und tut alles, um das zu bekommen, was er haben will. Er freit aus gemeinen, selbstsüchtigen Gründen um Euch.«

»Bestimmt sehnt er sich nach einer Braut«, entgegnete die Lady und wedelte mit dem Zeigefinger. »Eine solche Unfreundlichkeit sieht Euch gar nicht ähnlich, Bayard.« Sie drehte sich um und lächelte den Neuankömmling an.

Bayard umfasste ihren Ellbogen. »Ihr werdet nicht zu ihm gehen!«

»Natürlich werde ich. Ich muss ihn an Stelle meiner Schwester begrüßen.« Esmeraude setzte ihre eigensinnige Miene auf, die Bayard verriet, dass er verlieren würde, wenn er ihr verbot, zu Simon zu gehen.

Er lächelte stattdessen und schlang den Arm um ihre Taille. Dann bückte er sich und zog sie auf die Zehenspitzen; er freute sich, als sich ihre Augen vor Erwartung weiteten. »Dann möchte ich zuerst den Kuss, meine Esmeraude«, murmelte er, »und es wird einer sein, den Ihr nicht so leicht vergesst.«

Esmeraude hob die Hand und strich eine Locke aus Bayards Stirn. Die Berührung, die so selbstverständlich und besitzergreifend war, raubte ihm den Atem. »Ja, Bayard«, flüsterte sie mit einem verführerischen Lächeln. »Schenk mir einen Kuss, der mein einsames Bett heute Nacht wärmen wird.«

Bayards Herz machte einen Satz bei diesem Geständnis, dass sie wie er züchtige Nächte in Airdfinnan verbrachte, und hoffte, dass sie sich nach ihm und ihm allein sehnte. Er wollte alles in diesen einen Kuss legen, um ihr zu zeigen, was sie zu erwarten hatte, wenn sie verheiratet waren.

Es war nur ritterlich, alles zu tun, um der Lady Freude zu bereiten.

Esmeraude erinnerte sich kaum mehr daran, dass sie Simon hatte begrüßen wollen. Sie war noch ganz benommen von Bayards forderndem Kuss, als sie den Burghof überquerte. Sie konnte an nichts anderes denken als daran, wie sie ihrem Ritter ein Liebesgeständnis entlocken sollte, damit sie ihn wieder in ihrem Bett willkommen heißen konnte. Bayard ritt durchs Tor, nickte Simon nur knapp zu, dann waren nur noch seine Hufschläge auf der Holzbrücke zu hören.

Bayards Anblick, als sie vorhin in den Burghof gekommen war, hatte sich in Esmeraudes Gedächtnis gebrannt. Er war aufgebracht gewesen und hatte unglaublich männlich gewirkt, sein Hemd hatte feucht vom Schweiß an seinem muskulösen Körper geklebt. Seine dunklen Haare waren zerzaust, sein Gesichtsausdruck hart gewesen, und Esmeraude hatte plötzlich eine solche Sehnsucht nach seiner Nähe verspürt, dass sie sich am Türrahmen festhalten musste, sonst hätten ihre Knie nachgegeben. Bayard war ein Bild von männlicher Anmut und Kraft, und es war viel zu leicht, sich seine Berührungen, seine Verführungskünste und die wunderbaren Liebesnächte mit ihm ins Gedächtnis zu rufen.

Und Lust auf mehr zu empfinden.

Sein Kuss hatte die Sehnsucht, ihn in sich zu spüren, noch mehr auflodern lassen. Sie konnte sich nichts Schöneres vorstellen, als jeden Tag ihres Lebens in diese saphirblauen Augen zu schauen. Sie war hocherfreut über seine Liebe zu seinem Bruder und noch mehr über das Opfer, das er für Amaury gebracht hatte, und darüber, dass er sich dagegen wehrte, seine Gefühle Liebe oder Zuneigung zu nennen.

Esmeraude *musste* Bayard für sich gewinnen, und sie wusste, dass sie Erfolg haben würde. Sie würde ihn dazu bringen, sie zu lieben, wie nie ein Mann zuvor eine Frau geliebt hatte. Sie würde ihm sein Herz stehlen und sich all ihre Wünsche erfüllen.

Sie lächelte pflichtbewusst, wenn auch noch immer verträumt, als Angus die Neuankömmlinge befragte – mit Simon waren vier andere Männer gekommen –, und dachte nur an Bayard. Esmeraude steckte eine lose Haarsträhne in ihren Zopf zurück, und der Geruch von Bayards Schweiß, der an ihrem Arm haftete, stieg ihr in die Nase. Ihr Mund wurde trocken, als sie daran dachte, wie er mit den Fingern über ihre Haut gefahren war.

Lust war nicht Liebe, das wusste Esmeraude, aber es war immerhin ein Anfang. Es wurde Zeit, dass sie Bayard wieder ermutigte und ihm all das zeigte, was er gewänne, wenn er ihr sein Herz zu Füßen legte. Sie erschrak selbst über ihre Kühnheit, aber wenn sie wollte, dass er sie liebte, dann musste sie so beherzt und selbstbewusst sein wie er.

Sie registrierte vage, dass Simon schon unglaublich alt war – sogar älter als Angus. Er benahm sich reizend ihr gegenüber – vielleicht zu reizend –, aber Esmeraude störte sich nicht daran, solange seine Gegenwart Bayard dazu brachte, sie so leidenschaftlich zu küssen.

Es konnte nur ein gutes Zeichen sein, dass ihr Ritter eifersüchtig auf Simon war. Vielleicht war ihr Bayard schon jetzt mehr zugetan, als er zugeben wollte!

Diese Überlegung verlieh Esmeraude frische Energie, und die brauchte sie auch, da der Tag sehr geschäftig wurde. Jacqueline fühlte sich nicht gut, deshalb konnte sie in der Großen Halle nicht viel ausrichten, aber die Neuankömmlinge mussten bewirtet und untergebracht werden. Esmeraude bekam Bayard nicht mehr zu Gesicht und hörte auch nichts von seiner Rückkehr, aber sie wusste, dass er wiederkommen würde.

Sonst hätte er sie nicht so geküsst. Und er würde sich auch nicht so viel Mühe geben, die Gunst einer Lady zu erlangen, wenn er sie letzten Endes doch nicht als Braut heimführen wollte. Bayards Geschichte beschäftigte ihre Gedanken den ganzen Tag, und sie hatte seine Stimme im Ohr, als würde er ihr gerade etwas zuflüstern.

Vielleicht lag ein Zauber in der Legende von Tristran und Iseut oder in Bayards Stimme, denn Esmeraude wollte unbedingt mehr hören. Es quälte sie, dass sie nicht wusste, was aus den beiden Liebenden geworden war. Während sie geschäftig hin und her lief, hatte sie jede Szene deutlich vor Augen, als hätte sie sie selbst miterlebt. Selbst das Wissen, dass Bayard mit dieser Geschichte ein Netz um sie gesponnen hatte, milderte nicht die Macht des Zaubers.

Oder die seiner Anziehungskraft. Sicherlich war es ein gutes Omen, dass er sich die Mühe machte, eine so lange Geschichte von Liebe zu erzählen, oder?

Esmeraude freute sich schon darauf, beim Abendessen mehr von Tristran und Iseut zu hören und ihrem glühendsten Verehrer einen Kuss zu entlocken.

Esmeraude lief in die Große Halle, aber Bayard saß zu ihrem Verdruss nicht an der Tafel. Der hübsche Calum hatte dafür gesorgt, dass er neben Esmeraude sitzen konnte, und Simon nahm auf ihrer anderen Seite Platz. Sie lächelte über Calums Scherze, aber er war im Vergleich zu Bayard ein mühsamer Tischgenosse. Jacqueline lud die neuen Gäste ein, eine Geschichte zum Besten zu geben, nachdem das Essen auf den Tisch gebracht war.

Simon zierte sich und erklärte, dass es einem Mann des Krieges nicht gut anstand, für Unterhaltung zu sorgen wie ein Scherzbold oder Narr. Er war so elegant gekleidet, und seine Knappen schnitten ihm eilfertig das Fleisch und wischten ihm das Kinn ab – Esmeraude konnte sich nicht vorstellen, dass er überhaupt irgendwann einmal einen Finger rührte, um etwas selbst zu tun.

Unbehagliches Schweigen senkte sich nach seiner Ansprache über die Gesellschaft, dann trat ein anderer Freier vor. Robert war immer eifrig bemüht, es allen recht zu machen, wie sich Esmeraude erinnerte. Er erzählte die Geschichte von Angus und Jacqueline of Airdfinnan, die beide mit am Tisch saßen.

Angus erschrak sichtlich, und Jacqueline wurde rot. Esmeraude wusste, dass Robert seinen Gastgeber und die Gastgeberin nicht persönlich kannte und deshalb die Geschichte nicht von ihnen selbst gehört haben konnte.

Und tatsächlich gebot Angus Robert schon bald Einhalt und gab als Grund dafür an, dass die Legende in vielen Einzelheiten nicht wahrheitsgetreu sei. Angus funkelte Robert an, als der sich mit hochrotem Kopf an seinen Platz zurückzog. Esmeraude beglückwünschte sich insgeheim, weil sie diesen Freier schon von Anfang an richtig eingeschätzt hatte.

»Der anmaßende Trottel«, flüsterte Calum Esmeraude zu.

Simon grinste spöttisch, trank von seinem Ale und verzog das Gesicht, weil es ihm nicht schmeckte. Er hatte bereits erklärt, dass er Wein bevorzugte, und Angus hatte sich so wortreich entschuldigt, weil er keinerlei Weinvorräte im Keller hatte, dass Esmeraude sofort merkte, wie wenig ihr Schwager diesen neuen Gast leiden konnte.

Vielleicht reiste Simon bald ab, wenn sie ihn nicht ermutigte.

Der geizige Hamish sang eine Ballade von einem kleinen Elfen, der sich einen Goldschatz ergaunert hatte. Er ahmte den kleinen, am Boden zerstörten Kerl so gut nach, dass Jacqueline fröhlich lachte und die Kinder kicherten. Beifall brandete auf, als er endete. Esmeraude war überrascht, dass Hamish auch eine solche Seite hatte, nachdem er in Ceinn-beithe kaum den Mund aufgebracht hatte.

Aber auch das konnte ihre Ansicht über ihn nicht ändern.

»Typisch für ihn, dass er von Gold singt, dass sich jemand unrechtmäßig angeeignet hat«, murmelte Calum nur für Esmeraudes Ohren.

Calum sah gut aus, keine Frage, aber sein Lächeln entlockte Esmeraude nicht mehr als eine höfliche Antwort. Er gab die Legende von Liebenden zum Besten, deretwegen sich Ceinn-beithe den Ruf erworben hatte, Ehen, die an diesem Ort geschlossen wurden, Glück und Segen zu bringen.

Esmeraude liebte diese Geschichte und applaudierte Calum, als Bayard in die Große Halle trat. Sie hielt inne und starrte ihn an, obwohl sie sich fest vorgenommen hatte, ihn kühl zu begrüßen. Sein Gesicht war gerötet, und er schien ungehalten zu sein. Für Esmeraude hatte er nur einen flüchtigen Blick übrig, dann presste er grimmig die Lippen zusammen, setzte sich und verlangte nach Ale.

Esmeraude fragte sich, wo er gewesen war, was er dachte und warum er böse auf sie war. Hatte er seine Meinung über sie geändert? Zumindest machte er einen sehr missmutigen Eindruck. Sie war kurz davor, zu ihm zu gehen, besann sich aber eines Besseren.

»Wie ich sehe, macht Euch Bayard de Villonne mit Nachdruck den Hof«, höhnte Simon. »Besitzt er inzwischen außer seinem Namen auch noch ein wenig Land?«

»Er hat ein Gut.«

Zu Esmeraudes Erstaunen fing Simon an zu lachen. »Was für ein Gut soll das sein? Amaury übernimmt Villonne, da Bayard seinen Vater verlassen hat, und Burke de Villonne hat keinen anderen Besitz – nicht mehr, seit er Montvieux verloren hat.«

Bayard konnte sie doch nicht belogen haben? Esmeraude war überzeugt, dass er es nicht getan hatte. »Er hat sich durch seine Tapferkeit Ländereien verdient.«

»Ah, und sind sie schon in seinem Besitz, oder hofft er

noch darauf?« Simon grinste boshaft. »Ihr müsst Euch vergewissern, was ein Mann Euch zu bieten hat, bevor Ihr seinen Antrag annehmt, Esmeraude. Bayard ist bekannt dafür, dass er die Ladys erobert, aber ich fürchte, hinter der charmanten Fassade steckt nicht viel.«

»Er ist ein Ritter ...«

»Die Sporen kann man sich erkaufen.«

»Und ein Kreuzritter ...«

»Ja, ja, der Mitstreiter eines Narren, der sein Ziel verfehlt hat.«

»Ich verstehe nicht, was Ihr meint.«

»Richard hat Jerusalem nicht erobert, noch immer herrschen dort die Ungläubigen.« Simon redete mit ihr, als wäre sie ein unwissendes Kind, und mit dieser Art konnte sich Esmeraude ganz und gar nicht anfreunden. »Genau genommen hat er es nicht einmal richtig versucht. Er ist zweimal zur Heiligen Stadt geritten und hat beide Male den Rückzug angetreten. Er näherte sich den Stadttoren lediglich auf acht Meilen. So etwas ist kein Sieg, meine Liebe.«

»Bayard ist ein tapferer Kämpe«, beharrte Esmeraude, und Simon lachte wieder.

»Wahrhaftig? Nun ja, seine Gegner bei dem Turnier in Tours sehen ihn in einem anderen Licht.« Simon erhob sich und schlug seinen Umhang zurück. Dann erhob er seinen Becher in Bayards Richtung und brachte die Gesellschaft zum Schweigen. »Was quält Euch, Bayard de Villonne? Aus welchem Grund fühlt Ihr Euch gezwungen, Unwahrheiten zu erzählen, um das Herz einer Jungfrau für Euch einzunehmen? Mir ist zu Ohren gekommen, dass Euer Charme seinesgleichen sucht.«

Bayard stand auf – seine Miene war unbewegt. »Ich sage nicht die Unwahrheit.«

»Wo sind Eure Ländereien, die Ihr zu besitzen behauptet?«

»Wenn es an der Zeit ist, werde ich sie bekommen.« Bayard zog mürrisch die Augenbrauen zusammen. »Es wäre voreilig, jetzt schon darüber zu sprechen.«

Simon lachte höhnisch. »Weil dieses Land nicht existiert oder weil es Euch nicht gehört! Fragt jeden Mann in dieser Burg, Esmeraude, und alle werden Euch vom Reichtum des Château Leyrossire erzählen, das seit zehn Jahren in meiner Hand ist.« Er trank einen Schluck und grinste, als die Anwesenden zu tuscheln begannen. »Und was ist mit Eurem ruhmreichen Kreuzzug, Bayard? Wie sieht es aus in der Heiligen Stadt?«

»Ihr wisst, dass sie nicht eingenommen wurde, da es an Männern und Kampfkraft fehlte. Simon, wenn Ihr den Mut aufgebracht hättet, Eure Behaglichkeit einer großen Sache zu opfern, wäre Eure Teilnahme an dem Kreuzzug nicht unwillkommen gewesen.« Bayard gönnte sich seinerseits einen Schluck Ale und musterte seinen Widersacher abschätzend. »Vorausgesetzt natürlich, dass Ihr noch die Kraft habt, ein Schwert zu schwingen. Seid Ihr nicht ein wenig zu alt, um eine so junge Braut heimzuführen, Simon?«

»Ich bin so stark und mannhaft wie jeder in dieser Burg!«

»Und ein mehrmals verwitweter Mann. Wie viele Frauen habt Ihr schon begraben, Simon?«

Der ältere Mann wurde puterrot. »Das ist nicht von Bedeutung.«

»Ich könnte mir denken, dass sich die Lady sehr für Eure sieben Gemahlinnen interessiert.« Bayard sah Esmeraude an, als wollte er ihr eine Warnung zukommen lassen. Was wusste er von diesen Frauen? »Sieben Frauen in zehn Jahren«, sagte Bayard nachdenklich, und Esmeraude schnappte erschrocken nach Luft. »Sie alle haben Euer prächtiges Château nur sehr kurz genossen, Simon. Vielleicht ist das Leben dort doch nicht so angenehm und behaglich.«

Der ältere Ritter knirschte mit den Zähnen. »Eine Niederkunft ist gefährlich für die Frauen, das weiß jeder Narr.«

Jacqueline hielt die Luft an und legte unwillkürlich die Hand auf ihren Bauch, als Simon diese taktlose Bemerkung fallen ließ.

Angus stand auf – sein Gesicht war wutverzerrt. »In dieser Burg spricht niemand von Geburten mit unglücklichem Ausgang, oder Ihr verlasst alle noch in dieser Nacht mein Haus.«

Bayard verneigte sich vor seinem Gastgeber und bat um Vergebung. Simon tat es ihm widerwillig gleich. »Es ist eigenartig, dass Ihr diesen Grund anführt, Simon, da Gerüchte besagen, keine Eurer Frauen hätte jemals empfangen.«

»Das ist eine Lüge!«

»Oh? Wie viele Nachkommen habt Ihr?«

»Keinen, und das wisst Ihr genau.« Simon warf einem Knappen seinen Kelch zu, der ihn gerade noch auffangen konnte, dann beugte er sich über den Tisch. »Aber was ist mit Eurer letzten Lüge, Bayard de Villonne? Was ist das für ein Gerede, dass Ihr ein tapferer Kämpe und Held auf dem Turnierplatz seid? Ich erinnere mich, dass unser letztes Turnier in Tours nicht gut für Euch ausgegangen ist.«

Bayards Augen wurden schmal. »Tatsächlich?«

»Wer hat gewonnen? Sagt allen, wer der Sieger dieses Turniers war!«

»Ihr«, erwiderte Bayard leise. »Ihr habt gewonnen, weil Ihr betrogen habt.«

»Dafür gibt es keinen Beweis.«

»Seid Ihr dessen ganz sicher?« Bayard lächelte, leerte seinen Kelch und setzte sich.

Sofort brach ein Stimmengewirr los, und Esmeraude grübelte, was dieser Wortwechsel in Wahrheit zu bedeuten hatte. Instinktiv schenkte sie Bayard Glauben, aber es war beunruhigend, dass er den Namen seines Gutes nicht nannte.

Besaß er wirklich kein Land?

Würde sie sich daran stören?

Simon schäumte vor Wut, dann wandte er sich mit einem gewinnenden Lächeln an seine Tischdame. »Er lügt, wie es ihm beliebt. Sicherlich habt Ihr diesen Mann längst durchschaut.«

»Ja, das habe ich.« Esmeraude beobachtete Bayard. Er war aufgebracht, und sie ahnte, warum. Fairness und Gerechtigkeit waren ihm sehr wichtig, und falls Simon betrogen hatte, um ihn zu besiegen, dann würde Bayard das nicht so schnell vergessen.

Simon runzelte die Stirn, als der groß gewachsene, knochige Seamus seine Ballade begann. Er hatte eine schöne, tiefe Stimme und sang von einer Meerjungfrau, die zu einer Normalsterblichen wurde und ihre Liebe verlor, als sie sich wieder zurückverwandelte. Seamus erntete donnernden Applaus.

Dann richteten sich die Blicke aller, auch der von Esmeraude, auf Bayard. Erzählte er von der Exekution des Liebespaares, oder wurde Tristran und Iseut Gnade zuteil? Esmeraude musste es wissen, da sie glaubte, dass der Ausgang der Geschichte viel über die geheimsten Sehnsüchte des Ritters verriet.

15

Esmeraude und alle anderen, die sich in der Großen Halle versammelt hatten, hörten, wie Tristran zum Scheiterhaufen gebracht wurde, wo König Mark die Liebenden bei lebendigem Leibe verbrennen lassen wollte. Der Ritter wandte eine List an und bat seine Häscher um die Gelegenheit, ein letztes Gebet zu sprechen, als sie an einer kleinen Kapelle vorbeikamen, aus der er, wie jedermann glaubte, nicht entkommen konnte.

Doch Tristran sprang aus einem kleinen Fenster auf die Klippen, die zum Meer hin steil abfielen. Ein flacher Felsen rettete ihm das Leben und hielt ihn auf, sonst wäre er zu Tode gestürzt. Sein getreuer Governal erwartete ihn mit seiner Rüstung und dem Streitross, und Tristran machte sich unverzüglich auf den Weg, um seine Geliebte zu retten.

Die Gesellschaft bejubelte seine Tat so sehr, dass Bayard warten musste, bis wieder Stille herrschte. Esmeraude staunte, dass die Zuhörer eine Lüge, durch die der Ritter dem Tod entfliehen konnte, als verzeihlich ansahen.

Ein Wachmann kam in die Halle, wie in der Nacht zuvor, und raunte Angus etwas zu. Der Lord entschuldigte sich und marschierte so schnell hinaus, dass der Wachmann rennen musste, um mit ihm Schritt zu halten. Die Menschen an der Tafel sahen kaum auf.

Denn mittlerweile wurde Iseut zum Scheiterhaufen geführt – die engen Fesseln hatten ihre Handgelenke blutig gescheuert. Sie war so schön, dass alle Menschen ihren nahenden Tod beklagten, aber der König ließ sich nicht erweichen. Er achtete nicht einmal auf ihr Flehen um Vergebung.

Die Zuhörer tuschelten über seine Kaltherzigkeit und schüttelten die Köpfe. Annelise kletterte auf Esmeraudes Schoß und hielt ihre Hand ganz fest. Auch Esmeraude hatte Angst um Iseut und drückte die Kinderhand.

Bayard fuhr mit seiner Geschichte fort: Ein Aussätziger namens Yvain war mit hundert anderen Aussätzigen gekommen, um die Hinrichtung mitzuerleben. Als er Iseut erblickte, machte er dem König einen schaurigen Vorschlag. Er wies darauf hin, dass die Untreue in den Flammen einen viel zu raschen Tod finden würde – wenn sich der König bereit erklärte, sie den Aussätzigen zu deren Vergnügen zu übergeben, würde sich Iseut tausendmal den Tod wünschen, und das verlängerte ihre Strafe.

Zu Esmeraudes Entsetzen ging der König auf den Handel ein und schickte seine Gemahlin in die Kolonie der Aussätzigen.

Bayard wollte an dieser Stelle abbrechen, aber die Zuhörer protestierten lautstark.

Esmeraude konnte nicht schweigen – nicht wenn Bayard von einer solchen Grausamkeit berichtete. War Bayard der Ansicht, dass der König richtig gehandelt hatte? »Das ist abscheulich!«, rief sie. »Eine unerhörte Verhöhnung der Ehegelübde, die der König abgelegt hat.«

»Das ist es in der Tat«, stimmte ihr Bayard zu, und seine Augen leuchteten.

»Eine ungeheuerlich Niedertracht, die Iseut nicht verdient hat! Ein Mann schuldet seiner Angetrauten mehr Nachsicht, stimmt Ihr mir zu?«

»Ja, ich teile Euren Glauben an die Heiligkeit der Ehegelübde.« Bayard ergriff ihre Hand, und Esmeraude war ein wenig enttäuscht, dass er nur ihren Handrücken küsste, bevor er ihr zuraunte: »Ich bin sehr froh, dass wir dieselbe Überzeugung teilen, meine Esmeraude. Das ist ein gutes Vorzeichen für unsere Ehe.«

Er küsste noch einmal ihr Hand – diesmal mit einem Besitzerstolz, der sie erfreute und Simon dazu veranlasste, scharf einzuatmen.

»Sagt mir, meine Esmeraude«, bat Bayard, »bewertet Ihr nur meine Geschichte oder begrüßt Ihr mich, weil Ihr Euch einen Kuss wünscht?«

Esmeraude lächelte. »Ich würde einem Mann, dem ich gewogen bin, mehr bieten als nur einen Kuss«, erklärte sie, »aber nur, wenn er sich meiner Liebe würdig erweist.«

»Und wie habe ich mich bisher geschlagen?«

Esmeraude gefiel das herausfordernde Glitzern in seinen Augen und hielt es für angebracht, ihn zu ermutigen. »Ganz gut«, gestand sie. »Aber das Schicksal der Liebenden wird die ganze Wahrheit ans Licht bringen.«

Die Gesellschaft verfiel in gespanntes Schweigen, als Bayard die Stimme wieder erhob.

Tristran tötete den Aussätzigen, sobald er den Wald erreichte, und befreite Iseut nur wenige Augenblicke, nachdem sie zu einem so grässlichen Schicksal verdammt worden war.

Esmeraude klatschte in die Hände wie alle anderen. Bayard musste doch an dieser Geschichte erkennen, dass die wahre Liebe jede Niedertracht überwinden konnte. Er grinste und erzählte, wie das Liebespaar in den Wald floh und dort im Exil lebte. Sie hatten nichts außer ihrer Liebe und waren zufrieden.

Das war eine wundervolle Einstellung! Die Leute jubelten, aber Bayard hielt warnend einen Finger hoch, und sie hielten den Atem an.

Zwei Jahre lebten Tristran und Iseut in den Wäldern, doch eines Nachmittags ritt die Jagdgesellschaft durch den Wald, als sie schliefen.

Nicht nur Esmeraude beugte sich vor, um auch ja kein Wort zu verpassen.

König Mark entdeckte das Paar, aber sie schliefen bekleidet, und Tristrans Schwert lag zwischen ihnen. Für den König war das ein Beweis für ihre Unschuld, und er glaubte, einen großen Irrtum begangen zu haben, als er sie verdammt hatte. Er vertauschte sein Schwert mit dem von Tristran, nahm Iseut den Ring vom Finger und steckte ihr seinen an. Wenn sie erwachten, sollten die Liebenden wissen, dass er hier gewesen war und dass sie seinen Zorn zu fürchten hatten.

Das Liebespaar floh aus Angst vor den Verfügungen des Königs nach Wales. Dort erlebten sie ihr drittes Jahr, und der Zaubertrank verlor seine Wirkung. Ihre Liebe verflog im Nu, und mit einem Mal wurde beiden bewusst, was für ein armseliges Leben sie führten. Tristran fand es an der Zeit, Iseut zu ihrem Gemahl zurückzubringen und den Liebeswahn hinter sich zu lassen, denn dies war eine Krankheit, die ein Ende haben musste.

Esmeraude war bitter enttäuscht, und die Geschichte hatte für sie ihren Glanz verloren. Sie verschränkte die Arme vor der Brust und funkelte Bayard an.

Simon kicherte und schlürfte genüsslich sein Ale.

Bayard erzählte unbeirrt weiter. Ein Eremit kam dem unglücklichen Paar zu Hilfe und empfahl ihnen, dem König niemals zu gestehen, wie nahe sie sich wirklich gestanden hatten, und sie folgten seinem Rat. Der König versöhnte sich mit Iseut, und es herrschte große Freude. Tristran wurde für ein Jahr und einen Tag an den Hof des Königs von Galloway geschickt.

Die intriganten Barone gaben sich damit nicht zufrieden, da sie fürchteten, Tristran würde sich für all das Ungemach rächen, das Iseut und er ihretwegen hatten erdulden müssen. Ein letztes Mal versuchten sie, den König von der Untreue seiner Gemahlin zu überzeugen, und Mark war so verärgert, dass er Iseut mit den Vorwürfen konfrontierte.

Iseut nahm die Herausforderung mit Freuden an und erklärte ihrem Gemahl, dass sie jede Gelegenheit begrüßte, ihren Namen ein für alle Mal reinzuwaschen. Sie verlangte, dass sie mit König Arthur und seinen tapferen Rittern an der Furt Perilous zusammenkamen, damit sie Zeugen für den Schwur hatte, den niemand mehr anzweifeln konnte.

Sowohl König Mark als auch die Barone erklärten sich damit einverstanden.

Bayard hielt inne, und Esmeraude war so entsetzt wie alle anderen Zuhörer. »Wie konnte Iseut ihre Unschuld beweisen, wenn sie Ehebruch begangen hat?«, fragte sie.

Bayard schenkte ihr ein Lächeln. »Zeigt mir Eure Gunst, Esmeraude, und ich werde noch heute Nacht den Rest der Geschichte enthüllen.«

Esmeraude schüttelte den Kopf. »Nein. Ich werde niemandem ein Eheversprechen geben, nur um das Ende einer Geschichte zu hören.« Sie begegnete seinem Blick und forderte ihn stumm auf, ihr das Geständnis zu machen, nach dem sie, wie er sehr wohl wusste, verlangte.

Bayard sah sie unverwandt aus seinen strahlend blauen Augen an, sagte jedoch nichts. Esmeraude war wie gebannt, und es kam ihr fast so vor, als wollte er sie zwingen, in sein Herz zu schauen.

»Eine edle Haltung«, bemerkte Simon anerkennend. »Eine Frau sollte heiraten, weil sie sich Sicherheit, Wohlstand und *Aufrichtigkeit* wünscht.« Die beiden Ritter blitzten sich feindselig an.

»Ich würde wegen einer Geschichte heiraten!«, rief Annelise, und alle lachten. Die Spannung löste sich. Die Gesellschaft widmete sich dem Ale und der Unterhaltung, und Jacqueline ermahnte ihr Kinder, dass es Zeit war, sich zurückzuziehen.

Bayard schlenderte auf Esmeraude zu, ohne die Augen von ihrem Gesicht zu wenden. Sie war wie gelähmt und bekam kaum noch Luft. »Würdet Ihr einem Mann einen Kuss als Gegenleistung für eine Geschichte gewähren?«

Er war überzeugt, ihr den Kuss entlocken zu können – schlimmer noch, er konnte sie durch eine bloße Berührung dazu bewegen. Esmeraude nahm sich fest vor, ihm eine Enttäuschung zu bereiten, genau wie er sie enttäuscht hatte.

»Das ist ein guter Vorschlag«, sagte sie und erhob sich.

Simon räusperte sich. »Vielleicht sollte ich doch eine Geschichte zum Besten geben.«

»Es ist zu spät für die Kinder«, sagte Jacqueline entschieden, »und es wäre unfair, eine Geschichte zu erzählen, wenn sie sie nicht hören können.«

Simon schürzte die Lippen, und Bayards Lächeln wurde breiter. Er sah Esmeraude mit hochgezogener Augenbraue an. Er glaubte genau zu wissen, welches Geschenk sie zu vergeben hatte und wer der Beschenkte sein würde.

Esmeraude deutete auf Calum. »Kommt, Calum, Ihr habt Euch einen Kuss verdient für Eure Geschichte von Ceinn-beithe. Ich habe sie immer schon gemocht, aber Ihr habt sie außergewöhnlich schön erzählt. Ich liebe Legenden, in denen die wahre Liebe siegt.«

Sie küsste Calum direkt vor Bayards Augen. Einige lachten. Bayard wartete ungeduldig, doch Esmeraude würdigte ihn keines Blickes mehr, als sie die Halle verließ und sich in ihr kaltes Bett zurückzog.

Das würde Bayard de Villonne zu denken geben!

Genug war genug.

Bayard hatte Esmeraude ausreichend Zeit gelassen, die verschiedenen Freier kennen zu lernen, und er hegte keinerlei Zweifel, dass sie sich letzten Endes für ihn entscheiden würde. Er hatte ritterlich ihre Tugendhaftigkeit gegen seine Cousins und Amaury verteidigt.

Und wozu? Dass sie einen anderen Verehrer küsste? Dass sie Simon, den unwürdigsten all der Männer, die er kannte, anlächelte? Nein! So hatte sich Bayard das nicht vorgestellt.

Es war höchste Zeit, etwas zu unternehmen. Er konnte es sich nicht leisten, noch länger hier herumzulungern und auf ihre Zustimmung zu der Heirat zu warten. Sie hatte keinen plausiblen Grund, seinen Antrag auszuschlagen!

Es war höchste Zeit, dass Esmeraude ihn erhörte!

Noch in dieser Nacht würde seine Galanterie ihren Widerstand brechen. Sein Vorhaben war riskant, denn er verlor dadurch einen Vorteil, aber Esmeraude würde verstehen, dass er ihr vertraute. Und Vertrauen war eine nahe Verwandte der Liebe. Das war das äußerste Zugeständnis, das er ihr machen konnte.

Bayard ging hinaus und hoffte inständig, dass dieses Zugeständnis ausreichen würde.

Er betrachtete die Ranken, die an der Mauer wucherten, und staunte, wie schnell sie wuchsen. Der Lord stand auf der Mauer, und seine Männer strengten sich redlich an, die Äste zurückzuschneiden – ohne jeden Erfolg. Die Zweige schienen ihre Klingen abzuwehren, als wären sie aus Stahl und nicht aus Holz.

Das war ein weiterer Grund, diese Burg zu verlassen – diese verfluchte Pflanze würde schon bald das Tor versperren, und kein Mensch konnte ihrem Wachstum Einhalt gebieten.

Bayard holte seine Satteltaschen, fand darin, was er suchte, und überquerte den Burghof. Im Söller befand sich ein einziges Fenster, aber es war ziemlich weit oben. Bayard lauschte auf die Geräusche, das Schnarchen der Männer und Mädchen, das Kichern einer Frau, das tiefe Lachen eines Mannes. Er hörte schläfrige Kinderstimmen und das Seufzen der Frauen. Bloße Füße tapsten über den Steinboden, Wasser plätscherte, als es aus einem Eimer geschüttet wurde.

Und natürlich hörte er die Klänge der Liebe. Er hatte sich noch nie an einem Ort befunden, an dem sich Männer und Frauen so oft und so ausgiebig miteinander vergnügten. Das machte ihm die Bürde der Keuschheit nicht leichter.

Aber sein Zölibat würde heute Nacht ein Ende haben.

Allmählich wurde es stiller, und nur noch die tiefen Atemzüge waren zu hören. Bayard wartete. Nächtliche Laute drangen in den Burghof von Airdfinnan, die regelmäßigen Schritte der Wachen auf der Brustwehr, das Rauschen des Flusses, der entfernte Schrei einer Eule. Bayard blieb reglos stehen, bis die ganze Burg in den Schleier der Träume gehüllt zu sein schien, dann begann er zu summen.

Es war die Melodie, die er im Wald gesummt und mit der er Esmeraude auf seine Ballade von Tristran und Iseut aufmerksam gemacht hatte. Er sang ganz leise und betete inständig, dass Esmeraude wie er keinen Schlaf in dieser Burg fand. Er sehnte sich nach ihrer Wärme, und die Tage und Nächte der Trennung hatten sein Verlangen nach ihren Zärtlichkeiten nur noch gesteigert.

Bayard summte sein Lied, aber niemand tauchte am Fenster auf. Er hielt inne und überlegte, wie er vorgehen sollte, dann sang er ein wenig lauter.

Was, wenn ihn Esmeraude zurückwies, weil er ihr keine Liebeserklärung machte? Frauen konnten launisch sein – hielt sie das davon ab, seinen Antrag anzunehmen? Würde sie ihn abweisen, nur weil er diesen einen Schwur nicht leisten konnte?

Simon würde das Blaue vom Himmel herunterlügen, um Esmeraude für sich einzunehmen, und keinen Gedanken an Moral und Anstand vergeuden. Würde sie Simon auf Grund einer Lüge zum Mann nehmen?

Nein. Bayard durfte nicht zulassen, dass so etwas geschah. Bayard summte noch inbrünstiger und drückte sein Pfand an die Brust. Er legte all seine Entschlossenheit in die Stimme und betete, dass Esmeraude darauf reagieren möge.

Aber er sah niemanden am Fenster.

Dennoch gab er noch nicht auf, sang und fixierte das dunkle Fenster.

Wahrscheinlich schlief Esmeraude. Bayard runzelte die Stirn, tastete nervös nach dem Pfand, das er mitgebracht hatte, und sah nach oben in den dichten Nebel. Was sollte er tun? Er war nicht an Niederlagen gewöhnt. Er wagte es nicht, lauter zu singen, sonst hätte er die anderen geweckt. Wie es schien, verschwendete er seine Mühen, auch wenn er sein Vorhaben ursprünglich für erfolgversprechend gehalten hatte.

Er beschloss, es noch ein letztes Mal zu versuchen, und wenn sich die Lady nicht zeigte, würde er sich zurückziehen. Er drehte sich wieder zum Fenster, und diesmal stockte ihm der Atem.

Esmeraude war da.

Bayard starrte sie an; sie hätte eine Vision sein können,

die ihm der Nebel vorgaukelte. Sie war umwerfend schön. Ihr gelöstes Haar fiel ihr schimmernd über die Schultern, und das silberne Licht, das der Nebel schuf, machte sie zu einem unirdischen Zauberwesen.

Dann lächelte sie mit der ganzen Schalkhaftigkeit seiner Esmeraude, und Bayards Herz krampfte sich schmerzhaft zusammen. Er ging näher zum Fenster, um seinen Sieg vollkommen zu machen. »Ich habe Euch ein Geschenk mitgebracht, meine Esmeraude.«

»Weil ich böse auf Euch bin?«

Das verwirrte ihn. »Warum seid Ihr böse auf mich?«

Esmeraude seufzte aufgebracht. »Wenn ich das erklären muss, dann bin ich doppelt böse.«

»Euch hat die Geschichte nicht gefallen?«

»Mir gefällt Eure Einstellung nicht, dass Liebe eine Krankheit ist, von der die Menschen kuriert werden müssen.«

Bayard lächelte mit einer Zuversicht, die er nicht in sich spürte. »Ah, aber wieso sorgten sich Tristran und Iseut noch immer um das Wohl und Wehe des anderen, wenn keine Liebe zwischen ihnen bestand?«

»Vielleicht wurden sie Freunde«, erwiderte Esmeraude kühl. »Ich dachte, Ihr präsentiert mir eine Geschichte von wahrer Liebe, die Hindernisse überwinden muss und dann Erfüllung findet.«

Bayard dachte darüber nach, dann entschied er sich, Esmeraude zu verraten, wie es mit den beiden Liebenden weiterging, in der Hoffnung, so ihr Wohlwollen zu erlangen.

»Iseut fand keine Ruhe in König Marks Armen und sehnte sich nach Tristrans süßen Küssen. Der Zaubertrank hatte seine Wirkung zwar verloren, aber ihr Herz gehörte dennoch ihrem tapferen Ritter.«

Esmeraude klammerte sich an das Fenstersims. »Also

liebte sie ihn wirklich, und er liebte sie trotz der nachlassenden Wirkung des Zaubers?«

»Sie liebten sich bis ans Ende ihrer Tage und darüber hinaus.«

»Aber sie konnten nie heiraten und fanden niemals ihr gemeinsames Glück?«

Bayard verneinte. Mit einem Mal war er selbst der Ansicht, dass der Geschichte etwas Entscheidendes fehlte. Esmeraude schüttelte den Kopf und machte Anstalten, sich zurückzuziehen, als hätte sie jede Hoffnung aufgegeben. Aber Bayard trat schnell noch einen Schritt vor, bevor sie verschwinden konnte.

»Ihr habt gar nicht gefragt, was ich Euch mitgebracht habe.«

Esmeraude musterte ihn. »Es gibt nur eines, das ich mir von Euch wünsche, Bayard, und das ist ein Liebesgeständnis.«

Bayard hob die Hand zum Fenster und legte sie auf ihre. »Ich werde Euch nicht belügen, Esmeraude«, antwortete er leise. »Ich werde nicht schwören, dass mich Regungen bewegen, die ich nicht fühle. Man sagt, dass ein Mann an seinen Taten und nicht an seinen Worten gemessen werden sollte.«

»Was soll das heißen?«

»Als wir uns zum ersten Mal begegneten, hielt ich es für weise, einen Beweis für das, was wir gemeinsam erlebt haben, in den Händen zu halten, damit niemand Zweifel an dem Geschehen erheben kann.« Bayard zog das weiße Kleidungsstück hervor, das er unter seinen Waffenrock gesteckt hatte, und bot es Esmeraude dar. »Aber das, was zwischen uns war, sollte bis in alle Ewigkeit unser Geheimnis bleiben.«

Er sah, dass Esmeraude ihr fehlendes Hemd erkannte. »Ihr habt es an Euch genommen!«

Er nickte. »Ich wollte Euch nicht verlieren, Esmeraude, und das will ich immer noch nicht.« Er übergab ihr das Hemd, und sie drückte es an ihre Brust. »Aber ich möchte Euch beweisen, dass ich nicht der Mann bin, der Euch beschämt, nicht einmal vor Eurer eigenen Familie. Ich habe Euch die Unschuld genommen und leugne es nicht, aber niemand muss erfahren, dass wir die Gelübde vorweggenommen haben, die wir ablegen werden.«

Esmeraude starrte ihn eine ganze Weile wortlos an. Dann murmelte sie: »Ihr übergebt mir den Beweis, durch den Ihr einen Vorteil erlangen könntet.« Eigentlich müsste es ihn beunruhigen, dass sie seine Gedanken so leicht durchschaute. »Dann beendet Ihr also Euer Werben um meine Hand?«, fragte sie erschrocken. »Gebt Ihr mir das Hemd deshalb zurück?«

»Selbstverständlich nicht!« Ihm fiel ein Stein vom Herzen, weil Esmeraude am Fenster blieb. »Aber es gehört Euch, und es ist, wie ich annehme, mit Eurer Stickerei verziert.«

Sie sah ihn aus großen Augen an. »Ich danke Euch.«

»Und ich danke Euch, meine Esmeraude, dass Ihr mich auserwählt habt, Euch die Wonnen zwischen Mann und Frau zu zeigen«, raunte er, ohne den Blick von ihr zu wenden. »Ich bitte Euch, darüber nachzudenken, welcher Freier die richtige Wahl für Euch ist und wessen Taten Euch zeigen, dass Ihr Euch in jeder Beziehung auf ihn verlassen könnt.«

»Ist das der Grund dafür, dass Ihr mir so eifrig den Hof macht? Aus Pflichtbewusstsein und Ehrgefühl?«

»Das sind keine geringen Gründe.« Ein Lächeln berührte seine Lippen, aber es verflog sofort, als seine Lady es nicht erwiderte. »Benutzt Euren Verstand«, empfahl er in sanftem Ton. »Und erwählt den Mann, der Euch am besten das Leben bieten kann, das Ihr Euch wünscht. Ich bin wohlhabend genug, um Euch zu ernähren und das Land zu erhalten, das ich mein Eigen nennen kann. Ich werde Euch mit meiner Klinge, meinem Körper und meinem Wort verteidigen. Ich werde Euch im Bett mit Leidenschaft begegnen und Eure Kinder in allen Ehren großziehen. Mehr kann sich eine vernünftige Frau von ihrem Gemahl nicht wünschen.«

»Eine Frau wünscht sich Liebe.«

Bayard sah sie unverwandt an. »Aber welcher Unterschied besteht zwischen Worten und Taten? Und was von beidem hat letzten Endes mehr Wert? Ich habe von Eurem Vater gehört, der von Liebe sprach und gegen die Liebe gehandelt hat. Würde der umgekehrte Fall nicht Eure Zukunft noch viel sicherer machen?«

Die Lady taxierte ihn, dann beugte sie sich aus dem Fenster, bis sich ihre Gesichter beinahe berührten. »Nein. Ich werde weder Euch noch irgendeinem anderen erlauben, mir das Herz zu brechen.« Sie drückte einen Kuss auf seine Stirn, als wäre er ein Kind, dann huschte sie zurück in den Schatten.

»Esmeraude!«, zischte Bayard. Er erhielt keine Antwort und rief noch einmal nach ihr.

Aber sie war weg. Er drehte sich um, lehnte sich an die Mauer und überlegte, ob ihn allein der Wettbewerb dazu anstachelte, den Sieg davonzutragen.

Es konnte bestimmt nichts anderes sein.

Zum ersten Mal zwang sich Bayard, sich darüber Gedanken zu machen, was er tun würde, wenn er sein Ziel nicht erreichte. Dabei fiel ihm nicht als Erstes die schwierige Unterredung mit seiner Großmutter ein, auch nicht die Tatsache, dass er Montvieux dann für immer verlieren würde, oder die Angst um seine Familie, die ihren Besitz gegen

Richard verteidigen müsste. Ihn quälte nicht einmal die Vorstellung, dass sich der König und seine Waffengefährten über sein Versagen lustig machen würden.

Nein, am meisten machte ihm zu schaffen, dass er ein Leben ohne seine temperamentvolle Esmeraude führen müsste.

Das war die erschreckende Wahrheit.

Auf der anderen Seite der Mauer, im Söller, stand Esmeraude und steckte die Nase in ihr Hemd. Sie empfand keinen Triumph darüber, dass sie sich vernünftig verhalten hatte, denn sie wusste, dass sie mehr als nur Bayards Stolz verletzt hatte.

Während sie so dastand, wurde ihr klar, dass Bayard heute Nacht eine Schwelle überschritten hatte, denn es war keineswegs ein kluger Schachzug gewesen, ihr den Beweis für seine älteren Rechte zu überlassen. Es war ein Zugeständnis, vielleicht ein berechnendes Zugeständnis, aber zumindest eines, das keineswegs als vernünftig gelten konnte.

Verriet er ihr mit dieser Tat, was er fühlte?

Esmeraude sog tief den Geruch nach Leder, Pferden und Bayard selbst in sich ein, der von dem Hemd ausging. Sie wusste, was sie tun musste. Sie huschte lautlos zur Tür, schlich auf den Burghof und lief los, um nach ihrer einzigen wahren Liebe zu suchen.

Bayard ging auf die Stallungen zu, und in ihrer Hast, ihn einzuholen, verlor Esmeraude das Hemd. Sie wäre auch nicht umgekehrt, um es zu holen, wenn sie gespürt hätte, dass es ihr aus den Händen geglitten war. Sie hatte nur noch eines im Sinn: Sie musste zu ihrem Bayard.

Heute Nacht würde sich ihr Herzenswunsch erfüllen. In dieser Nacht würde sie ihm rückhaltlos zeigen, was sie ihm anbot.

Unbemerkt von Esmeraude und Bayard hatte ein gewisser Ritter ihre Unterhaltung belauscht und begierig jedes Wort in sich aufgenommen. Jetzt trat er aus dem Schatten, hob das Hemd auf und grinste, als er das jungfräuliche Blut auf dem weißen Stoff entdeckte.

Simon de Leyrossire steckte das Hemd in seinen Waffenrock und ging in die Große Halle. Am liebsten hätte er ein fröhliches Lied gepfiffen, aber das hätte ihn nur verraten.

Oh, er würde seine Rache genießen, daran konnte kein Zweifel bestehen.

»Bayard!«

Bayard schaute über die Schulter – er war nicht sicher, ob er tatsächlich seinen Namen gehört hatte. Esmeraude kam mit wehenden Haaren und bloßen Füßen auf ihn zugelaufen.

Und er erkannte an ihrem glückstrahlenden Gesicht, dass sie endlich bereit war, ihm sein Jawort zu geben. Er wusste nicht, womit er sie erobert hatte, aber das war ihm auch gleichgültig. Sie kam zu ihm! Bayard drehte sich lächelnd um und breitete die Arme aus. Sie lachte, und er fing sie auf und drückte sie an sich.

»Ihr habt Euch entschieden?«, fragte er, und Esmeraude schlang die Arme um seinen Hals.

»Mir bleibt keine andere Wahl«, erklärte sie und bot ihm ihre Lippen zum Kuss. Sein Puls ging schneller; er hielt sie noch fester, und sein Verlangen zwang ihn beinahe in die Knie. Nach einer Weile löste er sich von ihr, da er wusste, dass er sich nicht lange beherrschen konnte, wenn er sich jetzt nicht mäßigte. Esmeraude scharrte unzufrieden mit den Füßen.

»Begehrst du mich nicht mehr?«

Bayard lachte leise. »Ich habe noch nie eine Frau so sehr begehrt wie dich, meine Esmeraude«, gestand er. »Und jeder Kuss von dir hat eine stärkere Wirkung als der letzte.«

»Mir ergeht es genauso«, flüsterte sie. »Ist die Liebe immer so?«

»Nein.«

Sie lächelte. »Wir sind füreinander bestimmt.« Bayard hatte keine Gelegenheit, ihr zu widersprechen, denn Esmeraude brachte ihn mit einem Kuss zum Schweigen. Sie vergrub ihre Hand in seinem Haar und drückte ihn noch dichter an sich. Ihre Hitze setzte ihn in Flammen.

Sie verlangte Wonnen von ihm in dieser Nacht, und zwar mit einer solchen Leidenschaft, dass ihm klar wurde, dass er bisher nur eine Kostprobe dessen genossen hatte, was sie zu bieten hatte. Sie liebkosten und neckten sich, und es war ihnen gleichgültig, ob jemand ihr Treiben beobachtete. Als der Kuss endete, atmeten beide schwer, und in Esmeraudes Augen funkelten Sterne.

»Ich möchte jede Art lernen, wie sich ein Mann und eine Frau lieben können«, wisperte sie heiser. »Und ich habe dich, Bayard, dazu ausersehen, es mir beizubringen.«

Bayard seufzte, als wäre das eine große Bürde. »Wenn meine Lady solche Bedingungen stellt, werde ich mich wohl fügen müssen.«

Esmeraude lachte und sah sich im Burghof um. »Ich möchte heute Nacht mit dir allein sein. Wie sauber sind die Stallungen?«

»Es gibt dort eine Menge Heu, und es ist warm und trocken.« Bayard hob die Lady, die bald seine Gemahlin sein würde, auf die Arme und ging zu den Ställen. »Aber in Kürze werden wir uns in einem Bett lieben, meine Esmeraude, auf einer weichen Matratze und Fellen liegen, wie es sich gehört.«

Ihr Lächeln weckte in ihm den Wunsch, sie sofort wieder zu küssen. »Ich prophezeie Euch, Mylord, dass wir uns in unserer Hochzeitsnacht zum ersten Mal in einem Bett lieben, wie es sich für ein Paar geziemt.«

Bayard lachte, aber nicht lange, denn sobald er in den dunklen Stall trat, drückten ihre Lippen sich auf seine, während ihre Hand sich unter sein Hemd schob. Ihr Drängen wirkte ansteckend. Bayard ließ sich ins Stroh fallen und grinste, als er begriff, dass ihm erneut eine schlaflose Nacht bevorstand.

Aber diesmal empfand er keinerlei Bedauern.

Bayard bereitete seiner Lady Freude und beobachtete, wie ihr die Röte in die Wangen stieg und ihre Augen immer mehr funkelten. Er betrachtete jeden ihrer Seufzer als Triumph und fühlte sich mehr denn je als Sieger, als sie zum dritten Mal den Höhepunkt erreichte.

Und als sich Esmeraude ihm entgegenwölbte, kamen ihr drei Wörter über die Lippen, die er nie zu hören erwartet hätte – drei Wörter, die ihn mehr durchdrangen und glücklicher machten, als er es für möglich gehalten hätte.

»Ich liebe dich«, flüsterte sie. Sie sahen sich tief in die Augen, bis sie die Woge der Leidenschaft zum höchsten Punkt spülte und sie die Lider schloss, aber die drei Wörter klangen Bayard noch immer in den Ohren.

Sie liebte ihn. Bayard wusste, dass ihm das nur das Herz erwärmte, weil er erleichtert war. Eine Frau, die ihn liebte, würde ihn nie verlassen oder betrügen.

Mehr als das konnte es nicht sein.

Bayard verwöhnte seine Lady mit all der Leidenschaft, die in ihm war. Von dieser Nacht an würden er und Esmeraude eins sein, und nichts und niemand konnte sie mehr trennen.

Angus of Airdfinnan wünschte, nicht gestört zu werden. Das hatte er seinen Männern unmissverständlich klar gemacht, deshalb ignorierte er das Flüstern eines der Wachmänner. Seine Frau lag an ihn geschmiegt da, und er fürchtete, dass sich das Kind jeden Moment entschließen könnte, auf die Welt zu kommen. Er hielt sie fest und war nicht bereit, auf diese Nähe zu verzichten, selbst wenn sie schlief, denn solche Augenblicke waren ihm viel zu selten gegönnt.

»Mylord«, flüsterte der Wachmann erneut, diesmal etwas eindringlicher.

Angus stellte sich schlafend. Seine Kinder lagen mit in dem großen Bett neben ihm und neben Jacqueline. Es war warm und behaglich, aber das war nicht der Grund, aus dem er sich weigerte, aufzustehen.

Das Wichtigste in seinem Leben befand sich hier, schlief und vertraute voll und ganz auf ihn. Er war mit Glück gesegnet, obwohl er es nicht gesucht hatte – Jacqueline hatte ihm dieses Glück beschert. Sie holte ihm den Mond und die Sterne vom Himmel, und er konnte die Vorstellung, wie leer sein Leben ohne sie wäre, nicht ertragen.

Das Kind regte sich in ihrem Bauch, und Angus erschrak. Ja, er hatte Angst, mehr Angst als jemals zuvor. Das Kind, das Jacqueline unter dem Herzen trug, war so groß, dass er fürchtete, sie könnte die Geburt nicht überleben.

Und er konnte nichts tun, um ihr zu helfen oder den Lauf der Dinge zu beeinflussen.

Er zog Jacqueline näher an sich, hauchte einen Kuss auf ihr Haar und schloss die Augen, als der Wachmann wieder zu wispern begann.

»Ich muss es nicht selbst sehen«, sagte Angus tonlos. »Es genügt, wenn du mir sagst, dass sie wieder wächst.«

»Nein, Mylord, es ist schlimmer.«

Was konnte schlimmer sein? Angus starrte in der Dunkelheit auf den Mann, der neben dem Bett stand. »Hat sie das Tor versperrt?«

»Nein, noch nicht ganz. Aber allein in dieser Nacht ist sie um das Doppelte gewachsen ... und, Mylord ...« Die Stimme des Mannes brach ab, als könnt er das Ungeheuerliche immer noch nicht fassen, »sie hat *Blätter* getrieben.«

Angus fluchte. Er schwang sich aus dem Bett und kleidete sich hastig an. Er wusste genug von Zauberei, um zu erkennen, dass dies nicht mit rechten Dingen zugehen konnte, und er ahnte, dass das Wachstum der Ranken auf mysteriöse Weise mit der Beziehung von Esmeraude und Bayard in Zusammenhang stand. Es schien ein Band zwischen den beiden zu bestehen. Die Ranken wuchsen, wenn der Ritter seiner Auserwählten Geschichten erzählte oder Balladen vorsang. Er schien den Zauber mit seiner melodiösen Stimme zu bewirken.

Angus erschrak, als er sah, wie weit die Ranken in dieser einen Nacht gewachsen waren, und verfluchte seine Nachsicht mit Bayard und der Geschichte, die er zur Unterhaltung seiner Familie und Gäste zum Besten gab.

Glänzende grüne Blätter bedeckten die Ranken, so dass von der Mauer nichts mehr zu sehen war. Die ganze Burg erstrahlte mehr denn je.

Doch als sich Angus, der auf die Brustwehr geklettert war, bückte, um sich die Blätter genauer anzusehen, blieb ihm das Herz fast stehen. Unter dem einen Blatt, das er in Augenschein genommen hatte, befand sich eine Knospe. Die Ranken kamen dem Tor immer näher und bildeten ein dorniges Dickicht zwischen Flussufer und Burghof, doch jetzt trieb sie auch noch Blüten, und der Wind würde ihren Samen in alle Richtungen tragen.

Es hatte Angus gerade noch gefehlt, dass eine zweite solche Pflanze – oder gar Tausende – aufkeimte und in seinen Burghof wuchs. Er mochte nichts für das Wohlergehen seiner Gemahlin tun können, aber diese Bedrohung konnte er abwenden.

Angus machte sich auf die Suche nach dem Mann, der für diesen Zauber verantwortlich war. Allein Bayard konnte der Sache ein Ende setzen.

Bayard erwachte langsam und lächelte, als ihm der süße Geruch des Heus und der noch süßere Duft von Esmeraude in die Nase stieg. Sie kuschelte sich an ihn und drückte ihre kalte Nase an seine Haut. Er zuckte zusammen.

»Du bist also wach«, sagte sie mit funkelndem Blick. »Ich dachte schon, du hättest dich überanstrengt.«

»Ach, ja? Und du bist gar nicht müde? Vielleicht habe ich dich nicht befriedigt.« Die Lady lachte, aber Bayard erstickte ihr Lachen mit einem langen Kuss. Sie lösten sich widerstrebend voneinander, und Bayard betrachtete ihre geröteten Wangen und die funkelnden Augen.

Sie liebte ihn. Jetzt wurde alles gut.

Bayard überlegte, ob er das noch einmal feiern sollte, als sich jemand ganz in der Nähe räusperte und ihm und Esmeraude der Schreck in die Glieder fuhr.

»Einen guten Morgen für Euch«, sagte Angus sarkastisch. »Auch wenn es mir widerstrebt, Euer Schäferstündchen zu stören, aber mich führt eine wichtige Angelegenheit her.« Die Miene des Lords verriet, dass es ihm ernst war. Er machte einen grimmigeren Eindruck als je zuvor.

Esmeraude setzte sich hastig auf, schnappte sich ihr Hemd und hielt es sich vor die nackte Brust. »Ist etwas mit Jacqueline?« Ihre zerzausten Locken verdeckten einen Teil ihres schönen Rückens, und Bayard hätte einen ganzen Tag damit zubringen können, um sie zu ordnen und zu kämmen.

Angus strich sich über die Stirn. »Nein, noch fehlt ihr nichts. Aber das ist nicht das Einzige, was mir heute Morgen Sorgen bereitet.« Er krümmte einen Finger und forderte Bayard so auf, mit ihm zu kommen. »Ihr werdet das, was Ihr begonnen habt, abbrechen müssen, und das noch heute.«

Bayard setzte sich auf. »Was habe ich getan?«

Der Lord hob die Hand und wandte sich ab. Bayard streifte hastig Hemd und Hose über, dann band er die Bänder an Esmeraudes Gewand zu. Als sie ihn fragend ansah, zuckte er nur mit den Schultern, denn er hatte nicht die geringste Ahnung, was der Lord mit ihm vorhaben könnte. Er zupfte einen Halm aus Esmeraudes Haar und küsste sie auf die Stirn.

»Es wird alles gut. Ich werde dafür sorgen«, flüsterte er und erntete dafür ein Lächeln voller Zutrauen.

»Ich weiß.«

Hand in Hand verließen sie den Stall. Angus stand aufrecht da und überblickte den Burghof, als der Schrei einer Frau die Luft zerriss. Angus wirbelte herum, und Esmeraude schnappte erschrocken nach Luft.

»Jacqueline!«, flüsterte sie, drückte schnell Bayards Hand und rannte los.

Der Lord rührte sich nicht vom Fleck – er schien zu Stein erstarrt zu sein. Bayard ging zu ihm und sah, dass er kreidebleich geworden war. »Geht Ihr nicht zu Eurer Gemahlin?«

Angus schüttelte den Kopf. »Nein, meine Rastlosigkeit würde Jacqueline nur aufregen. Wir sollten uns um diese andere Angelegenheit kümmern und der Sache wie Männer ein Ende setzen.«

Er ging davon, und Bayard folgte ihm. Er sah, dass die Pflanze in der vergangenen Nacht erneut unglaublich gewachsen war. Ihr glänzendes Laub bedeckte mittlerweile die Mauern ganz und gar und bot einen atemberaubenden Anblick. »Wachsen diese Ranken jedes Jahr oder nur hin und wieder?«, fragte er und hoffte, den Lord damit von seinen gegenwärtigen Sorgen abzulenken. »Ich habe nie etwas Ähnliches gesehen.«

Der Lord bedachte ihn mit einem feindseligen Blick. »Uns ist dieses Gewächs genauso fremd, wie es die Ritter sind, die um Esmeraudes Hand freien.« Er stieg die Leiter zur Brustwehr hinauf, ohne sich noch einmal zu Bayard umzudrehen. Allerdings zuckte er sichtlich zusammen, als erneut ein Schmerzensschrei aus dem Munde seiner Frau ertönte.

Bayard folgte ihm verwirrt.

Angus blieb vor einer Ranke stehen. Es wäre unmöglich gewesen, auch nur noch einen Schritt zu machen, denn das Dickicht versperrte den Weg. Das Laub verdeckte die tückischen Dornen, die jedem gefährlich sein konnten.

»Ich bin ein Mann, der an das glaubt, was er sieht und mit Händen greifen kann«, begann Angus gefasst. »Aber ich habe auch gelernt, Respekt vor dem zu haben, was unsichtbar ist.«

Er wandte sich Bayard zu. Das eine Auge, das nicht von der Klappe verdeckt war, sah den Ritter niedergeschlagen an. »Ich erkenne Zauberei, wenn sie sich auf eine solche Art zeigt. Dieses Gewächs ist nicht natürlich, und in dieser Gegend wurde nie dergleichen gesichtet. Die Wurzel war ein Geschenk an meine Mutter – wie so viele andere in unserem Garten. Vermutlich hat ein Gast diese Pflanze mitgebracht, vielleicht ein Gast aus Frankreich. Ich weiß nur, dass sie *nie* in unserem Boden gedieh.« Angus stieß den Zweig mit dem Fuß an, ohne sich von Bayard abzuwenden. »Bis Ihr Esmeraude die Legende von Tristran und Iseut erzählt habt.«

Bayard wich vor Entsetzen über diese Anschuldigung einen Schritt zurück. »Ihr bezichtigt mich der Zauberei? Ich bin nicht verantwortlich dafür!«

»Seid Ihr das nicht?« Angus war keineswegs überzeugt. Er lächelte beinahe. »Dann erzählt mit Eurer wohlklingenden Stimme von Iseut, und beweist mir, dass ich mich irre.«

»Das ist Unsinn.«

»Beweist es.«

Bayard zog verärgert die Augenbrauen zusammen. Er richtete sich zur vollen Größe auf, schleuderte sein Haar zurück und erzählte in dem guten Glauben, dass er die törichte Behauptung entkräften konnte.

Er wiederholte die Passage, in der Iseut erkannte, dass ihr Herz auch ohne die Wirkung des Zaubertranks Tristran und nur ihm allein gehörte.

Er beobachtete voller Schrecken, dass die Zweige bei dem ersten Wort, das ihm über die Lippen kam, zu sprießen begannen. Eine Ranke schlängelte sich um Angus' Stiefel, und Blätter entfalteten sich. Bayard verstummte – und setzte damit dem Wachstum ein sofortiges Ende.

Diese Ungeheuerlichkeit war sein Werk!

16

Das kann nicht sein!« Bayard wünschte, sein Widerspruch würde der Wahrheit entsprechen. Er starrte entgeistert auf die Pflanze und konnte nicht fassen, dass er sie womöglich zum Leben erweckt hatte.

»Dennoch ist es so«, erwiderte Angus.

»Aber das ist unerklärlich. Keine Pflanze wächst mit dieser Geschwindigkeit. Und eine Stimme hat noch nie ein Gewächs dazu veranlasst, auf diese Weise zu gedeihen.«

»So unerklärlich ist dieses Ereignis nicht.«

»Was wollt Ihr damit sagen?«

»Warum macht Ihr meiner Schwägerin den Hof?«

Bayard kniff die Augen leicht zusammen. Er war nicht bereit, einem anderen sein Geheimnis zu enthüllen, nicht einmal diesem Ritter, der ganz ähnliche Erfahrungen gemacht hatte wie er. »Weil ich Verlangen nach einer Gemahlin habe«, erwiderte er lahm.

»Pah!« Angus versetzte der Ranke wieder einen Tritt. »Das erklärt nicht Euren Eifer. Nein, es gibt einen anderen Grund für Euer Werben, einen Grund, der schwerer wiegt.«

Bayard fürchtete, dass Angus die Wahrheit über Montvieux und Richard kannte, dass er mit Esmeraude darüber sprechen und so den Sieg verhindern würde, den Bayard schon als sicher angenommen hatte. »Das könnt Ihr nicht wissen.«

»Nein, ich kenne Eure geheimsten Wünsche nicht, aber

ich sehe sehr gut mit dem einen Auge, das mir noch geblieben ist.«

»Und was genau seht Ihr?«, wollte Bayard wissen und rechnete fest damit, dass Angus Kenntnis von Margaux' Forderung hatte.

Angus deutete mit einer weit ausladenden Geste auf das Gewächs. »Dies hier hat die Liebe eines Mannes heraufbeschworen. Seht, die Äste bewegen sich auf das Tor zu, um Esmeraude davon abzuhalten, diese Burg zu verlassen, solange sie Euch nicht erhört hat.«

Bayard war verblüfft. »Das ist Irrsinn!«

»Nein, das ist es nicht. Die Zweige wachsen, wenn Ihr Esmeraude mit einer Geschichte zu verzaubern sucht oder ihr ein Geschenk macht, mit dem Ihr sie für Euch einzunehmen hofft.« Angus schüttelte den Kopf. »Esmeraudes Liebe zu den alten Geschichten ist wohl bekannt, Bayard de Villonne, aber so etwas allein genügt nicht, um eine Frau für sich zu gewinnen. Ich rate Euch, ihr mehr als eine Geschichte zu bieten, wenn es Euch wirklich so viel bedeutet, Esmeraude als Eure Braut heimzuführen.«

»Was meint Ihr damit?«

»Schenkt ihr Euch selbst.« Angus schaute ihm lange in die Augen. »Sagt ihr, dass Ihr sie liebt. Nur das wird sie überzeugen.« Er lächelte milde. »Eglantine hat ihre Töchter dazu erzogen, die Liebe in Ehren zu halten.«

»Aber ich liebe sie nicht!«

»Nein?« Angus betrachtete die Pflanze und schüttelte den Kopf. »Und ich hatte gehofft, Ihr würdet ihr Eure Liebe gestehen, bevor wir alle für immer hinter diesen Mauern eingesperrt sind.«

»Ich kann nichts gestehen, was nicht der Wahrheit entspricht.«

»Es entspricht nicht der Wahrheit?« Angus lächelte.

»Dieses Gewächs zeigt die Wahrheit, Bayard.« Er senkte die Stimme und legte die Hand auf die Schulter des jüngeren Mannes. »Es ist keine Schwäche, einer Frau zu sagen, dass man sie liebt. Im Gegenteil – ihr wäret überrascht zu erleben, wie viel Kraft Euch diese Liebe verleiht.«

»Ihr habt keinen starken Eindruck gemacht, als Jacqueline aufschrie«, bemerkte Bayard.

Das Lächeln des Lords verblasste. »Weil ich weiß, dass alles, was ich besitze, nichts wäre, wenn ich Jacqueline nicht hätte. Nichts ist schlimmer für einen Ritter, als zu wissen, dass all sein Können den Ausgang einer Sache nicht beeinflussen kann. Ich kann Jacqueline die Schmerzen bei der Niederkunft nicht nehmen, aber wenn ich es könnte, würde ich es mit Freuden tun. Die beste Hebamme, die ich finden konnte, ist jetzt bei ihr.«

Angus' Miene war so bitter, dass Bayard die Hand auf seinen Arm legte. »Sie hat vier Kinder geboren. Sicherlich wird auch dieses ohne Schwierigkeiten auf die Welt kommen.«

Angus nickte knapp. »Das hoffe ich.« Dann musterte er Bayard eindringlich. »Und wie würde Euer Leben ohne Esmeraude aussehen? Würden Euch Eure Reichtümer wie Staub in Euren Händen vorkommen, wenn sie einen anderen heiratete?«

Bayard blinzelte. Waren seine Gedanken nicht erst in der letzten Nacht in eine ähnliche Richtung gegangen?

Aber er liebte Esmeraude bestimmt nicht, oder?

Die Wahrheit traf Bayard wie ein Blitzschlag. Ja, der Grund dafür, dass er diese Frau ohne Sinn und Verstand umwarb, war nicht ihr Charakter. Ehrgefühl, Pflichtbewusstsein und Vernunft.

Er *liebte* sie.

Es war eine niederschmetternde Erkenntnis, vor allem,

da er sich seit langem fest vorgenommen hatte, niemals jemanden zu lieben. Plötzlich hatte er vollstes Verständnis für seinen Vater, der jahrelang von dem Wunsch getrieben worden war, eine ganz spezielle Frau an seiner Seite zu haben. Er wusste, dass es undenkbar war, eine andere zu heiraten und ein Leben ohne Esmeraude zu führen. Er hatte viele Frauen gekannt, und keine von ihnen hatte ihn so sehr und so schnell gefangen genommen.

Bayard liebte es, wenn Esmeraude fröhlich war, wenn sie lachte; er liebte ihren wachen Verstand und ihre leidenschaftlichen Küsse, ihre Abenteuerlust und ihre Bereitschaft, Neues zu erleben, und er liebte ihre Entschlossenheit, sich nicht mit weniger zufrieden zu geben als dem, was sie sich wünschte.

Bayard liebte Esmeraude. Er ließ diesen Gedanken vollends in sein Bewusstsein dringen, staunte darüber und machte sich allmählich vertraut damit. Das war in der Tat eine unerwartete Entwicklung. Zwar hatte er schon vorher einen gewissen Verdacht gehegt, ihn aber immer wieder verdrängt.

Aber was sollte er tun?

Angus betrachtete ihn lange, als würde er sich dasselbe fragen. Plötzlich drang wieder ein Schrei zu ihnen. Angus sog scharf die Luft ein, dann wandte er sich ab und drückte noch einmal kurz Bayards Schulter, bevor er ging. »Betet für meine Jacqueline«, murmelte er, dann ließ er Bayard allein.

Darauf gab es nichts zu sagen, Bayard sah ihm nach und musste zugeben, dass er an Angus MacGillivray keinerlei Schwäche entdeckt hatte. Und Bayard bat Gott tatsächlich in einem Gebet, die Lady of Airdfinnan am Leben zu halten, obwohl er noch nie viel Zeit auf Knien oder in einer Kirche verbracht hatte. Er war erschüttert nach der Erkenntnis, dass er liebte und dass er allein durch seine Gefühle für Esmeraude einen solchen Zauber heraufbeschwören und eine Pflanze zum Wachsen gebracht haben konnte.

Es ergab keinen Sinn, und doch erklärte es alles. Er liebte Esmeraude. Bayard runzelte die Stirn, ihm wurde bewusst, dass er in derselben Klemme steckte wie seinerzeit sein Vater. Er konnte Esmeraude nicht heiraten, ohne die Risiken auf sich zu nehmen, die er fürchtete. Aber er konnte Esmeraude auch nicht dazu ermutigen, einen anderen zum Gemahl zu nehmen, oder – noch schlimmer – den Rest seines Lebens ohne sie verbringen. Er drehte sich um und erstarrte vor Schreck. Vor seinen Augen brachten die Ranken einen Trieb nach dem anderen hervor.

Die Pflanze wusste von seiner Erkenntnis.

Bayard lief ein eisiger Schauer über den Rücken. Nein! Er liebte Esmeraude, aber niemand konnte die Wahrheit auch nur erahnen! Er würde nicht zulassen, dass seine Zuneigung gegen ihn verwendet wurde, so wie einst die Liebe seines Vaters zu der Mutter benutzt worden war, um der Familie Schaden zuzufügen.

Bayard erinnerte sich an das Entsetzen, das ihren Haushalt befallen hatte, an den fassungslosen Ausdruck im Gesicht des Vaters, an die Angreifbarkeit von Villonne, nachdem seine Mutter gefangen genommen worden war. Bis zu diesem Moment hatte niemand geahnt, wie verletzlich sie alle waren, und plötzlich hatten sie Angst, dass sie die geliebte Mutter und die Burg mitsamt dem blühenden Land verlieren würden.

Sein eigener Schwur, sich selbst nie in eine derart schwache Position zu bringen, dröhnte noch in seinen Ohren; er dachte an die Streitgespräche mit seinem Vater und daran, dass er seine Familie verlassen hatte, obwohl so vieles unausgesprochen geblieben war.

Nein, das war nichts für ihn. Verbissene Entschlossenheit keimte in ihm auf – er würde seinen Schwur halten und solche Gefahren meiden. Ein Liebesgeständnis würde Bayard niemals über die Lippen kommen. Er würde nie jemandem etwas an die Hand geben, was man gegen ihn verwenden konnte – jedes kleinste Gerücht könnte ihn sein Hab und Gut kosten, insbesondere jetzt, da der König von Frankreich und König Richard mit den Säbeln rasselten.

Er konnte zusehen, wie die Pflanze in Windeseile unendlich viele Triebe hervorbrachte, als würde sie Lebenskraft aus seiner Entscheidung, die Liebe zu verleugnen, ziehen. Nein, sie konnte seine Prinzipien nicht brechen.

Bayard zog sein Schwert und kappte einen dieser neuen Zweige. Das Gewächs, das allen Versuchen, gestutzt zu werden, getrotzt hatte, ergab sich Bayards Klinge. Der abgeschnittene Trieb fiel leblos auf den Stein.

Weil er selbst der Schöpfer diese Kletterpflanze war.

Und wenn der Lord mutmaßte, dass sie aus Frankreich kam, dann glaubten andere das auch. Bayard schlug mit dem Schwert kraftvoll auf die neuen Zweige ein, aber für jeden, den er abschnitt, entstanden drei neue.

Es schien, als wollte die Pflanze Bayard dazu zwingen, Esmeraude die Wahrheit zu sagen.

Oder vielleicht wollte sie ihn dazu bringen, sich genau zu überlegen, welchen Preis er zahlen müsste, wenn er Esmeraude seine Liebe nicht erklärte. Sie hatte ihm gesagt, dass sie ihn liebte, aber er hatte ihr eine entsprechende Antwort vorenthalten, und Bayard wusste, dass dies seiner Lady im hellen Tageslicht zu schaffen machen würde.

Aber solange sie ihrer Schwester beistand, konnte er das nicht wiedergutmachen, selbst wenn er wollte. Und wenn er die Fehler seines Vaters wahrhaft vermeiden wollte, dann konnte er diese Wiedergutmachung niemals leisten.

Er schnitt durch eine Traube neuer Knospen, und weitere wuchsen mit erschreckender Geschwindigkeit nach – dieses Gewächs schien ihn tatsächlich zu einer Entscheidung zu drängen. Wunder oder Wahnsinn, Bayard war ratlos, welche Schlüsse er daraus ziehen sollte. Er fürchtete sich vor einem Leben ohne Esmeraude an seiner Seite.

Aber ebensolche Angst hatte er davor, das Geheimnis seines Herzens preiszugeben. Er schnitt einen großen Zweig der Pflanze ab und frohlockte, als er leblos zu Boden fiel und nicht mehr nachwuchs.

Also konnte er die Bedrohung, die durch seine Schwäche entstand, sehr wohl zurückdrängen. Und er würde nicht ruhen, bis dieses unheimliche Gewächs bis auf die Wurzeln zurückgeschnitten war.

Bayard würde kein Wort von sich geben, nicht singen, nicht einmal pfeifen oder an seine Herzensdame denken, dann wuchsen die Ranken vielleicht nicht mehr nach.

Es war ein schwacher Hoffnungsschimmer, aber der einzige, den es gab.

Esmeraude wischte den Schweiß von der Stirn ihrer Schwester und wünschte, sie könnte mehr tun, um Jacquelines Schmerz zu lindern. Jacqueline, die gute Seele, lächelte sogar in diesem schweren Augenblick. »Welche Fortschritte machst du bei der Suche nach dem Mann, dem dein Herz für immer gehören wird?«

»Jacqueline!« Esmeraude schielte zu den Mädchen, die bei der Geburt halfen. Sie wusste, dass sie jedes Wort aufschnappten und in der Küche verbreiten würden. Sie beugte sich zum Ohr der Schwester und flüsterte: »Ich habe ihn gefunden, aber es gibt noch ein kleines Hindernis.«

»Ja?«

»Er schwört, dass er seine Gemahlin niemals lieben

wird, weil dies eine Schwäche wäre, die andere ausnützen könnten.«

Jacqueline lachte – eine äußerst unpassende Reaktion, wie Esmeraude fand. Jacqueline lachte herzlich, aber dann kam eine neue Wehe. Sie keuchte, und Esmeraude hielt ihr die Hand. Schweißperlen traten Jacqueline auf die Stirn, als der Schmerz stärker wurde.

»Sehr gut, Mylady«, sagte die Hebamme anerkennend. »Das Kind kommt langsam, aber es kommt.« Sie sah strahlend auf. »Vielleicht ist es ein besonders großes Kind, wie der Lord vermutet.«

Jacqueline fiel auf das Kissen zurück und ächzte. Dann ergriff sie wieder das Wort, als wäre ihre Unterhaltung nicht unterbrochen worden. »Also behauptet Bayard, dass er niemals ...«

»Ich habe nichts von Bayard gesagt!«

»Das brauchst du auch nicht«, schalt Jacqueline, dann fuhr sie fort: »Er behauptet, er würde dich nie lieben, aber er umwirbt dich eifrig, erzählt dir lange Geschichten, schmeichelt sich bei den Kindern ein, um dir zu gefallen, lungert ständig in deiner Nähe herum und lässt sich nicht davon beeindrucken, wenn du ihn abweist – ich kann mir sogar vorstellen, dass er dir Küsse stiehlt, wenn nicht mehr.«

Esmeraudes Wangen wurden flammend rot. »Charme und Lust sind nicht dasselbe wie Liebe.«

»Aber die Taten eines Mannes sagen oft mehr über seine Absichten aus als Worte.«

»Du klingst schon wie er.« Esmeraude musterte ihre Schwester aufmerksam und fragte sich, ob sie beobachtet hatte, wie Bayard ihr das Hemd zurückgegeben hatte. Jacqueline würde eine große Sache aus dieser Galanterie machen, davon war Esmeraude überzeugt.

Aber Jacqueline seufzte und wand sich, als eine neue Wehe einsetzte. »Ich bin froh, dass du hier bist, und selbstsüchtig genug, um allem dankbar zu sein, was dich hergeführt hat«, flüsterte sie, dann hielt sie den Atem an. Jacqueline drückte schmerzhaft Esmeraudes Hand und wölbte den Rücken, als sie einen Schrei der Qualen ausstieß.

»Sehr gut, Mylady, alles ist bestens.«

»Angus sollte hier sein«, bemerkte Esmeraude düster. »Ist nicht sein Platz an deiner Seite? Er sollte sehen, was er angerichtet hat, als er seinen Samen in dich pflanzte.« Obwohl sie sich aus reiner Hilflosigkeit so boshaft äußerte, dass ihre Schwester Kraft aus der Anwesenheit ihres Gemahls zöge.

Aber Jacqueline lachte leise. »Er wäre mir jetzt keine große Hilfe«, sagte sie mit einem wehmütigen Lächeln. »Im Gegenteil, er würde unruhig auf und ab gehen und mir noch mehr Angst machen.«

»Aber er könnte deine Hand halten und dir gut zureden.«

»Angus ist ein Mann – noch schlimmer, ein Mann des Krieges«, entgegnete Jacqueline fest. Sie öffnete die Augen und sah Esmeraude an. »Es ist seine Art, sofort einzugreifen, wenn etwas nicht so ist, wie er es haben will.«

»Und?«

Jacqueline Lippen zuckten, als sie sich erinnerte. »Bei der ersten Geburt habe ich ihm gestattet, an meinem Bett zu sitzen, und ich dachte, er schneidet mir Fergus mit seinem eigenen Schwert aus dem Leib, nur um die Angelegenheit zu erledigen und meine Schmerzen zu beenden. Es hat ihn an den Rand des Wahnsinns getrieben, dass ein Kind so lange braucht, um auf diese Welt zu kommen.« Sie seufzte und lächelte – offenbar störte sie diese Ungeduld ihres Gemahls überhaupt nicht. »Es ist viel einfacher, wenn Angus sich woanders aufhält und andere Dinge so schnell regelt, wie es ihm am liebsten ist.«

»Kommt er zu dir, wenn es vorbei ist?«

»Ich werde ihn rufen lassen, kurz bevor das Kind geboren wird. Ein paar Augenblicke meiner Qualen kann er ertragen für die Freude über die Ankunft seines Sohnes oder seiner Tochter.« Jacqueline holte wieder tief Luft, und ihre Stimme klang gepresst. »Es macht ihn glücklich, der Erste zu sein, der sein Kind in den Armen hält, und mir macht es große Freude, sein Glück mit anzusehen.«

Esmeraude vermutete, dass Jacqueline die Schmerzen nicht so spürte, wenn sie an Angus' Freude über die Geburt seines Kindes dachte. Sie tupfte die Stirn der Schwester ab und hielt ihre Hand fest, bis die Wehe vorbei war.

Die Hebamme nickte zufrieden. »Mir scheint, Ihr habt so etwas schon einmal gemacht«, scherzte sie, und Jacqueline lächelte.

Jacqueline richtete den klaren Blick auf Esmeraude. »Das Beispiel von Duncan MacLaren hat deine Erwartungen an die Männer gefärbt.«

»Was willst du damit sagen?«

»Dass unser Stiefvater ein ungewöhnlicher Mann ist.«

»Soll ich Angus verraten, dass du ihn für gewöhnlich hältst?«, neckte Esmeraude und war froh, als ihre Schwester lachte.

»Duncan sagt ohne Umschweife, wie ihm ums Herz ist, während Männer wie Angus – und vermutlich auch Bayard – eher zurückhaltend sind. Duncan ist ein Poet, Angus und Bayard sind Krieger.«

»Liebt Angus dich?«

Jacqueline strahlte. »Zweifelst du daran?«

»Aber er hat es dir nie gesagt?«

»Doch, oft, aber sein erstes Liebesgeständnis konnte ich ihm nur schwer abringen.« Jacquelines Blick wurde verträumt, als sie daran zurückdachte. »Er erklärte mir seine Liebe erst, als er dachte, er hätte mich für immer verloren. Als ich ihn verlassen hatte, um ins Kloster zu gehen.« Sie drückte Esmeraudes Hand. »Glaube nicht alles, was Bayard sagt. Seine Taten sprechen für sich.«

Esmeraudes Zustimmung wurde von einer Wehe unterbrochen.

Die Hebamme jubelte. »Es kommt, Mylady, es kommt!«

»Du wirst sehen, Esmeraude – du erkennst die Wahrheit, wenn Bayard die Geburt seines ersten Kindes miterlebt«, flüsterte Jacqueline.

Esmeraude sah sie erstaunt an. »Es spricht nichts dafür, dass ich ihn dabei beobachten kann.«

»Nicht, wenn du diesen Mann nicht heiratest.« Jacqueline lächelte wissend. »Aber du trägst sein Kind unter dem Herzen, das weiß ich.«

Esmeraudes Herz pochte. »Das kannst du jetzt noch gar nicht wissen.«

»Doch, ich weiß es. Bei meinen eigenen wusste ich es in dem Moment, in dem sie gezeugt wurden. Ich kann es nicht erklären, aber Angus' Mutter hatte diese Gabe, und als sie starb, schien sie sie an mich weitergegeben zu haben.« Jacqueline drückte Esmeraudes Finger. »Du erwartest sein Kind, darauf würde ich wetten.«

Bayards Kind. Esmeraude grübelte darüber nach, während sich Jacqueline abmühte, ihr eigenes Kind zur Welt zu bringen.

Die Hebamme grinste, als die Wehe nachließ, aber Jacqueline atmete schwer. »Ich sehe das Köpfchen! Das Kind ist beinahe da. Mylady. Alles ist gut.«

Jacqueline drückte Esmeraudes Hand so fest, dass sie ihr

fast die Knochen brach. »Geh! Lauf und hol Angus her. Ich möchte, dass er diesen Moment miterlebt.«

Esmeraude küsste ihre Schwester auf die Stirn, dann lief sie los, so schnell sie konnte.

Simon saß, in seinen großen Umhang gehüllt, in der Großen Halle. Er war müde, da er einen großen Teil der Nacht damit zugebracht hatte, heimliche Beobachtungen anzustellen. Er hatte sich in einen dunklen Winkel zurückgezogen und döste, und nur wenige nahmen an diesem geschäftigen Tag Notiz von ihm.

In Simon brodelte der neu erwachte Hass auf den Gastgeber in Airdfinnan. Der Mann hatte nicht nur ein Kind, sondern vier, und heute wurde ihm noch ein weiteres geboren. Simon wäre glücklich, wenn er eine so gebärfreudige Gattin hätte, aber die sieben Weiber, die er bisher geheiratet hatte, waren allesamt unfruchtbar gewesen.

Wenn er nicht döste, brütete er und spielte mit dem Gedanken, dem Lord eines der Kinder zu stehlen und zu behaupten, es wäre sein eigenes. Würden die Barbaren, die in dieser Wildnis lebten, überhaupt bemerken, wenn ein Kind fehlte? Würden sie sich überhaupt darum scheren?

Aber der Lord hatte nur einen einzigen Sohn, einen großen, kräftigen Jungen. Es würde auffallen, wenn er verschwand. Ja, Simon hatte selbst beobachtet, dass sich der Lord viel mit dem Jungen abgab.

Die Pforte zum Söller flog auf, gerade als die Lady wieder vor Schmerzen aufschrie, und Esmeraude lief durch die Halle. Sie bemerkte Simon nicht, und er unternahm nichts, um sie auf sich aufmerksam zu machen. Ihm ging durch den Kopf, dass Esmeraude die Schwester der Hausherrin von Airdfinnan war, und vielleicht war sie ja ebenso fruchtbar.

Simon hatte Eglantines Einladung zu dem Wettbewerb

um eine Braut angenommen, weil ihm nur wenige Väter ihre Töchter anvertrauen würden, aber er brauchte eine Frau. Er hatte gehofft, dass die Gerüchte über ihn nicht bis in diese abgelegene Gegend vorgedrungen waren. Mittlerweile hatte er feststellen müssen, dass diese barbarischen Frauen gewisse Vorzüge hatten.

Fruchtbarkeit übte einen starken Reiz auf einen Mann aus, der unbedingt einen Erben brauchte.

Zwei Dienerinnen kamen nach Esmeraude in die Halle, und Simon kauerte sich noch tiefer in seinen Umhang. Er überlegte gerade, wie er Esmeraudes Hand gewinnen könnte, als das Getuschel der beiden Frauen an seine Ohren drang.

Er lauschte schamlos.

»Was, du hast das nicht gehört?«, erboste sich die eine. Sie trugen Körbe mit blutigen Tüchern zur Küche. »Die Lady hat selbst gesagt, dass ihre Schwester schwanger ist!«

»Schwanger? Wie kann das sein? Esmeraude ist noch nicht einmal verheiratet.«

Die andere lachte. »Und was hat das damit zu tun? Hast du die Blicke nicht gesehen, die sie diesem Ritter, Bayard de Villonne, zuwirft? Und ich war nicht die Einzige, die ihn gesehen hat, als er letzte Nacht vor dem Fenster stand, um sie zu umgarnen.«

»Das hat er getan?«

»Du schläfst zu viel, Berthe, deshalb verpasst du all die spannenden Dinge. Und Esmeraude ist ihm über den Burghof nachgeschlichen, und nicht nur das – sie kam die ganze Nacht nicht zurück.«

»Nein!«

»Doch. Es ist kein Geheimnis, wer der Erzeuger dieses Kindes ist. Du kannst sicher sein, dass unser Lord dafür sorgt, dass die Hochzeit von Bayard und Esmeraude sehr bald stattfindet, zumindest wird er das, wenn die Lady ihm reinen Wein einschenkt. Er ist ein guter Mann, und er sorgt für seine Familie, wie es richtig und anständig ist.«

Die Frauen verschwanden außer Hörweite, aber Simon hatte genug erfahren. Er setzte sich auf und rieb sich die Hände. Was konnte er sich mehr wünschen als eine Frau, die bereits schwanger ist? Dass Esmeraude Bayards Sohn gebären würde, machte sie für Simon noch wertvoller.

Simon sprang auf und verließ die Halle, um seinen Plan so schnell wie möglich in die Tat umzusetzen. Wer weiß, wie lange die Gastgeberin noch in den Wehen lag. Wenn sie niedergekommen war, würde Simon Airdfinnan mit seiner Beute verlassen.

Ob Esmeraude einverstanden war oder nicht.

Esmeraude war ganz außer Atem, als sie Angus in der Schmiede fand. Er ging mit besorgtem Gesicht auf und ab und achtete gar nicht auf das Hämmern des Schmiedes. »Angus! Jacqueline schickt nach Euch!«

Der Schmied, sein Lehrling und der Lord sahen überrascht auf.

»Geht es ihr gut?«, fragte Angus. »Verläuft alles normal?« Er umfasste Esmeraudes Ellbogen und ging, ohne ihre Antwort abzuwarten, mit großen Schritten in Richtung Halle. Esmeraude musste rennen, um mit ihm Schritt zu halten.

»Das Kind kommt, und alles scheint gut zu gehen. Jacqueline möchte, dass Ihr den Augenblick erlebt, wenn es ganz da ist.«

»Dem Himmel sei Dank«, brummte Angus.

Esmeraude schüttelte seine Hand ab, weil sie wusste, dass sie ihn aufhielt. »Geht schon vor«, sagte sie, und das ließ sich Angus nicht zweimal sagen.

Er eilte davon. Esmeraude lief hinter ihm her, ohne auf das übliche Treiben im Burghof zu achten. Simon verbeugte sich, als sie an ihm vorbeikam, doch sie nickte ihm nur knapp zu. Sie kam gerade noch rechtzeitig in das Gemach, um zu beobachten, wie Angus die Hebamme beiseite schob, um zu seiner Gemahlin zu gelangen.

»Jacqueline?«, flüsterte er.

Jacqueline lächelte und hob eine Hand. »Angus, das Kind kommt«, hauchte Jacqueline. Er kauerte sich neben das Bett, legte einen Arm um ihre Schultern und redete ermutigend auf sie ein. Jacqueline spannte sich an, als die nächste Wehe kam, dann schrie sie. Esmeraude beobachtete, wie Angus mit sich kämpfte – es fiel ihm nicht leicht, der Natur ihren Lauf zu lassen.

Nach ein paar weiteren Wehen rief die Hebamme etwas und hob das Kind hoch. Es schrie aus Leibeskräften, und Jacqueline sank erleichtert auf die Kissen zurück. Die Mädchen jubelten.

Angus streckte die Arme aus und nahm sein Kind, er hielt es so, dass Jacqueline es sehen konnte. Tränen schwammen in Esmeraudes Augen, als er behutsam das kleine Gesicht seines Kindes abwischte. Er achtete nicht auf das Blut, das sein Hemd befleckte, und Tränen liefen ihm über die Wangen.

Obwohl die Hebamme missbilligend mit der Zunge schnalzte, legte er sich neben seine Frau – das Neugeborene war zwischen ihnen. »Ein Sohn, Jacqueline«, flüsterte er heiser. »Ein wunderschöner Sohn.«

»Ein Junge!«, schrie Célie hocherfreut.

Das Kind fing wieder an zu schreien, und sein Gesichtchen wurde hochrot vor Anstrengung. Jacqueline lächelte und legte die Hand auf Angus' Wange. »Er soll Ewen heißen«, sagte sie leise. »Im Angedenken an deinen Bruder.«

»Jacqueline!« Angus küsste sie. Seine Erleichterung und Liebe waren so offensichtlich, dass allen anwesenden Frauen Tränen in die Augen stiegen. Er hielt dem Neugeborenen einen Finger hin, und die winzige Hand fasste danach. Die Eltern strahlten. Sie flüsterten leise, während sie ihren Sohn voller Stolz betrachteten.

»Die Leintücher müssen gewechselt und das Kind gebadet werden«, erklärte die Hebamme. »Dieses Durcheinander hätte beseitigt werden müssen, bevor der Lord seinen Sohn sieht. Es ist nicht recht und unschicklich ...«

»Das wird noch eine kleine Weile warten müssen.« Esmeraude legte die Hand auf den Arm der Hebamme, dann zog sie die Vorhänge um das große Bett. »Wir warten noch auf die Nachgeburt, und es ist nicht nötig, die Leintücher zweimal zu wechseln.«

Flüstern und leises Lachen ertönten hinter dem Vorhang, und Esmeraude war nicht die Einzige, die lächeln musste. Obwohl Angus nicht von Liebe sprach, war nicht zu übersehen, was er empfand.

Esmeraude seufzte und dankte Gott von Herzen, dass sich der kleine Ewen beeilt hatte und dass Mutter und Kind gesund waren. Ihre Gedanken rasten, während sie beim Saubermachen half. Hin und wieder strich sie sich verstohlen über den Bauch. Bayards Kind! Sie wusste instinktiv, dass Jacqueline Recht hatte.

Jetzt durfte Esmeraude nicht mehr nur an ihre eigene Zukunft denken. Sie dachte an die Ehe ihrer Schwester. Jacquelines Ritter zeigte seine Liebe durch die Besorgnis und durch seine Taten, er brauchte nicht viele Worte zu machen.

Esmeraude würde Bayard heiraten und fest daran glauben, dass er sie liebte. Und sie würde beten, dass er ihr irgendwann sein Herz öffnete. Bis dahin wollte sie sich mit seinem Respekt und seiner Leidenschaft begnügen.

Esmeraude ging hinaus, um Bayard zu suchen und ihm gleich jetzt ihre Entscheidung mitzuteilen. Sie lächelte, als sie sich vorstellte, wie erfreut er sein würde.

In der Großen Halle hielt sich kaum jemand auf. Die Dienerinnen waren in der Küche oder im Gemach ihrer Herrin, und die Männer hatten anderswo zu tun, wahrscheinlich so weit weg, dass sie die Schreie einer Lady nicht hören könnten. Sie ging in den Burghof und sah, dass Simon offenbar seine Habseligkeiten gepackt hatte und seine Pferde holte. Sie ging auf die Stallungen zu und entdeckte Bayard auf der Brustwehr.

Er schlug mit seinem Schwert auf die Ranken ein, als wären sie sein erbitterter Feind, und er hatte schon viel geschafft. Zweifellos tat er das Angus zu Gefallen, und Esmeraude fand seinen Eifer sehr umsichtig.

Während Esmeraude überlegte, ob sie Bayard bei dieser Arbeit stören konnte, kam Simon auf sie zu. Sein selbstzufriedenes Grinsen weckte Esmeraudes Misstrauen. Sie wich vor ihm zurück.

Aber Simon ließ sich davon nicht aufhalten. »Ich nehme an, der Lord ist wieder Vater geworden.«

»Ja, von einem Jungen«, erwiderte Esmeraude vorsichtig. »Er heißt Ewen, nach Angus' Bruder.«

»Was für ein schönes Ereignis! Schade, dass ich nicht bleiben kann, um ihm und der Lady meine Glückwünsche auszusprechen.«

Simon reiste ab! Das war eine gute Nachricht. Esmeraude wurde freundlicher – wozu den Ritter grob behandeln, wenn er sich ohnehin bald auf den Heimweg machte? »Ja, schade«, stimmte sie ihm mit einem Lächeln zu. »Glückliche Reise für Euch.«

»Fragt Ihr Euch nicht, was mich zu diesem hastigen Aufbruch zwingt?«

Esmeraude spürte, wie ihr Lächeln gefror. »Was zwingt Euch?«

Simon zuckte mit den Schultern. »Ich fürchte, ich muss meiner eigenen Hochzeit beiwohnen.« Er beobachtete sie aufmerksam, zu aufmerksam für Esmeraudes Geschmack.

Wie kam er nur auf die Idee, dass sie das interessieren könnte?

»Und wer ist die Braut?«, fragte sie mehr aus Höflichkeit als aus Neugier.

»Es wäre ein wenig voreilig, jetzt schon darüber zu sprechen«, erwiderte Simon aalglatt. Er drehte sich um und machte seinen Begleitern ein Zeichen. »Da kommt mir in den Sinn, dass Ihr meine edlen Pferde noch nicht gesehen habt. Vielleicht wollt Ihr sie Euch anschauen, bevor ich gen Süden reite.«

Pferde waren immer ein Lockmittel für Esmeraude, und schließlich konnten die Tiere nichts dafür, dass sie Simon gehörten. Sie warf einen Blick zur Burgmauer – Bayard hatte noch genügend zu tun, wenn er die Pflanze ganz zurückschneiden wollte.

Es konnte nichts schaden, wenn sie die Pferde in Augenschein nahm.

Lächelnd ergriff sie Simons ausgestreckte Hand. »Es ist mir eine Freude.«

Esmeraude streichelte die Pferde und fuhr mit den Fingern durch ihre Mähnen. Simon gönnte ihr noch ein wenig Zeit, bevor er die Falle zuschnappen ließ. Sein Köder war gut gewählt, denn Pferden konnte Esmeraude nie widerstehen.

Simon lockte sie immer weiter zur hinteren Burgmauer unter das schräge Dach. Dort konnte er seinen Coup ausführen. Wie die meisten Frauen war Esmeraude nicht klug genug zu ahnen, wie brillant sein Plan war – sie merkte nicht einmal, dass er sie bewusst in einen verborgenen Winkel führte.

Er umfasste ihren Ellbogen und festigte seinen Griff, als sie sich ihm entziehen wollte. Sie sah ihn fragend und vielleicht ein wenig ängstlich an, und Simon triumphierte insgeheim. Er drängte sie entschlossener in den Schatten, obwohl sie sich ihm schon heftiger widersetzte.

»Vielleicht kann es nicht schaden, wenn ich Euch die Wahrheit sage«, meinte er; er verspürte den Drang, mit seiner Raffinesse zu prahlen. »Ich bin gekommen, um Eure Hand zu gewinnen, Esmeraude, und jetzt besteht kein Zweifel mehr, dass sie mir gehört.«

Esmeraude versuchte, sich von ihm loszumachen. »Ich denke, es bestehen erhebliche Zweifel!«

»Ah, dann lasst mich es Euch ganz langsam erklären, damit ihr es auch versteht«, sagte Simon betont bedächtig. Er sah, wie Esmeraude unmutig den Mund verzog. »Ich habe heute Nacht einen kleinen Spaziergang im Burghof gemacht und konnte nicht umhin, ein paar ... *Aktivitäten* im Stall zu bemerken.« Er zog eine blonde Augenbraue hoch und ließ Esmeraude raten, was er gehört und gesehen hatte.

Sie versuchte, ihm ihren Arm zu entreißen, aber Simon war deutlich stärker als sie. »Ich kann mir nicht vorstellen, welche *Aktivitäten* Euch etwas angehen könnten. Es ist nichts Ungewöhnliches, dass ein Mann und eine Frau den Ehegelübden zuvorkommen.«

Simon kicherte zufrieden, weil er mehr erfahren hatte. »Nein, das ist nichts Ungewöhnliches«, stimmte er ihr bereitwillig zu. »Allerdings kommt es selten vor, dass ein Mann sich damit abfinden muss, wenn seine Gemahlin das Kind eines anderen zur Welt bringt.«

Esmeraude blinzelte verwirrt. Simon zog ihr beflecktes

Hemd aus seinem Waffenrock, wedelte damit vor ihrem Gesicht herum und zog es weg, als sie danach greifen wollte.

»Seht nur, welche Flecken der Verlust Eurer Unschuld auf dem weißen Stoff hinterlassen hat«, sagte er. »Und ich habe den Beweis für unsere kleine Liebelei aufbewahrt, wie es jeder vernünftige Mann getan hätte. Meint Ihr, ich sollte Bayard in seinem eigenen Haus mit der Tatsache konfrontieren, dass seine Gemahlin nicht jungfräulich in die Ehe kam, oder wäre es besser, ihn vor den Gerichtshof des Königs zu rufen, um ihm die Wahrheit zu sagen?«

»Das ist nicht die Wahrheit«, widersprach Esmeraude vehement. »Und das wisst Ihr sehr gut!«

»Ich weiß es, Ihr wisst es, und Bayard weiß es vermutlich auch. Aber darauf kommt es nicht an, meine Liebe. Ich kann dem Gericht einen Beweis vorlegen und behaupten, dass Euer erstes Kind mein Bastard ist. Glaubt Ihr nicht, dass man mir dieses Kind übergeben wird?«

»Nein! Ich werde nicht zulassen, dass Ihr mir mein Kind nehmt!« Esmeraude wehrte sich gewaltsam gegen seinen Griff, und diesmal ließ Simon sie los. »Kein Mensch wird auf Euch hören. Niemand wird Euren Behauptungen Glauben schenken.«

Simon schüttelte amüsiert über ihre Naivität den Kopf. »Ihr traut den Menschen zu viel zu. Glaubt Ihr ernsthaft, dass eine Frau Gehör findet, insbesondere eine, die versucht, ihren Ruf und ihre Ehe zu retten? Es ist kein geringes Vergehen, einem Mann einen Bastard unterzuschieben, genauso wenig wie Ehebruch.«

»Ich habe mich keines Verbrechens schuldig gemacht! Bayard wird mich verteidigen.«

»Würde er das? Möglicherweise hält er sich zu der Zeit gar nicht in seinem Haus auf, meine Liebe. Ich könnte

Euch in seiner Abwesenheit einen Besuch abstatten und ohne große Mühen Zweifel säen.«

Sie wich entsetzt zurück und sah sich hastig nach einer Fluchtmöglichkeit um. Aber Simon hatte sie in die Ecke gedrängt, seine Knappen waren aufgetaucht und umzingelten sie regelrecht. Sie hatte offensichtlich Angst und schien sehr beeindruckt zu sein von seinem wohl durchdachten Plan.

»Was habt Ihr vor?«

»Ich werde Euch zu meiner Gemahlin machen.«

»Ich heirate Bayard.«

»Ah, dann könnte ich Euch in Verruf bringen. Wie lange würde er Euch behalten, wenn er an Eurer Treue zweifeln muss?« Simon neigte sich ganz nah zu ihr und flüsterte: »Würde er glauben, dass wir nicht sehr vertraut miteinander sind, wenn ich weiß, welch süße Laute Ihr beim Liebesspiel von Euch gebt?« Simon ahmte Esmeraudes Freudenschrei so gut nach, dass sie knallrot wurde. Sie wich zurück, aber Simon folgte ihr. »Wie sollte ein Mann von solchen Dingen Kenntnis erlangen, Esmeraude?«

»Es wäre eine Lüge!«, protestierte sie, als könnte sie nicht begreifen, dass ein Mann falsches Zeugnis ablegte, nur um das zu bekommen, was er ersehnte.

Simon amüsierte sich köstlich. »Und was ist mit Bayards viel gerühmtem Ehrgefühl? Er ist sicherlich erpicht darauf, dass sein Name nicht mit einem Skandal in Zusammenhang gebracht wird. Welche Schande würde über ihn kommen, wenn er Euch an seiner Seite behielte? Es ist allgemein bekannt, wie sehr er es schätzt, in der Gunst des Königs zu stehen. Möglicherweise würde es ihm nicht gefallen, wenn der König seinen Unmut über diese leidige Angelegenheit zum Ausdruck bringt. Vielleicht wird er Euch verstoßen, wenn Ihr seinen Namen in den Schmutz zieht.«

»Vielleicht aber auch nicht.«

»Seid Ihr bereit, eine Wette darauf abzuschließen?«

Sie starrte ihn aus aufgerissenen Augen an, und Simon sah, dass sie auf diese Wette eingehen würde. Er war tief enttäuscht, aber schließlich war er schon immer von den Frauen enttäuscht worden.

Er würde sie wegen des Kindes nehmen, und wenn es geboren war, musste er zusehen, sie wieder loszuwerden.

Esmeraude strengte sich mächtig an, die Unterlegene zu mimen, denn Simon ließ sich nicht so leicht hinters Licht führen. Sie seufzte niedergeschlagen und strich sich mit der Hand über die Stirn. »Ihr habt Recht«, gestand sie leise ein. »Ich könnte es nicht ertragen, Schande über ihn und seine Familie zu bringen, noch weniger könnte ich mit dem Verlust eines Kindes fertig werden, das ich geboren habe. Was erwartet Ihr von mir, Simon?«

Er fasste wieder nach ihrem Arm. »Wir werden selbstverständlich heiraten.«

»In Ceinn-beithe?«, fragte sie und hoffte auf seine Zustimmung.

Im Kreis ihrer Familie würde man ihr helfen, seine Pläne zu durchkreuzen und ihn unschädlich zu machen, das wusste Simon natürlich. Er ärgerte sich, dass sie versuchte, ihn zu täuschen, denn ihr Verstand konnte sich nicht mit seinem messen.

Allerdings war es zu früh, ihr zu offenbaren, dass er ihr Spiel durchschaute.

Simon lächelte – das Bild eines nachsichtigen Freiers – und log ihr ins Gesicht: »Wenn das Euer Wunsch ist, meine Liebe, dann werden wir dort heiraten. Wir reisen noch heute Morgen nach Ceinn-beithe ab.«

Esmeraude lächelte und konnte ihre Erleichterung kaum verbergen. »Wenn wir bald aufbrechen, muss ich meine Sachen packen. Ich werde meine Zofe holen und mich von meiner Schwester verabschieden ...«

»O nein. Wir reiten sofort los, ohne ein Wort, ohne Eure Zofe, ohne Abschied.«

»Das wäre unhöflich!«

Simon sah ihr streng in die Augen. »Damit wir uns verstehen, Esmeraude – ich werde entscheiden, was Ihr tut. Ihr werdet Euch ohne Protest oder Widerrede meinem Willen fügen, denn ich bin jetzt Euer Herr. Wir brechen unverzüglich auf, in aller Stille und ganz im Geheimen.«

Esmeraudes Augen sprühten Funken. »Ihr könnt Airdfinnan nicht ungesehen erlassen, denn das Tor ist wegen des Nebels verschlossen.«

»Das war es vielleicht.« Simon hielt einen Finger hoch, und Esmeraude hörte, wie das Fallgitter hochgezogen wurde. »Auf meinen Knappen ist Verlass, er tut alles, was man ihm sagt, und zwar immer zum richtigen Zeitpunkt. Ein kluger Junge. Wir reiten noch in diesem Augenblick.«

»Ich muss mich verabschieden«, beharrte Esmeraude. »Sonst argwöhnt jeder in dieser Burg, dass etwas nicht stimmt.«

»Das bezweifle ich. Alle wissen, dass Ihr wenig auf die Gefühle anderer gebt, genau wie Euer Vater.«

»Ich bin nicht wie mein Vater! Ich werde mich verabschieden!« Die Lady wirbelte herum und wäre gegangen, wenn Simon nicht mit ihrem Widerstand gerechnet hätte. Er hob einen Finger, und die beiden Knappen sahen ihn an. Esmeraude ging an ihnen vorbei, aber der eine packte sie an der Schulter, und der andere schlug ihr mit dem Schwertgriff auf den Kopf.

Esmeraude sank in die Arme des Jungen. Die Knappen fesselten sie und legten sie in eine verzierte Truhe, in der Simon normalerweise sein Bettzeug transportierte.

Es war ein Glück, dass Simon immer mit großem Gepäck reiste, obwohl das unterwegs oft eine große Belastung war. Er bedauerte sehr, dass er die Sachen, die sich normalerweise in der Truhe befanden, in der Nacht zuvor in den Fluss hatte werfen müssen, aber man musste Kompromisse eingehen, wenn man sein Ziel erreichen wollte.

Esmeraude war ein kostbarer Schatz, daran konnte kein Zweifel bestehen, obwohl sein Bettzeug besonders fein gewesen war.

Diese Braut brauchte eine denkwürdige Lektion, bei der sie lernte, seine Autorität anzuerkennen. Die Aussicht, dass er ihre Gesellschaft nur acht oder neun Monate ertragen musste, heiterte Simon auf. Er ließ dem Lord of Airdfinnan, der noch bei seiner Gemahlin weilte, ausrichten, dass er sich bedauerlicherweise entschuldigen müsse und bereit sei, mit seinen Begleitern nach Leyrossire aufzubrechen. Wenn Esmeraude merkte, dass sie nicht nach Ceinnbeithe ritten, würden sie schon auf dem halben Wege nach Frankreich sein.

Ausgezeichnet. Er warf einen Blick auf die mächtigen Burgmauern und wusste, dass er nicht abreisen konnte, ohne ein Messer in eine Wunde zu bohren.

»Bayard de Villonne!«, schrie Simon und grinste, als der Ritter zu ihm heruntersah. »Habt Ihr kein Wort des Abschieds für einen Kameraden übrig?«

17

Der letzte Mensch, an den Bayard das Wort richten wollte, war Simon de Leyrossire. Dennoch war es bemerkenswert, dass sich der Halunke gerade jetzt zum Aufbruch entschlossen hatte. Es passte nicht zu ihm, eine Niederlage ohne Kampf hinzunehmen. Die Neugier hatte Bayard in den Burghof getrieben. Sein Hemd war nach der schweren Arbeit vom Schweiß durchtränkt. Er beäugte Simons Entourage.

Er brach tatsächlich mit Sack und Pack auf.

»Eure Entscheidung überrascht mich«, sagte Bayard.

Simon lächelte verschlagen wie immer. »Warum? Es ist kaum zu übersehen, dass die Lady Euch den Vorzug gibt.«

Bayard wurde hellhörig, denn er wusste nur zu gut, wie hinterlistig Simon sein konnte. »Ich ahnte nicht, dass es so offenkundig ist.«

Simon lachte. »Ich habe Augen, Bayard, und Ohren!« Er zwinkerte. »Und ich werde nicht jünger, auch wenn ich das nur ungern hinnehme. Ich muss mich nach einer Gemahlin umsehen, um sicherzustellen, dass Leyrossire einen Erben hat. Deshalb kann ich mich nicht allzu lange damit aufhalten, um eine spezielle Braut zu werben.«

»Es gibt noch andere heiratswillige Frauen in dieser Gegend. Der Lord of Ceinn-beithe hat noch eine andere Tochter namens Mhairi, wenn Ihr Euch erinnert.«

»Oh, ich erinnere mich sehr gut.« Simon gab sich außergewöhnlich jovial, wenn man bedachte, dass er ganz umsonst so weit geritten war. »Aber diese Region ist zu wild für meinen Geschmack. Ich sehne mich nach einem Becher Wein und der Behaglichkeit meines eigenen Heims.«

»Ich hätte angenommen, es würde Euch mehr zu schaffen machen dass Ihr bei der Werbung um Esmeraudes Gunst versagt habt.« Bayard begriff nicht, warum Simon in so guter Stimmung war.

Simon beobachtete, wie seine Knappen unter Mühen die Truhe auf einen Wagen luden. Er behielt sie aufmerksam im Auge, und Bayard vermutete, dass der Inhalt der Truhe wertvoll war.

Der andere Ritter schüttelte den Kopf. Er neigte sich näher zu Bayard, sah ihn aus blitzenden Augen an und senkte die Stimme. »In Wahrheit frage ich mich, ob ich überhaupt für die Ehe geschaffen bin. Eine Frau kann, wie Ihr vielleicht wisst, eine schwere Bürde sein.«

Er legte die Hand auf die Truhe, die ganz bestimmt eine Bürde war, und strich über die Schnitzereien. »Vielleicht werde ich mir eine Mätresse zulegen und einen Bastard zu meinem Erben bestimmen.«

Er lachte. Simon lachte so laut und lange, dass ihm die Tränen kamen. Bayard stand schweigend neben ihm und starrte ihn an. Offensichtlich hatte Simon den Verstand verloren.

Als sich Simon erholt hatte, entschuldigte er sich und bot Bayard lächelnd die Hand. »Viel Glück für Euch. Aber Ihr wart ja immer mit Glück gesegnet, habe ich Recht?«

Simon schien wieder kurz davor zu sein, in Gelächter auszubrechen. Bayard sah nichts, was eine solche Heiterkeit hervorrufen könnte. Er schüttelte Simon die Hand und wünschte auch ihm Glück. Dann blieb er im Burghof stehen und sah dem Reitertrupp nach.

Simon war verrückt geworden. Eine andere Erklärung

für sein seltsames Verhalten konnte Bayard nicht finden. Das Fallgitter wurde heruntergelassen, und Bayard legte den Kopf in den Nacken, um zu sehen, welche Fortschritte er mit den Ranken gemacht hatte.

Eigenartigerweise schien sie zu verwelken, wo er seine Schnitte angesetzt hatte. Ja, das Laub, das so üppig gewachsen war, wurde überall welk.

Er hatte den Zauberbann gebrochen! Das Gewächs gab sich geschlagen. Vielleicht kehrte sein Glück nach Simons Abreise zurück.

»Die Lady of Airdfinnan hat einem Sohn das Leben geschenkt.« Andrew kam zu Bayard, um ihm die Neuigkeit zu verkünden.

Bayard wandte den Blick von der besiegten Pflanze. »Ist sie wohlauf?«

»Ja, sie hat es gut überstanden, und das Kind ist kräftig und gesund.«

Bayard lächelte und dachte daran, wie erleichtert Angus sein musste. Und Esmeraude war vermutlich den größten Teil des Tages damit beschäftigt, ihrer Schwester zu helfen.

Er selbst würde sich wieder ans Werk machen, und diese verfluchte Pflanze beseitigen, besonders da sie im Moment verletzbar zu sein schien. Bayard hatte gelernt, die Schwächen seines Gegners für sich zu nutzen.

Er stieg die Leiter hinauf und vergaß Simon de Leyrossire und den Wahnsinn, der ihn befallen zu haben schien.

Aber beim Abendessen erinnerte sich Bayard lebhaft an das eigentümliche Verhalten des anderen Ritters.

Fast alle hatten sich versammelt, als Jacqueline in die Große Halle kam. Ihr Gesicht war leicht gerötet, und sie lächelte strahlend, obwohl sie ihre Erschöpfung kaum verbergen konnte. Sie trug ihren Neugeborenen auf dem Arm, und Angus hatte den Arm um ihre Taille gelegt, um sie zu stützen. Alle waren gekommen, um sich das Kind anzusehen. Bayard gönnte dem neuen Erdenbürger nur einen flüchtigen Blick, dann starrte er voller Ungeduld auf die Pforte zum Söller.

Da war niemand.

Er hatte Esmeraude den ganzen Tag nicht zu Gesicht bekommen und konnte es kaum erwarten, sie wiederzusehen. Er musste sich vergewissern, ob sie ihn wirklich liebte und seinen Antrag annahm. Er hatte ein Bad genommen und sich für den Abend umgezogen. Es erfüllte ihn mit Zuversicht, dass er die Pflanze besiegt und in der Nacht zuvor Esmeraudes Gunst gekostet hatte. Er wollte sie formell und vor allen Anwesenden um ihre Hand bitten, um das Versprechen zu besiegeln.

Aber die Lady ließ sich nicht blicken. Bayard trat ungeduldig von einem Fuß auf den anderen. Wo war sie? Sie mussten Pläne für ihre Hochzeit schmieden, und es würde seinem Stolz keinen Abbruch tun, wenn sie ihn dafür bewunderte, dass er die Mauern von den Ranken befreit hatte.

»Wo ist Esmeraude?«, erkundigte er sich schließlich und unterbrach die staunenden Ausrufe, als das Kind herumgezeigt wurde. Bisher schien niemandem ihre Abwesenheit aufgefallen zu sein.

Jacqueline sah überrascht auf. »Ist sie nicht bei Euch?«

Bayard lief ein eisiger Schauer über den Rücken. »Ich habe sie den ganzen Tag nicht gesehen. Ich hatte angenommen, sie wäre bei Euch.«

Jacqueline war ebenso alarmiert wie er. Sie wandte sich an ihren Mann. »Ich habe geschlafen. Zum letzten Mal habe ich sie gesehen, als ich sie losschickte, um dich zu holen.«

»Ich habe sie im Burghof verlassen, weil sie mich drängte, an deine Seite zu eilen. Ich dachte, sie wäre mir gefolgt.«

»Sie war während der Geburt in Eurem Gemach«, erklärte die Hebamme. »Ich habe selbst gesehen, wie sie kurz danach wegging.«

Und seither schien Esmeraude niemandem mehr unter die Augen getreten zu sein. Stimmengemurmel wurde laut, als alle versuchten, sich zu erinnern, wann und wo sie Esmeraude zum letzten Mal gesehen hatten. Bayard spürte, wie seine Zuversicht schwand und einer Beklommenheit Platz machte. Ihn beschlich das Gefühl, dass ihm alles aus den Händen glitt, obwohl er gegen diese Empfindung ankämpfte.

»Vielleicht ist sie ihren Freiern wieder entwischt«, mutmaßte einer der Männer, die gekommen waren, um sie zu umwerben. Bayard drehte sich der Magen um.

Ja, Esmeraude hatte ihn schon einmal verführt und war dann weggelaufen. Dieser Gedanke war keineswegs beruhigend.

»Aber sie hat kein Rätsel hinterlassen«, bemerkte Nicholas.

Bayard drehte sich um und befragte den Torwächter: »Wer hat Airdfinnan am heutigen Tag verlassen?«

»Nur Simon de Leyrossire und seine Entourage.«

»Gibt es eine andere Möglichkeit, aus dieser Burg zu entkommen?«

»Nein«, erklärte Angus entschieden. »Keine einzige.«

»Könnte sie mit Simon abgereist sein?«, fragte Nicholas. »Sie schien ihm manchmal nicht abgeneigt zu sein.«

Die Anwesenden stellten wilde Spekulationen an. Plötzlich schnappte Jacqueline nach Luft und schlug die Hand vor den Mund.

Bayard wirbelte zu ihr herum. »Was ist? Woran denkt Ihr?«

»Sie wollte wissen, wie sie Euer Herz erobern kann«, bekannte sie leise. Sie ging auf Bayard zu und legte eine Hand auf seinen Arm. »Es tut mir Leid, aber ich habe ihr erzählt, dass mir Angus erst seine Liebe gestanden hat, als er dachte, er hätte mich für immer verloren. Ich wäre niemals auf den Gedanken gekommen, dass sie Euch durchbrennen würde.«

Bayard wusste es besser. Er hatte in der Tat eine Gelegenheit versäumt. Er hatte tausendmal miterlebt, wie eine geringe Tat oder eine Unterlassung den Lauf der Dinge verändern konnten. Und genau das war jetzt auch geschehen. Esmeraude hatte deutlich gemacht, was sie von ihm erwartete, aber er hatte ihre Wünsche nicht erfüllt – Narr, der er war.

Er hatte den Erfolg seines Werbens aufs Spiel gesetzt, indem er ihr verschwiegen hatte, wie es um sein Herz stand. Esmeraude hatte ihm hundert Gelegenheiten gegeben, ihr seine Liebe zu erklären, aber er hatte nichts dergleichen getan, selbst dann nicht, als sie ihm selbst gestanden hatte, dass sie ihn liebte.

Und jetzt war sie für ihn verloren. Was für ein Idiot er doch gewesen war!

Aber noch war er nicht am Ende. Er würde ihr folgen, wohin sie sich auch geflüchtet hatte, und wenn es sein musste, dann würde er sie anflehen, ihn anzuhören. Er wollte ihr sagen, wie sehr er sie liebte, und musste hoffen, dass es nicht zu spät war.

Er würde sie für sich gewinnen.

Die Frage war, wo er mit der Suche nach ihr beginnen sollte.

Der Lehrling des Schmieds trat vor und räusperte sich.

»Ich habe heute Morgen gehört, wie eine Frau mit dem Ritter vor seinem Aufbruch gestritten hat. Ich habe Holz für die Schmiede geholt – das war, nachdem der Lord zu seiner Gemahlin gerufen wurde.«

»Was genau hast du gehört?«, wollte Bayard wissen.

»War es Esmeraude?«, fragte Jacqueline.

»Das kann ich nicht sagen. Aber es war eine Frau, und der Ritter bestand darauf, sie zu heiraten.« Der Junge wand sich. »Ich habe nicht genau zugehört, denn ich dachte, dass dies ein sehr vertrauliches Gespräch war, wenn Ihr versteht, was ich meine.«

»Was hat sie gesagt?«, fragte Bayard beklommen. Bestimmt gab sie nicht *Simon* vor ihm den Vorzug, oder?

»Sie hat zugestimmt, aber nur wenn die Hochzeit in Ceinn-beithe stattfindet.« Der Junge zuckte mit den Schultern. »Ich ging mit dem Holz zurück in die Schmiede, da ich vermutete, dass die beiden das Bündnis feiern wollen, wenn Ihr versteht, was ich meine.«

»Ceinn-beithe!«, flüsterte Bayard. Er musste unwillkürlich an den Kuss denken, den Esmeraude Seamus wegen seiner Geschichte über Ceinn-beithe geschenkt hatte, und daran, dass die dort geschlossenen Ehen vom Glück gesegnet waren.

Er konnte es nicht fassen, dass sie nach einer so leidenschaftlichen Nacht mit ihm Simons Antrag annahm. Aber für sie war die Liebe das Wichtigste, und er, Bayard, hatte ihr ein Geständnis verweigert. Das hatte sie sicherlich wütend gemacht – so wütend, dass sie aus einem Impuls heraus gehandelt hatte.

Simon würde ohne zu zögern lügen, um einen Sieg davonzutragen. Er hatte kein Ehrgefühl im Leibe und würde jede Schwäche ausnutzen, um sich Vorteile zu verschaffen. Hatte Simon Esmeraude verzweifelt vorgefunden, weil Bayard sie enttäuscht hatte? Bayard konnte sich sehr gut vorstellen, dass sich Simon bereitwillig anbot, seinen Platz einzunehmen.

Er konnte es Esmeraude nicht einmal übel nehmen, dass sie einen anderen erhört hatte. Wenn sich ihre Liebe schon nicht erfüllte, dann gab sie sich vielleicht mit Sicherheit und Wohlstand zufrieden. Es war unvorstellbar, dass sie Simon Glauben schenkte – sie war zu scharfsinnig, um ihn nicht zu durchschauen, aber möglicherweise versprach sie sich etwas davon, wenn sie ihn erhörte.

Womöglich wollte sie in Simons Begleitung nach Frankreich gelangen und sich dort einen Gemahl suchen. Aber Tatsache war, dass Simon die Frauen nicht mit Respekt behandelte. Esmeraude kannte all die Geschichten von Simon nicht, der seinen sieben Frauen Gewalt angetan und sie misshandelt hatte. Man tuschelte sogar darüber, dass einige seiner Frauen zu plötzlich und unerwartet verstorben waren. Bayard bezweifelte, dass es noch irgendeinen Vater in Frankreich gab, der zulassen würde, dass Simon de Leyrossire um seine Tochter warb.

In Simons Gesellschaft war Esmeraude in höchster Gefahr. Und das alles war allein seine Schuld. Bayard machte sich die schlimmsten Vorwürfe, und ihm wurde ganz übel, wenn er daran dachte, dass er nicht imstande gewesen war, Esmeraude zu beschützen. Noch dazu hatte er nicht einmal Verdacht geschöpft, als Simon heute Morgen so heiter und ausgelassen gewesen war.

»Sie ist mit Simon geritten!«, behauptete Rodney hämisch. »Eine Frau bringt es fertig, eine solche Entscheidung zu treffen und niemandem etwas davon zu sagen.«

Célie stieß den Ellbogen in Rodneys Rippen. »So etwas würde Esmeraude niemals tun«, verteidigte sie ihren Schützling. »Esmeraude hat Verantwortungsgefühl und sorgt sich um andere. Sie hätte mir Bescheid gesagt. Und sie hätte sich von allen verabschiedet.«

»Hat jemand gesehen, dass sie in Simons Begleitung war?«, erkundigte sich Bayard. Wie es schien, hatte niemand etwas beobachtet.

»Es war eine ziemlich große Gruppe«, sagte der Stallbursche. »Sie hätten eine Frau leicht vor den Blicken anderer verbergen können.«

Insbesondere, wenn sie nicht freiwillig mit Simon gegangen war.

Vielleicht war es noch nicht zu spät. Möglicherweise waren sie noch nicht verheiratet, und Esmeraude würde Bayards Liebesschwüre Glauben schenken. Ob sie ihn erhörte oder nicht, Bayard konnte nicht zulassen, dass sie sich Simon auslieferte oder ihn gar unter Zwang heiratete. Er würde lieber zusehen, wie sie irgendeinen anderen zum Mann nahm, nur nicht den betrügerischen Ritter, der schon zu viele Frauen begraben hatte.

Bayard machte auf dem Absatz kehrt. »Andrew, Michael, wir reiten los und machen uns auf die Suche nach der Lady.«

Die Knappen rannten zu den Stallungen, obwohl Proteste laut wurden. »Das ist töricht! Wenn ihr jetzt noch aufbrecht, werdet Ihr kein Obdach finden, bevor die Wölfe durch die Wälder streifen!«, rief ein Mann.

»Ihr werdet Euch in diesem verdammten Nebel verirren«, behauptete ein anderer.

»Kommt zur Vernunft, Junge!«, schrie Rodney. »Die Frau hat Euch sitzen lassen – das ist kein Grund, Euch in Gefahr zu bringen.«

»Auch wenn es ein Wagnis sein mag, ich kann nicht anders«, erklärte Bayard entschieden. »Ich kann nicht ruhen, bevor ich sicher weiß, dass meine Lady mich verschmäht hat. Und ich muss mich vergewissern, dass ihr in der Gesellschaft dieses Halunken kein Leid geschieht.«

»Ich komme mit Euch«, sagte Célie, und Bayard hatte nicht das Herz, sie zurückzuweisen. »Ich weiß, dass sie Euch und nur Euch liebt! Wir werden sie überzeugen, dass sie Euch erhören muss.«

»Wenn es dazu nicht schon zu spät ist.« Bayard führte Célie hinaus. Ihre Bemerkung machte ihm Mut.

Er war erstaunt, als er Schritte hinter sich hörte. Er drehte sich um und sah, dass ihm Amaury und Nicholas mit ihren Knappen folgten. Alle wirkten entschlossen.

»Ich reite mit dir, Bayard«, sagte Amaury.

»Ich auch!«, rief Nicholas.

»Ich habe die Absicht, die Lady zu heiraten«, rief Bayard den beiden ins Gedächtnis. »Ich werde keine Herausforderung von Euch dulden. Ihr sollt wissen, dass mir Esmeraude ihre Liebe gestanden und ihre Gunst geschenkt hat.«

Amaury lächelte. »Das ist mir gleichgültig. Du bist mein einziger Bruder, und wenn ich dir helfen kann, deine Herzensdame zu retten, dann werde ich das tun.«

»Ja«, stimmte Nicholas zu. »Es war nicht zu übersehen, wem die Lady den Vorzug gibt. Früher sind wir auch zusammen geritten und haben alle Angelegenheiten gemeinsam geregelt.« Er schlug Bayard auf die Schulter. »Ich würde mir wünschen, dass alles wieder so wird wie in den alten Tagen. Und wir fangen damit an, Bayards Braut zurückzuholen.«

Bayard wurde ganz verlegen, als ihm sein Bruder und sein Cousin ihre Unterstützung anboten. Er hätte nie mit ihrer Hilfe gerechnet, deshalb war ihr Angebot noch kostbarer für ihn.

»Ich weiß nicht, was ich sagen soll. Diese Reise könnte gefährlich werden, und vielleicht machen wir uns zum Narren.«

»Dann sind wir alle Narren, Bayard«, sagte Amaury liebevoll und ergriff Bayards Arm. »Das wäre nichts Neues.«

»Du hast uns gefehlt«, bekannte Nicholas. Und die beiden Ritter grinsten, als Bayard in vollem Umfang bewusst wurde, was er bei seinem Weggang von zu Hause alles aufgegeben hatte.

In diesem Augenblick wurde ihm klar, dass er Montvieux niemals für sich beanspruchen würde. Es war Nicholas' rechtmäßiges Erbe, und gleichgültig, was seine Großmutter wollte oder was er selbst gewinnen konnte – er würde Nicholas Montvieux niemals streitig machen.

Aber dann befiel ihn von neuem die Angst. Wenn er Montvieux ausschlug, dann hatte er kein Land. Er konnte seiner Braut weder ein Zuhause noch die Stabilität bieten, die sie sich wünschte. Er konnte nicht darauf hoffen, dass sich Esmeraude mit ihm und seinem sorgsam abgeschirmten Herzen zufrieden gab. Und er würde seinem König eine herbe Enttäuschung bereiten.

Doch selbst das war unbedeutend, wenn Simon seiner Esmeraude etwas angetan hatte. Wenn es sein musste, würde Bayard selbst an Nicholas' Seite Montvieux gegen Richards Angriffe verteidigen und bereitwillig sein Leben gegen das von Esmeraude eintauschen.

»Wir reiten!«, schrie er.

Die Ritter hakten sich unter und marschierten zu den Stallungen. Die Knappen liefen voraus, sattelten in aller Eile die Pferde. Die Tiere warfen die Köpfe zurück und schnaubten, als sie die Stimmung der Menschen spürten. Andere Männer kamen aus der Halle, um den Rittern zu helfen, ihre Kettenhemden anzulegen und die Geschirre und Hufe der Pferde zu prüfen.

Im Nu konnten die Ritter aufsitzen. Sie legten die Hand an ihre Schwerter, und die Knappen trugen die Banner.

Das Fallgitter wurde hochgezogen. Bayard erschrak, als Angus' Söldner Rodney auf in zutrabte.

»Seht mich nicht so erstaunt an«, murrte Rodney. »Keiner von Euch kennt die Straßen in dieser Gegend. Und ich möchte Duncan MacLaren nicht Rede und Antwort über das Schicksal seiner Tochter stehen, da könnt Ihr sicher sein.«

Rodney schielte zu Célie, die voller Stolz lächelte. Dem alten Söldner stieg die Röte ins Gesicht.

»Frauen«, brummte er. »Ein Mann kann nicht mit ihnen, aber auch nicht ohne sie leben.« Dann stieß er die Faust in die Luft und brüllte ungeduldig. »Mir nach, Männer. Lasst uns aufbrechen.«

»Ja, wir wollen uns beeilen!«, schrie Bayard.

Die Leute, die sich im Burghof versammelt hatten, riefen ihnen nach und winkten, als die Pferde durchs Tor trabten. Die Pferde galoppierten über die Holzbrücke, ihre Hufschläge hallten durch die Nacht. Mit wehenden Bannern sprengte die Gruppe über Land. Die Dorfbewohner von Airdfinnan strömten auf die Straße und schauten der Truppe verwundert nach.

Rodney hob eine Hand und deutete bei einer Weggabelung nach rechts. »Nach Ceinn-beithe!«, rief er, und die Pferde sprengten in die Richtung, in die er wies.

Sie mussten viel Zeit aufholen, da Simon einen Tag Vorsprung hatte. Bayard betete, dass der ältere Ritter mit seinem Gefolge und dem Gepäckwagen nur langsam vorankam, und trieb Argent zu größerer Eile an. Er führte die Gruppe an, auch als der Nebel noch dichter wurde. Er dachte nicht an die Gefahren, die ihm drohen könnten, sondern nur daran, was Esmeraude an diesem Tag durchlitten haben mochte.

Sie erreichten Ceinn-beithe bei Sonnenuntergang am folgenden Tag. Sie waren ohne Unterlass geritten, und niemand von ihnen hatte auch nur einen Blick für die prachtvolle Färbung des westlichen Himmels übrig. Der Nebel hatte sich gleich hinter Airdfinnan gelichtet, und das Wetter war klar und trocken gewesen. Aber sie waren keiner Menschenseele begegnet, und Rodney hatte beteuert, dass dies der einzige Weg nach Ceinn-beithe war.

Die schockierten Gesichter von Esmeraudes Eltern verrieten Bayard mehr, als er wissen musste.

Simon war nicht in Ceinn-beithe.

Und sie hatten wertvolle Zeit verloren.

Aber wenn Simon nicht nach Ceinn-beithe gekommen war, dann war Esmeraude nicht freiwillig mit ihm geritten. Bayard war ein Narr, dass er die Wahrheit nicht gleich erkannt hatte. Simon hatte sie irgendwie getäuscht und war nach Süden aufgebrochen, zweifellos um sich in der Sicherheit von Leyrossire zu verschanzen.

Esmeraude war in größerer Gefahr, als Bayard geahnt hatte. Und sie hatten ungeheuer viel Zeit verloren – Zeit, in der zahllose Verbrechen gegen seine Esmeraude verübt werden konnten.

Fortuna hatte ihn schmählich im Stich gelassen. Bayard riss sich den Helm vom Kopf, legte den Kopf zurück und stieß einen Wutschrei aus.

»Beim heiligen Ebrulfus von Bayeux, wenn das die Strafe dafür ist, dass ich Fortuna angerufen habe, dann schwöre ich ihr ein für alle Mal ab!«, rief er. »Beim heiligen Trechmor von Carhaix, ich habe meine Lektion gelernt! Beim ...« Ihm fiel kein anderer Heiliger mehr ein, und er sah Amaury Hilfe suchend an.

»Beim heiligen Stefan von Antiochien!«, rief Amaury. »Wir werden sie finden.«

»Beim heiligen Thomas von Farfa«, setzte Nicholas hinzu. »Wir werden dafür sorgen, dass sie unversehrt bleibt!« Die versammelten Menschen johlten. Ein Mann trat vor und hielt unverwandt den Blick auf Bayard geheftet. Es war Burke, Bayards Vater, und seine Miene drückte Mitgefühl aus.

»Beim heiligen Andreas von Baudiment, du wirst Esmeraude als deine Braut heimführen«, sagte er leise.

Bayard ging auf ihn zu – er war erschüttert, dass ihm sein Vater nach allem, was geschehen war, Mut machte. »Du wirst sie finden, denn dies ist dein einziger Wunsch. Du hattest immer schon die Gabe, das zu erreichen, was du unbedingt wolltest.«

»Oft musste ich einen hohen Preis dafür bezahlen.« Bayard ergriff die Hand seines Vaters. »Ich schulde Euch viel und bitte um Verzeihung, Vater, und wir haben viel zu besprechen. Ich erflehe Eure Vergebung, denn ich habe Euch vor vielen Jahren unbesonnen angegriffen und Euch tief verletzt.«

Burke verneigte sich leicht. »Du hattest Recht mit deinen Anschuldigungen. Ich habe Euch beide zu sehr behütet, weil ich Angst hatte, Euch im Krieg zu verlieren.« Er schüttelte den Kopf. »Und letzten Endes habe ich dich durch böse Worte und Missverständnisse verloren.«

Bayard lächelte. »Es war ein Irrtum, der aus Liebe entstand, während meine Fehler aus Dummheit begangen wurden. Heute verstehe ich Eure Entscheidungen besser als damals.«

»Wegen Esmeraude?«, fragte sein Vater, und Bayard nickte.

»Ja.« Er begegnete dem Blick seines Vaters, und seine Stimme wurde heiser. »Reitet mit mir.«

Burke grinste. »Das werde ich.« Dann schloss er seinen Sohn in die Arme.

»Wir werden mit Esmeraude zurückkehren!« Amaury stieß die Faust in die Luft, und alle klatschten Beifall.

»Ihr solltet Euch beeilen«, erklärte jemand gebieterisch. Bayard spannte sich an, als er die Stimme erkannte. Die Menge teilte sich vor seiner Großmutter. Sie wirkte gebrechlicher als bei ihrer letzten Begegnung, lehnte jedoch jede Hilfe ab. Margaux von Montvieux hinkte an ihrem Stock zu Bayard und ihrem Sohn. Ihr eindringlicher Blick ließ selbst die unerschrockensten Seelen zurückweichen.

Sie blieb vor Bayard stehen und klopfte mit ihrem Stock auf den Boden.

»Seid gegrüßt, *Grandmaman.*« Bayard verbeugte sich vor ihr, und er beobachtete aus dem Augenwinkel, dass das Gesicht seines Vaters einen skeptischen Ausdruck annahm. »Ich habe nicht erwartet, Euch so weit von zu Hause wiederzusehen.«

»Ich musste natürlich herkommen«, gab sie streng zurück. Ihre Augen blitzen. »Um deinen Triumph mitzuerleben und mir noch eine letzte Freude im Leben zu gönnen.«

»Ihr konntet nicht wissen, ob Bayard Esmeraudes Herz gewinnt«, sagte Burke leise, als wollte er seine Mutter dazu zwingen, die Wahrheit zu sagen.

Margaux kicherte. »Das konnte ich nicht wissen? Man sagt, dass ein Mann nur den nötigen Ansporn braucht, um eine Tat zu vollenden.«

Burke sah Bayard an. Der schüttelte den Kopf und wandte sich ab. »Vergebung, *Grandmaman*, aber wir müssen ohne Verzögerung aufbrechen, um Esmeraude zurückzuholen.«

»Selbstverständlich musst du das«, erwiderte sie ungewöhnlich fröhlich. »Ich werde vielleicht nicht mehr lange leben in diesem rauen Klima, und ich möchte deinen Sieg noch auskosten. Eil dich.«

Bayard spürte den forschenden Blick seines Vaters, als er sich zurückzog, aber dies war nicht der richtige Zeitpunkt, um über diese Angelegenheit zu sprechen. Jetzt war es wichtiger, Esmeraude in Sicherheit zu bringen, als das Angebot seiner Großmutter auszuschlagen und ihren Zorn auf sich zu ziehen. Er wollte schon zum Aufbruch blasen, als Eglantine vortrat und mit einer Geste die Leute zum Schweigen brachte.

»Ihr werdet nichts erreichen, wenn Ihr hungrig und mit erschöpften Pferden losreitet«, sagte sie sachlich. »Bleibt wenigstens so lange, bis alle etwas gegessen haben und Eure Pferde versorgt wurden.«

»Aber Esmeraude ...«, protestierte Bayard.

Die Mutter seiner Herzensdame lächelte. »Sie ist härter im Nehmen und einfallsreicher, als Ihr ahnt. Entweder ist es schon zu spät, oder es ist ihr gelungen, sich einen Vorteil zu verschaffen.« Sie schüttelte den Kopf. »Ich würde eher auf Letzteres setzen.«

»Ich auch!«, bekräftigte Célie.

Die Männer blieben nicht, um sich zu stärken, denn Bayard kannte Simon besser als Eglantine und Célie. Er und sein Vater tauschten einen wissenden Blick, und sie beide trieben die Gruppe zur Eile an, ohne den Frauen noch mehr Angst zu machen. Duncan erklärte seine Absicht, sich ihnen anzuschließen, und Bayard sah mit Freuden, dass der Trupp jedem Feind Furcht einflößen würde.

Bayards Mutter Alys brachte ihrem Gemahl und ihren beiden Söhnen persönlich den Abschiedstrunk. Ihr stand ins Gesicht geschrieben, dass sie den Gegner, mit dem sie es zu tun hatten, kannte.

»Töte ihn«, flüsterte sie eindringlich, als Bayard von

dem gewürzten Met trank. »Nicht nur für Esmeraude, sondern für alle Christenfrauen.«

Bayard gab ihr den Becher zurück und küsste sie auf die Stirn, ehe er ihre Sorgenfalten mit der Fingerspitze glättete. »Das werde ich«, versprach er. »Habt keine Angst.«

Alys lächelte stolz, als Bayard die Zügel aufnahm. Sie blies ihrem Mann und ihren Söhnen einen Kuss zu und sah ihnen nach, als sie davonritten. Eglantine stellte sich neben Alys. Die beiden aufrechten Frauen wurden von silbernem Mondlicht eingehüllt. Die Männer ließen Ceinnbeithe mit donnerndem Galopp hinter sich.

Und mit jedem Schritt wuchs Bayards Angst, dass er Esmeraude zu spät finden würde.

Fortuna musterte angewidert die Neuankömmlinge auf ihrer Wolke. Es hatte ihr großen Spaß gemacht, ihren Einfallsreichtum mit dem von Martin zu messen. Aber jetzt mischten sich auch noch all die anderen Heiligen ein. Jeder einzelne von ihnen strahlte, und sie begrüßten Martin mit solcher Freude und Ehrerbietung, dass sie mit den Zähnen geknirscht hätte, wenn sie welche gehabt hätte.

Bei all dem Glanz und der Fröhlichkeit hätte man meinen können, dies sei ein Fest und nicht eine Prüfung für einen überheblichen Ritter.

Fortuna wandte sich verärgert von den munter plaudernden Heiligen ab. Sie kam sich glanzloser vor, als ihr lieb sein konnte. Sie spähte auf die Erde, beobachtete, wie die Ritter durch die Nacht galoppierten, und verschränkte unzufrieden die Arme. Es gefiel ihr nicht, dass Bayard ihr abgeschworen hatte, nicht nur wegen seiner neuen Vorliebe für die Heiligen.

Sie war den kämpfenden Männern immer gewogen gewesen. Sie schielte zu Martin, der in ein Gespräch über wundersame Verwandlungen mit Stefan vertieft war, und seufzte schwer.

»Sterbliche«, sagte sie zu niemandem im Besonderen (und ihr hörte auch keiner zu). Sie räusperte sich und fuhr lauter fort: »Sterbliche rufen jeden an, der ihnen in den Sinn kommt.« Sie bedachte einen nach dem anderen mit einem vernichtenden Blick. Martin lächelte sie auf ausgesprochen unheilige Weise an.

Esmeraude erkannte, genau wie es ihre Mutter erwartet hatte, sehr schnell ihren Vorteil. Sie war nicht aus der Truhe befreit worden, ehe Simon seinen Begleitern enthüllte, dass sie ein Kind erwartete.

Esmeraude war empört, weil er vorhatte, das Kind von Bayard und ihr als sein eigenes auszugeben, und wild entschlossen, es nicht so weit kommen zu lassen. Aber sie musste Simon in Sicherheit wiegen, wenn sie ihm entkommen wollte. Sie zweifelte keinen Augenblick daran, dass Bayard die Verfolgung aufgenommen hatte, und wollte auf alles vorbereitet sein, wenn er eine günstige Gelegenheit nutzte und sie befreite.

Sie verlangte, aufrecht auf einem von Simons Reitpferden zu sitzen, damit ihrem Kind kein Leid geschah. Angeblich suchte sie sich das mit dem bequemsten Sattel aus, aber im Grunde sorgte sie nur dafür, dass sie das schnellste Pferd bekam, für den Fall, dass sich ihr eine Chance zur Flucht bot. Simon befahl seinen Begleitern, sich stets neben, vor und hinter ihr zu halten, so dass sie gezwungen war, mit ihnen Schritt zu halten. Aber sie war überzeugt, dass sein Misstrauen mit der Zeit nachlassen würde.

Immerhin tat sie so, als wäre sie hoch erfeut, ihn in Kürze heiraten zu dürfen. Sie duldete sogar, dass er sie auf die Wange küsste, obwohl sie sich jeder weiteren Berührung entzog und die Angst um ihr Kind vorschützte.

Esmeraude bestand darauf, zweimal am Tag Rast zu machen, damit sie warme Mahlzeiten zu sich nehmen konnte, und sie verlangte für die Nacht ein warmes Bett in einem Gasthof. Sie verlangte einen Umhang und gefütterte Handschuhe und ließ sich abends ein warmes Bad herrichten. Sie verzögerte ihr Fortkommen, so gut sie konnte, und täuschte sogar mehrmals am Tag Übelkeit vor. Sie zog sich in den Wald zurück und tat so, als würde sie sich übergeben, obwohl ein gutes Dutzend Diener immer in ihrer Nähe waren.

Wann immer Simon ihr zu nahe kam, sah sie ihn an und fragte, ob er es so weit bringen wollte, dass sie ihr Kind verlor.

Ihre List hatte Erfolg. Simon hatte keinerlei Erfahrung mit schwangeren Frauen, und er war erpicht darauf, alles dafür zu tun, dass das Kind keinen Schaden nahm. Offensichtlich hatte Bayard Recht gehabt, als er anzweifelte, dass Simons Frauen im Kindbett gestorben waren.

Esmeraude glaubte kaum, dass Simon noch so um ihr Wohlergehen bemüht sein würde, wenn das Kind erst mal auf der Welt war. Zweifellos würde er das Kind als sein eigenes ausgeben und – wenn sie ihre Schuldigkeit getan hatte – dafür sorgen, dass sie seinen anderen Frauen auf dem Friedhof von Leyrossire Gesellschaft leistete.

Sie musste fliehen, um ihrer selbst und um des ungeborenen Kindes willen.

Doch am sechsten Tag in Simons Begleitung verlor Esmeraude allmählich die Hoffnung. Obwohl sie die Ohren spitzte, hörte sie keine Verfolger. Sie war umringt von Simons Bediensteten, die nicht mit ihr sprechen durften, und hatte auf den langen Ritten viel Zeit, sich die schlimmsten Möglichkeiten auszumalen.

Und Esmeraude fielen Tausende ein. Was wenn sie für Bayard nichts anderes gewesen war als eine angenehme Abwechslung? Und wenn er ihr nicht folgte, weil es ihm zu viele Umstände machte? Oder wenn er eine andere gefunden hatte, die ihm nachts Vergnügen bereitete?

Womöglich hatte ihm ihr Liebesgeständnis vor Augen geführt, dass sie doch nicht die richtige Frau für ihn war.

Wenn sie auf sich allein gestellt war und sich selbst aus Simons Klauen befreien musste, dann sah sie schwarz. Der Mann gab ihr keinerlei Gelegenheit zur Flucht. Esmeraude war niedergeschlagen, obwohl die Maisonne am Himmel strahlte. Sie verlor vollends den Mut, als Simon die Jagdhütte eines ortsansässigen Lords für sich beanspruchte und zwei seiner Diener und die Bediensteten des Lords damit beauftragte, alles für die Nacht herzurichten. Esmeraude nahm lustlos ein Bad und beobachtete die drei Mädchen, die ihr zu Diensten waren, mit finsterem Blick.

Simon hatte allen erzählt, dass die Schwangerschaft seine Verlobte streitsüchtig gemacht habe, und deshalb hielten sich sogar die Frauen vom Ort zurück.

An diesem Abend zeigte sie sich bei Tisch besonders anspruchsvoll, um sich selbst dafür zu entschädigen, dass Simon ihr Leben zerstört hatte. »Vorsicht, meine Liebe«, flüsterte er ihr zu. Sie sah auf und begegnete seinem kalten Blick. »Treibt es nicht zu bunt, oder ich werde dafür sorgen, dass Ihr bei der Geburt des Kindes sterbt.«

Esmeraude reckte ihr Kinn und erwiderte harsch: »Treibt Ihr es nicht zu bunt, Mylord, sonst werdet Ihr das Kind nie in die Hände bekommen, weil ich dafür sorgen werde, dass es nicht überlebt.«

Simon wurde bleich. »Das würdet Ihr nicht tun!«

»Ihr ahnt nicht, was ich alles tun würde, um die Meinen zu beschützen«, erwiderte Esmeraude und stieß das Schneidebrett mit Entschiedenheit beiseite. Selbstverständlich würde sie ihrem Kind niemals etwas antun, aber sie war wütend, weil Simon ihr Schicksal bestimmte.

»Mylord.« Der Jagdaufseher trat vor Simon und verbeugte sich. Er war ein beleibter Mann, hatte ein vom Aufenthalt im Freien gebräuntes Gesicht und machte einen freundlichen Eindruck. »Ein Troubadour hat vorgesprochen; er erbittet eine Mahlzeit als Gegenleistung für ein Lied. Darf ich ihn einlassen?«

»Kommt es häufig vor, dass Ihr Troubadoure oder Minnesänger in diesem entlegenen Winkel empfangt?«, fragte Simon überrascht.

»Nein.« Der Jagdaufseher schüttelte den Kopf; er schien über den Besuch ebenso verwundert zu sein wie Simon. »Er hat sich verirrt, Mylord, wie er sagt. Er sucht Stirling's Halls.« Die Gesellschaft lachte, weil Stirling's Halls sehr weit weg war.

»Mir schien, er könnte sich eher als Narr verdingen denn als Troubadour«, scherzte Simon. »Heute wird er nicht mehr nach Stirling kommen, und meine Lady liebt alte Geschichten und Lieder. Führt ihn herein.« Er sah Esmeraude an. »Mir ist kein Preis zu hoch, wenn ich meiner Lady eine Freude bereiten kann.«

Esmeraude lächelte matt. Doch ihr fielen fast die Augen aus dem Kopf, als sich der Troubadour nach einer tiefen Verbeugung wieder aufrichtete. Er war schmutzig und trug abscheuliche Kleider, aber Esmeraude erkannte Andrew.

Bayards Knappen.

Das bedeutete, dass Bayard in der Nähe war. Esmeraude wurde plötzlich ganz schwindlig. Bayard war gekommen, um sie zu holen, und bald würde sie wieder bei ihm sein!

Sie sah sich verstohlen um, entdeckte aber niemanden sonst, den sie kannte. Sie spürte, dass Simon sie ansah, und schenkte ihm ein Lächeln. »Ihr habt Recht, Mylord. Meine Stimmung hellt sich schon allein bei der Aussicht auf eine Geschichte auf.«

Simon musterte sie forschend.

Esmeraude wusste, dass sie jeden Verdacht zerstreuen musste, und zog einen Schmollmund wie ein verwöhntes Kind. »Ich hoffe, er kann singen, sonst werde ich ernsthaft böse. Es ist besser, gar kein Geschenk zu bekommen, als eines, das den Erwartungen nicht entspricht.«

»Er kommt mir irgendwie bekannt vor«, überlegte Simon laut.

Esmeraude versuchte, ihn von solchen Gedanken abzulenken. Sie lachte lautlos in sich hinein, dann gähnte sie ausgiebig, als würde sie sich entsetzlich langweilen. »Sie sind nicht besser als Bettler, diese Troubadoure, und sie sind so verdreckt, dass sie sowieso alle gleich aussehen.«

»Das kann man wohl sagen.« Simon legte die Hand auf ihre. »Erfreulich, dass wir in einigen Punkten gleicher Meinung sind.«

»Wir sind auch über die Bedeutung des Kindes gleicher Meinung«, sagte Esmeraude mit einem honigsüßen Lächeln.

»Unseres Kindes«, verbesserte er sie gelassen. »Ich möchte keinen Zweifel über seine Abstammung aufkommen lassen.«

Esmeraude senkte den Kopf, sie hielt es für angebracht, ihn nicht zu provozieren, wenn ihre Rettung so nah war. Es war wichtig, dass er ihr jetzt ein klein wenig mehr vertraute. Simon tätschelte ihre Hand, dann gab er Andrew ein Zeichen, dass er beginnen sollte. »Ihr werdet Euch bald besser fühlen, meine Liebe.«

Andrew hatte eine klare Stimme, die hell wie ein Glöckchen in der rustikalen Halle klang. »Ich erzähle Euch die Legende von Liebenden, die ihre Pflichten vernachlässigten«, sagte er. »Es ist die Geschichte von Tristran und Iseut.«

»Die schon wieder«, murrte Simon und schnippte mit den Fingern, damit ihm ein Diener Wein nachschenkte.

Andrew achtete darauf, nur die Teile der Geschichte wiederzugeben, die Simon nicht in Airdfinnan aus Bayards Munde gehört hatte. Er huschte durch die Anfänge der Geschichte, und Esmeraude passte höllisch auf, um keine Botschaft von Bayard zu überhören.

Sie fand sie erst gegen Ende, als Iseut sich einverstanden erklärte, vor König Mark und König Arthur zu schwören, dass sie Tristran nicht liebte.

Obwohl der Zaubertrank nicht mehr wirkte, dauerte Iseuts Liebe an. Und Tristran erging es ähnlich – er konnte an nichts anderes mehr denken als an seine Iseut, die er tief und innig liebte.

Esmeraudes Herz pochte, denn sie wusste, dass dies Bayards Art war, ihr zu sagen, dass ihre Liebe erwidert wurde.

Iseut wusste, dass sie dem Tode geweiht war, wenn ihr Gemahl sie bei einer Lüge ertappte. Sie schickte eine Nachricht an Tristran und bat ihn, zum Fluss zu kommen. Dort war eine Furt namens Perilious, die als sehr gefährlich galt, so dass sich viele davor fürchteten, ihre Pferde durchzutreiben.

Esmeraude erinnerte sich nur zu gut, dass sie heute einen relativ reißenden Fluss durchquert hatten. Deshalb hatten sie zu Simons Verdruss abends früher als sonst Rast gemacht. Einige aus ihrer Gruppe waren von den Stromschnellen mitgerissen worden. Alle waren durchnässt und müde und brauchten eine Erholungspause.

Esmeraude würde den Weg dorthin zurück finden.

Iseut bat Tristran, sich wie ein Aussätziger zu kleiden und um Almosen zu flehen wie ein Bettler. Tristran fand sich am Fluss ein, und als die drei Barone ankamen, sagte er ihnen, dass der Weg passierbar wäre. Doch die Pferde sanken tief im Morast ein. Was für ein Pech! Die Männer lachten über das Missgeschick, aber Iseut weigerte sich, den Fluss zu durchqueren, weil sie sich dabei ihre feinen Kleider verderben würde.
Sie bat den Aussätzigen, sie sicher hinüberzutragen. Und Iseut bestieg ihn wie ein Pferd und kam trockenen Fußes ans andere Ufer. Doch sie dankte dem Aussätzigen nicht einmal. Sie schwor vor den Heiligtümern, dass König Mark keinen Ritter zu fürchten brauchte – kein Mann hatte sich zwischen ihre Schenkeln gedrängt außer ihrem Gemahl und einem Aussätzigen. Das war keine Lüge!

Die Zuhörer lachten über Iseuts Findigkeit, und Esmeraude war wieder erstaunt, dass Bayard eine Lüge hinnahm, wenn sie größeren Zielen diente. Ihr entging die Bedeutung dieses Hinweises keineswegs.

Sie zupfte Simon am Ärmel. »Mylord, das Fleisch ist mir nicht gut bekommen.« Sie verzog das Gesicht, als wäre ihr übel. »Der Rauch und der Lärm machen die Sache nicht besser. Wenn Ihr gestattet, würde ich mich gern um das Wohl des Kindes willen zurückziehen.«

»Ich dachte, die Geschichte würde Euch gefallen.«

Esmeraude schnitt eine Grimasse. »Vielleicht, wenn die Stimme des Troubadours schöner wäre. Aber so rebelliert mein Magen nur noch mehr.« Sie wedelte mit der Hand vor ihrem Gesicht und hoffte, dass sie einigermaßen blass war. »Der Gestank in dieser barbarischen Halle ist grauenvoll.«

»Ihr müsst Euch ein wenig ausruhen. Ich werde die Dienerinnen zu Euch schicken. Das Gemach wurde für uns hergerichtet.«

Esmeraude zuckte gleichgültig mit den Schultern. Sie drückte die Hände auf den Bauch, als sie aufstand. »Ganz wie Ihr wünscht, Mylord.« Sie tat so, als müsste sie würgen, und Simon zuckte zurück.

»Übergebt Euch nicht über mich!«, schrie er.

Esmeraude würgte erneut, nur weil sie sehen wollte, wie angewidert er reagierte. Sie ließ ein wenig Speichel auf seinen Waffenrock tropfen und empfand diebische Freude daran. Simon war außer sich. Er rief seine Knappen herbei, und alle hatten damit zu tun, den Fleck aus der Seide zu wischen.

»Ich bitte um Vergebung«, rief Esmeraude und wand sich, als würde im nächsten Augenblick ihr Abendessen wieder zum Vorschein kommen.

»Verschwindet!«, schrie Simon.

Esmeraude stürmte hinaus, aber diese verfluchten Dienerinnen blieben ihr auf den Fersen. Sie hörte, wie Andrew seine Geschichte weitererzählte.

»Mylady, die Treppe ist dort«, sagte eine der nicht weniger als sechs Frauen, die Esmeraude umringten. Anscheinend hatte sie keinen großen Erfolg damit gehabt, als sie Simons Vertrauen zu gewinnen suchte.

Obwohl sie nicht vorgehabt hatte, im oberen Stockwerk wie in einer Falle zu sitzen, blieb ihr nichts anderes übrig, als hinaufzugehen. Die Bediensteten begleiteten sie, als könnten sie ihre Gedanken lesen. Sie wurde ins Bett gesteckt, und immer noch lungerten die verdammten Frauen in ihrer Nähe herum. Sie überlegte fieberhaft, wie sie ihnen entkommen könnte.

Sie musste zu Bayard und zu dieser Furt. Das war der Teil, den sie selbst zu ihrer Rettung beisteuern musste. Es gab nur ein Fenster in diesem Zimmer, und Esmeraude sah, dass es groß genug war, um hinauszuspringen.

Sie täuschte weiterhin Unwohlsein vor und verlangte nach frischer Luft, obschon ihre Wächterinnen davon abrieten, das Fenster zu öffnen. Nicht lange nachdem die Läden aufgestoßen waren, wurden Hufschläge laut. Zwei der Frauen liefen, um nachzusehen, was sich draußen tat, während drei andere – Fluch über sie! – sorgsam an der Treppe Wache hielten.

»Diebe!«, kreischte eine Frau.

»Banditen!«, flüsterte eine andere. Die beiden Dienerinnen lehnten sich weiter aus dem Fenster, um zu beobachten, was sich draußen abspielte.

Möglicherweise hatte Bayard diese Ablenkung inszeniert, um Esmeraude die Flucht zu ermöglichen.

Ein Mann brüllte etwas von unten, und die beiden Dienerinnen am Fenster drehten sich zur Treppe um. Esmeraude nutzte die Gelegenheit. Sie sprang nur im Hemd aus dem Bett, stürzte zum Fenster, schubste die beiden Dienerinnen aus dem Weg und machte einen Satz ins Freie. Sie hörte die Frauen hinter sich schreien.

Esmeraude landete unsanft auf dem Boden. Das Fenster war doch höher gewesen, als sie gedacht hatte, und der Untergrund war steinig. Aber sie ließ sich nicht beirren, hob den Saum ihres Hemdes an und rannte in den Wald.

»Sie ist geflohen!«, kreischte jemand, aber in der Halle herrschte ein ziemlicher Radau, und Esmeraude konnte hoffen, dass der Ausruf unbeachtet blieb. Sie betete, dass keine der Frauen so viel Mut hatte, ihr nachzuspringen.

Sie warf einen Blick zurück und sah, dass sich die Frauen ans Fenster drängten. Das Licht der Laterne im Zimmer ließ ihre Umrisse erkennen. Eine schrie, und sie drehten sich zu einem Angreifer auf der Treppe um.

Esmeraude hätte beinahe laut gelacht, weil sie sich aufführten wie aufgescheuchte Hühner, aber gerade in diesem Moment stolperte sie über eine Wurzel. Sie landete im Dreck und bekam für einen Moment keine Luft mehr. Sie blinzelte benommen und kämpfte sich auf die Füße.

Nur die Angst vor Simons Vergeltungsmaßnahmen trieb sie weiter. Esmeraude bezweifelte, dass er ihr noch einmal die Möglichkeit zur Flucht bieten würde. Sie musste jetzt entkommen – um ihrer selbst und um des Kindes willen.

Ihr Herz klopfte bis zum Hals, als sie so schnell sie konnte durch den dunklen Wald rannte. Erst als sich die Schatten um sie herum immer mehr verdichteten, wurde ihr klar, in welcher Lage sie sich befand. Sie trug kaum die geeignete Kleidung für ein solches Abenteuer, hatte keinen Proviant, keinen Schutz und kannte sich in dieser Gegend nicht aus. Und Simons Männer würden nach ihr suchen, sobald sie die Banditen aus dem Haus vertrieben hatten.

Esmeraude lief weiter und hoffte inständig, dass sie die Furt wiederfand – und dass Bayard sie rechtzeitig entdeckte.

18

Auf Bayards Zeichen hin brachen die Ritter durchs Unterholz und stürmten das Jagdhaus. Es gab nur eine Tür, und die Ritter drängten so schnell ins Gebäude, dass den Bewohnern der Schreck in die Glieder fuhr.

Das Fest endete ziemlich abrupt. Simons Wachen staunten, als der »Troubadour« ein Schwert zog und einen von ihnen niederstreckte, bevor sie sich verteidigen konnten.

»Wir werden belagert!«, schrie Simon, als er sein Schwert zog. Alle sprangen auf, und der Kampf begann. Klingen klirrten, Füße stampften, Schreie gellten durch die Halle. Bayard schaute sich um, während er sich den Weg zu Simon freikämpfte.

Von Esmeraude war keine Spur zu sehen. Er hatte gehofft, dass Andrews Erscheinen sie beruhigen würde. Er hatte seinen Knappen geschickt, um sie wissen zu lassen, dass er in der Nähe war und dass sie sich, wenn möglich, in einen stillen Winkel zurückziehen sollte. Aber sie befand sich nicht in der Halle. Vielleicht hatte sie Andrew nicht einmal gesehen.

Möglicherweise hatte Simon sie auch schon getötet.

Dieser Gedanke machte Bayard das Herz schwer. Voller Angst bahnte er sich einen Weg zu Simon und verschonte keinen Gegner, der sich ihm entgegenstellte. Er war fest entschlossen, Simon seine Klinge spüren zu lassen und ihn dazu zu zwingen, Auskunft über Esmeraudes Schicksal zu geben. Simon wich verstohlen zur Treppe im rückwärtigen Teil der Halle zurück.

Entweder wollte er durch eine Hintertür fliehen, die Bayard nicht bemerkt hatte, oder Esmeraude war irgendwo dort hinten gefangen. Bayard beeilte sich und machte drei Männer unschädlich, dann sah er, wie Simon über die Treppe nach oben verschwand.

Simon durfte ihm nicht entwischen! Bayard stürmte ihm hinterher und tastete sich auf der dunklen Treppe vorsichtig vorwärts. Nur ein schwaches Licht schimmerte von oben, und da Bayard seinen Gegner kannte, rechnete er mit einem Hinterhalt.

Sein Verdacht bestätigte sich. Auf einer der letzten Stufen parierte er einen Schlag von einem unsichtbaren Angreifer. Er kämpfte und rannte die letzten Stufen hinauf. Simon lief durch den großen, spärlich möblierten Raum, ergriff eine Frau und hielt sie wie einen Schild vor sich.

Es war nicht Esmeraude. Sechs Frauen befanden sich hier oben, aber Esmeraude war nicht unter ihnen.

»Wo ist Esmeraude? Was habt Ihr mit ihr gemacht?«

Simon setzte die Schwertklinge an die Kehle der Frau, und sie schnappte erschrocken nach Luft. Er grinste. »Das würdet Ihr gern wissen, was?«

»Wenn Ihr ihr auch nur ein Haar gekrümmt habt, werde ich Euer Blut an meiner Klinge sehen.«

»Ach ja? Warum greift Ihr mich dann nicht an, Bayard? Ihr kümmert Euch doch sicherlich nicht um das Schicksal einer schlichten Dienerin, oder?«

»Seid Ihr so ein Feigling, dass Ihr Euch hinter einem Weiberrock verstecken müsst?«, spottete Bayard. Er schwang herausfordernd sein Schwert. »Lasst die Frau los, Simon. Ein Mann sollte nicht sterben, bevor er mindestens einmal im Leben einen fairen Kampf ausgefochten hat.«

»Ein Mann sollte nie einen Vorteil aus der Hand geben.«

Bayard lachte. »Dann treffen die Gerüchte also zu?«

»Welche Gerüchte.«

»Dass Ihr mich nicht besiegen könnt, wenn Ihr nicht betrügt.« Bayard grinste – er war fest entschlossen, die Dienerin aus der Kampflinie zu bringen. »Es ist kein Wunder, dass Esmeraude mich Euch vorzieht.«

»Sie ist mit mir geritten!«

Bayard sah sich um. »Aber sie scheint Euch verlassen zu haben, Simon. Sie ist eine leidenschaftliche Frau – seid Ihr nicht imstande gewesen, sie zufrieden zu stellen? Ah, vielleicht war das bei all Euren Frauen so. Möglicherweise befanden sie Eure Fähigkeiten im Bett als zu dürftig. Womöglich waren es nicht die Frauen, die Euch die ehelichen Pflichten versagt haben, vielleicht haben Sie Euch verlassen, weil Ihr nicht in der Lage wart, sie zu erfüllen.«

Simons Augen blitzten auf, und er stieß die Frau mit solcher Wucht beiseite, dass sie stolperte. »Keine Frau verlässt mich!«, brüllte er und stürzte sich auf Bayard, Ihre Klingen prallten aufeinander. »Und keine Frau verlässt mein Bett unbefriedigt«, zischte Simon. Er hob plötzlich sein Knie an, um zuzustoßen, aber Bayard hatte etwas Ähnliches erwartet und schlug mit voller Wucht auf Simons Klinge ein.

»So leicht könnt Ihr mich nicht entmannen«, spottete er, weil er wusste, dass Simon kopflos kämpfte, wenn er provoziert wurde.

Simon schwang sein Schwert mit erstaunlicher Geschwindigkeit in Lendenhöhe, stieß zu und drängte Bayard zur Treppe zurück. Bayard täuschte Schwäche vor, und die Frauen ächzten, als Simon zum Todesstoß ansetzte.

Aber Bayard ließ seine Klinge durch die Luft sausen und schlitzte Simons Rock an der Taille auf. Der Hieb nahm Simon den Wind aus den Segeln, auch wenn sein Kettenhemd die Wucht abfing. Er wich zurück, und die beiden Männer umkreisten sich. Die Frauen tuschelten ängstlich und kauerten sich in einer Ecke zusammen.

»Wo ist Esmeraude?«, wollte Bayard wissen. Er griff an und traf Simon am Kinn.

Simon grinste. »Ich dachte, das wisst Ihr.«

Bayard fröstelte, aber er parierte eine Attacke und ließ einen Stoß folgen, der Simon an die Wand drängte »Wo?«, fragte er noch einmal.

»Sie hat sich bereit erklärt, mich zu heiraten«, sagte Simon keuchend vor Anstrengung. »Vielleicht fürchtete sie, dass Eure Ländereien, die Ihr nicht benennen wollt, nicht genügend abwerfen, um ihr Kind zu ernähren.«

Bayard stolperte beinahe, so verblüfft war er über diese Antwort. Simon nutzte den Moment der Schwäche und landete einen Schlag auf Bayards Schulter. »Welches Kind?«

Simon lachte und kämpfte mit neuer Kraft. »Welche Ländereien?«, erkundigte er sich vergnügt. »Wie es scheint, habt Ihr in dieser Frau Euren Meister gefunden, Bayard de Villonne. Eine Frau, die bereits alles gesehen hat, was Ihr zu bieten habt, und es für *unzureichend* befindet.« Er griff an, und Bayard parierte. Seine Wut wuchs mit jedem Hieb.

Ein Kind!, dachte Bayard. Jede Freude darüber, dass Esmeraude ein Kind unter dem Herzen tragen könnte, war durch Simons Absicht, es zu stehlen, zunichte gemacht. Was war mit Esmeraude geschehen? Jetzt verstand er Angus' gemischte Gefühle, als seine Gemahlin in den Wehen gelegen hatte – Bayard konnte sich nicht vorstellen, dass ein Kind es wert war, dass seine Lady Leid ertragen musste.

»Offenbar war sie mit Euch auch nicht zufrieden, Simon. Ich werde Euch gern von der *Bürde*, die sie Euch ist, befreien.« Drei rasch aufeinander folgende Hiebe von Bayard raubten Simon den Atem. Er griff noch einmal an und blockierte das Heft von Simons Schwert mit seinem eigenen. Dann schleuderte er Simon die Waffe aus der Hand.

Das Schwert fiel klirrend zu Boden, und die Männer starrten sich an. Bayard lächelte und hielt Simon die Klinge an die Kehle. Simon schloss die Augen und wandte das Gesicht zur Seite, als er voller Angst zurückging. Sein Schatten wurde immer größer, während er zu der Laterne in der Ecke auswich.

»Ich habe also richtig vermutet«, sagte Bayard nachdenklich. »Ihr könnt nicht gewinnen, wenn Ihr nicht betrügt.«

»Ich werde nicht verlieren«, flüsterte Simon. »Ihr wisst nicht, wo Esmeraude ist, und wenn Ihr mich tötet, werdet Ihr es nie erfahren.«

Bayard zögerte nur einen Wimpernschlag. Wusste Simon mehr, als er zugab?

Dieser kurze Moment gab Simon die Gelegenheit, nach der Laterne zu fassen und sie quer durch den Raum zu schleudern. Das Öl spritzte in alle Richtungen, als das Gefäß an der Wand zersplitterte. Die Flammen leckten nach dem Öl und breiteten sich mit rasender Geschwindigkeit aus. Die Holzwände waren alt und trocken und fingen an zu brennen.

Bayard sah, dass Simon mit einem Dolch in der Hand auf ihn zukam. »Ich verliere nicht«, fauchte er.

»Ihr habt Esmeraude verloren.«

»Ich habe sie tot in einem Graben liegen gelassen – satt und befriedigt für alle Zeiten.« Simon grinste boshaft. »Meine Männer hatten ihren Spaß mit ihr.«

»*Nein!*« Bayard stürzte sich voller Wut auf den Mann. Er kämpfte wie nie zuvor in seinem Leben – er kämpfte um die Ehre seiner Geliebten. Er erlaubte niemandem, Esmeraudes Namen mit Dreck zu besudeln.

Und er würde keinen Mann am Leben lassen, der auch nur andeutete, dass Esmeraude ein solches Schicksal verdienen könnte. Die lodernden Flammen tauchten den Raum in orangefarbenes Licht, während die Männer vor- und zurücktänzelten, ohne auf die Gefahr des Feuers zu achten.

Simon wurde der Dolch aus der Hand geschlagen, und er sank auf die Knie. Während er nach dem Saum von Bayards Waffenrock griff, rief er verzweifelt: »Ihr würdet doch nie einen schutzlosen Mann töten!«

»Ihr seid nicht schutzlos, solange Ihr die Zunge einer Schlange im Mund habt«, erwiderte Bayard kalt. »Diesmal habt Ihr verloren, Simon.« Damit bohrte er seine Klinge in Simons Kehle. Simon gab gurgelnde Laute von sich und sank leblos zur Seite. Bayard empfand keine Genugtuung nach der Tat – er hatte lediglich seine Pflicht Esmeraude gegenüber getan und das Versprechen erfüllt, das er seiner Mutter gegeben hatte.

Er wandte sich ab. Er fürchtete, dass Simon die Wahrheit gesagt hatte und Esmeraude für immer für ihn verloren war. Die Dienerinnen waren in die Halle geflohen, nur die eine, die Simon als Schild missbraucht hatte, war noch da. Bayard wischte das Blut von seinem Schwert und steckte es in die Scheide. Die Flammen züngelten bis zur Treppe, also war ihnen dieser Weg versperrt.

»Ihr habt mir das Leben gerettet, Sir.«

»Du wirst es verlieren, wenn du nicht von hier fliehst.«

»Ich konnte nicht gehen, Sir, nicht ohne mich zu vergewissern, dass er endlich tot ist.« Die Frau holte tief Luft.

»Er hat gelogen, Sir – er hat Euch nicht die Wahrheit über Eure Lady gesagt.«

Bayard durchquerte hastig den Raum und spähte aus dem Fenster. Es war hoch, aber die einzige Fluchtmöglichkeit. »Ja?«

»Ja.« Die Frau kam an seine Seite. »Sie ist aus dem Fenster gesprungen. Sie hat den Tumult genutzt, um sich von ihm zu befreien.« Die Frau schauderte. »Ich kann ihr keinen Vorwurf daraus machen.«

»Hat er sie angerührt?«

»Nein. Sie hat darauf bestanden, dass er ihr fernblieb – wegen des Kindes –, und er hat sich daran gehalten. Das ist wohl das Einzige, was man zu seinen Gunsten sagen kann.«

Erleichterung durchströmte Bayard. Und sein Herz fing an zu pochen. Esmeraude hatte getan, was sie konnte, um ihr Kind zu schützen. So war seine Esmeraude – sie nahm viel auf sich, wenn sie mit Leidenschaft für etwas kämpfte.

Ein solcher Mut durfte nicht unbelohnt bleiben.

Bayard merkte, dass das Feuer schon auf der Treppe und an der Wand dahinter loderte. Der Luftzug vom Fenster gab ihm Nahrung. »Wir werden auch aus dem Fenster springen«, erklärte er und umfasste die Hand der Frau.

Sie zuckte zurück. »Nein, Sir, ich fürchte die Höhe. Ich kann das nicht.«

»Du musst. Du hast ausgeharrt, um mir zu sagen, was aus meiner Lady geworden ist. Du sollst diese Tat nicht mit dem Leben bezahlen.« Bayard hob die Dienerin in seine Arme und sprang aus dem Fenster, ehe sie protestieren konnte.

Sie klammerte sich voller Angst an ihn, löste sich jedoch sofort von ihm, als sie unten aufgekommen waren. »Vielleicht war es die Geschichte des Troubadours«, sagte sie mit noch immer vor Schreck geweiteten Augen. »Vielleicht hat ihr die Legende von den kühnen Liebenden die Kraft gegeben, diesem niederträchtigen Mann die Stirn zu bieten.«

»Es war mein Knappe, der herkam, um diese Geschichte zu erzählen. Ich hatte gehofft, Esmeraude zu beruhigen, wenn ich ihn herschicke. Ich wollte ihr damit sagen, dass ich in der Nähe bin.«

Die Dienerin fasste nach seinem Arm. »Das war es also! Ich habe gesehen, wie das Gesicht der Lady strahlte, als der Troubadour von der Furt Perilious sprach. Wir haben heute eine Furt durchquert. Sie kann nicht weit von hier sein.«

»Ich kenne sie!«

»Vielleicht ist die Lady dorthin gegangen, weil sie dachte, dass Ihr am Fluss auf sie wartet.«

Das ergab einen Sinn. Bayard küsste der Dienerin voller Dankbarkeit die Hand, und sie wurde rot. Er sagte ihr, dass sie immer einen Platz in seinem Haushalt haben würde, sollte sie Verlangen danach haben. Das pfiff er nach Argent und ritt eilends durch den Wald zu der Furt, durch die sie vor wenigen Stunden gekommen waren.

Er hörte Esmeraude schluchzen, bevor er sie entdeckte. Bayard stieg ab. Er fürchtete, einer von Simons Handlangern könnte sie gefunden haben und ihr Grund zum Weinen geben.

Aber als er durch die Bäume spähte, sah er nur Esmeraude. Sie trug ein dünnes weißes Hemd, das im Mondlicht leuchtete, und sie hatte die Hände vors Gesicht geschlagen und weinte bitterlich. Sie sah aus wie ein Geist, und Bayard hatte furchtbare Angst, dass sie verletzt war.

»Esmeraude?«, rief er. »Esmeraude, bist du verletzt?«

Sie richtete sich auf. »Bayard?«

»Ja. Was ist mit dir. Bist du wohlauf?« Besorgnis färbte seine Stimme, und die Tränen, die Esmeraude über die

Wangen liefen, verstärkten seine Furcht. »Weine nicht, meine Esmeraude.« Er eilte zu ihr, ohne darauf zu achten, dass das Wasser in seine Stiefel lief. Er hoffte, dass die Tränen versiegten.

Esmeraude lief ihm entgegen, und ihr Schluchzen wurde noch lauter. Bayard fing sie auf und schloss sie fest in dic Arme. »Bist du verletzt. Wer hat dir ein Leid angetan?«, flüsterte er in ihr Haar.

»Niemand. Das haben sie nicht gewagt.«

Sie weinte noch immer. »Du brauchst Simon nicht mehr zu fürchten. Er ist tot.«

»Er wollte uns unser Kind stehlen, Bayard, *unser* Kind! Er wollte es als seines ausgeben.«

»Ja, ich weiß.« Bayard hielt sie fest. Simon hatte ihr solche Angst eingejagt, dass Bayard wünschte, dieser Halunke wäre nicht so leicht gestorben. »Aber er ist tot und kann dir nichts mehr antun.«

Er war überrascht, dass auch dies seine sonst so unerschrockene Liebste nicht besänftigen konnte. Vielleicht hatte sie den Mut verloren, als sie zur Furt gekommen war und niemand auf sie gewartet hatte? Hatte sie befürchtet, dass niemand kommen würde, um sie zu holen?

»Das Kind«, hauchte sie niedergeschlagen.

»Schsch. Simon ist keine Bedrohung mehr für das Kind.« Bayard streifte seinen Umhang ab und legte ihn ihr um die Schultern, denn sie zitterte heftig.

»Aber, Bayard, das Kind, unser Kind ...« Wieder strömten Tränen über ihr Gesicht, und er schloss sie in die Arme. Er wollte sie so schnell wie möglich zu einem Feuer, damit sie sich wärmen konnte. Sie war schon zu lange in der Kälte und hatte zu viel in Simons Gewahrsam erlitten.

Er trug sie zu Argent und setzte sie behutsam vor sich in den Sattel. »Dem Kind wird es gut gehen, weil es auch dir gut gehen wird. Ich werde dafür sorgen, dass ihr beide so schnell wie möglich ins Warme kommt und euch ausruhen könnt.« Er drückte sie an sich und trieb Argent voran.

Esmeraude holte bebend Luft. »Aber Bayard, ich verliere unser Kind. Es ist zu spät.«

Bayard sah ihr ungläubig in die Augen, und sie hob ihr Hemd hoch, damit er das Blut auf ihren Schenkeln sehen konnte. »Ich bin gefallen, schwer gefallen, als ich aus dem Haus floh«, gestand sie. Eine frische Tränenflut brach sich Bahn. »Ich wollte nur zu dir und mich um unseres Kindes willen von ihm befreien. Ich wusste, dass ich nie wieder eine Gelegenheit zur Flucht bekommen würde. Aber, Bayard, das ist ein zu hoher Preis!«

Sie sank gegen seine Brust und weinte herzzerreißend. Bayard hielt sie fest umschlungen, während sie durch den Wald ritten. Er musste ihr eine Frage stellen, wenn sie etwas ruhiger geworden war. Möglicherweise könnte er damit ihre Schuldgefühle lindern.

Als die Tränen verebbten, beugte sich Bayard zu Esmeraudes Ohr und flüsterte: »Esmeraude, es ist noch nicht lange her, seit wir zum ersten Mal zusammengelegen haben. Bist du sicher, dass du ein Kind empfangen hast? Dies könnte auch nur deine Regel sein, nichts weiter.«

»Aber Jacqueline sagte, sie würde mir ansehen, dass ich schwanger bin.«

Er schüttelte den Kopf. »Sie könnte sich geirrt haben, Esmeraude.«

Esmeraude verzog rebellisch den Mund. »Jetzt sag nur nicht, dass es nicht möglich ist, solche Dinge so früh zu erkennen.«

Bayard lächelte. »Nein, so etwas würde ich nie behaupten. Wer kann schon wissen, was Mütter sehen und wann sie es wissen? Ich möchte nur, dass du über die Sache nachdenkst. Jacqueline könnte sich geirrt haben, und dann hättest du gar keinen Grund, dir Vorwürfe zu machen. Oder sie hatte Recht, und das Kind war nicht gesund. Dann wäre dies geschehen, ob du gefallen bist oder nicht.« Er atmete tief durch und begegnete ihrem hoffnungsvollen Blick. »Meine Mutter hat auch ein totes Kind geboren, bevor sie mich bekam. Ich denke, sie würde dir sagen, dass es viel leichter ist, ein Kind so früh zu verlieren als später.«

»Ich würde trotzdem trauern.«

»Natürlich. Und du sollst wissen, dass Simon im Irrtum war.«

»Weil er mich gefangen genommen hat?«

»Weil er behauptet hat, ich würde nur wegen des Kindes um deine Hand werben. Ich will dich, Esmeraude, nur dich.« Er sah ihr tief in die Augen. »Du darfst keinen Augenblick etwas anderes glauben.«

Und Wunder über Wunder – Esmeraude lächelte. »Ich weiß. Ich liebe dich, Bayard, und ich wusste, dass du kommst, um mich zu holen.«

Er küsste sie, denn er brachte kein Geständnis über die Lippen. Noch nicht. Bayard glaubte nach wie vor, dass Worte allein wenig Überzeugungskraft besaßen. Taten offenbarten die Wahrheit, und Bayards Erklärung sollte durch Taten noch betont werden.

Das bedeutete, dass er erst in Ceinn-beithe vor Zeugen seinen Liebeschwur leisten konnte, nachdem er seiner Herzensdame die ganze Wahrheit gestanden hatte. Nur dort konnte er alle Zweifel zerstreuen und sicherstellen, dass kein Schatten ihre Verbindung trübte.

Sein Vorhaben war nicht ohne Risiko. Bayard würde Esmeraude nichts bieten außer sich selbst, und er konnte nur beten, dass ihr das genügte.

Eine knappe Woche später erreichten sie Ceinn-beithe. Obwohl Bayard ihr jeden Wunsch von den Augen ablas, wusste Esmeraude, dass nicht alles im Reinen war zwischen ihnen. Er kam nicht in ihr Bett und raubte ihr keine Küsse. Es war, als würde er sie für zu verletzlich halten. Doch auch nachdem sie ihn scherzhaft darauf hingewiesen hatte, dass sie wieder heil und gesund war, hielt er einen gewissen Abstand.

Bayard sprach nicht von zarten Gefühlen, obwohl sie ihm ihre Liebe erneut offenbart hatte – das versetzte Esmeraude in Erstaunen. All ihre Begleiter schienen anzunehmen, dass sie verlobt waren, nur Bayard selbst nicht.

Augenscheinlich hatte der Verlust ihres Kindes einen Wandel in ihm bewirkt. In dunklen Augenblicken fürchtete Esmeraude, dass Jacqueline Bayard von dem Kind erzählt hatte und dass er, obwohl er das Gegenteil behauptete, sie nur wegen des Kindes zurückgeholt hatte. Schließlich hatte er ihr von Anfang an gesagt, dass er das, was ihm gehörte, beschützen würde.

Betrachtete er sie nicht mehr als die Seine? Esmeraude sehnte sich danach, die Wahrheit zu erfahren, und staunte selbst, dass die Antworten auf ihre Fragen, gleichgültig, wie sie ausfielen, wenig an ihren eigenen Gefühlen ändern würde. Sie liebte ihn und würde niemals einen anderen lieben, auch wenn ihre Liebe nicht erwidert wurde.

Eine schreckliche Erkenntnis.

War sie für Bayard keine ehrbare Braut mehr? Hielt er sie für unfähig, ihm Söhne zu gebären? Esmeraude wusste es nicht. Sie versuchte, ihm Beweise seiner Zuneigung zu entlocken, aber auch wenn er ihre Küsse erwiderte, bot er ihr ansonsten keine Zärtlichkeiten an. Sie erklärte ihm noch einmal ihre Liebe und war verwirrt, als er nur traurig lächelte und ihr über die Wange strich.

Ja, eine Veränderung war in dem Mann vorgegangen, den sie liebte, und Esmeraude ärgerte sich, dass sie der Sache nicht auf den Grund gehen konnte.

Und noch mehr störte sie, dass ihr die Hände gebunden waren.

Viele Menschen erwarteten sie in Ceinn-beithe, und alle bejubelten ihre sichere Heimkehr. Ein Festmahl wurde zubereitet, und das Ale floss in Strömen. Mhairi und Finlay hielten sich an den Händen; die anderen Freier um Mhairis Hand waren nach Finlays Sieg nach Frankreich zurückgekehrt.

Esmeraude fühlte den scharfen Blick ihrer Mutter, als sie der Halbschwester Glück wünschte, aber sie verspürte keinen Wunsch, ihr von ihren Zweifeln zu erzählen.

Célie umarmte Esmeraude so fest, dass sie ihr beinahe die Knochen gebrochen hätte, dann berührte sie ihre Wange. »Was ist mit Euch, Kind?«, flüsterte sie.

Esmeraude schüttelte müde den Kopf. »Ich habe nur mehr Abenteuer erlebt, als ich wollte, Célie.«

Die Zofe runzelte besorgt die Stirn, Esmeraude brachte ein Lächeln zustande und drehte sich um, als sie auf das Podest gerufen wurde.

Wenn Bayard sie nicht mehr begehrte, dann wusste sie nicht, was sie tun sollte. Die Welt würde düster und grausam sein, wenn sie ohne Bayard leben musste. Erst jetzt wurde ihr bewusst, dass die Ehe und die Pflichten als Hausherrin, die sie so sehr gefürchtet hatte, etwas Wundervolles wären, wenn sie jede Nacht einen Ritter wie Bayard in ihrem Bett erwarten dürfte. Kein Wunder, dass Jacquelines Wangen immer gerötet waren.

Wenn sie nur auch so viel Glück erleben dürfte!

Als hätte er ihren stummen Schrei gehört, tauchte Bayard neben ihr auf und führte sie an ihren Platz. Seine Berührung war kühl und unpersönlich, und Esmeraude musterte ihn unsicher. »Sitzt du nicht neben mir?«, fragte sie leise, als er zurücktrat. Sie wusste, dass die Blicke aller auf ihnen ruhten.

»Noch nicht.«

Bayard verschwand in der Menge und ließ Esmeraude mit einem Gefühl der Einsamkeit zurück. Sie überlegte, ob sie ihm folgen und eine Erklärung für sein eigenartiges Verhalten verlangen sollte, aber Duncan erhob sich und bat um Ruhe.

»Vor einigen Wochen haben wir uns hier wegen des Wettbewerbs um die Hand unserer Tochter versammelt«, rief er den Anwesenden ins Gedächtnis, dann wandte er sich an Esmeraude. »Obwohl die Braut, um die es ging, durchgebrannt war und ihren Freiern selbst eine Prüfung auferlegt hatte. Esmeraude hat Abenteuer hinter sich, aus denen die Geschichten gesponnen werden, die sie so sehr liebt.«

Alle lachten, dann erhob Duncan seinen Kelch. Er betrachtete strahlend das Paar, das sich an den Händen hielt. »Ich freue mich, die Verlobung meiner Tochter Mhairi mit Finlay MacCormac bekannt geben zu dürfen. Dies ist eine Verbindung, die ich von Herzen begrüße. Mögen beide ein langes, glückliches Leben haben.« Die Versammelten klatschten Beifall und tranken auf Mhairis und Finlays Gesundheit.

»Und jetzt ist endlich der Moment gekommen, auf den wir alle schon so lange warten.« Duncan drehte sich zu Esmeraude und zwinkerte ihr zu. »Esmeraude, hast du den Mann auserwählt, dem du deine Hand reichen willst?«

Esmeraude stand auf. Plötzlich war ihr Mund staubtrocken, obwohl sie sehr genau wusste, was sie wollte. Vielleicht konnte eine Erklärung in aller Öffentlichkeit

Bayard davon überzeugen, dass sie die Richtige für ihn war.

Vielleicht konnte sie zu diesem Zeitpunkt nichts anderes tun. »Ja, ich habe mich entschieden. Schon im ersten Augenblick hat ihn mein Herz erkannt, aber ich habe mich lange gegen seinen Rat gewehrt.« Alle lachten, denn ihr Eigensinn war allseits bekannt. »Ich habe Bayard de Villonne gewählt, weil ich ihn mehr liebe, als ich es jemals für möglich gehalten hätte.«

Die Gesellschaft jubelte, und die anderen Ritter waren keineswegs überrascht, als sie sich Bayard zuwandten, um ihn zu beglückwünschen. Seine betagte Großmutter klopfte heftig mit ihrem Stock auf den Boden, aber Bayard blieb ernst. Er trat vor und hob die Hand, um Ruhe zu erbitten, dabei sah er Esmeraude unverwandt an.

»Die Lady kennt nicht die ganze Wahrheit«, sagte er fest. »Und eine so wichtige Entscheidung, die ihr zukünftiges Leben bestimmt, sollte nur gefällt werden, wenn alle Tatsachen offen gelegt sind.«

Esmeraude runzelte die Stirn.

Bayard wandte sich den Anwesenden zu. »Ich habe diese Lady belogen.«

Alle hielten den Atem an und verrenkten die Hälse, um ja nichts zu verpassen. Esmeraude umklammerte die Tischkante so fest, dass ihre Knöchel weiß hervortraten. Ihre Mutter legte eine Hand auf ihre Schulter. Esmeraude hatte ein flaues Gefühl im Magen.

Bayard konnte sie nicht belogen haben! Nicht dieser Ritter, der so viel Wert auf Ehrgefühl und Verantwortung legte!

»Es stimmt«, erklärte er, »Esmeraude hat mir deutlich gemacht, dass sie nicht wegen Ceinn-beithe oder irgendeines anderen Besitzes geheiratet werden möchte, sondern nur um ihrer selbst willen. Das ist recht und gut. Ich empfinde kein Verlangen, Herr in Ceinn-beithe zu sein, und das habe ich ihr gesagt. Aber dies ist meine Lüge, Esmeraude: Ich habe mich um Eure Gunst bemüht, um eine Burg und Ländereien für mich zu gewinnen. Ich bin nach Ceinn-beithe gekommen, weil mir meine Großmutter versprach, mir Montvieux zu übergeben, wenn ich Euch für mich gewinne.« Bayard seufzte, und Esmeraudes Herz wurde schwer. »Ich hatte vor, diesen kostbaren Besitz und die Festung unter König Richards Dienst zu stellen, denn er ist fest entschlossen, sie für sich einzunehmen, um die Ambitionen seines Rivalen, des Königs von Frankreich, eindämmen zu können. Ich hielt mich zu der Zeit für den einzigen Ritter in unserer Familie, der imstande ist, Montvieux zu verteidigen, und glaubte, die einzige Lösung wäre, es zu meinem Besitz zu machen. Um die Wahrheit zu sagen, ich habe nicht viel darüber nachgedacht, dass ich damit meinen Cousin um sein Erbe bringen würde, und noch weniger über die Lady, die ich heiraten müsste, um es an mich zu bringen. Das war schändlich.« Bayard sah Esmeraude an und räumte jeden Zweifel aus, dass er jetzt nicht die Wahrheit sagte.

Die Familie tauschte hinter seinem Rücken empörte Blicke.

»Aber Montvieux ist *mein* Erbe!«, rief Nicholas.

»Und *ich* bestimme, wer Herr in Montvieux ist!« Rowan, Nicholas' Vater, funkelte Margaux böse an. »Ihr habt mir das Siegel bereits übergeben. Ihr hattet kein Recht, es einem anderen anzubieten.«

»Und ich kann mein Geschenk an dich zurückfordern, wenn ich will, Rowan«, entgegnete Margaux. »Du bist nicht von meinem Blut, das ist allseits bekannt. Burke ist mein einziges leibliches Kind, und nur in den Adern seiner

Söhne fließt das Blut der Montvieux. Burke mag ausgeschlagen haben, was ich ihm zu bieten hatte. Er hat das Recht auf sein Erbe verwirkt, aber ich wusste, dass Bayard kein solcher Narr sein würde. Bayard besitzt dieselbe Stärke und Willenskraft wie mein Vater. Er allein sollte in Montvieux herrschen.«

Die Leute tuschelten. Margaux erhob sich schwerfällig und stützte sich auf ihren Stock. Sie hielt Bayard einen kleinen Beutel hin. »Dies ist das Siegel von Montvieux und dein rechtmäßiger Besitz.«

Zu Esmeraudes Entsetzen ging Bayard zu der alten Frau und nahm ihr den Beutel aus der Hand. »Ihr irrt Euch, *Grandmaman*«, sagte er leise. »Dies ist nicht mein rechtmäßiger Besitz, auch wenn es eine Zeit gab, in der ich das genauso glaubte wie Ihr.« Er drehte sich um und warf Nicholas den Beutel zu, der ihn überrascht auffing. »Das gehört dir, Nicholas. Bewahre und schütze unseren Familienbesitz. Und wenn du meine Hilfe benötigst, weil Feinde vor deinen Toren stehen, brauchst du mich nur zu rufen.«

Nicholas drehte das Siegel in seiner Hand. »Du würdest sogar gegen deinen Lehnsherren kämpfen?«

»Ja, denn Blut ist dicker.« Bayard sah seinen Cousin an, seine Mundwinkel zuckten. »Und ich werde ihm das in Kürze mitteilen, sei versichert.«

Die Anwesenden stießen Freudenschreie aus, und von Esmeraude fiel ein Teil der Spannung ab. Margaux verzog missmutig das Gesicht, als sie sich an Nicholas wandte. »Es scheint, ich muss einen Mann aus dir machen«, murrte sie. Esmeraude neidete Nicholas die strenge Großmutter nicht, die das Zepter in Montvieux zu schwingen und ziemlich furchteinflößend zu sein schien.

Aber das war jetzt nicht von Belang. Ihr Blick wanderte

zu Bayard, und ihr Puls beschleunige sich. »Warum verzichtet Ihr auf Montvieux – jetzt, da ich mich für Euch entschieden habe?«, fragte sie.

Bayard sah ihr in die Augen. »Weil ich in den vergangenen Wochen viel gelernt habe, und zwar von Euch.« Er schwieg eine Weile, bevor er das sagte, wonach sie sich am meisten sehnte.

Duncan räusperte sich. »Ceinn-beithe gehört Euch, wenn ihr Esmeraudes Hand annehmt.«

Bayard schüttelte den Kopf. »Nein, denn das würde bedeuten, dass ich meine Lady heirate, um Besitz an mich zu bringen.« Ein Lächeln huschte über sein Gesicht. »Ich denke, dass Eure Tochter Mhairi und ihr Verlobter dieses Land gut verwalten werden.«

»Ja!«, rief Finlay so erfreut, dass alle lachten. Er wurde rot. »Ich bin schon lange der Ansicht, dass Mhairi den Besitz bekommen sollte«, fügte er schroff hinzu. »Denn sie ist Duncans und Eglantines Kind und demzufolge die wahre Erbin von Ceinn-beithe.«

»So sei es«, willigte Duncan ein. Er sah Eglantine an, die heftig nickte. »Es wird ihre Mitgift sein.«

Wieder jubelten die Leute. Bayard ging auf Esmeraude zu. Seine Augen leuchteten blau, und seine Miene war ernst. »Ihr seht, Esmeraude, es gibt nichts, was einer von uns bei einer Heirat gewinnen könnte. Kein Kind zwingt mich, Euch zur ehrbaren Frau zu machen oder Euch zu zwingen, mich um des Kindes willen zum Manne zu nehmen. Kein Besitz geht an Euch oder mich über, wenn wir die Gelübde ablegen.« Er lächelte. »Und deshalb sind alle Zweifel zwischen uns ausgeräumt. Ich hoffe, dass Ihr Euch die Ehe mit mir wahrhaft wünscht. Denn ich möchte Euch heiraten, allein um Eurer selbst willen, obwohl ich Euch nichts als mich selbst zu bieten habe.«

Esmeraudes Herz klopfte bis zum Hals. »Warum?«, hauchte sie.

Bayard breitete lächelnd die Arme aus. »Weil ich Euch aus ganzem Herzen und tiefster Seele liebe. Welchen besseren Grund könnte ein Mann haben, sich für alle Zeiten an eine Frau zu binden?«

»Keinen!« Sie sprang über den Tisch und lief zu Bayard. Sie lachte, als er sie auffing und herumwirbelte. Er küsste sie, und die Menge tobte.

Esmeraude legte die Hand an Bayards Hals, als Trinksprüche auf sie ausgesprochen wurden, und spürte seinen rasenden Puls. »Du hattest Angst, dass ich dich zurückweisen würde?«, fragte sie verwundert.

Bayard zuckte mit den Achseln, und seine Augen blitzen schelmisch. »Ich wusste nicht, was du tun würdest, aber ich hoffte das Beste. Du bist unberechenbar, meine Esmeraude, und gerade deswegen liebe ich dich so sehr.«

»Ich werde nie müde, das aus deinem Mund zu hören«, wisperte sie, und Bayard lachte, als er sie näher an sich zog.

»Ich werde mich bemühen, es dir oft zu sagen.« Er wurde wieder ernst. »Aber, Esmeraude, unser Leben könnte das Abenteuer werden, das du, wie du gesagt hast, suchst. Ich muss zum König reiten und hoffen, dass er mir Land und eine Burg schenkt, obwohl ich ihm Montvieux nicht bieten kann. Oder ich kann mein Glück auf Turnieren versuchen und so viel gewinnen, wie es geht. Wir werden uns schon durchschlagen.« Er drückte sie fester. »Und wir werden Kinder haben – so viele, wie du dir wünschst –, darauf kannst du dich verlassen.«

Esmeraude strahlte; sie war zufrieden mit dem, was sie hatte. »Wir werden uns haben, Bayard, und das genügt mir.«

Sie küssten sich leidenschaftlich, sehr zum Vergnügen

der Anwesenden. Amaury hatte Schwierigkeiten, die Menschen zum Schweigen zu bringen, als er aufstand.

»Ich habe ein Hochzeitsgeschenk anzubieten!«, schrie er schließlich laut, um das Stimmengewirr zu übertönen. Er erhob seinen Kelch, um seinem Bruder und Esmeraude zuzuprosten. »Ich trinke auf die Gesundheit meines Bruders und auf die von Esmeraude und freue mich, die versäumten fünf Jahre nachzuholen.«

»Hört, hört!«, rief Bayard.

»Nein, hör du«, erwiderte Amaury. »Villonne steht mir nicht zu, da ich der jüngere von uns beiden bin. Bayard sollte der Erbe sein, und er war es auch, bevor er uns vor fünf Jahren verließ. Heute, an seinem Verlobungstag, gebe ich sein Geschenk an ihn zurück. Ich trete das Erbe von Villonne an ihn ab.«

»Aber was wirst du tun?«, fragte Bayard erstaunt.

Amaury grinste. »Ich werde losreiten und mein Glück suchen, genau wie du es getan hast. Du hattest Recht, Bayard, ich war viel zu lange behütet und beschützt. Ich sehe dich an und ahne, was ich erleben und lernen werde. Mit Vaters Segen werde ich die Welt kennen lernen.«

Burke nickte, und alle fingen gleichzeitig an zu reden. Ale wurde ausgeschenkt und das Fleisch auf den Tisch gebracht. Und es wurde oft auf die frisch verlobten Paare getrunken. Esmeraude war nie im Leben glücklicher gewesen, obwohl es noch etwas gab, was diesen Tag vollkommen machen könnte.

Nach dem Essen stand sie auf und klatschte in die Hände. »Ich habe eine Bitte, denn es gibt noch eines, was getan werden muss, damit alles ins Lot kommt.« Sie deutete auf Bayard und lächelte. »Ich möchte, dass mein Verlobter die Geschichte zu Ende erzählt, mit der er mein Herz zu erobern suchte.«

Bayard küsste ihre Fingerspitzen und erhob sich. »Der Wunsch meiner Lady sei mir Befehl«, sagte er und drückte ihre Hand. Dann erzählte er die Geschichte von Tristran und Iseut von Anfang an. Er erzählte bis in die Nacht, und Esmeraude war nicht die Einzige, die weinte, weil die Liebenden am Ende einer Vereinigung so nahe waren.

Kein Auge blieb trocken, als sich Bayard nach der Geschichte zu Esmeraude drehte und einen Tribut an die Macht der Liebe sang.

Und während Bayard sang, fing im fernen Airdfinnan die Pflanze wieder zu wachsen an und kletterte über die Burgmauern. Die Ranken breiteten sich den ganzen Tag und am Abend unter den wachsamen Augen des Lords aus. Der Nebel hatte sich in den letzten Tagen gelichtet, und Angus war froh, dass er wieder freien Blick hatte.

Weniger Freude bereitete ihm, dass die Pflanze von neuem Lebenswillen beseelt war.

Jacqueline gesellte sich mit ihrem jüngsten Sohn auf dem Arm zu ihrem Gemahl, als die Sonne in orangefarbener Pracht im Westen unterging. Die spitzen Dornen waren in goldenes Licht getaucht, als sich die Ranken plötzlich nicht weiter ausbreiteten.

Angus starrte ungläubig auf die Zweige. Sie wuchsen nicht mehr, und der Herr von Airdfinnan atmete erleichtert auf. Und noch während sie beisammenstanden, fing die Pflanze an zu blühen.

Große rote Blüten sprossen überall, und ein unvergleichlich süßer Duft breitete sich aus. Jacqueline sog ihn tief in sich ein und schmiegte sich an ihren Mann. Ewen bewegte sich, döste aber gleich wieder an der Brust seiner Mutter ein.

Angus beobachtete die Pflanze und konnte sich nicht erklären, warum sie mit einem Mal so üppig blühte.

»Bayard liebt sie, und er hat es ihr gesagt«, meinte Jacqueline mit derselben gelassenen Sicherheit, die seine Mutter bei solchen Gelegenheiten an den Tag gelegt hatte.

»Das kannst du nicht wissen.«

»O doch, ich kann.« Jacqueline lächelte ihn an.

Angus betrachtete argwöhnisch die Ranke, die fast bis zum Tor reichte, dann zuckte er mit den Schultern. »Wenn er sie heiratet, wird er zumindest nicht mehr singen oder Geschichten erzählen.«

Jacqueline lachte und lehnte den Kopf an Angus' Schulter. »Du freust dich mehr über diesen Ausgang, als du zugibst«, schalt sie ihn. »Es ist wunderbar, Angus, und ich bin froh, dass es Esmeraude vergönnt ist, so glücklich zu werden wie wir.«

Der Lord of Airdfinnan sah das Lächeln seiner Frau und spürte, wie sich seine eigenen Lippen kräuselten. Sie hatte Recht. Er freute sich, dass Esmeraude ihr Glück gefunden und Bayard sie für sich gewonnen hatte. Er küsste Jacqueline, ohne auf das schlafende Kind oder die Wachmänner auf der Mauer zu achten.

»Ich nehme an«, meinte er, als er den Kopf wieder hob, »dass diese Dornen gar keine so schlechte Verteidigung gegen Angreifer sind.«

Und diesmal stellte sich Jacqueline auf die Zehenspitzen, um ihn zu küssen.

Epilog

Ein Jahr, nachdem die dornige Pflanze zum ersten Mal geblüht hatte, waren die Samenkapseln zu sehen.

Die blutroten Blüten hatten sich das ganze Frühjahr gehalten, und die Menschen kamen von weit her, um das Wunder an den Burgmauern von Airdfinnan zu sehen. Das verzauberte Gewächs breitete sich zu Angus' Erleichterung nicht weiter aus. Es bedeckte die Mauern wie eine grüne Rüstung, die das Erklimmen der Mauern unmöglich machte.

Nach der Hochzeit kamen Esmeraude und Bayard nach Airdfinnan, um auf ihrem Weg nach Frankreich eine Rast einzulegen. Und während ihres Besuches fielen die Blüten und das Laub ab. Das Holz und die Dornen schimmerten den ganzen Herbst und Winter über silbrig, als wären sie aus Zinn.

Jacqueline dachte, die Pflanze würde so bleiben, denn Esmeraude und Bayard waren in Villonne in Frankreich und bestimmt zu weit weg, um sie durch ihre Liebe beeinflussen zu können. Und sicher war das Problem gelöst, da Bayard, wie sich Jacqueline und Angus selbst überzeugen konnten, das Herz seiner Lady ganz erobert hatte.

Dennoch wuchsen im Frühjahr statt Blätter Samenkapseln an den Zweigen. Jacqueline hatte also nicht Recht behalten. Spekulationen wurden angestellt, und Angus war äußerst unzufrieden. Er fürchtete, dass tausend solcher Pflanzen im Burghof Wurzeln schlagen könnten, und schwor sich, alle ausreißen zu lassen.

Jacqueline riet ihm zu warten. Sie hatte das Gefühl, dass es eine Erklärung für das Verhalten der Pflanze gab.

Und so kam es auch. Im Sommer, als die schwarzen, ledrigen Samenkapseln noch an den Zweigen hingen, erhielt Jacqueline ein Schreiben aus Villonne. Sie freute sich über die Geburt von Esmeraudes erstem Sohn und wusste instinktiv, was sie tun musste.

Sie pflückte eine der prallen Samenkapseln von einer Ranke, und sofort verdorrten alle anderen. Aber das war unwichtig. Jacqueline rollte die eine in den Brief, den sie geschrieben hatte, und beauftragte Rodney, ihn in den Süden zu bringen.

Ja, die Pflanze hatte mehrere Verwandlungen durchgemacht. Obwohl Rodney über die Schrullen der Frauen maulte, freute er sich, zu Esmeraude reiten zu können.

Jacqueline war überzeugt, dass er selbst dort einen Besuch zu machen hatte.

Es war September – Erntezeit in Villonne –, als Rodney vor den Toren stand. Célie schalt ihn wegen einiger Missetaten, dann erzählte sie ihm lauter Unsinn über die Schönheit von Esmeraudes Sohn, ehe er einen Becher Ale bekam.

Esmeraude ging mit Jacquelines Brief in den Söller und fuhr mit dem Finger über die elegante Schrift, dann betastete sie die trockene Samenkapsel und ahnte, von welcher Pflanze sie stammte. Bei der ersten Berührung platzte die Kapsel, und mehrere Samen in der Größe einer Daumenkuppe fielen heraus.

Esmeraude stand auf und lehnte sich aus dem Turmfenster. Unter ihr befand sich der Küchengarten, daneben der Kräutergarten.

Sie schloss die Augen, warf die Samen aus dem Fenster und betete, dass sie auf fruchtbare Erde fielen. Sie wünschte sich, dass nicht nur ihre eigenen Kinder, sondern jeder, der das Glück hatte, diese Pflanze zu sehen, sich einen Herzenswunsch erfüllen und so glücklich werden möge wie sie selbst. Sie fragte sich, ob die Pflanze sofort zu wachsen anfing oder ob sie in der Erde ruhte, bis ein Mann um seine wahre Liebe freite.

Bis ihr Sohn der Lady den Hof machte, die ihm das Herz gestohlen hatte.

Esmeraude lächelte bei dem Gedanken, dass der kleine Burke einmal ein Mann sein und sich eine Frau suchen würde. Sie hörte ihr Kind schreien und drehte sich um. Bayard trug den Kleinen zu ihr. Célie war offensichtlich mit Rodney beschäftigt.

Bayard, der nicht ahnte, dass er beobachtet wurde, ahmte die Lippenbewegungen seines Sohnes nach, der sich schon auf die nächste Mahlzeit freute. Esmeraude kicherte, und er sah auf und zwinkerte ihr zu. Allein sein Blick erwärmte ihr Herz, und Esmeraude hoffte, dass es immer so bliebe.

Aber wie sollte es anders sein? Ihr Ritter war für sein Glück bekannt, und Esmeraude schien ein Teil dieses Glückes zu sein, seit sie sein Herz erobert hatte.

Eine kluge Frau konnte sich nicht darüber beklagen.